KB154663

셰익스피어
4대 비극

King Lear King Lear
Othello Othello
Macbeth Macbeth
Hamlet Hamlet

옮긴이__김은영

부산에서 태어났으며 부산대 영어영문과를 졸업했다.
영어회화 강사를 역임하였으며, 현재 번역문학가로 활동하고 있다.

셰익스피어 4대 비극

초판 1쇄 인쇄 | 2011년 1월 2일
초판 1쇄 발행 | 2011년 1월 7일

옮긴이 | 김은영
펴낸이 | 진성옥 · 오광수
펴낸곳 | 꿈과희망
디자인 · 편집 | 김창숙, 박희진
마케팅 | 김진용
인 쇄 | 보련각(김영선)
출판등록 | 제1-3077호

주소 | 서울특별시 용산구 원효로 1가 112-4 디아뜨센트럴 217호
전화 _ 02)2681-2832 | 팩스 _ 02)943-0935
e-mail _ jinsungok@empal.com
http://www.dreamnhope.com

ISBN | 89-90790-52-2 03810

SHAKESPEARE

셰익스피어

마술 같은 언어로 써내려간
불후의 명작

4대 비극

김은영 옮김

꿈과 희망

머리말

'한 시대가 아닌 만세를 위한 작가' 셰익스피어!

동료 극작가인 벤 존슨이 셰익스피어를 일컬어 한 말입니다. 몇 백 년이 지난 지금도 독자들의 가슴 속에 가장 큰 자리를 잡고 있는 셰익스피어는 벤 존슨의 말처럼 한 시대를 뛰어넘어 꺼지지 않는 불후의 명작인 고전을 만들어낸 작가입니다.

서가의 한 면을 가득 채운 셰익스피어의 책들은 베스트셀러라는 수식어를 덧붙이는 것이 감히 부끄러울 정도로 우리 생활 속에서 함께 시간을 보내고 있습니다.

시간과 공간을 뛰어넘고, 문명의 이기가 하늘을 찌를 듯 발달하는 첨단 과학시대를 살고 있는 지금도 우리는 셰익스피어의 작품 한 귀절을 읊조리고 있습니다.

뛰어난 시적 상상력, 인간성의 안팎을 넓고 깊게 꿰뚫어보는 통찰력, 놀랄 만큼 풍부한 언어의 구사, 매우 다양한 무대 형상화 솜씨 등에서 그를 따를 사람이 없을 정도입니다.

작품 하나하나에 녹아 있는 글귀는 불쑥불쑥 살아나 우리네 삶 속에서 숨을 쉬기도 합니다.

하나의 필독서로 자리잡은 셰익스피어 작품들은 인간의 삶의 모습이 그대로 담겨 있어 영원한 고전으로 우리 가슴속에 남아 있을 것입니다.

　특히 셰익스피어의 4대 비극은 그의 작품들 중 문학적인 정수를 느끼게 해주고, 연극적인 요소는 작가의 마술 같은 문체들이 살아 움직이게 하여 생동감있게 독자의 가슴속으로 스며들게 합니다.

　이 책에서는 셰익스피어의 4대 비극을 좀더 독자들이 쉽게 다가갈 수 있게 문체를 다듬되 가능한 한 연극적인 요소를 느낄 수 있도록 노력하였습니다.

　또한 각 작품마다 우리 가슴속에 깊이 파고 들어오는 문구들을 원문과 함께 실어 원문에서 또 다른 맛을 느끼도록 하였습니다.

　특히 청소년들의 작품 이해를 돕기 위해서 이런 고전이 탄생할 수밖에 없는 시대적인 배경과 셰익스피어에 대한 자료들을 조사하여 좀더 문학을 이해하는 데 도움이 되도록 기획하였습니다.

　한 작가의 작품이 탄생하기 위해서는 작가의 주변 환경과 작가가 살아온 시대적 배경이 작품의 기본 바탕이 되곤 합니다.

　이런 대작이 어떤 시대적, 문학적 배경을 담고 있는지 알고 작품을 대한다면 셰익스피어를 이해하고 작품을 좀더 깊이있게 읽어 내려갈 수 있을 것입니다.

셰익스피어에 대해 알아보기

어떤 삶을 살아왔나

셰익스피어의 작품 세계는?

셰익스피어가 살았던 시대는?

어떤 삶을 살아왔나

작가의 삶은 그 작가의 작품세계를 이해할 수 있는 기본 틀이다. 500여 년 전에 태어난 셰익스피어가 어떤 삶을 살아왔는지 그 과정을 알아봄으로써 셰익스피어에게 좀더 다가가 보자.

▶ ▶ ▶ 탄생

영국을 문학의 나라로 만든 셰익스피어는 국민시인이며 지금까지 가장 뛰어난 극작가로 손꼽히고 있다. 그의 출생과 결혼, 사망에 대해 정확한 기록이 없다고 하지만 이를 뒷받침할 만한 자료들이 있어서 사실을 확인하는데는 큰 어려움이 없다.

잉글랜드의 중부에 있는 작은 마을 스트래트퍼드 온 에이번의 교회 기록에 보면 1564년 4월 26일에 세례받은 기록이 남아 있다. 태어난 지 2, 3일 후에 세례를 받는 당시 풍습으로 봐서는 그가 태어난 날짜를 4월 23일로 추정할 수 있다. 더구나 셰익스피어의 사망일은 4월 23일로 같은 날짜이다.

셰익스피어는 아버지 존과 어머니 메리 아든 사이에서 장남으로 태어났는데, 아버지 존은 상공업을 하는 마을 유지였다. 1568년에 마을 읍장을 지내기도 한 존은 이웃 마을의 집안 좋은 메리 아든과 결혼하였는데, 이를 계기로 존은 신분 상승을 하게 된다. 처음에는 넉넉하던 살림이 아버지의 일이 잘 되지 않으면서 점점 집안이 기울었는데, 이때가 1577년경이다.

결국 집안이 기울자 셰익스피어는 대학 진학을 포기하게 되었다. 그러나 그동안 다녔던 스트래트퍼드에 있던 그래머 스쿨의 교육 덕분에 셰익스피어의 작가적 역량을 발휘하는데 별 어려움이 없게 된다. 그래머 스쿨에서 라틴어 문학과 고전문학 연구 등 훌륭한 교육을 받았던 것이다.

▶▶▶ 결혼

셰익스피어의 결혼에 대해서도 자료가 남아 있는데, 1582년 11월 28일에 윌리엄 셰익스피어와 스트래트퍼드에 살고 있는 앤 헤서웨이가 결혼했다는 것을 보증하는 보증인 연서의 문서가 그것이다. 그 기록을 보면 부인 앤은 윌리엄보다 여덟 살 연상으로 당시 셰익스피어의 나이는 열여덟 살이었다.

그리고 가족으로는 1583년에 딸 수재나를 낳았고, 1585년에는 쌍둥이 햄릿과 주디스가 세례를 받았다는 기록이 문서로 남아 있다.

결혼 후부터 런던에서 연극 관련 일을 하던 시기인 8년 동안에 대해서는 정확한 기록이 남아 있지 않다.

▶▶▶ 활동

셰익스피어가 런던 문학계에 등장한 것은 1592년으로 극작가 로버트 그린이 쓴 작은 책자에 나오는 구절에서 알 수 있다.

그 내용은 셰익스피어를 비방한 것으로 보이는데, 그린이 죽은 이후 이 책이 출간되자 이 책의 서문을 쓴 사람이 사과하는 내용이 실려 있다. 이를 미루어 보면 셰익스피어가 젊은 극작가로서나 시인으로서 이 분야에서 주목을 받고 있다는 사실을 짐작할 수 있다.

특히 셰익스피어가 두 권의 시집을 출판한 이후 이를 사우샘프턴 백작에게 헌정을 하였는데, 그는 셰익스피어의 문학적 후원자로서 깊은 친분을 나누고 있었다.

극작가로서 셰익스피어가 연극계에서 어떻게 시작하게 되었는지에 대한 기록은 명확하지가 않다. 다만 1594년경에 극단 '체임벌린스 멘'에서 중요한 단원으로 활동하였고 그가 은퇴할 때까지 이곳에 계속 몸담고 있었다. 이 체임벌린스 멘은 제임스 1세가 즉위한 이후에는 '킹스멘'으로 고쳐 불리었다.

이 극단은 당시 영국의 연극계를 대표하는 극단으로 유명하였는데, 최고의 배우인 리처드 버비지가 이 극단 소속이었고, 최고의 극장인 글로브 극장을 갖고 있었으며, 영국에서 가장 뛰어난 극작가인 윌리엄 셰익스피어가 이 극단 소속이라는 점을 보더라도 최고의 극단이 될 수밖에 없었다. 셰익스피어는 이 극단에서 공동 경영자로 활동하면서 20년 이상을 전속 작가로 활동하였고, 때때로 배우 활동까지 하면서 40여 편에 이르는 희곡과 시집을 발표하였다.

셰익스피어의 어린시절에 대해 많은 이야기가 전해지지만 사실을 확인할 수는 없다. 다만 몇 가지 기록들을 보면서 몇가지 사실들을 짐작해 볼 수 있다.

1596년에 아버지 존 셰익스피어가 집안의 문장(가문, 家紋)을 사용할 수 있도록 나라에서 허가를 받아냈는데, 한 집안의 가문을 사용할 수 있다는 것은 그만큼 그 집안이 신분 상승을 하였다는 것을 뜻한다. 이 일은 당시 유명인사가 된 셰익스피어의 도움으로 가능했을 것으로 생각한다.

그리고 그 이듬해 고향에다 큰 저택인 뉴플레이스를 구입하게 되었는데, 이런 일들이 가능한 것은 셰익스피어가 현실적으로도 성공하고 있다는 것을 보여주는 한 예이다.

그외에도 재산과 관련된 기록들을 보면 고향 스트래트퍼드와 관련되어 재산을 모은 기록들이 남아 있다. 이것을 보면 셰익스피어가 고향을 항상 염두에 두고 있다는 점과 가족들을 위해 고향을 생각하고 있다는 점을 생각해 볼 수 있다.

이런 기록들에는 쌍둥이 아들 햄릿이 1596년 죽었다고 기록되어 있고, 아버지 존은 1601년에 죽었다고 기록되어 있다. 그리고 사랑하던 딸은 1607년에 결혼했다는 기록도 남아 있다.

▶ ▶ ▶ 죽음

고향을 항상 마음에 두고 있던 셰익스피어는 죽기 오래 전에 이미 고향으로 돌아와 있었으며 이곳에서 죽은 것으로 되어 있다. 셰익스피어의 유서는 비교적 자세한 내용을 담고 있으며, 그가 죽은 후 7년 뒤인 1623년에 극단에서 함께 일한 존 헤밍과 헨리 코델이 편집을 맡은 희곡 전집이 출간되었다. 책머리에 셰익스피어의 동판화 초상이 실려 있는데, 그 초상은 그의 시신이 묻혀 있는 스트래트퍼드의 교회 안에 있는 흉상과 함께 가장 많이 알려진 초상이다.

셰익스피어의 작품 세계는?

몇 백 년이 지나도록 독자들의 가슴속에 자리잡고 있는 셰익스
피어의 작품 세계는 모든 사람들이 공감할 수 있는 인간의 모습
들이 담겨져 있다. 어떻게 해서 이런 작품들이 나오게 됐는지 알
아보자.

▶▶▶ 지적 배경은 무엇인가

셰익스피어의 작품 속을 들여다보면 인간의 깊은 내면의 세
계, 믿음에 대한 불신, 사랑의 뿌리, 그리고 사회를 구성하고 있
는 조직의 부패 등에 대해 긴 세월을 뛰어넘어 공감할 수 있게
되어 있는데, 이러한 지적 배경은 당시의 사상과 사회 조직의 영
향이라 할 수 있다.

엘리자베스 여왕은 이 땅 위에 존재하는 신의 대리자 역할을
하였고, 귀족과 서민들은 그에 맞는 신분을 지키는 것으로 생각
하였다. 그런 반면 기존 질서에 대해 궁금한 것들이 고개를 들면
서 새로운 사상을 이루게 되었다.

무신론은 많은 사람들의 신앙이나 생활방식에 대한 도전이었
지만 그리스도교 신앙은 힘을 하나로 합하지 못하였다. 로마 교
회의 권위는 마르틴 루터나 장 칼뱅에 의해 도전받고 있을 뿐만
아니라 영국국교회의 공격 대상이 되기도 하였다.

국왕의 특권에 대해 의회가 제동을 걸어왔고, 자본주의가 고

개를 들었으며, 신대륙 발견으로 새로운 부가 들어오는 등 사회적으로나 경제적으로 변화의 기류를 타고 있었다.

이것은 기존의 사상과 새로운 사상이 서로 교체되는 모습으로 나타났다.

이런 모습들이 4대 비극 속에 녹아들어가 하나의 독자적인 작품으로 탄생하게 되었던 것이다.

▶▶▶ 극장 조건에 맞게 쓴 작가

당시 많은 사람들이 여가를 즐길 수 있는 곳이 바로 극장이었다. 청교도들은 극장에 가는 일이 없지만 기타 다른 계층의 사람들은 오후가 되면 구경거리를 찾아 극장을 찾곤 했다. 이렇듯 극장은 아주 대중적인 곳이어서 극장에 올려지는 연극을 통해 힘들었던 하루의 생활을 달래곤 했다.

특히 셰익스피어가 몸담았던 글로브 극장은 대중들 뿐만 아니라 궁정에 들어가 왕과 왕족들 앞에서도 공연을 하였고, 여름이면 지방 순회를 하기도 하고 이따금 대학이나 사법연수원, 그리고 큰 저택을 찾아가 공연을 하였다.

이렇듯 당시 연극에 대한 사람들의 관심이 높기 때문에 극장에 올려지는 작품 역시 항상 연구하고 새로운 레퍼토리를 개발해야 했다. 그에 따라 바빠진 사람은 바로 극작가들이었다. 1613년에는 셰익스피어가 소속된 극단에서 14편의 극을 번갈아 무대에 올린 때도 있을 정도로 연극에 대한 사람들의 관심은 가히 폭발적이라고 할 수 있다.

극장들의 모습을 보면 지붕이 뚫려 있는 반옥외극장으로 무대는 개방형이기 때문에 앞에 막이 없고, 조명 장치 등을 사용하지 않았다. 연기자들은 각자 맡은 대사를 하면 되었고, 여자 역할은 변성기가 되지 않은 소년 배우들이 맡아서 했다.

이런 조건에 맞추어 작품을 써내야 했기 때문에 셰익스피어는 여러 가지 형태의 작품을 발표할 수 있었다.

▶ ▶ ▶ 언제 작품을 썼나

언제 작품이 창작되었느냐에 대해서는 많은 논의가 이루어지고 있다. 그러나 셰익스피어는 마지막 3, 4년을 제외하고 해마다 두 편씩 꾸준히 써온 것으로 알려져 있다. 그의 생애를 돌아보면 극작가로서의 활동이 두드러지는데, 극작가로서의 일생이라고 해도 지나치지 않을 정도다. 그런 틈틈이 그는 세 편의 시집을 발표하였는데, 그 가운데 이야기체로 쓴 시집인 〈비너스와 아도니스〉・〈루크리스의 겁탈〉은 1592년부터 1594년 사이에 영국에 퍼진 역병 때문에 런던에서 공연이 중단되었을 때 나온 것으로 본다.

한편 〈소네트집〉 시집이 1609년에 출판되었는데, 출판된 시기만 알 뿐 총 154편의 14행의 연시(소네트)가 언제 쓰여졌는지에 대해서는 분명하지 않다. 약 1593년에서 1600년 사이에 쓰여진 것으로 추정하고 있다.

〈햄릿〉, 〈오셀로〉, 〈리어왕〉, 〈맥베스〉로 알려진 4대 비극은 셰익스피어의 작품 세계를 잘 알려줄 수 있는 대표적인 작품들로 1600년에서 1606년 사이에 쓰여진 비극 세계의 독자적인 영역을 차지하고 있는 최고 걸작이다.

〈햄릿〉

작품 속 주인공이 문학사에서 보기 드물게 하나의 신화적 존재가 되어버린 작품으로 이 작품은 셰익스피어의 작품 세계 중에서 가장 독자들의 가슴을 파고 드는 작품으로 성공작이라 할 수 있다.

주인공 햄릿의 심리를 따라가다 보면 어느새 자기 자신도 비극의 세계로 빨려들어가는 이 작품은 500여 년의 시간이 지난 지금 뿐만 아니라 앞으로 또 몇 백 년이 흐른다 해도 햄릿이 보여주는 복수심에 불타는 그 심리 상태는 독자들 가슴 깊숙히 뿌리 깊게 자리잡을 것이다. 죽은 아버지의 영혼을 만나 숙부이자 어머니의 새남편인 지금의 왕에 대한 복수심은 한 개인의 복수 차원을 넘어서 보편적인 드라마로 그 격을 상승시켰으며, 그 사이 사이에 맴도는 긴장감은 보는 사람이나 책을 읽는 독자들로 하여금 손에 땀이 나게 한다.

〈오셀로〉

이 작품은 한 사람의 질투심의 끝이 무엇인지를 극명하게 보여주는 것으로, 용병대장인 무어인(북아프리카의 흑인) 장군 오셸로가 부하인 이아고의 계략에 넘어가 오로지 자기를 사랑하는 순수한 영혼의 소유자인 데스데모나를 살해하기까지 극의 전개 과정을 따라가다 보면 질투심에 불타는 오셸로를 보면서 질투심이 인간의 내면에 미치는 영향을 잘 볼 수 있다.

특히 이 작품의 기본에 깔려 있는 것은 사랑과 질투라고 하는 인간의 가장 기본적인 심리에 두고 있으며, 여기에 낭만적인 정서가 흐르고 있다. 특히 데스데모나의 백짓장과 같은 영혼의 순수함이 질투심에 불탄 악을 대할 때는 인간의 내면의 서로 다른 두 모습을 보여준다.

〈리어왕〉

시대적인 배경을 느낄 수 있도록 리어왕의 자기 영토에 대한 분할과 그 과정 속에서 세 딸의 마음을 제대로 파악하지 못하는 모습은 선과 악의 대결 구도로 구성되어 있음을 보여준다.

두 딸의 속마음과 달리 아첨하는 말을 그대로 믿고, 막내 딸의 정직과 진실을 말하는데도 그 속에서 진실을 알아내지 못하는 늙은 왕인 리어왕의 모습 속에서 비극적인 결말의 씨가 자라나게 된다.

어리석은 판단이 빚어낸 결과는 두 딸의 외면이었다. 부모 자식을 갈라놓을 만큼 인간의 욕망은 끝이 없으며, 때늦은 후회는 결국 리어왕 자신을 미치광이로 만들어버리는 것이다.

정상적인 모습으로는 절대 살아갈 수 없는 아버지의 마음상태는 미치지 않고서는 현실을 받아들일 수가 없다는 점을 보여주고 있다. 왕이면서도 철저히 자식에게 외면당한 리어왕, 미친 사람으로 변장을 한 에드가, 미친 모습이 정상인 어릿광대 등의 미친 행동들을 통해서 알 수 있는 삶의 숨겨진 진실이 던져주는 교훈을 우리에게 안겨주고 있다.

〈맥베스〉

개인적인 야심으로 왕을 암살하고 왕위를 빼앗는 정치극이자 역사극인 이 작품은 4대 비극 가운데 가장 짧은 작품이다.

주인공 맥베스가 자신의 야심을 위해 왕을 암살하는 순간 맥베스조차 자신의 비극을 알 수 있게 한 것은 바로 맥베스도 '인간'이라는 점이다.

인간이 가지고 있는 선과 악의 사이에서 맥베스는 악을 택했고, 자신의 욕망과 야심을 채워가기 위해 끝없는 비극의 길을 걸어간 것이다.

한 개인의 비극적인 야심과 욕망을 보여주는 작품이지만 탄탄한 짜임새와 전체적으로 흐르는 긴장감은 이 작품만이 가지고 있는 독특한 특색이다.

알고 갑시다!!

방백과 독백 : 연극 대사의 일종으로 특수한 독백(獨白)을 말합니다. 독백이 무대에 혼자 서서 말 그대로 혼자 말하는 것이라면, 방백은 무대 위에 여러 배우가 있지만 다른 배우들에게는 들리지 않고 관객들에게만 들리는 것을 말합니다. 방백에서는 속마음을 담고 있어서 경멸감을 지껄이거나 상대방에게 속임수를 쓸 때 관객들에게 고백하는 등 대화의 내용과는 다른 작중인물의 심리를 표현하는 데 사용됩니다. 유럽 르네상스 시대부터 19세기 로망극이 나타날 때까지 연극의 주류였던 고전극에서 많이 사용되었습니다.

셰익스피어가 살았던 시대는?

독자들에게 끊임없는 사랑을 받고 있는 셰익스피어의 작품들을 이해하기 위해서 셰익스피어가 살았던 시대를 알아보면 작품 속 배경이나 인물들을 이해하는데 많은 도움을 받는다.

셰익스피어가 태어난 시대는 엘리자베스 1세와 제임스 1세가 통치하던 시대로, 르네상스 시대(1550~1660)에 속하는 시기였다. 이 시대의 문학에 대해 좀더 자세히 알아보자.

▶ ▶ ▶ 생각의 변화가 몰고온 지적 혁명

엘리자베스 1세와 제임스 1세가 다스리던 시기는 문학사 가운데서도 가장 화려한 시대를 말해 준다.

또한 이 시기는 여러 방면에서 영국 사회를 변혁시킨 넓은 분열로 커다란 충격을 주었다. 새로운 사회 변동과 이에 따라 지적 혁명이 일어나 과학, 종교 등 모든 분야에서 새로운 사상이 나타나면서 중세적인 사상은 무너지게 된다.

이 시기에는 각 장르마다 서로 상호 작용이 이루어져 많은 결과물을 낳았다.

귀족풍의 목가에는 대중적인 설화가 들어가고, 서정시에는 발라드가 접목되었으며, 희극에는 로맨스, 그리고 비극에는 풍자가 접목되었다. 그리고 시에는 산문이 섞이면서 새로우면서도 화려한 문학이 나타난 것이다.

새로운 생각들이 파고들면서 대중들의 생활도 자유로와졌다. 그런 과정 속에서 연극이 유행하였고, 연극이 예술의 중심으로 우뚝 서게 된 것이다.

관람 요금이 싸니까 극장 마당은 일반 서민들로 가득 차게 되고, 오후에는 궁중으로 들어가 왕실 가족들 앞에서 공연을 하게 되었다.

연극은 직접 관객과 마주한 자리에서 감정을 표현하고 관객의 반응을 직접 느끼면서 연기를 해야 하기 때문에 가장 직접적으로 대중의 반응을 느낄 수 있고, 가깝게 대중 속으로 파고 들 수 있는 예술이었다.

연극이 더욱 활성화 될 수 있었던 것은 바로 1576년 런던에 전용극장이 생겼기 때문이다. 그후 70년 동안 약 20개의 극장이 문을 열었다고 한다. 이런 극장들은 예술과 서민이 직접 만나는 장소로 서로의 취향이 맞아 떨어진 것이다.

이때 가장 뛰어난 극작가가 바로 윌리엄 셰익스피어인 것이다.

지적 혁명을 가져온 이 시기에 셰익스피어는 자신의 천재적인 기질을 마음껏 발휘할 수 있었으며, 수많은 그의 작품 중 대표적인 것이 바로 4대 비극으로 알려진 < 햄릿>, <오셀로>, <리어왕>, <맥베스> 인 것이다.

차례

리어왕

022

오셀로

194

SHAKESPEARE

1

세 익 스 피 어 4 대 비 극

세 익 스 피 어 4 대 비 극

리어왕

시대적인 배경을 느낄 수 있도록 리어왕의 자기 권능에 대한 분할과 그 과정 속에서 세 딸의 마음을 제대로 파악하지 못하는 모습은 선과 악의 대결 구도로 구성되어 있음을 보여준다. 두 딸의 속마음과 달리 이성하는 말을 그대로 믿고, 막내 딸의 정직과 진심을 말하는데도 그 속에서 진실을 알아내지 못하는 늙은 왕인 리어왕의 모습 속에서 비극적인 결말의 씨가 자라나게 된다. 어리석은 판단이 빚어낸 결과는 두 딸의 외면이었다. 부모 자식을 갈라놓을 만큼 인간의 욕망은 끝이 있으나, 때늦은 후회는 결국 리어왕 자신을 미치광이로 만들어버리는 것이다. 정상적인 의식으로는 결코 살아갈 수 없는 아버지의 마음상태는 여지나 감고서는 현실을 받아들일 수가 없다는 점을 보여주고 있다. 왕이면서도 섣불리 자식에게 외면당한 리어왕, 미친 사람으로 변장을 한 에드가, 미친 모습이 정상인 어릿광대 등의 미친 행동들을 통해서 알 수 있는 삶의 숨겨진 진실이 던져주는 교훈을 우리에게 던져주고 있다.

King Lear

목차

King Lear

리어왕은 셰익스피어의 4대 비극 중 가장 처절한 작품이다. 고대 브리튼 야사 속의 일화에서 소재를 얻은 이 작품은 아버지와 자식 간의 애정과 신뢰에 관한 문제를 다루고 있다.

영국의 전설상의 왕인 리어에게는 고네릴, 리건, 코델리아의 세 딸이 있었다. 그는 이제 늙었기 때문에 딸들에게 국토를 나누어주려고 했다. 두 언니가 마음에도 없는 아부를 하는 것을 보고 진실한 코델리아는 화가 나서 일부러 매정하게 응답해 아버지의 노여움을 산다. 결국 코델리아는 아버지에게 추방당한다.

코델리아를 빼고 두 딸에게만 땅을 나누어 준 리어왕은 두 딸들에게 교대로 머물기로 했으나 두 딸 모두에게 심한 학대를 받게 되자 궁정의 광대와 충신인 켄트 백작 두 사람만을 데리고 폭풍우가 몰아치는 광야에서 두 딸을 저주하며 미쳐버린다. 여기에서 리어왕은 결국 '왕도 역시 하나의 인간에 지나지 않으며 인간은 벌거벗은 동물'이라는 것을 깨닫는다.

한편 리어왕을 충심으로 모신 글로스터 백작은 서자 에드먼드의 꾐에 빠져 성실한 적자인 에드거를 멀리하다가 결국 두 눈이 뽑히고 추방당하고 만다.

프랑스 왕비가 된 코델리아는 아버지의 참상을 듣고 아버지를 구하기 위해 군대를 이끌고 영국으로 가지만 리어왕과 함께 포로가 되고 그녀는 죽는다. 리어왕은 딸의 주검을 보고 슬퍼하여 절명한다. 두 딸은 불륜의 사랑으로 신세를 망치고 고네릴의 남편인 앨버니 공작이 왕위에 오른다.

극중에서 특히 유명한 것은 리어왕이 폭풍의 광야에서 미쳐버리는 장면인데, 여기에 고뇌하는 리어왕에게 불후의 광대적인 성격을 부여하여 비극적 효과를 높이고 있다. 이 작품에 대해 영국의 비평가 램은 보통 사실극(寫實劇)의 구성과는 너무 동떨어진 극적 천재가 발휘되어 '상연 불가능'하다고 극찬을 했는가 하면, 톨스토이는 가혹한 평을 하는 등 해석이 엇갈리고 있다.

등장 인물

리어왕 : 영국 전설상의 늙은 왕으로, 두 딸에게 영토를 주었으나 홀
　　　　대당하여 미쳐버린 후 말년을 비극적인 죽음을 맞는다.

고네릴 : 리어왕의 첫째딸, 알바니 공작의 아내

리건 : 리어왕의 둘째딸, 콘월 공작의 아내

코델리아 : 리어왕의 막내딸, 프랑스 왕의 아내

켄트 백작 : 리어왕의 신하

글로스터 백작 : 리어왕의 신하

에드가 : 글로스터의 적자

에드먼드 : 글로스터의 서자로 에드가를 모함한다.

콘월 공작 : 리건의 남편

알바니 공작 : 고네릴의 남편

버건디 공작 : 코델리아의 청혼자

프랑스의 왕 : 코델리아의 남편

광대 : 리어왕의 신하

오즈왈드 : 고네릴의 집사

노인 : 글로스터의 하인

전의, 신사, 전령, 부대장들, 기사들, 사자들,
장병들, 시종들, 하인들

제1장

리어왕 궁성의 알현실

리어왕의 왕궁, 알현실.
켄트 백작, 글로스터 백작, 그의 서자 에드먼드 등장.

켄 트 국왕께서는 콘월 공작보다 알바니 공작을 더 아끼시고
계시는 것 같습니다.

글로스터 항상 그런 것 같더군요. 하지만 영토 분배에 있어서는
어느 공작을 더 생각하고 계시는지 알아내기 어려울 정도로
똑같이 분배했기 때문에, 조목조목 양쪽을 세밀하게 조사해
보아도 어느 쪽이 더 유리한지는 말할 수 없는 것 같소.

켄 트 이분은 아드님인가요?

글로스터 제가 키우고 있습니다만, 저 아이를 제 아들이라고 할
때마다 어찌나 얼굴을 붉혀왔던지 지금은 철면피가 되어버렸
습니다.

켄 트 도무지 무슨 얘긴지 알아들을 수 없군요.

글로스터 저 아이 어미가 내 씨를 받아 배가 점점 불룩해졌지요.

나의 딸들아, 짐은 이제부터 이 나라의 통치권이며
소유하고 있는 영토며 행정 관리권 등을 모두 넘길 생각이다.
너희들 중 누가 이 아비를 가장 사랑하고 있는지 말해 보아라.
짐에 대한 사랑과 효성이 가장 큰 딸에게 제일 큰 몫을 주도록 하겠다.

그래서 침상에서 남편을 맞이하기도 전에 자기 아이를 요람에서 재우게 되었답니다. 구린 냄새가 나는 것 같지요?

켄 트 글쎄 냄새가 나는 일의 결과로 저런 훌륭한 아들을 얻으셨으니, 그런 잘못은 오히려 잘하신 일 같군요.

글로스터 그러나 제게는 합법적인 적자(嫡子)가 하나 있는데, 특별히 귀엽지는 않지만 이 아이보다 한 살 위입니다. 이 아이는 누가 기다리는 것도 아닌데 주제넘게 태어났지만, 어미가 예쁘고 이 아이가 생겨나기 전에는 상당히 즐거웠기 때문에, 사생아지만 자식으로 인정할 수밖에 없습니다. 에드먼드야, 이 어른을 뵌 적이 있느냐?

에드먼드 아뇨, 없습니다.

글로스터 이분이 켄트 백작이시다. 내가 존경하는 친구분이니 앞으로 잘 모시도록 하여라.

에드먼드 네, 에드먼드라고 합니다.

켄 트 반갑네. 앞으로 잘 지내보세.

에드먼드 앞으로 백작님의 뜻에 맞도록 노력하겠습니다.

글로스터 이 아이는 9년 동안 외국에서 지냈는데, 다시 가기로 되어 있죠. (나팔 소리) 국왕께서 나오십니다.

왕관을 받든 신하가 먼저 나오고 뒤를 이어 리어왕, 콘월, 알바니, 고네릴, 리건, 코델리아, 시종들 등장한다.

리어왕 글로스터, 프랑스 왕과 버건디 공작의 접대를 맡아 주시오.

아버님, 아버님은 저를 낳아 기르시고, 그리고 많은 사랑을 주셨습니다.
그 은혜의 보답으로 저는 당연히 해야 할 일을 다 하겠습니다.
아버님께 순종하고, 아버님을 사랑하고, 아버님을 누구보다도 공경합니다.

글로스터 예, 분부대로 하겠습니다.

(글로스터와 에드먼드 퇴장한다)

리어왕 이제부터 지금까지 짐이 마음속에 품고 있던 계획을 말하도록 하겠다. 지도를 내게 다오. 우선 나는 내 왕국을 셋으로 나누었다. 짐의 확고한 결심인즉, 이제부터 모든 정치적인 고민과 나라의 모든 일을 이 늙은이의 어깨에서 내려 젊고 기운이 넘치는 사람들에게 넘겨주고 홀가분한 몸과 마음으로 저 세상으로 떠날 여행을 준비할 예정이다. 나의 사위 콘월 공과 또 사랑하는 사위 알바니 공에게 말하노니, 딸들의 지참금을 발표하도록 하겠다. 지금 발표하는 것은 오직 나중에 일어날지도 모를 싸움의 불씨를 없애기 위해서다. 프랑스 왕과 버건디 공작은 짐의 막내딸의 사랑을 차지하기 위해서 서로 경쟁하면서 오랫동안 이 궁정에 머물러 왔는데, 오늘 여기서 그 대답을 듣게 될 것이다. 자, 나의 딸들아, 짐은 이제부터 이 나라의 통치권이며 소유하고 있는 영토며 행정 관리권 등을 모두 넘길 생각이다. 너희들 중 누가 이 아비를 가장 사랑하고 있는지 말해 보아라. 짐에 대한 사랑과 효성이 가장 큰 딸에게 제일 큰 몫을 주도록 하겠다. 고네릴, 네가 맏딸이니 너부터 먼저 말해 보거라.

고네릴 저는 도저히 말로 표현할 수 없을 만큼 아버님을 사랑하고 있습니다. 시력이나 자유로이 처분할 수 있는 넓은 토지보다도 귀하고, 값나가고 희귀한 그 어느 것보다도 소중한 분이십니다. 자식된 도리로 부모에게 할 수 있는 최대의 사랑으로 아버지를 모시겠습니다. 가슴 벅차고 말이 막힐 만한 효성을 가지고, 그 무엇하고도 비교할 수 없는 애정으로 아버지를 사랑하고 있습니다.

코델리아 (방백) 나 코델리아는 뭐라고 말해야 하나! 그래 차라리 아무말 말고 마음으로 사랑하고 있어야겠다.

리어왕 (지도를 가리키면서) 이 경계선부터 이 선까지, 울창한 숲과 기름진 평야와 물고기가 많이 잡히는 강과 광활한 목장이 있는 이 영토를 고네릴에게 주겠다. 이것은 영원히 너와 올버니의 자손 것이다. 다음은 내가 지극히 사랑하는 둘째딸 리건, 콘월의 부인은 짐에게 뭐라고 말하겠느냐?

리 건 저도 언니와 같습니다. 부모님에 대한 사랑의 가치도 같습니다. 언니는 저의 효성을 그대로 표현해 주었어요. 다만 부족한 것이 있어 제가 더 말씀드리면, 저는 그 어떠한 고귀한 사람이 누리는 즐거움일지라도 효도하는 마음 이외의 즐거움은 적으로 생각하고, 귀하신 아버님에 대한 사랑에만 유일한 행복을 느끼고 있습니다.

코델리아 (방백) 다음은 가엾게도 코델리아 내 차례구나! 하지만 나의 사랑이 약한 것은 아니야. 나의 애정은 말로 표현하지 못할 만큼 무거우니까.

리어왕 이 훌륭한 국토의 3분의 1이 너와 네 자손의 영원한 영토가 될 것이다. 넓이나 가치나, 기쁨을 주는 능력에서나, 고네릴에게 준 것에 비해 전혀 떨어지지 않을 것이다. 다음은 나의 기쁨인 코델리아 네 차례. 막내지만 짐의 사랑은 결코 막내 몫은 아니다. 맛좋은 포도의 나라 프랑스의 왕과 드넓은 목장을 소유하고 있는 버건디 공작이 너의 사랑을 얻기 위해 지금 경쟁을 하고 있는데, 언니들에게 주어진 것보다 더욱 비옥한 영토를 얻기 위해 너는 무어라 말하겠느냐?

코델리아 드릴 말씀이 없습니다.

리어왕 뭐? 할 말이 없어?

코델리아 네, 아무 할 말이 없습니다.

리어왕 할 말이 없으면 받을 것도 없다. (Nothing will come of nothing) 그러니 다시 말해 보아라.

코델리아 안타깝게도 저는 제 마음속에 있는 말을 할 수가 없습니다. 저는 아버님을 자식의 의무로서 사랑합니다. 그 이상도 그 이하도 아닙니다. (I love your majesty According to my bond; nor more nor less.)

리어왕 무엇이라고? 코델리아! 감히 그런 말을 하다니. 너에게 돌아갈 재산이 손해를 입지 않도록 다시 한 번 말해 보거라.

코델리아 아버님, 아버님은 저를 낳아 기르시고, 그리고 많은 사랑을 주셨습니다. 그 은혜의 보답으로 저는 당연히 해야 할 일을 다 하겠습니다. 아버님께 순종하고, 아버님을 사랑하고, 아버님을 누구보다도 공경합니다. 어찌하여 언니들은 오직 아버님만을 사랑한다고 말하면서 남편을 맞았을까요? 아마 제가 결혼하게 된다면, 제 남편은 저의 사랑과 의무의 절반을 받게 될 것입니다. 저는 언니들처럼 오직 아버님만을 사랑하려 한다면 결혼하지 않겠어요.

리어왕 그게 너의 진심이냐?

코델리아 네.

리어왕 이토록 어린 네가 어찌 그런 맹랑한 말을 할 수 있느냐.

코델리아 어리지만 제 마음은 진심입니다.

리어왕 좋다. 그러면 너의 그 진심을 네 지참금으로 삼도록 하라! 태양의 성스러운 빛과 밤의 마귀 헤카테의 어두운 밤의 비법과 우리의 생사를 주관하는 천체의 작용에 두고 맹세하지만, 나는 아비로서의 사랑도, 핏줄도 모두 부정하고, 이제부터 영원히 너를 나와는 아무 관계없는 남남으로 여기겠다. 차라리 사랑했던 딸 자식인 너보다 시디아의 야만인이나 식욕을 채우기 위해서 제 가족을 잡아먹는 놈들을 내 마음에 두고 그들을 돕겠다.

켄 트 폐하……

리어왕 듣기 싫다, 켄트! 나를 더 이상 화나게 하지 마라. 내가 가장 사랑하던, 저 아이와 함께 지내면서 저 아이의 보살핌을 받으면서 남은 생을 보내려고 했다. (코델리아에게) 당장 나가라, 보기 싫다…… 저애와 아비로서의 연을 끊는 만큼, 이제는 무덤이 내 안식처가 될 수밖에 없다! 프랑스 왕을 불러라! 어찌하여 아무도 꼼짝하지 않느냐? 버건디 공작을 불러라! 콘월과 알바니는 내 두 딸에게 준 재산 이외에 셋째에게 주려던 재산도 나눠가져라. 코델리아, 너는 진심이라는 오만을 지참금 대신 가지고 시집을 가거라. 고네릴, 리건, 너희 둘에게만 나의 권리와 통치권과 왕위에 따르는 모든 아름다운 의장을 물려주겠다. 앞으로 나는 매달 100명의 기사를 거느리고 너희들의 보살핌아래 한 달씩 교대로 두 집에 머물면서 생활하기로 하겠다. 나는 오직 왕이라는 명칭과 명예만을 보유하고, 국가의 통치나 수입이나 기타의 집행권 모두를 두 사위에게 맡기

겠다. 그 증거로 이 자리에서 왕관을 둘에게 공동으로 물려주
마. (왕관을 준다)

켄　트　폐하! 항상 국왕 폐하로서 존경하고 아버지같이 사모하
여 군주로서 따르고, 그리고 위대하신 보호자로서 제가 신에
게 기도하는…….

리어왕　그만 하거라. 이미 활은 당겨졌으니, 화살에 맞지 않도록
주의하도록 하라.

켄　트　차라리 저를 향해 쏘십시오. 화살촉이 제 심장을 뚫어 폐
하의 마음에 광기가 있으시다면 이 켄트도 예의만 지키고 있
을 수는 없습니다.(리어왕이 분노를 터뜨리며 채찍을 잡고 휘두
른다) 폐하, 대체 왜 이러십니까? 국왕이 아첨에 굴복할 때 충
신이 간언하기를 두려워한다고 생각하고 계십니까? 왕께서
어리석은 행동을 하는데, 자신의 명예를 존중하는 정신이 있
다면 진언을 아니할 수 없습니다. 왕권을 그 전대로 보존하십
시오. 그리고 심사숙고하셔서 지금의 경솔하신 명령을 거두
십시오. 만일 저의 판단이 틀렸다면 목숨을 내놓겠습니다만,
막내 공주님이 절대로 효심이 뒤떨어지는 것이 아닙니다. 또
한 목소리가 낮아 크게 말하지 않는다 해서 진심이 결여된 것
도 아닙니다. (채찍을 맞고 쓰러진다)

리어왕　켄트, 목숨이 아깝거든 조용히 해라!

켄　트　저의 목숨은 전하의 적들과 싸우기 위해서라면 언제라
도 버릴 각오가 되어 있습니다. 폐하의 안위를 위해서 버린다
면 조금도 아깝지 않습니다.

리어왕　당장 물러가라, 보기 싫다!

켄 트 눈을 크게 뜨십시오. 그리고 냉철하게 바라보셔야 합니다.

리어왕 진정 아폴로 신에 두고 맹세하지만······.

켄 트 저 역시 아폴로 신에 두고 맹세하지만, 폐하의 맹세는 헛되이 여러 신들에게 할 뿐입니다.

리어왕 뭐야? 이 못된 놈! (칼에 손을 댄다)

알바니, 콘월 참으십시오, 폐하!

켄 트 칼을 빼십시오. 정직하게 치료하는 의사를 처단하고 감언이설로 유혹하는 유행병 귀신에게 사례를 하십시오. 아까 하신 말씀을 거두시지 않으시면, 제 목에서 소리가 나오는 한 그건 분명 폐하의 잘못을 지적할 것입니다.

리어왕 이 고얀 놈아! 충성을 잊지 않았다면 내 엄명을 듣거라! 짐이 이제까지 어겨본 일 없는 이 맹세를 너는 짐으로 하여금 깨뜨리게 하려 했다. 그뿐 아니라, 불손한 자세로써 짐의 선고와 왕권 사이에 훼방을 놓고, 인정상 혹은 지위상 도저히 참지 못할 일을 짐으로 하여금 하게 하려고 한 것이니······ 자, 국왕의 능력이 어떠한 것인지 직접 맛보아라. 5일간의 여유를 주겠다. 그 동안에 이 재난을 피할 수 있는 길을 마련해라. 그리고 엿새째는 이 왕국에서 떠나거라. 만약 열흘 후에도 추방된 몸으로 국내에 머문다면 발견하는 즉시 사형에 처하겠다. 나가라! 주피터 신에게 두고 맹세하지만, 이 선고는 절대로 취소하지 않겠다.

켄 트 그럼 안녕히 계십시오. 정 뜻이 그러시다면 이 나라에는 자유는 없고 추방만이 있을 뿐입니다. (코델리아에게) 모든 신께서 공주님을 보호해 주실 것입니다! 공주님의 마음은 정당하고, 말씀은 진실하셨습니다. (리건과 고네릴에게) 두 분의 거창하고 달콤한 말씀이 실행되고, 좋은 결과가 효심의 말에서 싹트기를 빕니다. 그리고 아, 두 분 공작 각하, 켄트는 이렇게 작별 인사를 드립니다. 이제 새로운 나라에서 그 전대로 살겠습니다. (켄트 백작 퇴장)

우렁찬 나팔 소리. 글로스터, 프랑스 왕과 버건디 공작을 안내하여 등장.

글로스터 프랑스 왕과 버건디 공작을 모셔왔습니다.

리어왕 버건디 공작, 공작에게 먼저 묻겠소. 여기 계신 프랑스 왕과 더불어 짐의 막내딸을 두고 경쟁하는 공작은 내 딸의 지참금으로 최소한 어느 정도를 요구하시오? 또는 이대로 구혼을 포기하겠소?

버건디 국왕 폐하, 이미 정해놓으신 몫 이상은 바라지도 않고 또 폐하께서 그 이하를 주시리라고 생각지도 않습니다.

리어왕 버건디 공작, 저애가 귀여웠던 시절엔 짐도 그렇게 생각했으나, 지금은 가치가 떨어졌소. 저기 저렇게 서 있소. 저 작은 몸 속 어디가, 또는 저 몸 전부가 마음에 드시거든 내 노여움밖에는 아무것도 가진게 없는 벌거숭이니까, 어서 데려가시오.

버건디 폐하, 뭐라고 말할 수 없습니다.

리어왕 결점투성이에다 편들어주는 사람도 없이 아비의 미움까지 받고 있고, 게다가 아비의 저주를 지참금으로 받아 아비의 맹세로 의절당한 딸년인데, 그래도 신부로 맞아가겠소, 아니면 포기하겠소?

버건디 죄송하옵니다만 폐하. 그러한 조건으로는 도저히 연분이
될 수 없습니다.

리어왕 그럼, 포기하시오. 나를 만들어주신 신에 두고 맹세하지
만, 저애의 재산은 그것이 전부이니까요. (프랑스 왕에게) 대왕
이여! 대왕과의 친분을 생각하면, 내가 증오하는 딸을 감히 아
내로 삼으라고 하지는 못하겠소. 그러니 피를 나눈 아비가 자
기 자식이라고 인정하는 것조차 창피하게 여기는 몰인정한
년보다 더 훌륭한 여자에게 사랑을 돌리도록 하시오.

프랑스 왕 참으로 희한한 일입니다. 조금 전까지도 지극한 사랑
의 대상으로, 칭찬의 주제요, 고령의 위안이요, 가장 크고 깊은
사랑의 대상이던 따님이 무슨 잘못을 저질렀기에 하루아침에
여러 겹의 총애를 모두 잃고 만 것입니까. 정녕 그 죄는 인륜
에 어긋나는 해괴한 것이겠지요? 그런 게 아니라면 그렇게도
자랑이시던 사랑이 타락해 버린 거겠지요. 하지만 따님에게
그런 일이 있으리라고는, 기적이 아니고서는 이성으론 믿어
지지 않습니다.

코델리아 (리어왕에게) 아버님께 부탁드립니다…… 제가 마음에
없는 소리를 술술 지껄이지 못하는 것이 흠일지라도, 저는 마
음에 생각한 것을 반드시 실행합니다. 그러니 부디 한 마디만
변명케 해주십시오. 제가 아버님의 총애를 상실한 것은 결코
악덕의 오명이나 살인, 또는 망측한 과오 때문이거나 음탕한
짓, 혹은 불명예스런 행동 때문이 아니라, 단지 남의 안색을
살피는 눈이나 아첨하는 혓바닥을 가지지 않았기 때문입니

다. 그런 것이 없어서 아버님의 노여움을 샀을지라도 그런 것은 없는 편이 오히려 인간으로서 훌륭하다고 생각됩니다.

리어왕 너 같은 건 차라리 태어나지 않았더라면 좋았을 것을, 아비의 마음에 거슬리는 건 고사하고라도.

프랑스 왕 단지 그런 이유로? 마음먹은 것을 말하지 않고 실천하는, 말수 적은 천성 때문에? 버건디 공작, 공작은 이분께 뭐라고 답변하시겠습니까? 사랑이 본질을 떠나 타산적이면, 그것은 진정한 사랑이 아닙니다. 결혼을 하시겠습니까? 공주님은 인품 자체가 훌륭한 결혼 지참금입니다.

버건디 국왕 폐하! 폐하께서 주시기로 한 것만이라도 주십시오. 그러면 이 자리에서 곧 코델리아 공주를 아내로 맞아, 버건디 공작 부인으로 삼겠습니다.

리어왕 아무것도 못 줘, 신께 굳게 맹세하오.

버건디 그러시다면 유감스럽게도 코델리아 공주는 아버지를 잃었기 때문에 남편도 잃을 수밖에 없습니다.

코델리아 안심하세요, 버건디 공작! 재산을 노리는 혼담이라면 거절하겠어요.

프랑스 왕 아름다운 코델리아 공주, 당신은 아무것도 없지만 가장 부유하고, 버림받았어도 가장 소중하며, 멸시를 받았어도 가장 사랑받는 분입니다. 미덕을 가진 당신을 나는 이 자리에서 손에 넣겠소. 버려진 것을 줍는 것은 괜찮겠죠? 참 이상하게도 주위 사람들은 몹시 멸시하는데, 오히려 나의 마음은 불타올라 사랑이 화염같이 갑자기 더 일다니! 폐하! 지참금도 없이 우연히 내 앞에 내던져진 따님은 저의 아내, 우리 국민의

왕후, 우리 프랑스의 왕비입니다. 그 비열한 버건디 공작이 떼
를 지어 오더라도, 값을 헤아릴 수 없을 만큼 귀중한 이 아가
씨를 내게서 사가지는 못합니다. 코델리아 공주, 저분들이 인
정 없다 하더라도 작별인사를 하시오. 이곳을 떠나도 더 좋은
곳이 기다리고 있소.

리어왕 저 애를 맡아서 대왕의 것으로 하시오. 나에게 저런 딸년
은 없소. 두 번 다시 얼굴을 보고 싶지도 않다. 빨리 떠나라. 은
혜도 애정도 축복도 못 주겠다. 우린 들어갑시다, 버건디 공작.

나팔 소리. 리어왕, 버건디 공작, 콘월, 알바니, 글로스터, 그 밖의 시종들
퇴장.

프랑스 왕 언니들에게 작별인사를 하시오.

코델리아 아버님의 소중한 언니들, 코델리아는 눈물을 흘리며
작별하겠어요. 언니들의 본심은 잘 알지만 동생으로서 결점
을 공개하기는 싫어요. 다만 아버님을 잘 모시세요. 아까 언니
들이 공언한 효심에 아버님을 맡기겠어요. 아, 내가 아버님의
사랑을 잃지 않았더라면 아버님을 좀더 좋은 곳에 부탁할 텐
데. 그럼 두 분 언니, 안녕히.

고네릴 우리가 해야 할 일을 네가 지시할 필요는 없어.

리 건 그것보다 네 남편의 비위나 잘 맞춰라. 자선을 한 셈치고
너를 받아들인 남편이니까. 효도가 부족한 때문이니 네가 당
한 곤란은 당연하지.

코델리아 때가 되면 술책은 탄로나고, 허물은 감추고 있어도 언

42

젠가는 드러나 창피를 당하여 웃음거리가 되고 말 거야. 그럼 두고두고 행복하세요.

프랑스 왕 자, 갑시다. 코델리아 공주. (프랑스 왕과 코델리아 퇴장)

고네릴 리건, 우리 둘과 관계있는 일에 대해 의논을 해야겠어. 아버님은 오늘밤 떠나실 것 같구나.

리 건 그래, 언니네 집으로, 그리고 다음달에는 우리 집으로 오시겠네요.

고네릴 늙으셔서 망령이 심하시구나. 잘 관찰해 보니 어지간하시더라. 지금까지 줄곧 막내를 가장 애지중지해왔으면서 터무니없이 추방해 버리다니 너무하시지 않니.

리 건 망령이 나신 거지 뭐예요. 하지만 여태까지도 자신에 관해서는 알지 못하셨잖아요.

고네릴 가장 건강하셨을 때도 성미가 급하셨는데, 이제는 늙으셨기 때문에 오랫동안 고질병이 된 성격에다가 늙어서 더욱 성미를 부리니, 망령이지 뭐야. 이젠 꼼짝없이 우리가 당할 수밖에 없게 됐구나.

리 건 우리도 켄트가 추방당한 것처럼 언제 무슨 화를 입을지 몰라요.

고네릴 아직 저기는 프랑스 왕과 작별인사 하느라 시끄럽구나. 리건, 우리 둘이 같이 대비하자. 만약 지금 같은 태도로 위세를 부리신다면 이번의 은퇴는 우리들에게 오히려 해가 될 뿐이다.

리 건 앞으로 잘 생각해 봐요.

고네릴 빨리 무슨 조치를 해야겠다. (두 사람 퇴장)

글로스터 백작의 저택.

에드먼드, 한 통의 편지를 들고 등장.

에드먼드 자연이여, 너는 내 행운의 여신이다. 나는 너의 법칙에
따를 생각이다. 무엇 때문에 빌어먹을 습관에 복종하고, 쓸데
없는 소리에 구속되어 재산 상속권을 박탈당해야 한담? 형보
다 12, 3개월쯤 늦게 태어났다고 해서 왜 불이익을 받아야 되
는 거냐? 무엇이 첩의 자식이란 거냐? 나 역시 육체는 균형이
잘 잡혀 있고, 마음은 우아하고, 체격도 근사하다. 어디가 정실
자식보다 뒤떨어지나? 왜 우리에게 서자라는 낙인을 찍는가?
왜 사생아란 말이야? 어째서 비천하지? 뭐가 비천하단 말이
냐? 사생아, 사생아라고? 야성의 욕정에 못 이겨 남의 눈을 피
해서 생겨난 인간이다. 그러니 체력이며, 기력이 월등한 것이
당연하지. 재미없고 김빠진 싫증난 잠자리에서, 생시인지 잠
결인지 모르는 사이에 생긴 바보의 무리와는 다르다. 자! 그러
니 적자인 에드가 형, 형의 재산은 내가 차지해야겠어. 아버지
의 사랑은 이 에드먼드에게도 차별이 없어. 적자, 좋은 말이
다! 적자 형님, 만일 이 편지대로 일이 성공만 하면, 서자인 에

드먼드가 적자를 누르게 되지. 나는 앞으로 성공하고 출세한다. 아, 여러 신들이여, 서자 편을 들어주시옵소서!

글로스터 등장.

글로스터 켄트는 저렇게 추방당하고, 프랑스 왕은 화가 나서 가버리고, 폐하께서는 어젯밤에 다 주고 떠나셔서 일정한 생활비만 받게 되시고, 그런데 이게 다 갑자기…… 에드먼드야, 웬일이냐? 무슨 소식이냐?

에드먼드 (편지를 감추면서) 아버지, 아무것도 아닙니다.

글로스터 왜 그렇게 기겁을 하며 편지를 감추려고 하느냐?

에드먼드 세상 소식은 아무것도 모릅니다.

글로스터 지금 무슨 편지를 읽고 있었느냐?

에드먼드 아무것도 아닙니다, 아버지.

글로스터 아무것도 아니라고? 그럼 왜 그렇게 기겁을 해서 호주머니 속에 쑤셔 넣느냐? 아무것도 아니라면 감출 필요가 없잖니? 어디 좀 보자. 자, 아무것도 아니라면 안경도 필요 없겠구나.

에드먼드 아버님, 용서해 주십시오. 실은 형님에게서 온 편지입니다. 아직 다 읽어보지는 않았지만, 읽어본 부분까지 봐서는 아버님께서 보시면 안 될 것 같습니다.

글로스터 그 편지를 이리 내놔라.

에드먼드 보여드리지 않자니 화를 내실 테고, 보여드려도 화를 내실 텐데. 아직 다 읽지 않아서 모르겠습니다만, 내용이 아주 좋지 않습니다.

글로스터 어서 이리 내놔라, 어서.

에드먼드 형님의 변명을 해두겠습니다만, 아마 이것도 저의 효심을 시험해 보려고 쓴 것 같습니다.

글로스터 (읽는다) '노인을 공경하는 세상의 인습 때문에 인생을 최대로 즐길 수 있는 청춘시절을 쓸쓸하게 지내야 하고, 상속받을 재산도 쓰지 못한 채 늙어서 참다운 맛을 즐길 수 없게된다. 나는 노인들의 강제적인 폭정에 복종하는 것은 어리석은 속박임을 통감하기 시작하고 있다. 노인들이 우리를 지배함은 실력이 있어서가 아니라, 우리가 감수하기 때문이니라. 이 일에 관해서 의논해야겠으니 내게로 좀 와다오. 만약 내가 잠을 깨워드릴 때까지 아버지가 주무시기만 한다면, 아버지 수입의 절반은 영원히 너의 몫이 될 것이며, 너는 나의 사랑받는 아우로서 지내게 될 것이다. 에드가로부터.' 음, 음모로구나! '내가 잠을 깨워드릴 때까지 주무시기만 한다면 아버지의 수입의 절반은 영원히 너의 몫이 될 것이다.' 아들놈 에드가가! 그놈이 이런 것을 쓸 손목을 가졌던가? 그놈이 이런 음모를 꾸밀 심장과 두뇌를 가졌던가? 언제 왔느냐? 누가 가져왔느냐?

에드먼드 누가 가져온 것이 아닙니다. 교묘하게도 제 방 창문 안으로 던져져 있었습니다.

글로스터 이것은 분명히 네 형의 글씨지?

에드먼드 내용이 좋다면 형님 글씨라고 단언하겠습니다만, 이런 내용이니 그렇지 않다고 생각하고 싶습니다.

글로스터 분명히 네 형의 글씨다.

에드먼드 글씨는 형님의 글씨지만, 결코 형님의 본심은 그렇지
　　　않을 겁니다.

글로스터 그놈이 이 문제에 관해서 전에도 네 마음을 떠본 일은
　　　없느냐?

에드먼드 그런 일은 한 번도 없었습니다. 그러나 이따금 이렇게
　　　말하더군요. 자식이 성장하면 노쇠한 부모는 자식의 보호를
　　　받고, 아버지의 수입은 일체 자식이 처리하는 것이 당연하다
　　　고 말입니다.

글로스터 이런 천하의 악당 같은 놈! 편지의 내용이 꼭 그렇다!
　　　흉측하고 악한 짐승 같은 놈! 짐승보다 더 고얀 놈! 당장 그놈
　　　을 찾아오너라. 그놈을 붙잡아야겠다. 무도한 악당! 그놈이 지
　　　금 어디에 있느냐?

에드먼드 잘 모르겠습니다. 잠시 노여움을 거두시고, 더 확실한
　　　증거를 잡을 때까지 형님의 마음을 살피시는 게 어떻겠습니
　　　까? 그것이 좋은 방법일 것 같습니다. 만일 형님의 뜻을 오해
　　　하시고 과격한 수단을 취하시면, 아버님 명예에 큰 흠이 생기
　　　고 형님의 효심을 산산이 짓밟게 될지도 모릅니다. 형님을 위
　　　해서 제 목숨을 걸고 보증하겠습니다만, 형님은 저의 효심을
　　　시험하려고 이런 편지를 쓴 것임에 틀림없습니다. 결코 무슨
　　　위험한 의도가 있는 것이 아닐 것입니다.

글로스터 너는 그렇게 생각하느냐?

에드먼드 아버님께서 괜찮으시다면, 형님과 제가 이 일에 관해
　　　서 의논하는 것을 엿들을 수 있는 곳으로 안내해 드릴 테니,
　　　숨어서 아버님 귀로 사실을 충분히 들어보시는 편이 어떻습

King Lear **47**

니까? 오늘밤이라도 안내해 드리겠습니다.

글로스터 설마 그놈이 그럴 수가!

에드먼드 물론 그렇지 않을 것입니다.

글레스터 이렇게 진심으로 사랑하는 제 아비에게! 하늘이여 땅
이여…… 에드먼드야, 그놈을 찾아내가지고 그놈의 진심을
알아봐다오, 알겠니? 네 지혜를 발휘해 봐라. 내 지위나 재산
을 희생해서라도 확실한 진상을 알아내야겠다.

에드먼드 염려 마십시오. 형님을 당장 찾아내겠습니다. 그리고
최선을 다해서 모든 진상을 알려드리겠습니다.

글로스터 최근에 일어난 일식과 월식은 불길한 징조다. 학자들
은 자연의 법칙에 의거해서 이러쿵저러쿵 이유를 붙이지만,
그런 변고 때문에 인간계는 확실히 재앙을 당하게 마련이거
든. 애정은 식고, 우정은 깨지고, 형제는 서로 다투거든. 도시
는 폭동, 지방에는 반란, 궁중에는 역모 등이 일어나고, 부자
사이의 의리는 끊어진다. 이 흉악한 아들놈의 경우도 그 징조
가 들어맞는구나. 자식은 아비를 배반하고, 국왕은 천성에 어
긋나는 행동을 하고, 아비는 자식을 버리고 이제 세상은 말세
다. 음모, 허위, 배신, 기타 모든 망조가 든 혼란이 무덤에까지
귀찮게 우리를 쫓아오는군. 에드먼드야, 이 악당을 찾아오너
라. 네게는 조금도 손해가 끼치지 않게 하겠다. 용의주도하게
해라. 기품있고 충실한 켄트가 추방당하다니. 그의 죄는 단지
정직하다는 것뿐이었지! 기괴한 일이지. (글로스터 퇴장)

에드먼드 참 우습구나. 운수가 나빠지면 자기 자신의 어리석은
소행은 생각하지 않고, 재앙의 원인을 태양이나 달이나 별의

탓으로 돌리거든. 이건 마치 인간은 필연적으로 악한이 되고, 천체의 압박으로 바보가 되고, 별의 세력으로 악당이나 도둑이나 반역자가 되고, 별의 영향으로 주정꾼이나 거짓말쟁이나 창녀가 되는 것과 같다. 이건 호색한에게는 그럴 듯한 책임 회피책이지. 음탕한 기질은 꼬리 밑에서 나의 어머니와 정을 통했고, 그리고 나는 큰곰자리 밑에서 탄생했것다. 그러니까 별의 이치로 봐서 나는 난폭하고 음탕하게 마련이지. 하지만 쳇, 내가 사생아로 태어날 때 설사 하늘에서 제일 순결한 별이 반짝이고 있었다 하더라도 나는 지금과 조금도 다르지 않을 거다, 에드가…….

에드가 등장.

에드먼드 옛 희극의 마지막 장면처럼 잘 나타나는구나! 나는 우울한 표정으로 미치광이 거지 톰처럼 한숨을 몰아쉬는 데서부터 연기를 시작해야지…… 아, 요사이 일식 월식은 그런 불화의 징조였구나. 파, 솔, 라, 미.

에드거 왜 그러니, 에드먼드? 뭘 그렇게 골똘히 생각하고 있니?

에드먼드 형님, 저는 요전에 읽은 예언을 생각하고 있어요. 요즘 있었던 일식, 월식 뒤에는 어떤 일이 일어날까요.

에드거 넌 그런 일에 관심 있니?

에드먼드 그 예언서에 씌어 있는 그대로가 불행히도 하나하나 실제로 일어나거든요. 예를 들면 부자간의 반목, 변사, 식량 부족, 오랜 우정의 파괴, 국내의 분열, 왕과 귀족에 대한 협박, 이유 없는 의혹, 친구의 추방, 군대의 해산, 부부의 이혼 등등 이 밖의 여러 가지 안좋은 일 말입니다.

에드가 대체 언제부터 점성술을 연구해 왔니?

에드먼드 그보다 형님, 언제 아버님을 뵈었습니까?

에드가 지난 밤에 뵈었지.

에드먼드 같이 이야기하셨어요?

애드거 물론이지. 두 시간 동안이나 얘기했는데.

에드먼드 좋은 기분으로 작별하셨습니까? 아버님의 말투나 얼굴에 화나신 기색은 안 보였습니까?

에드가 전혀. 왜 그런 것을 묻는 거지?

에드먼드 혹시 아버님의 비위를 상하게 할 말씀은 안 하셨습니까? 잘 생각해 보세요. 아무튼 부탁입니다만, 아버님의 엄청난 노여움이 누그러지실 때까지 잠시 아버님 앞을 피하십시오. 대단히 화를 내고 계시니, 형님을 살해하실지도 모릅니다. 그 노기를 봐서 가만 있지는 않을 겁니다.

에드가 어떤 놈이 나를 모략했구나.

에드먼드 저도 그게 걱정입니다. 그러니 아버지의 화가 좀 가라앉을 때까지는 꾹 참고 계십시오. 우선 제 방에 가 계십시오. 그러면 기회를 봐서 아버님 말씀이 잘 들리는 곳에 안내해드릴 테니까요. 자, 어서 갑시다. 열쇠는 여기 있습니다. 외출할 때에는 무장하고 다니세요.

에드가 뭐? 무장을?

에드먼드 형님, 진정으로 형님을 위해서 하는 충고입니다. (I advise you to the best) 형님께 호의를 가진 자가 한 명이라도 있다면 저는 정직한 사람이 아닙니다. 지금 제가 말씀드린 것은 보고 들은 것을 얘기했을 뿐입니다. 하지만 이게 다가 아닙니다. 무서운 진상을 도저히 말로는 다할 수 없습니다. 자, 어서 저쪽으로 가시죠!

에드가 어찌 돌아가는지 사정을 바로 알려주겠니?

에드먼드 물론입니다. 이번 일은 제가 힘이 되어드리겠습니다. (에드가 퇴장) 아버지는 쉽게 곧이 듣고, 형은 마음이 너무 착해! 형은 자기가 남에게 나쁜 짓을 안 하니까, 남을 의심하지 않거든. 그 고지식함을 이용하여 내 계략은 쉽게 진행되어 가는구나! 일은 다 된 셈이다. 혈통으로 안 된다면 꾀라도 내서 영지를 차지해야겠다. 목적을 위해서 수단과 방법을 가리지 않아. (에드먼드 퇴장)

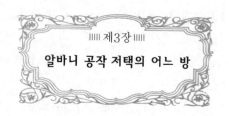

알바니 공작 저택의 어느 방.

고네릴과 그녀의 집사 오즈왈도 등장.

고네릴 아버지의 광대를 나무랐다고 해서 아버지가 우리 집사를 때렸다는 거냐?

오즈왈도 네, 그렇습니다.

고네릴 기가 막혀, 밤낮으로 내게 욕만 보이는구나. 시도 때도 없이 나쁜 행동만 하시고, 그럴 적마다 집안이 온통 난장판이구나. 이제는 더 이상 참을 수 없어. 아버님의 기사들은 난폭해지고, 아버님은 사소한 일에도 우리를 야단만 치시는구나. 사냥에서 돌아오셔도 인사하지 않을 테야. 아버님께서 나를 찾으시면 몸이 아프다고 해라. 너도 이제부터는 소홀하게 대접해도 괜찮아. 잘못이 있다면 내가 책임지겠다.

오즈왈도 돌아오시는 모양입니다. 뿔나팔 소리가 들립니다.

고네릴 될 수 있는 대로 냉랭하게 대하거라! 너나 다른 하인들도 냉랭하게 대해서 그것을 문제삼게 만들어 봐. 못마땅하시면 동생에게로 가시라지. 동생도 나와 같은 마음이니까, 이제 가만있지는 않을 거야. 망령난 노인 같으니. 다 넘겨준 권력을 언제까지나 휘두르겠다고! 정말 늙으면 어린애가 된다니까. 비위만 맞춰줘선 안 되겠어. 떼를 쓰기 시작하면 나무라줘야지. 지금 일러둔 말을 잊지 말거라.

오즈왈드 네, 잘 명심하겠습니다.

고네릴 그리고 아버님의 기사들에게도 냉정한 태도로 대하거라. 그래서 무슨 일이 일어나도 상관없으니까. 네 동료들한테도 그렇게 일러 둬. 나는 이것을 트집잡아서 말하고 싶은 것을 다 말해 줄 테니까. 이제 곧 동생에게 편지를 써서 나와 보조를 같이하게 해야지. 저녁 준비를 해라.

|||| 제4장 ||||
알바니의 저택

알바니의 저택.

변장을 한 켄트 등장.

켄 트 다른 사람 목소리를 가장해서 내 말투를 감추기만 한다면, 이렇게 변장을 한 목적은 충분히 달성될 수 있을 테지. 그런데 추방당한 켄트, 널 추방한 그분에게 봉사할 수만 있다면,

네가 공경하는 주인이시니 극진히 봉사해 드려야지.

안에 뿔나팔 소리.
리어왕이 기사와 시종들을 거느리고 등장.

리어왕 곧 식사를 하겠다. 한시도 지체할 수 없다. 서둘러 준비하
라고 해라. (시종 한 사람 퇴장) 이봐라! 너는 누구냐?

켄 트 남자입니다.

리어왕 뭘 하는 사람이냐? 내게 무슨 용무가 있느냐?

켄 트 보시는 바와 같은 사람입니다. 신용해 주시는 분께는 진
심으로 봉사하고, 정직한 분께는 정의를 다하며, 말수 적고 현
명하신 분과는 교제하고, 신의 심판을 두려워하며 부득이한
경우엔 싸움도 하는 사람입니다. 그리고 순수한 잉글랜드인
입죠.

리어왕 너는 대체 누구냐?

켄 트 꽤나 정직하고 왕같이 가난한 사람입니다.

리어왕 왕이 왕으로서 구차하듯이 네가 신하로서 구차하다면,
넌 매우 가난하겠구나. 그래 네 소원이 무엇이냐?

켄 트 신하로서 주인을 섬기고 싶습니다.

리어왕 누구를 주인으로 섬기고 싶다는 거냐?

켄 트 당신요.

리어왕 나를 아느냐?

켄 트 아뇨, 모릅니다. 그래도 당신 얼굴에는 어딘지 주인어른
이라고 부르고 싶은 데가 있습니다.

리어왕 그것이 무엇이냐?

켄 트 위엄입죠.

리어왕 할 줄 아는 게 무엇이냐?

켄 트 정당한 비밀은 굳게 지킬 줄 압니다. 말도 타고, 달리기도 합니다. 복잡한 이야기는 엉망으로 만들지만, 알기 쉬운 전갈은 솔직하게 전할 수 있습니다. 보통 사람이 하는 일은 뭐든지 합니다. 그리고 제일 좋은 장점을 말한다면 부지런한 것입니다.

리어왕 그래, 너는 몇 살이냐?

켄 트 노래를 잘 부르는 여자라 해도 그 여자에게 반할 만큼 젊지는 않지만, 형편없는 여자에게 넋을 빼앗길 정도로 늙지도 않았습니다. 벌써 마흔여덟 살이나 먹었습니다.

리어왕 따라오너라. 내 부하로 삼겠다. 식사 후에도 내 마음에 든다면 내 옆에 있게 하지. 여봐라, 식사를! 식사를 가져와! 내 시종은 어디 갔느냐! 내 광대는? 너 가서 내 광대를 좀 불러오너라. (시종 퇴장, 오즈왈드 등장) 여봐라! 내 딸애는 어디 있느냐?

오즈왈드 죄송합니다……. (퇴장)

리어왕 저놈이 뭐라구 하면서 나가느냐? 멍청이놈을 불러! (기사 한 사람 퇴장) 내 광대는 어디 있느냐? 여봐라! 세상이 다 잠들었느냐? (기사 다시 등장) 어떻게 됐느냐! 그 개 같은 녀석은 어디로 갔어?

기 사 그놈 말이 공작부인께선 편찮으시다고 합니다.

리어왕 내가 불렀는데도 그 노예놈이 왜 안 오는 거냐?

기 사 몹시 난폭한 말투로 오기 싫다고 합니다.

리어왕 뭐라고? 오기 싫다고?

기 사 폐하! 사정은 잘 모르겠습니다만, 제 생각엔 이전과 비교해서 폐하를 접대하는 태도가 후하지 않다고 봅니다. 모두가 몹시 냉담하게 대하는 것같이 보입니다. 공작 자신과 공작 부인, 그리고 시종들에 이르기까지 전부 태도가 변한 것같습니다.

리어왕 음! 너도 그렇게 생각하느냐?

기 사 제가 잘못 생각했다면 용서하십시오. 하지만 폐하, 폐하께 소홀함이 있다고 생각될 때에는 직책상 잠자코 있을 수가 없습니다.

리어왕 네 말을 듣고 보니 나도 생각나는 바가 있구나. 요즘 매우 소홀히 대해오는 기색이 보이는데 이것은 그들이 실제로 불친절하다기보다는, 오히려 나 자신이 너무 의심이 많고 까다롭기 때문에 그런 줄 알고 있었다. 앞으로 잘 관찰해 보자. 그런데 내 광대는 어디 갔느냐? 이틀 동안이나 못 봤구나.

기 사 막내따님이 프랑스로 떠나신 후부터는 광대가 몹시 풀이 죽어 있었습니다.

리어왕 이제 그 말은 하지 마라. 나도 알고 있다. 가서 딸애보고 내가 할 얘기가 좀 있다고 그래라. (기사 퇴장) 넌 가서 광대를 불러오너라.

오즈왈드 등장.

리어왕 아, 여봐, 여봐라, 이리 좀 와라. 너는 나를 대체 누구로 아

56

느냐?

오즈왈드 주인 아씨의 아버지입죠.

리어왕 뭐, 뭐라구? 주인 아씨의 아버지라구? 주인의 종놈이……
이 개 같은 놈, 노예놈, 들개놈.

오즈왈드 죄송합니다만 저는 그런 사람이 아닙니다.

리어왕 이 무례한 놈이 나를 노려봐! (상대를 때린다)

오즈왈드 왜 때려요? (리어왕에게 덤벼들려고 할 때 켄트가 튀어나
와서 다리를 건다)

켄 트 이 천한 놈아, 매는 맞지 않겠다는 거냐?

리어왕 참 잘했다. 정말 믿음직하구나. 신세를 잊지 않겠다.

켄 트 자, 일어나, 꺼져버려! 상하의 구별을 알겠지. 나가, 당장
나가! 그 등신 같은 몸뚱아리로 한 번 더 땅에 재보고 싶거든
그냥 그대로 있어. 그러나 당장 꺼져버려! 네놈이 분별력이 있
는 놈이냐? (오즈왈드 퇴장)

리어왕 너는 친절한 놈이다. 고맙다. 월급을 일부 미리 주겠다.
(돈을 준다)

광대 등장.

광 대 내게도 저 사람 좀 빌려줘. 그 대신 자, 이 광대 고깔을 주
지. (켄트에게 광대가 쓰는 고깔을 준다)

리어왕 이놈아! 어떻게 된 거냐?

광 대 이것 봐, 당신은 광대 모자를 쓰는 게 좋을 거야.

켄 트 왜, 광대야?

광　대　왜냐고? 인기가 없어진 사람 편을 드니 그렇지. 당신도 바람부는 방향을 따라 웃지 않으면, 그대로 감기에 걸리고 말아요. 자, 이 광대 고깔을 받아요. (리어왕 손짓하며) 저이는 딸을 내쫓고, 셋째 딸에게는 마음에도 없는 축복을 해줬어요. 이런 사람 밑에 있으면 어쩔 수 없이 이런 모자를 쓰게 돼요. 그런데 어때요, 아저씨! 나는 광대 고깔 두 개하고 딸 둘만 가졌으면 좋겠어요!

리어왕　왜 이놈아!

광　대　나 같으면 재산은 모두 딸에게 내주고도 광대 고깔만은 내가 가지고 싶을 테니 그렇죠. 가지고 싶거든 딸들보고 딴 것을 달라고 해요.

리어왕　얻어 맞기 싫거든 말 조심하거라.

광　대　진리는 개니까 개집으로 쫓겨가야만 하고, 아첨쟁이 암캐 마님께서 난롯불 옆에 서서 냄새를 풍기면, 이 진리의 개는 매를 맞고 개집에서 내쫓겨야 되고요.

리어왕　아, 아픈 데만 찌르는구나!

광　대　자, 좋은 교훈을 하나 가르쳐드릴까요?

리어왕　그래, 한번 말해 봐라.

광　대　그럼 잘 들어봐요, 아저씨!

　　겉치레보다 속을 채우고,
　　알고 있어도 말을 삼가고,
　　가진 것 이상으로 빌려주지 말고,
　　걷기보다는 말을 타고,

들어도 다는 믿지 말고,

따서 번 것보다 적게 걸고,

주색을 멀리하고,

그리고 언제나 집에 들어앉으면

10이 둘인 20보다도 많은 돈이 모인다.

켄 트 쓸데없는 소리구나, 바보야.

광 대 그럼 무료 변호사의 변론 같게요. 제게 아무 보수도 주지 않으셨으니까요. 아저씨, 아무것도 아닌 것이라도 어디 쓸데 좀 없을까요?

리어왕 그야 안 될 말이지. 아무것도 아닌 것에서는 아무것도 나올 수 없으니까. (nothing can be made out of nothing.)

광 대 (켄트에게) 제발 저 사람에게 좀 말해 주세요. 영토의 소작료는 전혀 없다고요. 바보 말은 곧이듣지 않는다니까요.

리어왕 씁쓸한 바보로군!

광 대 어, 씁쓸한 바보와 달콤한 바보를 구별할 줄 아는가?

리어왕 몰라, 좀 가르쳐줘.

광 대 영토를 주어버리라고 당신께 권고한 양반을 내 옆에 데리고 와서, 당신이 그분 역할을 대신 하시오. 그러면 달콤한 바보와 씁쓸한 바보가 당장에 나타나리다. 달콤한 바보는 여기 있고, 또 하나는 저쪽에 있소.

리어왕 뭐야? 이놈이 나더러 바보라고?

광 대 하지만 다른 칭호는 전부 내주어버리고 남은 것은 타고난 것뿐이니까요.

켄 트 이놈이 아주 바보는 아닌데.

광 대 그야, 영주님이나 훌륭한 분들이 나 혼자 바보 노릇을 하게 놔둬야죠. 나 혼자 광대의 전매 특허를 가지려고 해도, 몰려와서 한몫 끼겠다는 거야. 부인들 역시 나 혼자 광대짓을 하게 놔두지를 않고, 달려들어서 찢어가거든. 아저씨, 계란 하나만 주세요. 관(冠)을 두 개 줄 테니.

리어왕 무슨 관을 두 개 준다는 거냐?

광 대 계란 한가운데를 쪼개서 속을 먹어버리면 관이 두 개 남잖아요. 당신이 왕관을 둘로 쪼개어 두 개 다 내줘버렸을 때는, 자기가 탈 당나귀를 업고 진흙길을 걸어간 셈이었지요. 금관을 줘버린 것은 그 대머리 골통 속에 지혜가 없어서지. 내가 하는 말이 광대다운 소리인 줄 맨 처음 눈치 채는 놈은 매 좀 맞아야 돼. (노래)

　　올해는 바보가 손해 보는 해.
　　현자는 바보가 되어,
　　지혜가 잘 돌지 않고,
　　하는 짓이 온통 바보짓.

리어왕 넌 언제부터 그렇게 노래를 잘했나?

광 대 당신이 따님들을 어머니로 삼던 그때부터죠. 그때 당신은 회초리를 내주고 바지를 벗었으니까요. (노래)

　　그때 그들은 갑자기 기뻐서 울고,

나는 슬퍼서 노래를 불렀지.

국왕이 숨바꼭질하면서,

광대들 틈에 들어오시니,

아저씨, 당신의 광대에게 거짓말을 가르칠 선생님을 좀 불러
줘요. 거짓말하는 것을 배우고 싶으니.

리어왕 거짓말하면 매맞는다.

광 대 당신하고 당신 따님들은 정말로 친척간인 모양이죠. 따
님들은 내가 참말을 하면 때린다고 하고, 당신은 내가 거짓말
을 하면 때린다고 하고, 그리고 나는 때때로 말을 하지 않는다
고 매를 맞고, 아! 이제 광대 노릇은 집어치우고, 뭐든지 좋으
니 다른 짓을 해야겠군. 하지만 당신같이 되기는 싫어. 당신은
지혜를 양쪽에서 잘라내버려서, 가운데는 아무것도 남은 게
없으니까. 잘라낸 조각 하나가 마침 오는구먼.

고네릴 등장.

리어왕 애야, 왜 그러느냐? 왜 그렇게 이맛살을 찌푸리고 있지?
요샌 계속 얼굴을 찡그리고 있는 것 같구나.

광 대 당신도 딸의 찡그린 얼굴에 신경을 쓰지 않아도 좋았던
시절엔 좋은 사람이었는데요. 이제는 숫자 없는 영(零)이 됐
구먼. 당신보다는 오히려 내가 낫지. 나는 이래봬도 광대 바보
지만, 당신은 아무것도 아니거든. (고네릴에게) 예, 아무 말도
안 하지요. 말씀하지 않아도 얼굴빛으로 알아챌 수 있으니까

요. 쉬, 쉿!

껍데기나 빵 고물까지 내버리면,

만사가 싫더라도, 뭔가 섭섭하지.

(리어왕을 가리키며) 저것은 알맹이를 뺀 콩깍지요.

고네릴 무슨 소릴 해도 상관없는 이 광대뿐아니라, 데리고 계신
다른 기사들도 모두 내가 뭐라고 하면 이내 트집을 잡고 시비
를 걸며, 마침내는 망측하고 난폭한 짓을 하니 참을 수 없을
지경입니다. 실은 한 번 확실히 말씀드려서 안전책을 강구하
려고 생각해 왔는데, 요즘의 아버님 말씀이나 행동에는 이상
한 점이 많습니다. 혹시 아버님이 그런 난폭을 옹호하시고, 선
동하시고 계신 것이 아닙니까? 만일 그렇다면 그 잘못은 당연
히 비난을 받아야 하며, 또 저희들로서도 그냥 내버려둘 수만
은 없습니다. 국가의 안녕을 위해서도 무슨 조치를 해야겠는
데 그렇게 하면 아버님은 화를 내실 거고, 또 다른 때 같으면
저의 집도 불명예스럽겠습니다만, 이런 부득이한 사정 때문
이라면 현명한 처리라고 세상은 인정할 것입니다.

광 대 아저씨, 아시죠.

울타리 참새가 뻐꾸기를 너무나 오래도록 길러주었더니.

끝내 뻐꾸기 새끼에게 먹혀버렸지.

그런데 그만 촛불이 다 타서 우리는 캄캄한 데 있게 됐지.

리어왕 너는 내 딸이 맞느냐?

고네릴 아버님께서는 본래 현명하시니, 그 좋은 지혜를 좀 잘 써
주세요. 그리고 요즘같이 아버님답지 않은 미친 행태들은 좀
버리세요.

62

광 대 수레가 말을 끌면 당나귄들 모르겠소? 아줌마, 나는 당신에게 반했어.

리어왕 여봐라. 내가 누구냐? 여기 누가 나를 알아보나? 이 사람은 리어가 아냐. 리어가 이렇게 걷고, 이렇게 말을 하나? 리어의 눈은 어디 있어? 머리가 둔해지고, 분별력이 줄고 있나? 허! 깨어 있나? 깨어 있지 않나? 내가 누군지, 누가 좀 말해 줄 수 없나? (Who is it that can tell me who I am?)

광 대 리어의 그림자요!

리어왕 나는 그걸 알고 싶은 거다. 왜냐하면 왕위의 표시로나 지력으로나 이성으로 판단해서 내게는 딸자식들이 있었던 것 같은데, 내가 잘못 알고 있었나?

광 대 그 따님들이 당신을 공손한 아버지로 만들자는 거죠.

리어왕 귀부인, 당신의 이름은 뭐요?

고네릴 그렇게 놀란 척하시는 것이 바로 요즘 아버님의 망령입니다. 제발 저의 의도를 제대로 이해해 주십시오. 아버지는 연로하였으니까 현명하셔야 합니다. 아버지는 100명의 기사와 시종을 거느리고 계시지만 그들은 정말 난폭하고 음탕하여 방종한 사람들이기 때문에, 저희 집은 그들의 행실에 감염되어 난잡한 여인숙 같습니다. 주색과 방탕으로 이 위엄있는 저택이 천한 술집이나 창녀촌 꼴이 되었습니다. 그러니 시종들의 수를 좀 줄이겠습니다. 그리고 시종을 들 사람들은 연로하신 아버님께 알맞고, 분별 있고, 아버님의 처지를 잘 아는 사람들만으로 하겠습니다.

리어왕 오! 이 세상은 암흑이다. 제기랄! 당장 말을 준비해라! 내

시종을 다 불러라! 돼먹지 못한 사생아 같으니라구. 네 신세는 안 지겠다. 내게는 또 하나의 딸이 있어.

고네릴 저도 어쩔 수 없습니다. 아버지는 저의 부하들을 때리고, 아버지의 난폭한 시종의 무리는 윗사람을 하인 취급을 하니 이럴 수밖에 없네요.

알바니 등장.

리어왕 이제는 후회해도 소용없구나! (That too late repents) (알바니를 보고) 아, 자네 왔는가? 이것은 너의 뜻이냐? 대답 좀 해 보아라! (시종에게) 어서 말을 준비하거라. 배은망덕한 것 같으니라구. 돌 같은 마음을 가진 악마야. 네가 자식의 탈을 쓰고 있으니, 바다의 괴물보다 더 흉악하구나.

알바니 제발 고정하십시오.

리어왕 (고네릴에게) 징그러운 솔개야, 거짓말하지 마라! 내 부하들은 모두 엄선한 사람뿐이다. 신하의 본분을 잘 분간하고 모든 일을 소홀히 하지 않고, 자기의 명예를 무엇보다도 중요시 여기는 사람들이다. 아, 아주 조그만 허물이었는데, 코델리아에겐 어째서 그렇게 추악하게만 보였을까. 그 허물은 고문하는 기계같이 본성의 조직을 뿌리부터 갈기갈기 찢어 놓고, 나의 마음으로부터 애정을 뽑아내어 증오심만 늘게 하였구나. 오 리어, 리어, 리어! (자기 머리를 치면서) 못난 생각만 끌어들이고, 귀중한 판단력을 내쫓아버린 이 머리통을 부셔버리고 싶구나! 자 부하들아, 가자. (기사들과 켄트 퇴장)

알바니 저는 아무 죄가 없습니다. 뭣 때문에 역정을 내시는지 모르겠습니다.

리어왕 그럴지도 모르지. 자연이여, 들어보십시오! 여신이여, 들으소서! 만약 저 인간의 몸에서 자식을 낳게 할 뜻을 가지셨다면 그 뜻을 거두어주십시오. 제발 이년의 배는 자식을 못 가지게 하소서. 이년 몸 속에 있는 생식의 힘을 말려버리고, 그 타락한 육체에는 어미로서의 명예가 되는 자식을 낳지 못하게 하소서! 부득이 아이를 낳아야 한다면 가증스러운 자식을 낳게 하고, 그 자식이 자라서 부모를 배반케 하여 평생 어미의 고생의 씨가 되게 해주소서. 그 애로 인하여 젊은 어미 이마에는 깊은 주름이 패고, 그 볼에는 눈물의 골이 지게 하소서. 자식을 생각하는 어미의 노고와 은혜는 죄다 모멸과 비웃음거리가 되게 해주소서. 그리하여 배은망덕한 자식을 갖는 것은 독사의 이빨보다 무섭다는 것을 깨닫게 해주소서! (How sharper than a serpent's tooth it is To have a thankless child!) 비켜라, 비켜! (리어왕 퇴장)

알바니 대체 어떻게 된 영문이오?

고네릴 당신은 알 필요 없어요. 실컷 마음대로 떠드시라고 놔두세요. 망령을 부리는 거예요.

리어왕, 미친 모습으로 다시 등장.

리어왕 뭐하는 짓이냐? 2주일도 채 안 되어 시종을 한꺼번에 50명씩이나 줄이다니?

알바니 대체 어떻게 된 겁니까?

리어왕 그 이유를 말해 주지. (고네릴에게) 제기랄! 너 같은 것 때문에 대장부가 이렇게 흥분하여 울다니 창피하구나. 너 때문에 뜨거운 눈물이 참으려 해도 걷잡을 수 없이 흘러나오는구나. 너 같은 건 독기 찬 안개에 휩싸여 없어져야 돼! 이 아비의 저주가 고칠 수 없는 상처가 되어 네 오관을 갈갈이 찢어버릴 것이야! 노망한 눈아, 두 번 다시 이런 일로 울면 너를 뽑아 헛되이 흘리는 눈물과 함께 내던져서 땅이나 적시도록 하겠다. 아! 끝내 이렇게 되고 마는 건가? 아! 상관없다. 내게는 또 하나의 딸이 있지. 그 애는 틀림없이 친절하게 위로해 줄 거다. 네가 이렇게 하는 것을 알게 되면 그 애는 너의 이리 같은 낯짝을 손톱으로 할퀴어놓을 거다. 두고 봐라. 너는 내가 영원히 나의 모습을 내동댕이쳤다고 생각하겠지만 반드시 나는 다시 예전의 모습으로 돌아갈 것이다. (리어왕 퇴장)

고네릴 지금 보셨지요?

알바니 당신이 나의 소중한 아내이긴 하지만, 편파적으로 당신 편을 들 수는 없을 것 같소.

고네릴 당신은 좀 가만히 계세요. 애, 오즈왈드야. (광대에게) 너는 광대라기보다 악당이다. 주인을 따라 빨리 나가거라!

광 대 리어 아저씨, 리어 아저씨, 기다리세요! 광대를 데리고 가요.

여우가 잡히면,

저런 딸이 잡히면,

틀림없이 도살장 신세지.

내 모자 팔아서 밧줄을 사게만 된다면.

그래서 광대는 뒤를 쫓아가오. (광대 퇴장)

고네릴 아버님한테는 좋은 충고가 됐을 거예요! 기사를 100명이나 두다니? 그야 안전한 정책이겠지요. 무장한 기사를 100명이나 거느리는 것은, 꿈자리가 사납다든가 뜬소문, 공상, 불평, 불만이 있으면 언제든지 그 사람들을 방패삼아 자기 자신을 감싸고, 우리들의 생명을 제압할 수 있을 테니까요. 오즈왈드야, 거기 없느냐!

알바니 그건 너무 지나친 염려가 아닐까?

고네릴 과신하는 것보다는 안전하죠. 혹시 해를 입지 않을까 하고 언제나 두려워하는 것보다, 걱정거리가 되는 위험물을 미리 제거해 버리는 게 상책이에요. 아버지의 속셈은 빤히 들여다보여요. 아버지가 하신 말씀을 편지로 동생에게 알려주어야겠어요. 만일 그렇게 설명해 줘도, 동생이 노인과 기사 100명을 부양한다면……. (오즈왈드 등장) 오즈왈드, 어떻게 됐니? 동생에게 보낼 편지는 준비 됐느냐?

오즈왈드 네, 다 됐습니다.

고네릴 동행을 데리고 곧 말을 타고 떠나라! 동생에게 내가 특별히 걱정하고 있는 점을 낱낱이 이야기하도록 해라. 그것을 더욱 신빙성 있게 하기 위해서라면 네 생각을 적당히 보태어도 괜찮다. 어서 떠나거라. 그리고 속히 돌아오도록 해라. (오즈왈드 퇴장) 안 돼요. 당신의 우유부단한 친절을 무조건 나쁘다고

말할 수는 없지만, 그래도 세상은 당신의 친절에 대해 폐단은 있어도 온건하다고 칭찬하기보다는 분별이 없다고 비난할 거예요.

알바니 당신의 선견지명이 어디까지 맞을지 의문이구려. 잘하려고 서두르다가 오히려 나쁘게 되는 일도 종종 있으니까.

고네릴 아니에요. 그렇다면…….

알바니 좋소, 좋아. 결과를 한번 두고 봅시다. (두 사람 퇴장)

||||| 제5장 |||||
같은 저택의 앞뜰

같은 저택의 앞뜰.

리어왕, 켄트, 광대 등장.

리어왕 너는 이 편지를 가지고 글로스터시(이 부근에 콘월 공의 저택이 있음–역주)로 가라. 딸이 편지를 읽고 나서 묻는 말 이외에는 아무 말도 하지 말아라. 빨리 가지 않으면, 내가 먼저 도착할지도 몰라.

켄 트 잠도 자지 않고 이 편지를 전하겠습니다. (켄트 퇴장)

광 대 사람의 두뇌가 발뒤꿈치에 있다면 터져서 피가 날 염려가 없을까?

리어왕 그런 염려야 있지.

광 대 그럼 안심하세요. 당신이 지혜를 가졌다면 슬리퍼를 신고 가지는 않을 테니까요.

리어왕 하, 하, 하!

광 대 두고 봐요. 또 하나의 따님도 천성대로 대해 줄 테니. 두 분 자매는 능금과 사과처럼 한 눈에 봐도 닮았지요. 그래도 우린 알 것은 알아요.

리어왕 대체 네 놈이 뭘 알고 있다는 거야?

광 대 이쪽과 저쪽은 맛이 같죠. 능금은 모든 맛이 같듯이. 그런데 인간의 코가 왜 얼굴 한복판에 있는지 아저씨는 아세요?

리어왕 모른다.

광 대 그야 코 양쪽에 눈을 붙여 놓기 위해서죠. 그래야 냄새를 맡아내지 못할 때에는 눈으로 알아보게 하기 위해서죠.

리어왕 내가 그 애한테 잘못했어.

광 대 굴은 어떻게 껍질을 만드는지 아세요?

리어왕 몰라.

광 대 저도 몰라요. 하지만 달팽이는 왜 집을 가지고 있는지 아세요?

리어왕 왜 그렇지?

광 대 머리를 감춰 넣기 위해서 그렇죠 뭐. 딸들에게 내주려고 그런 게 아니라 제 뿔을 넣을 건데.

리어왕 아비로서의 정을 잊어야지! 그렇게도 인자한 아비였는데! 말 준비는 다 됐느냐?

광 대 당나귀 같은 바보 하인들이 준비하러 갔어요. 일곱 개의 별은 왜 일곱 개밖에 안 되나 하는 이유는 재미있거든요.

리어왕 그야 여덟 개가 아니니까 그렇지.

광 대 거 명답이야. 당신도 이젠 제법 광대가 될 수 있겠는 걸.

리어왕 반드시 빼앗고 말겠어. 배은망덕한 괴물 같으니라구!

광 대 아저씨, 당신이 내 광대라면 내가 좀 가르쳐주겠는데요. 이미 늙어버렸으니까 소용이 없네요.

리어왕 그게 무슨 소리냐?

광 대 똑똑해지기 전에 늙어버리면 안 되잖아요.

리어왕 아, 하느님. 제발 제정신을 갖게 해주십시오. 미치광이가 되고 싶지는 않습니다!

신사 한 사람 등장.

리어왕 어떻게 됐느냐! 말이 다 준비됐느냐?

신 사 준비는 다 됐습니다.

리어왕 애야, 가자.

광 대 내가 떠나는 것을 보고 비웃는 처녀라도 그 물건이 짧게 잘려지지 않는 한 언제까지나 처녀로 있지는 못하지.

(모두 퇴장)

||||| 제1장 |||||
글로스터 백작의 저택

글로스터 백작의 저택.

에드먼드와 큐런, 좌우에서 등장.

에드먼드 안녕하시오. 큐런.

큐 런 안녕하시오. 지금 당신 아버님을 뵙고, 오늘밤 콘월 공작과 부인이 이곳으로 오신다는 소식을 알려드렸습니다.

에드먼드 어쩐 일일까요?

큐 런 글쎄 저는 모릅니다. 세간의 소문은 들으셨지요? 겨우 귀에 대고 속삭이는 정도의 뜬소문에 불과합니다만.

에드먼드 아직 못 들었는데, 대체 무슨 소문이오?

큐 런 쉿! 콘월 공작과 알바니 공작 사이에 전쟁이 일어날지도 모른다는 소문을 못 들으셨나요?

에드먼드 전혀 못 들었소.

큐 런 그럼 곧 듣게 될 거요. 안녕히 계시오. (큐런 퇴장)

에드먼드 공작이 오늘밤 이곳에 온다고? 잘됐군! 더없이 잘됐어! 이것이 반드시 내 일에 도움이 되도록 해야지. 아버님은 형님을 붙잡으려고 파수를 세워놓았지. 그런데 한 가지 어려운 일이 있어. 그것을 꼭 해내야겠다. 당장 시작하여 행운을 잡아야지! (2층을 향하여) 형님! 잠깐만 내려오세요! 형님! (에드가 등장) 아버님이 감시하고 있습니다. 자, 빨리 도망가세요! 형님이 여기 숨어 있는 것이 탄로났어요. 밤이니까 잘됐습니다. 형님은 혹시 콘월 공작에 대해 험담을 하신 일이 없습니까? 공작이 부인 리건과 함께 급히 오늘밤에 이곳에 오신답니다. 혹시 그분의 편을 들어 알바니 공작의 욕을 하신 일은 없습니까? 생각해 보세요.

에드가 전혀 그런 말을 한 일이 없는데. (I am sure on't, not a word.)

에드먼드 아버님이 오시나 봅니다. 용서하세요. 형님께 칼을 빼들어야겠으니까요. 형님도 칼을 빼들고 방어하는 척하세요. 자, 용감하게 싸우는 척하세요. (큰 소리로) 항복해! 아버님 앞에 나와. 여, 횃불이 나타났습니다. (작은 소리로) 빨리 달아나세요. (큰 소리로) 횃불! 횃불이 나타났습니다! (작은 소리로) 안녕히 가세요. (에드가 퇴장) 조금 피가 흘러야 아주 열심히 싸운 것처럼 보이겠지. (자기 팔에 상처를 낸다) 주정꾼들을 보니까, 장난으로 이보다 더한 짓도 하더군…… 아버님, 아버님! 안 돼요, 안 돼요! 거 누구 없나?

글로스터 애야, 에드먼드야. 그 놈은 어디 있느냐?

에드먼드 지금까지 여기 어둠 속에 서서 칼을 빼들고 괴상한 주문을 외우며, 달님더러 행운을 가져오는 여신이 되어달라고 기도하고 있었습니다.

글로스터 그래, 어디로 갔느냐?

에드먼드 보십시오, 이렇게 피가 납니다.

글로스터 그놈은 어디 갔어, 에드먼드?

에드먼드 저쪽으로 달아났어요. 형님께 아무리 말해도 도저히 듣지 않습니다.

글로스터 여봐라, 쫓아가! 놓치지 마. (하인들 퇴장) 아무리 말해도 도저히 어떻다는 거냐?

에드먼드 여러번 말했지만 아버님 살해 의사를 번복시키지 못했지요. 그야 저는 제 아비를 죽이는 자에게는 복수의 신들이 벼락을 내린다고 설명하고, 또 자식이 아버지께 입은 은혜는 넓고 영원하다고 설명했지요. 그랬더니 자기의 무도한 계획을 제가 끝내 반대하는 것을 본 형님이, 갑자기 맹렬히 돌격해 와서 무방비 상태인 저를 습격하고 제 팔을 찔렀습니다. 그러나 저도 지지 않고 맞서 싸우고, 큰 소리를 지르니까 놀라서인지 갑자기 도망쳐버렸습니다.

글로스터 멀리 도망친다면 몰라도, 이 나라에 있는 한 잡히지 않고 배기겠느냐. 잡히는 날에는 살려두지 않겠다. 오늘밤 나의 은인인 고귀한 공작님이 오신다. 그분의 권위를 빌려 포고령을 낼 테다. 이놈을 잡아서 끌고 오는 자에겐 상금을 주고, 숨기는 자는 사형에 처한다고.

에드먼드 형님에게 당장 그 계획을 중지하라고 충고해 봤으나, 막무가내여서 저는 심한 말로 계획을 폭로하겠다고 위협했지요. 그랬더니 형의 대답은 이랬습니다. '뭐 유산 상속도 못 받을 서자놈아, 내가 부인하면, 누가 네 말을 곧이듣거나 너를 덕많고 능력있는 인간이라고 생각해 줄 줄 아느냐? 천만에, 내가 부인하면—물론 이번 일도 부인하겠는데, 설사 네가 내가 쓴 글씨를 내보여도—나는 그것을 전부 네놈의 유혹, 모략, 간교라고 뒤집어씌울 것이다. 내가 죽으면 너한테 돌아오는 이익이 대단히 크기 때문에 나를 죽이려 한다는 것을 세상이 모른다고 생각하면, 너는 이 세상을 너무 얕본 거야.' 라고요.

글로스터 지독하고 철저한 악당이구나! 그래 제 편지도 모른다고 잡아떼? 그런 놈은 내 자식이 아니야. (안에서 나팔 소리) 저것 봐, 공작의 나팔 소리다! 그런데 왜 오시는지 모르겠구나. 그놈이 도망가지 못하도록 항구는 모두 폐쇄시켜야겠다. 공작님은 그것을 허락해주실 거다. 그리고 그놈의 초상화를 방방곡곡에 보내서 누구나 그놈 얼굴을 알아보게 해야지. 그리고 내 영토는, 서자지만 효자인 네가 상속받을 수 있게 해주겠다.

콘월, 리건, 시종들 등장.

콘 월 웬일이오? 지금 막 여기 도착했는데 이상한 소문이 들리니.

리 건 그게 사실이라면, 그 죄인에게는 어떠한 엄벌을 내려도 부족해요. 어떻게 된 일인가요?

글로스터 아, 부인. 이 늙은이의 가슴이 터질 것만 같습니다.

리 건 아니 그럼 우리 아버님이 이름을 지어준 그 에드가가 당신의 생명을 노렸나요?

글로스터 아, 부인, 부인. 창피해서 말도 못 하겠습니다.

리 건 그 사람은 혹시 우리 아버지를 시중들고 있는 기사들과 한패가 아니었던가요?

글로스터 그건 모르겠습니다. 그러나 너무나 가슴아픈 일입니다.

리 건 그렇다면 그 사람이 그런 흉악한 생각을 갖게 됐다 해도 이상할 건 없어요. 같은 패가 분명해요. 그 사람을 충동질해 노인을 죽이려고 한 것은, 그들이 노인의 재산을 자기들이 가로채려고 계획한 거예요. 오늘 언니가 보낸 편지에 그 기사들 얘기가 자세히 적혀 있었어요. 그들이 우리 집에 묵게 되면 집을 비우라고 알려주더군요.

콘 월 그래서 나는 이렇게 집을 비우게 된 거요. 에드먼드, 이번에 아버지께 효도가 극진했다더구나.

에드먼드 아닙니다. 저의 의무를 다했을 뿐입니다.

글로스터 저애가 그놈의 흉계를 알아냈습죠. 그리고 잡으려다가, 보시는 바와 같이 상처까지 입었지요.

콘 월 그놈을 추격중인가요?

글로스터 예, 그렇습니다.

콘 월 일단 잡기만 하면, 다시 해독을 끼칠 염려는 없게 하겠소. 내 권력을 이용해서 목적을 달성하시오. 에드먼드, 너의 효심에 감탄하여 당장 이 자리에서 나의 부하로 삼겠다. 이런 믿을 만한 부하가 필요하거든. 우선 너를 부하로 삼겠다.

에드먼드 부족한 점이 많습니다만, 진심으로 충성을 다하겠습니다.

글로스터 저도 대단히 감사합니다.

콘　월　아직 모르시죠, 왜 우리가 이렇게 찾아왔는지를?

리　건　글로스터 백작, 이렇게 어두운 밤길을 타서 온 것은 좀 중대한 용건이 있어서인데, 부디 당신의 좋은 의견을 듣고 싶어요. 아버님과 언니는 두 분 사이가 벌어지게 된 원인을 각각 편지로 알려 왔습니다. 제 입장에서는 집을 떠나 답장을 내는 편이 좋을 것 같아서, 여기서 사자를 보내려고 대기시켜놓았습니다. 당신의 낙심은 잘 알겠습니다만, 우리를 위해서 필요한 충고를 해주세요. 그 충고를 당장에 좀 들어봐야 되겠으니까요. (Your needful counsel to our business, Which craves the instant use.)

글로스터　잘 알았습니다. 두 분 모두 정말 잘 오셨습니다.

　(나팔 소리, 모두 퇴장)

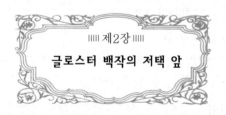

‖‖‖ 제2장 ‖‖‖
글로스터 백작의 저택 앞

글로스터 백작의 성 앞,

켄트와 오즈왈드, 좌우에서 등장.

오즈왈드 밤새 안녕하시오. 당신은 이 집 사람이오?

켄 트 그렇소.

오즈왈드 어디다 말을 매는 거요?

켄 트 수렁 속에다 매시오.

오즈왈드 이봐, 그러지 말고 좀 가르쳐주오.

켄 트 싫소.

오즈왈드 그럼 마음대로 할 테야.

켄 트 당신을 립스베리 외양간에 쳐넣어두면 그렇게 못 할 걸.

오즈왈드 처음 보는 사람에게 왜 이렇게 욕을 하나?

켄 트 미안하지만 나는 너를 알고 있어.

오즈왈드 나를 뭘로 알고 있다는 건가?

켄 트 불한당, 악한, 찌꺼기 고기나 먹는 놈이지 뭐야. 비열하고, 오만하고, 경솔하고 거지 근성이고, 1년에 세 벌밖에 옷을 못 얻어 입으며, 연수입은 100파운드밖에 안 되고, 더러운 털양말이나 신는 악당. 겁 많고, 얻어맞으면 소송을 거는 놈, 사생아에다 거울이나 들여다보는 건달, 주제넘게 참견하는 놈, 까다로운 놈, 재산이라고는 가방 하나밖에 없는 종놈, 주인을 위한답시고 뚜쟁이 노릇이라도 불사하는 놈. 악한과 거지와 겁쟁이와 뚜쟁이, 이것들을 뒤범벅한 놈. 잡종 암캐의 맏아들 놈. 지금 늘어놓은 이름 중 한 자라도 아니라고 부인만 해봐, 깽깽거리도록 패줄 테니.

오즈왈드 별 괴씸한 놈을 다 보겠네. 피차에 모르는 사이면서 욕을 퍼붓다니!

켄 트 이 철면피 같은 종놈아, 그래 나를 모른다고 잡아떼? 쿡

왕 앞에서 내가 네 다리를 걸어 넘어뜨린 지 이틀도 안 됐다. 칼을 빼라, 이 악한아! 밤이지만, 달밤이니 잘 보이는구나. 네 피로 탕을 끓이겠다. 이 서자놈, 이발관 출입이 잦은 야비한 사생아놈! 어서 칼을 빼! (칼을 뺀다)

오즈왈드 저리 가! 너한테는 볼 일 없어!

켄 트 칼을 빼라, 이놈아! 폐하께 불리한 편지를 가지고 오고, 저 허영의 꼭두각시 편을 들어 폐하의 위엄에 해독을 끼치려는 놈. 칼을 빼라, 악당아. 빼지 않으면 네 정강이의 살코기를 저며낼 테다! 빼, 악당아! 자, 덤벼라!

오즈왈드 이놈이, 사람 살려요! 살인이다! 사람 살려요!

켄 트 덤벼라, 이 노예놈아! 맞서 봐, 이 악당아! 맞서 봐. 이 능글맞은 놈아! 덤벼라! (켄트, 오즈왈드를 때린다)

오즈왈드 사람 살려요! 살인이다! 살인!

에드먼드, 칼을 빼들고 등장.

에드먼드 웬일이오? 왜들 싸우는 것이오? 이러지들 마시오!

켄 트 풋내기야, 소원이라면 상대해 주마! 자, 피맛을 좀 보여 주마. 이리와, 젊은 양반!

글로스터, 콘월, 리건, 하인들 등장.

글로스터 무기를 가지고, 칼을 빼들고 대체 여기서 웬 소동이냐?

콘 월 생명이 아깝거든 조용히 하거라! 그래도 싸우는 놈은 사형에 처하겠다. 대체 무슨 일이야?

리 건 언니의 사자와 아버지의 사자군요!

콘 월 왜 싸움을 하는 것이냐? 말해 봐라.

오즈왈드 저는 숨도 제대로 쉴 수 없습니다.

켄 트 그야 그럴 테지. 너무 용기를 내셨으니까. 비겁한 악한
아, 네놈은 자연의 신이 만든 인간이 아니라 재단사가 만든
놈이야.

콘 월 이상한 소릴 하는구나. 재단사가 어떻게 인간을 만들어?

켄 트 예, 재단사가 만들었지요. 석수공이나 화가라도 두 해만
배웠다면 저렇게 서툰 놈을 만들지는 않았을 겁니다.

콘 월 그런데 왜 싸움이 벌어졌나?

오즈왈드 저 늙은 놈의 흰 수염이 불쌍해서 목숨을 살려줬더
니……

켄 트 빌어먹을 놈! 맨 끝 젯(Z)자같이 쓸데없는 놈아! 각하,
만약 허락하신다면 이 거친 놈을 밟아 뭉개서 회반죽을 만들
어 화장실 벽에 바르겠습니다. 늙은 놈이 흰 수염이 불쌍해서
살려줬다고? 이 뱁새 같은 놈이!

콘 월 여, 입 닥쳐! 짐승 같은 것, 여기가 어딘 줄 아느냐?

켄 트 네, 잘 압니다. 그러나 화날 때에는 별문제입니다.

콘 월 왜 화가 났느냐?

켄 트 염치도 없는 저런 노예놈이 칼을 다 차고 있으니까요. 저
렇게 싱글싱글하는 놈은, 끊을래야 끊을 수 없는 신성한 골육
의 핏줄을 감정에 아첨하여 불에는 기름을, 얼음 같은 마음에
는 눈을 던집니다. 아니라고 했다가도 그렇다고 하면서 오로

지 주인의 기분에 따라 물총새 주둥아리처럼 자유자재로 방향을 바꾸어 개처럼 주인을 따라 다니는 것밖에 모르는 놈입니다. (오즈왈드에게) 그 간질병자 같은 낯짝에 열병이나 내려라! 이놈아, 내 말에 웃어? 나를 광대로 아느냐? 이 거위 같은 놈아. 만약 세이럼 벌판에서 너를 만났더라면, 꽥꽥 울면서 캐멀롯까지 곧장 몰고 갔을 걸.

콘 월 이 늙은 놈이 미쳤나?

글로스터 왜 싸움이 일어나게 됐는지 그걸 말하거라.

켄 트 아무리 원수라도, 나와 저 악당만큼 상극은 없습니다.

콘 월 왜 악당이란 말이냐? 어디가 악당이냐?

켄 트 저 낯짝이 맘에 안 들어요.

콘 월 그럼 내 얼굴도, 저분 얼굴도, 내 아내의 얼굴도 모두 맘에 안들겠구나.

켄 트 각하, 정직하게 말하는 것이 제 직책입니다만, 나는 이 순간까지 내 앞에 보이는 누구의 어깨 위에 얹혀 있는 얼굴보다도 훌륭한 얼굴을 보며 살아왔습니다.

콘 월 이놈은 솔직하다고 칭찬을 받으니까 우쭐해져서 일부러 난폭한 짓을 하고, 자기의 천성과도 맞지 않는 행동을 하는 놈이다. 아첨을 못 한다고! 정직하고 솔직하니까 사실을 말 안하고는 못 배긴단 말이지! 세상 사람들이 그것을 받아주면 좋고, 안 받아줘도 솔직함을 간판으로 내걸고 뱃속에는 흉측한 계획을 감추고 있거든. 이런 놈은 윗사람에겐 언제나 쩔쩔매고 굽실거리면서, 주인의 비위를 맞추는 무리보다 더 간악하고 흉측한 놈이야.

켄 트 각하, 본심에서 우러나오는 정성을 다해서 말씀드립니다만, 거룩하신 어전에 엎드려 빛나는 태양신의 이마에 번득이는 찬란한 광채 같은 위광을 받고 계시는 각하의 허락을 얻어……

콘 월 그게 무슨 말이냐?

켄 트 공작님의 마음에 안 드시는 것 같아, 제 말버릇을 고쳐보자는 겁니다. 저는 아첨을 할 줄 모릅니다. 솔직한 말투로 속이는 놈은 진짜 악한입니다. 그런데 저는 그런 놈이 못됩니다.

콘 월 (오즈왈드에게) 그런데 무엇 때문에 저놈을 화나게 했지?

오즈왈드 저는 잘못이 없습니다. 며칠 전 저놈의 주인인 왕께서 오해를 하여 저를 때린 일이 있습니다. 그때 저놈이 한패가 되어 왕의 역정에 비위를 맞추고는 뒤에서 제 다리를 걸었습니다. 그래서 제가 쓰러지자 의기양양하여 조롱하고, 마치 영웅이나 된 것같이 우쭐거리고, 그것으로 왕의 칭찬을 받았습니다. 일부러 져준 상대를 가지고 그 비겁한 공로에 맛을 들여 여기서 또다시 칼을 빼든 것입니다.

켄 트 이런 비겁한 거짓말쟁이야.

콘 월 족쇄를 가져오라! 이 고집불통 늙은 악한아, 나잇값도 못하는 허풍쟁이놈아, 버릇을 가르쳐주겠다.

켄 트 너무 늙어서 이제는 배울 수도 없습니다. 족쇄는 채우지 마십시오. 저는 폐하의 시종으로 그분의 전갈을 가지고 여기 왔습니다. 폐하의 전갈을 가지고 온 사람에게 족쇄를 채우면 폐하의 위엄과 덕망에 대해서 불경일 뿐만 아니라, 너무나도 악의를 표시하는 것이 됩니다.

콘　월 빨리 족쇄를 가져오너라! 나의 생명과 명예를 두고 엄명하는데, 이놈을 정오까지 족쇄에 채워놓아라.

리　건 정오까지요? 밤까지. 아니 밤새도록 채워놓게 하세요.

켄　트 부인, 제가 아버님의 개라 할지라도 그런 대접은 부당하지 않습니까?

리　건 아버님이 데리고 있는 악한이니까 그렇지.

콘　월 이자가 바로 언니가 말한 그 패거리야. 빨리 족쇄를 가져와라.

하인들이 족쇄를 들고 온다.

글로스터 공작님, 그러지 마십시오. 그놈의 죄는 크지만, 주인인 폐하께서 응징하실 겁니다. 그 처벌은 비열하고 비루한 악당들이 좀도둑질이나 그 밖에 흔해빠진 범죄 때문에 받는 처벌입니다. 폐하께서 사자에게 족쇄를 채워놓은 것을 아시면 분명 화를 내실 겁니다.

콘　월 그 책임은 내가 지겠다. (I'll answer that.)

리　건 자기의 사자가 욕을 당하고 습격당했다는 걸 알면 언니야말로 화를 낼 거야. 어서 저 다리에 족쇄를 채워요. (켄트, 족쇄에 채운다) 자, 갑시다. (글로스터와 켄트만 남고 퇴장)

글로스터 참 안 됐구려. 공작의 뜻이니 어쩔 수 없소. 알다시피 그분의 성질은 누가 말리거나 막을 수는 없으니까요. 그러나 내가 한번 용서를 구해 보리다.

켄　트 그만두시오. 밤새 자지 않고 걸어왔으니까 잠시 푹 자면 돼요. 깨어나서 시간이 있으면 휘파람을 불겠소. 세상에는 착한 사람일지라도 운이 기우는 법이 있으니까요. 그럼 안녕히 주무시오.

글로스터 이것은 공작님의 잘못이야. 폐하께서는 화를 내실 거야. (글로스터 퇴장)

켄 트 하늘의 축복을 버리고 뙤약볕으로 나간다……. 폐하께서는 이 격언을 몸소 체험하셔야 하는군. 세상을 비추는 봉화불이여, 어서 오라. 네 빛의 도움으로 이 편지를 읽고 싶구나. 불운에 부딪히지 않고서는 기적이란 볼 수 없는 법. 이것은 분명히 코델리아님의 편지다. 내가 이렇게 변장하고 있다는 것을 다행히도 알고 계시는 모양이구나. 시기를 봐서 이 난세로부터 나라를 구하고, 손실을 보상해 주실 모양이구나. 피로와 밤샘으로 녹았다. 눈이 무거워서 다행이다. 이 굴욕적인 잠자리는 보지 말자. 운명의 신이여, 안녕. 훗날 다시 미소를 보여주고 행운의 수레바퀴를 돌려다오! (켄트 잠든다)

King Lear 83

에드가 등장.

에드가 내가 지명수배되어 있는 모양인데, 다행히 나무구멍 속에 숨어서 잡히는 건 면했구나. 항구는 모두 봉쇄되고, 나를 체포하기 위하여 엄정한 경계망이 쳐져 있지 않은 곳이 없구나. 도망치는 데까지 도망쳐서 생명을 보전해야지. 그리고 궁핍이 인간을 모멸하여 짐승같이 해놓은 것처럼 비천하고 구차한 모습을 해야겠다. 얼굴에는 숯검정을 바르고, 허리에는 남루한 걸레를 두르고, 머리칼은 엉키어 매듭짓게 하고, 그리고 비바람이나 찬 서리에도 벌거벗고 지내야겠다. 이 나라에서 베들렘(정신병원)의 미치광이 거지들이 좋은 본보기다. 그들은 무서운 소리로 떠들며, 마비되어 무감각해진 자기 팔에 바늘, 나무, 꼬챙이, 못, 들장미의 가지 등을 꽂곤 하더군. 그리고 그런 무서운 꼴로 구차한 농가나 가난한 마을이나 양 우리나 물방앗간 등을 찾아다니면서 때로는 미친놈같이 저주도 해보고, 때로는 기도도 외우며 적선해 달라고 볶아대더군, '불쌍한 거지 덜리고트, 불쌍한 거지 톰입니다.' 이렇게 하면 목숨을 이어갈 수 있겠지! 그러나 에드가면 안 되지. (퇴장)

겐트는 족쇄에 채워져 있다. 리어왕, 광대, 기사 등장.

리어왕 이상하군, 이렇게 갑자기 집을 비우고, 더욱이 내 사자도 돌려보내지 않다니.

기 사 제가 들은 바로는, 어젯밤까지도 별로 떠나시려는 의향이 없었다고 합니다.

켄 트 안녕하십니까, 폐하!

리어왕 에잇! 그런 모욕을 당하고 있으면서도 재미가 있으냐?

켄드트 천만의 말씀입니다.

광 대 하, 하! 지독한 각반을 하고 있구나. 말은 머리를, 개와 곰은 모가지를, 원숭이는 허리를, 사람은 다리를 묶이는군. 다리를 함부로 쓰면 나무 양말을 신기게 마련이지.

리어왕 너의 신분을 몰라보고 그렇게 한 놈이 누구냐?

켄 트 따님과 사위님, 두 분입니다.

리어왕 설마, 그럴 리가 없지.

켄 트 아니 사실입니다.

리어왕 아냐, 그럴 리 없어.

켄 트 틀림없는 사실입니다.

리이왕 아냐, 아냐. 그런 짓을 할 사람들이 아니야.

켄 트 아닙니다. 실제로 그랬습니다.

리어왕 주피터에 두고 맹세하지만 그렇지 않아!

켄 트 주노에 두고 맹세하지만 분명 그들이 이렇게 했습니다.

리어왕 그들이 감히 그럴 리가 없어. (They durst not do' t) 감히 하지도 못하겠지만, 하려고도 안 할 거야. 국왕의 사자에게 그런 난폭한 짓을 하다니, 상인보다도 괘씸한 짓이다. 무슨 곡절이 있어서 내 사자인 네가 이런 처벌을 자초했는지, 또는 그들이 이런 처벌을 주었는지를 자세히 빨리 말해 보거라.

켄 트 제가 그 댁에 도착해서 두 분께 폐하의 친서를 전하고 있을 때, 무릎을 꿇고 있는 것이 의무인 자리에서 제가 채 일어나기도 전에 마침 한 사람이 뛰어왔습니다. 그자는 급히 달려오느라고 땀으로 범벅이 되어가지고 숨을 헐떡거리며 자기의 주인 고네릴님의 인사를 전하고, 저를 제쳐놓고 편지를 내놓았습니다. 두 분은 그 자리에서 그것을 읽어보더니 갑자기 하인들을 불러 모아서 말을 타고 떠나버렸습니다. 그리고 저보고는 '뒤따라오라, 틈이 나는 대로 답장을 쓰겠다'라고 하시고, 싸늘한 눈초리로 노려보았습니다. 그리고 여기 와서 다른 사자를 만났습니다만, 그놈에게 저는 몹시 기분이 상해버렸습지요. 글쎄 그 자식은 요전번에 폐하께 무례하게 군 놈이어서 칼을 뺐습죠. 그랬더니 그 겁쟁이놈이 비명을 지르며 사람들을 불러서 깨웠습니다. 폐하의 사위님과 따님은 제 죄에 대해 이런 욕을 주어도 당연하다고 생각하신 겁니다.

광 대 들기러기들이 날아가는 걸 보니 겨울이 아직 안 지나갔구나.

아비가 누더기를 걸치면
자식은 모른 체하지만,
아비가 돈주머니를 차고 있으면
자식은 모두 다 효자.
유명한 여신은 인정 없는 매춘부로
구차한 사람에겐 문을 열지 않는다.

하지만 당신은 따님들한테 1년이 걸려도 다 헤아릴 수 없을
만큼의 불주머니를 얻은 거요.

리어왕 아, 가슴속에 화가 치미는구나! 홧덩어리야 내려가거라!
치미는 슬픔아, 네가 있을 곳은 아래다! 내 딸은 어디 있느냐?

켄 트 공작과 같이 안에 계십니다.

리어왕 너는 따라오지 말고 여기 있거라. (리어왕 안으로 들어간다.)

기 사 지금 말씀하신 것 이외에는 무례한 짓을 안 하셨습니까?

켄 트 전혀 안 했습니다. 그런데 폐하께서는 왜 이렇게 소수의
시종만 데리고 오셨습니까?

광 대 그런 것을 묻다가 족쇄를 차게 된 거구나. 그럼 벌을 받
아야지.

켄 트 왜 그렇지, 광대야?

광 대 개미한테 가서 배워, 겨울에는 일을 안 하잖아. 코가 향한
대로 가는 놈도, 장님 아니면 모두 눈을 믿고 가지. 그리고 장
님의 코라도 스무 개의 코 중에서 악취를 맡아내지 못하는 코

는 하나도 없어. 커다란 수레바퀴가 산에서 굴러 내릴 때에는
매달리지 말아야 해. 매달리고 있다가는 목이 부러지고 말 테
니까. 하지만 그 커다란 수레바퀴가 올라갈 때에는 뒤에 매달
려 올라가야 하지. 현명한 사람이 와서 이보다 더 좋은 것을
가르쳐주면, 지금 내가 가르쳐준 말은 돌려줘. 이것은 악한 보
고나 지키라고 해야지. 광대가 한 충고니까.

> 불공에 이해만 따지고.
>
> 겉으로 따르는 놈은,
>
> 비가 오기 시작하면 보따리 싸고,
>
> 폭풍우가 일면 너 혼자 남는다.
>
> 나는 이대로, 광대는 그냥 있겠으니,
>
> 똑똑한 놈은 달아나라.
>
> 악당은 달아나면 바보가 되지만,
>
> 광대는 절대로 악당은 안 되지.

켄 트 광대야, 너는 어디서 그런 것을 배웠지? (Where learned
you this?)

광 대 바보같이 족쇄를 차고 배운 건 아니야!

리어왕, 글로스터를 데리고 등장.

리어왕 면회사절? 나에게? 둘 다 병이 났다고? 피로하다고? 밤
새 여행을 했다고? 순전히 다 구실이다. 부모를 배신하고 부모
를 버리려는 징조다. 더 좋은 회답을 가지고 오거라.

글로스터 폐하, 아시다시피 공작은 열화 같은 기질이라, 한번 이

렇게 말하면 끝내 요지부동입니다.

리어왕 경을 칠 것들! 열병이나 걸려라! 죽어버려! 박살이나 나 버려라! 열화 같다고? 기질이 어쩌구 어째? 이봐, 글로스터, 글로스터! 내가 콘월 부부를 만나려고 하는 거야.

글로스터 예, 그렇게 말씀드렸습니다.

리어왕 두 사람에게 말씀을 드렸다? 너는 내가 하는 말을 알아듣 고 있나?

글로스터 잘 알아듣고 있습니다.

리어왕 국왕이 콘월하고 할 이야기가 있듯이 아비가 딸하고 할 이야기가 있는 거야. 오라고 명령하는 거란 말이야. 이 말을 두 사람에게 전했느냐? 이 숨도 피도 멎어버려라! 열화 같다 고? 열화 같은 공작이라고? 열화 같은 공작에게 이렇게 전해 라. 내가…… 아냐, 혹시 몸이 불편한지도 모르지. 건강한 사람 이면 자진해서 하는 일도, 병이 나면 태만해지게 마련이거든. 피로 때문에 육체뿐만 아니라 정신까지도 고통을 받게 되면 우리는 본성을 잃게 마련이지. 음, 참자. 병자의 발작을 건강한 사람과 같이 생각하다니, 나는 너무 성급해서 탈이야. (켄트를 보고) 내 권세도 땅에 떨어졌구나! 뭣 때문에 저 사람을 이렇 게 해놓는 거냐? 이걸 보면 공작 부부가 나를 멀리하는데 어 떤 흉계가 있을 것 같아. 저 하인을 풀어주어라. 공작 부부에 게 내가 할 얘기가 있다고 전해라. 자, 빨리 나와서 내 말을 들 어보라고 해. 안 나오면 침실 입구에 가서 북을 쳐 잠을 쫓아 버릴 테니.

글로스터 부디 화목하게 지내셨으면 좋겠습니다. (퇴장)

리어왕 아이고, 이 가슴이! 북받치는 이 가슴! 진정해라.

광 대 아저씨 크게 야단을 치십시오. 점잔 빼는 마누라가 뱀장어국을 끓이려고 산 뱀장어를 밀가루 반죽에 넣을 때같이 말이야. 기어 나오는 뱀장어 대가리를 때리며, '이놈아, 들어가, 들어가!' 하듯이 말이야. 말이 귀엽다고 사료에다 버터를 발라준 자는 그 여자의 오라버니였다나.

글로스터의 안내로 콘월, 리건, 그 시종들과 같이 등장

리어왕 내외가 다 잘 있었느냐?

콘 월 폐하께 인사 여쭙니다! (켄트를 풀어준다)

리 건 아버님, 뵈오니 기쁩니다.

리어왕 그렇겠지, 리건. 당연히 그래야지. 만일 만난 게 기쁘지 않다면, 네 어머니가 창녀인 셈이니 그 무덤을 파내서 이혼을 해야겠지. (켄트를 보고) 오, 풀렸느냐? 그 문제는 나중에 얘기하고…… 리건, 네 언니는 지독한 년이더구나. 아아, 리건 그년은 불효라는 예리한 어금니로 독수리같이 여기를 물어뜯었다. (자기 가슴을 가리킨다) 말로는 설명할 수도 없다. 믿어지지 않을 게다. 얼마나 비열한 수단으로…… 아, 리건!

리 건 제발 진정하세요. 언니의 심정을 오해하신 것이 아닌가합니다. 언니가 효성을 소홀히 할 리는 없습니다.

리어왕 뭐, 그건 무슨 뜻이냐?

리 건 언니가 조금이라도 효도를 게을리했다고는 생각되지 않습니다. 혹시 언니가 아버님 시종들의 난폭함을 막았다면, 거

기에는 충분한 근거와 목적이 있어 그런 것이고, 언니에게는 잘못이 없다고 생각됩니다.

리어왕 그 망할 년!

리 건 아, 아버님은 늙으셨습니다. 아버님은 연세가 많으시고 기력도 쇠약해지셨으니까, 자기보다는 사정을 더 잘 아는 분별 있는 사람에게 의지하고 그 지도를 따르셔야 해요. 그러니 제발 언니에게로 돌아가셔서 사과하시고 잘못됐다고 말씀하세요.

리어왕 그년에게 사과를 하라고? 이것이 가장이 할 짓이란 말이냐! '아가씨, 나는 늙어빠졌습니다. 늙은이는 소용없지요. (무릎을 꿇으며) 이렇게 무릎을 꿇고 애원합니다. 부디 옷과 잠자리와, 먹을 것을 좀 주십시오!' 하고 빌라고!

리 건 제발 그만두세요! 그건 보기 흉한 장난이세요. 언니에게로 돌아가세요.

리어왕 (일어서면서) 절대로 안 가겠다. 그년은 내 부하를 반으로 줄인데다 매서운 눈으로 나를 노려보고, 독설을 휘둘러서 독사같이 이 가슴을 물어뜯었다. 하늘에 저장되어 있는 모든 복수가 그 못된 딸년 머리 위에 내려라! 하늘의 독기여, 그년의 아직 태어나지 않은 자식들에게 스며들어서 절름발이로 만들어버려라!

콘 월 저런, 저런!

리어왕 날쌘 번개야, 눈을 멀게 하는 그 번갯불로 오만한 그년의 눈을 찔러라! 강렬한 일광에 뿜어오르는 늪의 독기야, 내려와서 그년의 미모를 없애놓고, 그년의 오만을 때려 부숴라!

리　건　아, 무서워! 화가 나시면 내게도 저렇게 악담을 하시겠지.

리어왕　아니다, 리건. 너를 저주하는 일은 절대로 없을 거다. 너
　　는 본래 착한 부덕을 지니고 있으니까, 몰인정한 짓은 안 하겠
　　지. 그년의 눈은 사납지만, 네 눈은 상냥하고 불타지 않는다.
　　너는 나의 기쁨을 방해하거나, 하인을 줄이거나, 꽥꽥 말대꾸
　　를 하거나, 용돈을 줄이거나, 그리고 끝내는 내가 찾아오는 것
　　이 싫어서 문을 잠가버리거나 하지는 않을 테지. 너는 잘 분간
　　할 거다, 인간의 본분이나, 자식 된 책임이나, 예의범절이나,
　　은혜를 갚는 길들을. 내가 왕국의 절반을 준 것을 너는 잊지
　　않았을 테니까.

리　건　아버님, 이제 용건을 말씀하세요.

리어왕　내가 보낸 사자를 족쇄에 채운 놈은 대체 누구냐? (안에서
　　나팔 소리)

콘　월　저 나팔 소리는?

리　건　분명히 언니일 거예요. 편지로 알려온 대로, 벌써 오시는
　　군요.

오즈왈드 등장한다.

리　건　공작 부인께서 오셨소?

리어왕　이 여우 같은 놈, 변덕스런 여주인의 신뢰를 믿고 우쭐하
　　여 잘난 척 뻐기는 놈. 썩 물러가거라, 이 종놈아! 꼴도 보기
　　싫다!

콘　월　대체 왜 그러십니까?

리어왕 내가 보낸 사람에게 족쇄를 채운 놈이 대체 누구냐? 리건, 설마 너는 아니겠지?

이때 고네릴 등장한다.

리어왕 누구냐, 지금 오는 건? 아 하늘이여! 이 늙은이를 긍휼이 여기시고, 당신의 높으신 권위가 효심을 어여삐 여기신다면, 또는 당신 자신이 연로하시다면, 부디 저를 보살피사 하늘의 천사를 내려 보내셔서 저를 돕게 하소서! (고네릴에게) 너는 이 수염을 봐도 거리낌이 없느냐? 오, 리건! 어찌하여 너는 왜 그년의 손을 잡는단 말이냐?

고네릴 손을 잡아서 무엇이 나쁩니까? 제가 무슨 무례한 짓을 하기라도 했습니까? 분별력이 떨어진 사람이 생각하고 있는 무례, 망령든 늙은이가 말하는 무례, 그것이 모두 무례일 수는 없어요.

리어왕 아, 이 가슴아, 너는 어지간히도 질기구나! 용케 폭발하지 않는구나! 어찌하여 내 하인에게 족쇄를 채웠느냐?

콘 월 제가 채웠습니다. 그놈이 범한 무례한 행동은 이보다 더 한 처벌을 받아 마땅합니다.

리어왕 뭐, 자네가? 자네가 했단 말이지?

리 건 아버님, 아버님은 연로하시니까, 연로하신 분답게 행동하세요. 부디 돌아가셔서 한 달 동안 언니 집에 계시다가 하인들을 반으로 줄여 제게로 오세요. 지금 저는 집을 떠나 있고, 아버님을 모시려면 준비가 필요합니다.

리어왕 저년한테로 돌아가라고? 그리고 하인을 줄이라고? 싫다. 그렇게 하느니 차라리 두 번 다시 지붕 밑에서 살지 않겠다. 올빼미나 늑대의 벗이 되어, 궁핍한 마음을 달래는 것이 낫지. 저년한테 돌아가라고? 내 저년에게 갈 바에야 막내딸을 몸뚱아리만 데려간 저 맹렬한 프랑스 왕 앞에 무릎을 꿇고 사죄한 후 비천한 신하처럼 여생을 이어갈 연금을 얻어 쓰는 것이 낫지. 저년한테 돌아가라고? 차라리 (오즈왈드를 가리키며) 구역질나는 노예가 되거나, 혹은 짐의 말이 되라고 권해라.

고네릴 그럼 아버님 마음대로 하세요. (At your choice, sir.)

리어왕 (고네릴에게) 애, 제발 나를 미치게 하지 말아라. 내 자식이지만 너에게 신세를 지지 않을 테다. 잘 있거라. 두 번 다시 만나지 않겠다. 다시는 서로 얼굴 맞대는 일이 없었으면 한다. 하지만 너는 나의 피와 살을 받은 딸이다. 아니야, 내 살 속에 숨어 있는 병이지. 그래도 내 것이라고 하지 않을 수는 없지만. 너는 내 썩은 핏속에 생긴 종양이다. 매독으로 인해 헌데다 퉁퉁 부은 부스럼이다. 그러나 그걸 불러오진 않겠다. 천둥의 신에게 죽여달라고 애원하지도 않겠다. 숭고한 심판자 주피터 신에게 너를 고발하지도 않겠다. 마음이 변할 때가 오면 마음을 돌이켜라. 기회를 잡아 착한 사람이 되어라. 난 참을 수 있다. 나와 내 100명의 기사는 리건과 함께 있으면 돼.

리 건 아버님 그렇게는 안 됩니다. 저는 아직 아버님을 기다리지 않았어요. 맞아들일 준비가 되어 있지 않다고요. 언니 말을 들으세요. 그렇게 역정을 내시더라도 분별 있는 사람이 보면, 노인이라 참아줄 테니까요. 그러니 — 하지만 언니는 자신이

하는 일을 잘 알고 있습니다.

리어왕 너는 지금 진심으로 그런 말을 하는 거냐?

리 건 네, 진정으로 하는 거예요. 기사 50명이라고요? 그만하면 충분합니다. 그 이상 둘 필요는 없어요. 아니, 그것도 많지요. 그렇게 수가 많으면, 비용도 많이 들고 위험하기까지 합니다. 한 집에 사는 두 주인 밑에, 어떻게 그 많은 하인들이 평화롭게 지낼 수 있겠어요? 어려워요. 그건 거의 불가능하지요.

고네릴 동생의 하인이나 저의 하인을 부리면 안 될까요? 아버지.

리 건 왜 안 되겠어요. 만일 하인이 불손하다면, 저희들이 얼마든지 단속하겠어요. 만일 이번에 저의 집으로 오시려면 그런 위험을 감안해서 제발 하인들을 25명으로 줄이세요. 그 이상에게는 내어줄 방도 없고 뒤를 봐줄 수도 없으니까요.

리어왕 내 너희들에게 모든 것을 주었는데…….

리 건 정말 적절한 시기에 잘 주셨습니다.

리어왕 나는 일정 수의 시종을 꼭 둔다는 조건으로 너희들에게 모든 권력을 맡겼다. 그런데 뭐, 25명으로 줄이라고? 리건, 진심으로 그러는 거냐?

리 건 다시 한 번 말씀드리겠어요. 그 이상은 절대로 안 돼요.

리어왕 악한 것도, 옆에 더 악한 것이 있으면 좋게 보이게 마련이지. (Those wicked creatures yet do look well−favour'd, When others are more wicked) 최악이 아닌 것이 더러는 가치가 있는 셈이 되고, (고네릴에게) 네게로 돌아가겠다. 네가 말한 50명은 25명의 배니까, 네 효심이 저년의 두 갑절이다.

고네릴 잠깐 기다리세요. 하인을 25명이고 10명이고, 아니 5명

이고 둘 필요가 어디 있어요? 집에는 그 갑절이나 되는 하인
들이 있으니까, 언제든지 아버님의 시중을 들 수 있잖아요.

리 건 한 명도 필요 없을 것 같은데요?

리어왕 오, 필요를 따지지 마라! 아무리 비천한 거지라도 하찮은
물건일망정 여분을 가지고 있기 마련이다. 자연이 필요 이상
의 것을 인간에게 허락하지 않는다면, 사람의 생활은 짐승과
다를 바가 없다. 너는 귀인이다. 그런데 만일 따뜻한 옷을 입
는 것이 사치라면, 별로 따뜻하지도 않은데 지금 네가 입고 있
는 그런 사치스런 옷은 인간으로서 무슨 필요가 있단 말이냐?
그러나 진정 필요한 것은 — 천지신명이시여, 부디 제게 인내
를 허락하소서 — 제게는 지금 인내가 필요합니다! 신들이여,
저는 이렇게 불쌍한 늙은이입니다. 비통은 가슴에 가득 차고
몸은 늙어서 더욱 불쌍한 처지입니다. 이 딸년들의 마음이 이
아비를 배반케 하는 것이 당신의 뜻일지라도, 제가 그걸 참고
견딜 수 있을 만큼 바보 취급은 하지 말아주십시오. 저에게 의
로운 분을 일으켜주십시오! 여자들이 무기로 쓰는 눈물방울
로 이 사내의 볼을 더럽히지 않게 하십시오. 이 간악한 마녀
같은 것들아! 내 반드시 복수를 하고 말겠다. 두고 봐라, 이 세
상이 — 꼭 하고 말테다. 어떻게 해야 할지 아직은 모르겠다
만, 온 세상이 벌벌 떨게 해주마. 네년들은 내가 울 줄 알겠지!
그러나 절대로 울지 않는다. 울 이유가 충분히 있지만. (폭풍
소리) 이 심장이 몇 만 조각이 난다해도 절대로 울지 않을 테
다. 광대야, 나는 곧 미칠 것 같다!

리어왕, 글로스터, 켄트, 광대 퇴장

콘 월 자, 우리는 안으로 들어갑시다. 폭풍우가 칠 것 같소.

리 건 이 집은 너무 비좁아서 그 늙은이와 시종들이 다 들어갈 수 없어요.

고네릴 자업자득이지. 스스로 편한 길을 버렸으니까. 어리석음의 맛을 봐도 싸지 뭐냐.

리 건 아버님 한 분이라면 기쁘게 환영하겠지만, 하인은 한 사람도 안 돼지.

고네릴 나도 그럴 작정이야. 글로스터 백작은 어디 갔지?

콘 월 방금 늙은이를 따라갔소. (글로스터 되돌아온다) 아, 돌아오는군.

글로스터 폐하께서 대단히 노하셨습니다.

콘 월 어디로 가셨소?

글로스터 말을 타고 계신데 어디로 가실지는 저도 모르겠습니다.

콘 월 그냥 내버려두는 게 좋아. ('Tis best to give him way.) 고집대로 하시라고.

고네릴 백작, 절대로 만류하셔서는 안 됩니다.

글로스터 아아, 밤이 되고, 매서운 바람이 몹시 불어올 것입니다. 이 근처 수마일 내에는 거의 덤불 하나 없습니다.

리 건 고집쟁이에게는 스스로 택한 고생이 좋은 선생이 돼요. 문을 모두 잠그시오. 아버님은 난폭한 하인들을 데리고 있어요. 그들이 아버님을 충동해서 무슨 짓을 하게 할지 아무도 몰라요. 그러니 경계해야만 해요.

콘　월 백작, 문을 닫으시오. 오늘밤은 날씨가 무척 험악하군요. 그리고 리건 말이 옳아. 자, 모두 폭풍우를 피합시다.

(모두 퇴장)

|||| 제1장 ||||

황야

천둥, 번개, 폭풍이 몰아친다. 켄트와 한 기사가 양쪽에서 등장한다.

켄 트 누구냐, 험한 날씨뿐인 줄만 알았더니?

기 사 날씨처럼 몹시 마음이 불안정한 사람이오.

켄 트 아, 당신이군. 지금 폐하는 어디 계시오?

기 사 홀로 폭풍우와 싸우고 계시오. 휘몰아치는 바람을 보고, 이 땅을 바닷속으로 날려버리든가, 소용돌이치는 파도가 육지로 밀려와서 하늘과 땅을 뒤엎고, 모든 것을 멸망시키라든가 하라고 호통을 치고 계십니다. 자신의 백발을 쥐어뜯으며 자학하고 계시는데, 사납게 불어대는 광풍이 폐하의 백발을 움켜잡고 비웃고 있습니다. 작은 몸으로 혹독한 폭풍우에 맞서려고 발버둥을 치고 계십니다. 젖을 다 빨려 발광하는 어미 곰도 숨어 있고, 굶주린 사자나 늑대도 비에 젖지 않으려고 하는 이 밤에, 모자도 쓰시지 않은 채 뛰어다니며 될 대로 되라고 외치고 계십니다.

켄 트 곁에 누군가 있겠지요?

기 사 광대가 있을 뿐입니다. 그놈은 열심히 재주를 부려서 심
장을 찢는 듯한 고통을 누그러뜨리려 하고 있습니다.

켄 트 나는 댁의 인품을 잘 알고 있소. 그래서 당신을 믿고 중
대한 일을 하나 부탁하려 하오. 서로 은밀하게 가면을 쓰고 있
어서 아직 겉으로 드러나 보이지는 않지만, 사실은 알바니 공
작과 콘월 공작 사이에는 큰 틈이 벌어지고 있소. 그렇지만 두
공작의 하인 중에는— 하기야 운명적으로 왕위나 높은 위치
에 오른 사람에게는 그런 것이 붙어 있게 마련이지만 — 겉으
로는 충실한 하인인 척하면서 은밀히 프랑스 왕의 밀정으로
우리 나라의 정보를 몰래 빼돌리는 자가 있소. 그래서 그 정보
를 탐지해낸 두 공작의 압력이나 음모, 또는 착한 노왕에 대한
두 공작의 가혹한 행동들과 그 속에 담겨진 어떤 깊은 비밀 등
이 낱낱이 보고되고 있는 것이오…… 아무튼 프랑스군이 분
열된 우리 나라를 공격해 올 것이 확실합니다. 실제로 그들은
우리가 방심한 틈을 타서, 아무도 모르게 우리 나라의 주요 항
구에 이미 상륙하여 공공연하게 이리로 진격해올 태세요. 그
러니 부탁하오. 나를 믿고 지금 곧 도버로 가서, 폐하께서 얼
마나 학대를 받고 미칠 것 같은 슬픔에 빠져 계시는지를 정확
히 보고해 주시면 당신의 노고에 보답할 사람이 있을 것이오.
이렇게 말하는 나는 혈통으로나 가문으로나 어엿한 신사입니
다. 당신에 대해서는 어느 정도 알고 있고, 신원도 확인해 두
었기 때문에 이 일을 부탁하는 것이오.

기 사 좀더 자세히 설명을 해주서야겠습니다.

한순간 천지를 달리는 유황불이여, 거목을 두 동강내는 천둥 앞에 오는 번개여, 나의 백발을 불태워라! 천지를 뒤엎는 뇌성이여, 둥근 지구를 때려 부수어 납작하게 만들어라! 인간을 창조하는 모태를 부수고, 배은 망덕한 인간을 만드는 씨를 당장 쓸어 버려라.

켄 트 걱정하지 마시오. 내가 겉모습 이상의 신분이라는 증거로 이 돈주머니를 드리리다. 주머니를 열어 마음대로 써주시오. 만약 코델리아님을 뵙거든 — 꼭 뵙게 될 것입니다만 — 이 반지를 보여드리시오. 그러면 지금은 말할 수 없지만 내가 누군지를 가르쳐주실 거요. 무슨 비바람이 이렇게 심하담! 폐하를 찾으러 가봐야겠소.

기 사 자, 악수를. 더 하실 말씀은 없으시오?

켄 트 몇 마디만 더. 가장 중요한 것이오. 폐하를 만나거든 — 당신은 저쪽으로 나는 이쪽으로 가니까 — 처음 만나는 사람이 큰 소리를 질러서 신호를 하기로 합니다. (서로 다른 방향으로 퇴장한다)

|||| 제2장 ||||
황야의 다른 곳

폭풍우 속에 리어왕과 광대 등장한다.

리어왕 바람아, 불어 내 뺨을 찢어라! 폭포수 같은 비바람아, 들끓어라! 쏟아져라! 억수 같은 폭우야, 쏟아져서 높이 솟아 있는 첨탑을 집어 삼키고, 첨탑 끝에 달린 팔랑개비를 익사시켜버려라! 한순간 천지를 달리는 유황불이여, 거목을 두 동강내는 천둥 앞에 오는 번개여, 나의 백발을 불태워라! 천지를 뒤엎는 뇌성이여, 둥근 지구를 때려 부수어 납작하게 만들어라! 인간을 창조하는 모태를 부수고, 배은망덕한 인간을 만드는 씨를 당장 쓸어 버려라.

광 대 오, 아저씨. 비를 피할 수 있는 집 안에서 아부하는 것이 밖에서 비 맞는 것보다는 나아요. 그리고 돌아가서 따님들더러 축복해달라고 비세요. 이런 밤은 똑똑한 놈에게나 바보에게나 동정을 베풀지 않으니까요.

리어왕 힘껏 울려라! 비는 퍼붓고 불은 훨훨 타거라! 비와 바람도, 천둥과 번개도 내 딸은 아니다. 너희들을 불효자라 책망하지는 않겠다. 너희들에게는 땅을 주지도 않았다. 너희들을 내 딸이라고 부르지도 않았다. 너희들은 나에게 순종할 의무가 없다. 그러니 마음대로 무서운 일을 하여라. 나는 너희들의 노예다. 그리고 가엾고, 무력하고, 나약하고, 천대받는 노인이다. 그러나 나는 너희들을 비겁한 첩자라고 부르겠다. 저 악독한 두 딸의 편에 서서 이런 늙은이의 백발 두상에 하늘의 군대를 끌고 오다니!

광 대 머리를 넣어둘 집을 가진 사람은 지혜로운 사람이지. 머리 넣을 집 한 칸 없이 불알 넣을 바지를 가지면, 머리나 불알에 이가 들끓지. 거지들은 그렇게 장가를 간다네. 마음속에 고이 간직해둬야 할 것을, 발가락에 달고 다니면, 티눈 때문에 아파 잠을 못 자고, 눈을 뜬 채 긴 밤을 새워야 된다네. 그렇지,

King Lear 103
셰익스피어 4대 비극

어떤 미인도 거울 앞에서는 온갖 표정을 다 지어보거든.

켄트 등장한다.

리어왕 아니다. 나는 인내의 모범이 되어야 해. 아무 말도 말자.

켄 트 누구냐?

광 대 왕관과 바지에 불알주머니가 달린 사람이다. 현명한 사람과 멍청이 말이야.

켄 트 아이고 폐하, 여기 계셨군요. 밤을 좋아하는 짐승들도 이런 밤은 싫어하지요. 이렇게 날씨가 험해서야 어두운 밤을 헤매는 맹수들조차도 잔뜩 겁을 먹고 굴 속에 숨어 있습니다. 이렇게 처참한 번개, 두려운 천둥, 몰아치는 폭풍우의 울부짖음은 태어나서 아직 본 적이 없습니다. 사람의 몸으로는 도저히 이런 고통이나 공포를 감당할 수 없습니다. (man's nature cannot carry The affliction nor the fear.)

리어왕 지금 우리의 머리 위에 이렇게 두려운 혼란을 펼쳐놓은 신들이여, 이제는 진짜 적이 누구인지 분별하십시오. 두려워 떨어라. 네 비밀스런 죄를 마음속에 품고 있으면서도 지금껏 정의의 매를 받지 않고 있는 죄인아. 숨을 수 있으면 숨어 봐라. 이 살인자야, 위증자야, 네가 정녕 사음을 범하고도 근엄한 척하는 놈아, 손발이 떨어지도록 덜덜 떨어 봐라. 교묘하게 다른 사람의 눈을 속여 사람을 살해하려 한 악당아, 가슴속 깊이 숨어 있는 죄의 업보들아, 너희들을 둘러싸 은폐하고 있는 가슴을 찢고 나와 이 무서운 부름에 자비를 구하여라. 나는 네게 죄를 지었다기보다는 침탈을 당한 사람이다.

켄 트 아아, 모자도 쓰지 않으시고? 폐하, 이 근처에 오두막집이 하나 있습니다. 인정 있는 사람이라면, 비바람을 피하시도록 내어줄 것입니다. 그곳에서 잠시만 쉬고 계십시오. 그 동안 제가 그 인정머리 없는 집 — 석조지만 돌보다 차가운 집, 좀 전에도 폐하를 찾았더니 들어오지도 못하게 하던 집 — 그 집에 다시 가서, 지독히 인색하게 구는 예의를 강제로라도 지키게 해보겠습니다.

리어왕 드디어 내 정신이 이상해지기 시작하는구나. 애, 이리 오너라. 애야! 추우냐? 나는 몹시 춥구나. (켄트에게) 여기, 네가 말한 그 집은 어디 있느냐? 곤궁함은 신기한 능력을 가져 천한 것도 귀한 것으로 해준다. 당장 그 오두막으로 가자. 애, 광대놈아, 나는 마음 한구석에서 너를 여간 측은하게 생각하고 있는 게 아니다.

광 대 (노래한다)

　어리석은 사람이라도 —

　바람 부는 날도 비 오는 날도 —

　모두 운명으로 체념 하라.

　매일 비만 내리더라도.

리어왕 정말 그렇구나. 자, 그 오두막으로 안내해라.

리어왕과 켄트 퇴장

광 대 음탕한 여자의 욕정을 식히기엔 좋은 밤이구나. 나가기 전에 예언을 하나 해야겠다.

신부가 말이 먼저 나오게 될 때

술장수가 물로 누룩을 못 쓰게 만들 때

귀족이 재봉사의 스승이 되게 될 때

이교도는 빼고 기생 서방만 화형을 처하게 될 때

재판이 모두 정당한 판결을 받게 될 때

빚에 쪼들리는 향사 없고, 궁핍한 기사 없게 될 때

욕이 남의 혀에 오르지 않게 될 때

소매치기가 사람들 사이에 나타나지 않게 될 때

사채꾼이 들에서 돈을 계산하게 될 때

뚜쟁이와 갈보들이 교회를 세우게 될 때

그때는 앨비온(영국의 옛이름) 천지에

큰 혼란이 일어난다.

그때까지 살아보면 알게 되겠지만,

발은 걷는 데 쓰자는 것이지.

이런 예언은 멀린 예언자가 해야 옳지, 나는 그보다는 한 시대
먼저 산 사람이니까. (광대 퇴장)

글로스터 백작 성의 어느 방.

글로스터와 그의 서자 에드먼드, 횃불을 들고 등장한다.

글로스터 에드먼드야, 이렇게 인정머리 없는 경우는 난생 처음 보는구나. 가여운 생각에 도와드리려고 공작 부부께 간청하다가 나는 집을 모두 빼앗기고 말았구나. 그뿐만 아니라 만일 두 번 다시 폐하 이야기를 꺼내거나, 폐하를 위해서 탄원을 하고, 또는 어떤 방법으로든 도와주면, 영원히 자기들의 노여움을 살 각오를 하라는 엄명이 내려졌다.

에드먼드 정말 지독하게 난폭하고 무례하군요!

글로스터 그만 하거라. 너는 아무 말도 하지 말아라. (say you nothing.) 두 공작 사이에 불화가 일어나고, 거기에 더 불행한 일이 일어나고 있다. 오늘밤 한 통의 밀서를 받았는데, 이걸 입 밖으로 내는 건 몹시 위험하다. 그 밀서는 안방에 자물쇠를 채워서 감춰두었다. 현재 폐하가 받고 계신 학대에 대해서는 철저한 복수가 있을 거야. 이미 군대가 일부 상륙해 있고, 우리는 지금부터 폐하의 편을 들어야 한다. 이제부터 폐하를 몰래 찾아가서 도와드려야겠구나. 너는 가서 공작님을 상대해

라. 폐하에 대한 나의 호의를 눈치채지 못하도록 내 얘기를 묻거든 몸이 불편해서 누워 있다고만 전해라. 이 일 때문에 나의 목숨을 잃더라도 — 사실 그렇게 위협당하고 있는데 — 오랫동안 섬겨온 국왕이시니 꼭 도와드려야겠다. 에드먼드, 무슨 일이 일어날 것만 같구나. 부디 몸 조심해라. (글로스터 퇴장)

에드먼드 당신께 용납되지 않은 충성을 바로 공작에게 알려야겠군. 밀서 건도 함께 알려야지. 이건 나에게 큰 공적이 될 것이다. 그러면 당신이 잃은 재산은 몽땅 나의 것이 되겠지. 젊은이가 일어서는 때는 늙은이가 쓰러질 때다. (The younger rises when the old doth fall.)

||||| 제4장 |||||
황야의 오두막집 앞

폭풍우 속에 리어왕, 켄트, 광대 등장한다.

켄 트 여기입니다. 자, 들어가십시오. 어두운 밤의 들판에서는 이렇게 맹렬한 폭풍우를 견디지 못합니다.

리어왕 내 염려는 하지 말게.

켄 트 들어가십시오.

리어왕 정녕 내 가슴을 부숴놓겠단 말이냐?

켄 트 오히려 제 가슴을 부숴놓고 싶습니다. 제발 들어가십쇼.

리어왕 몰아치는 폭풍우로 인해 물에 빠진 생쥐처럼 흠뻑 젖은 것을 너는 대단한 일로 알고 있구나. 하지만 중병을 앓고 있으면 하찮은 병은 느낄 수 없는 법이다. 누구나 곰을 보면 도망치지만, 앞에 거대한 파도가 일렁이는 바다가 가로막고 있다면, 날카로운 이를 드러내놓고 있는 곰에게도 대적할 수밖에는 없는 법. 마음속에 근심이 없을 때에는 육체에 전달되는 고통이 예민하게 느껴지지. 지금 내 가슴속에는 폭풍우가 일고 있어서 육체는 아무 감각도 없구나. 이 가슴을 치는 놈밖에는…… 불효자! 음식을 가져오는 자신 손을 입으로 물어뜯는 격이라고 할까? 맘껏 응징을 해줘야지! 아냐, 이제는 울지 않겠다. 이런 밤에 나를 큰길가에 내쫓다니. 비야, 억수같이 쏟아져라. 나는 견디어 내겠다. 이런 밤에. 아, 리건, 고네릴! 아낌없이 모두 내준 늙고 인자한 아비를. 아, 그것을 생각하면 미칠 것만 같구나. 이런 생각을 떨쳐내 버리자.(let me shun that) 그만두자.

켄 트 제발 어서 들어가십시오.

리어왕 너나 들어가 편히 쉬어라. 이 폭풍우 덕분에, 더욱 몸에 해로운 일들을 다시 돌이켜 생각해 보지 않아도 되겠구나. 그러나 들어가자. (광대를 보고) 들어가, 애, 너 먼저 들어가라. 집도 없는 가난뱅이야, 먼저 들어가라. 이제 나는 빈자를 위하여 기도를 올리고, 그리고 잠을 청하겠다. (광대, 들어간다) 헐벗고

굶주린 가난뱅이들아, 지금 너희들이 어디 있든 상관없이 이런 무자비한 폭풍우에 시달리며, 머리를 둘 집도 없이 굶주린 배를 안고, 창문처럼 구멍이 난 누더기를 걸치고 어떻게 이처럼 험한 날씨를 감당하겠느냐? 아, 나는 이제까지 너무도 무관심했다. 부귀영화를 누리고 있는 자들이여, 이걸 약으로 삼아라. 폭우에 시달려보고, 가난뱅이들의 처지를 경험해 보아라. 그러면 남아 있는 것을 모두 털어 남들에게 나눠 주고, 하늘의 섭리는 우리가 생각하는 것보다는 공정함을 증명해 보일 수 있을 것 아니겠느냐.

에드가 (안에서) 한 길 반이다. 한 길 반이다! 불쌍한 톰이다. (광대, 놀라 움막에서 뛰어나온다)

광　대 들어가지 마, 아저씨. 귀신이야. 사람 살려, 사람 살려!

켄　트 내 손을 붙들어. (안에다 대고) 안에 있는 건 누구냐?

광　대 귀신이야, 귀신! 자기 이름이 불쌍한 톰이래요.

켄　트 거기 앉아서 중얼거리는 놈은 누구냐? 이리 나와라.

미치광이로 가장한 에드가가 움막에서 나온다.

에드가 아, 악마가 쫓아온다! 저리 가! 저리. 가시 돋친 산사나무 가지 사이로 차디찬 바람이 분다. 악마야, 차가운 잠자리로 들어가서 네 몸뚱이를 녹여라.

리어왕 네 녀석도 두 딸에게 모두 다 줘버렸느냐? 그래서 지금 이 모양이 됐느냐?

에드가 누가 이 불쌍한 톰에게 적선 좀 해주지 않겠습니까? 악마가 톰을 이리저리 끌고 다닙니다. 불 속이든, 개울 속이든, 늪 속이든, 수렁 속으로 끌고 다닙니다. 악마는 베개 밑에 칼을 숨겨두고, 복도에 목을 매어 죽을 밧줄을 걸어놓고 기다리고 있습니다. 혹은 죽 그릇 옆에 독약을 갖다놓고, 혹은 교만한 마음이 생기게 하여 다섯 치밖에 안 되는 다리를 밤색 말로 건너게 하고, 반역자를 잡는답시고 제 그림자를 뒤쫓게 하는 것들도 모두 그놈의 짓이지. 신의 가호로 당신만은 미치지 마십시오! 아, 추워라. 톰은 추워. 신의 가호로 회오리바람도, 별의 독기도 쐬지 말고, 악마에게 들리지도 마십시오! 제발 이 불쌍한 톰에게 적선을 좀 베풀어주세요. 톰은 악마에 홀려 있습니다. 자, 이번엔 꼭 악마를 붙잡고 말겠다! 여기 — 여기다 — 저기다. (여전히 심한 폭풍우가 몰아친다)

리어왕 뭐야, 이놈도 제 딸 때문에 이 모양이 되었나? 너는 네 몫으로 아무것도 남겨놓지 않고 모두 주어버렸느냐?

광 대 그래도 담요 한 장은 남겨놨군. 만일 그것마저 줘버렸더라면 이쪽이 민망해서 쳐다보지 못할 거야.

리어왕 인간의 머리 위에 떨어지려고 준비를 끝낸 하늘의 모든 독기가 너의 딸들 위에 떨어질지어다.

켄 트 저 사람에게는 딸이 없습니다.

리어왕 죽어라, 이 반역자야! 불효하는 딸이 없고서야, 어찌 인간이 저렇듯 망측하게 변할 수가 있나. 자식에게 버림받은 아비들이 저렇게 자신의 육체를 무자비하게 다루는 것이 요즘 유행이냐? 지당한 벌이지! 제 아비의 피를 빨아먹는 펠리컨 같은 딸을 낳은 것은 본래 내 살이었으니까.

King Lear **111**

에드가 필리콕 양반은 필리콕 언덕 위에 앉아 있군. 여기! 여, 여!

광 대 이렇게 추운 밤엔 누구든지 바보나 미치광이가 되어버리고 말거야.

에드가 악마를 조심하세요. 부모 말씀을 잘 듣고, 약속을 꼭 지키세요. 아무 것에나 함부로 맹세하지 말고, 남의 아내를 탐하지도 말고, 화려한 옷에 정신을 팔지도 마세요. 아, 톰은 춥다.

리어왕 너는 전에 무엇을 했느냐?

에드가 지금은 이래 보여도 한때 대단한 건달이었지요. 머리는 지지고, 모자에는 애인에게 받은 장갑을 달고, 주인댁 아씨의 색정에 맞춰주는 짓도 좀 했고요. 입만 열 때마다 맹세를 하지만 하느님의 그 인자한 얼굴 앞에서 바로 깨뜨려버리고, 잠을 자고 있을 때에는 누군가를 만족시킬 궁리를 하고, 눈을 뜨면 그것을 실행했습죠. 노름에 미치고 술고래였으며 여자에 관해서는 터키왕을 뺨칠 정도로 호색한이었죠. 귀는 얇아 남의 말에 잘 넘어가고, 거짓말쟁이였으며, 잔인한 손을 갖고 있었으며, 돼지처럼 게을렀지요. 여우의 교활함과 이리의 욕심을 가지고 개의 광기를 가지고 있었으며, 쉽게 사자처럼 남을 잡아먹었죠. 또각또각 구둣발 소리가 나고 비단옷 스치는 소리가 난다고 해도 여자에게 한눈을 팔아서는 안 됩니다. 그리고 창녀촌에는 발을 들여놓아선 안 되며, 치마 속에 손을 넣지 말고, 사채꾼의 장부에는 펜을 대지 말고, 악마를 몰아내세요. 날카로운 가시의 산사나무 사이를 찬바람이 불고 있군, 윙윙윙 하고, 돌고래 같은 놈아! 자! 통과시켜줘라. (여전히 계속 폭풍우는 몰아친다)

리어왕 넌 차라리 무덤 속으로 들어가 있는 것이 낫겠구나. 이런 맹렬한 폭풍우를 알몸으로 대하고 있으니, 사람이 저 모양이 되는구나. 저걸 봐라. 너는 누에에게서 비단도 얻지 못했고, 양에게서 털도, 짐승에게서 가죽도, 고양이에게서 사향도 얻지 못했구나. 하! 하! 하! 여기 있는 세 사람은 모두 가짜들인데, 너만이 진짜구나. 옷을 모두 벗으면 인간은 너처럼 불쌍하고 발가벗은 짐승에 불과하지. 벗어라. 그리고 빌려 입은 이런 것들을 버리자! 애, 이 단추 좀 풀어라. (리어왕, 옷을 벗으려고 몸부림친다)

광   대 이크 아저씨, 좀 참아요. 오늘밤은 날씨가 몹시 추워서 수영도 못 해요. 저 넓은 벌판에 작은 불이 있다한들, 색골 늙은이의 심장 같은 거죠. 작은 불똥만 하나 있을 뿐, 몸뚱이 전부는 차디차거든. 저것 봐라, 불이 이쪽으로 다가온다.

글로스터, 횃불을 들고 등장한다.

에드가 이것은 악마 플리버티지베트로구나. 저놈은 인경을 알리는 종이 칠 때 나타나서, 첫닭이 울 때까지 여기 저기 떠돌아 다니거든. 우리를 사팔뜨기, 언청이로 만드는 것은 다 저놈의 짓이야. 밀 이삭을 썩게 만들고, 흙 속의 지렁이를 죽이는 것도 저놈의 짓이지. 마귀를 쫓는 성자가 벌판을 세 번 가로질러 가다가 아홉 마리 새끼를 가진 마귀 만났네. 성자는 앞으로는 못된 짓 하지 말라고 악마에게 맹세하도록 시켰지. 그러니 마귀야 꺼져, 없어져!

켄 트 폐하, 왜 이러십니까?

리어왕 저것은 누구냐?

켄 트 게 누구냐? 무엇을 찾느냐?

글로스터 뭐냐, 너희들은? 이름을 대라.

에드가 불쌍한 톰입니다. 이놈은 물에서 노는 청개구리, 두꺼비 올챙이, 도마뱀, 도롱뇽, 생기는 대로 먹어치웁니다. 악마가 발작을 하게 되면 이놈은 성이 나서 푸성귀 대신 쇠똥을 먹고, 늙은 쥐나 하수구에 버려진 개도 삼키고, 웅덩이에 물을 푸른 이끼와 함께 마셔버립니다. 이놈은 매를 맞고 마을에서 쫓겨 다니다 족쇄에 채이고, 감옥에 갇히기도 하는 놈인데, 이래봬도 윗도리를 세 벌, 몸에는 셔츠를 여섯 벌이나 가졌던 놈입니다. 말을 타고, 칼도 차고 다녔지. 생쥐와 들쥐들이 기나긴 일곱 해 동안 톰의 음식이었다네. 나를 따라다니는 놈을 조심해. 가만있어, 악마 스말킨아. 가만있어, 이 악마야!

글로스터 아니 폐하, 이런 놈하고 함께 계셨습니까?

에드가 지옥의 신은 신사지요! 그의 이름은 모도라고도 하고 마후라고도 하지요.

글로스터 폐하, 살과 피를 준 자식들까지 몹시 악해져서, 자신을 낳아준 부모를 미워하는 세상이 됐습니다.

에드가 이 불쌍한 톰은 추워요.

글로스터 자, 가십시오. 저는 폐하의 신하로서, 따님들의 몰인정한 명령에 복종할 수 없습니다. 저의 성문을 닫고, 폐하를 이 밤중에 추위 속에서 고생하도록 놔두라는 엄명이었습니다만, 저는 폐하를 뵙고 따뜻한 불과 식사가 준비되어 있는 곳으로 안내해드리기 위해 이렇게 찾아왔습니다.

리어왕 우선 이 학자하고 문답을 해봐야겠다. (에드가에게) 천둥
은 어째서 생기느냐?

켄 트 폐하, 저분의 말대로 하십시오. 그 집으로 들어가시지요.

리어왕 나는 이 그리스의 학자와 한 마디 해보아야겠다. 네 전공
은 무엇이냐?

에드가 악마를 앞지르고 이를 잡는 게 전부입니다.

리어왕 조용히 네게 한 마디만 물어볼 것이 있다.

켄 트 (글로스터에게) 한 번 더 권해 보시오. 실성하기 시작하시
는 것 같습니다.

글로스터 어디 노왕의 잘못이겠습니까? (여전히 폭풍우는 몰아치
고 있다) 딸들이 노왕을 죽이려고 하니 말이오. 아! 그 훌륭한
켄트! 가엾게 추방당한 그 사람은 꼭 이렇게 되리라고 말했었
지! (켄트에게) 폐하가 실성하기 시작한 것과 같다고 당신은 말
하지만, 실은 나도 미칠 것 같소. 내게도 자식 하나가 있었는
데 지금은 폐적했소. 최근에 그놈이 내 목숨을 노렸다오. 나는
그놈을 사랑했었지요. 사실은 그 설움 때문에 나도 미칠 것 같
소. 무슨 밤이 이럴까! (리어왕에게) 부디 폐하…….

리어왕 아, 용서하오. (에드가에게) 철학 선생, 같이 갑시다.

에드가 지금 톰은 추워요.

글로스터 (에드가에게) 이봐, 너는 그 오두막 속에 들어가 몸을 녹
여라.

리어왕 자, 다 같이 들어가자.

켄 트 이쪽으로 오십시오.

리어왕 아니야, 나는 저 사람하고 같이 가겠다. 앞으로 계속 저 철학 선생하고 같이 있고 싶으니까.

켄 트 (글로스터에게) 폐하께서 하자는 대로 저 사람을 데리고 갑시다.

글로스터 그럼 저 사람은 당신이 데리고 오시오.

켄 트 (에드가에게) 여, 따라와. (모두에게) 다같이 갑시다.

리어왕 자, 아테네에서 온 선생.

글로스터 조용히, 조용히, 쉿!

에드가 젊은 기사 롤랜드가 캄캄한 탑에 도착했을 때, 탑의 주인인 거인이 하는 말은 그 전이나 다름없었다. '흐, 흥, 영국인의 피 냄새가 나는군.' 이라나 (모두 퇴장)

|||| 제5장 ||||
글로스터의 저택

글로스터의 성의 한 방.

콘월과 에드먼드 등장.

콘 월 이 집을 떠나기 전에 기어코 복수를 하고 말 테다.

에드먼드 이렇게 부자간의 천륜조차 어기고 충성을 다했다는 소
문이 퍼질 것을 생각하니 어쩐지 두렵기만 합니다.

콘 월 이제야 알았다. 네 형이 아비의 목숨을 노린 것도, 흉악한
성질 때문만은 아니었구나. 아비에게도 비난받을 만한 약점
이 있어서, 그것이 아들에게 살의를 일으키게 할 이유가 된 거
로구나.

에드먼드 정당한 일을 하면서 그걸 뉘우쳐야만 하는 저의 운명
은 얼마나 기구합니까? 이것이 아버지가 얘기하신 밀서입니
다만, 이것으로 보아 아버지는 프랑스군을 돕는 첩자임이 판
명된 것입니다. 아, 아! 이런 반역이 없었더라면 좋았을걸. 또
는 내가 밀고자가 되는 일이 없었더라면 좋았을걸!

콘 월 같이 공작 부인에게로 가자.

에드먼드 이 서면 내용이 사실이라면, 공작께서는 대사건을 치
러야 되십니다.

콘 월 사실이든 아니든, 이제 네가 글로스터 백작이 되었다. 부
친의 거처를 빨리 알아내어 곧 체포할 수 있게 해라.

에드먼드 (방백) 잘 됐어. 국왕을 돕고 있는 장면이라도 발각되면
혐의는 더욱더 짙어지는 거다. (콘월에게) 저는 충과 효 사이의
갈등이 아무리 고통스럽더라도 어디까지나 충성을 다할 각오
입니다.

콘 월 나는 너를 신임하겠다. 그리고 부친 이상으로 너를 사랑
하겠다. (두 사람 퇴장)

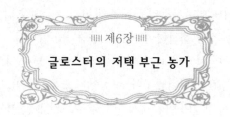
글로스터 성 부근 농가.
글로스터와 켄트 등장.

글로스터 이래도 험난한 바깥보다는 낫구려. 감사합니다. 폐하
　　를 좀더 편안하게 해드리기 위해서 최선을 다해볼 생각이오.
　　곧 돌아오리다.
켄 트 폐하께서는 울화가 치밀어 온통 분별력을 상실하셨습니
　　다. 당신의 친절은 참으로 감사합니다. (글로스터 퇴장)

리어왕, 광대, 에드가 등장.

에드가 악마 플라테레레토우가 나를 부른다. 워, 네로 왕이 호수에
　　서 지옥을 낚시질하고 있다고? (광대에게) 바보야, 기도를 하
　　고, 악마를 조심해라.
광 대 (리어왕에게) 아저씨, 좀 가르쳐주세요. 미친놈은 도시의
　　신사인가요, 시골 농부인가요?
리어왕 왕이지, 왕이야!
광 대 아냐, 농부야. 그의 아들이 신사가 된 거야. 아들이 먼저

신사가 되게 한 것은 미치광이 농부지 뭐야.

리어왕 수천의 악마들이 새빨갛게 달구어진 쇠꼬챙이를 들고
와서 그년들에게 덤벼들게 하자!

에드가 악마가 내 잔등을 물어뜯고 있어요.

광 대 늑대가 온순하다 생각하고, 말을 병 없는 짐승이라고 믿
고, 소년의 사랑이나 창녀의 맹세를 진실이라 믿는 놈은 미친
사람이지.

리어왕 그래, 그렇게 덤벼들게 하자. 곧 법정에서 심문하겠다.
(에드가에게) 자, 박식한 재판장님은 이리 앉아요. (광대에게) 현
명한 당신은 여기에, 그리고 요 암여우들……

에드가 저기 악마가 버티고 서서 노려보고 있어요! 부인, 저것들
이 재판을 멋대로 하고 있는데. 괜찮습니까? (노래)

강 건너 이리 와라, 베시야.

광 대 (노래)

배는 물이 샌다.

그래도 말 못 한다.

건널 수 없는 사랑의 강이기에.

에드가 악마가 꾀꼬리 소리로 변해 불쌍한 톰에게 달라붙어 있
어요. 악마 홉단스는 톰의 뱃속에서 흰 날청어를 두 마리 달라
고 야단입니다. 꿀꿀거리지 마라, 시커먼 악마야! 네게 먹일
것은 없으니까.

켄 트 왜 그러십니까? 그렇게 멍하니 서 계시지 마십시오. 자리
에 누우셔서 쉬시지 않겠습니까?

리어왕 먼저 그년들을 재판해야지. 증인을 불러와. (에드가에게)

법관복을 입은 재판장님, 착석하시오. (광대에게) 너는 동료 재판장이니 그 옆 재판관석에 앉아라. (켄트에게) 너는 치안위원이다. 너도 착석해라.

에드가 공정하게 처리합시다. (노래)

잠이 들었느냐, 깨었느냐, 즐거운 목동아?

네 양이 보리밭을 망치고 잇다.

어여쁜 입으로 피리 불어도,

양에게는 해롭지 않을 것을.

야옹, 고양이도 쥐색이다.

리어왕 먼저 고네릴, 저년을 호출해. 여기 훌륭한 분들 앞에서 맹세합니다. 이년은 자기 아비인 불쌍한 왕을 발길로 찼습니다.

광 대 이리 나와. 네가 고네릴이냐?

리어왕 아니라곤 못 하지.

광 대 이거 실례했소. 잘 만들어진 의자인 줄 알았지.

리어왕 여기 또 하나 있다. 저 비뚤어진 얼굴이 어떤 근성을 가진 여자인지를 잘 나타내고 있다. 붙잡아, 그년을! 무기를, 무기를! 칼을! 불을! 이 법정은 부패해 있군! 여, 부정한 재판관, 왜 저년을 놓쳤어?

에드가 신의 가호로 당신이 실성하지 마시기를!

켄 트 아, 가엾어라! 폐하, 그렇게도 여러 번 장담하시던 그 인내는 어디다 두셨나요?

에드가 (방백) 눈물이 쏟아져나와 도저히 숨기지 못하겠는걸.

리어왕 강아지들까지도 죄다 나를 보고 짖어대는구나. 트레이나 브랜치나 스위트 하트 같은 강아지까지도 짖고 있구나.

따님들은 내가 참말을 하면 때린다고 하고,
당신은 내가 거짓말을 하면 때린다고 하고,
그리고 나는 때때로 말을 하지 않는다고 매를 맞고,
아! 이제 광대 노릇은 집어치우고,
뭐든지 좋으니 다른 짓을 해야겠군.
하지만 당신같이 되기는 싫어.
당신은 지혜를 양쪽에서 잘라내버려서,
가운데는 아무것도 남은 게 없으니까.

에드가 톰이 이 머리카락을 던져서 쫓아드리죠. 저리 가, 이 강아
지들아!

입이 희든 검든,
물면 이빨에 독 있는 놈들,
집개나 사냥개나 잡종개도,
큰 개나 작은 개나 암캐나 수캐도,
꼬리 없는 것도, 꼬리 달린 것도,
톰이 낑낑 짖게 해줄 테다.
이렇게 내 머리칼을 내던지면,
개들이 뛰어서 도망쳐 간다.

덜, 덜, 덜, 춥다. 자! 자, 출발이다. 밤잔치 자리로, 시장으로, 불
쌍한 톰아, 네 쇠뿔 술잔은 빈털터리다.

리어왕 그럼, 리건을 해부해 주시오. 그년의 가슴속에는 무엇이
자라 있나 봅시다. 그런 냉혹한 마음을 만들어내는 까닭이 자
연 안에 있단 말인가? (에드가에게) 얘, 너를 시종 100명 중의
한 사람으로 고용하겠다. 그런데 그 옷차림이 보기 흉하구나.
페르시아식이라고 할는지는 모르지만, 그건 바꿔 입어.

켄 트 폐하, 누워서 잠깐 쉬십쇼.

리어왕 조용히 해줘, 커튼을 쳐라. 그렇게 그렇게. 저녁식사는 아
침에 하지.

광 대 그리고 나는 대낮에 자러 가야지.

글로스터 등장.

글로스터 (켄트에게) 여보, 이리 나오시오. 나의 주인이신 폐하는
    어디 계시오?

켄 트 여기 계십니다. 하지만 조용히 하십시오. 올바른 정신을
    잃고 계시니까요.

글로스터 어서 일으키시오. 암살 음모가 있다는 소문이 들어왔
    소. 들것이 준비되어 있소. 그것에 태워서 빨리 도버로 모시고
    가시오. 거기에 가면 환영과 보호를 받을 것이오. 어서 폐하를
    일으키시오. 잠시라도 지체하는 날이면 폐하의 목숨은 물론,
    당신의 목숨도, 폐하를 도와드리려고 하는 모든 사람들의 목
    숨까지도 틀림없이 달아나고 마오. 빨리 안아 일으키시오, 빨
    리. 그리고 나를 따라오시오. 여행에 필요한 물건들이 있는 곳
    으로 안내할 테니.

켄 트 피로에 지쳐 곤히 잠드셨군요. 이렇게 쉬고 나면 부서진
    신경도 다시 치유될지 모르겠으나, 형편상 휴식이 허락되지
    않는다면 도저히 회복될 가망은 없습니다. (광대에게) 자, 좀 거
    들어라, 주인님을 안아 일으키자. 너도 뒤에 처져서는 안 돼.

글로스터 자, 자, 갑시다!

(글로스터, 켄트, 광대, 리어왕을 안고 퇴장)

에드가 높은 어른도 우리와 마찬가지로 고통을 당하는 것을 보
    니, 나의 불행을 원망할 수는 없을 것 같구나. 남들이 안락하
    게 지낼 때, 자기 혼자만 고통을 받는 것이 가장 고통스럽지.
    그러나 슬픔에도 동료가 있고, 고통에도 친구가 생기면 마음

의 고통도 견딜 수 있지. (then the mind much sufferance doth o'er skip, When grief hath mates, and bearing fellowship.) 지금 나의 고통도 가벼워지고 견디기 쉽게 된 것 같다. 나를 굽히게 하는 것이 국왕의 고개도 수그리게 하고 있으니 말이다. 국왕은 딸들 때문에, 나는 아버지 때문에. 톰아, 물러가라! 귀신들끼리의 소동을 보고 있다가 때가 되면 나오너라. 네 명예를 더럽힌 오명이 설욕되고, 원래의 신분으로 회복될 날이 언젠가 반드시 올 거다. 오늘밤 더이상 무슨 일이 일어나더라도, 제발 폐하께서는 무사히 피하시기를! 아, 숨자, 숨어. (퇴장)

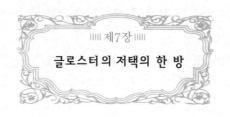

||||| 제7장 |||||
글로스터의 저택의 한 방

글로스터 성의 한 방.
콘월, 리건, 고네릴, 에드먼드, 하인들 등장.

콘 월 (고네릴에게) 급히 돌아가서, 부군께 이 편지를 보여드리시오. 프랑스군이 상륙했습니다. (하인에게) 모반자 글로스터를 찾아오너라.

리   건 당장 교수형에 처하세요.

고네릴 눈을 뽑아버리세요.

콘   월 처분은 내게 맡기오. 에드먼드! 너는 처형을 모시고 가
라. 모반자인 너의 부친에게 우리가 보복하는 것을 네가 보는
건 좋지 않다. 알바니 공작 댁에 도착하거든, 속히 전투 태세
를 갖추라고 전해라. 이쪽도 곧 준비를 하겠다. 전령을 보내어
정보를 전달하도록 하겠소. 매씨, 안녕히. 글로스터 백작, 잘
가요.

오즈왈드 등장.

콘   월 어떻게 됐느냐? 왕은 어디 계시냐?

오즈왈드 글로스터 백작이 모시고 가버렸습니다. 왕의 기사 35,
6명이 열심히 왕의 행방을 찾다가 성문 앞에서 만나 백작의
하인 수십 명과 합류하여 폐하를 경호하고 도버를 향해서 떠
나버렸습니다. 거기에서 자기편 군대가 기다리고 있다고 큰
소리치고 있었습니다.

콘   월 마님이 타고 가실 말을 준비해라.

고네릴 두 분 다 안녕히.

콘   월 에드먼드, 잘 가요. (고네릴, 에드먼드, 오즈왈드 퇴장) 모반
자 글로스터를 체포해 오너라. 강도같이 두 손을 결박해서 이
리 끌고 오너라. (시종들 퇴장) 재판의 관례를 거치지 않고 사
형을 선고하는 것은 옳지 않은 일이지만, 홧김에 권력을 휘두
른다면 누구도 방해할 수는 없지. 비난하는 놈은 있어도.

*King Lean***125**

하인들이 글로스터를 끌고 들어온다.

콘 월 누구냐? 반역자냐?

리 건 배은망덕한 너구리! 바로 그놈이군.

콘 월 그 말라빠진 두 팔을 꼭 묶어라.

글로스터 왜 이러십니까? 두 분은 제 집에 오신 손님이 아니십니까? 이런 부당한 처사는 하지 마십시오.

콘 월 빨리 묶지 않고 뭣들 하느냐. (하인들, 글로스터를 결박한다)

리 건 꽁꽁 묶어라. 오, 더러운 반역자!

글로스터 잔인한 부인, 나는 반역자가 아니오.

콘 월 의자에다 묶어라. 이 악당아, 본때를 보여주겠다. (리건은 의자에 묶인 글로스터의 수염을 잡아 뽑는다)

글로스터 인자하신 신들께 맹세하지만, 수염을 잡아 뽑는 건 너무나 무례하오.

리 건 그래, 그렇게 흰 수염을 하고서 모반을 해?

글로스터 간악한 부인, 당신이 이 턱에서 뽑아낸 수염은 다시 살아나서 당신을 저주할 거요. 나는 이 집의 주인이오. 주인의 얼굴에다, 날도둑같이 굴며 폭행하는 것은 너무 심하잖소. 왜 이러시오?

콘 월 이봐, 근래에 프랑스로부터 무슨 편지를 받았느냐?

리 건 솔직히 대답해. 증거를 잡고 있으니까.

콘 월 그리고 최근 이 나라에 상륙한 모반자들과 무슨 음모를 꾸몄느냐?

리 건 미친 왕을 누구 손에 넘겨 줬는지 말해라.

글로스터 추측에 근거하여 쓰여진 편지를 받긴 받았습니다만, 그것은 어느 쪽에도 속하지 않는 제삼자로부터 온 것이지 결코 적에게서 온 것은 아니오.

콘   월 간사한 것 같으니.

리   건 거짓말쟁이.

콘   월 국왕을 어디로 보냈느냐?

글로스터 도버로 보냈소.

리   건 왜 보냈어? 단단히 엄명을 내렸는데. 만약에 그런 짓을 하면……

콘   월 왜 도버로 보냈어? 어서 대답해 봐.

글로스터 곰처럼 말뚝에 결박을 당해 있으니 개떼의 습격을 받고야 말겠구나.

리   건 왜 도버로 보냈어?

글로스터 왜라뇨? 당신의 잔인한 손가락이 불쌍한 노왕의 눈을 뽑는 꼴이며, 흉포한 당신의 언니가 산돼지 같은 어금니로 성스러운 노왕의 육체를 쓰러뜨리는 것을 차마 볼 수가 없어서지요. 모진 폭풍우와 지옥 같은 밤의 어둠 속에서 맨머리로 고생하셨는데, 그런 폭풍우에는 바다라도 하늘로 솟구쳐 올라가서 별의 광채를 꺼버렸을 것이지만, 가엾게도 왕은 도리어 비오는 것을 도우셨소. 그런 무서운 밤에는 설사 늑대가 문 앞에 와서 짖더라도, '문지기, 문을 열어줘.' 해야 할 것 아닌가요. 맹수들도 연민을 알거늘. 그러나 두고 봐라, 이런 딸들에게는 반드시 천벌이 내릴 테니.

콘   월 두고 보라고, 당치도 않은 소리. (하인에게) 여봐라, 그 위자를 꽉 붙들어라. (글러스터에게) 너의 그 눈을 나의 발로 짓밟아주겠다. (글러스터의 한쪽 눈을 뽑아서 땅에 내던지더니 짓밟는다)

글로스터 오래 살고 싶은 사람은 나를 좀 도와주시오. 아, 너무하다! 아, 신들이여!

리 건 한쪽 눈이 다른 쪽 눈을 보고 웃을 거예요. 그러니 그쪽 눈도 마저 빼버려요!

콘 월 천벌이 내릴 것이라지만…….

하 인 1 나리, 그러지 마십시오! 저는 오랫동안 나리를 모셔왔습니다만, 지금 이것을 말리지 않는다면 하인으로서 면목이 없습니다.

리 건 뭐가 어째, 이 개 같은 것이?

하 인 2 당신 턱에도 수염이 있다면, 수염을 잡아 뜯어주겠는데.

리 건 뭐라고?

콘 월 이 종놈이……. (칼을 빼든다)

하 인 1 (칼을 빼든다) 그럼 해봅시다. 상대해 드리죠. 화난 사람과 맞붙게 됐군.

리 건 (다른 하인에게) 칼을 이리 줘. 이 종놈이 감히 대들어. (다른 하인이 준 칼을 받아들고 뒤에서 하인을 찌른다)

하 인 1 으윽! (글로스터에게) 백작님, 남은 눈 하나로 잘 보셨을 겁니다. 내가 상대방에게 입힌 상처를. 으윽! (죽는다)

콘 월 이제 아무것도 보지 못하도록 미리 막아버려야지. 에잇 더러운 것! 부서져라! 이제 광채는 어디 갔지? (글로스터 눈을 마저 뽑아서 밟아버린다)

글로스터 온통 캄캄하고, 의지할 곳이 없구나! 내 아들 에드먼드 는 어디 있느냐? 에드먼드, 너의 효성이 불길을 죄다 일으켜 서, 이 무서운 짓에 복수해다오.

리　건 이 못된 반역자야! 너를 미워하는 아들을 불러봐도 소용 없어. 너의 모반을 밀고한 사람은 바로 네 아들이다. 그 사람 은 너무도 선량해서 너 같은 걸 동정조차 하지 않는다.

글로스터 아, 내가 어리석었구나! 그러면 에드가는 모략을 당했 구나. 자애하신 신들이여, 저의 죄를 용서하시고, 그 애에게 행 복을 내려주십시오.

리　건 이놈을 성문 밖으로 끌어 내라. 냄새나 맡아서 도버까지 가라고 (하인들이 글로스터를 끌고 퇴장, 콘월에게) 왜 그러세 요? 안색이 좋지 않군요?

콘　월 상처를 입었소. 나를 따라와요. (하인에게) 저 눈없는 악한 을 쫓아내버려라. 그리고 이 노예를 쓰레기통에다 던져버려 라. 리건, 나의 출혈이 심하오. 뜻밖의 부상을 당했어. 나를 좀 부축해 줘요. (리건의 부축을 받으며 콘월 퇴장)

하　인 2 저런 것들이 행복하게 산다면 내 무슨 나쁜 짓이라도 서슴지 않고 하겠다.

하　인 3 저런 여자가 오래 살아서 남들처럼 산다면, 여자들은 모두 괴물이 되어버릴 거야.

하　인 2 노백작님을 뒤따라가서, 어디라도 그분의 손을 끌고 다 녀달라고 베들레헴의 거지에게 부탁하자구. 미치광이 거지는 떠돌아다니는 것이 본업이니까. 어디라도 가줄 수 있을 거야.

하　인 3 그게 좋겠어. 나는 헝겊과 달걀 흰자위를 가져다가, 저

King Lear **129**
셰익스피어 4대 비극

피투성이 얼굴에 발라드려야지. 하느님, 저분을 살려주소서!
(퇴장)

||||| 제1장 |||||
황야

에드가 등장.

에드가 입으로만 아첨을 받고 속으로는 항상 조롱당하는 것보다는 이렇게 경멸당하고 있다는 사실을 자신이 알고 있는 편이 낫다. 곤궁에 빠지고 운명에 버림받아 가장 천한 역경에 처하면, 항상 희망이 있고 두려운 것이 없어. 슬퍼해야 할 것은 최선의 처지로부터 몰락하는 경우다. 역경의 밑바닥에 떨어지면 다시 웃음이 돌아온다. (The worst returns to laughter.) 바람아, 불어라. 너는 보이지도 않는데 내 몸에는 느껴지는구나. 너로 말미암아 최악의 처지에 내동댕이쳐진 불쌍한 몸이지만, 네가 아무리 불어와도 이젠 무섭지 않다.

글로스터, 한 노인에게 손을 이끌려 등장.

에드가 누가 오나 보다. 아버지시다. 남루한 차림의 사람에게 이

King Lear **131**
셰익스피어 4대 비극

끌려서! 아아, 세상, 이 세상아! 뜻하지 않은 너의 변덕 때문에 이 세상이 싫증나기에 사람들은 빨리 늙어서 죽고 싶은 거지.

노　인 아, 백작님, 저는 선대 때부터 80년 동안 하인 노릇을 해 온 사람입니다.

글로스터 비켜라! 부탁이니, 물러가라! 네가 도와준다 해도 내게 는 아무 소용이 없어. 오히려 너마저 화를 입는다.

노　인 그렇지만 길을 못 보시잖아요.

글로스터 나는 갈 데가 없으니까 눈은 필요 없어. 눈으로 볼 때에 는 오히려 넘어졌다. 흔히 있는 일인데, 남고 넘치면 사람은 오히려 방심하거든. 없는 것이 차라리 나아. 아, 내 아들 에드 가! 속아 넘어간 아비의 어리석은 분노에 희생되었구나! 내 생전에 너를 한 번만이라도 만져볼 수 있다면, 나는 시력을 되 찾은 거라고 말하겠다.

노　인 누구냐, 거기 있는 사람은?

에드가 (방백) 아, 신이시여! '지금이 가장 비참하다'고 누가 말 할 수 있어? 나는 전보다 더욱 비참해졌구나.

노　인 미친 거지 톰이구나.

에드가 (방백) 앞으로 더욱 비참해질지도 몰라. '지금이 가장 비 참하다'고 할 수 있는 동안은 아직 가장 비참한 게 아니다.

(the worst is not So long as we can say 'This is the worst.')

노　인 이놈아, 어디를 가?

글로스터 거진가?

노　인 미친 거지놈입니다.

글로스터 거지 노릇을 할 수 있다면 완전히 미치진 않았겠군. 어젯밤 폭풍우 속에서 그런 놈을 봤어. 그걸 보고 사람도 벌레 같다는 생각이 들더군. 그때 언뜻 자식 생각이 떠올랐는데, 그때는 아직 나는 마음속의 노여움이 풀리지 않았었지. 그러나 그후 여러 가지 소문을 들었지, 장난꾸러기들이 파리를 다루듯이, 신들은 인간을 다루거든. (As flies to wanton boys, are we to the gods.) 신들은 장난삼아 우리 인간들을 죽이지.

에드가 (방백) 도대체 어쩌다가 이런 꼴이 됐을까? 슬픔에 빠져 있는 사람들을 상대로 광대 노릇을 해야 하는 건 정말 가슴 아픈 일이다! 그건 나도 화나고, 상대방도 화나게 하는 일이다…… (노인과 글로스터에게) 안녕하십니까, 영감!

글로스터 저놈이 벌거벗었나?

노　인 그렇습니다.

글로스터 그럼 자네는 돌아가게. 나를 위해서 1, 2마일 정도 따라올 생각이더라도, 지난날의 친절을 생각하여 돌아가주게. 그리고 저 벌거숭이에게 입힐 옷을 좀 갖다주게. 저놈에게 안내를 부탁하겠네.

노　인 하지만 저놈은 미친놈입니다.

글로스터 미친놈이 장님의 길잡이가 되는 것도 시대가 거꾸로 간 탓이지. 내가 하라는 대로 해. 싫으면 마음대로 하게. 어서 돌아가줘.

노　인 저의 제일 좋은 옷을 가지고 오겠습니다. 그로 인해 제게 어떤 재앙이 떨어져도 괜찮습니다. (노인 퇴장)

글로스터 어이, 벌거숭이!

에드가 불쌍한 톰은 추워요. (방백) 이젠 더 이상 숨길 수 없구나.

글로스터 애, 이리 오너라.

에드가 (방백) 그래도 밝힐 수는 없어. (글로스터에게) 아, 큰일났네요, 눈에서 피가 나오는데요.

글로스터 도버로 가는 길을 아는가?

에드가 다 압니다. 담장, 계단, 큰 문, 말이 다니는 길, 사람이 다니는 길 모두 압니다. 톰은 악마에게 놀라서 실성해 있어요. 귀족의 자제님, 당신은 악마에게 홀리지 않도록 조심하십시오. 가엾은 톰에게는 악마가 한꺼번에 다섯 마리나 달라붙었어요. 오비디컷은 음란의 악마, 홉비디덴스는 벙어리의 악마, 마후는 도둑의 악마, 모도는 살인의 악마, 플리버티지베트는 입을 실룩샐룩하는 악마로, 이 마지막 놈은 요즘 신하나 시녀들에게 달라붙어 있어요. 그럼 영감님, 조심하세요.

글로스터 옛다. 이 돈주머니를 받아라. 하늘이 내린 수난의 길을 묵묵히 가며 너는 어떤 불행도 잘 참아내는구나. 내가 처참한 꼴이 되고 보니, 네가 오히려 행복해 보인다. 신이시여, 언제나 이렇게 처리해 주십시오! 부가 넘쳐나 호의호식하는 자들, 신의 뜻을 천박하게 여기는 자들, 직접 경험하지 않았다고 해서 인간의 쓰라림을 외면하는 자들에게 하늘의 위력을 바로 느끼도록 해주소서. 그러면 적당한 분배가 과잉을 없애 모든 사람들이 부족함이 없을 것입니다. 너 도버를 알고 있느냐?

에드가 네, 알아요.

글로스터 거기 가면 벼랑이 있다. 깎아지를 듯한 높은 꼭대기는 바다를 무섭게 내려다보고 있으니, 그 벼랑까지만 나를 인도해다오. 그러면 내 몸에 지닌 값진 물건으로 네가 견디고 있는 그 가난을 구제해 주겠다. 거기까지만 나를 안내해다오.

에드가 제 손을 잡으세요. 가엾은 톰이 안내하겠습니다.

(두 사람 퇴장.)

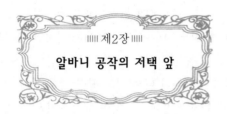

||||| 제2장 |||||
알바니 공작의 저택 앞

고네릴과 에드먼드 등장한다.

고네릴 백작, 이곳까지 용케 오셨소. 그런데 참 이상한 일이군요. 친절한 우리 집 양반이 나를 마중도 나오시지 않으니. (오즈왈드 등장) 공작님은 어디 계시오?

오즈왈드 안에 계십니다만 그렇게 변하셨을 수가 없습니다. 적군 상륙의 소식을 전해드려도 싱글벙글 웃기만 하시고, 부인이 돌아오셨다고 해도 '소용없어'라고만 대답하십니다. 글로스터 노인의 배반과 그 아들의 충성스런 봉사에 대해서 말씀드렸더니 저를 바보자식이라며 호통치셨습니다. 그리고는 저에게 하시는 말씀이, '모든 일을 거꾸로 알고 있다'는 거였습니다. 제일 싫어하던 일을 즐기시고, 제일 좋아하던 일을 꺼려

하십니다.

고네릴 (에드먼드에게) 그렇다면 이제 당신은 그만 돌아가세요. 그분은 담이 작아서 늘 벌벌 떨고 있어요. 대담하게 일을 하지 못하는 것도 그런 이유 때문이죠. 모욕을 당해도 복수할 줄 모르고 전혀 모른 체합니다. 그러니 오는 도중에 얘기한 우리의 소망은 실현될 수 있겠군요. 에드먼드, 당신은 콘월 공작한테로 돌아가셔서 그의 군대를 소집하여 지휘하세요. 나는 집에서 남편과 무기를 바꾸어, 남편에게는 길쌈할 호미를 줘 주고 나는 칼과 창을 쥐겠어요. 신용할 만한 (오즈왈드를 가리키며) 이 부하는 당신과 나 사이의 전령 역할을 할 것입니다. 만약 당신이 자신의 출세를 위하여 대담하게 일을 하고 싶다면, 당신 연인의 명령을 들으세요. 입을 꼭 다물고 이걸 몸에 지니세요. (사랑의 선물을 준다) 고개를 숙이세요. 이 키스가 입이 있어 말을 한다면 당신의 용기를 북돋아줄 거예요. (this kiss, if it durst speak, Would stretch thy spirits up into the air) 무슨 뜻인지 잘 생각해 보세요. 그럼 안녕.

에드먼드 당신을 위해서라면 목숨까지도 바치리다.

고네릴 아아, 나의 가장 사랑하는 글로스터님! (에드먼드 퇴장)아, 같은 남자라도 어쩌면 저렇게 다를 수가! 당신이야말로 여자의 사랑을 받을 만한 가치가 있는 사람인데, 우리 집 바보가 내 몸을 새치기하고 있으니.

오즈왈드 부인, 공작님이 오십니다. (오즈왈드 퇴장)

알바니 공작 등장한다.

136

고네릴 지금까진 제가 오면 휘파람을 불면서 환영해 주시더니.

알바니 오, 고네릴! 당신은 거친 바람에 휘몰아쳐 얼굴에 와 닿는 먼지만도 못한 사람이오. 당신 성품이 걱정스럽구려. 자기를 낳아준 어버이조차 학대하는 사람이 자기 분수에 만족할 리 없지. 자기를 키워준 줄기로부터 가지인 자기 자신을 도려내는 여자는 반드시 마르고 시들어서 불쏘시개로밖에 쓸 수 없는 죽은 나무가 될 것이오.

고네릴 그만하세요. 그따위 어리석은 얘기는 집어치우시라구요.

알바니 지혜롭고 선한 가르침도 악인에게는 악으로밖에 들리지 않지. 더러운 것들은 더러운 맛밖에는 몰라. 당신 대체 무슨 짓을 한 거요? 딸들이 아니라 잔악한 호랑이들이 되어 무슨 짓을 했느냐 말이오. 아버지를, 그 인자하신 노인을 미친 사람으로 만들었소. 그분은 존경받을 만한 분이시라 목을 매어 질질 끌려다니던 곰도 길거리에서 만나면 반가워 마구 핥을 정도였건만, 이보다 더 야만스럽고 잔악한 행패가 또 어디 있소? 당신이 그분을 미치게 했단 말이오. 콘월 공작이 그런 짓을 하도록 내버려두었단 말이오? 국왕에게서 은혜를 입은, 왕족이라는 그 사람이? 하늘이 극악무도한 이 악행을 눌러없애기 위해 눈에 보이는 신령을 빨리 내려보내지 않으면, 인간들은 서로 치고 죽이는 바다의 괴물처럼 되고 말 것이다.

고네릴 당신은 허깨비예요! 그 뺨은 얻어맞기 위해 있고, 그 머리는 모욕을 당하기 위해서 달고 다니는군요. 이마에 눈이 있어도 명예와 치욕을 분간 못하는 사람이 당신이죠. 악당이 악을 저지르기 전에 벌받는 것을 보고 불쌍히 여기는 자는 바보

뿐이라는 것을 모르는 사람이에요. 당신의 북은 어디 있나요? 프랑스 왕은 평화로운 이 나라에 털장식 투구를 쓰고 군기를 휘날리며 군대를 휘몰아세우고 있는 판에, 당신은 성인 군자인 양 가만히 앉아서 '저 사람이 어째서 저런 짓을 하고 있느냐'고 울먹이고 있을 뿐이에요.

알바니 악귀야, 네 꼴을 좀 봐라! 악마는 본래 흉악한 모습을 하고 나타난다지만, 계집년 모습을 하고 나타나는 악귀보다 더 무서운 것은 없구나.

고네릴 겁쟁이, 바보!

알바니 여자로 둔갑하여 악마의 본성을 숨기고 있는 놈아, 수치심이 있다면 네 모습을 드러내지 마라. 내 손을 움직이는 날에는 화를 못 이겨 네 살을 갈기갈기 찢어발기고 말 테니. 너는 악마이긴 해도 여자의 탈을 쓰고 있는 덕분에 다행히 살아난 줄 알아라.

고네릴 참, 대단한 용기시구려!

이때 사신 등장한다.

알바니 무슨 일이냐?

사 신 오, 공작님. 콘월 공작께서 운명하셨습니다. 글로스터 백작님의 나머지 한쪽 눈알을 도려내시다가 부하의 칼에 찔리신 겁니다.

알바니 뭐, 글로스터 백작의 눈알을!

사 신 백작께서 어릴 적부터 데리고 있던 한 시종이 보다못해

138

말리다가, 급기야는 칼을 뽑아 공작께 대들었습니다. 공작께서는 화가 치밀어 그에게 달려드셨는데, 공작 부인까지 합세하셔서 그 시종의 명줄을 끊어놓았습니다. 이때 공작께서도 심한 상처를 입으시는 바람에 그 시종의 뒤를 쫓아 돌아가신 겁니다.

알바니 신께서 이 세상의 죄인들을 굽어보시고 이토록 재빨리 벌을 내리셨으니, 이는 신께서 분명 하늘에 계시고 그분이 과연 정의의 심판관이시라는 좋은 증거다. (This shows you are above, You justicers, that these our nether crimes So speedily can venge!) 그러나 아, 가련한 글로스터 백작, 한쪽 눈을 잃었다니!

사 신 양쪽 다 잃으셨습니다, 공작님. 그리고(고네릴에게) 부인, 이 편지에 대해서는 즉시 회답을 달라는 전갈입니다. 부인의 동생께서 보내신 것입니다. (한 통의 편지를 고네릴에게 전달한다)

고네릴 (방백) 한편으로는 오히려 잘된 일인지도 몰라. 하지만 동생이 과부가 되고 나의 에드먼드가 그녀의 곁에 있다가는, 내 공중누각은 송두리째 무너지고 오로지 증오스런 생활만이 남게 될지도 모르는데, 하지만 또 한편으로 생각해 보면 이 소식은 그리 입맛쓴 소식도 아니지. (사신에게 큰 소리로) 다 읽고 나서 답장을 주겠소. (퇴장)

알바니 글로스터가 두 눈을 빼앗겼을 때, 그의 아들은 어디 있었는가?

사 신 이 댁 공작 부인을 모시고 이곳으로 왔습니다.

알바니 그는 여기 없네.

사　신 없지요, 공작님. 돌아가시는 길에 저와 만났거든요.

알바니 그 아들은 이 행패를 알고 있는가?

사　신 알고 있는 정도가 아닙니다. 밀고한 사람이 바로 그 아들 인걸요. 그래서 일부러 집을 비웠답니다. 아버지에게 마음껏 형벌을 주라는 의도였죠.

알바니 글로스터, 나는 그대가 살아 있는 동안 국왕에게 바친 충 성심에 대해 깊이 감사하고 있소. (I live, To thank thee for the love thou show' dst the king) 그러니 내 그대의 눈에 대해 반 드시 복수하리다. (사신에게) 이리 와서 자네가 알고 있는 내용 을 좀더 자세하게 말해 주게. (두 사람 퇴장)

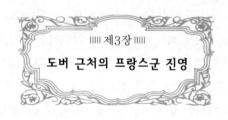

|||| 제3장 ||||
도버 근처의 프랑스군 진영

켄트와 신사 한 사람 등장한다.

켄　트 프랑스 국왕께서 왜 갑자기 귀국하셨는지, 그 이유를 당 신은 알고 있소?

신　사 본국에 미진한 상태로 처리하지 못한 일이 있었는데, 출전 후 갑자기 그 생각이 나서서 귀국하셨답니다. 그 일은 프랑스의 안전을 위한 중대한 일이었기 때문에 귀국이 불가피했습니다.

켄 트 총사령관 후임으로 누가 지명됐소?

신 사 프랑스의 육군 원수이신 라파 각하십니다.

켄 트 그 편지를 보시고 왕비께서 깊은 슬픔에 잠기시던가요?

신 사 네, 왕비께서는 그 편지를 받으시고 제 앞에서 읽으셨습니다. 때때로 하염없는 눈물이 왕비의 아름다운 뺨 위에 흘러내렸습니다. 왕비께서는 왕비다운 당당한 모습으로 슬픔을 억누르려 하셨지만 슬픔이 도리어 반역자처럼 왕비님을 억누르는 것같이 보였습니다.

켄 트 저런, 마음이 깊이 동요되셨다는 얘기로군요.

신 사 그리 격하지는 않았습니다. 인내와 슬픔이 서로 누가 더 빛을 강하게 발하나 경쟁하는 듯했습니다. 햇볕이 내리쬐는 가운데 비가 오는 것을 본 적이 있으시죠? 왕비께서 웃으시면서 눈물을 흘리시는 모습은 그보다 더 아름다웠습니다. 왕비의 무르녹는 듯한 입술에 잔잔히 감도는 아름다운 미소는, 왕비의 눈에 어떤 손님이 와 있는지 모르는 듯했소. 다이아몬드에서 진주가 떨어지듯, 눈에서 눈물이 뚝뚝 떨어져 내렸습니다. 누구에게나 그토록 어울린다면, 슬픔이란 정말로 사랑스럽고 귀한 것입니다. (Sorrow would be a rarity most beloved, If all could so become it.)

켄 트 무슨 말씀은 없으셨나요?

신 사 있었어요. 한두 번 '아버님!' 하고 소리 내어 부르셨지요.

가슴속 깊은 곳으로부터 애타게 터져나오는 소리였습니다. 그러고는 '언니들, 언니들! 어찌 이런 부끄러운 일을 하십니까! 언니! 켄트! 아버님! 언니들! 폭풍우 속에서? 한밤중에? 이 세상엔 자비심도 없는가!' 하고 울부짖으셨습니다. 그윽한 눈에서 성자의 샘물 같은 눈물을 떨어뜨리면서, 눈물로 울음을 삼키시면서, 혼자 슬픔을 달래시려고 안으로 들어가셨습니다.

켄 트 별, 저 하늘의 별이다, 우리 인간의 성품을 결정짓는 것은 바로 별이다. 그렇지 않다면, 한 부모 밑에서 어떻게 그토록 다른 자식이 나올 수 있겠는가! 그후로는 왕비와 접견한 일이 없습니까?

신 사 없습니다.

켄 트 이 일은 프랑스 왕이 귀국하시기 전의 일인가요?

신 사 아닙니다, 후의 일이올시다.

켄 트 그런데 괴로움에 빠져 있는 가엾은 리어왕께서 이 마을에 와 계십니다. 때때로 기분이 좋으실 때는 우리가 왜 이곳에 와 있는지를 의식하십니다만, 절대로 왕비이신 따님을 만나려고 하시진 않을 겁니다.

신 사 왜요?

켄 트 엄청난 부끄러움으로 국왕께서는 가슴을 옥죄고 계십니다. 막내딸에게 줄 은혜를 박탈하여 낯선 외국 땅의 위험 속으로 내쫓았으며, 막내딸의 귀중한 권리를 짐승 같은 딸들에게 다 줘버린 자신의 과오라든지 그 밖의 것들이 국왕의 마음을 아프게 하고 있습니다. 그래서 이 같은 견딜 수 없는 부끄러움이 국왕으로 하여금 코델리아 공주 앞에 나서지 못하게 하고

142

있는 것입니다.

신 사 아, 가엾은 분!

켄 트 알바니와 콘월의 군사에 대해서는 들은 바 없소?

신 사 그들의 군대가 출전했다는 소식입니다.

켄 트 자, 당신을 국왕 폐하께로 안내하겠소. 그분 곁에 있어주
시오. 나는 깊은 사연이 있어서 잠시 신분을 감추고 있어야 합
니다. 훗날 내 신분을 밝힐 때가 오면 나를 알게 된 것을 후회
하지 않을 것입니다. 부탁입니다. 나와 함께 가십시다.

두 사람 퇴장한다

‖‖‖ 제4장 ‖‖‖
프랑스군의 진영

북이 울리는 가운데 기수들과 함께 코델리아 등장한다. 그 뒤를 의사와 군
사가 뒤따른다.

코델리아 아아, 그분이 바로 아버님이세요. 방금 그분을 만나고
오셨다는 분의 얘기로는, 아버님은 거친 바다처럼 미친 듯 요

King Lear 143

란하게 노래부르며, 머리에는 제멋대로 자란 애기현호색풀, 밭이랑에서 자라는 잡초, 우엉, 독미나리, 쐐기풀, 황새냉이, 독보리, 그리고 우리의 주식인 곡식들 사이에 자라는 몹쓸 잡초로 만든 관을 쓰고 계시다는 겁니다. 부대의 병사들을 내보내어 잡초 무성한 들판을 구석구석 찾아 그분을 내 앞으로 모셔오시오. (장교 한 명 퇴장) 이 세상 어떤 의술이 폐하의 잃어버린 정신을 되찾아줄 수 있을까? 폐하의 병을 고쳐주는 사람에게는 내가 가지고 있는 보물을 모두 주겠다.

의 사 방법은 있습니다. 사람의 생명을 지탱해 주는 것은 오로지 안정뿐입니다. (Our foster-nurse of nature is repose) 폐하에게는 그것이 필요합니다. 다행히 편안히 잠을 자게 하는 효과 만점의 약초가 충분히 있습니다. 마음이 아픈 사람의 눈을 스르르 감겨주는 효능이 있지요.

코델리아 고마운 이 땅의 모든 신비스러운 약들, 이 땅에 숨겨진 모든 약초들이 내 눈물에 촉촉이 젖어 자라나거라! 그리하여 훌륭하신 그분의 고뇌를 치유해 주려무나! 찾아보라, 그분을 어서 찾아보라. 걷잡을 수 없는 그분의 광기가 분별을 잃고 목숨마저 잃지 않도록 빨리 서둘러라.

사신 등장한다.

사 신 소식입니다. 영국 군대가 진격해 오고 있답니다.

코델리아 이미 알고 있다. 그들의 진격에 대비해서 모든 준비가 갖추어져 있다. 오, 가엾은 아버님! 이 전쟁은 오로지 아버님을 위해서 치러지는 것입니다. 위대한 프랑스 왕은 저의 슬픔과 귀중한 눈물을 가엾이 여겨주었습니다. 이 전쟁은 야심에 불타 일으킨 것이 아니라 오로지 효심에서 우러나온 사랑 때문에, 늙으신 아버님의 권리 때문에 일으킨 것입니다! 빨리 아버님의 목소리를 듣고 아버님을 뵙고 싶구나. (모두 퇴장한다)

||||| 제5장 |||||

글로스터의 저택

글로스터의 성 안, 어느 방
리건과 오즈왈드 등장한다.

리 건 형부의 군대는 출전했소?

오즈왈드 네, 출전했습니다.

리 건 공작님께서 직접 출전하셨소?

오즈왈드 권유에 못 이겨 출전하긴 하셨습니다만 언니께서 더 용감하십니다.

리 건 에드먼드와 알바니 공작이 저택에서 서로 의논하시지 않았소?

오즈왈드 그런 일은 없었습니다.

리 건 에드먼드에게 보낸 언니의 편지 내용은 무엇이오?

오즈왈드 도무지 알 수 없었습니다.

리 건 실은 에드먼드가 중대한 용무로 급히 출타하였소. 글로 스터의 눈알을 뽑고 나서 그 늙은이를 죽이지 않았던 게 큰 실 수였어. 그가 가는 곳마다 민심을 교란시켜 사람들이 우리들 에게 반기를 들고 있어요. 아마도 에드먼드가 떠난 것은 부친 의 불행을 더 이상 볼 수 없어 그의 눈먼 인생을 끝장내게 하 고 싶어서겠죠. 그리고 적군의 세력을 살피려는 목적도 있었 을 것이구요.

오즈왈드 그렇다면 이 편지를 갖고 그분의 뒤를 쫓아야겠군요.

리 건 우리 군대도 내일 출전할 예정인데, 하룻밤 이곳에서 묵 으시오. 가는 길도 위험하니.

오즈왈드 그럴 수 없습니다. 이 일에 대해 공작 부인의 엄명이 있 어서요.

리 건 언니가 왜 에드먼드에게 편지를 보냈을까? 당신이 직접 용건을 전하면 될 텐데. 아마 내가 알지 못하는 무슨 일이 있 나보군. 사례는 듬뿍 할테니 편지 내용 좀 봅시다.

오즈왈드 마님, 그것은……

리 건 당신의 주인마님은 남편을 사랑하지 않아요. 그건 확실 해요. 지난번 언니가 여기에 왔을 때, 에드먼드에게 이상한 추 파를 던지면서 의미심장한 표정을 짓는 걸 보았어요. 나는 당 신이 언니의 심복이라고 알고 있는데…….

오즈왈드 제가요, 마님?

리　건　잘 알고 있기 때문에 하는 말이에요. 당신은 신임이 두터운 사람이라는 것도 알고 있어요. 그러니 내 말을 잘 귀담아 들으세요. 내 남편은 세상을 떠났어요. 에드먼드와 나는 서로 뜻을 나눈 사이지요. 그러니 그도 당신의 마님하고 있는 것보다는 나와 함께 지내는 것이 훨씬 편할 거라구요. 더 이상 애기하지 않아도 짐작이 갈 겁니다. 그분을 만나게 되면 이 점을 전하세요. 우리 언니에게도 이런 사정 얘기를 한 다음, 현명한 판단을 내리라고 하세요. 잘 가요. 눈먼 반역자의 소식을 듣고, 그 늙은이의 목이라도 치는 날에는 출세하게 될 거예요.

오즈왈드　그 늙은이를 만나고 싶군요. 그러면 제가 어느 쪽 편에 드는지를 알 수 있을 테니까요.

리　건　잘 가시오. (두 사람 퇴장한다)

||||| 제6장 |||||
도버 근처의 시골

도버 근처의 들판.
글로스터와 농부차림의 에드가 등장, 에드가가 글로스터의 손을 잡고 그를 인도하고 있다.

글로스터 그 언덕 꼭대기에는 언제 다다르겠느냐?

에드가 지금 오르고 있는 중입니다. 보세요, 이렇게 힘들잖아요?

글로스터 길이 평평한 것 같은데.

에드가 무시무시하게 가파른 길입니다. 들어보세요. 파도 소리 가 들리죠?

글로스터 안 들리는데, 전혀.

에드가 눈이 불편하기 때문에 다른 감각도 비정상이 된 것 같습 니다.

글로스터 그런 모양이다. 네 목소리도 변한 것 같구나. 말하는 폼 도 훨씬 나아졌어. 말투도 그렇고, 내용도 그렇고.

에드가 잘못 생각하셨어요. 변한 것은 걸친 옷뿐입니다.

글로스터 내 생각으로는 네 말투가 훨씬 나아졌어.

에드가 자아, 여깁니다. 가만히 서 계십쇼. 밑을 내려다보면 무서 워서 눈이 핑핑 돕니다! 저 아래 하늘을 날고 있는 까마귀나 붉은다리 까마귀는 크기가 꼭 딱정벌레만합니다. 그리고 절 벽 중간에는 바다미나리를 따는 사람이 매달려 있네요. 위험 한 직업입니다! 그 사람은 제 머리만하게 보입니다. 바닷가에 서 거닐고 있는 어부는 꼭 생쥐 같아요. 저기 닻을 내리고 있 는 커다란 배는 작은 배만큼 작아보이고, 또 작은 배는 너무 작아서 눈에 띨까말까 할 정도의 부표로 보이는군요. 헤아릴 수 없이 많은 조약돌 위에 부딪치는 파도 소리가 쏴아 하고 들 리는 듯하지만 너무 높아서 그 소리가 신통치가 않아요. 보는 것은 이만 해둡시다. 머리가 핑핑 돌고 눈이 어질어질해서 거꾸로 박혀버릴 듯합니다.

글로스터 네가 서 있는 곳에 나를 세워다오.

에드가 손을 이리 주세요. 한 발만 더 옮기시면 바로 벼랑 끝입니다. 달빛 아래의 모든 것을 다 준다 해도 저는 더 이상 앞으로 뛸 수 없습니다.

글로스터 내 손을 놔라. 자, 여기 돈주머니가 또 하나 있다. 그 속에는 가난뱅이로선 감당하기 힘든 만큼의 보석이 있다. 요정들과 제신들이 그것으로써 너를 번영케 할 거다! 자, 내게서 떠나가라. 잘가거라. 네가 떠나는 발소리를 들려다오.

에드가 안녕히 계십쇼.

글로스터 그래, 잘가거라.

에드가 (방백) 아버님의 절망을 이토록 희롱하는 것은 오로지 그 절망으로부터 아버님을 구해드리고자 하는 소망 때문이다.

글로스터 (무릎을 꿇고) 전능하신 신이시여! 저는 이 속세를 버리겠나이다. 거룩하신 당신 앞에서 저의 이 벅찬 번뇌를 떨어버리려고 합니다. 제가 이 고통을 더 견딜 수 있고, 거역할 수 없는 막강한 당신의 힘과 싸움을 시작하지 않는다 할지라도, 타다 남은 찌꺼기 같은 육체의 흉한 잔해는 저절로 타 없어질 것입니다. 만일 에드가가 살아 있다면 그에게 축복을 내려주소서! (에드가에게) 잘 있거라. (앞으로 쓰러졌다가 고꾸라진다.)

에드가 저는 이만큼 왔습니다, 그럼 안녕히. 그렇지만 스스로 제 목숨을 끊고 싶다는 생각이 간절할 때에는 그 생각만으로도 정말 귀중한 생명을 빼앗기는 경우가 있지 않은가. 아버님께서 정말 여기가 당신이 생각하시는 그 장소라고 믿고 계신다

면, 지금쯤 아마 의식마저 잃으셨을 것이다. 살아 계신가, 돌아가셨나? (목소리를 바꾸어서) 여보세요, 노인장! 들리십니까? 말을 해보세요! (방백) 이대로 돌아가실지도 모르겠군. 앗! 깨어나신다. 당신, 무엇하는 사람이오?

글로스터 저리 가라, 죽게 내버려둬.

에드가 당신은 거미줄이오, 새털이오, 공기요? 그렇지 않다면야 그 수십길 절벽에서 굴러떨어졌으니 계란처럼 박살이 났어야 마땅한데, 아직도 숨을 쉬고 있구려. 당신은 몸도 멀쩡하고, 피도 한 방울 안 나고 입도 뗄 수 있을 뿐더러, 오장육부도 아무렇지도 않군요. 돛대 열 개를 잇는다 해도 당신이 거꾸로 곤두박질한 저 높이에는 모자랄 겁니다. 당신이 살아 있다는 것은 기적이오. 자, 말을 해보세요.

글로스터 난 절벽 위에서 떨어졌는데. 아닌가?

에드가 떨어졌죠. 저 무시무시한 절벽 꼭대기에서 굴러떨어졌어요. 위를 한 번 쳐다보세요. 아득히 먼 곳에서 종달새가 앙칼진 목소리로 울고 있는데, 그 모습이 보이지도 들리지도 않는단 말입니까? 한 번 올려다보세요.

글로스터 아, 슬프게도 나는 눈이 없어. 불행한 자는 스스로 고통스런 목숨을 끊는 혜택조차 받을 수 없단 말인가? 자살을 해서 폭군의 분노를 시들게 하고 그의 거만한 뜻을 꺾을 수 있었을 때는 그래도 다소 위안이 되었는데.

에드가 팔을 이리 주세요. 자, 일어납시다. 어떠세요? 다리는 괜찮습니까? 설 수 있지요?

글로스터 물론, 물론. 너무 멀쩡하군.

에드가 정말 기적이네요. 절벽 꼭대기에 함께 서 있다가 헤어진 자는 누구였죠?

글로스터 신세가 딱한 불행한 거지였소.

에드가 여기 아래에서 올려다보니, 그놈은 두 개의 보름달 같아 보이는 눈알에, 콧구멍은 수천 개나 되고, 성난 파도처럼 물결 치며 일그러져 보이는 뿔이 여러 개 달려 있는 것 같았소. 그 것은 꼭 악마 같았죠. 그래서 당신은 운수 좋은 늙은이라는 겁 니다. 매사에 공평하신 신은 인간이 할 수 없는 일을 해서 존 경을 받습니다만, 이번에도 바로 그 신께서 당신을 구한 겁니 다. (Think that the clearest gods, who make them honours Of men's impossibilities, have preserved thee.)

글로스터 이제 정신이 드는 것 같군. 이제부터는 고통이 '그만, 그만' 하고 아우성치다 제풀에 꺾여 사라질 때까지 참고 견디 겠소. 당신이 말하는 그 악마를 나는 사람인 줄 알았구려. 하 긴 걸핏하면 '악마가, 악마가' 하고 말합니다. 여하튼 그놈이 나를 저곳으로 데려다주었다오.

에드가 걱정할 것 없습니다. 마음을 차분히 가지세요. 그런데 저 기 오는 이는 누굴까? (들꽃으로 괴상하게 치장한 리어왕 등장) 제정신이라면 저런 모습을 하고 있을 리 없지.

리어왕 그래, 내가 가짜 돈을 만들었다고 해서 그놈들이 내게 손 댈 수는 없어. 내가 바로 왕이니까.

에드가 아, 가슴을 도려내는 듯한 광경이로다!

리어왕 그 점에 있어서는 인공보다는 자연이 낫지. 자, 당신 품삯 이오. 저 사람은 마치 새 쫓는 사람처럼 활을 쏘는군. 저런, 저

King Lear **151**

런, 저 생쥐 좀 봐! 쉬잇, 조용히. 불에 구운 이 치즈 토막으로
잡을 수 있을 거야. 장갑을 던졌으니 결투를 하자. 이 일을 위
해서라면 거인하고라도 싸울테다. 갈색의 창을 갖고 오너라.
아, 잘 날아갔다. 새야! 과녁에, 과녁에 맞았다. 후읏! 암호를
대라.

에드가 향기로운 꽃, 박하.

리어왕 통과.

글로스터 저건 귀에 익은 목소린데.

리어왕 (글로스터를 보고) 핫, 고네릴이다! 흰 수염이 났군! 저것
들은 개처럼 나한테 알랑거리면서, 검은 털도 나기 전에 내 수
염에 흰 털이 생겼다고 말했어. 내가 하는 말엔 무턱대고 '네',
'아니오'라고 맞장구쳤지! '네', '아니오' 하는 것도 하늘의
가르침에 미흡한 것이렷다. 비를 맞고 몸이 흠뻑 젖었을 때,
찬바람 때문에 이가 덜덜 떨렸을 때, 천둥이 내 명령을 듣지
않고 요란하게 울렸을 때 나는 그들의 정체를 알았어. 그들의
냄새를 맡았단 말이야. 이봐, 그들은 약속을 지키지 않는 작자
들이야. 그들은 내가 척척박사라고 하지만, 그것은 거짓말이
야. 나도 학질에는 꼼짝 못하거든.

글로스터 저 말투를 나는 기억하고 있어. 국왕 폐하 아니십니까?

리어왕 그렇다. 틀림없는 왕이다. 내가 노려보면 신하들은 벌벌
떨게 마련이지. 나는 저놈의 목숨만은 살려주겠다. 네 죄목은
뭐냐? 간통죄냐? 죽이지는 않겠다. 간통죄에 대한 사형은 있
을 수 없으니까! 없고말고. 굴뚝새도 그렇고, 작은 금파리도
내 앞에서 뻔뻔스럽게 음란한 짓을 하거든. 실컷 교미를 하라

구. 글로스터의 사생아는 정당한 부부 사이에서 버젓이 태어난 내 딸들보다도 아버지에 대한 효성이 더 지극했어. 하고 싶으면 실컷 해라! 나는 병사들이 부족해. 저기 억지로 웃고 있는 부인을 보게. 두 가랑이 사이에 있는 그의 얼굴은 눈처럼 깨끗하다는 표정을 지으며 정숙한 가면을 쓴 채, 음탕한 이야기만 들어도 머리를 흔들어대고 있어. 그러나 음탕한 짓을 하는 데 있어서는, 냄새나는 고양이나 배가 터지게 꼴을 처먹는 원기왕성한 말도 그녀만큼 야단스럽게 음란한 짓을 하진 못할 정도다. 그들은 허리 위는 여자지만 허리 아래는 말인 반인반마(半人半馬)로서, 허리까지는 신의 것이지만 그 아랫도리는 악마의 소유물이야. 그곳은 지옥이요 암흑이요 유황이 지글지글 타고 있는 구렁텅이야. 불길이 타오르고 이글이글 끓어 악취가 코를 찌르며 썩고 있지. 더러워, 더러워, 더러워! 풋, 풋! 약제사, 사향 1온스만 갖고 오너라. 기분이 언짢다. 대금은 여기 있어.

글로스터 제발 그 손에 입을 맞출 수 있는 영광을 주소서!

리어왕 우선 손부터 씻고. 실은 송장 냄새가 난단 말이야.

글로스터 아, 부서지는 자연의 한 조각이여! 이 거대한 세상도 닳아서 없어질 것이다. (리어에게) 저를 아시겠습니까?

리어왕 자네 눈동자를 잘 기억하고 있네. 곁눈질하며 나를 쳐다보고 있는가, 눈먼 큐피드? 어떤 간악한 짓을 해도 좋아, 나는 상사병엔 걸리지 않을 테니. 이 결투장을 읽어봐, 글씨체를 잘 눈여겨 보도록.

글로스터 문자 하나하나가 태양이라 할지라도 저는 볼 수 없습니다.

에드가 (방백) 이 일을 다른 이에게서 들었다면 도저히 믿을 수 없었을 것이다. 그러나 사실이니만큼 내 심장은 터질 것만 같구나.

리어왕 읽어라.

글로스터 아니, 눈알도 없는 껍데기만으로요?

리어왕 어헛! 정말 그렇단 말이지? 머리에는 눈이 없고, 지갑 속에는 돈이 없다는 얘기로군. 네 눈은 중량이고 네 돈주머니는 경량이구나. 그러나 세상 돌아가는 낌새는 알 수 있겠지?

글로스터 육감으로 압니다.

리어왕 아니, 미치광이란 말인가? 사람은 눈이 없어도 세상 돌아가는 일쯤은 볼 수 있는 법이야. 귀로 세상을 보게. 저기 있는 재판관이 천한 신분의 도둑놈을 야단치는 것을 보게. 귀로 듣게나. 두 사람이 자리를 바꾼대도 어느 쪽이 재판관이고 어느 쪽이 도둑놈인지 알아맞히겠지? 너, 농부의 개가 거지를 보고 짖어대는 광경을 본 적이 있나?

글로스터 네, 보았습니다.

리어왕 그 거지가 개에게 쫓겨 도망치는 것을 보았겠지? 거기서 권력을 쥔 자의 위대한 모습을 볼 수 있는 거야. 개도 지위만 있으면 사람을 쫓을 수 있는 거라구. 이 악독한 순경놈아, 그 잔인한 손을 멈춰라! 왜 그 창녀에게 매질을 하려느냐? 네놈의 등이나 갈겨라. 매음을 한다고 해서 매질하는 모양인데, 바로 네가 그 여자를 간음하려고 열을 올리고 있지 않느냐? 고리대금업자가 사기꾼을 교수형에 처한다지? 누더기를 걸치고 입으면 뚫어진 구멍으로 티끌만한 죄가 들여다보이지만, 예복이나 모피 외투를 입고 있으면 모든 것이 다 감춰지지. 죄악에 황금을 입히면, 날카로운 정의의 창도 상처를 못 내고 부러져버리는 거야. 죄악을 누더기로 싸면, 난쟁이의 지푸라기로도 그것을 꿰뚫을 수 있어. 죄짓는 사람은 없어, 아무도 없어, 없는 거야. 내가 보증하지. 내 말을 믿게. 나는 고소인의 입을 틀어막을 수 있어. 유리 눈이라도 해 박지. 그리하여 천박한 음모꾼처럼, 보이지 않는 것도 보이는 척해 봐. 자, 자, 자, 자, 이 장화를 이제 벗겨다오. 좀더 세게, 좀더. 그렇지.

에드가 (방백) 의미 있는 말과 무의미한 지껄임이 뒤섞여 있네! 광기 속에서도 이치가 번득이는구나!

리어왕 나의 이 불행을 그대가 슬퍼해 준다면 내 눈을 주겠다. 나는 그대를 잘 알고 있다. 이름이 글로스터지? 그대는 참아야해. 우린 모두 울면서 세상에 태어났지. 처음으로 이 세상 공기를 마실 때 응애응애 하고 운다는 것을 그대도 알고 있을 것이다. 그대에게 내가 얘기해 줄 테니, 잘 들어보게.

글로스터 아아, 슬픈 일이로다!

리어왕 우리들은 세상에 태어날 때, 이 거대한 바보들의 무대에 나온 것을 깨닫고 슬피 운다. (When we are born, we cry that we are come To this great stage of fools) 이 모자 꼴은 좋군! 모자와 천으로 기마대 말들의 발을 싸는 것은 훌륭한 계략이다. 시험삼아 해보겠다. 사위놈들이 있는 곳에 몰래 숨어들어 그 놈들을 죽여, 죽여, 죽여, 죽여, 죽여, 죽이라구!

여러 명의 시종들과 함께 신사 등장.

신 사 아, 여기 계시는구나. 이분을 꼭 붙들어라. 폐하, 폐하의
친애하는 따님께서…….

리어왕 도망갈 길이 없는가? 아니, 포로가 됐단 말이냐? 내가 운
명의 장난감이냐? 나를 함부로 다루지 마라, 보상금을 줄 테
니. 외과의를 불러라. 뇌수까지 찔린 기분이다.

신 사 분부대로 하겠습니다.

리어왕 보좌관들은 없는가? 나 혼자뿐인가? 아니, 이렇게 되면
사나이도 온통 눈물을 쏟아내어, 두 눈은 뜰에 물을 주는 작은
단지가 되고 말지. 음, 그래, 가을에 먼지가 나지 않도록 하기
위해서 말야. 나는 떳떳하게 죽겠다. 단정한 새신랑처럼. 뭐
냐! 난 유쾌해질거다. 자, 자, 나는 왕이로소이다. 네놈들은 알
고 있느냐?

신 사 폐하께서는 일국의 왕이십니다. 저희들은 오로지 명령에
복종할 따름입니다.

리어왕 그렇다면 아직 희망은 있다. 그것을 얻고 싶으면 뛰어와
서 가져가라. 자, 자, 자, 자! (리어왕, 뛰어나간다. 시종들. 그 뒤
를 쫓는다)

신 사 하찮은 종놈도 저렇게 되면 몹시 가엾은 법인데, 하물며
국왕의 신분으로서 저 모양이 되셨으니 슬프기가 이루 말할
수 없구나! 그래도 폐하께는 막내따님 한 분이 계시지. 다른
두 딸들 때문에 그 천륜이 저주로 되었지만, 그 따님은 저주의
파국으로부터 천륜을 되찾으실 분이셔.

에드가 여보세요, 안녕하십니까?

신　사 안녕하시오? 무슨 일이시오?

에드가 혹 전쟁이 일어났다는 소문을 들으셨는지요?

신　사 누구나 다 알고 있는 뻔한 사실 아니오? 귀가 있는 사람이라면 그런 소식은 다 듣고 있소.

에드가 그러면 실례지만 저쪽 군대들은 어디까지 와 있습니까?

신　사 가까이 와 있어요. 빠른 속도로 진격하고 있소. 주력부대가 나타나는 것도 시간 문제요.

에드가 고맙습니다, 이제 됐습니다.

신　사 왕비께서는 특별한 이유가 있어서 이곳에 오셨지만, 군대는 진격 중입니다.

에드가 고맙습니다. (신사 퇴장)

글로스터 언제나 자비심 많은 신이시여, 당신이 뜻하실 때 제 숨통을 눌러 주십시오. 악독한 제 근성이 저를 유혹하여 신이 허락하시기도 전에 죽고자 하는 마음을 먹지 않도록 해주소서!

에드가 아저씨, 훌륭한 기도입니다.

글로스터 이봐, 도대체 너는 누구냐?

에드가 보잘것없는 놈이지요. 계속되는 불행에 길들고, 갖가지 슬픔을 겪은 탓에 남을 깊이 동정하게 된 사람입니다. 제가 손을 잡아 드리지요. 쉴 만한 곳으로 모셔다드리겠습니다.

글로스터 진심으로 고맙다. 하늘의 은총과 축복이 너에게 넘치도록 쏟아지길! (The bounty and the benison of heaven To boot, and boot!)

King Lear **157**

셰익스피어 4대 비극

오즈왈드 등장한다.

오즈왈드 현상 붙은 반역자다! 내가 운이 터졌구나! 눈알 없는
네 머리통은 본래부터 내 출세를 위해 만들어졌나보구나. 불
행한 이 늙은 반역자야, 각오해라. 내가 칼을 뽑았으니 네 목
숨을 빼앗고야 말겠다.

글로스터 친절한 분이군. 힘껏 쳐주시오. (에드가, 이들 사이에 끼
여든다.)

오즈왈드 겁도 없는 촌놈아, 무엇 때문에 반역자로 공포된 자를
편들며 감싸느냐? 너도 이놈과 함께 죽고 싶으냐? 그 팔을 놔라.

에드가 그런 이유 때문이라면 못 놓겠다.

오즈왈드 놔라, 노예놈아, 안 놓으면 죽이겠다!

에드가 이봐, 이 사람은 그냥 보내고 가던 길이나 재촉하시지.
내가 공갈 협박에 죽을 놈이라면, 벌써 반달 전에 뻗었을 거
야. 안 돼, 이 노인 곁에는 얼씬도 못 한다구. 비켜, 내 말을 들
으시지. 그렇지 않으면 네놈의 대갈통이 단단한가 이 몽둥이
가 단단한가 시험해 볼 테니. 네놈하고 쓸데없는 수작 하고
싶지 않아.

오즈왈드 닥쳐라, 이 똥 같은 놈아!

에드가 네 앞니를 모조리 뽑아줄테다. 자, 덤벼라. 그 칼로 찌를테
면 찔러 봐. (두 사람 싸운다. 에드가가 오즈왈드를 때려눕힌다)

오즈왈드 이놈, 내가 네놈 손에 죽는구나. 내 돈주머니를 가져라.
앞으로 편히 살려거든 내 시체를 묻어다오. 그리고 내 몸에 지
니고 있는 이 편지를 글로스터 백작, 에드먼드님에게 전해다

158

오. 영국 편에 가서 그를 찾아라. 아, 뜻밖의 최후로다. 아아, 마지막이구나! (오즈왈드 죽는다.)

에드가 나는 네놈을 잘 알고 있지. 악한 일에 충성을 다한 놈. 네 여주인의 악행에 대해서 악인이 할 수 있는 최대한의 몫을 다한 놈이지.

글로스터 그놈이 죽었느냐?

에드가 아저씨, 거기 가만히 계세요. 잠시 쉬시라구요. 이놈의 주머니를 뒤져봅시다. 지금 이놈이 부탁한 편지가 우리 편에 도움을 줄는지도 몰라요. 이젠 숨이 끊겨졌군. 널 사형집행인의 손에 맡기지 않은 것이 억울하다. 어디 보자. 봉함(封緘)이여, 편지의 개봉을 눈감아다오. 적군의 마음을 알기 위해 때로는 사람의 가슴도 찢는데 편지 겉봉쯤이야 무슨 문제가 되겠느냐?

(편지를 읽는다.)

서로 굳게 언약한 우리의 약속을 잊지 마세요. 당신은 그이를 해치울 기회가 많으실 겁니다. 각오만 서 있으면 때와 장소는 충분히 마련될 거예요. 그이가 개선장군으로 돌아오면 모든 일이 끝장나는 겁니다. 그렇게 되면 저는 죄인이 되고 그의 침대는 저의 감옥이 될 것입니다. 진절머리나는 잠자리의 온기로부터 저를 구출해 주세요. 수고하신 보답으로 그 잠자리를 당신께 드리겠어요.

         – 아내라 불리고 싶은 당신의 애인 고네릴

아아, 여인의 색정은 어디까지 뻗을 수 있는 것인가! 덕망 있는 남편의 목숨을 빼앗고, 그 대신 내 동생 에드먼드를 그 자리에 앉히려는 흉계로구나! (오즈왈드의 시체를 보면서) 네놈을 이 모랫더미 속에 묻어주마. 살인미수, 간통 남녀의 더러운 심부름을 도맡아 해온 녀석. 때가 오면 모살될 뻔한 공작에게 이 추잡한 편지를 보여주어 깜짝 놀라게 해줘야겠다. 너의 죽음과 용무에 대해 내가 공작에게 얘기할 수 있게 되어 정말 다행이다.

글로스터 국왕께서는 돌아버리셨는데, 내 하잘것없는 감각은 얼마나 단단하길래 이렇게 계속 버티며 엄청나게 큰 슬픔을 이토록 뼈저리게 느끼고 있단 말인가! 차라리 미치는 게 낫겠다. 그렇게 되면 나 자신의 슬픔을 생각하지 않아도 되고, 마음이 헝클어져 있으니 모든 재난도 자연히 잊혀질 것 아닌가.

(멀리서 북 소리 들린다)

에드가 손을 이리 주세요. 멀리서 북 소리가 들리는 듯합니다. 자, 가십시다, 아저씨. 친구와 함께 계시도록 부탁해 보겠습니다.

코델리아, 켄트, 의사, 시종 등장한다.

코델리아 오, 착하신 켄트님, 켄트님의 충성에 보답하려면 얼마나 오랫동안 살면서 어떻게 노력해야 할까요? 이 신세를 갚으려면 내 한평생이 너무 짧고, 어떤 보상의 방법을 써도 부족할 거예요. (My life will be too short, And every measure fail me.)

켄 트 인정해 주신 것만으로도 과분한 보상이 됩니다. 방금 말씀드린 보고는 사실 그대로입니다. 살을 붙이지도 추려내지도 않았습니다.

코델리아 좀 나은 옷으로 갈아입으세요. 그 옷은 지금까지 고생한 동안의 추억을 되살리니까요. 부탁입니다, 그 옷을 벗어버리세요.

켄 트 용서하십시오, 왕비님. 제 신원이 지금 밝혀지면 모든 계획이 수포로 돌아갑니다. 때가 되어 적당하다고 생각될 때까지 저를 모르는 척 내버려두시면 감사하겠습니다.

코델리아 그러시다면, 좋습니다. (의사에게) 국왕의 용태는 어떻소?

의   사   아직도 주무시고 계십니다.

코델리아   은혜로운 신들이여, 험한 일을 당해 얻으신 마음의 상처를 고쳐 주소서. (you kind gods, Cure this great breach in his abused nature!) 불효자식 때문에 상하고 거칠어진 생각을 다시 조정하시어, 제정신을 되찾을 수 있도록 도와주소서!

의   사   어떻겠습니까, 깨우시는 것이? 충분히 주무셨는데요.

코델리아   의사 선생의 판단에 따라 처리하시기 바라오. 그런데 폐하께서 옷은 갈아입으셨소?

신   사   네, 왕비님. 폐하께서 깊이 잠드셨을 때, 새옷으로 갈아입혀드렸습니다.

의   사   왕비님, 폐하를 깨울 때 옆에 계셔주십시오. 반드시 정상으로 돌아오실 겁니다.

코델리아   좋아요. (음악 소리)

리어왕, 침대에 잠든 채 시종에 의해 운반되어 등장한다.

의   사   이리 가까이 오십시오. 음악 소리를 높여라.

코델리아   아, 사랑하는 아버님! 제 입술에 회복의 비약이 묻어 있다면 두 언니들이 옥체에 끼친 엄청난 상처를 제 키스로 고쳐드리고 싶습니다!

켄   트   착하고 친절하신 왕비님!

코델리아   설사 그들의 아버지가 아니었다 할지라도 이 백발은 그들에게 동정심을 불러일으킬 수 있었을 텐데. 이 얼굴이 사나운 비바람을 맞아야만 했단 말입니까? 무서운 벼락을 품은 우레를 들으셔야만 했단 말입니까? 재빨리 하늘을 가르는 번개가 처절하게 번쩍이는 야밤중에, 밤잠도 주무시지 못하고 목숨을 건 파수병처럼 얇은 투구만을 머리에 쓰신 채 말입니다. 내 원수의 개, 나를 문 개라 할지라도 그런 밤에는 집 안 난롯가에서 불을 쬐게 했어야 마땅한 것을. 그런데 가엾게도 아버님은 돼지 부랑배들과 함께 그 답답하고 곰팡내나는 오두막 안의 짚자리에서 쉬셔야 했습니까? 깨어나시는군요. 목숨과 정신을 한꺼번에 잃지 않으신 것이 신기할 뿐입니다. 아아! (의사에게) 폐하께 말씀을 건네보세요.

의 사 왕비님께서 말씀하시는 것이 더 적당한 줄 아룁니다.

코델리아 폐하, 어떠십니까? 기분이 좀 어떠하십니까?

리어왕 무덤 속에서 나를 끌어내면 못써. 너는 축복받은 영혼이지만 나는 불바퀴에 묶여 있는 몸이라, 내가 눈물을 흘리면 납처럼 녹아흘러 화상을 입어.

코델리아 저를 아시겠습니까?

리어왕 너는 망령이지? 언제 죽었나?

코델리아 정신을 회복하시려면 아직도 멀었구나!

의 사 아직 잠에서 깨어나신 것이 아닙니다. 잠시 혼자 계시도록 내버려 두세요.

리어왕 내가 지금까지 어디에 있었느냐? 여긴 어디냐? 아름다운 햇살이군. 나는 어이없이 속고 있어. 다른 사람이 나 같은 꼴을 겪고 있으면 나는 그것을 보고 가엾어서 죽고 싶을 거다. (I should e'en die with pity, To see another thus.) 뭐라고 말해야 좋지? 이것이 내 손인지 아닌지도 분간할 수 없구나. 이 바늘

이 찌르는 것은 느낄 수 있군. 지금 내가 어떤 지경에 놓여 있
는지 그것을 알고 싶다!

코델리아 저를 보세요. 제게 손을 얹고 저를 축복해 주세요. 아니
에요, 무릎을 꿇지 마세요.

리어왕 제발 부탁이오. 나를 놀리지 마오. 나는 지극히 못난 바보
늙은이라오. 나이가 벌써 여든이 넘었소. 그보다 더 많지도 적
지도 않다오. 솔직히 말해서 나는 제정신이 아닌가보오. 당신
도 여기 있는 이 사람들도 다 알 것 같긴 한데, 확실치가 않구
려. 여기가 어딘지 모르고, 이 옷도 기억나지 않기 때문이오.
어젯밤 내가 어디에서 잠을 잤는지도 모르고 있을 정도라오.
나를 비웃지 마오. 내가 살아 있는 것이 확실하다면, 이 부인
은 내 딸 코델리아라고 생각되는데.

코델리아 그렇습니다, 확실히 그렇습니다.

리어왕 눈물을 흘리고 있느냐? 그렇군, 눈물이로군. 제발 울지
마라. 네가 독약을 마시라면 마시겠다. 네가 나를 원망하고 있
다는 것도 알고 있어. 내 기억에 네 언니들은 나를 무한히 괴
롭힌 것 같은데, 그들은 나를 학대했으니 할 말이 없을 테지
만, 너 코델리아는 나를 미워할 만한 이유가 있지 않느냐?

코델리아 아니오, 그런 것 없습니다.

리어왕 내가 지금 프랑스에 와 있는 것이냐?

켄 트 폐하의 왕국에 계십니다.

리어왕 나를 속일 셈이냐?

의 사 안심하십시오, 왕비 전하. 보시다시피 무서운 광기는 이
제 진정되었습니다. 그러나 지금까지 겪어오신 일들을 다시

기억하시게 하는 것은 위험합니다. 안으로 모시고 들어가십시오. 좀더 안정을 얻으실 때까지 자극하지 마십시오.

코델리아 아버님, 안으로 드십시오.

리어왕 참고 견디어라. 과거를 잊고 나를 용서해라. 난 어리석은 늙은이야.

켄트와 신사만 남고 모두 퇴장

신 사 콘월 공작이 살해되었다는 게 사실입니까?

켄 트 확실한 모양이오.

신 사 공작의 부하들을 통솔하고 있는 사람은 누굽니까?

켄 트 글로스터 백작의 사생아라던데.

신 사 추방당한 그의 아들 에드가는 글로스터 백작과 함께 독일에 있다는 소문입니다.

켄 트 소문은 믿을 수 없어요. 지금은 극히 조심할 때요. 적군이 급속도로 밀려오고 있습니다.

신 사 이 싸움은 피비린내나는 결전이 될 것 같소. 그럼 안녕히. (퇴장)

켄 트 오늘의 결전에 승리하느냐 패배하느냐에 따라서 나의 계획이 철저하게 달성되느냐 안 되느냐도 판가름날 것이다. (켄트 퇴장)

‖‖‖ 제1장 ‖‖‖
도버 근처의 영국군 진영

북과 군기를 든 병사들과 에드먼드, 리건 부대장, 장교들, 그 외의 사람들 등장한다.

에드먼드 (부대장에게) 공작에게 가서 지난번 계획에 변경된 것은 없는지 혹은 그 이후 어떤 사정이 생겨 방침을 바꾸시진 않으셨는지 확실히 알아보고 오너라. 공작께서는 변덕이 심하셔서, 자신이 한 일을 스스로 비난하시는 일이 종종 있었으니까.
(부대장 퇴장)

리 건 언니의 하인에게 뭔가 문제가 생긴 게 틀림없어요.

에드먼드 아무래도 그런 것 같아 걱정스럽군요.

리 건 에드먼드님, 내가 당신에게 호의를 갖고 있다는 걸 아시지요? 말해 보세요……, 진심으로……. 사실대로 말해 보세요, 당신은 언니를 사랑하지 않으세요?

에드먼드 천만에요. 어림도 없는 소리입니다.

리 건 하지만 마음에 걸려요. 언니와 함께 붙어다니면서 서로

부둥켜 안는 등 부부만이 할 수 있는 짓을 다 하고 있는 거 아 닙니까?

에드먼드 명예를 걸고 절대로 그런 일 없습니다.

리 건 나는 결코 언니가 그런 짓을 하도록 내버려두지 않을 거 예요. 에드먼드님, 언니와 너무 가깝게 지내지 마세요.

에드먼드 그런 걱정은 마십시오. 공작과 공작 부인께서 오시는 군요!

북과 군기를 앞세우고 알바니 공작, 고네릴 그리고 병사들 등장한다.

고네릴 (방백) 동생이 나와 에드먼드 사이를 떼어놓을 바에야 차 라리 전쟁에 지는 게 낫지.

알바니 지극히 사랑하는 우리 처제, 잘 만났소. (에드먼드에게) 들 리는 소문에 의하면 국왕께서는 막내딸한테로 갔다 하오. 우 리 나라의 학정 때문에 불만이 많은 도당들과 합세했다는 소 식이오. 나는 원래 공명정대한 일이 아니면 용감히 싸우지 않 는 사람인데, 이번 전쟁은 프랑스 왕이 우리 나라를 침략하려 고 마음먹었기 때문이지 리어왕 일당을 도와주려고 일으킨 것 이 아니기 때문에 우리도 떨쳐 일어난 거요. 프랑스 왕은, 지극 히 정당하고 중대한 이유로 해서 전쟁을 일으키고자 하는 다 른 사람들과 한패가 되어 우리 국토를 침략하려 하고 있소.

에드먼드 참으로 고귀하신 말씀입니다.

리 건 어쩌자고 그따위 토론을 시작하시는 거예요?

고네릴 모두가 힘을 합쳐 적군을 무찌릅시다. 이런 개인적인 불

만이나 내부적인 분열은 여기서 문제삼을 것이 못 되니까.

알바니 그렇다면 노련한 전략가와 작전이나 짭시다.

에드먼드 공작님의 진영으로 곧 가겠습니다.

리 건 언니, 함께 가시죠.

고네릴 나는 가고 싶지 않아.

리 건 함께 가셔야 합니다, 가십시다.

고네릴 (방백) 흥, 그 속셈을 내가 알지. (리건에게) 그래, 가자꾸나.

그들이 밖으로 나가려 할 때, 변장한 에드가 등장한다.

에드가 보잘것없는 졸장부하고도 한 마디 나눌 여유가 있으시
다면, 제 말씀에 귀를 좀 기울여주십시오.

알바니 (일동에게) 곧 뒤따라가겠소. (알바니와 에드가만 남고 모두
퇴장) (에드가에게) 말해 보라.

에드가 전쟁을 시작하기 전에 이 편지를 뜯어보십시오. 전쟁에
서 승리를 거두시면, 나팔 소리를 울려 이 편지를 들고 온 저
를 불러주시기 바랍니다. 제 몰골이 엉망이긴 합니다만, 이 편
지 속에 씌어져 있는 것이 거짓이 아님을 이 칼을 두고 맹세합
니다. (I can produce a champion that will prove What is
avouched there.) 전쟁에 패하시면 공작님의 운세도 끝장나고
따라서 이 음모도 끝이 나겠지요. 행운을 빕니다!

알바니 편지를 다 읽을 때까지 기다려달라.

에드가 그건 안 됩니다. 때가 오면 전령을 통해 절 불러주십시오.
다시 나타나겠습니다.

알바니 잘 가라. 편지는 잘 읽어두겠다. (에드가 퇴장)

에드먼드 다시 등장한다

에드먼드 적군이 눈앞에 나타났습니다. 전열을 가다듬으세요. 적군의 실력, 장비 등을 자세히 조사한 기록이 여기 있습니다. 하지만 급히 서두르셔야 합니다.

알바니 늦지 않도록 하겠다. (알바니 퇴장)

에드먼드 나는 두 자매 모두에게 사랑을 맹세했다. 두 자매가 서로 질투하는 모습은 마치 독사에게 물린 적이 있는 사람이 독사를 미워하는 것과 같구나. 둘 중에 누구를 골라잡을까? 둘 다? 하나만? 아니면 둘 다 그만둘까? 둘 다 살아 있으면 어느 쪽도 즐길 수 없어. 과부를 택하면 언니인 고네릴이 미친 듯 화를 내겠지. 그리고 그녀의 남편이 살아 있는 한 내 목적을 달성할 수도 없고. 전쟁을 수행하기 위해서는 남편의 군력을 이용키로 하고, 전쟁이 끝나면 그녀에게 남편을 감쪽같이 처치해 버릴 방안을 강구하라고 해야지. 공작은 리어와 코델리아에게 자비를 베풀고자 하지만, 전쟁이 끝난 후 그들이 우리의 포로가 되고 나면 용서고 뭐고 없다. 지금일 뿐이니까. (에드먼드 퇴장)

안에서 경종 소리 들리고, 북과 군기를 앞세우고 리어왕, 코델리아, 그들의 병사들이 무대를 가로 질러 퇴장한다. 에드가와 글로스터 등장한다.

에드가 아저씨, 이 나무 그늘을 집 삼아 쉬시면서 정의가 이기도록 기도해 주세요. 제가 다시 돌아올 땐 위안을 가져다드릴께요. (If ever I return to you again, I'll bring you comfort.)

글로스터 신의 가호가 있기를 빈다. (에드가 퇴장)

안에서 경종 소리, 군인들 달리는 소리 들린다. 에드가 등장한다.

에드가 영감님, 달아나세요! 자, 손을 이리 주세요, 도망갑시다. 리어왕이 패배를 했어요. 폐하와 코델리아가 잡혔어요. 자, 손을 이리 주세요, 갑시다.

글로스터 더 이상 갈 수 없네. 여기서 죽으면 그만이야.

에드가 왜 그러세요, 또 음울한 생각에 잠기신 거예요? 사람이란, 세상에 태어나는 것도 마찬가지지만 세상을 떠나는 것도 마음대로 안 되는 법이에요. 때가 무르익는 것이 중요합니다.

(Men must endure Their going hence, even as their coming

hither; Ripeness is all) 자, 갑시다.

글로스터 그 말도 옳다. (두 사람 퇴장)

||||| 제3장 |||||
도버 근처의 영국군 진영

북이 울리고 군기가 휘날리는 가운데 개선장군인 에드먼드 등장한다. 포로로 잡힌 리어왕과 코델리아, 그리고 장교들, 병사들과 함께 등장한다.

에드먼드 장교들은 이 포로들을 끌고 가라. 그들을 재판할 상관의 명령이 떨어질 때까지 잘 감시하라.

코델리아 최선을 다했음에도 최악의 사태를 맞는 것은, 우리가 처음이 아닙니다. (We are not the first Who, with best meaning, have incurr' d the worst.) 학대받으신 아버님만 생각하면 저는 맥이 빠집니다. 그렇지만 않았어도 전 혼자서 거짓말쟁이 운명의 여신의 찌푸린 상과 맞서 노려봄으로써 그 여신을 물리쳤을 텐데. 언니들을 만나보지 않으시렵니까?

리어왕 아니, 아니, 아니, 아니다! 어서 우리는 감옥으로나 가자. 둘이서 새장 속의 새들이 되어 노래를 부르자. 네가 나의 축복을 빌어주면 나는 무릎을 꿇고 너의 용서를 구하마. 그렇게 우리는 살아가자. 기도하고 노래하고 옛날 얘기를 나누며, 금빛 나비들을 보고 웃고 궁중의 불쌍한 녀석들이 궁중 소식을 퍼뜨리는 것을 들으며, 그들을 상대해서 누구는 총애를 잃고 누구는 얻었으며 누구는 쫓겨나고 누구는 득세했다더라 하는 등등의 얘기를 나누어보자. 이 세상 돌아가는 신비에 관해서, 마치 신들의 밀사인 양 아는 척하며 지내자꾸나. 사면이 벽으로 둘러싸인 감옥에 있더라도 이렇게 세월을 보내다 보면, 달의 힘을 입어 밀물과 썰물이 교차되듯이 흥망성쇠가 무상한 거물들의 집단 패거리보다는 오래 살아갈 수 있을 것이다.

에드먼드 끌고 나가라!

리어왕 내 딸 코델리아야, 너 같은 희생 제물에 대하여 시들은 향을 피워줄 것이다. 내가 너를 붙잡고 있지 않느냐? 우리를 떼어놓으려는 자는 하늘에서 횃불을 가져와야 할 거다. 횃불로써 여우를 몰아내듯이 우리를 쫓을 수밖에 없을 거야. 눈물을 닦아라. 그들이 우리를 울리기 전에 그들이 먼저 병에 걸려 썩어문드러질 거다. 그들이 먼저 굶어죽을 거야. 가자. (리어왕과 코델리아가 호위를 받으며 퇴장)

에드먼드 부대장, 듣거라. (쪽지를 주며) 이 쪽지를 가지고 이들을 따라 감옥으로 가거라. 나는 이미 너를 일계급 승진시켜두었다. 거기 적힌 대로만 하면 너는 행운을 잡게 될 것이다. 사람은 시기에 맞춰 움직여야 한다는 걸 명심하라. (know thou this, that men Are as the time is) 칼을 휘두르는 사람에게는 순한 마음씨가 어울리지 않아. 너에게 맡긴 이 큰 역할에 대해서

꼬치꼬치 캐묻지 마라. 명령에 따르겠느냐, 아니면 다른 방법으로 출세하겠느냐? 그것만 대답하라.

부대장 명령대로 따르겠습니다.

에드먼드 그럼 즉시 실행하라. 실행 후에는 그래도 이게 다행이라고 생각하라. 알겠느냐? 즉시 실행하는 거다. 내가 적은 그대로 처리하라.

부대장 저는 말린 귀리를 먹지도, 수레를 끌지도 않습니다. 그러나 사람이 하는 일이라면 무엇이든 다 하겠습니다.

요란한 나팔 소리. 알바니, 고네릴, 리건, 또 한 명의 장교, 그리고 병졸들 등장한다.

알바니 백작은 오늘 자신이 매우 용감한 집안의 태생임을 유감없이 보여 주시었구려. 또한 이번 전투의 적수인 두 사람을 포로로 잡았으니 행운이 겹쳤소. 이제 그들을 위해서 백작에게 부탁하고 싶은 것은, 그들의 공죄와 우리들의 안전을 다같이 생각해서 누구든 공평한 판결을 받도록 그들을 잘 처리해 달라는 것이오.

에드먼드 늙고 비참한 왕을 적당한 곳에 감금하여 감시병을 붙여 두는 것이 적합하다고 생각합니다. 고령의 나이인데다 국왕이라는 신분도 그럴싸해서 백성들의 마음을 사로잡아 그의 편에 서도록 할 뿐아니라, 우리가 모병하고 다스려야 할 병졸들의 창 끝이 급기야 우리 눈을 찌를 염려도 있기 때문입니다. 프랑스 왕비도 그와 함께 보낼 생각인데 이유는 같습니다. 내

일이든 그 언제가 되든 공작께서 주재하는 재판에 출두하도록 조치를 취해놓겠습니다. 그런데 지금 우리는 피와 땀으로 범벅이 되고, 친구는 그의 친구를 잃고 있습니다. 아무리 정당한 전투라 할지라도 그것이 치열해지면 저주를 받게 마련입니다. 코델리아와 그 부친의 문제는 더 적합한 장소를 택해서 결정함이 합당할 줄로 압니다.

알바니 미안한 얘기지만, 나는 이 전쟁에 있어서 백작을 나의 부하라고 여기지, 형제로 여기고 있는 것은 아니오.

리 건 그건 제가 백작을 어떻게 대우하느냐에 달려 있지요. 당신이 그런 말씀을 하시기 전에 먼저 제 의사를 타진했어야 옳았어요. 이분은 저의 군사를 이끌었으므로 저를 대신하는 지위와 신분을 위임받으셨어요. 이토록 가까운 사이니 형제라 불러도 상관없겠지요.

고네릴 너무 흥분하지 마라. 네가 자격을 드리지 않아도 이분은 그 자체로서 인품이 빼어나시니까.

리 건 내가 권리를 준 이상 최고의 권력자가 될 수 있는 거죠.

고네릴 이분이 네 남편이라도 되느냐? 그건 어림없는 수작이야.

리 건 엉뚱한 소리를 하는 어릿광대가 때로는 예언을 하기도 합니다.

고네릴 흥! 너에게 그런 말을 한 사람은 사팔뜨기였겠지?

리 건 언니, 나는 지금 몸이 좋지 않아요. 그렇지만 않았어도 뱃속의 화를 후련히 터뜨려 대꾸할 텐데. (에드먼드에게) 장군, 나의 군대와 포로와 재산을 모두 당신에게 바치겠어요. 마음대로 처분하세요. 뿐만 아니라 나 자신도 당신의 것입니다. 당신

은 나의 성주예요. 이 세상을 증인삼아, 나는 당신을 내 군주
요 남편으로 삼겠어요.

고네릴 그 사람과 재미를 보려구?

알바니 고네릴, 당신이 이들을 마음대로 제지시킬 수는 없소.

에드먼드 공작님 마음대로도 못할 걸요.

알바니 사생아 자식, 난 그럴 수 있다.

리 건 (에드먼드에게) 북을 울리세요. 내 권리가 당신에게 이양
된 사실을 어서 알리세요.

알바니 잠깐 기다려. 이유를 듣거라, 에드먼드. 난 대역죄로 너를
체포한다. 그리고 너와 함께 이 금으로 도금한 뱀(고네릴을 가
리키며)도 체포하겠다. 처제, 당신의 요구에 대해서는 내 아내
의 이익을 위해서 반대하겠소. 내 아내는 이미 이 사람과 재혼
할 언약을 했으니, 그녀의 남편으로서 어찌 내가 당신의 구혼
에 찬성하겠소? 당신이 재혼해야겠다면, 나한테 구혼하시오,
내 아내는 이미 약속된 몸이니.

고네릴 미친 소리!

알바니 에드먼드, 너는 무장하고 있으니 나팔을 불게 하라. 네놈
이 범한 명백하고도 악독한 여러 가지 죄목을 증명하기 위해
나서는 사람이 없다면 내가 그 결투에 상대해 주마. (도전의 표
시로 장갑을 땅에 내던진다) 너의 흉악한 소행이 내가 방금 여
기서 선언한 것 이상으로 끔찍하다는 것을, 나는 기어코 네놈
의 가슴을 갈라 증명할 테다.

리 건 아아, 가슴이 답답하다!

고네릴 (방백) 네년이 아프지 않으면, 독약도 믿을 수 없게?

에드먼드 당신의 결투에 응하겠소. (장갑을 내던진다) 나를 반역자라고 부르는 놈이 어떤 놈인지는 알 수 없지만 틀림없이 그 놈은 거짓말쟁이다. 나팔을 불어 그놈을 불러내어라. 나한테 감히 덤벼드는 놈은 어떤 놈이든 가만두지 않을테다. 나의 명예와 진실을 확실히 보여주겠다.

알바니 이봐, 전령관!

에드먼드 전령관, 여어, 전령관!

알바니 너 자신의 용기만을 믿어라.(Trust to thy single virtue) 네 부하는 모두 내 명의로 모병한 자들이기 때문에, 내 명의로 제대시켰다.

리 건 아아, 가슴이 점점 더 답답해진다.

알바니 환자가 생겼군, 내 막사로 데려가라. (리건 부축을 받으며 퇴장)(전령관 한 명 등장한다.) 전령관, 이리로 오라. 나팔을 불게 하라. 그러고 나서 이것을 소리 높이 낭독하라.

장 교 나팔을 불어라! (나팔 소리)

전령관 (읽는다) 우리 군대에 복무하고 있는 높은 지위의 명문 출신들 가운데, 글로스터 백작이라 불리는 에드먼드에 대하여 그가 대역죄를 범한 죄인임을 주장하고 싶은 자는 나팔 소리가 세 번 울릴 때까지 나서라. 에드먼드는 자신의 명예를 지킬 자신이 서 있다.

에드먼드 불어라! (첫 번째 나팔 소리)

전령관 다시 한 번! (두 번째 나팔 소리) 다시 한 번! (세 번째 나팔 소리)

안에서 이 소리에 응답하는 나팔 소리가 들린다. 세 번째 나팔 소리에 나팔수를 앞세우고 무장한 에드가 등장한다.

알바니 (전령관에게) 나팔 소리에 답하여 앞으로 나선 이유를 물어라.

전령관 그대는 누구요? 이름은? 신분은? 무슨 이유로 나팔 소리에 응하셨소?

에드가 말씀드리겠습니다. 저는 이름을 잃었습니다. 반역의 이빨이 제 이름을 물어뜯고, 벌레가 제 이름을 파먹었습니다. 그러나 저 역시 제가 상대하고 싶은 저자만큼이나 고귀한 가문 출신이오.

알바니 상대하고 싶은 자가 누구냐?

에드가 글로스터 백작, 에드먼드라고 자칭하는 자올시다.

에드먼드 내가 바로 에드먼드다. 할 말이 무엇이냐? 들어보자.

에드가 칼을 뽑아라. 내 말이 너의 비위에 거슬렸다면 너의 칼이 그 분풀이를 해줄 테지. 자, 여기 내 칼이 있다. 내가 이 칼을 휘두름은 내 명예와 맹세와 기사로서의 특권이라는 것을 알아두어라. 단언하건대 너는 힘이 세고 나이가 젊고 지위가 높고 중요한 관직을 맡고는 있지만, 승승장구로 세도를 누리고 무공을 세울 만큼 용기와 담력은 있지만, 그렇지만 너는 반역자다. 너는 너의 신과 형제와 부친을 속였고, 여기 계신 나라의 공신인 공작님의 목숨까지 노렸다. 머리 꼭대기에서부터 발바닥 먼지에 이르기까지 너는 점박이 두꺼비만큼이나 더러운 반역자다. '그렇지 않다'고 항변한다면 이 칼, 이 무예, 이

용기로써 네 가슴을 갈라 증명해 보이겠다. 그 가슴을 향해서 나는 '너야말로 거짓말쟁이다!'고 부르짖겠다.

에드먼드 현명한 판단을 위해서 우선 네 이름을 묻겠다. 네 외양이 훌륭하고 용감해 보일 뿐만 아니라 또 입놀리는 품도 무식하게 자란 놈 같지는 않으니, 기사도 규칙에 따르자면 네 정체를 알 때까지 이 결투를 지연시켜야 마땅하겠지만 나는 그러고 싶지 않다. 그래서 나는 그 갖가지 반역의 오명을 네 머리 위에 눌러씌우고, 네가 말한 그 지옥보다 끔찍한 거짓말의 무게로 네 가슴을 짓누르고 싶다만, 아직도 그 거짓말이 네 가슴에 가슴을 깊숙이 찔러 그곳에 영원히 오명을 남겨두겠다. 나팔을 불어라! 자, 말해 보라!

경적 소리, 둘이 싸운다. 에드먼드 쓰러진다

알바니 도와주라! 도와주라!

고네릴 이건 음모예요, 글로스터님. 기사도 규칙에 의하면 당신은 이름을 밝히지 않는 상대자와 싸울 의무가 없어요. 당신은 승부에 진 것이 아니라 속임수를 당한 거예요. (thou art not vanquish'd, But cozen'd and beguiled.)

알바니 입 닥쳐요. 그렇지 않으면 이 편지로 당신의 아가리를 틀어막겠소. (에드먼드에게) 이 편지를 받으라. 어떤 죄목으로도 다스릴 수 없는 악독한 죄인, 그것을 읽고 네 자신의 죄를 알라. (고네릴에게) 찢지 마시오, 부인. 그 편지 내용을 아는 모양이군. (알바니, 에드먼드에게 편지를 준다)

고네릴 설사 알고 있다 하더라도, 법은 내 편이지 당신 편이 아니예요. 감히 누가 나를 규탄하겠어요? (퇴장)

알바니 천하에 고약한 여자로군! (에드먼드에게) 편지 내용을 알고 있느냐?

에드먼드 내가 아는 일에 대해서는 묻지 마시오.

알바니 저 여자를 뒤쫓아가봐라. 자포자기 상태에 빠져 있으니 그녀를 진정시켜줘라. (장교 퇴장)

에드먼드 나는 당신이 비난하고 있는 그 죄를 범했소. 그뿐만이 아니라 훨씬 더 많은 죄를 저질렀소. 언젠가는 모두가 밝혀질 날이 오겠지요. 시간은 흘러가고 나도 사라져 버릴 몸이오. 그러나 나를 물리친 운 좋은 당신은 대체 누구요? 그대가 귀족이라면, 내 용서하리다.

에드가 좋다. 서로 관대한 마음을 나누기로 하자. 에드먼드, 혈통에 있어서는 내가 너보다 조금도 못하지 않다. 만약 내 혈통이 너보다 낫다면 너는 나에게 더 큰 죄를 진 셈이다. 내 이름은 에드가, 네 아버지의 아들이다. 신은 공정하셔서, 불의의 쾌락을 맛본 자는 결국 그 쾌락으로써 천벌을 받게 하시지. (The gods are just, and of our pleasant vices Make instruments to plague us) 어두침침한 곳에서 너를 잉태시킨 아버지는 그 벌로 양쪽 눈을 잃으셨다.

에드먼드 옳은 말씀이오. 그건 사실입니다. 인과응보의 바퀴는 돌고 돌아 다시 제자리로 왔습니다. 제가 다시 밑바닥이 되었으니까요.

알바니 그대의 거동에는 당당하고 귀족적인 품위가 엿보였소.

King Lear **179**

그대를 안아주고 싶네. 내가 그대나 그대의 부친을 조금이라도 미워한 적이 있다면 슬픔으로 내 가슴이 찢어져도 할 말이 없을 걸세!

에드가 존경하는 공작님, 잘 알고 있습니다.

알바니 그런데 자넨 지금까지 어디에 숨어 있었나? 그대 부친의 고난은 어떻게 알고 있었지?

에드가 제가 줄곧 돌봐드렸기 때문에 알고 있었습니다. 대충 말씀드리겠습니다. 얘길 다 털어놓고 나서, 오, 제 가슴도 터져버렸으면 좋겠습니다! 오, 목숨에 대한 끈질긴 애착이여! 단번에 목숨을 끊기보다는 죽을 고생을 참아가며 시시각각으로 죽기를 바라고 있으니! 저를 잡으라는 잔인한 포고문이 늘 제 뒤를 바싹 쫓아 다녔죠. 그래서 저는 누더기로 미친놈처럼 변장을 했기 때문에 지나가는 개조차 저를 거들떠보지 않았습니다. 그런 꼴로 전 부친을 만났습니다만, 그땐 이미 아버지의 두 눈을 잃어 마치 보석빠진 피투성이 반지처럼 된 후였습니다. 그 후로 전 그분의 길벗이 되어 손을 이끌어드리기도 하고, 그분을 위해 구걸도 하면서 절망에서 아버지를 구출하느라 애썼습니다. 그러다가 반식단 전투구를 쓰면서 저는 그제서야 비로소 아버지께 제 정체를 밝혔습니다. 그런데 오, 그것이 잘못이었어요! 이 결투에 이기고는 싶지만 승리에 대한 보장은 없어 아버님의 축복을 빌고자 했던 거였는데, 그동안 지내온 편력생활을 털어놓자 아버님의 연약해진 심장은 아, 불행하게도 허약해질 대로 허약해져 충격을 견뎌내지 못했습니다. 기쁨과 슬픔의 두 갈래 격정 사이에서 웃으시다가 그만 심장이 터져버리고 말았습니다.

에드먼드　형님 이야기에 깊이 감동되어 저도 이제부터는 선한 마음으로 돌아갈 것 같습니다. 그러나 애길 계속하세요, 형님의 얼굴을 보니 하실 애기가 더 있는 듯하군요.

알바니　할 애기가 더 있다면, 더 슬픈 애기겠지. 그러니 지금은 삼가해 주게.

에드가　슬픔을 꺼리는 분들에게는 이것으로 이야기가 끝나는 것같이 보이겠지요. 그러나 이야기를 더 들으시면, 지금까지의 슬픔은 비교도 안 될 만큼 더 큰 슬픔의 극단이 있었음을 알게 될 것입니다.(To such as love not sorrow; but another, To amplify too much, would make much more, And top extremity.) 제가 울고불고 아버지의 별세를 슬퍼하고 있을 때 어떤 사람이 다가왔습니다. 그전 같았으면 제 거지꼴을 보고 몸을 피했을 그 사람이, 고난을 수없이 참아온 제 정체를 알고는 자신의 억센 팔로 제 목을 휘감고 하늘이 꺼질 듯한 소리로 울어대기 시작했습니다. 그러더니 자기 몸을 내던지듯 아버님의 유해를 얼싸안고는, 리어왕과 자기 자신에 관해서 여태껏 들어본 적이 없는 슬픈 애기를 들려주었습니다. 세상에 이보다 더 비참한 애기가 있을까요! 그 자도 애기를 하는 동안 벅찬 슬픔으로 생명줄이 끊어지기 시작했습니다. 바로 그때 두 번째 나팔 소리가 울렸기 때문에 전 까무러친 그 자를 거기 그대로 둔 채 이리로 뛰어온 것입니다.

알바니　그런데 그 사람이 누구였나?

에드가　켄트 백작, 추방된 켄트 백작이었습니다. 변장을 하고서,

원수 같은 국왕 곁에 붙어다니며 그분을 위해 노예도 하지 못할 봉사를 하고 있었던 것입니다.

시종 한 명이 피 묻은 단검을 들고 등장한다.

시 종 큰일났습니다, 큰일났습니다. 어서 도와주세요!

에드가 무슨 일이냐?

알바니 어서 말하라.

에드가 그 피투성이 칼은 뭐냐?

시 종 아직도 뜨겁고 김이 납니다. 가슴에 꽂힌 것을 방금 뽑아 들고 오는 길입니다. 오, 그분이 돌아가셨습니다.

알바니 누가 돌아가셨단 말이냐? 빨리 말하라.

시 종 각하의 부인이오, 공작님. 각하의 부인 말씀이에요. 공작 부인께서는 여동생을 독살했노라고 자백하셨습니다.

에드먼드 나는 그들 두 자매에게 모두 부부가 되기로 약속했는데, 이렇게 되고 보니 세 사람이 동시에 결혼하게 되었구나!

에드가 켄트 백작이 오십니다.

켄트 등장한다.

알바니 생사불문하고 두 여자를 이곳으로 운반하라. (시종 퇴장) 천벌 앞에서 무서워 몸이 떨리긴 하지만 불쌍한 생각은 들지 않는구나. (켄트에게) 아, 이분이 바로 그분인가? 정중하게 대접하고 싶습니다만, 지금은 의식을 갖출 만한 겨를이 없군요.

182

켄 트 국왕이시며 제 주인 되시는 분에게 작별인사를 하러 왔
    습니다. 이곳에 안 계십니까?

알바니 중대한 일을 우리가 잊고 있었구나! 에드먼드, 말하라,
    국왕께서는 어디 계시느냐? 그리고 코델리아는? 켄트, 저 광
    경이 보이시오?

고네릴과 리건의 시체가 운구되어 들어 온다.

켄 트 아니, 이것이 어찌 된 일입니까?

에드먼드 이 에드먼드는 여자의 사랑을 받은 몸이었죠. 나 때문
    에 언니가 동생을 독살하고 자살했습니다.

알바니 사실이오. 시체의 얼굴을 덮어라.

에드먼드 숨이 답답해 오는데, 비록 이 몸이 악당이긴 하지만 착
    한 일 한 가지만 하고 싶소. 급히 성으로 사람을 보내시오. 리
    어왕과 코델리아의 목숨을 빼앗으라고 내가 이미 명령서를
    보내놓았으니 어서 늦지 않도록 사람을 보내시오.

알바니 뭐라구? (에드가에게) 어서, 어! 아, 어서 뛰어가시오!

에드가 누구에게 가야 하는 거냐? (에드먼드에게) 누가 그 임무를
    맡았느냐? 사형집행 중지의 증거를 보여야 한다.

에드먼드 좋은 생각이십니다. 내 칼을 갖고 가서 대장에게 주세요.

알바니 서두르시오. 죽을 힘을 다해 서두르시오! (Haste thee, for
    thy life.) (에드가 퇴장)

에드먼드 코델리아를 옥중에서 목졸라 죽이라고 당신 부인과 내
    가 특명을 내렸습니다. 그녀가 절망에 빠져 스스로 목숨을 끊

은 것처럼 일을 꾸민 겁니다.

알바니 그녀에게 신의 가호가 있기를! 제발 폐하가 무사하셨으면! (에드먼드를 가리키면서) 저자를 잠시 데려가라. (에드먼드, 시종들에게 운반되어 퇴장)

죽은 코델리아를 팔에 안고 리어왕 등장. 에드가와 부대장 다시 등장.

리어왕 울부짖어라, 울부짖어라, 울부짖어라, 울부짖어라! 아, 너희들은 돌 같은 인간들이구나. 내가 너희들의 혀와 눈을 갖고 있다면, 그것으로써 푸른 하늘의 지붕을 무너뜨렸을 것이다. 그 애는 영원히 갔다! 죽은 것과 산 것을 나는 구별할 수 있다. 딸은 죽어서 흙이 되었다. 거울을 다오. 내 딸의 입김이 거울을 흐리게 하거나 얼룩지게 하면 그건 살아 있다는 증거다.

켄 트 이것이 예언된 이 세상의 종말인가?

에드가 아니면 무서운 종말의 모습인가?

알바니 만물이여, 무너져내려 멸망해 버려라!

리어왕 이 깃털이 움직였다! 살아 있구나! 그렇다면 이 애가 그동안 겪은 온갖 설움이 보상될 수 있는 것이다.

켄 트 (국왕 앞에 나와 무릎을 꿇고) 오, 폐하!

리어왕 제발 저리 비키게.

에드가 이분은 폐하의 신하인 켄트 백작입니다.

리어왕 너희들은 모두가 살인자요 반역자다! 천벌을 받아라. 나는 이 애를 구해 줄 수 있었는데, 이젠 영원히 죽어버렸어! 코델리아, 코델리아, 잠시 기다려다오. 앗! 너 지금 뭐라고 했느나? 네 목소리는 부드럽고 온화하고 나직했지. 여자의 목소리는 그래야 해. 너를 교살한 놈은 내가 죽여 버렸다.

부대장 말씀대롭니다. 공작 각하. 왕께서 그놈을 죽이셨습니다.

리어왕 내가 죽였지. 한때는 기막히게 잘 드는 언월도를 휘두르며 닥치는 대로 놈들을 몰아낸 적도 있었지만, 이젠 나이를 먹고 고생을 해서 이 모양 이꼴로 힘이 빠졌어. (켄트에게) 자넨 누군가? 내 눈이 아주 나빠졌어. 곧 알아보게 되겠지만 말야.

켄 트 운명의 여신이 사랑도 하고 미워도 한 두 인간이 있다고 자랑한다면, 지금 당신 눈 앞에 있는 사람이 바로 그 중의 한 사람으로 미움받았던 자입니다.

리어왕 잘 보이진 않지만, 자네는 켄트 아닌가?

켄 트 그렇습니다. 국왕 폐하의 신하, 켄트입니다. 폐하의 하인 카이어스는 어디 있습니까?

리어왕 그 녀석, 퍽 좋은 놈이었지. 내가 단언하네만 그 녀석은 칼솜씨도 좋고 민첩했다. 그는 죽어 썩어버렸다네.

켄 트 아닙니다, 폐하. 제가 바로 그 카이어스입니다.

리어왕 뭐야? 아, 곧 알게 되겠지.

켄 트 폐하의 운명이 바뀌어 불운하게 되신 이후로, 줄곧 폐하의 슬픈 발자취를 따라다녔습니다.

리어왕 이렇게 와주어 정말 반갑구나.

켄 트 제가 바로 그 사람입니다. 모든 것이 음산하고 암담하고 무섭기만 합니다. 폐하의 큰 따님 두 분은 돌아가셨습니다. 절망적인 최후였습니다.

리어왕 그랬을 테지.

알바니 폐하께서는 스스로 무슨 말씀을 하고 계시는지도 모르
고 계시오. 이런 상황에서는 우리가 이름을 대도 소용없을 것
이오.

에드가 아무 소용없겠죠.

부대장 등장한다.

부대장 에드먼드님이 돌아가셨습니다, 폐하.

알바니 그런 건 여기선 사소한 일에 불과하네. 두 분 경과 귀공
은 우리들 편이니 나의 의도를 알아주시오. 이 엄청난 폐하의
불행에 대하여, 어떤 도움을 드려야 할지 충분히 생각해 봅시
다. 나는 이 노왕께는 살아 계신 동안 나라를 통치하실 수 있
도록 권한을 드릴 생각이오. (에드가와 켄트에게) 두 분에게는
작위와 영토뿐만 아니라 이번 공로를 참작하여 여러 가지 특
전을 수여할 작정이오. 우리 편에 있는 사람들은 그 공로에 대
해서 상을 받을 것이며, 적들은 저지른 죄에 합당한 벌을 받게
될 것이오. (리어왕을 보고) 아, 보십시오, 보십시오!

리어왕 아, 불쌍한 내 딸을 목졸라 죽이다니! 이제는 생명이 없
구나, 없어, 없어! 개나 말이나 쥐 같은 것도 생명이 있는데, 너
는 어째서 입김조차 없느냐? (Why should a dog, a horse, a
rat, have life, And thou no breath at all?) 너는 다시는 이 세상
에 돌아오지 않을 것이다, 결코, 결코, 결코, 결코! 부탁이다.
이 단추를 빼다오. 고맙다. 이게 보이느냐? 코델리아를 보라.
보라, 딸의 입술을. 저걸 봐, 저걸 보라구! (죽는다)

186

에드가 폐하께서 기절하셨다! 폐하, 폐하!

켄 트 가슴이 터질 것 같구나. 가슴아, 차라리 터져버려라!

에드가 폐하, 정신차리십시오!

켄 트 폐하의 영혼을 괴롭히지 마시오. 아아, 폐하를 가시도록
내버려둡시다! 쓰라린 이 세상의 형틀 위에 오래도록 지체시
키는 자를 폐하께서는 오히려 미워하실 겁니다.

에드가 폐하께서 정말로 돌아가셨습니다.

켄 트 신기한 것은, 폐하께서 그토록 오랫동안 견디신 일이오.
무리하게 스스로의 목숨을 연장시키셨어요.

알바니 두 분의 유해를 모시고 나가시오. 지금 우리가 할 일은
전국민이 그분을 애도하는 일이오. (켄트와 에드가에게) 나의
두 벗은 이 땅을 통치하고 난국을 수습해 주기 바라오.

켄 트 저는 이제 여행길에 올라 곧 떠나야 합니다. 저의 주인께
서 부르시니 마다할 수 없습니다.

알바니 이 비통한 시대의 가혹한 슬픔에 우리들은 복종해야만
하오. 마땅히 해야 할 말은 삼가고, 우리가 느끼는 것만을 말
하기로 합시다. (Speak what we feel, not what we ought to
say.) 가장 나이 많으신 분께서 가장 큰 괴로움을 겪으셨소. 우
리 같은 젊은이들은 그토록 많은 고난은 견딜 수도 없거니와
그토록 오래 살지도 못할 것이외다.

장송곡이 울리는 가운데 모두 퇴장한다.

King Lear 187

❖ 할 말이 없으면 받을 것도 없다.
   Nothing will come of nothing

❖ 저는 아버님을 자식의 의무로서 사랑합니다. 그 이상도 그 이하도
   아닙니다.
   I love your majesty According to my bond; nor more
   nor less.

❖ 진정으로 형님을 위해서 하는 충고입니다.
   I advise you to the best

❖ 아무것도 아닌 것에서는 아무것도 나올 수 없으니까.
   nothing can be made out of nothing.

❖ 내가 누군지, 누가 좀 말해 줄 수 없나?
   Who is it that can tell me who I am?

❖ 이제는 후회해도 소용없구나!
   That too late repents

❖ 배은망덕한 자식을 갖는 것은 독사의 이빨보다 무섭다는 것을 깨닫
   게 해주소서!
   How sharper than a serpent's tooth it is To have a
   thankless child!

❖ 전혀 그런 말을 한 일이 없는데.
I am sure on't, not a word.

❖ 우리를 위해서 필요한 충고를 해주세요. 그 충고를 당장에 좀 들어
봐야 되겠으니까요.
Your needful counsel to our business, Which craves
the instant use.

❖ 그 책임은 내가 지겠다.
I'll answer that.

❖ 그들이 감히 그럴 리가 없어.
They durst not do't

❖ 너는 어디서 그런 것을 배웠지?
Where learned you this?

❖ 그럼 아버님 마음대로 하세요.
At your choice, sir.

❖ 악한 것도, 옆에 더 악한 것이 있으면 좋게 보이게 마련이지.
Those wicked creatures yet do look well—favour'd,
When others are more wicked

❖ 그냥 내버려두는 게 좋아.
'Tis best to give him way.

❖ 사람의 몸으로는 도저히 이런 고통이나 공포를 감당할 수 없습니다.
man's nature cannot carry The affliction nor the fear.

❖ 너는 아무 말도 하지 말아라.
say you nothing.

King Lear

❖ 젊은이가 일어서는 때는 늙은이가 쓰러질 때다.
The younger rises when the old doth fall.

❖ 이런 생각을 떨쳐내 버리자.
let me shun that

❖ 슬픔에도 동료가 있고, 고통에도 친구가 생기면 마음의 고통도 견딜 수 있지.
then the mind much sufferance doth o'er skip, When grief hath mates, and bearing fellowship.

❖ 역경의 밑바닥에 떨어지면 다시 웃음이 돌아온다.
The worst returns to laughter.

❖ '지금이 가장 비참하다'고 할 수 있는 동안은 아직 가장 비참한 게 아니다.
the worst is not So long as we can say 'This is the worst.'

❖ 장난꾸러기들이 파리를 다루듯이, 신들은 인간을 다루거든.
As flies to wanton boys, are we to the gods.

❖ 이 키스가 입이 있어 말을 한다면 당신의 용기를 북돋아줄 거예요.
this kiss, if it durst speak, Would stretch thy spirits up into the air

❖ 신께서 이 세상의 죄인들을 굽어보시고 이토록 재빨리 벌을 내리셨으니, 이는 신께서 분명 하늘에 계시고 그분이 과연 정의의 심판관이시라는 좋은 증거다.
This shows you are above, You justicers, that these our nether crimes So speedily can venge!

❖ 나는 그대가 살아 있는 동안 국왕에게 바친 충성심에 대해 깊이 감사하고 있소.

I live, To thank thee for the love thou show'dst the king

❖ 누구에게나 그 정도로 어울리기만 한다면, 슬픔이란 정말로 사랑스럽고 귀한 것일 수 있을 겁니다.

Sorrow would be a rarity most beloved, If all could so become it.

❖ 사람의 생명을 지탱해 주는 것은 오로지 안정뿐입니다.

Our foster-nurse of nature is repose

❖ 매사에 공평하신 신은 인간이 할 수 없는 일을 해서 존경을 받습니다만, 이번에도 바로 그 신께서 당신을 구한 겁니다.

Think that the clearest gods, who make them honours Of men's impossibilities, have preserved thee.

❖ 우리들은 세상에 태어날 때, 이 거대한 바보들의 무대에 나온 것을 깨닫고 슬피 운다.

When we are born, we cry that we are come To this great stage of fools

❖ 하늘의 은총과 축복이 너에게 넘치도록 쏟아지길!

The bounty and the benison of heaven To boot, and boot!

❖ 이 신세를 갚으려면 내 한평생이 너무 짧고, 어떤 보상의 방법을 써도 부족할 뿐일 거예요.

My life will be too short, And every measure fail me.

King Lear

❖ 은혜로운 신들이여, 험한 일을 당해 얻으신 마음의 상처를 고쳐 주소서.

  you kind gods, Cure this great breach in his abused nature!

❖ 다른 사람이 나 같은 꼴을 겪고 있으면 나는 그것을 보고 가엾어서 죽고 싶을 거다.

  I should e'en die with pity, To see another thus.

❖ 이 편지 속에 씌어져 있는 것이 거짓이 아님을 이 칼을 두고 맹세합니다.

  I can produce a champion that will prove What is avouched there.

❖ 제가 다시 돌아올 땐 위안을 가져다드릴께요.

  If ever I return to you again, I'll bring you comfort.

❖ 세상에 태어나는 것도 마찬가지지만 세상을 떠나는 것도 마음대로 안 되는 법이에요. 때가 무르익는 것이 중요합니다.

  Men must endure Their going hence, even as their coming hither; Ripeness is all

❖ 최선을 다했음에도 최악의 사태를 맞는 것은, 우리가 처음이 아닙니다.

  We are not the first Who, with best meaning, have incurr'd the worst.

❖ 사람은 시기에 맞춰 움직여야 한다는 걸 명심해.

  know thou this, that men Are as the time is

❖ 너 자신의 용기만을 믿어라.

  Trust to thy single virtue

❖ 당신은 승부에 진 것이 아니라 속임수를 당한 거예요.
  thou art not vanquish'd, But cozen'd and beguiled.

❖ 신은 공정하셔서, 불의의 쾌락을 맛본 자는 결국 그 쾌락으로써 천벌을 받게 하시지.
  The gods are just, and of our pleasant vices Make instruments to plague us

❖ 그러나 이야기를 더 들으시면, 지금까지의 슬픔은 비교도 안 될 만큼 더 큰 슬픔의 극단이 있었음을 알게 될 것입니다.
  To such as love not sorrow; but another, To amplify too much, would make much more, And top extremity.

❖ 서두르시오. 죽을 힘을 다해 서두르시오!
  Haste thee, for thy life.

❖ 개나 말이나 쥐 같은 것도 생명이 있는데, 너는 어째서 입김조차 없느냐?
  Why should a dog, a horse, a rat, have life, And thou no breath at all?

❖ 마땅히 해야 할 말은 삼가고, 우리가 느끼는 것만을 말하기로 합시다.
  Speak what we feel, not what we ought to say.

King Lear

2

셰 익 스 피 어 4 대 비 극

셰 익 스 피 어 4 대 비 극

오셀로

이 작품은 한 사람의 질투심의 끝이 무엇인지를 극명하게 보여주는 것으로, 용병대장인 무어인(북아프리카의 흑인) 장군 오셀로가 부하인 이아고의 계략에 넘어가 오로지 자기를 사랑하는 순수한 영혼의 소유자인 데스데모나를 살해하기까지 극의 전개 과정을 따라가다 보면 질투심에 불타는 오셀로를 보면서 질투심이 인간의 내면에 미치는 영향을 잘 볼 수 있다. 특히 이 작품의 기본에 깔려 있는 것은 사랑과 질투라고 하는 인간의 가장 기본적인 심리에 두고 있으며, 여기에 낭만적인 정서가 흐르고 있다. 특히 데스데모나의 백짓장과 같은 영혼의 순수함이 질투심에 불탄 악을 대할 때는 인간의 내면의 서로 다른 두 모습을 보여준다.

Othello

목차

Othello

셰익스피어의 여러 희곡 중에서도 '오셀로'가 특히나 많은 이들의 가슴을 울리는 이유는 무엇일까? 그 이유를 한 마디로 줄여서 말하기는 쉽지 않다. 하지만 몇 가지 이유를 꼽을 수는 있을 것이다.

첫째로 우리들의 가까운 생활 주변에서 흔히 볼 수 있고 부딪칠 수 있는 가정이란 울타리 속에서 일어난 사건을 취급한 것이다. '오셀로'에서 '햄릿'과 같은 심오한 철학적인 신념이라든가 '맥베스'와 같이 소름을 돋게 하는 전율적인 생사극 같은 것은 뚜렷하게 나타나 있지 않다. 그렇지만 일상적인 삶 속에서 일반인들이 쉽게 느끼고 경험할 수 있는 사건들을 흥미진진하게 담아내고 있다.

둘째로는 플롯이 단순하고 직선적이라는 사실이다. 여러 가지 이야기가 복잡하게 얽히지 않고 본 줄거리 하나만이 짜임새 있게 극적 전개를 펼쳐 나갈 뿐이다.

셋째로는 대사가 '햄릿'처럼 복잡하고 난해하지 않다는 점이다. 그의 대사들은 거의가 시각에 호소하는 말들이다. 그래서 마치 그림이나 조각을 보는 듯, 관객들은 손쉽게 극의 내용을 파악하게 된다.

17세기 영국의 비평가 토마스 라이머는 '오셀로'에 대해 이러한 농담을 남긴 바가 있다.

"이 이야기의 교훈은 확실히 우리에게 큰 도움이 된다. 첫째로는 양가의 규수들은 부모의 허락도 받지 않고, 흑인하고 사랑의 도주를 하는 것이 끝내는 어떻게 되는가를 경고해 주고 있다. 둘째로는 모든 유부녀에게 손수건을 잃어버리지 않도록 주의를 일깨우고 있다. 셋째로는 남편들은 비극을 빚어내는 질투심을 품기 전에 과학적인 증거를 잡으라고 일러 주고 있다."

토마스 라이머의 비평문에서도 볼 수 있듯이 '오셀로'도 '햄릿'처럼 복수극의 테두리를 벗어나지 않는다. 그러나 '햄릿'과 달리 어디까지나 가정 내의 비극에다가 초점을 맞추고 있다는 사실이다. 티없이 빈틈없고 완전무결한 사랑이 오래된 탑처럼 허물어져 가는 것을 보고 있자면, '오셀로'야말로 '사랑의 비극'이라고 격찬한 비평가들의 의견에 동감을 표하게 된다.

셰익스피어는 '오셀로'를 1604년에 집필했으며, 그해 11월 1일 왕실극단에 의해 궁전에서 막을 올렸다고 궁전 축전행사록에 기록되어 있다. 이 작품의 소재는 1566년 이탈리아인인 제랄디 친디오가 쓴 '백 개의 이야기' 제3권 제7화에 나오는 '베니스의 무어인'에서 얻어 왔다고 한다. 그러나 여기서 한 가지 놓쳐버릴 수 없는 것은 원작인 친디오의 '베니스의 무어인'과 셰익스피어의 '오셀로'와의 결정적인 차이는 무어인 오셀로와 데스데모나를 짝사랑하는 지수가 공모하여 모래가 가득 들어 있는 부대로 데스데모나를 암살하는 점이다. 셰익스피어의 천재성은 이것을 다른 시각으로 접근하여 데스데모나의 비극적 운명을 새롭고 심도 있게 그리고 강렬하게 다룬 점에 있다.

한편 셰익스피어 4대 비극의 공통된 한 가지 사실은 고귀한 인물이 어떤 성격적인 결함 또는 악습 때문에 영광과 행복의 절정에서 별안간 불행의 나락으로 떨어져 격심한 내적 갈등을 겪은 끝에 처절한 죽음을 당한다는 사실이다. '오셀로'에서도 이러한 셰익스피어 비극의 공통된 특성을 맛볼 수 있다. 오셀로의 내적 투쟁이 가장 리얼하고 격동적으로 묘사된 대목은 5막2장에서 데스데모나를 죽이려고 촛불을 들고 그녀의 침대에 발소리를 죽여가며 가까이 다가섰을 때이다. 이 순간 데스데모나를 사랑하는 마음과 질투심으로 말미암아 그녀를 죽이고 싶은 마음이 서로 부딪쳐서 투쟁을 벌였다. 그러나 이 내면의 싸움에서, 사랑이 끝내는 살육 당함으로써 무고한 데스데모나는 오셀로의 손아귀에서 죽고 만다. 오셀로는 진심으로 데스데모나를 사랑했다. 그에게 있어서 데스데모나는 오직 삶의 보람이었고 등불이었다. 이런 의미에서 오셀로는 햄릿처럼 이지적인 사람이 아니라, 감정적인 사람, 낭만적인 사나이일 것이다. 그래서 독자들은 비록 그가 아내를 죽였지만 강한 증오심은 느끼지 못한다. 오히려 이아고의 독사 같은 중상과 모략에 빠져 데스데모나를 죽이고 자기도 자결하기 직전의 마지막 대사에서 우리는 한 가닥 인간적인 연민마저 느끼게 된다.

그런데 이아고는 왜 그와 같은 무서운 음모를 꾸몄을까. 그는 악의 지략과 악의 의지를 가진 자임에 틀림없다. 그는 "악 그 자체를 사랑하기 때문에, 또한 타인의 고통을 보고 쾌감을 느끼기 때문에 악을 행한다." 이아고는 끊임 없이 관객들에게 독백을 늘어놓는데 자세히 살펴보면 그의 독백은 본심이 아니다. 원래 인물의 속마음을 관객에게 숨김없이 털어놓는 것이 소위 독백이다. 그러나 이아고는 햄릿이나 맥베스의 경우와는 다르다. 그의 독백은 그저 자기 양심을 내뱉는 소리에 지나지 않는다. 그래서 독사는 태어났을 때부터 독을 품었고, 그가 남을 물고 독을 주는 것이 타고난 성질인 것처럼 이아고가 악행을 하게끔 하는 것은 그의 성격이라고 주장하는 비평가들도 많다. '오셀로'가 단순히 음모 비극이 아니라 성격 비극인 이유가 거기에 있다고 하겠다.

등장 인물

베니스의 공작

브라반쇼 : 원로원 의원이며 데스데모나의 아버지이다.

다른 의원들

그라반쇼 : 브라반쇼의 아우

로도비코 : 브라반쇼의 친척

오셀로 : 베니스 정부에서 일하고 있는 흑인 무어 귀족으로, 데스데모나와 결혼하지만 이아고의 계략에 빠져 아내를 죽이고 자살한다.

카시오 : 오셀로의 부관으로, 데스데모나와 바람을 피웠다는 누명을 쓰지만 나중에는 살아남아 키프로스를 맡게 된다.

이아고 : 오셀로의 기수로, 교활하여 오셀로로 하여금 아내 데스데모나를 죽이게 이간질시킨다.

로데리고 : 베니스의 신사로 데스데모나를 짝사랑한다. 이아고의 계략에 빠져 재산을 탕진하고 이아고한테 죽임을 당한다.

몬타노 : 전 키프로스 임시 총독

어릿광대 : 오셀로의 시종

데스데모나 : 브라반쇼의 딸이자 흑인 장군 오셀로의 아내가 되지만 질투에 눈먼 오셀로에게 죽임을 당한다.

에밀리아 : 이아고의 아내로 데스데모나의 하녀.

비앙카 : 카시오의 정부

신사, 수행원들.

장소 : 베니스 및 키프로스

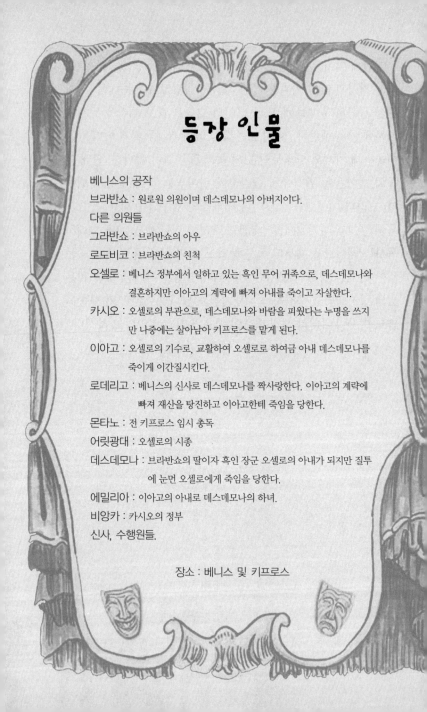

|||| 제1장 ||||

베니스의 거리

로데리고와 이아고 등장

로데리고 여보게, 듣기 싫네. 네 지갑 속에 손을 집어넣을 때는
　　언제고, 모른다고 잡아 뗄 때는 언젠가?

이아고 글쎄, 제 말을 들어보시라니까요, 정말입니다. 난 꿈에도
　　그런 건 몰랐다니까요.

로데리고 자네는 그 친구를 미워한다고 그랬지?

이아고 그럴 수밖에요. 글쎄, 장안의 이렇다 하는 양반들이 세 분
　　이나 그랬다니까요. 날 그 녀석의 부관으로 해주겠다고 그 녀
　　석한테 추천하지 않았겠어요! 하기야 나도 그만한 자격은 있
　　으니까요. 그런데 그 작자는 제 고집대로만 하는 거예요! 건방
　　지게도 군대 용어에다 큰 소리만 탕탕 치면서 "부관은 벌써
　　결정되었소이다"(I have already chosen officer) 그 부관이 누
　　군지 아십니까? 계산이 기막히게 빠른 마이클 카시오라는 작
　　자인데 계집 잘못 만나 진땀 깨나 뺄 판이죠. 싸움터에서 지휘

도 변변히 해보지 못한 위인이고, 군대 분열도 제대로 모르는 작자가 주둥아리만 놀렸죠. 아니 쥐뿔도 모르는 그런 녀석은 척척 올라가고, 도처에서 공을 세운 이놈은 무슨 팔자길래, 겨우 기수 신세가 되느냐구요?

로데리고 아, 나 같으면 그 녀석의 교수형 집행인이 되겠다.

이아고 경험이 다 무슨 소용이 있어요? 추천장이나 인맥 관계로 쑥쑥 높은 자리로 올라가거든요, 그 전에만 해도 차례대로 승진이 됐건만. 자, 생각해 보세요. 이래도 제가 그 무어 놈한테 충성을 바치겠어요?

로데리고 나 같으면 그까짓 녀석 안 따라가겠네. (I would not follow him then)

이아고 그럴 것까지야 있겠습니까? 내가 그 녀석을 따라가는 데는 내 꿍꿍이속이 있어 그러는 거예요. 그 녀석을 쫓아가는 건 나 자신을 위해서지 절대로 충성을 하기 위한 것이 아니니까요. 아랫것들이라고 해서 모두 충성을 바치는 것은 아니니까요. 나도 그렇게 호락호락한 물건은 아닙니다.

로데리고 일이 제대로 되어간다면 그 입술 두꺼운 놈, 복도 많지 뭐야!

이아고 그 여자의 아버지를 불러 깨우세요. 그리고 오셀로의 뒤를 쫓아가서 재미를 못 보게 하고, 사람들을 불러 모아 산통을 깨자구요. 그리고는 여자의 친척들을 들쑤셔 놓고, 파리 떼처럼 몰려가서 골려주면 그 녀석의 기쁨을 빼앗을 수는 없다고 하더라도 입맛이 쓸 정도로 긁어줄 수는 있거든요.

로데리고 이게 그 집이군. 그래, 어디 불러볼까?

이아고 그래, 한바탕 불러 보시구려. 아닌 밤중에 홍두깨라지 않소? 번화한 거리에서 갑자기 불이 난 것처럼 소리를 지르란 말이요.

로데리고 여보세요, 브라반쇼 대감님. 이거 보세요.

이아고 일어나시죠, 브라반쇼 대감님. 도둑이야, 도둑! 도둑! 도둑!

브라반쇼, 이층 창에 나타난다.

브라반쇼 왜 이렇게 사람을 깨우고 난리야? 대체 무슨 일인가?

이아고 아니, 도둑이 든 것도 모르십니까? 큰일나셨습니다. 지금 바로 지금, 늙은 까만 양이 댁의 흰 양을 손아귀에 넣고 있습니다.

브라반쇼 뭐야? 너 미쳤냐? (What, have you lost your wits?)

로데리고 제 목소리를 기억하시겠습니까?

브라반쇼 모르겠다. 누군가?

로데리고 로데리고입니다

브라반쇼 자네라면 더 기분 나쁜 일인데. 내 집 근처에 얼씬대지 말라고 하지 않았나? 그리고 내 딸은 자네한테 줄 수 없다고 했는데. 이건 또 뭔가? 잔뜩 술을 처먹고, 미친놈처럼 엉큼스럽게 단잠을 깨놔!

로데리고 그건 너무 지나치신 말씀입니다

브라반쇼 그리고 도둑이라니 무슨 도둑이야?

로데리고 저 좀 보십시오. 저는 엉큼한 생각을 먹고 온 게 아닙니

다. (In simple and pure soul I come to you)

이아고 저희들이 악마라 하더라도 들으실 것은 들으셔야죠. 저는 말입니다, 따님하고 무어 놈하고 잔등이 둘 달린 짐승을 만들고 있다는 걸 알려 드리려고 온 겁니다.

브라반쇼 뭐라고? 천하에 악당 같으니.

이아고 나으리는 원로원 의원이굽쇼.

브라반쇼 로데리고, 이건 자네 책임이야. 나는 자네를 잘 알아.

로데리고 책임지고말고요. 만일 의원님께서 무어 놈이 맘대로 농락한다는 사실을 아시고 계시다면 저희들이 주제넘은 짓을 한 게 맞습니다. 그러나 모르신다면 그렇게 저희들을 꾸짖으실 게 아닙니다. 저희들이 뭐 버릇없이 의원님을 조롱하고 있는 것은 아니니까요. 거듭 말씀드리겠습니다만, 따님께서 승낙도 없이 나가셨다면, 이런 망측할 데가 어디 있겠습니까? 여기저기 떠돌아다니는 외국 놈한테 그 어여쁘신 분이 모든 의무와 지혜와 운명을 다 바치신 겁니다. 당장 살펴보십쇼. 만일 따님이 방 안에나 집 안에 어디고 계시다면, 저희들이 의원님을 속인 죄로 어떤 처분이라도 달게 받겠습니다.

브라반쇼 여봐라, 불을 켜라! 당장 불을 켜라! 불을 켜!

(브라반쇼 퇴장)

이아고 또 만납시다. 이쯤 해두는 게 좋아. 여기 있다가는 무어 놈의 원수가 돼야 할 테니. 설사 그 녀석이 이 일 때문에 혼이 난다고 해도, 정부는 그 녀석을 쉽게 파면시킬 수가 없단 말이야. 키프로스에서는 싸움이 벌어졌겠다, 총독으로 갈 만한 자가 그 녀석 말고 또 어디 있겠소? 그러니까 그 녀석이 지긋지

굿하게 싫다고 해도, 살아가려면 좋아하는 척해야 된단 말입
니다. (이아고 퇴장)

사방에서 불이 켜진다. 브라반쇼와 횃불을 든 시종들이 아래층에서 등장.

브라반쇼 세상에 이런 기막힌 데가 있나. 딸년은 확실히 없어. (It
is too an evil, gone she is) 내 남은 평생에 이제 아무런 희망도
없고, 슬픔으로만 가득 차게 됐어. 여보게, 로데리고. 자네는
내 딸을 어디서 봤지? 내 딸이 이게 웬 일일까! 무어 놈하고
같이 있었다고 그랬지? 차라리 자네를 사위로 삼을 걸 그랬네.
어디로 가면 딸하고 그놈을 잡을 수 있겠나?
로데리고 몇 사람 데리고 저를 따라오시면 반드시 찾아내겠습
니다.
브라반쇼 그럼, 가세. (모두 퇴장)

|||| 제2장 ||||
세지터리 여관 앞

오셀로, 이아고, 횃불을 든 수행원들 등장.

이아고 싸움터에서는 사람도 많이 죽였습니다만 일을 꾸며가지
고 사람을 죽인다는 건 양심이 허락하지 않습니다. 전 맘이 약
해서 말예요. (I lack iniquity) 그저 그 녀석의 갈빗대라도 부러
뜨리고 싶은 생각이 몇 번이고 치밀어 올라왔지만, 꾹 참았죠.

오셀로 잘했네.

이아고 하지만 그 녀석은 장군 욕을 막 하잖아요! 성인군자라면
몰라도 참을 수가 있어야죠. 참, 결혼은 하셨습니까? 그 의원
님은 인망이 있으신데다가 사실상 베니스 공보다도 세력이
당당하시거든요. 그러니까 그분이 이 결혼을 무효로 만들거
나, 또는 국법의 한계 내에서 권력 행사를 하실 겁니다.

오셀로 해볼 테면 해보라지. 내 공로를 보더라도 그 분의 고소쯤
은 문제도 안 돼. 그리고 이건 아무에게도 말하지 않았네만,
나는 왕족의 혈통을 받은 사람이니까 이번에 얻은 행복쯤은
마땅히 요구할 수 있다고 생각하네. 만일 내가 데스데모나를
진정으로 사랑하지 않으면, 내가 뭣 때문에 이렇게 편한 생활
을 내팽개치고 자유롭지 못한 가정 속으로 기어들어가겠는
가. 저 대해의 보물을 얻는다 해도 말이야. 그런데 저 횃불은
뭔가?

이아고 저건 바로 그 아버지하고 그 친척들이 찾아오는 겁니다.
숨으시는 게 좋겠습니다.

오셀로 숨다니, 그게 무슨 말인가?! 내 인품으로 보나 신분으로
보나 또는 결백한 정신으로 보아도, 당당하게 행동해야만 하
는 걸세. (My parts, my title and my perfect soul, shall manifest
me rightly.) 그 사람들인가?

이아고 아닌가 봅니다

카시오와 **횃불**을 든 관리들 등장.

오셀로 공작 시종들하고 내 부관들이로군. 수고들 하네. 무슨 일
   인가?
카시오 공작님께서 장군님을 급히 모시고 오라는 분부십니다.
오셀로 무슨 일인가?
카시오 키프로스에서 무슨 소식이 온 모양입니다. 급한 일인가
   본데, 밤새 군함에서 잇따라 보고가 들어오고 있습니다.
오셀로 만나서 잘됐네. 일러둘 말이 있어서 잠깐 안에 들어갔다
   나오겠네. 그런 다음 바로 같이 가세. (안으로 들어간다)
카시오 여보게 기수, 장군은 여기서 뭘 하고 계셨나?
이아고 뭐, 장군님은 오늘 밤 육지를 달리는 상선을 한 척 약탈
   하셨지요. 그 전리품을 합법적으로 인정받는다면 복도 많으
   신 거구요.
카시오 무슨 말인지 모르겠는걸.
이아고 결혼하셨다는 말입니다.

오셀로 등장. 반대편에서 브라반쇼, 로데리고, **횃불과 칼**을 든 관리들 등장.

이아고 브라반쇼 의원님이군요. 장군님! 조심하십쇼. 악의를 품
   고 오는 겁니다.
오셀로 거기 섯!

Othell **209**
셰익스피어 4대 비극

로데리고 의원님, 무어인입니다

브라반쇼 도둑놈들을 때려 눕혀라! (그들 양 옆에서 달려든다.)

이아고 로데리고, 잘 만났다, 덤벼!

오셀로 어서들 칼을 집어넣어. 이슬 맞으면 녹슬지. (Keep up your bright swords, for the dew will rust them) 의원님께서는 창검을 빼시지 않아도 그만한 연세면 얼마든지 말로 명령하실 수 있으실 텐데요.

브라반쇼 천하의 불한당 같으니. 내 딸을 내놔. 그 못된 요술로 내 딸을 홀려냈을테지. 마의 사슬에 얽매이지 않았다면, 그렇게 부드럽고 어여쁘고 행복에 가득 찬 애가, 아니, 이 나라 이 땅의 어떤 귀공자도 물리치던 내 딸이, 남의 웃음거리가 되는 것도 모르고 아비 슬하를 빠져나가서, 보기만 해도 소름이 끼칠 그 시꺼먼 가슴 속으로 뛰어들 수는 없어. 내 말이 틀렸나? 뻔한 일이지. 네놈이 더러운 마술을 쓰고 분별력을 잃게 만드는 약을 써가지고 마음 약한 내 딸을 꾀어냈을 거야. 이 나라의 풍속을 문란케 하고, 금지된 요술을 행사한 죄로 체포할 테다. 저놈을 잡아라! 반항하거든 지체하지 말고 해치워라!

오셀로 잠깐, 참으시오. 어차피 싸워야 한다면 서슴치 않고 나서리다. 어디로 가면 좋겠습니까? 자초지종을 설명해 드리죠.

브라반쇼 규정대로 법정에 호출될 때까지 감옥으로 가 있어라.

오셀로 그 말씀에 복종해도 괜찮을까요? 공작께서 기뻐하시겠습니까?

브라반쇼 공작이나 다른 의원들이 알더라도, 남의 일같이 생각하지는 않을걸. 이따위 짓을 그대로 내버려 뒀다가는 노예나

이교도들이 우리 국사에 참견하게 될테니.

오셀로 하지만 공작님께서는 긴급한 국사로 저를 즉각 호출하고 계십니다.

관 리1 그건 사실입니다, 각하. 공작님께서는 회의를 소집하셨습니다. 각하께도 사람이 갔을 것입니다.

브라반쇼 뭐, 회의를 소집하셨다고! 이 밤중에! 저놈을 묶어. 난 나대로 중대한 일이니까. (모두 퇴장)

|||| 제3장 ||||
회의실

공작과 의원들이 탁자를 에워싸고 앉아 있고, 관리 몇 명이 곁에 대령하고 있다.

공 작 이 정보들은 갈피를 잡을 수 없어 못 믿겠구려.

의 원1 상호 일관성이 없습니다. 제게 온 서면에는 적 함대의 수가 107척이라고 씌어 있는데요.

공 작 이 서면에는 140척이라고 씌어 있소.

의 원2 여기에는 200척이라고 씌어 있습니다. 그러나 일치하

지는 않습니다. 이런 경우엔 추측해서 보고하기 마련이니까 착오도 있을 법합니다. 하여간 터키 함대가 키프로스로 진격하고 있는 것만은 틀림없습니다.

공　작 음, 있을 수 있는 일이오. 숫자에 착오가 있다 해서 안심할 수는 없소. 요는 사실이 매우 우려된다는 것이오.

수　병 (밖에서) 여보세요! 여보세요!

관　리 1 함대에서 전령이 왔습니다. (수병 등장)

공　작 그래 임무는?

수　병 터키 함대가 로즈 섬을 향하여 항해 중입니다. 이 사실을 정부에 보고하라는 엔젤로 제독의 명령입니다.

공　작 이 정세의 급변을 다들 어떻게 생각하오?

의　원 1 절대로 그럴 리가 없습니다. 우리를 기만하기 위한 일종의 위장이 아닐까요. 키프로스 섬은 터키에 있어서는 요지일 뿐아니라, 모두들 아는 바와 같이 로즈 섬 이상으로 이해관계가 있지만 요새 설비며, 장비면에서 로즈 섬보다 보잘 것없는 실정입니다. 훨씬 쉽게 공략할 수 있는 곳이란 말입니다. 이런 정황으로 미루어본다면, 터키군이 졸렬하게 앞뒤 생각하지 않고, 쉽고 유익한 공략을 포기하고 무모한 모험을 하리라고는 도저히 생각되지 않습니다.

공　작 음, 확실히 로즈 섬이 목표는 아닌 것 같소.

관　리 1 또 보고가 들어왔습니다. (사자 등장)

사　자 아뢰오. 로즈 섬으로 항해 중이던 터키 함대는 그 섬 부근에서 후속 함대와 합류했습니다.

의　원 음, 그럴 줄 알았지. 후속 함대는 몇 척이나 되는가?

사　자　30척 가량입니다. 지금 다시 행동을 개시하여 되돌아서 명백히 키프로스를 향하여 출동하기 시작했습니다. 이상 충성스럽고 용맹한 키프로스 섬 총독 몬타노 각하로부터의 보고인데, 선처를 요청하고 계십니다.

공　작　음, 확실히 키프로스가 목표란 말이지. 마커스 럭시코스는 지금 부재중인가?

의　원 1　현재 플로렌스에 체류 중입니다.

공　작　그분께 내 명의로 서면을 만들어서 급히 사자를 보내시오.

의　원 1　마침 브라반쇼 장군이 오십니다. 무어의 오셀로 장군도 함께 오십니다.

브라반쇼, 오셀로, 이아고, 로데리고, 관리들 등장.

공　작　오셀로 장군, 우리 공적 터키 놈들을 물리치기 위해서 즉시 출발해야겠소. (브라반쇼에게) 오신 줄 몰랐소이다. 그렇지 않아도 좋은 의견을 듣고 도움을 받고 싶던 차요.

브라반쇼　저 역시 말씀을 듣고 싶었습니다. 하지만 널리 용서해 주십시오. 저는 제 직책이나 나라의 위기를 걱정해서 온 것이 아닙니다. 순전히 제 개인의 사사로운 슬픔이, 다른 수많은 슬픔을 삼켜버릴 만큼 걷잡을 수 없기 때문입니다.

공　작　그건 또 무슨 일이요?

브라반쇼　제 딸년이, 바로 제 딸이!

공작과 의원들　죽었소?

브라반쇼　나한테는 죽은 것이나 마찬가지죠. 딸년이 속았어요.

도둑 맞았습니다. 그렇게 지각이 있고 얼굴도 예쁘고 똑똑한 것이, 요술에 걸리지 않았다면 이럴 수가 있습니까?

공　작　그놈이 어떤 놈이건 간에 이런 몹쓸 짓을 해서 그대의 딸을 뺏고 정조까지 유린한 악당은, 귀하 자신이 국법에 비추어 엄중히 처벌하시오. 설사 그 범인이 내 자식이라고 해도 용서할 수 없는 일이야.

브라반쇼　감사합니다, 바로 이 무어인이 범인이올시다.

공작과 의원들　유감인데.

공　작　(오셀로에게) 뭐 할 말이 없소?

브라반쇼　할 말이 있을 리가 없지. 이런 일을 저질러 놓고서야.

오셀로　가장 숭배하는 공작 각하께 말씀드립니다. 제가 이분의 따님을 데려간 것은 사실입니다. 결혼한 것도 사실이죠. 제가 저지른 죄는 고작 그 정도입니다. 저의 거친 말솜씨를 양해해 주십시오. 이 놈은 일곱 살 때부터 오늘날까지 늘 싸움에서 전력을 다해 왔습니다. 따라서 전쟁이외의 일은 잘 모를 뿐만 아니라 서투르기 짝이 없습니다. 그래서 제 자신을 변호할 재주조차 없습니다. (And therefore little shall I grace my cause in speaking for myself) 그러나 결혼하게 된 사유를 사실대로 말씀드릴 테니 들어주십쇼. 지금 말씀하신 대로 약과 마술과 요술로써 어떻게 저분의 따님을 수중에 넣었는가를 설명해 드리겠습니다.

브라반쇼　규중처녀란 수줍은 법입니다. 평소에 그렇게 단정하고 조용하고, 행여 마음의 동요가 있을까 얼굴을 붉히던 딸아이가, 아니, 그런 내 딸이, 천성이나 나이, 혹은 국적이나 얼굴면

상을 놓고 생각해 볼 때, 만사를 배반하고 보기만 해도 소름이 끼칠 인간을 사랑할 리가 없습니다. 티끌만한 결점도 없는 여자가, 그런 자연의 법칙에 맞지 않는 짓을 하리라는 것은 그릇된 판단이올시다. 악마의 농간이 아니고서야, 어떻게 이렇게 해괴한 일이 일어나겠습니까?

공 작 오셀로 장군, 그대는 정녕 비열한 수단으로 그 여자를 유혹했소? 또는 정정당당하게 사랑을 고백해서 서로 마음을 주고 받으면서 가까워진 거요?

오셀로 그럴 것 없이 당사자를 불러서, 아버지 앞에서 물어보시오. 만일 그녀가 나를 극악무도한 놈이라고 말하거든, 내 지위를 뺏을 뿐만 아니라, 이 목숨까지 빼앗아도 좋습니다.

공 작 데스데모나를 데리고 오너라.

오셀로 기수, 부탁하네. (이아고 퇴장) 그녀가 올 때까지 여러분께 제 혈기의 과실을 있는 그대로 말씀드리겠습니다. 어떻게 서로 사랑하게 됐는지를 말씀드리죠.

공 작 어서 말해 보시오.

오셀로 그녀의 아버지는 저를 사랑해 주고, 이따금 집으로 불러서 제 지난 인생을 묻곤 했습니다. 해를 거듭한 전쟁과 성을 쳐들어간 애기, 승패의 상황을 물었죠. 그래서 저는 어렸을 때의 일부터 빼놓지 않고 애기했습니다. 기가 막힌 모험, 바다나 싸움터에서 일어난 무시무시한 사건, 위기일발의 처지에서 구사일생으로 살아난 애기, 잔인한 적에게 포로가 되어서 노예로 팔려 여러 나라를 헤매던 애기, 거대한 동굴, 또는 인적이 끊어진 들판, 험한 바위 언덕, 하늘을 찌를 것 같은 산이나

큰 바위, 이런 얘기를 해드렸습니다. 그런 이야기를 데스데모나는 몹시 듣고 싶어했습니다. 집안 일이 생기면 재빠르게 해치우고 돌아와서는 제 얘기를 정신없이 듣곤 했습니다. 그것을 보고, 언젠가는 제 인생을 처음부터 쭉 듣고 싶다는 말을 하도록 만들었습니다. 지금까지 띄엄띄엄 얘기를 들었을 뿐이니까요. 그래서 저는 어렸을 때 고생하던 얘기를 꺼내서 그녀를 울렸습니다. 이야기기가 끝난 후 그녀는 한숨을 쉬고, 어쩜 그런 일이, 딱한 일이 다 있냐며, 차라리 듣지 말걸 하면서도, 자기도 그런 남자로 태어났으면 좋았을 것이라고 저에게 고마워했습니다. 그리고 만일 제 친구 가운데 그녀를 사랑하는 사람이 있으면 저와 같은 경험담을 하도록 하라고 그러더군요. 그러면 자기는 그 남자를 사랑하겠다고요. 그래서 저는 힘을 얻어, 저의 마음을 고백했던 것입니다. 그녀는 제가 고생한 것을 동정하고, 저를 사랑해 주었습니다. 저 역시 그녀의 착한 마음을 사랑했습니다. 이것이 바로 제가 사용한 요술입니다.

데스데모나, 이아고, 시종들 등장

공　작　그런 얘기를 들으면 내 딸이라도 마음이 흔들렸겠군. 브라반쇼 의원, 이왕 이렇게 된 것 좋도록 처리하시오. (Take up this mangled matter at the best) 맨주먹보다는 부러진 칼이라도 있는 게 낫다고 하지 않소.

브라반쇼　딸년의 말을 들어 주십시오. 저 애한테도 죄가 없는 게 아니라면, 오셀로만 나무랄 수도 없는 노릇입니다. 애야, 이렇게 여러 어른들 앞에서 묻겠다, 너는 누구한테 먼저 복종해야 될 것으로 아느냐?

데스데모나 저한테는 두 가지 의무가 있습니다. 저를 낳아주신 은혜, 길러 주신 은혜에 보답하는 것입니다. 아버지는 제 의무의 주인이십니다. 그러니까 첫째로 아버지를 존경합니다. 이건 딸이 마땅히 해야 할 일이죠. 하지만 지금은 남편이 여기 있습니다. 어머니께서 아버지를 외할아버지보다 소중하게 생각하신 것과 같이, 저도 오셀로를 남편으로 섬기려 하옵니다.

브라반쇼 알겠다. 네 마음대로 잘 살려므나. 다 끝났습니다. 자식을 낳는 것보다 차라리 얻어다 기르는 것이 나을 뻔했군. (I had rather to adopt a child than get it) 이리 오게, 무어 장군. 아직 수중에 넣지 않았다면 줄 생각은 없었네만, 이렇게 된 이상 내 딸을 자네에게 주겠네. 네가 무남독녀였던 것이 천만 다행이다. 다른 딸자식이 있었으면 이 일을 거울삼아 그 애를 혹독하게 다루었을 테니 말이다. 제 일은 다 끝났습니다, 각하.

공 작 나도 그대와 같은 말을 한 마디하겠소. 이것을 인연으로 서로 화해할 날이 올 것이오. 최악의 경우를 생각하면 슬픔도 끝나는 법이지만, 섣불리 희망을 가지면 슬픔만 커질 뿐이오. 지나간 불행을 슬퍼하는 것은 새로운 슬픔을 가져오는 것밖에 안 돼. 불행을 만나 어찌할 길이 없을 때에는, 참으면 오히려 그것이 웃음으로 변할 수도 있소. 물건을 뺏겨도 웃고 있으면 뺏아간 자에게서 얼마간이고 돌려받을 수 있지만, 쓸데없는 슬픔에 잠긴다는 것은 자기 자신을 잃어버리는 것이오.

브라반쇼 그럼, 키프로스를 터키 놈들에게 줘버리시죠. 웃고만 있으면 안 뺏길 게 아닙니까. 지금 저한테 하신 말씀은 달리 위로받을 길이 없는 사람에게는 편리하겠습니다만, 비애를 참을 수 없는 자에게는 교훈도 고통이 될 뿐입니다. 교훈은 이렇게도 들을 수 있고 저렇게도 들을 수 있는 모호한 것입니다. 상처를 입은 심장이 귓속에 넣은 약으로 완쾌한 예가 없습니다. 이제 국사에 관하여 말씀이나 나누시죠.

공 작 터키 군이 대거 키프로스를 향하고 있소. 오셀로 장군, 그곳 요새는 그대가 잘 알고 있을 것이오. 그곳에는 이미 노련한 임시총독을 파견하였지만, 너 나 할 것 없이 꼭 그대가 가야만 된다는 거요. 그래서 대단히 미안한 일이긴 하오만, 신혼의 행복을 벗어던지고 외적 소탕에 나서주어야겠소.

오셀로 어려움과 고통에 익숙한 저에게는 험한 싸움터가 오히려 편한 잠자리입니다. 터키 정복의 임무는 반드시 완수하겠습니다. 한 가지 청하고 싶은 말씀은, 제 아내를 행여 소홀히 취급하지 마시고, 너무 누추하지 않은 거처를 마련해 주시고, 사람을 두어 보살펴 주시기 바랍니다.

공 작 장인께 맡기는 것이 어떻소?

브라반쇼 그건 안 될 말씀입니다.

오셀로 저도 그건 원치 않습니다.

데스데모나 저 역시 싫습니다. 아버님 슬하에서 불쾌하게 해드리고 싶지 않습니다. 공작 각하, 제가 드리는 말씀을 들어주시고, 제 소원을 허락해 주십시오.

공 작 데스데모나, 무슨 청이 있느냐?

218

데스데모나 제가 무어 장군을 사랑하고 같이 살고 싶어 하는 것은, 모든 것을 뿌리치고 오직 운명에 맡기려는 저의 대담한 행동이었습니다. 그것은 남편의 직책을 잘 알고 한 일입니다. 저는 오셀로 장군의 마음 가운데 훌륭한 모습을 발견하고, 그 덕과 용맹 속에 제 혼과 운명까지 바치려는 것입니다. (I saw Othello's visage in his mind, and to his honours, and his valiant parts, did I my soul and fortunes consecrate) 남편이 싸움터로 나가는데 저 혼자 뒤에 떨어져 있다면, 아내 된 보람도 없고 독수공방이 얼마나 쓸쓸하겠습니까. 저도 남편을 따라 같이 가게 해주십시오.

오셀로 아내의 소원을 들어 주십시오. (Let her will have a free way) 저는 결코 정욕을 참지 못해서 말씀 드리는 게 아닙니다. 그런 때는 이미 지나갔습니다. 다만 아내의 소원을 들어주고 싶을 따름입니다.

공 작 그 일은 그대에게 맡길 테니 생각대로 결정하시오. 이번 일은 분초를 다투는 일이니 서둘러서 출발하도록 하오.

의 원 오늘 밤에 떠나도록 하시오.

오셀로 예, 그렇게 하겠습니다.

공 작 오셀로 장군, 부하 한 명을 남겨 두고 가시오. 그래야 사령장을 전달할 수 있을 테니까. 그대의 직권이나 기타 긴요한 일도 함께 연락하겠소.

오셀로 그러면 기수를 남겨두겠습니다. 정직하고 충실한 사람입니다. 제 아내 일도 그에게 맡겨 놓겠습니다. 무엇이든 필요한 게 있으면 그에게 명하시어 전해 주십시오.

공　작　그렇게 하겠소. 편히들 쉬시오. (브라반쇼에게) 브라반쇼 의원, 덕이 있는 곳에 아름다움이 따른다고 합디다. 사위는 외모는 검어도 결코 추남은 아니요.

의　원　무어 장군, 잘 다녀오시오. 부인 잘 위하시고.

브라반쇼　오셀로, 눈이 멀지 않는 한 잘 지키게. 아비를 속인 여자가 자넨들 못 속이겠나.

오셀로　아내의 절개는 의심할 여지가 없습니다. (공작, 의원들, 관리들, 기타 퇴장) 이아고, 내 아내는 자네한테 부탁하겠네. 자네 부인이 시중 들도록 하고, 때를 봐서 같이 오게. 데스데모나, 앞으로 한 시간 밖에 남지 않았소. 집안 일이라든지 여러 가지 하고 싶은 말이 많소만, 시간을 엄수해야 하니 그걸 다 할 길이 없구려.

오셀로와 데스데모나 퇴장

로데리고　이아고!

이아고　아, 웬일입니까?

로데리고　어떻게 했으면 좋겠나?

이아고　어떻게 하다뇨? 가서 주무셔야죠.

로데리고　당장에라도 물에 빠져 죽고 싶네 (I will incontinently drown myself)

이아고　그런 짓을 하신다면 앞으로 인연을 끊겠습니다. 참, 어리석기도 하슈.

로데리고　사는 게 고통일 바에야, 산다는 게 어리석지. 죽어서 세상 일이 해결된다면 죽는 게 상책이야.

이아고 변변찮은 소리는 하지도 마슈. 나는 스물하고도 여덟 해
동안 세상이란 걸 보아 왔지만, 이해 관계를 분별할 줄 알고부
터는 제 몸뚱아리를 정말 아낄 줄 아는 사람을 한 사람도 만난
일이 없어요.

로데리고 하지만 어떻게 하면 좋겠나?

이아고 돈을 마련해 가지고 싸움터로 같이 갑시다. 수염을 붙이
면 남이 몰라볼 거요. 데스데모나가 언제까지나 무어 녀석을
좋아할 줄 아슈? 그 녀석도 데스데모나를 끝까지 사랑하진 않
을 거야. 걸신이 들린 것처럼 허겁지겁 들러붙은 것들이니까,
떨어지는 것도 언제 봤더냐 식일 거요. 알았소? 돈이야, 돈. 지
금은 꿀맛이겠지. 하지만 그것도 머지 않았어. 곧 육모초같이
쓰다고 뱉아버릴 걸. 여자도 젊은 사람한테 쏠릴 게 아니겠소.

로데리고 자네 말대로 하면 내 소원을 풀어 주겠나?

이아고 문제없어요. 시간이라는 자궁 속에는 여러 가지 사건이
들어 있어서, 달이 차면 태어나게 마련이죠. 자, 어서 가서 돈
이나 장만해요.

로데리고 알았네. 내일 아침에 어디서 만날까?

이아고 내 숙소에서 봅시다.

로데리고 그럼 아침 일찍 찾아가겠네.

이아고 그럼 잘 가요. 참 이것 봐요.

로데리고 왜 그래?

이아고 제발 물에 빠져 죽진 말아요. 알았어요?

로데리고 알았네. 이제 생각을 돌렸네.

이아고 그럼 가 봐요. 돈을 두둑히 장만하라구.

로데리고 알았네. 땅뙈기 있는 거 죄다 팔아야지. (퇴장)

이아고 이렇게 해서 그 바보 녀석 주머니를 털어먹는 거야. (퇴장)

제2막

||||| 제1장 |||||

키프로스의 항구

키프로스, 부두 근처의 빈 터 몬타노와 신사 두 사람 등장.

몬타노 바다 위에 뭣이 보이오? (What from the cape can you discern at sea?)

신 사 1 아무것도 안보입니다. 풍랑이 심할 뿐 하늘과 바다 사이에 돛대 하나 보이지 않습니다.

몬타노 육지에서도 대단한 바람이 일고 있소! 바람에 성벽이 다 흔들릴 정도라오. 바다에서도 그랬다면 참나무 목재도 산사태 같은 노도에 짓눌려 박살이 났겠지요. 무슨 소식이 올지 모르겠군.

신 사 2 터키 함대가 흩어졌다는 소식이 오겠지요. 파도치는 기슭에 서서 보십시오. 사나운 파도가 하늘로 솟아오르는 것 같습니다. 바람에 휘몰린 파도가 무시무시한 갈기처럼 불끈 솟아, 저 불덩어리 같은 작은곰자리에다 물을 끼얹고 있습니다. 영원히 자리를 옮길 줄 모르는 북극성을 없애 버릴 것 같

지 않습니까? 이렇게 거친 파도는 정말 처음입니다.

몬타노 터키 함대가 어디로 피난이라도 가지 않았으면 반드시 물귀신이 됐을 거요, 이 폭풍을 견디어 낼 수는 없을 거요. (It is impossible they bear it out)

신사 3 등장

신 사 3 특보요, 특보. 전쟁은 다 끝났습니다. 무서운 폭풍우로 터키 놈들은 진탕 혼이 났기 때문에, 그놈들 계획은 헛수고가 됐습니다. 그 처참한 광경을 베니스에서 온 우리 군함이 목격했어요.

몬타노 아니, 그게 사실이오?

신 사 3 우리 군함이 입항했습니다. 베로네자 호예요. 용감한 무어 장군 오셀로의 부관 마이클 카시오는 벌써 상륙했습니다. 무어 장군이 탄 배는 아직 해상에 있는데, 이 키프로스의 전권을 맡아 가지고 온다는군요.

몬타노 그건 기쁜 소식이야. 총독으로는 적임자지.

신 사 3 그런데 카시오는 터키 함대의 패배를 기뻐하긴 하지만, 무어 장군의 일이 걱정되어 무사하시길 빌고 있습니다. 폭풍 때문에 그들은 서로 헤어지게 되었다는군요.

몬타노 정말 무사했으면 좋겠소. 난 전에 그분의 부하로 있었지만, 참 훌륭한 대장이지요. 자, 바다로 갑시다. 바다와 하늘이 맞닿는 수평선 저쪽을 바라보면서 입항하는 배를 맞으며 오셀로 장군을 기다립시다.

224

신   사 3 그럼 가시죠. 다른 배들도 속속 입항할 테니까요.

카시오 등장

카시오 이 요새를 잘 지켜 주셔서 고맙습니다. 무어 장군을 아껴 주시는 마음 감사하오. 장군이 이 풍파를 벗어나셔야 할 텐데! 험한 해상에서 장군을 잃어 버렸습니다.

몬타노 장군이 타신 배는 튼튼했습니까?

카시오 배야 튼튼하죠. 선원들도 익숙하고 경험이 많으니까 문제없을 것으로 생각합니다만.

신   사 1 그런데 참 카시오 부관, 장군님의 부인이 도착해 계십니다.

몬타노 아주 천생연분을 만나셨더군요. 좀처럼 이야기책에서도 볼 수 없는 부인을 얻으셨어요. 시 나부랑이나 쓰는 사람도 밑천이 짧아서 표현을 못할 정도고, 화가인들 그 어여쁜 자태를 어찌 다 그려내겠습니까?

카시오 다행히 빨리 오셨군요. (She has had most favourable and happy speed)

데스데모나, 에밀리아, 이아고, 로데리고, 기타 수행원들 등장

데스데모나 무사히 오셨군요, 카시오 부관. 장군 소식은 들으셨나요?

카시오 아직 오시지 않았습니다만, 심려하지 마십시오. 곧 오실

겁니다.

데스데모나 그런데 어떻게 서로 떨어졌을까요?

카시오 무서운 풍파 때문에 그렇게 됐습니다.

(뒤에서 "배다, 배야!" 하는 소리, 예포 소리)

신 사 2 예포를 쏘는군요. 이번에도 우리 편입니다.

(This likewise is a friend)

카시오 가서 도착한 사람이 누군지 확인해 주시오. (신사 퇴장) 기수, 잘 왔소. (에밀리아에게) 부인도 잘 오셨고. 이아고, 이런 인사를 이상하게 생각하지 말게, 전부터 배워온 게 돼서 말이야. (에밀리아에게 키스한다)

이아고 제 아내는 늘 잔소리가 많아서 걱정인데, 아내의 입술이 부관께도 그만한 역할을 한다면 아마 진력이 나실 겁니다.

데스데모나 그런 말이 어디 있나, 별로 말이 없는 여잔데.

이아고 모르시는 말씀이십니다. 한시도 입을 다물지 못하는 걸요. 제가 졸려서 못 견딜 때도 그렇습니다. 그야 부인 앞에서는 혓바닥을 말아넣고 입 속에서 종알대겠죠.

에밀리아 별소릴 다 들어보겠네요.

이아고 내숭 떨지 마! 당신이야 밖에 나오면 그림 같은 숙녀요, 손님 앞에선 방울소리를 낼지 모르지만, 부엌에선 살쾡이지. 흉계를 꾸미고도 부처님 얼굴을 하고 있지만, 골만 나면 도깨비도 혼비백산할 지경이오. 설겆이 하나 제대로 못하면서 이불 속에선 여편네 노릇 착실히 하지.

데스데모나 어머, 그런 욕이 어디 있담.

이아고 사실입니다. 그렇지 않다면 저는 터키 놈이나 마찬가지

226

죠. 당신은 말이야 자리에서 일어나면 놀고 드러누우면 일하는 여자야.

에밀리아 죽어도 당신보고 내 칭찬해 달란 말 안하겠어요. (You shall not write my praise)

이아고 그게 좋을 걸.

데스데모나 만일 내 칭찬을 한다면 어떻게 하겠어?

이아고 부인, 그건 거북합니다. 전 욕 빼 놓고는 말을 못하는 사람이니까요.

데스데모나 그러지 말고 어서 해봐. 그런데 누가 부두엔 나갔어요?

이아고 예, 갔습니다.

데스데모나 (방백) 별로 재미있는 것도 아니지만, 재미있는 척하고 들어봐야지. (큰 소리로) 그래, 어떻게 내 칭찬을 하겠느냐 말예요.

이아고 좋습니다. 만일 여자가 얼굴이 희고 지혜가 있다면, 얼굴이 희어서 좋고 지혜 있으니 더욱 좋지요.

데스데모나 멋지군요! 그럼 얼굴이 검고 지혜가 있다면?

이아고 얼굴이 검어도 지혜만 있으면 검은 얼굴에 어울리는 흰 얼굴의 남편을 얻지요.

데스데모나 점점 나빠지는데.

에밀리아 그럼, 얼굴은 희지만 바보라면 어떻게 되고?

이아고 얼굴이 반반한데 그냥 있을 리 없죠. 인구 증산이나 하겠지.

데스데모나 그런 건 선술집에서 멍청한 사람들이나 웃기는 얘기

지. 그럼 얼굴도 검고 지혜도 없는 여자에겐 어떤 지독한 말을
해요?

이아고 아무리 밉고 바보라도, 예쁘고 재주 있는 여자들이 하는
추잡한 짓을 안 하는 여자는 없습니다.

데스데모나 알아듣지 못하는 소리 그만둬요. 가장 못된 것을 제
일 칭찬하고, 그럼 정말 훌륭한 여자는 어떻게 칭찬해야 하나
요? 정말 훌륭한 미덕을 갖춘 여자에게 욕을 해보라고 한다면
어떻게 할 건가요?

이아고 예쁘고 겸손하고 말을 잘하되 떠들지 않고, 돈에 옹색하
지 않으나 사치도 안하고, 지금이라도 하고 싶은 대로 할 수
있다고 하면서도 그 욕심을 이길 수 있고, 복수를 할 기회가
와도 원한을 꾹 참을 수 있는 여자, 대구 대가리를 연어 꽁지
하고 바꾸지 않을 만한 분별은 있지만 그런 척을 하지 않는 여
자, 뒤를 쫓는 남자들을 돌아보지도 않는 여자, 만일 이런 여
자가 있다면, 그 여자는…….

데스데모나 그런 여자는 어때요?

이아고 멍충이 자식 젖이나 빨리고, 가계부쯤 적는 데는 안성마
춤이죠.

데스데모나 그런 불공평하고 시시한 결론이 어디 있어? 에밀리
아, 아무리 부부사이라지만, 남편 말 곧이 들으면 안 돼. 카시
오 부관님, 정말 저속하고 무례한 말만 하는 사람이죠?

카시오 원래 입이 건 친구니까요. 학식보다는 싸움을 잘 하니까,
그 점을 봐주시죠. (He speaks home, madam, you may relish
him more in the soldier than in the scholar)

이아고 (방백) 어렵쇼, 손을 만진다. 점점. 그리고 귓속말을 하는
구나. 조그만 거미줄로 카시오라는 커다란 파리를 잡는단 말
이지? 옳지, 눈웃음쳐라. 꼼짝 못하게 만들어야지. 아암, 그렇
고 말고. 만일 그런 장난으로 부관 자리에서 미끄러지게 되면
오늘 일을 후회하겠지? 옳지, 잘한다. 자꾸 키스해라. 됐어, 됐
어. (뒤에서 나팔 소리) 무어 장군입니다. 나팔 소리만 들어도
압니다.

카시오 맞습니다.

데스데모나 마중 나갑시다.

카시오 벌써 여기 오셨습니다.

오셀로와 수행원 등장

오셀로 오, 어여쁜 우리 여장군!

데스데모나 오셀로!

오셀로 나보다 먼저 왔으리라고는 생각하지 못해서 그런지 더
반갑구려. 참 기쁘오. 폭풍이 지나간 뒤, 언제나 이렇게 조용하
다면 송장이 놀랄 정도로 바람이 불어도 괜찮겠소. 올림푸스
산만큼 솟아오르는 파도에 휩싸여 올라갔다가, 다시 하늘에
서 지옥까지 떨어져도 상관없소. 죽는다면 지금 죽는 것이 가
장 행복할지도 몰라. 이 이상의 기쁨이 앞으로 내 인생에 과연
있을런지.

데스데모나 그런 말씀을 왜 하세요. 하나님, 우리 두 사람의 사랑
과 기쁨이, 연륜과 더불어 두터워지도록 해주소서.

오셀로 제신이여, 그렇게 해주소서. 이 기쁨을 어찌 말로 다 하겠소? 여기 꽉 차서 기쁨이 넘쳐흐르오. 이게 이 키스가 (키스한다) 우리 두 사람의 최대의 불화였으면 좋겠소.

이아고 (방백) 옳지, 한창 좋군. 하지만 두고 봐라. 정의의 사자가 어떻게 하나.

오셀로 자, 성 안으로 들어갑시다. 여러분, 싸움은 끝났습니다. 터키 놈들은 전부 바다에 빠져 죽었소. 들어가 축하합시다.

모두 함성. 이아고와 로데리고만 제외하고 모두 퇴장.

이아고 이리 와요. 당신한테 용기가 있다면 말이요. 내 말을 들어요. 부관은 오늘밤 야경소에서 숙직이야. 그래서 우선 말을 해 둬야 될 것은, 데스데모나는 그 녀석한테 홀딱 반했거든요.

로데리고 그 친구한테? 그럴 리가 있나!

이아고 잔소리 말고 듣고나 있어요. 그 여자가 처음 무어 녀석한 테 반했을 땐 물불을 가리지 않았거든요. 하지만 사람의 눈이란 아무거나 눈에 띄는 걸 본다고 요기가 되는 건 아니거든. 그런 게 무어 녀석한테는 없지. 조건을 충족시켜주지 못하다 보면 자연 속았구나 하고 후회를 한단 말씀이야. 그것이 바로 여자의 마음이거든. 이때의 미끼는 카시오 밖에 없어. 그 녀석은 천하의 난봉꾼이거든. 거기다가 얼굴은 잘생겼겠다, 나이는 젊겠다, 세상맛을 모르는 들뜬 계집한테 사랑받기는 안성마춤이거든. 그래서 벌써 그 여자는 그 녀석한테 눈독을 들였단 말이요.

로데리고 그건 도무지 믿어지지 않는데. 그 여자는 얼마나 깨끗하고 덕망이 두터운데.

이아고 못난 소리 그만둬. 그 여자가 마시는 술도 결국 우리가 마시는 것과 똑같은 포도로 만든 게 아니오? 어쨌든 내가 가까이 있을 테니 어떻게 해서든지 카시오의 비위를 거슬러 놓아. 소리를 지르든지, 욕을 하든지, 아무래도 좋으니까.

로데리고 자네가 기회만 만들어 준다면 해보지. (I will do this, if I can bring it to any opportunity)

이아고 걱정 말아요.

로데리고 이따가 만나세.

(퇴장)

이아고 어둠이여 빨리 오라!

IIIII 제2장 IIIII

거리

포고계가 포고문을 들고 등장. 뒤따라 주민들 등장.

포고계 우리의 고귀하고 용감한 오셀로 장군의 분부를 전달한다. 지금 터키 함대를 전멸시켰다는 확실한 보고가 들어왔으니, 모두들 전승을 축하하라. 게다가 이 기쁜 보도에 겹쳐 오늘은 장군의 결혼을 축하하는 날이니, 춤을 추든, 모닥불을 피우든, 각자 마음대로 축하연을 벌려라. 이상, 장군의 말씀을 포고한다. 성내의 주방을 모두 개방해 놨으니 5시 현재부터 11시 종이 칠 때까지 음식을 마음대로 들도록 하시오. 키프로스 섬과 오셀로 장군 만세! (모두 퇴장)

‖‖‖ 제3장 ‖‖‖

성 안의 홀

오셀로, 데스데모나, 카시오, 수행원들 등장.

오셀로 마이클, 오늘밤 야경의 지휘를 부탁하네. 각자 주의해서 체모를 잃지 않도록 하고. 떠들더라도 도를 넘어서는 안 되네.

카시오 모든 일은 이아고가 잘 알아서 할 겁니다. 물론 저 자신도 잘 감독하겠습니다.

오셀로 이아고는 정말 성실한 사람이야. 마이클, 잘 자게. 내일 아침 일찍 만나서 다시 얘기하세. (데스데모나에게) 자, 데스데

232

모나. 피로연은 끝났으니 이제 우린 결혼한 거요. 당신과 나는 이제부터 정말 즐거울 거요. (카시오에게) 잘 자게.

오셀로, 데스데모나, 시종들 퇴장
이아고 등장

카시오 이아고, 어서 오게. 오늘밤은 둘이서 파수를 봐야겠네.

이아고 아직 시간이 이릅니다. 열시도 안 됐는데요. 장군은 데스데모나 아씨가 예뻐서 못 견디겠으니까 일찌감치 들어가 버리셨어요. 그도 그럴 수밖에. 아직 하룻밤도 달콤하게 지내본 일이 없으니까. 죠브 신도 침을 흘릴 만한 굉장한 미인이니까요.

카시오 천하일색이지. (She is a exquisite lady)

이아고 그런데다 제법 능란한 모양이죠.

카시오 얼마나 청초하고 섬세한가.

이아고 그 눈은 어떻고요. 남자 마음을 뒤흔들어 놓을 것 같지 않아요?

카시오 애교가 있는 눈이야. 하지만 어디까지나 현모양처의 눈이지.

이아고 또 그 말소리를 들으면 마치 자명종처럼 남자의 마음을 설레게 하거든요.

카시오 흠을 잡을래야 잡을 수 없는 부인이지.

이아고 부디 내외분 달콤하게 사시옵소서! 참, 부관님. 여기 술한 병 가져 왔습니다. 그리고 키프로스의 젊은 패들이 무어 장군한테 축배를 올리겠다고 바로 문 밖에 와 있어요.

카시오 오늘밤은 안 돼. 난 술을 마실 줄 모르네. 어떻게 다른 방법으로 축하할 수는 없을까?

이아고 하지만 저 패들은 우리 친구들인 걸요. 한 잔쯤 어떻습니까. 그 다음 잔부터는 내가 대신 마실게요.

카시오 아까도 한 잔 밖에 안 마셨는데도, 그나마 물을 타서 말이야. 그런데 이 꼴을 좀 보게. 불행히도 더 마실 수는 없네.

이아고 그게 무슨 말씀입니까! 오늘밤은 진탕 마시고 놀아야 될 밤이 아닙니까! 장정패들은 안달이랍니다.

카시오 어디들 있나?

이아고 바로 문 앞에들 있어요. 불러들이세요.

카시오 기분은 나지 않네만 그렇게 하지. (퇴장)

이아고 벌써 한 잔 마셨다고 하니까 한 잔만 더 먹이면, 젊은 여자들이 끌고 다니는 개처럼 이빨을 드러내고 짖어대겠지. 저 못난 로데리고는 사랑에 눈이 어두워서 앞뒤를 분간 못하고, 오늘밤은 데스데모나에게 축배를 올린답시고 병째로 들고 퍼붓듯이 마셨고. 키프로스의 젊은 세 친구들은 집안 좋고, 기품 있고, 명예를 존중하고, 초연한 사람들이지만, 싸움 좋아하기론 이 섬에서 으뜸가지. 이 주정뱅이들 사이에 카시오를 몰아넣는다면, 어렵쇼, 온 모양인데.

카시오 다시 등장, 그 뒤에 몬타노와 신사 여러 명이 따르고 있다. 그 뒤를 하인들이 술을 들고 따라 들어온다.

카시오 정말 못합니다. 아까 정말 많이 마셨어요.

234

몬타노 조그만 잔인데 뭘 그러슈. 정말 세 홉들이밖에 안 돼요.

이아고 술 가져와 술. (노래한다)

　　은술잔을 올려라!

　　올려라 은술잔을.

　　인생은 일장춘몽,

　　병정인들 아니 마실소냐

　　애들아, 술 가져 와, 술.

카시오 됐어, 훌륭한 노랜데.

이아고 영국에서 배웠죠. 영국 사람은 술 마시는 데는 선수거든
　　요. 덴마크인도 독일인도, 그리고 배뚱뚱이 네덜란드인도 영
　　국 사람은 못 쫓아가요.

카시오 아니, 영국 사람이 그렇게 술을 잘 마시는가? (Is your
　　Englishman so expert in his drinking?)

이아고 덴마크 놈쯤 이기는 건 문제 없죠. 독일 놈들 해치우는덴
　　땀 한 방울 안 흘리고요. 네덜란드 것들은 또 한 잔 따르기 전
　　에 꺽꺽거리고 토해 버리는 걸요.

카시오 장군의 건강을 축복합니다.

몬타노 부관, 내가 상대를 해드리지. 정당하게 말씀이오.

이아고 아, 영국은 좋은 곳이야. (노래한다)

　　스티븐 왕은 귀하신 어른,

　　바지를 맡겼더니 다섯 냥이요,

　　귀하신 왕 그것도 비싸다고 양복장이 나무랐다나.

　　높으신 분들도 그렇거든,

　　그대는 보잘것없는 인물 오만한 자 나라를 망치나니,

입던 외투 다시 걸쳐라.

자, 술을 다오, 술!

카시오 갈수록 멋있는 노랜데.

이아고 한 번 더 부를까요?

카시오 아니, 안 되지. 그런 짓을 하는 자는 자신의 지위를 더럽히는 거야. 하나님이 내려다보시고 계시니까. 구원을 받을 자도 있고, 구원을 받지 못할 자도 있지.

이아고 그야 그렇습죠.

카시오 나는 말이야. 장군이나 다른 사람들한테는 뭣한 얘기지만, 구원을 받을걸.

이아고 그건 나도 그렇습니다.

카시오 그럴 테지. 하지만 나보다 먼저는 안 될 걸. 부관이 기수보다 먼저 구원을 받아야 될 게 아닌가. 이런 얘긴 집어치우세. 자, 업무나 해야지. 하나님, 저희들을 죄에서 구하옵소서. 여러분, 일을 합시다. 날 취했다고 생각해서는 안 돼. 이것은 내 기수다. 이건 오른손, 이건 왼손. 난 취하지 않았어. 차렷 하고 설 수도 있고, 혓바닥도 제대로 돌아가니까.

일동 암, 그러시고말고.

카시오 좋아, 좋아. 날 취했다고 생각하면 안 되지. (퇴장)

몬타노 여러분, 야경소로 갑시다. 파수를 봐야지.

이아고 지금 먼저 나간 친구 보셨죠? 그 친구는 시저 옆에 서서 지휘를 해도 부끄럽지 않을 군인이지만 꼭 한 가지 나쁜 병이 있어요. 딱한 일이지 뭡니까? 오셀로 장군이 지나치게 신임을 하고 계시지만, 저 병이 도져서 이 섬에 소동이나 일어나지 않았으면 좋겠군요.

몬타노 무슨 병이 있단 말이오. 그런 일이 종종 있소?

이아고 저렇게 하고는 곯아떨어지거든요. 아, 술 때문에 뒹굴지
만 않는다면, 시계 바늘이 두 번 돌아가도록 야경을 봐도 끄떡
안하는 친구죠.

몬타노 장군한테 그 점을 말씀드리는 게 좋겠군. 원래 군자시니
까, 카시오의 장점만 보시고 단점은 못 보고 계실 거요. 안 그래?

로데리고 등장

이아고 (로데리고에게 방백) 어떻게 된 거야. 어서어서 부관 뒤를
쫓아가요. 어서!

로데리고 퇴장

몬타노 무어 장군이 부관이란 중책을 그런 고질병 있는 사람한
테 맡겨 둔다는 건 위험천만한데. 장군께 말씀드리는 게 좋을
것 같소.

이아고 전 이 섬을 준대도 못하겠습니다. 카시오와는 막역한 사
이인데, 어떻게 해서든 빨리 그 병을 고쳐주고 싶습니다. 응,
저건 무슨 소릴까요?

뒤에서 "사람 살려!" 하는 비명 소리. 카시오가 로데리고를 쫓아 나온다.

카시오 망할 자식! 이 불한당 같으니!

몬타노 부관, 왜 이러시오?

카시오 이놈이 날 보고 이래라 저래라 하지 않소! (A knave, teach me my duty!) 늘씬하게 때려 줘야지.

로데리고 때린다고!

카시오 그래도 주둥아리를 닥치지 못해? (로데리고를 때린다)

몬타노 그만 두시구려, 부관. (그를 말린다) 그만 두라니까.

카시오 놔요. 놓지 않으면 대갈통을 부술 테야.

몬타노 허어, 취했군.

카시오 취했다고?

두 사람 싸운다

이아고 (로데리고에게 방백) 저쪽으로 가요, 나가서 야단났다고 떠들어 대란 말이야. (로데리고 퇴장) 부관님, 왜 이러세요? 두 분 다 이게 무슨 꼴입니까? 거기 누구 없소? 부관님, 이거 보세요. 몬타노 선생께서도. 거기 아무도 없나? 야경들 참 잘 본다. (종소리 울린다) 누구야, 종을 치는 건? 빌어먹을 녀석, 온 장안이 다 깨잖아? 제발, 부관님, 그만 두세요. 두고두고 일생의 수치예요. 원!

오셀로와 수행원들 다시 등장

오셀로 왜들 이러나?

몬타노 빌어먹을, 계속 피가 나네. 지독하게 다쳤는 걸. (비틀비틀 거린다)

오셀로 그만 두지 않을 텐가!

이아고 부관, 그만 두어요. 몬타노 선생도. 이것들 보세요. 두 분 다 직책과 의무를 잊어버렸나요? 그만 둬요. 장군께서 그만 두라고 그러시잖아요? 제발 그만 둬요!

오셀로 어떻게 된 거야? 어째서 이런 일이 생긴건가? 모두 터키 놈들이 된 건가? 하나님이 터키 놈들에게도 하지 못하게 하는 일을 하느냐 말이야? 저 종소리 좀 그만 두게 하게. 섬 사람들이 놀라지 않겠나. 어떻게들 된 건가? 이아고, 자넨 수심이 가득 차 있는데 말해 보게. 대체 누가 시작했어? 날 생각하거든 바른대로 얘기해.

이아고 전혀 모르겠습니다. 지금까지 사이가 좋았습니다. 그러던 것이 갑자기 화살 맞은 호랑이처럼 칼을 뽑아 가지고 서로 가슴을 노리고 덤벼 들었습니다. 하지만 이런 어리석은 싸움이 왜 시작됐는지는 모르겠습니다. 이따위 싸움판에 저를 데리고 온 이 두 다리가, 차라리 전장에서 떳떳하게 없어졌으면 좋겠습니다.

오셀로 카시오군, 어떻게 된 건가? 자네가 이런 짓을 하다니.

카시오 용서해 주십쇼. 뭐라 말씀드려야 좋을지 모르겠습니다.

(I pray you pardon me, I cannot speak)

오셀로 몬타노 씨, 그대는 평소에 예의범절이 단정한 분이잖소. 젊었을 때부터 성실하고 침착해서, 점잖은 사람들에게 칭송을 받아 오지 않았소? 그런데 그런 훌륭한 명예를 저버리고,

아닌 밤중에 소동을 일으키어, 모처럼의 명예를 더럽히다니! 대체 어떻게 된 셈이오?

몬타노 오셀로 장군, 자세한 사항을 지금 말씀드릴 수가 없습니다. 장군의 부하 이아고가 말씀드릴 것입니다. 저로서는 오늘 밤 한 일이 전혀 잘못 됐다고는 생각하지 않습니다. 내 몸을 아끼는 것이 무슨 죄가 되겠습니까?

오셀로 도무지 참을 수 없군. 내 혈기가 냉정한 이성을 채찍질 하는 걸. 분노가 판단을 흐리게 하고, 앞질러 가려고 한단 말이오. 내가 만일 이 팔을 올린다면 너희들 중에 어느 놈이든지 엄벌을 받을 테니. 대체 어떻게 해서 이따위 싸움이 일어났느냐 말야? 누가 시작했어? 싸움을 건 놈은 설사 내 쌍둥이라도 용서할 수 없지. 이 무슨 수치인가? 이런 비상시, 사람들이 전전긍긍하는 이때에, 같은 편끼리 싸움을 하다니, 될 소린가? 더군다나 밤중에 치안을 맡아 보는 야경소에서! 이아고, 누가 시작했어?

몬타노 같은 편이라든지, 동료의 친분 때문에 사실대로 말을 안 한다면 자넨 군인이라고 할 수 없네.

이아고 너무 윽박지르지 마세요. 카시오에게 불리한 얘기를 할 바엔 차라리 내 혓바닥을 끊어 버리겠습니다. 하지만 사실대로 얘기해도 그다지 카시오에게는 해로울 것도 없을 것 같습니다. 장군님, 그건 바로 이렇습니다. (귓속말로) 이상입니다. 더 이상 말씀드릴 수는 없습니다. 하지만 사람은 아무리 부처님이라도 실수할 때가 있지 않습니까? 카시오 부관이 저분께 좀 잘못은 했지만, 화가 나면 자기를 끔찍이 생각해 주던 사람도

240

때리게 되는 법이 아닙니까? 확실히 카시오는 도망간 녀석한 테서 참지 못할 모욕을 당했을 겁니다. 참을 수 없었을 거예요.

오셀로 이아고, 자네는 성실하고 인정이 많아서, 일을 조그맣게 만들어 카시오를 두둔하는 거야. 카시오, 난 자네를 아껴 왔네만 인연을 끊으세. (데스데모나, 시녀를 데리고 다시 등장) 저것 봐, 내 아내까지 일어나 나오지 않았느냐 말이야. 자네는 철저 하게 벌을 받아야 해!

데스데모나 왜 그러세요? 무슨 일이죠?

오셀로 걱정할 것 없소. 다 끝났으니까. 그대의 상처는 내가 고쳐 드리리다. 저쪽으로 모셔라. (몬타노, 부축되어 퇴장) 이아고, 거 리를 잘 보살피게. 이 일 때문에 혼란에 빠진 사람들을 안심시 켜주란 말이야. 갑시다, 데스데모나. 군인이란 이따금 싸움 때 문에 단잠을 깨는 법이오.

이아고와 카시오만 남고 모두 퇴장

이아고 아니, 부관도 다치셨소?

카시오 약도 소용없게 됐네.

이아고 나 원 참, 그럴 수가 있습니까?

카시오 명예, 명예, 명예. 난 이 명예를 잃어버렸네. 이제는 개, 돼 지와 똑같아졌어, 이아고.

이아고 난 너무 고지식한 놈이 돼서, 정말 다치신 줄 알았죠. (As I am an honest man, I thought you had received some bodily wound) 명예보다는 상처 입은 것이 더 아프지 않겠습니까?

명예라는 건 허무한 군더더기예요. 장군의 마음을 돌리게 하는 방법은 얼마든지 있습니다. 미워서가 아니라 역정이 나서 그만 두라고 하신 것뿐이에요. 말하자면 정책상 벌을 주신 거란 말이죠. 순한 개를 때려서 사나운 사자를 위협하는 거나 마찬가지 방법이거든요. 다시 한 번 사정하면 마음이 풀어지실 겁니다.

카시오 차라리 멸시해 달라고 애원하는 게 낫지. 그런 부처님 같은 장군을 속이고, 주정뱅이처럼 술이나 마시는 체신머리없는 부관이 다 뭔가?

이아고 그야, 너 나 할 것 없이 취할 때가 왜 없겠어요? 내 말을 들으슈. 지금은 말예요. 장군 부인이 장군이거든요. 장군은 부인이 너무 아름답고 재주가 있으니까 혼이 나간 사람같이 바라보고 계시거든요. 그러니까 부인한테 사실을 털어놓고 복직시켜 달라고 부탁하란 말입니다. 부인은 너그럽고, 인정이 있고 잘 감동하는 성격이니까, 부탁 받으면 더 못해 줘서 미안해 할 사람이에요. 장군하고 부관의 벌어진 사이는 그 부인이 붙들어 매는 수밖에 없어요. 그렇게 하면 틀림없이 전보다도 관계가 더 두터워질 거예요.

카시오 고마운 말이로군.

이아고 모두가 당신을 위해서 하는 말이죠.

카시오 그야, 그럴 테지. 내일 아침 일찍 부인한테 부탁을 해야겠네. 그게 틀어지면 내 운명은 끝장나 버리는 거야.

이아고 옳은 말씀입니다. 그럼 편히 쉬슈. 난 야경 보러 가야겠소.

카시오 그럼 헤어짐세, 이아고. (퇴장)

이아고 이렇게 하는데도 날보고 악한이라는 놈이 있을까? 나야 진심으로 생각해서 충고를 하지 않았느냐 말이야. 이치에 맞는 말이고, 무어 녀석의 마음을 돌려놓을 한 가지 길이기도 하지. 상냥한 데스데모나한테 진심으로 사정하면 거절하지는 않을 거야. 그녀의 관대함은 마치 모든 사람의 볼을 매만져주는 봄바람 같다고나 할까. 여자의 힘을 빌어 무어 녀석을 설복시킨다. 그럼 나는 데스데모나가 카시오를 복직시켜 달라고 부탁하는 건, 카시오를 좋아해서 그런 거라고 해야지.

로데리고 다시 등장

로데리고 여기까지 따라오기는 했네만, 사냥개 노릇은 제대로 하지도 못하고 다른 개들 사이에 끼어, 같이 짖은 것밖에 하지 않고 있질 않나? 그런데다 흠씬 두들겨 맞고. 이러다간 노력은 노력대로 하고 결국 빈털터리가 되어, 그나마 조금 똑똑해져서 베니스로 돌아가게 될 테지.

이아고 이렇게 참을성 없는 사람은 처음 보겠군. 상처도 나을 때가 돼야 낫지 않는 것 아닙니까? 이거 봐요, 사람은 마술을 부리는 게 아니라 머리로 일을 하는 거예요. 그렇다면 머리를 쓰는 데는 시간이 걸릴 게 아니겠소? 얼마나 잘돼 가고 있느냐 말이오? 카시오가 당신을 때렸다! 그런데 그 조그만 상처 하나 입은 덕택으로 그 녀석한테 미역국을 먹이지 않았소? 맨 처음 꽃핀 놈부터 열매를 맺는 것이 순서란 말씀이야. (But fruits that blossom first, will first be ripe) 허허, 먼동이 트지 않나! 재미있게 일을 하면 시간 가는 줄 모른단 말이야. 숙소로 돌아가슈. 다시 만나서 얘기합시다. 어서 가요. (로데리고 퇴장) 두 가지 일이 남았군. 우선 여편네를 시켜서 카시오 녀석이 데스데모나를 만나도록 하고 나는 무어 녀석을 밖으로 데리고 나왔다가 현장으로 안내해야지. (퇴장)

제1장
성 안의 정원

카시오와 병사 몇 명이 등장.

카시오 자, 악사님들, 여기서 한 곡조 하시지. 수고 값은 톡톡히 내리다. 짧은 걸 하나 하시오. 그게 끝나면 '안녕히 주무셨습니까. 장군 각하'라고 인사하는 거야.

음악. 어릿광대 등장

광 대 아니 풍악쟁이들, 그 악기는 나폴리에 갔다가 병이라도 걸렸나! 어째 코맹맹이 소리가 나는군 그래!

악 사 1 왜 그래?

광 대 이건 늘 저렇게 붕붕 소리가 나는 거요?

악 사 1 그렇지 뭐.

광 대 어쩐지 뭔가 달려 있는 게로군.

악 사 1 뭐가 달려 있다니?

광　대　붕붕 소리가 나는 것 옆에 뭐가 달려 있잖아요. 하지만 장군께서 자네들 음악을 몹시 좋아하시는 모양이야. 제발 소리 좀 내지 말라는 분부시네.

악　사 1　그럼, 그만 두지.

광　대　하지만 소리 안 나는 악기가 있다면 해도 좋아. 장군께선 그다지 음악을 좋아하지 않는다네.

악　사 1　소리 안 나는 음악이 어디 있나?

광　대　그럼, 그 통소를 어서 보따리 속에 집어넣게 해요. 난 가야겠네.

악사들 퇴장

카시오　여보게, 내 말 좀 들어 봐.

광　대　당신 이름은 모르겠습니다만, 당신이 말하는 건 잘 들려요.

카시오　농담은 그만 두게. 자, 적지만 돈일세. 장군 부인의 시중을 들고 있는 하녀가 일어나거든, 카시오라는 사람이 찾아와서 잠깐 만나 뵙고 싶어하더라고 전해 주게. 그렇게 해주겠나?

광　대　그 여자라면 일어나 있어요. 이곳에 나오면 그렇게 알리지요.

카시오　부탁하네. (광대 퇴장. 이아고 등장) 마침 잘 왔네. 이아고.

이아고　못 주무신 게로군요.

카시오　그야 물론이지. 자네하고 헤어지기 전에 벌써 날이 새지 않았나. 나는 실례를 무릅쓰고 데스데모나 부인을 만나게 해

달라고 부탁하기 위해서 자네 부인을 부르러 사람을 보냈네.

이아고 곧 이리로 나오라고 하죠. 그리고 어떻게 해서든지 오셀
로 장군을 다른 데로 데리고 나가겠습니다. 그러면 마음 놓고
이야기를 하실 수 있을 테니까요.

카시오 정말 고맙네. (이아고 퇴장) 내 고장 플로렌스 사람 중에도
저렇게 친절하고 정직한 사람은 없어.

에밀리아 등장

에밀리아 안녕하세요, 부관님. 이번에 당한 일은 정말 안 됐어요.
하지만 다 잘 될 거예요. 부인은 장군님과 그 이야기를 하면서
당신을 무척 변호하시더군요. 그러나 오셀로님으로서는 부관
님이 상처를 입힌 상대가 키프로스 섬의 명사일 뿐만 아니라
고위층에 친척을 가진 분이므로, 온당한 조치로서는 부관님
을 면직시키지 않으면 안 된다고 하더군요. 그래도 부관님을
아끼고 있으니까, 부탁을 받지 않아도 적당한 기회를 봐서 복
직시키겠다고 말씀하셨어요.

카시오 오, 다행이오. 그래도 부탁이오. 당신이 좋다고 생각하거
나 또는 가능하다고 생각하면, 잠깐이라도 좋으니 데스데모
나님과 단 둘이서 얘기할 수 있게 해주시오.

에밀리아 그럼, 어서 들어오세요. 속마음 털어놓고 얘기할 수 있
는 곳으로 안내해 드리겠습니다.

카시오 이거 정말 고맙소. (두 사람 퇴장)

오셀로, 이아고, 그리고 신사 둘 등장.

오셀로 이아고, 이 서류를 선장에게 주면서 원로원에게 문안드
려달라고 전해 주게. 그 일이 끝나면 나는 성벽 근처를 거닐고
있을 테니 그리로 오게.

이아고 네, 잘 알았습니다. 그렇게 하겠습니다.

오셀로 여러분, 요새를 돌아볼까요?

신 사 1 기쁘게 동행하겠습니다. (모두 퇴장)

데스데모나, 에밀리아, 카시오 등장.

데스데모나 걱정 마세요, 카시오 부관님. 부관님을 위해서 힘쓰
겠어요.

에밀리아 아씨, 꼭 그렇게 해주세요. 제 남편도 내 일처럼 마음을
쓰고 있어요.

데스데모나 에밀리아의 남편이야 착한 사람이지. 카시오 부관님,
장군과의 관계를 전같이 만들어 드리죠.

카시오 감사합니다. 마이클 카시오한테 무슨 일이 생기든지 결
초보은하겠습니다. (Whatever shall become of Michael Cassio,
He's never anything but your true servant)

데스데모나 잘 알겠어요. 당신은 장군을 위하시겠다, 전부터 아
는 사이니까 문제없어요. 장군이 얼마 동안 멀리하신다고 해
도 그건 남의 이목 때문에 그러시는 거랍니다.

카시오 그건 그렇겠지만, 그 세상 이목이라는 게 오래 계속되는
동안에는, 그것이 보잘것없는 음식이라도 살이 찌듯이 대단
치 않은 일도 점점 커질까 두렵습니다.

데스데모나 그런 염려는 마세요. 장군께서 내 청을 들어주셔야
만 주무시게 하겠어요. 참을 수 없게 될 때까지 얘길하죠. 잠

자리를 학교로, 식사 시간을 참회의 시간으로 만들죠. 장군이 뭘 하시든 꼭 당신의 청을 하겠어요. 내가 죽는 한이 있더라도 이 소망은 이루어지도록 하겠어요.

에밀리아 아씨, 장군께서 나오십니다.

카시오 그럼, 저는 가보겠습니다.

데스데모나 가시지 말고 내 얘기를 들으세요.

카시오 아뇨. 지금은 기분이 언짢아서 저의 청을 꺼낼 수가 없습니다.

데스데모나 그럼, 좋도록 하세요.

카시오 퇴장. 오셀로, 이아고 등장.

이아고 저런! 저런 안 됐군.

오셀로 무슨 소린가?

이아고 아니, 아무것도 아닙니다. 혹시……, 아닙니다.

오셀로 지금 막 아내하고 헤어진 게 카시오가 아닌가?

이아고 예? 카시오라고요! 그렇지 않을 걸요. 장군께서 오시는 걸 보고 죄나 진 것처럼 슬그머니 달아날 이유가 없잖습니까?

오셀로 아니, 카시오가 분명해.

데스데모나 당신이군요. 지금 어떤 사람과 이야기하고 있었던 차예요. 당신께 눈총을 맞고 풀이 죽어서 사정을 하러 왔더군요.

오셀로 누구 말이요?

데스데모나 카시오 부관이에요. 당신이 내 덕과 힘을 아껴주신다면 그분을 당장 용서해 주세요. (If I have any grace or power

250

to move you, his present reconciliation take) 그분은 얼마나 당신을 위하는지 몰라요! 좀 잘못하긴 했지만, 실수를 한 것뿐이지 일부러 계획적으로 한 건 아닐 거예요. 아무리 봐도 그런 것 같지 않아요. 그러니 복직시켜 주세요.

오셀로 지금 여기서 나갔소?

데스데모나 아주 얼굴도 제대로 못 들고 한탄하다가 갔어요. 나까지 눈물이 나올 지경이에요. 다시 불러주세요.

오셀로 지금은 안 되오. 더 두고 봅시다.

데스데모나 오늘 저녁 먹을 때에요?

오셀로 오늘 저녁엔 안 돼.

데스데모나 그럼, 내일 점심때요?

오셀로 내일 점심은 밖에서 먹겠소. 성에서 장교들을 만나기로 했으니까.

데스데모나 그럼 내일 밤이든지, 화요일 아침이든지 시간을 정하세요. 언제 불러들이시겠어요? 어서 말씀하세요. 당신이 나한테 청을 하면 내가 싫단 말을 하겠어요? 그렇게 망설이겠느냐 말예요? 마이클 카시오는 당신과 함께 저희 집에 오곤 했지요? 내가 당신을 좋지 않게 얘기했을 때, 그분은 늘 당신 편을 들었어요. 그런데 이제 그 사람을 돌봐주려고 하는데, 이렇게 힘이 들어서야! 만일 나 같으면…….

오셀로 알았소. 그만해 둬요. 언제고 오라고 해요. 당신 말인데 왜 안 듣겠소.

데스데모나 어머나, 대수롭지 않은 청을 가지고. 장갑을 끼시라든가, 자양분 있는 것을 잡수시라든가, 따뜻하게 하시라든가,

Othello**251**

몸조심 하시라든가 등등의 일상적인 청과 똑같잖아요. 만일 제가 청을 해서 당신의 애정을 시험해 볼 생각이라면 중대하고 어렵고 걱정스러워서 여간해서는 허락될 수 없는 것을 부탁할 거예요.

오셀로 글쎄, 당신 말이면 다 듣겠소. 그러니까 제발 잠깐 저리 가 있어요.

데스데모나 당신 말씀대로 하죠. 먼저 가겠어요.

오셀로 먼저 가요. 나도 곧 가리다.

데스데모나 에밀리아, 어서 와요. 잘 생각해 하세요. 난 당신 말씀대로 할 뿐이니까요.

데스데모나, 에밀리아 퇴장

오셀로 귀여운 것! 내가 그대를 사랑하지 않는다면, 이 영혼이 지옥으로 떨어져도 좋지. 그대를 사랑하지 않는 때가 온다면, 그때는 천지가 개벽하겠지.

이아고 장군님!

오셀로 뭔가?

이아고 혼담이 계셨을 때 카시오가 두 분 관계를 알고 있었나요?

오셀로 다 알고 있었지. 그건 왜 묻나?

이아고 좀 생각난 게 있어서요.

오셀로 무슨 생각?

이아고 카시오가 부인과 아는 사이였다는 것은 전혀 몰랐군요.

오셀로 알고 말고 중간에서 애를 많이 썼지.

이아고 그랬습니까?

오셀로 그래, 그게 어떻단 말인가? 그는 정직한 사람이지.

이아고 정직하단 말씀이죠?

오셀로 그야 정직하지. 그런데 자네는 왜 그런가?

이아고 글쎄요. 그럴지도 모르죠.

오셀로 자넨 어떻게 생각하나?

이아고 어떻게 생각하다뇨?

오셀로 어떻게 생각하다뇨라니? 자넨 내 말을 흉내만 내는군. 무슨 곡절이 있는 모양이지. 조금 전 자네는 안 됐다고 했지. 그리고 또 혼담이 있을 때 심부름을 했다고 하니까 아니 정말입니까 하면서 놀란 것처럼 상을 찌푸리지 않았나?

이아고 장군님, 제가 각하를 숭배하고 있는 건 아시죠?

오셀로 알지. 성실하고 정직해서 뭣이고 말을 꺼내기 전에 다시 심사숙고하는 성격인 줄 알기 때문에 그걸 입 밖에 내지 못해서 고민하는 게 분명해.

이아고 마이클 카시오는 정직한 사람이라고 생각합니다.

오셀로 나도 그렇게 생각하네.

이아고 사람은 겉모습과 같아야 되지 않겠습니까? (Men should be that they seem)

오셀로 그야. 사람이란 안팎이 같아야지.

이아고 그럼 카시오는 정직한 사람이겠죠?

오셀로 아니, 자넨 아직도 뭘 생각하고 있나? 어서 생각하고 있는 것을 말하게. 천하에 나쁜 일이라도 나쁜 대로 얘기하란 말이야.

이아고 그건 전 못 하겠습니다. 직책상의 일이라면 무슨 일이든 지 하겠습니다만, 종놈이라도 의사 표현의 자유는 있습니다. …… 그런데 생각한 대로 말하란 말씀이시죠?

오셀로 이아고, 자네는 친구한테 좋지 못한 생각을 품고 있어. 그 친구가 모욕을 당하고 있다고 생각하면서도 그걸 알리려고 하지 않으니 말이야.

이아고 저, 제 말씀 좀……. 까딱 잘못하면 없는 것도 있는 것처 럼 잘못 볼 때가 있습니다. 그러니까 그런 확실치 않은, 터무 니없는 추측에 개의치 마시고, 제가 말씀드린 걸 귀담아듣지 마십쇼. 자칫 애매하게 말씀드린 것 때문에 걱정하시면 안 됩 니다. 괜히 불안하게만 해드릴 뿐이지요. 뭣하나 좋을 것이 없 습니다. 생각하고 있는 대로 말씀드린다면 말입니다.

오셀로 대체 무슨 소리야?

이아고 장군님! 명예는 남녀 불문하고, 영혼 다음으로 중요한 보 배입니다. 그렇지만 만약 저한테서 어떤 놈이 명예를 빼앗았 다면, 훔친 놈도 쓸데없는 걸 훔친 셈이고 저는 저대로 빈털터 리가 되거든요.

오셀로 기어이 자네 얘기를 듣고야 말겠네.

이아고 설사 제 심장이 장군님의 손 안에 있다고 해도, 그건 안 됩니다. 하물며 지금은 제가 가지고 있으니까요.

오셀로 뭐라고?

이아고 장군님, 절대로 의심하시면 안 됩니다. 의심이라는 건 사 람의 마음을 사정없이 농락하고는 먹어 치워버리는 파란 눈 을 가진 괴물입니다. 깊이 사랑하고 있으면서도 의심을 하고,

의심을 품고 있으면서도 더욱 열렬히 사랑하는 남자는 정말 하루하루가 얼마나 저주스럽겠습니까.

오셀로 아! 비참한 일이로군.

이아고 가난해도 족한 것을 안다면 백만장자 부럽지 않겠지만, 대단한 부자라도 가난뱅이가 되면 어떡하나 하고 걱정만 한다면, 그 마음은 엄동설한같이 쓸쓸할 겁니다. (Poor and content is rich, and rich enough, but riches, fineless, is as poor as winter to him that ever fears he shall be poor) 하나님, 저희들 인간에게 질투와 의심을 일으켜 주지 마시옵소서.

오셀로 대체 그건 무슨 소리야? 자네는 내가 의처증이나 품고, 저 달 모양이 변할 때마다 의심을 쌓아올리는 생활을 할 줄 아나? 아니, 나는 의심하면 단번에 해결짓고 말지. 설사 나한테 여러 가지 약점이 있다고 해도 그것 때문에 아내가 배반하지나 않을까 하는 걱정도 하지 않아. 나를 선택했을 때는 나를 믿었기 때문이니까. 알겠나? 이아고. 나는 의심하기 전에 우선 잘 살펴보고, 의심하게 되면 증거를 보자고 하고, 그래서 증거가 나타나면 사랑을 버리든지, 의처증을 버리든지 둘 중에 하나야.

이아고 그렇게 말씀하시니까 안심이 됩니다. 이건 제 의무로 알고 말씀드리는 거니까, 잘 들어주십시오. 뭐 별로 증거가 있는 건 아닙니다만. 저…… 부인을 잘 살펴보십쇼. 부인하고 카시오의 사이를 주의해 보세요. 눈치채지 않도록 감시를 하십시오. 관대하고 점잖고 너그러운 분이라, 각하의 착한 성품으로 인해 모욕을 당하신다면 저로서도 보기 딱합니다. 조심하십

시오. 저는 고향 사람들의 기질을 잘 압니다. 베니스의 여자들
은 음탕한 장난을 하나님에게는 알려지더라도 남편에게는 들
키지 않겠다는 식으로 생각합니다. 그러니까 하지 않는 게 아
니라 들키지 않게 하는 것뿐이니까요.

오셀로 정말인가?

이아고 장군님하고 결혼하시려고 아버님을 속인 분이 아니십니
까? 장군님의 얼굴이 무서워서 떠는 것 같이 보였을 때, 사실
은 이만저만 장군님을 좋아하지 않으셨을 걸요.

오셀로 음, 그랬지.

이아고 그렇다면 말씀이죠, 그렇게 젊으신 나이에 속 다르고 겉
다르게 꾸며서 아버지의 눈도 캄캄하게 멀게 하고는, 마술 때
문이라고 생각하게 만든 부인입니다. 이런 말씀을 드려서 죄
송합니다. 그만 너무 장군님을 걱정한 나머지……

오셀로 정말 고마우이.

이아고 괜히 상심시켜 드려 죄송합니다.

오셀로 아니, 괜찮네.

이아고 아니, 암만해도 기분이 좋지 못하신 것 같습니다. 지금 말
씀드린 건 그저 제가 장군님을 위하기 때문이라고 생각해 주
십시오. 아니, 몹시 상심이 되시는 모양입니다. 제발 지금 말씀
드린 건 대수롭지 않은 의심이라고 생각하시고, 그 이상은 아
예 생각하지 마십시오.

오셀로 안 하겠네.

이아고 만일 이상하게 생각하신다면, 지금 말씀드린 것 때문에
천만 뜻밖의 결과가 생길지도 모릅니다. 카시오는 소중한 친

의심이라는 건 사람의 마음을 사정없이 농락하고는 먹어 치워버리는
파란 눈을 가진 괴물입니다. 깊이 사랑하고 있으면서도 의심을 하고,
의심을 품고 있으면서도 더욱 열렬히 사랑하는 남자는 정말 하루하루
가 얼마나 저주스럽겠습니까.

구니까요. 암만해도 기분이 좋지 못하신가 봅니다.

오셀로 아니, 그렇지도 않으이. 데스데모나를 부정한 여자라고
는 생각하지 않으니까.

이아고 부인께서 언제나 그러하시길! 그리고 각하의 마음도 변
하지 않기를 빕니다!

오셀로 그런데 왜 모든 순리를 어기고 나 같은 사람에게……
(And yet how nature erring from itself)

이아고 문제는 바로 그겁니다. 자기 나라의 피부색도 문벌도 같
은 남자들의 많은 청혼을 거절하지 않았습니까. 누구나 그런
것을 택하는 게 도리일 텐데……. 쳇! 사람이면 눈치챌 수 있
지요. 여기에는 불순한 마음이 있고, 전혀 어울리지도 않을 뿐
더러 부자연스럽습니다. 용서하십쇼. 저는 꼭 부인을 두고 말
하는 건 아닙니다.

오셀로 알았다. 그만 가게. 뭣이든 또 보는 게 있으면 알려주게.

이아고 (가면서) 그럼 물러가겠습니다.

오셀로 내가 왜 결혼을 했을까! 저 속일 줄 모르는 녀석이 분명
감추고 말하지 않는 게 있을 거야.

이아고 (돌아오며) 장군님, 이 일은 이 이상 더 캐묻지 마십시오.
되는 대로 내버려 두십시오. 카시오는 적임자니까 당연히 복
직될 줄 압니다만 당분간 멀리해 두시면 자연스럽게 그자의
본심이라든지 수단을 아실 겁니다. 부인께서 열심히 그자의
복직을 재촉하신다면, 그것만으로도 아실 수 있을 겁니다. 그
때까지는 제가 말씀드린 건 그저 노파심이라고 생각하십시
오. 저 역시 그래서 말씀드린 겁니다. 그리고 부인을 깨끗한

문제는 바로 그겁니다. 자기 나라의 피부색도 문벌도 같은 남자들의
많은 청혼을 거절하지 않았습니까. 누구나 그런 것을 택하는 게 도리일 텐데……. 쳇!
사람이면 눈치챌 수 있지요. 여기에는 불순한 마음이 있고,
전혀 어울리지도 않을 뿐더러 부자연스럽습니다.

분이라고 생각하십시오.

오셀로 생각 없는 짓은 하지 않을 테니까.

이아고 그럼, 정말 물러갑니다. (퇴장)

오셀로 저놈은 정성이 지극한데다, 세상 물정에도 밝아서 남의 성질까지 꿰뚫어 보고 있어. 데스데모나가 도저히 길들일 수 없는 매라는 것을 확실히 알게 되면, 설사 마음속에 꼭 잡아매 놓고 싶을지라도 휘파람을 불어서 놓아줘야지. 돌아오지 않더라도 되도록 바람 부는 쪽으로 날려 보내서 제멋대로 먹이를 찾게 해야지. 혹시 내가 피부색이 검고 한량같이 고상한 사교술이 없다고 해서, 또는 내 나이가 이미 한창때를 지났다고 해서…… 그래도 아직 그다지 많은 나이는 아니지만……. 그녀가 날 버렸는지도 모르지. 아, 나는 모욕을 당했다. 상냥한 여자를 입으로는 제것이라고 하지만 마음속에서는 제것이 아니거든! 사랑하는 사람을 남의 자유에 맡겨놓고 자기는 한 귀퉁이나 차지할 바에야, 차라리 두꺼비가 돼서 흙 구멍 속의 썩은 공기나 마시고 있는 것이 낫지. 이것이 상류계급 사람들이 받은 저주거든. 차라리 하층계급 사람만도 못해. 죽음과 마찬가지로 이건 피할 수 없는 운명이지. 아, 데스데모나가 왔군. (데스데모나와 에밀리아 다시 등장) 아내가 죄를 짓게 된다면, 하늘이 자신을 속인 거나 마찬가지지. 믿을 수 없어.

데스데모나 여보, 웬일이세요. 식사도 다 준비되고, 손님들이 기다리고 있는데요.

오셀로 미안하오.

데스데모나 왜 그렇게 힘없이 말씀하세요? 어디 편찮으세요?

(Why is your speech so faint? are you not well?)

오셀로 머리가 좀 아프오.

데스데모나 밤잠을 못 주무셔서 그럴 거예요. 금방 나으실 테죠. 내가 꼭 매어 드리면 금방 나으실 걸요.

오셀로 당신 손수건은 너무 작아서 안 돼. (그는 매려는 손수건을 풀어버린다. 데스데모나는 그것을 떨어뜨린다.)

데스데모나 편찮으셔서 걱정스럽군요.

오셀로와 데스데모나 퇴장

에밀리아 이게 바로 그 손수건이군. 이건 무어 장군께서 아씨한 테 보내신 첫 번째 선물이야. 잠시도 몸에서 떼면 안 된다고 하신 물건이라서, 아씨께서는 이만저만 소중하게 여기시는 게 아니지. 손수건에다 입을 맞추시지 않나, 말을 거시지 않나.

이아고 등장

이아고 아니, 여태 여기 있었어?

에밀리아 윽박지르지 말아요.

이아고 그게 뭐요?

에밀리아 손수건. 무어 장군이 처음으로 아씨한테 보낸 거예요.

이아고 (방백) 그래, 됐다.
　(이아고가 손수건을 빼앗는다. 그리고 에밀리아에게 키스를 한다)

이아고 쓸데가 있으니 당신은 상관 말고 어서 가. (에밀리아 퇴장)

이걸 카시오 녀석 방에 떨어뜨려 놓고 줍게 해야지. 공기같이 가벼운 물건도 의심하는 자에게는 성서처럼 효력이 있거든. 요것이 한몫 거들 수 있을 거야. 억측이라는 무서운 물건은 원래 독약과 같아서 처음에는 거의 싫은 맛이 안 나지만, 조금만 혈액 속에 작용하면 유황 광산처럼 불타오르거든. 저기 오는군.

오셀로 다시 등장

오셀로 아니, 그래 못된 짓을 한다고?

이아고 장군님, 왜 이러십니까? 그 일은 그만해 두세요.

오셀로 비켜, 썩 물러가. 너는 나를 얼마나 괴롭혔느냐? 얼마 알지도 못하면서 괴로워하는 것보다는, 차라리 철저하게 모욕을 당하는 것이 낫겠다.

이아고 왜 그러세요? 글쎄.

오셀로 나 몰래 음탕한 짓을 했으리라고는 상상도 하지 않았어. 도둑을 맞아도 당사자가 모르고 있으면 알리지 않는 것이 좋아. 모르면 뺏기지 않은 거나 마찬가지니까.

이아고 왜 그런 말씀을 하십니까?

오셀로 아무것도 모르고 있다면 군대 안의 졸병까지 아내의 육체를 향락했다고 해도 난 행복했을 걸세. 내 잔잔하던 마음, 만족할 줄 아는 마음도 안녕이로구나! 깃털 장식을 한 군대도, 공명 수훈을 다투는 전쟁도 마지막, 아, 마지막이다! 오셀로의 모든 직분은 다 사라져 버렸다.

이아고 무슨 당치 않은 말씀을.

오셀로 이놈아, 내 아내는 정말 음탕한 계집이란 말이냐? 그렇다면 증거를 보여다오. (Be sure of it, give me the ocular proof) 그렇지 않다면 불멸의 영혼에 맹세하건데, 너는 내 격분을 받느니 차라리 개로 태어났더라면 좋았을 걸 하고 생각하게 만들겠다.

이아고 어찌 그렇게까지 말씀을…….

오셀로 증거를 내놔 봐. 적어도 의심을 품을 틈도 구멍도 없는 정도의 증거를 내놓으란 말이다. 그렇지 않다면 네 목숨은 없을 줄 알아라.

이아고 장군님, 그건…….

오셀로 만일 내 아내를 모함하고 나를 괴롭힌다면 기도를 올려도 소용없어. 양심 같은 건 내던져버리고 죄업에다 죄업을 쌓아올려라. 하늘을 울리고 땅을 놀라게 할 만한 못된 짓을 해라. 이보다 더 못된 죄는 저지르지 못할 테니.

이아고 이건 너무 심하십니다. 그래도 장군님은 사내대장부십니까? 양심과 분별을 가지고 계십니까? 그만 두십시오. 전 사직하겠습니다. 어느 미친놈이 정직한 게 좋다고 했나? 고맙습니다. 배운 게 많았습니다. 앞으로는 절대로 남에게 친절을 베풀지 않기로 했습니다. 원망만 들을 테니까요.

오셀로 기다려. 넌 정직한 것 같다.

이아고 아니, 이젠 약아지렵니다. 정직이란 천하에 바보 짓이니까요. 기껏 장군님을 위해서 해준 것이 손해만 보게 되네요.

오셀로 정말 내가 뭣에 홀렸나? 아내는 행실이 단정한 것 같기도 하고, 부정한 것 같기도 하고 네 말이 옳은 것 같기도 하고, 거

짓말인 것도 같다. 그러니 지금 당장 증거를 내놓아라. 달의 신 다이아나의 얼굴처럼 깨끗하던 아내의 이름을 더럽혔어. 마치 내 얼굴과 같아. 밧줄이나 창검이나 독이나 불이나 사람을 빠뜨리는 냇물이나 이런 게 있다면 난 참을 수 없었을 것이다. 확실한 증거가 보고 싶다. 증거가.

이아고 너무 역정을 내시는군요. 제가 괜히 주둥아리를 놀렸습니다. 증거를 보시겠단 말씀이죠. (I see, sir, you are eaten up with passion, I do repent me that I put it to you, you would be satisfied.)

오셀로 보겠느냐고? 꼭 보고야 말겠다.

이아고 그야 보실 수 있죠. 어떻게 보시겠단 말씀이에요? 어리석은 얼굴을 하고 염탐꾼 모양으로 보시겠단 말씀입니까? 그 녀석이 부인을 올라타고 있는 걸 말씀이에요.

오셀로 에잇, 천하에! 아!

이아고 둘이 자고 있는 걸 다른 사람한테 보인다는 것은 어려운 일입니다. 그렇다면 어떻게 할까요? 어떻게 하라는 건가요? 어떻게 해야 만족스러운 증거가 될까요? 장군께서 직접 눈으로 보실 수는 없는 일이지요. 하지만 만일 확실한 증거에 근거해서 이것만 풀어가면 틀림없다고 할 만한 것이 있어 만족하시겠다면 말씀드리죠.

오셀로 내 아내가 부정한 짓을 하고 있다는 확증을 대라.

이아고 내가 왜 이런 일을 했을까. 하지만 고지식해서 이렇게 돼버린 이상 말을 안 할 수 없지. 얼마 전 일입니다만, 카시오하고 같이 자고 있으려니, 치통이 나서 잠이 와야죠. 그런데 잠이 들면 긴장이 풀려서 비밀을 말해 버리는 사람이 있지 않습니까? 카시오가 바로 그렇게 잠꼬대를 하지 않겠어요! 데스데모나, 우리 사랑을 남이 알지 못하도록 조심합시다. 그리고 제 손을 꼭 붙잡고 흔들며, '당신을 사랑합니다.' 이러고는 저한테 키스까지 했습니다. 마치 제 입술에 뭣이 난 것을 뽑으려는 것 처럼요. 그러고는 제 넓적다리에 다리를 얹고 한숨을 짓고 입을 맞추고 그러고는 또 이러더군요. 운명도 야속하지. 왜 당신을 무어 같은 것한테 보냈을까? 하고요.

오셀로 이런 망측한 일이 있담.

이아고 아니, 이건 그 친구의 꿈이에요.

오셀로 하지만 꿈이란 경험한 것을 표시하는 거니까 혐의는 충분하네.

이아고 물론 다른 확실하지 않은 증거를 보충하는 것도 되고요.

오셀로 그년을 갈기갈기 찢어버려야지.

이아고 진정하십시오, 장군님. 부인은 단정한 분인지도 모릅니다. 그런데 부인께서 딸기 무늬 수를 놓은 손수건 가지신 걸 보신 일이 있습니까?

오셀로 내가 준 게 있지. 첫 번째 선물이었어.

이아고 전혀 몰랐군요. 부인 것이 틀림없는데, 그걸 가지고 오늘 카시오가 수염을 닦고 있던데요.

오셀로 뭐, 뭐라구? 만일 그렇다면…….

이아고 만일 그렇다면, 아니 어떤 손수건이건 부인 것인 이상 그 밖에도 증거가 있으니까, 점점 의심스러운 게 되지요.

오셀로 천하에 못된 놈, 목숨을 사만 개쯤 가지고 있었더라면

좋을걸. 하나만이라면 복수를 하기에는 너무 적어. (O that the slave had forty thousand lives! one is poor, too weak for my revenge) 결국 사실이군. 이것 봐, 이아고. 내 어리석은 연정은 모두 공중으로 날려 보내겠네. 벌써 사라졌어. 무서운 복수의 신이여! 어서 그 시커먼 구멍 속에서 뛰쳐나오라. 아, 사랑이여! 너의 왕관과 심장의 옥좌는 저 잔인무도한 증오에게 던져 주라. 가슴이여, 부풀어 올라라. 너는 지금 독사에게 물린 것을 모르는가!

이아고 좀 진정하세요.

오셀로 아! 피를. 피, 붉은 피를.

이아고 참으세요. 다시 마음이 변하실지도 모르죠.

오셀로 아니, 안 될 소리지. 저 바다의 차가운 조수는 그 밀고 나 가는 힘이 맹렬하여, 한 번도 뒤로 물러선 일 없이 곧장 흘러 가거든. 내 잔인한 생각도 마찬가지네. 한 번 마음먹은 이상 두 번 다시 뒤는 돌아보지 않겠네. 비굴한 사랑으로 뒷걸음질 은 안 해. 마음껏 복수를 하기 전에는 절대로 안 돼. 변함없는 하늘에 무릎을 꿇고 진심으로 맹세하나이다.

이아고 (무릎을 꿇는다) 영원토록 빛나고 있는 하늘의 빛들이여! 굽어 살피소서. 이아고는 그 지혜와 손과 마음의 힘을 다해, 치욕을 받으신 오셀로 장군을 위하여 바칠 것을 맹세합니다. 장군의 명예를 위해서라면 어떠한 참혹한 행동이라도 그것을 양심의 지팡이로 삼고 받들겠습니다. (두 사람 일어난다)

오셀로 자네 호의에 대한 고마운 증거로 당장 자네한테 시킬 일 이 있어. 사흘 안에 카시오 녀석은 살아 있지 않다고 알려 주게.

이아고 분부대로 합죠. 그렇지만 부인만은…….

오셀로 오, 음탕한 계집, 못된 년 같으니! 그럼 여기서 헤어지세. 난 안으로 들어가서 저 어여쁜 독사를 간단히 죽일 방법을 연구해야지. 앞으로는 자네를 부관으로 삼겠네.

이아고 고맙습니다. 저야 언제나 장군의 부하가 아닙니까.

　(모두 퇴장)

|||| 제4장 ||||

성 앞

데스데모나, 에밀리아, 어릿광대 등장.

데스데모나 이것 봐, 카시오 부관은 어디 거주하시지?

광　대 어디서 거짓말하시는지 말씀드릴 수 없는데요.

데스데모나 뭐?

광　대 카시오 선생은 군인이신데 거짓말을 했다가는 모가지가 달아나게요.

데스데모나 내 말은 그게 아냐. 숙소가 어디냐 말이야.

광　대 어디에 묵고 계시다고 말씀드리는 것은, 어디서 거짓말

을 하고 있다는 말과 같습니다.

데스데모나 무슨 쓸데없는 소리.

광 대 그분의 숙소가 어디인지 모르니까요. 그걸 아무렇게나 지어내서 말을 하는 건 새빨간 거짓말이 됩니다.

데스데모나 네가 모르면 누구에게 물어봐 가지고 와.

광 대 그럼 물어보고 오죠. 물어본 뒤에 알면 말씀드리죠.

데스데모나 그리고 카시오 부관을 찾거든 잠깐 오시라고 해요. 장군께는 내가 잘 말씀드렸으니까, 순조롭게 될 거라고 말씀 드려.

광 대 그런 심부름이라면 사람의 지혜로 되지요. 당장 해보겠 습니다.(퇴장)

에밀리아 저기 장군께서 나오십니다.

데스데모나 오늘은 카시오 부관을 불러들인다는 말을 하실 때까 지 옆을 떠나지 말아야지. (오셀로 등장) 좀 어떠세요?

오셀로 그저 그렇소. (방백) 감정을 억제하기가 어렵군. 당신은 어떻소?

데스데모나 아무 일 없어요.

오셀로 손이 아주 빛나는구려.

데스데모나 아직 나이도 먹지 않고, 고생을 하지 않았으니까요.

(It yet has felt no age, nor known no sorrow)

오셀로 이건 관대하고 마음이 너그러운 증거요. 따뜻하고 매끄 럽군. 이쪽 손은 아예 가만 들어앉아서 단식과 기도, 그리고 재계고행과 예배를 해야 할 손이오. 이런 손엔 자칫하면 혈기 왕성한 악마가 깃들어서 반란을 일으키거든. 착하고 인정이 많은 손이야.

데스데모나 맞는 말씀을 하셨어요. 내 마음을 당신한테 바친 손이니까요.

오셀로 시원시원한 손이요. 예전에는 사랑하는 마음이 있어야 손을 주었건만, 요새는 마음이 아니라 손이 먼저거든.

데스데모나 모를 말씀을 하시네요. 그 약속은 어떻게 되셨죠?

오셀로 무슨 약속 말이오?

데스데모나 직접 뵙고 말씀드리라고 카시오한테 사람을 보냈어요.

오셀로 눈물이 자꾸 나와 아파 못 견디겠소. 손수건 좀 주구려.

데스데모나 여기 있어요.

오셀로 아니, 왜 내가 준 게 있지 않소?

데스데모나 지금 안 가지고 있는데요.

오셀로 그게 될 소리요? 그 손수건은 이집트 여자가 어머니께 드린 귀한 물건이요. 그 여자는 마술을 하는 여자라서 남의 마음을 뚫어볼 수가 있었지. 그 여자가 어머니께 하는 말이, 그 손수건을 가지고 있는 동안에는 사람들에게 귀여움을 받고, 남편의 사랑을 마음대로 차지할 수 있지만, 만일 그걸 잃어버린다든지 다른 사람에게 준다면 남편은 아내를 싫어하게 되고, 다른 데로 마음을 쓸 거라고 말했소.

데스데모나 그게 정말이에요?

오셀로 정말이고말고. 그 수건에는 마력이 깃들어 있소. 마녀가 신과 대화하는 순간, 그 수건에 수를 놓는 거요. 그 명주를 만들어낸 누에도 신성할 뿐만 아니라 물감도 어떤 비법가가 처녀

미이라의 심장에서 꺼내서 만든 거요.

데스데모나 그래요? 그게 사실이에요?

오셀로 사실이고 말고. 그러니까 주의하지 않으면 안 돼!

데스데모나 그럼, 보지 않았으면 좋았을걸.

오셀로 뭐라고?

데스데모나 잃어버리진 않았어요. 그렇지만 만일 잃어버렸다면 어떡하죠?

오셀로 뭐?

데스데모나 아니, 잃어버리진 않았다구요.

오셀로 그럼 갖다 보여주구려.

데스데모나 보여드리고 말고요. 하지만 지금은 안 돼요. 알았어요. 내 청을 들어 주지 않으려고 말 꼬리를 돌리시는 거죠? 그러시지 말고 카시오를 그 전대로 복직시켜 주세요.

오셀로 손수건을 가지고 와요.

데스데모나 나 좀 보세요. 그만한 사람도 흔치 않아요.

오셀로 손수건!

데스데모나 카시오 얘기를 하세요.

오셀로 손수건 내놔.

데스데모나 처음부터 일생의 운을 당신에게 맡긴 사람이 아녜요?

오셀로 손수건!

데스데모나 정말 당신은 너무하세요.

오셀로 저리 비켜! (퇴장)

에밀리아 장군님께선 의심하시는 것 같군요.

데스데모나 이런 일은 처음이야. 암만해도 그 손수건에 어떤 사연이 담겨 있는 모양이지. 그걸 잃어버렸으니 어떡하면 좋을까. (I never saw it before. Sure there's wonder in this handkerchief, I am most unhappy in the loss of it)

에밀리아 1, 2년 가지고는 남의 마음은 모릅니다. 특히나 남자는 위장 같고 여자는 음식과 같아요. 배고프면 걸신이 들린 것처럼 우리를 먹고 배가 부르면 뱉아버리거든요. 아, 카시오 부관님하고 제 남편이 오는군요.

카시오와 이아고 등장

이아고 별수 없어. 아씨한테 부탁하는 수밖에 옳지. 여기 계시군. 자, 부탁해 봐요.

데스데모나 카시오 부관님, 별일 없으세요?

카시오 부인, 그 일 때문에 왔습니다. 꼭 좀 힘써 주셔서 재생의 길을 열어주십시오. 두고두고 존경하고 있는 장군의 애호를 받고 싶습니다. 가부간에 빨리 결정해야 되겠습니다. 만일 제 죄가 너무 커서 과거의 공로나 현재의 참회도 소용없고, 앞으로는 충성을 다하겠다고 말씀드려도 저를 용서해 주시지 않으시겠다면, 그렇다는 말씀이라도 들으면 감사하겠습니다. 그렇다면 단념하고 다른 길을 생각해 보겠습니다. 운명의 혜택이나 바랄 수밖에 없죠.

데스데모나 어떡하면 좋을까요, 카시오 부관님. 간청을 해봤지만 장군께서는 기분이 좋지 않으시군요. 보통 때와는 다르세요. 기분이 나쁜지 안색이 변할 정도로 평소의 장군 같지가 않으

니 말이에요.

이아고 장군께서 역정이 나셨습니까?

에밀리아 여기 계시다가 지금 막 들어가셨어요. 어째 이상하시
더군요.

이아고 장군이 역정이 나셨다고? 그것 참 이상한데. 난 대포에
맞아 장군의 병졸들이 공중으로 날아가고, 친동생도 바로 옆
에서 처참하게 날려갔어도 태연하신 걸 보았는데, 그런 것에
도 꿈쩍 안하신 분이 역정을 내시다니? 심상치 않은데. 가 뵙
고 와야지. 역정 내셨다면 무슨 곡절이 있을 거야.

데스데모나 어서 그렇게 해요.

이아고 퇴장

데스데모나 분명 베니스에서 무슨 국사에 관한 소식이 왔거나
이 섬에서 무슨 음모가 발견돼서, 그것 때문에 번민하시는지
도 모르지. 그럴 때는 아랫사람한테 화풀이를 하기 마련이거
든. 그런 경우 남자분들은 진짜 상대는 큰 사건이면서, 조그만
일에도 조바심을 내게 마련이에요.

에밀리아 아씨 말씀대로 나라에 관한 일이라면 좋겠어요. 아씨
한테 당치 않은 의심을 품으신 건 아니겠죠?

데스데모나 그럴 리 없어. 의심받을 이유가 있어야 말이지.

에밀리아 의심 많은 사람이 어디 그런 말을 듣습니까? 이유가
있어서 의심하는 게 아니거든요. 의처증이 있기 때문에 의심
하는 거죠. (They are not ever jealous for the cause, but jealous

for they are jealous) 의처증이라는 것은 저절로 생기는 괴물이에요.

데스데모나 제발 그런 끔찍한 것이 장군 마음속에 들어가지 않기를.

에밀리아 저도 그렇게 빌겠어요, 아씨.

데스데모나 어디 계실까? 찾아 봐야지. 카시오 부관님, 여기서 거닐면서 기다리세요. 기회를 봐서 그 얘길 꼭 꺼내죠. 힘닿는 데 까지 노력해 보겠어요.

카시오 감사합니다.

데스데모나, 에밀리아 퇴장. 비앙카 등장

비앙카 카시오 님, 안녕하세요?

카시오 웬일이야, 비앙카가 이런 곳에 다 오고. 그래 별고 없었어? 그러지 않아도 지금 찾아가려던 참인데.

비앙카 저는 또 선생님 뵈려고 숙소로 가려고 했죠. 어쩌면 일주일이나 오시질 않으세요? 이레 낮, 이레 밤, 백예순여덟 시간, 일각이 여삼추예요. 기다리다 지치고 또 지치고.

카시오 비앙카, 참 미안해. 요새 좀 걱정되는 일이 있어서. 조만간 한 번 틈을 내서 가리다. 그동안 못 간 벌충을 하지. (데스데모나의 손수건을 주며) 이 수를 좀 본떠 주지 않겠나?

비앙카 어머! 예뻐라. 그 손수건은 누구 거예요?

카시오 몰라. 내 방에 떨어져 있었어. 수 놓은 게 여간 마음에 들지 않는데, 주인이 가지러 오기 전에 요대로 본을 떠 두고 싶

소. 가지고 가서 떠 줘요. 다시 만납시다.

비앙카 가라고요? 왜요?

카시오 여기서 장군을 만나기로 했어. 여자하고 있는 걸 보여서야 신용 문제도 있고 하니 좀 난처하잖아.

비앙카 그건 왜요?

카시오 당신이 싫어서 그러는 게 아냐.

비앙카 당신은 날 싫어하시죠. 그러지 말고 저기까지 데려다 주세요. 그리고 오늘밤 찾아와 주시겠다고 약속해 주세요.

카시오 바래다주겠으나 몇 발자국 움직이지도 못할 텐데. 나는 여기서 기다리고 있어야 해. 또 만납시다.

비앙카 그럼, 그만 둬요. 할 수 없지요.

(모두 퇴장)

|||| 제1장 ||||
성 앞

오셀로, 이아고 등장.

이아고 그렇게 생각하십니까?

오셀로 그렇게 생각하느냐고.

이아고 하지만 제가 아내한테 손수건을 준다면……

오셀로 그래서?

이아고 줘버린 다음에는 아내 것입죠. 아내의 물건인 이상 누구에게 주건 그녀의 자유가 아니겠습니까?

오셀로 정조는 아내 것이지. 그것조차 남에게 줘도 괜찮단 말인가?

이아고 정조야 어디 눈에 보입니까? 안 가지고도 가진 척하는 여자도 많은 세상이죠. 하지만 손수건은……

오셀로 아, 그건 잊어버리고 싶어. 옳지, 그놈이 내 손수건을 가졌다고 했지?

이아고 그랬죠. 그게 어떻다는 겁니까?

오셀로 그놈이 뭐라고 하던가?

이아고 몇마디 하더군요. 그렇지만 여차하면 자기는 모른다고 잡아뗄 수 있는 정도의 내용이었습니다.

오셀로 뭐라고 그랬나?

이아고 저, 이러더군요……. 뭐라더라.

오셀로 뭐야? 뭐라고 했어?

이아고 잤다고요.

오셀로 내 아내하고?

이아고 네, 부인하고 같이.

오셀로 그놈과 같이 자! 같이 잤다고! 에잇, 더럽다! 손수건…… 자백…… 손수건! 자백받고 그 대가로 교수형을 받게 해야지. 아니 먼저 놈의 목을 졸라 죽이고 나서 고백하도록 해야 돼. 아, 온몸이 떨리는군. 이렇게 격렬한 감정이 인간의 마음을 파헤칠 때는 단순한 예감 때문만은 아니야. 단지 말만 듣고 이렇게 마음이 산란할 수는 없지. 에잇! 코와 코, 귀와 귀, 입술과 입술을 비벼대고 있었구나. 안 될 소리! 자백했나? 손수건은? 아, 미치겠군.(실신해서 쓰러진다)

이아고 백발백중이다. 내 약이 효력을 발생했어. (Work on, my medicine work) 이런 어수룩한 녀석쯤 골려먹는 것은 문제도 아니지. 덕택에 얌전하디 얌전한 수많은 여자가 억울한 일을 당하는 거지. 장군님, 웬일이십니까? 오셀로 장군님.

카시오 등장

276

이아고 카시오 부관님이군요.

카시오 웬일인가?

이아고 장군께서 간질병이 나셨어요. 이게 두 번째예요. 어제도 한 번 발작이 일어났었습니다.

카시오 관자놀이를 비벼 드리게.

이아고 아니 비비면 안 돼요. 이렇게 혼수 상태에 빠지는 병은 가만히 놔둬야지, 건드리기만 하면 입에 거품을 뿜고 지랄지랄 하거든요. 아, 움직이시는데요. 저쪽으로 좀 가계시지요. 곧 나으실 거예요. 장군께서 가신 뒤에 꼭 할 이야기가 있습니다. (카시오 퇴장) 장군님, 좀 어떠십니까? 머리를 다치지 않으셨습니까?

오셀로 네가 지금 나를 놀리느냐?

이아고 놀리다니요. 원 그런 말씀을. 대장부답게 모든 운명을 참으십시오.

오셀로 그 녀석이 그렇게 말하던가?

이아고 대범하게 생각하십시오. 멍에를 메고 있는 기혼자들은 너 나 할 것 없이 모두 각하와 같지요. 이것은 내 것이라고 말을 하여도 사실은 공동 침대에서 매일 밤 자고 있는 자들이 수백만 명이나 있습니다. 장군님은 그만해도 나은 편이죠. 마음 턱 놓고 이불 속에서 음탕한 여자와 입을 맞추고, 그걸 천사나 되는 것처럼 생각하는 건, 그야말로 지옥의 저주죠. 악마의 그 악스런 조롱입니다. 저 같으면 그걸 알아두겠는데요. 자신의 입장을 알면 대처하는 방법이 있을 테니까요.

오셀로 옳은 말일세. 그렇고 말고.

이아고   잠깐 저쪽으로 가셔서 참고 기다리십시오. (stand you awhile apart, confine yourself but in a patient list) 아깐 너무도 상심이 되셔서 장군답지 못한 번민을 하셨죠. 그런데 기절하시자마자 카시오가 왔는데 제가 적당히 돌려보냈습니다. 할 말이 있으니 나중에 오라고 했습죠. 여기 어디 숨으셔서 그 녀석의 얼굴 표정을 주의해 보십시오. 제가 그 사건을 처음부터 다시 물을 테니까요. 아시겠어요? 그 녀석의 일거수일투족을 잘 살펴보십시오. 꼭 참으셔야 됩니다.

오셀로   걱정 말게. 꼭 참고 있지. 하지만 이아고, 얼마든지 잔인한 짓도 할 수 있어.

이아고   좋습니다. 그러나 너무 서두르지 마십쇼. 어서 비키세요. (오셀로 숨는다.) 됐어. 카시오 녀석한테 비앙카 얘기를 물으면 카시오란 녀석 허리를 잡고 웃을 걸. 왔다, 왔어. (카시오 다시 등장) 저 녀석이 웃으면 오셀로는 미친놈같이 될 걸. 부관님, 어떻게 됐습니까?

카시오   부관이라고 부르면 마음이 괴롭네. 그 자리에서 쫓겨나 죽을 지경으로 괴롭네.

이아고   데스데모나 아씨한테 부탁하면 문제 없습니다. (낮은 목소리로) 비앙카의 힘으로 될 수 있는 일이라면 금방이라도 당신의 운명도 필 텐데.

카시오   그런 천한 계집이 뭘.

오셀로   (방백) 아하, 벌써 웃고 있군.

이아고   그렇게 죽자사자하는 여자는 처음 보겠던데요.

카시오   가엾은 계집이지. 정말 나한테 반한 모양이야.

오셀로 웃음으로 슬쩍해 버리는군.

이아고 이것 보세요, 카시오 선생.

오셀로 드디어 그 애길 꺼낼 모양이로군. 됐어, 됐어.

이아고 그 여자하고 결혼하신다던데 그게 정말입니까? (She gives it out that you shall marry her, do you intend it?)

카시오 하, 하, 하. 별꼴 다 보겠군.

오셀로 승리의 웃음이냐? 못된 놈. 의기양양한 모양이지.

카시오 그것하고 결혼을 해? 창녀하고? 설마 내가 그 정도로 바본 줄 아나? 얕잡아 보지 말게. 하, 하, 하.

오셀로 저것 좀 봐, 그 애길 하고 웃는군.

이아고 하지만 모두 당신이 그 여자와 결혼한다고들 하던데요.

카시오 제발, 생사람 잡지 말게.

오셀로 날 모욕하는구나. 옳지.

카시오 그건 고 원숭이 같은 것이 제멋대로 하고 다니는 소릴세. 내가 약속한 게 아니야. 떡 줄 놈은 생각도 안 하는데 김칫국만 마시는 셈이지.

오셀로 이아고가 눈짓을 하는군. 이제 그 애길 꺼낼 모양이지.

카시오 지금도 여기 왔었네. 어디를 가든지 줄줄 쫓아다니거든. 요전에도 베니스 사람하고 바닷가 둑에서 얘기를 하고 있으려니까, 거기 그 못난 것이 쫓아와서, 글쎄, 목을 이렇게 끌어안지 않겠나, 정말일세.

오셀로 '아, 사랑하는 카시오님!' 이라고 불렀겠지.

카시오 매달리고 축 늘어 붙어서 울잖겠어. 그리고 나를 막 흔들며 끌어당기고. 하, 하, 하!

오셀로 방으로 끌고 들어갔을 때 이야기로군.

카시오 그만 그것하고는 손을 끊어야 되겠네.

이아고 맙소사! 저기 옵니다.

카시오 저놈의 족제비가 또 냄새를 피우려 왔군. 향수냄새만은 코를 찌르거든 (비앙카 등장) 어쩌자고 이렇게 쫓아다니는 거야?

비앙카 당신 같은 사람은 악마보고나 쫓아다니라지! 아까 그 손수건은 대체 뭐하자는 거야? 나도 참 바보야. 그걸 받아 가지고 갔으니. 날 보고 수놓은 걸 본뜨라고요? 누가 떨어뜨렸는지 모른다구요? 어떤 바람난 년이 준 거겠지. 그래 이 모양을 그대로 본뜨라고요? 당신 그 바람난 년한테나 주시구려. 어디서 가져왔는지는 모르지만 난 본떠 주기 싫어요.

카시오 왜 그래, 비앙카. 허, 허, 이거 글쎄 왜 그래?

오셀로 옳지, 저건 내 손수건일 테지.

비앙카 오늘밤에 오실 수 있으면 오셔서 저녁 잡수세요. 그게 싫으시면 내가 오셔도 괜찮다고 할 때나 오시죠. (퇴장)

이아고 쫓아가 봐요, 어서.

카시오 그래야겠네. 여기저기 떠들고 다니면 큰일이야.

이아고 거기서 저녁 드시려구요?

카시오 그럴 생각일세.

이아고 그럼 다시 만납시다. 긴히 할 얘기가 있으니까요. (Well, I may chance to see you, for I would fain speak with you)

카시오 찾아오시지.

이아고 아무 말 말고 어서 따라가 봐요.

카시오 퇴장

오셀로 (앞으로 나오며) 이아고, 저놈을 어떻게 죽였으면 좋겠나?

이아고 악마같이 웃어대는 걸 보셨죠?

오셀로 보다 뿐인가.

이아고 손수건도 보셨죠?

오셀로 내 손수건이던가?

이아고 틀림없습니다. 그리고 부인을 바보 취급하는 것도 보셨죠? 부인께서 주신 것을, 그 창녀한테 준 거랍니다.

오셀로 두고두고 괴롭히며 죽이고 싶어. 아, 그런 훌륭한 여자를! 아내는 예쁘고 상냥한 여자야!

이아고 다 잊어버리셔야 됩니다.

오셀로 아니, 그년은 썩어문드러져야 해. 오늘밤 지옥으로 떨어져야지. 살려둘 수 없어. 내 마음은 돌같이 차가워졌네. 심장을 때리면 이 손에 상처가 날 지경이다. 이 세상에 그렇게 귀여운 여자가 어디 있을까. 황제 옆에 누워서 이래라 저래라 명령할 수 있는 여자야.

이아고 장군답지 못하십니다.

오셀로 천하에 죽일 년. 난 사실대로 말하는 거야. 바느질이건 음악이건 좀 잘하나? 성난 곰도 고개를 숙일 만큼 예쁜 소리로 노래를 부르거든. 고상하고 풍부한 지혜와 창조력도 있고.

이아고 그러니까 더욱 나쁘죠.

오셀로 천만 배 나쁘지. 그런데다 얼마나 얌전하다고.

이아고 지나치게 얌전합죠.

오셀로 자네 말이 옳아. 하지만 불쌍하다. 이아고! 정말 불쌍해.

이아고 그렇게 미련을 두실 바에야, 행실이 부정해도 괜찮은 걸로 생각하시면 되지 않아요?

오셀로 그년을 갈기갈기 찢어버려야지. 간통을 하다니.

이아고 정말 더러운 일이고말고요.

오셀로 이아고, 오늘밤 안으로 독약을 구해 주게. 그 매끈한 몸과 얼굴이 내 결심을 흐려놓으면 안 될 테니까. 알겠나? 오늘밤이야.

이아고 독약은 그만 두시죠. 이불 속에서 목을 조르십쇼. 못된 짓을 해온 그 이불 속에서 말씀이에요.

오셀로 음, 그래. 그게 좋겠다. 그래야겠어.

이아고 그리고 카시오는 제가 맡죠.

오셀로 그럼 다 됐네 그려. (뒤에서 나팔 소리) 저건 무슨 나팔 소리야?

이아고 아마 베니스에서 누가 온 모양입니다. 아, 공작님께서 보내신 로도비코님이 오셨습니다. 부인도 함께 오시는데요.

로도비코, 데스데모나, 시종들 등장.

로도비코 장군, 안녕하십니까?

오셀로 네, 덕택에 잘 있습니다.

로도비코 베니스 정부 공작 각하와 원로원 의원들께서 전하는 거요. (편지를 준다.)

오셀로 편지는 감사하게 받겠습니다. (I kiss the instrument of

their pleasures) (편지를 뜯어 읽는다.)

데스데모나 로도비코 오라버님, 별다른 소식이라도 있어요?

이아고 여기서 뵙게 되니 반갑습니다. 키프로스까지 오시느라고 고생하였습니다.

로도비코 고맙네. 카시오 부관도 무고하신가?

이아고 별고 없습니다.

데스데모나 장군하고 부관의 사이가 나빠졌어요. 오라버님께서 잘 말씀하시면 해결될 거예요.

오셀로 자신이 있소?

데스데모나 네?

오셀로 (편지를 읽는다) 이 일은 어김없이 이행하시기 바라오며.

로도비코 부르신 게 아냐. 편지를 읽고 계셔. 장군하고 카시오 사이가 벌어졌단 말이지?

데스데모나 저 나름대로 되도록 애는 쓰고 있지만 카시오 부관이 가엾었어요.

오셀로 에잇, 더러운 것.

데스데모나 네?

오셀로 그렇게도 좋아?

데스데모나 아니, 역정이 나셨나 봐.

로도비코 편지 때문일 거야. 카시오를 후임으로 하고 돌아오라는 내용이니까.

데스데모나 아이, 잘됐군요.

오셀로 그래?

데스데모나 네?

오셀로 당신은 제정신이오?

데스데모나 무슨 소리예요?

오셀로 (아내를 떠밀며) 악마 같은 것!

데스데모나 내가 뭘 잘못했기에.

로도비코 장군, 이건 너무하시오. 내가 이런 걸 보고해도 베니스에서는 믿을 사람 하나 없을 거요. 어서 위로를 해드리시오. 울고 있지 않소.

오셀로 아, 악마 같은 계집 같으니. 이 우주가 계집의 눈물로 임신한다면, 저것이 흘리는 눈물 방울도 방울마다 악마를 잉태하겠지. 없어져!

데스데모나 그렇게 화가 나신다면 가죠. (가려고 한다)

로도비코 얼마나 온순한 부인이에요. 장군, 돌아오도록 하시오.

오셀로 이것 봐.

데스데모나 네?

오셀로 뭐 할 말이 있으시오?

로도비코 누구요, 나 말이요?

오셀로 그렇소이다. 당신이 부르라고 하셨기에 말이요. 돌기 잘하는 여자죠. 몇 번이고 돌죠. 울기도 잘하고, 온종일이라도 웁니다. 거기다 또 누구한테나 순하게 대해 주죠. 이루 말할 수없죠. 실컷 눈물을 흘려. (Ay, you did wish that I would make her turn, sir, she can turn, and turn, and yet go on, and turn again, and she can weep, sir, weep, and she 's obedient, as you say, obedient, very obedient) 이 편지는…… 간사하게 어디서 그런 눈물이 나와. 일단 돌아오라는 명령이군요. 들어가

악마 같은 계집 같으니. 이 우주가 계집의 눈물로 임신한다면,
저것이 흘리는 눈물 방울도 방울마다 악마를 잉태하겠지.

요. 이따가 부를 테니. 명령에 따라 베니스로 돌아가겠소이다. 가라니까 그래. (데스데모나 퇴장) 카시오에게 대리를 보라죠. 그리고 오늘밤엔 저녁이라도 같이 하십시다. 키프로스까지 먼 길을 오시느라고……. 에이, 음탕한 년! (퇴장)

로도비코 아니, 저 사람이 바로 원로회에서 원만한 인격자라고 떠받드는 무어 장군이 맞나? 격정 때문에 제정신을 잃는 일은 없다더니. 빗발치는 재앙의 총알도, 난데없이 날아드는 환란의 화살도 그를 해칠 수 없다는 바로 그 덕망 높은 사람이냐 말이야?

이아고 몹시 변하셨답니다.

로도비코 제정신일까? 좀 이상하지 않소?

이아고 보신 대로죠. 저로서는 뭐라고 드릴 말씀이 없습니다.

로도비코 부인을 때리다니!

이아고 나쁘고 말고요. 그것만으로 끝났으면 좋겠습니다만.

로도비코 늘 그러신가? 그 편지를 보고 화가 나서 갑자기 그런 짓을 했을까?

이아고 제가 보고 들은 것을 제 입으로는 말씀드릴 수 없습니다. 주의해 보시면 제가 말씀드리지 않아도 장군의 거동만으로도 아실 겁니다.

로도비코 내가 그만 사람을 잘못 봤어. (I am sorry that I am deceived in him) (두 사람 퇴장)

286

오셀로와 에밀리아 등장.

오셀로 그럼 아무것도 못 봤단 말이지?

에밀리아 못 봤을 뿐만 아니라 들은 적도, 미심쩍게 여긴 적도 전혀 없습니다.

오셀로 그렇지만 카시오가 내 아내와 같이 있는 것은 봤지?

에밀리아 하지만 이상한 일은 없었어요. 그리고 그때 두 분이 말씀하시는 것은 단 한 마디도 놓치지 않고 죄다 들었어요.

오셀로 그러나 둘이서 소곤대지 않던가?

에밀리아 아뇨. 절대로.

오셀로 혹 너를 밖에 내보내지 않던가?

에밀리아 그런 일도 없었어요.

오셀로 아내의 부채나 마스크나, 뭔가 가져오라는 핑계 등으로!

에밀리아 아뇨. 절대로 그런 일은 없었어요.

오셀로 그럼 이상하군.

에밀리아 장군님, 부인이 결백하다는 것은 제가 영혼을 걸고라도 보증하겠습니다. 그렇지 않다고 생각하신다면 그런 의심

부인께서 결백하지도 정숙하지도 진실하지도 않다면,
행복한 남자는 하나도 없는 셈이지요.
아무리 마음이 깨끗한 아내라도, 모두 더러운 것이 되고 마는 셈이니까요.

을 버리십시오. 그런 생각은 자기 모독이에요. 그런 의심을 장군님의 머릿속에 넣어드린 놈이 있다면 그놈에게는 반드시 무서운 천벌이 내릴 겁니다! 부인께서 결백하지도 정숙하지도 진실하지도 않다면, 행복한 남자는 하나도 없는 셈이지요. 아무리 마음이 깨끗한 아내라도, 모두 더러운 것이 되고 마는 셈이니까요.

오셀로 아내를 불러와요. 어서. (에밀리아 퇴장) 저것도 말만은 제법 하는군. 그렇지만 뚜쟁이라면 바보가 아닌 이상 그 정도는 말할 수 있지. 간사한 년 같으니. 부실한 비밀 사건의 열쇠는 저것이 쥐고 있어. 그런 게 제법 무릎을 꿇고 기도를 드린단 말이야. 그걸 실제로 내가 눈으로 봤거든.

데스데모나, 에밀리아 등장.

데스데모나 부르셨어요?

오셀로 잠깐 이리 와요.

데스데모나 무슨 일이신데요?

오셀로 어디 눈 좀 봅시다. 내 얼굴 좀 쳐다봐요.

데스데모나 무슨 무서운 생각을 하고 계세요?

오셀로 (에밀리아에게) 늘 하던 대로 해요. 둘만 남기고 문을 닫아 줘. 누가 오면 기침을 하든지, '에헴' 하든지 해줘……. 어서 저쪽으로 가요. (에밀리아 퇴장)

데스데모나 무슨 말씀이에요? 화를 내고 계시는 건 말투로 알겠으나, 말씀의 내용은 전혀 모르겠어요.

오셀로 어이, 당신은 뭐야?

데스데모나 당신의 아내입니다. 당신의 진실하고 충실한 아내입니다.

오셀로 쳇, 뭐라고 맹세해도 지옥으로 떨어질 뿐이야. 얼굴만은 천사 같으니까, 지옥의 악마들도 두려워서 감히 손을 대지 못할 테지. 그러니까 결백하다고 맹세하고 또 하나의 죄를 더해주는 게 낫지.

데스데모나 하느님이 잘 알고 계십니다.

오셀로 물론 하느님은 잘 알고 계시지. 당신이 부정을 저지르고 있다는 것을.

데스데모나 네? 누구하고요? 상대는 누군데요? 제가 무슨 부정을?

오셀로 아아, 데스데모나! 가요, 가! 가버려!

데스데모나 아아, 슬퍼요! 왜 우세요? 저 때문에 우시는 건가요? 이번 소환을 저의 부친의 계략이라고 의심하실지 모르지만, 설사 그렇더라도 저를 나무라지 마세요. 당신과 저의 아버님과 인연이 끊어졌다면 저도 당신과 같이 아버지와의 인연은 끊어진 셈이니까요.

오셀로 설사 어떠한 고통과 모욕이 내 머리 위에 비같이 내려서 빈곤 속에 처박히고 몸과 희망이 모두 꼼짝달싹하지 못하게 되더라도, 나는 마음 한구석에 꾹 참고 견딜 수 있다. 하지만 아아, 아침부터 밤까지 세상의 조롱에 이 몸을 드러내고 가책을 받아야 되다니! 아니지, 그래도 나는 참을 수 있어. 잘 참을 수 있어. 하지만 당신의 가슴, 그 속에 나는 나의 마음을 간직해두었어. 사는 것도 죽는 것도 거기에 달려 있어. 나의 생명의 강물이 흐르는 것도 마르는 것도 그 샘에 달려 있었어. 거기서 추방을 당하다니, 이 생을 더러운 두꺼비들이 새끼를 치는 웅덩이로 만들다니! 싱싱한 장밋빛 입술을 가진 인내의 천사도 이렇게 되면 얼굴빛이 변하고……. 그렇다, 처참한 형상으로 되어 버려라!

데스데모나 제 결백을 믿어 주세요.

오셀로 암, 당신의 결백이란 푸줏간에 날아드는 여름 파리지. 지금 새끼를 깠는가 하면 어느새 새끼를 배고 하는. 아, 독초 같으니, 눈도 코도 아프게 할 만큼 아름답고 향기 높은 독초 같으니. 당신 같은 건 태어나지 않았더라면 좋았을 것을!

데스데모나 아, 제가 모르는 사이에 어떠한 죄를 범했던가요?

오셀로 이 결백한 종이는, 이 아름다운 책은 그 위에다 '매음부'라고 씌어지기 위해서 만들어져 있는가? 어떤 죄를 범했느냐고? 범했지! 에잇, 이 창부야! 네년이 한 짓을 말로만 해도 나는 얼굴이 용광로 불처럼 달아올라서 수치심도 타버리고 재로 되어버릴 것이다. 어떤 죄를 범했느냐고! 하늘도 코를 틀어막는다! 달도 눈을 감는다! 만나는 사람마다 키스하고 다니는 음란한 바람도, 땅 밑 굴 속에서 숨을 죽이고 들어보려고 하지 않을 거다. 어떤 죄를 범했느냐고! 뻔뻔스런 매음부야!

데스데모나 정말 너무하십니다.

오셀로 네가 매음부가 아니냐?

데스데모나 네, 저는 그리스도교입니다. 이 몸은 당신을 위해 소중히 간직하고, 더러운 불의는 얼씬도 못하게 해왔는데, 그런

나보고 매음부라고요? 저는 그런 여자가 아니에요.

오셀로 뭐야, 창녀가 아니야?

데스데모나 아네요. 절대로.

오셀로 확실히?

데스데모나 아아, 어떻게 하면 좋을까?

오셀로 그럼 대단히 미안하게 됐군. 나는 당신을 오셀로하고 결혼한 베니스의 교활한 창녀라고만 생각하고 있었지. (소리를 높여서) 아, 성베드로의 반대편에서 지옥문을 지키는 아낙네!

에밀리아 등장.

오셀로 너다, 너야. 그래 너지! 우리의 용무는 끝났어. 자, 수고한 값을 주마. 오늘 이야기는 열쇠로 잠그고 비밀로 해줘. (퇴장)

에밀리아 아아, 주인님은 무엇을 생각하고 계시는 걸까요? 어떻게 된 겁니까, 아씨. 어떻게 된 거예요, 주인님이?

데스데모나 누가?

에밀리아 주인님 말예요. 아씨.

데스데모나 주인님이라고? 누구?

에밀리아 아씨도 참, 아씨의 주인님 말예요.

데스데모나 내게는 주인님이 없어. 아무 말 하지 마라, 에밀리아. 울려고 해도 눈물이 안 나오지만, 대답을 하면 눈물이 쏟아져 나올 것만 같아. 오늘밤은 내 침대에 결혼용 홑이불을 씌어줘. 잊지 말고. 그리고 당신의 남편을 좀 불러다줘.

에밀리아 정말 이렇게 변해 버리시다니! (퇴장)

데스데모나 당연하지. 나 같은 게 이렇게 되는 건 정말 당연해. 그렇지만 내가 무슨 짓을 했을까? 왜 그이는 나의 조그만 잘못을 그렇게 세밀하게 꾸짖는지 모르겠어.

에밀리아, 이아고를 데리고 등장.

이아고 무슨 용무십니까, 부인? 무슨 일이 있었습니까?

데스데모나 뭐라고 해야 좋을지 모르겠어요. 어린아이에게 가르칠 때는 조용히 쉬운 것부터 가르치는 법인데, 그분도 나를 그렇게 꾸중하신 셈인지도 몰라요. 그러니까 나도 어린아이처럼 꾸중을 듣고 있어야죠.

이아고 도대체 무슨 일입니까?

에밀리아 여보, 장군님이 아씨를 매음부 취급하시고, 차마 입에 담지 못할 말씀을 하셨어요. 성실한 사람으로선 도저히 참을 수 없을 만큼.

데스데모나 내가 그런 여자일까?

이아고 그런 여자라니, 무슨 말씀이십니까. 부인?

데스데모나 나를 그렇게 말했다고 지금 저 사람이 얘기하잖아요.

에밀리아 아씨를 창녀라고 하셨어요. 술에 취한 거지도 자기의 정부를 부를 때 그렇게는 말하지 않을 거야.

이아고 왜 그러셨나요?

데스데모나 나로서는 영문을 모르겠어요. 나는 정말 그런 여자가 아니예요.

이아고 울지 마십시오. 울지 마십시오. 아, 웬일일까!

에밀리아 그렇게 숱한 좋은 혼처도, 아버지도, 태어난 고국도, 친구도 버리셨는데, 창녀란 말을 듣다니! 누군들 울지 않을 수 있겠어요?

데스데모나 내가 운이 나쁜 거야.

이아고 어디 그럴 수가! 어떻게 그런 생각을 하시게 됐을까요?

데스데모나 아무도 모르는 일이에요.

에밀리아 이건 틀림없이 어떤 심술궂은 악한이, 비위를 맞추는 아첨꾼, 사기꾼, 거짓말쟁이, 노예놈이 한 자리를 얻으려고 이런 중상모략을 꾸민 거예요. 제 말이 틀리다면 목을 바치겠어요.

이아고 쳇, 그런 놈이 어디 있겠어? 있을 리가 없어.

데스데모나 그런 사람이 있어도 하느님은 용서해 주시옵소서!

에밀리아 용서가 어디 있어요! 뼈다귀까지 악마더러 질겅질겅 씹게 해야죠! 뭐, 창녀? 상대는 누구라는 거야? 어디서? 어떻게? 증거가 뭐란 말인가? 오셀로님은 어떤 엉뚱한 나쁜 놈에게, 비겁하고 야비한 불한당에게, 어떤 몹쓸 놈에게 속으신 거야. 아아, 하느님. 그런 놈들을 양지로 끌어와 주세요. 그리고 정직한 인간 하나하나에게 회초리를 주어서, 그놈을 발가벗겨, 세상의 동쪽 끝에서 서쪽 끝까지 끌고 다니며 매를 때리게 해주세요!

이아고 밖에 들리지 않게 말해.

에밀리아 아, 빌어먹을 녀석들! 당신의 분별을 뒤집어놓고 나와 오셀로님 사이를 의심하게 해놓은 것도 그런 녀석일 거예요.

이아고 바보 같으니, 무슨 소리를 하는 거야?

데스데모나 아, 이아고. 어떻게 해야 그분의 기분이 다시 회복될까요? 가서 얘기해 보세요. 어째서 역정을 내는지 도저히 모르 겠어. 무릎을 꿇고 맹세합니다만, 나는 마음속으로나 실제 행 동으로나, 그분의 사랑을 배반한 일은 결코 없어요. 그분 이외 의 다른 사람에게 나의 눈이나 귀나 다른 어떤 감각이 팔린 적 은 한 번도 없어요. 지금도 지금까지도 앞으로도, 언제나 그분 을 깊이 사랑해요. 설사 비참하게 버림을 받는다 하더라도 말 예요. 만일 거짓말이라면 어떤 봉변을 당해도 좋아요. 그러나 냉대는 참을 수 없어요. 그이가 냉정하시니까 나는 살고 싶은 마음이 없어요. 그래도 내 애정만은 변하지 않아요. '창녀' 라 니, 그런 말은 입에 담기도 싫어요. 그런 이름으로 불려질 짓 은 세상에 있는 온갖 보물을 다 준다 해도 나는 할 수 없어요.

이아고 제발 진정하십시오. 그저 일시적인 기분으로 하신 말씀 이겠죠. 정치적인 일이 잘 안 돼서 부인에게 화풀이를 하신 거 겠죠.

데스데모나 그것뿐이라면!

이아고 그것뿐입니다. 틀림없어요. (안에서 나팔 소리) 저녁식사 를 알리는 나팔 소리가 납니다. 베니스에서 온 사람들이 기다 리고 있습니다. 어서 가보십쇼. 울지 마시고. 만사가 잘될 겁 니다.

데스데모나, 에밀리아 퇴장. 로데리고 등장.

이아고 웬 일이야?

로데리고 아니, 자넨 날 골리는 셈인가?

이아고 그건 또 무슨 말씀이슈?

로데리고 자넨 매일 요리조리 나를 피하기만 하고, 내 소원을 들어 주기는커녕, 도리어 안 되게 하고 있는 게 아닌가? 이젠 나도 더 이상 참을 수 없네. 내가 못났어. 여태까지 바보같이 따라다녔지만 그것도 마지막이야.

이아고 이것 봐요, 내 말 좀 들어봐요.

로데리고 귀청이 뚫어지도록 들었네. 자네는 말과 행동이 일치하지 않아.

이아고 그런 말은 너무 하신데요.

로데리고 사실이 그런 걸 어쩌나? 난 이젠 빈털터리가 됐어. 데스데모나한테 전한다고 자네가 가지고 간 보석 정도라면, 수녀라도 내 수중에 넣을 수 있었을 거야. 데스데모나가 그걸 받고 금방 만나자고 했다더니, 대체 몇 년 후에나 만나게 되나? 할머니가 된 다음에…….

이아고 정히 그러시다면 좋아요.

로데리고 좋아요는 다 뭔가? 정말 가증스럽단 말이야. 자넨, 날 우려먹었어.

이아고 맘대로 하세요, 좋아요.

로데리고 좋을 거 없어. 난 이대로 데스데모나를 만나서 얘기할 테니까. 보석을 돌려준다면 난 이까짓 떳떳치 못한 사랑을 청산할 작정이지만, 그 보석이 돌아오지 않는다면 자네가 물어내야 해.

이아고 알겠습니다.

로데리고 꼭 그렇게 할 걸세.

이아고 암, 그래야만 대장부시죠. 선생이 훌륭하게 보입니다. 선생에 대한 제 생각을 고쳐야겠군요. 로데리고씨, 악수합시다. 당신이 날 원망하는 것도 무리가 아녜요. 하지만 이 일에 대해서만은 나도 하는 만큼 했어.

로데리고 뭐 흔적이 나타났어야 말이지.

이아고 하긴 그랬을 겁니다. 그러니까 선생이 의심하시는 것도 일리가 있어요. 그렇지만 만일 용기가 있으시다면 그걸 오늘 밤 나한테 보여 주시는 게 어떨까요? 만일 내일 저녁까지 데스데모나가 선생 손에 안 들어간다면 약속을 배반한 죄로, 날 이 세상에서 몰아내고, 무슨 방법을 강구해서라도 내 목숨을 없애 버려도 좋아요.

로데리고 그래, 대체 뭐야? 할 수 있는 일이 있단 말이야?

이아고 베니스에서 사절이 왔는데 말이죠, 카시오가 오셀로의 대리를 보게 됐어요. (Sir, there is especial commnd come from Venice, to deputa Cassio in Othello's place)

로데리고 정말인가? 그럼 오셀로하고 데스데모나는 베니스로 돌아가겠군.

이아고 무어는 모리타니아로 가거든요. 뭐 특별히 여기 있어야 할 이유가 없는 한, 천하일색 데스데모나도 같이 간답니다. 이쯤 됐으니 못 가게 하기 위해서 카시오를 없애버리면 되거든요.

로데리고 없애 버리다니?

이아고 오셀로의 자리에 못 앉게 한단 말이오. 골통을 한 대 갈기어서.

로데리고 그럼 그걸 날 보고 하란 말인가?

이아고 그렇죠. 자신을 위해서 이로운 일을 감행할 용기가 있다면 말예요. 그 녀석은 오늘밤 창녀촌에서 저녁을 먹을 겁니다. 나도 그리 가리다. 놈은 아직도 호박이 덩굴째 들어온 것도 모르고 있거든. 만일 거기서 돌아오는 걸 지키고 있으면 말이요, 내가 자정부터 한 시 사이에 일을 하도록 꾸밀 테니까 말요. 그야말로 독 안에 든 쥐지. 나도 가까이 있다가 거들죠. 둘이서 쥐 잡듯 합시다. 어리둥절해 있지 말고 같이 해요. 그 녀석을 속이지 않으면 안 될 이유를 알아들을 만큼 더 얘기해 드리지. 저녁 먹을 시간이 됐는걸. 어두워지는데……. 자, 어서.

로데리고 얘기를 구체적으로 들어야겠네.

이아고 시원하도록 얘기해 드리지. (모두 퇴장)

‖‖‖‖ 제3장 ‖‖‖‖
성 안의 다른 방

성 안의 다른 방. 오셀로, 로도비코, 데스데모나, 에밀리아, 수행원들 등장.

로도비코 이젠, 그만 들어가시죠.

오셀로 원 별말씀을. 난 걷는 게 좋아요.

로도비코 데스데모나! 그만 쉬지. 폐를 많이 끼쳤군.

데스데모나 이렇게 와 주셔서 고맙습니다.

오셀로 먼저 가실까요. 참, 여보…….

데스데모나 네?

오셀로 당신은 일찌감치 들어가 자요. 금방 돌아올 테니. 방에 아무도 없도록 하고, 알았소?

데스데모나 알았어요.

오셀로, 로도비코, 수행원들 퇴장

에밀리아 장군께서 좀 어떠세요? 아까보다 풀리신 것 같군요.
(How goes it now? he looks gentler than he did)

데스데모나 금방 오신다고 하셨어. 먼저 자라고 하셨지. 에밀리아도 일찍 돌려보내라는 거야.

에밀리아 저를 없도록 하라고요?

데스데모나 그러셨어. 그러니까 내 잠옷 갖다 놓고 가서 자요. 비위를 거슬리게 하면 안 될 테니.

에밀리아 왜 하필 그런 분을 만나셨을까!

데스데모나 난 그렇게 생각하지 않아. 사랑하니까 무뚝뚝해도 좋고, 야단을 쳐도, 무서운 눈으로 쏘아봐도, 다 좋거든.

에밀리아 아까 말씀하신 침상보는 깔아놓았어요.

데스데모나 아무래도 좋아. 내가 만일 에밀리아보다 먼저 죽거든 저 침상보로 싸 줘요.

에밀리아 그게 무슨 말씀이세요.

데스데모나 친정 어머니께서 부리시던 계집애가 있었는데, 그
애인이 미쳐 가지고 그 애를 버렸어. 그 애는 늘 "버들 노래"를
불렀는데, 그 노래를 부르며 죽었거든. 오늘밤엔 웬 일인지 그
노래가 생각나는군. 암만해도 한쪽 어깨 위에 고개를 기울이
고 죽은 그 애같이, 그 노래를 불러야만 될 것 같아. 그래 그럼,
어서 가서 자요.

에밀리아 잠옷을 가져올까요?

데스데모나 아니, 이 핀이나 좀 뽑아줘. 로도비코 선생은 훌륭한
분이지!

에밀리아 참 잘생기셨어요.

데스데모나 말씀도 잘 하시지 않아?

에밀리아 베니스의 어떤 여자는 그분의 입을 맞출 수 있다면, 팔
레스타인까지라도 맨발로 쫓아가겠다고 했어요.

데스데모나 (노래한다)

애처로와. 씨키모어 그늘 아래 외로운 처녀.

부르라, 푸른 버들잎 노래를.

가슴에 손을 얹고 무릎에 머리,

부르라, 버들잎 노래를.

흐르는 시냇물도 소리 맞주네,

부르라, 버들잎 노래를.

올리는 눈물에 바위도 시름 없네

이걸 다 저리 치워요.

(또 부른다)

부르라, 버들잎 노래를.

어서 가봐, 장군님께서 금방 오실 테니.

(또 부른다)

부르라, 버들잎 반가운 손길.

원망은 어리석은 나 못난 탓.

아니, 틀렸네. 그 다음이…. 누가 문을 두드리지 않았어?

에밀리아 바람이에요.

데스데모나 (노래한다)

님의 사랑 거짓 사랑 그 님 말씀 무엇인고, 부르라 버들잎 노래를.

내 다른 여자 사랑하거든,

다른 사내 동침하란 말씀.

어서 가서 자요. 눈이 가렵군. 눈물이 나오려나?

에밀리아 그런 게 아녜요.

데스데모나 그렇다던데? 아, 남자란, 남자란 알 수 없어. 에밀리아, 어떻게 생각해? 세상에 그런 몹쓸 짓을 해서 남편의 이름을 더럽힐 여자가 있느냐 말야?

에밀리아 있기야 있을 테죠.

데스데모나 온 세계를 다 준다고 해도, 그런 짓은 안 할 테지?

에밀리아 그럼, 아씨는 안 하시겠어요?

데스데모나 하늘의 빛에 맹세하고라도, 그런 짓을 어떻게 해?

에밀리아 저도 하늘빛 아래서는 못 해요. 하지만 어두운 데서야 어때요? (Nor I neither, by this heavenly light. I might do it as well in the dark.)

데스데모나 이 지구를 준다고 해도 그런 짓을 어떻게 하겠어?

에밀리아 이 세계야 얼마나 큽니까? 손톱만한 일을 저지르고, 그렇게 큰 걸 받을 수만 있다면요.

데스데모나 그럴 리가 없어. 그런 짓은 안 할 테지.

에밀리아 왜 안 해요? 무슨 흔적이 있나요? 그렇게 해서 내 남편을 군주로 만들 수 있다면 말예요. 그걸 위해서라면 저 연옥에라도 들어가겠어요.

데스데모나 이 세계를 준다고 해서 그런 짓을 할 바엔 차라리 죽어 버리지.

에밀리아 잘못이래야 이 세상의 잘못이죠. 애를 쓴 보람으로 이 세계가 아씨 것이 된다면 그건 결국 아씨 세계 안의 잘못이 아녜요? 그렇다면 마음대로 어떻게든지 할 수 있지 않아요?

데스데모나 그런 여자가 있을라고.

에밀리아 한 다스는 있을 걸요. 아니, 그런 짓을 해서 생긴 자식들로 이 세상을 들끓게 만들 만한 숫자는 있을 거예요. 그렇지만 여자가 그런 짓을 하는 건, 남편이 나빠서 그런 거예요. 참새도 쩍 하고 죽더라고, 여편네는 눈이 없습니까, 코가 없습니까?

데스데모나 어서 가서 자요. 하나님, 설사 나쁜 짓을 듣고 보더라도, 그것을 따르지 말고, 오히려 나 자신의 잘못을 고치는 습관을 기르도록 해주소서. (모두 퇴장)

ⅠⅠⅠⅠⅠ 제1장 ⅠⅠⅠⅠⅠ
사이프러스의 거리

키프로스의 거리. 이아고, 로데리고 등장.

이아고 이 노점 뒤에 서 있어요. 그 녀석이 올 때가 됐어. 칼을 빼
가지고 있다가 보기 좋게 해치우란 말이야. 어서 어서, 겁낼
거 없다니까. 내가 옆에 있지. 소원성취 하느냐, 못 하느냐는
여기 달렸거든. 그러니까 잘 생각하고 마음 단단히 먹어요.
로데리고 내 옆에 꼭 있게. 칼이 빗나갈지도 모르니까.
이아고 여기 있겠다니까. 배에다가 힘을 주고 대담하게 해봐요.
(물러선다)
로데리고 이런 일이란, 그다지 마음이 끌리지 않지만 그까짓 거
뭐 사람 하나 없어지는 것밖에 더 있나. 이렇게 칼을 뺀 이상
그 녀석 목숨은 내 것이야
이아고 저 풋내기 여드름쟁이 녀석이 아플 만큼 부추겼더니 열
이 올랐군그래. 좌우지간 저 녀석이 카시오를 죽이든지, 카시
오가 저 녀석을 죽이든지, 또 서로 싸우다 두 놈이 다 죽든지

이래도 좋고 저래도 좋아. (Whether he kill Cassio, or Cassio him, or each do kill the other, every way makes my game) 온 모양이군.

카시오 등장

로데리고 걸음걸이가 꼭 그 녀석인데. 틀림없어. 이놈아! 내 칼을 받아라. (카시오를 찌른다)

카시오 앗! 하마트면 큰일 날 뻔했다. 어디 네놈은 얼마나 두껍게 입었나 시험해보자. (칼을 빼 로데리고에게 상처를 입힌다)

로데리고 아이쿠! (이때 이아고가 뒤에서 카시오의 다리를 찌르고 퇴장)

카시오 이제 죽을 때까지 병신이로구나. 사람 살려! 살인이오, 살인! (쓰러진다)

로도비코, 그라반쇼 등장

카시오 아니, 야경도 없나? 지나가는 사람도 없어? 사람 살려, 살인이오!

그라반쇼 무슨 일이 있었나 본데. 비명 소리 들리지 않나요?

카시오 사람 살려!

로도비코 저건?

로데리고 아, 내가 몹쓸 놈이야.

로도비코 신음하는 이들이 몇 사람 되는 모양인데. 음산한 밤이로군요. 섣불리 가까이 갔다간 위험해요. 위험하니 몇 사람 더

올 때까지 기다립시다.

로데리고 아무도 없소? 나는 이렇게 피가 나 죽어가고 있는데.

로도비코 이거 원?!

이아고 **횃불**을 들고 등장

그라반쇼 셔츠 바람으로 횃불을 들고 오는 사람이 있군. 칼도 가
지고.

이아고 누구야? 사람 살리라고 외치는 건 누구야?

로도비코 우린 모르오.

이아고 비명 소리가 들렸는데, 못 들으셨습니까?

카시오 여기요, 여기. 어서 좀 살려 주시오.

이아고 어떻게 된 일이에요?

그라반쇼 저건 오셀로 장군의 기수가 아닌가!

로도비코 그렇군요. 용감한 친구죠.

이아고 누가 이렇게 처량하게 소리를 지르고 있어?

카시오 이아곤가? 악한들한테 당했네. 어떻게 좀 해주게.

이아고 아니, 부관님이 아니십니까! 어떤 죽일 놈들이 이따위 짓
을 했어요?

카시오 한 녀석은 근처에 있을 걸세. 달아나지 못 했을 걸.

이아고 괘씸한 놈들! 당신들은 누구요? 이리 와서 좀 거들어 주
시오.

로데리고 여기요, 사람 살려.

카시오 저놈이야. 그 중의 한 녀석이 바로 저놈이야.

이아고 에이 살인마! 악한! (로데리고를 찌른다)

로데리고 으윽, 이아고놈! 개 같은 자식!

이아고 어둠 속에서 사람을 죽여?! 그 악당들은 어디로 갔어? 오늘밤은 왜 이렇게 쥐 죽은 듯이 고요할까! 살인이오, 살인. 노형들은 누구요? 대체 어느 편이요?

로도비코 사람을 보고 말하게.

이아고 아니, 로도비코 선생님이 아니십니까?

로도비코 그렇다네.

이아고 실례했습니다. 카시오가 악한한테 당했습니다.

그라반쇼 카시오가!

이아고 여봐요, 어떠슈?

카시오 다리가 부러졌네.

이아고 원, 저런 일이! 불 좀 들어 주십시오 내 셔츠로 다친 델 동여맵시다.

비앙카 등장

비앙카 왜들 이러세요? 누가 비명 소리를 질렀어요?

이아고 누가 소릴 질렀느냐고!

비앙카 카시오! 이게 웬 일이세요! 카시오, 카시오!

이아고 이 뻔뻔스런 창녀 같으니! 카시오 부관, 누가 당신을 찔렀는지 짐작하시겠소?

카시오 몰라.

그라반쇼 참 안됐소. 지금 그대를 찾아오던 길인데.

이아고 들것 같은 게 있으면 메고 가기가 좋겠는데요.

비앙카 기절하시네. 카시오! 이를 어쩌나!

이아고 여러분, 암만 해도 이 여자가 공범인 것 같습니다. 카시오 부관, 조금만 더 참으세요. 횃불을 가까이 대 주십시오. 아니 이게 웬 일이야? 같은 고향 사람이 아닌가! 로데리고 같은데, 틀림없군. 이런 변이 있나. 로데리고!

그라반쇼 베니스에 사는?

이아고 예, 맞습니다. 이 사람을 아십니까?

그라반쇼 알지!

이아고 그라반쇼 선생님이셨군요. 용서하십시오. 이런 변사가 일어나서 그만 알아뵙질 못했습니다. 죄송합니다. (I cry you gentle pardon. These bloody accidents must excuse my manners, that so neglected you)

그라반쇼 만나서 반갑군.

이아고 부관, 어떠십니까? 들것을, 빨리 들것을 갖고 오시오!

그라반쇼 로데리고라고!

이아고 네, 그 사람입니다. (수행원들 들것 하나를 메고 등장) 됐어, 됐어. 그 들것을 누구 힘 센 사람이 메고 가야 해. 난 장군의 주치의를 불러올 테니까요. (비앙카에게) 이것 봐. 당신은 손 대지 마. 카시오 부관, 여기 죽어 넘어진 사람은 네 친구였어요. 당신한테 원한이라도 있었습니까?

카시오 없어. 전혀 모르는 사람이야.

이아고 (비앙카에게) 얼굴이 백짓장 같군. 그래, 저쪽으로 메고 가 주세요. (수행원들, 카시오와 로데리고를 메고 퇴장) 저 여자의 독한 눈초리를 보세요. 그렇게 쏘아봐도 소용없어. 말 안하곤 못 배길 걸. 저기 좀 보세요. 나쁜 짓이란 혓바닥을 놀리지 않더라도 저절로 나타나는 법입니다.

에밀리아 등장

에밀리아 여보, 웬 일이에요? 어떻게 된 거예요?

이아고 카시오 부관이 어둠 속에서 로데리고하고 어떤 놈들에게 칼에 맞았어. 큰일 날 뻔했지. 로데리고는 죽었소.

에밀리아 가엾어라. 카시오 부관도 다치셨네요.

이아고 이건 저 여자의 짓이야. 여보, 카시오 부관이 어디서 저녁을 먹었는지 알아보고 와요. (비앙카에게) 그 말을 듣고 떠는군.

비앙카 우리 집에서 잡수셨어요. 그렇지만 그것 때문에 떠는 건 아네요.

이아고 옳지. 너희 집에서 드셨다고? 그럼 체포할 테다. 나하고 같이 가자.

에밀리아 더러운 창녀 같으니.

비앙카 난 창녀가 아녜요. 욕을 퍼붓고 있는 당신과 마찬가지로 떳떳한 여자예요.

에밀리아 나같이? 더러운 것!

이아고 여러분, 저쪽으로 가서 카시오가 치료받는 걸 봅시다. 비앙카, 물어볼 게 또 있으니 같이 가야 하오. 여보, 당신은 곧 성 안으로 들어가서 장군님 내외분께 이 일을 알려드려요. 어서들 가시죠. (방백) 오늘밤엔 성패가 결정되렸다. (모두 퇴장)

성 안의 침실. 데스데모나, 침대에서 자고 있다. 촛불이 켜져 있다. 오셀로 등장.

오셀로 그것 때문이야, 진정 그것 때문이야. 순결한 별들아, 그것을 입 밖에 내지 않게 해다오. 그것 때문이야. 그러나 아내의 피는 흘리지 말자. 백설보다 희고, 설화석고보다 매끄러운 아내 살결에 상처는 내지 말자. 하지만 살려 둘 수는 없어. 살려 둔다면 다른 남자들을 농락할 테지. 촛불을 끄고 다음엔 목숨의 불도 끄는 거야. 타오르는 촛불아, 너는 껐다가도 뉘우치면 다시 켤 수도 있다. 그러나 온갖 공을 들여 만든 자연의 본보기, 그대의 촛불은, 한번 꺼 버리면 그 빛을 다시는 켤 수 없지. 프로메테우스의 불을 찾아 어디를 헤매야 하나. (촛불을 내려 놓는다) 한 번 따 버리면 이 장미는 두 번 다시 살아날 길이 없어 시들어 버릴 테지. 나무에 매달렸을 때 향기를 맡자. (키스한다) 이 향기로운 입김. 정의의 신도 이 냄새를 맡는다면, 칼을 부러뜨릴지 몰라. 또 한 번 또 한 번. 죽어도 이대로 있어다오. 죽여 놓고 사랑하지. 또 한 번만. 이게 마지막이다. 이 향기에 그 독소가 웬 일인고. 내 어이 울지 않으리오! 그러나 이 눈물은 잔인한 눈물. 아니 이 눈물은 성스러운 눈물. 사랑하기 때문에 더욱 미운 것. 눈을 뜨는군.

데스데모나 누구예요? 당신이에요?

오셀로 그렇소.

데스데모나 어서 주무세요.

오셀로 밤 기도는 올렸소?

데스데모나 네.

오셀로 아직까지 하늘의 용서를 받지 못한 죄가 있으면, 지금 기도를 드려요.

데스데모나 왜 그런 말씀을 하세요.

오셀로 빨리 해요. 잠시 거닐고 있을 테니. 각오 없는 자를 죽이고 싶지는 않소. 그건 안 되지. 당신의 영혼을 죽이고 싶지는 않소.

데스데모나 죽이신다고요?

오셀로 그렇소.

데스데모나 그렇다면 하나님, 이름을 용서하옵소서.

오셀로 아멘, 저도 충심으로 빕니다.

데스데모나 그렇게 말씀하신다 해도, 설마 죽이시지는 않겠죠.

오셀로 글쎄.

데스데모나 난 겁이 나요. 눈을 그렇게 굴리실 때는 으레 무서운 일을 하시니까요. 무섭긴 해도, 그 이유는 모르겠어요. 잘못한 게 없으니까요. 그래도 어쩐지 무서워요. (And yet I fear you, for you are fatal then, when your eyes roll so. Why I should fear, I know not, since guiltiness I know not, but yet I feel I fear)

오셀로 저지른 죄를 생각해 봐.

데스데모나 당신을 사랑하는 죄밖엔 없어요.

오셀로 그래, 그것 때문에 죽어야 돼.

데스데모나 사랑하기 때문에 죽는다는 건 안 될 말씀이죠. 왜 그렇게 아랫입술을 깨무세요? 온 몸을 떨고 계신 것을 보니 무슨 무서운 일을 하시려는 거죠? 그런 전조 같군요.

오셀로 잠자코 가만히 있어.

데스데모나 네, 왜 그러세요?

오셀로 내가 준 그 손수건은 카시오 놈을 줬지?

데스데모나 절대로 주지 않았어요. 불러다 물어 보세요.

오셀로 당치 않은 소리. 그 녀석이 내 손수건을 가진 걸 확실히 봤어.

데스데모나 그럼 어디서 주운 거겠죠. 오라고 해서 사실 얘기를 들어보세요.

오셀로 벌써 다 말했어.

데스데모나 뭐라고 그랬어요?

오셀로 너를 수중에 넣었다고.

데스데모나 어떻게요? 간통을 했단 말이에요?

오셀로 그래.

데스데모나 그런 적이 없는데 그렇게 말할 리가 있나요.

오셀로 그 녀석 입은 벌써 막혀 버렸어.

데스데모나 그럼 죽었어요?

오셀로 그 녀석 머리카락마다 목숨이 붙어 있다고 해도, 이 사무친 원한을 갚을 길이 없소.

데스데모나 허무하군요. 그분은 아마 누군가의 모함에 걸려든 모양이군요.

오셀로 에이, 창녀 같으니. 내 앞에서 그놈을 위해 눈물을 흘려?

데스데모나 날 내쫓으시고 죽이지는 마세요.

오셀로 내려와, 더러운 년!

데스데모나 내일까지 기다려 주세요. 오늘밤만은 살려주세요.

오셀로 반항하면…….

데스데모나 반 시간만이라도!

오셀로 이렇게 된 이상 더 이상 기다릴 수 없지.

데스데모나 한 마디 기도 올릴 동안만이라도요.

오셀로 이미 늦었어.

　(데스데모나의 목을 조른다)

에밀리아 (밖에서) 장군님, 장군님, 문을 열어 주세요. 장군님!

오셀로 저건 무슨 소리야? 아직 죽지 않았나? 숨이 끊어지지 않았나? 내가 아무리 잔인하다 해도 자비심마저 없지는 않아. 오래 괴롭히고 싶진 않다. 이렇게, 이렇게.

에밀리아 (밖에서) 이거 보세요, 장군님, 장군님!

오셀로 누구냐?

에밀리아 (밖에서) 장군님, 말씀드릴 게 있어요.

오셀로 저건 에밀리아군. 금방 열어 줄 테니……. 죽었구나. 카시오가 죽었다는 소식을 알리러 온 모양이군. 이젠 움직이지 않나? 무덤처럼 고요하군.

에밀리아 (밖에서) 여쭐 말씀이 있습니다, 장군님.

오셀로 내가 잊어버리고 있었군. 들어와, 에밀리아! (에밀리아 등장) 무슨 일이야?

에밀리아 장군님, 저기서 무시무시한 살인 사건이 있었어요.

오셀로 뭐? 언제?

에밀리아 지금 금방요.

오셀로 그건 저 달의 위치가 잘못되어, 다른 때보다 지구에 가까워졌기 때문에, 사람 마음이 변해서 그런 거야. (It is the very error of the moon, she comes more near the earth than she was wont, and makes men mad)

에밀리아 카시오 선생이 로데리고라는 베니스 청년을 죽였어요.

오셀로 뭐, 로데리고가 죽었어? 카시오도 죽었나?

에밀리아 아뇨. 그분은 죽지 않았어요.

오셀로 카시오는 안 죽었다고! 이건 뭔가 잘못 됐는데. 원수를 갚은 줄만 알았더니 입맛이 쓴 걸.

(촛대가 넘어진다)

에밀리아 아니, 아가씨! 이를 어쩌면 좋을까! 누가 이런 짓을 했어요?

오셀로 아씨는 거짓말을 했기 때문에 내가 죽였다.

에밀리아 뭐라구요? 당신은 악마예요.

오셀로 못된 짓을 한 창녀였어.

에밀리아 아씨를 나쁘다고 하는 당신이야말로, 불같이 분별력이 없어요. 천사 같으신 정숙한 부인을 죽이다니!

오셀로 카시오하고 간통을 했으니까. 네 남편에게 물어 봐. 이유 없이 이렇게까지 했다면 내가 지옥엘 가지. 자세한 건 네 남편이 잘 알고 있어.

에밀리아 제 남편이요!

오셀로 그래.

에밀리아 제 남편이 아가씨가 나쁜 짓을 하셨다고 했나요?

오셀로 그래, 카시오하고.

에밀리아 내 남편이!

오셀로 그래, 제일 먼저 알려준 건 네 남편이었어.

에밀리아 내 남편이!

오셀로 여러 말 하지 마라. 네 남편이라고 하지 않았어?

에밀리아 내 남편이 아씨보고 행실이 나쁘다고!

오셀로 그래. 나한테 충실한 네 남편 이아고 말이야.

에밀리아 그따위 거짓말이 어디 있어. 아씨는 이 몹쓸 더러운 남
자를 왜 그처럼 사랑하셨을까! 분에 넘치는 부인을 얻은 것도
모르고, 이따위 짓을 해?

오셀로 잠자코 있지 못해?

에밀리아 나를 해치진 못할 걸. 어쩔 테야? 천치 같은 바보! 무지
막지한 인간! 이게 무슨 짓이야. 그 따위 칼을 무서워 할 줄 알
고! 보고를 해야지. 골백번 죽어도 괜찮아. 누가 좀 오세요. 이
것 보세요! 무어가 아씨를 죽였어요! 사람이 죽었어요, 사람요!

몬타노, 그라반쇼, 이아고 등장.

몬타노 무슨 일이야? 장군, 무슨 일입니까?

에밀리아 여보, 잘 왔수. 참 장하시군요. 살인죄를 뒤집어쓸 사람
이 됐으니. (That men must lay their murders on your neck)

314

그라반쇼 어떻게 된 거요?

에밀리아 여보, 당신도 남자인데 이 악한에게 그런 거짓말을 해요.

이아고 난 생각한 대로 말했을 뿐이야. 엉뚱한 이야기를 한 게 아니거든. 장군도 그럴 듯하게 들으셨으니까.

에밀리아 아씨가 행실이 부정하다고 말하셨어요?

이아고 그랬지.

에밀리아 그따위 거짓말을 해? 카시오하고 내통했다고요! 카시오하고요?

이아고 카시오하고지. 입 다물어.

에밀리아 가만히 있을 수 없어요, 말을 해야지. 아씨는 저 침상 위에서 돌아가셨어요.

일동 아니, 뭐라고!

에밀리아 당신이 그따위 말을 했기 때문에 살해당한 거예요.

오셀로 여러분, 그렇게 미심쩍게 생각하실 거 없소이다. 사실이니까요.

그라반쇼 이런 해괴한 일이 있나!

몬타노 이런 놀라운 일이!

에밀리아 천하에 악독한 일도 있지. 이제 하나하나 생각이 나는군. 어쩐지 이상하다 싶더라니.

이아고 이거 미쳤나? 당장 집으로 가!

에밀리아 여러분, 제 말씀 좀 들어주세요. 남편에게 순종하는 것이 당연하겠지만, 지금은 못하겠어요. 이것 봐요, 난 다시는 집으로는 안 갈 거예요.

오셀로 아, 아, 아! (침대 위에 쓰러진다)

Othello 315

에밀리아 그렇게 엎드려서 실컷 우시우. 아무 죄도 없는 천사 같은 분을 죽이다니.

오셀로 (일어나며) 아냐! 저것은 간통을 했어.

그라반쇼 가엾은 데스데모나, 아버지께서 먼저 돌아가신 게 다행이다. 네 결혼 때문에 아버지께서 항상 상심하시어, 슬퍼하신 나머지 일찍 돌아가셨지. 만일 더 사셨다가 이런 꼴을 보셨다면, 걷잡을 수 없는 행동을 하셨을 거야. 분명 신령을 저주하며 지옥으로 뛰어들었을지도 몰라.

오셀로 죽은 것에 대해서는 안 됐습니다만, 저것이 카시오하고 창피스런 행동을 했소. 그것은 이아고가 잘 알고 있습니다. 카시오가 자백을 했으니까요. 저것은 내가 사랑의 첫 선물로 준 물건을 애욕의 대가로 그놈에게 주었습니다. 그놈이 손에 쥐고 있는 것을 봤으니까요. 손수건이에요. 선친께서 전에 어머니께 드린 선물이었습니다.

에밀리아 이를 어떡하면 좋을까! 이걸 어쩌면 좋아?

이아고 주둥아리 닥치지 못해!

에밀리아 잠자코 있으라고요? 안 돼요. 말을 해야만 되겠어요.

이아고 못나게 굴지 말고 집으로 가!

에밀리아 난 안 가요.

이아고, 칼로 에밀리아를 찌르려고 한다

그라반쇼 이게 무슨 짓이야? 여자한테 칼을 쓰다니!

에밀리아 이 바보 천치, 무어야. 지금 말한 손수건은 내가 주워서

이아고 저 빌어먹을 년이!

오셀로 벼락이나 맞고 죽어라. 이 흉측하기 짝이 없는 악당! (이아고에게 달려든다. 이아고는 뒤에서 에밀리아를 찌르고 달아난다)

몬타노 선생은 문 밖에서 잘 지키십시오. 무어를 밖으로 내보내서는 안 됩니다. 난 이아고 놈을 쫓아갈 테니까. 천하에 죽일 놈!

몬타노, 그라반쇼 퇴장

에밀리아 아씨, 그 노래를 부르시더니, 무슨 전조였던가 봐요. 제 목소리가 들리세요? 전 백조와 같이 노래를 부르며 죽겠어요. (노래 부른다)

버들잎, 버들잎……

무어 장군, 아씨는 깨끗한 분이셨습니다.

당신께 모든 것을 다 바친 분이었죠.

바른 소리 하는 사람은 천당으로 가죠.

그러니까 나도 마음먹은 것을 이야기하고 죽어요,

난 죽어요.(죽는다)

오셀로 오! 갈 곳이 어딘가? 오셀로는 어디로 간단 말인가? 어디 그 얼굴을! 가엾은 아내. 창백한 그 모습! 저 최후의 심판날, 같이 만나면 그 얼굴빛이 내 혼을 하늘에서 떨어뜨려 아귀들의 밥으로 만들 테지. 아, 차디차구나! 그대의 정조와 같이 식어 버렸어! 천하에 극악무도한 놈! 악마들이여! 이 천사의 모습을 보지 못하도록 날 채찍질하여 쫓아다오. 저 모진 바람 속에

Othello **317**

나를 휘몰아 가다오. 유황불 속에 나를 태워다오. 불바다 속에 던져주렴. 데스데모나! 죽어 버렸어! 아, 아, 아!

그라반쇼, 로도비코, 몬타노, 들것을 탄 카시오, 그 뒤에 관리들이 이아고 를 체포하여 등장.

로도비코 이런 경솔한 짓을 하다니, 그 불행한 사람은 어디 있소?

오셀로 오셀로라는 사람입니다. 바로 여기 있습니다.

로도비코 그 독사 같은 놈은 어디 있소? 이리 끌어내시오.

오셀로 어디 발목 좀 보자. 악마는 발굽이 두 쪽으로 쪼개져 있 다는 건 꾸민 말인가? 네놈이 악마라면 내 칼은 들어가지 않 을 거다. (이아고를 찌른다)

그라반쇼 칼을 빼앗아.

이아고 피가 나왔다. 그렇지만 죽지는 않아.

오셀로 나도 서운할 것은 없다. 오히려 살려두고 싶다. 지금의 내 심정으로는 죽는 것이 행복하니까.

로도비코 오셀로 장군, 그렇게 착하던 당신이 이런 악한 자의 간 계에 넘어가다니, 뭐라고 말해야 좋을지 모르겠소이다.

오셀로 뭐라고 말씀하셔도 좋습니다. 정당한 살인이라고만 해주 신다면, 난 증오 때문에 죽인 것이 아니라, 오직 정의를 위해 서 한 것입니다.

로도비코 이놈이 죄상을 거의 자백했습니다. 이놈과 공모하고 카시오를 죽이려고 하셨소?

오셀로 그렇습니다.

318

카시오 장군님, 당신께 미움을 받을 이유라고는 없습니다.

오셀로 지금은 다 알고 있네. 용서하게. 뭣 때문에 저놈이 내 영혼과 육신을 이렇게 구렁텅이 속에 박아버렸는지, 저 악한 본인 보고 물어보십시오.

이아고 물어볼 거 없습니다. 그만큼 아셨으면 되지 않습니까? 지금부터는 입을 열지 않겠습니다. (Demand me nothing, what you know, you know, from this time forth I never will speak word)

로도비코 아니, 기도도 안 할 텐가?

그라반쇼 매질을 하면 말할 테지.

오셀로 말 안 하는 게 상책이야.

로도비코 아직 모르시는 모양이군. 아까부터 일어난 일을 말씀 드리죠. 여기 죽은 로데리고의 주머니에서 발견한 편지가 있습니다. 여기 또 하나. 여긴 로데리고의 필적으로 카시오를 암살한 계획이 적혀 있습니다.

카시오 천인공노할 일이로군.

로도비코 여기 또 하나 불평을 늘어놓은 편지가 있습니다. 이것도 로데리고의 주머니에 있었습니다. 분명 저 악당에게 보낼 편지일 텐데, 보내기 전에 이아고를 만나 감언이설에 넘어간 것 같군요.

오셀로 카시오, 자넨 어떻게 내 아내의 손수건을 손에 넣었지?

카시오 제 방에서 주웠습니다. 지금 막 이아고가 자백하는 걸 들어보면 계획적으로 일부러 넣어 놓았다는군요.

오셀로 아, 난 바보였어! 바보였어! 바보!

카시오 그리고 로데리고의 편지 속에 이아고를 원망하는 구절
이 있습니다. 거기 보면 야경 보던 날 밤, 로데리고가 저한테
싸움을 건 것은 이아고가 시킨 짓이었습니다. 그것 때문에 제
가 파면된 거죠. 아까 죽은 줄 알았던 로데리고가 숨을 돌리더
니, 이아고가 자기를 찌른 것, 지시한 것을 다 얘기했습니다.

로도비코 이렇게 된 이상 이곳을 떠나 우리하고 동행하셔야겠
소. 당신은 이번 범행의 모든 것을 베니스 정부에 보고할 때까
지는 죄수 생활을 면치 못하겠소. 자, 범인을 데려가거라.

오셀로 잠깐만, 가시기 전에 한 말씀 드리겠습니다. 이 몸이 미약
하나마 국가에 바친 충성은 잘 아실 겁니다. 아니 그 말씀은
드리지 않겠습니다. 단지 이 불행한 소행을 상고하실 때는 사
실 그대로 전해 주시기 바라오. 나를 조금이라도 두둔하거나,
악의를 개입시키거나 하지 말아 주시오. 분별력은 없으나 진
정으로 아내를 사랑한 사나이이며, 결코 사람을 의심치 않되
속임수에 넘어가 마음을 걷잡을 수 없게 된 사나이, 무지한 인
도인같이 온 겨레를 주고도 바꿀 수 없는 진주를 제 손으로 버
린 사나이, 울어야 될 때에도 좀체 울지 않던 눈에서, 이번만
은 슬픔을 이기지 못하고 눈물을 떨어뜨린 사나이라고 말씀
해 주십시오. 그리고 이런 말씀도 적어주십시오. 그 전 알레포
에 있을 때, 두건을 쓴 못된 터키 놈이 베니스 사람을 때리고
우리 나라를 모욕했을 때, 나는 그 못된 놈의 멱살을 잡고 찔
렀다고요. 이렇게. (자기 몸을 찌른다)

로도비코 처참한 죽음이로군.

그라반쇼 지금까지 타협했던 것이 무효가 되었군.

오셀로 그대를 죽이기 전에 키스를 했지. 오직 이 길밖에 없소. 자살을 하고 키스를 하면서 죽는 길밖에……. (침대에 쓰러져 죽는다)

카시오 이런 일이 있을 것만 같았습니다만, 칼을 가지고 계신 줄은 몰랐습니다. 참 용감한 분이셨습니다. (This did I fear, but thought he had no weapon, for he was great of heart)

로도비코 (이아고에게) 이 스파르타 개 같은 놈! 괴로움, 배고픔, 거친 바다보다도 더 잔인한 놈, 이 침상 위의 무참한 시체더미를 보아라. 모두가 네놈의 짓이야. 차마 눈 뜨고 볼 수 없군. 덮읍시다. 그라반쇼님, 여기 머무셔서 무어 장군의 재산을 압수하십쇼. 당신께서 상속 받으실 거니까요. 그리고 카시오 총독, 이 악한의 심판은 당신께 맡깁니다. 시간, 장소, 고문의 방법 모두를 당신 마음대로 정하시오. 나는 곧 배에 올라 이 참변의 경과를 본국 정부에 보고해야겠습니다. (모두 퇴장)

❖ 부관은 벌써 결정되었소이다
I have already chosen officer

❖ 나 같으면 그까짓 녀석 안 따라가겠네
I would not follow him then

❖ 아니, 미쳤나?
What, have you lost your wits?

❖ 저는 엉큼한 생각을 먹고 온 게 아닙니다.
In simple and pure soul I come to you

❖ 세상에 이런 기막힌 데가 있나, 딸년은 확실히 없어.
It is too an evil, gone she is

❖ 전 맘이 약해서 말예요.
I lack iniquity

❖ 내 덕으로 보나 신분으로 보나 또는 결백한 정신으로 보아도, 당당하게 행동해야만 하는 걸세.
My parts, my title and my perfect soul, shall manifest me rightly.

❖ 어서들 칼을 집어넣어, 이슬 맞으면 녹슬지.
Keep up your bright swords, for the dew will rust
them

❖ 그래서 제 자신을 변호할 재주조차 없습니다.
And therefore little shall I grace my cause in speaking
for myself

❖ 이렇게 된 이상에는 좋도록 처리하시오.
Take up this mangled matter at the best

❖ 자식을 낳는 것보다 차라리 얻어다 기르는 것이 나을 뻔했군.
I had rather to adopt a child than get it

❖ 저는 오셀로 장군의 마음 가운데 훌륭한 모습을 발견하고, 그 덕과
용맹 속에 제 혼과 운명까지 바치려는 것입니다.
I saw Othello's visage in his mind, and to his
honours, and his valiant parts, did I my soul and
fortunes consecrate

❖ 아내의 소원을 들어 주십시오.
Let her will have a free way

❖ 당장에라도 물에 빠져 죽고 싶네
I will incontinently drown myself

❖ 바다 위에 뭣이 보이오?
What from the cape can you discern at sea?

❖ 이 폭풍을 견디어 낼 수는 없을 거요
It is impossible they bear it out

Othello

❖ 다행히 빨리 오셨군요,
She has had most favourable and happy speed

❖ 이번에도 우리 편입니다
This likewise is a friend

❖ 죽어도 당신보고 내 칭찬해 달란 말 안하겠어요
You shall not write my praise

❖ 원래 입이 건 친구니까요, 학식보다는 싸움을 잘 하니까, 그 점을 봐
주시죠
He speaks home, madam, you may relish him more in
the soldier than in the scholar

❖ 자네가 기회만 만들어 준다면 해보지
I will do this, if I can bring it to any opportunity

❖ 천하일색이지
She is a exquisite lady

❖ 아니, 영국 사람이 그렇게 술을 잘 마셔?
Is your Englishman so expert in his drinking?

❖ 이놈이 날 보고 이래라 저래라 하지 않소!
A knave, teach me my duty!

❖ 용서해 주십쇼, 뭐라 말씀드려야 좋을지 모르겠습니다.
I pray you pardon me, I cannot speak

❖ 난 너무 고지식한 놈이 돼서, 정말 다치신 줄 알았죠.
As I am an honest man, I thought you had received
some bodily wound

❖ 맨 처음 꽃핀 놈부터 열매를 맺는 것이 순서란 말씀야.
  But fruits that blossom first, will first be ripe

❖ 마이클 카시오한테 무슨 일이 생기든지 결초보은하겠습니다.
  Whatever shall become of Michael Cassio, He's never
  anything but your true servant

❖ 당신이 내 덕과 힘을 아껴주신다면 그분을 당장 용서해 주세요.
  If I have any grace or power to move you, his present
  reconciliation take

❖ 사람은 겉모습과 같아야 되지 않겠습니까?
  Men should be that they seem

❖ 가난해도 족한 것을 안다면 백만장자 부럽지 않겠지만, 대단한 부자
  라도 가난뱅이가 되면 어떡하나 하고 걱정만 한다면, 그 마음은 엄
  동설한같이 쓸쓸할 겁니다.
  Poor and content is rich, and rich enough, but riches,
  fineless, is as poor as winter to him that ever fears he
  shall be poor

❖ 그런데 왜 모든 순리를 어기고 나 같은 사람에게…
  And yet how nature erring from itself

❖ 왜 그렇게 힘없이 말씀하세요? 어디 편찮으세요?
  Why is your speech so faint? are you not well?

❖ 그렇다면 증거를 보여다오.
  Be sure of it, give me the ocular proof

Othello

❖ 너무 역정을 내시는군요. 제가 괜히 주둥아리를 놀렸습니다. 증거를 보시겠단 말씀이죠.

I see, sir, you are eaten up with passion, I do repent me that I put it to you, you would be satisfied.

❖ 천하에 못된 놈, 목숨을 사만 개쯤 가지고 있었더라면 좋을걸. 하나만이라면 복수를 하기에는 너무 적어.

O that the slave had forty thousand lives! one is poor, too weak for my revenge

❖ 아직 나이도 먹지 않고, 고생을 하지 않았으니까요.

It yet has felt no age, nor known no sorrow

❖ 이런 일은 처음이야. 암만해도 그 손수건엔 미묘한 것이 있는 모양이지. 그걸 잃어버렸으니 어떡하면 좋을까.

I never saw it before. Sure there's wonder in this handkerchief, I am most unhappy in the loss of it

❖ 이유가 있어서 의심하는 게 아니거든요. 의처증이 있기 때문에 의심하는 거죠.

They are not ever jealous for the cause, but jealous for they are jealous

❖ 백발백중이다. 내 약이 효력을 발생했어.

Work on, my medicine work

❖ 잠깐 저쪽으로 가셔서 참고 기다리십시요.

stand you awhile apart, confine yourself but in a patient list

❖ 그 여자하고 결혼하신다던데 그게 정말입니까?
She gives it out that you shall marry her, do you
intend it?

❖ 그럼 다시 만납시다. 긴히 할 얘기가 있으니까요.
Well, I may chance to see you, for I would fain speak
with you

❖ 편지는 감사하게 받겠습니다.
I kiss the instrument of their pleasures

❖ 그렇소이다. 당신이 부르라고 하셨기에 말이요. 돌기 잘하는 여자죠.
몇 번이고 돌죠. 울기도 잘하고, 온종일이라도 웁니다. 거기다 또 누
구한테나 양순하죠. 이루 말할 수 없죠. 실컷 눈물을 흘려.
Ay, you did wish that I would make her turn, sir, she
can turn, and turn, and yet go on, and turn again, and
she can weep, sir, weep, and she 's obedient, as you
say, obedient, very obedient

❖ 내가 그만 사람을 잘못 봤어.
I am sorry that I am deceived in him

❖ 베니스에서 사절이 왔는데 말이죠, 카시오가 오셀로의 대리를 보게
됐어요
Sir, there is especial commnd come from Venice, to
deputa Cassio in Othello's place

❖ 장군께서 좀 어떠세요? 아까보다 풀리신 것 같군요
How goes it now? he looks gentler than he did

Othello

❖ 저도 하늘빛 아래서는 못 해요. 하지만 어두운 데서야 어때요?
Nor I neither, by this heavenly light. I might do it as
well in the dark.

❖ 좌우지간 저 녀석이 카시오를 죽이든지, 카시오가 저 녀석을 죽이든
지, 또 서로 싸우다 두 놈이 다 죽든지 이래도 좋고 저래도 좋아.
Whether he kill Cassio, or Cassio him, or each do kill
the other, every way makes my game

❖ 용서하십시오. 이런 변사가 일어나서 그만 알아뵙지 못했습니다. 죄
송합니다.
I cry you gentle pardon. These bloody accidents must
excuse my manners, that so neglected you

❖ 그렇지만 난 겁이 나요. 눈을 그렇게 굴리실 때는 으레 무서운 일을
하시니까요. 무섭긴 해도, 그 이유는 모르겠어요. 잘못한 게 없으니
까요 그러나 어쩐지 무서워요
And yet I fear you, for you are fatal then, when your
eyes roll so. Why I should fear, I know not, since
guiltiness I know not, but yet I feel I fear

❖ 그건 저 달의 위치가 잘못되어, 다른 때보다 지구에 가까와졌기 때
문에, 사람 마음이 변해서 그런 거야.
It is the very error of the moon, she comes more near
the earth than she was wont, and makes men mad

❖ 살인죄를 뒤집어쓸 사람이 됐으니.
That men must lay their murders on your neck

❖ 물어볼 거 없습니다. 그만큼 아셨으면 되지 않습니까? 지금부터는
   입을 열지 않겠습니다.
   Demand me nothing, what you know, you know,
   from this time forth I never will speak word

❖ 이런 일이 있을 것만 같았습니다만, 칼을 가지고 계신 줄은 몰랐습
   니다. 참 용감한 분이셨죠.
   This did I fear, but thought he had no weapon, for he
   was great of heart

Othello

3

셰 익 스 피 어 4 대 비 극

셰 익 스 피 어 4 대 비 극

개인적인 야심으로 왕을 암살하고 왕위를 빼앗는 정치극이자 역사극인 이 작품은 4대 비극 가운데 가장 짧은 작품이다. 주인공 맥베스가 자신의 야심을 위해 왕을 암살하는 순간 맥베스조차 자신의 비극을 알 수 있게 한 것은 바로 맥베스도 '인간' 이라는 점이다. 인간이 가지고 있는 선과 악의 사이에서 맥베스는 악을 택했고, 자신의 욕망과 야심을 채워가기 위해 끝없는 비극의 길을 걸어간 것이다. 한 개인의 비극적인 야심과 욕망을 보여주는 작품이지만 탄탄한 짜임새와 전체작으로 흐르는 긴장감은 이 작품만이 가지고 있는 독특한 특색이다.

Macbeth

목차

Macbeth

셰익스피어 4대 비극 중 가장 마지막 작품으로 스코틀랜드의 역사극에서 모티브를 따왔다. 가장 짧고 빠른 전개를 보이지만, 공포와 절망 속에서 죄를 더해 가는 주인공의 내적 갈등과 고독이 표현되어 있는 훌륭한 작품으로 평가되고 있다.

스코틀랜드의 장군 맥베스와 뱅쿠오가 개선 도중 3명의 마녀를 만나 예언을 듣는 데서 작품이 시작된다. 그녀들은 맥베스에게 "코다의 영주, 미래의 왕", 뱅쿠오에게 "자손이 왕이 되실 분"이라고 부른다. 맥베스는 첫 번째 예언이 쉽게 들어맞자 그 다음 예언도 하루빨리 이루고 싶다는 야망을 품게 되어 마침내 남편만큼이나 욕심이 많은 아내와 손을 잡고 일을 도모한다. 국왕 던컨 부자가 손님으로 자신의 성에 방문한 것을 호기로 삼아 마침내 그는 잠들어 있던 던컨을 살해한다. 그리고 도망친 왕자들에게 그 혐의가 돌아가게 흉계를 꾸며 맥베스는 왕위에 오른다. 그는 자신의 비밀을 알고 있는 뱅쿠오 부자를 없애기 위해 자객을 보내지만 뱅쿠오만 살해되고 그의 아들은 도망친다.

그후 뱅쿠오의 망령에 시달리고 귀족들에게도 의심을 사게 된 맥베스는 다시 마녀들을 찾아간다. 마녀들은 여자에게서 태어난 자는 맥베스를 쓰러뜨리지 못할 것이며 버넘 숲이 던시네인 언덕을 향해 움직이기까지는 괜찮다고 말해 준다.

맥베스는 애초에 야심은 있었지만 이를 실천할 능력이 부족하고 마음이 약하여 고민한다. 그러나 그의 부인은 양심이라고는 전혀 없는 욕심많은 인물이다. 맥베스가 왕위에 오르자 상황은 돌변한다. 맥베스는 미래의 상황에 불안을 느끼고 위험인물들을 처단하며, 그의 아내는 죄책감에 시달려 결국 몽유병환자가 되어 비참한 생의 종말을 고한다.

맥더프가 잉글랜드에 있는 왕자 맬컴 곁으로 도망쳤다는 소식을 들은 맥베스는 그의 가족들을 모두 살해한다. 맬컴을 옹립한 잉글랜드 군이 진격해 들어오고 거기에 스코틀랜드의 귀족들까지 합세한다. 그들이 버넘 숲에 있는 나뭇가지들을 꺾어 몸을 숨기며 성으로 접근하기 시작했을 때 맥베스는 버넘숲이 이동하기 시작했다는 보고를 받는다. 그리고 그는 전장에 나가 맥더프와 만나게 되는데, 맥더프는 제왕절개로 태어났다는 말을 듣게 된다. 절망에 빠진 맥베스는 결국 맥더프의 손에 의해 처치되고 맬컴이 왕좌에 오른다.

맥베스는 야심의 비극임과 동시에 양심의 비극이다. 장군인 맥베스가 던컨 왕을 죽이고 왕관을 쓰지만 자신의 내부에서 일어나는 양심의 반격과 신하들의 반란으로 무참히 죽는다는 인과응보의 비극을 다루고 있기 때문이다.

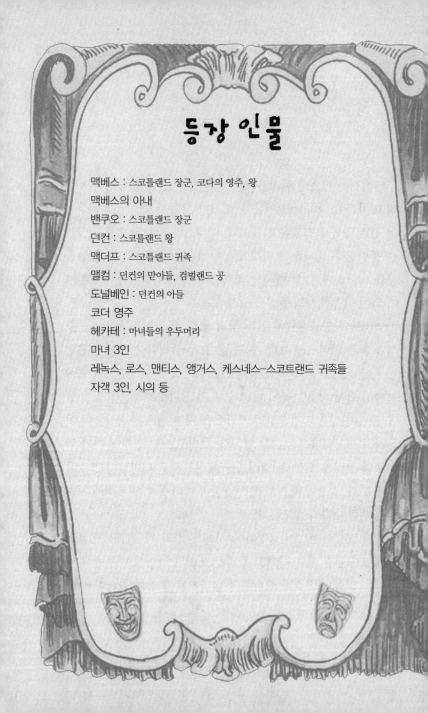

등장 인물

맥베스 : 스코틀랜드 장군, 코다의 영주, 왕
맥베스의 아내
밴쿠오 : 스코틀랜드 장군
던컨 : 스코틀랜드 왕
맥더프 : 스코틀랜드 귀족
맬컴 : 던컨의 맏아들, 컴벌랜드 공
도널베인 : 던컨의 아들
코더 영주
헤카테 : 마녀들의 우두머리
마녀 3인
레녹스, 로스, 맨티스, 앵거스, 케스네스-스코트랜드 귀족들
자객 3인, 시의 등

제1막

||||| 제1장 |||||
황야

천둥, 번개, 마녀 셋 등장.

마 녀 1 언제 우리 셋이 다시 만날까. 천둥 울릴 때, 번개 칠 때, 아니면 비올 때?

마 녀 2 소동이 끝나고 싸움에 이기고 질 때.

마 녀 3 그건 해가 지기 전이 될 거야.

마 녀 1 장소는 어디지?

마 녀 2 그 들판.

마 녀 3 거기서 맥베스를 만나자꾸나.

마 녀 1 곧 갈게. 회색 고양이야!

마 녀 2 두꺼비가 부르는구먼.

마 녀 3 곧 간다니까!

모 두 아름다운 건 더럽고, 더러운 건 아름답다. 안개와 탁한 공기 속을 날아다니자. (퇴장)

나팔 소리가 들리고, 한쪽에서 던컨 왕, 맬컴, 도널베인, 레녹스, 시종들 등장. 다른 쪽에서 부상 당해 피를 흘리는 부대장 등장.

던 컨 저 피투성이가 된 사람은 누구지? 저 모습을 보아하니, 저 사람은 반란군의 움직임을 알고 있을 것 같구나.

맬 컴 제가 포로가 될 뻔했을 때, 훌륭한 용사답게 싸워서 위기에서 구해준 분이 바로 저 부대장입니다. 어이, 용사여! 폐하께 그대가 보고 온 전황을 아뢰시오.

부대장 정말 승패를 가늠하기 어려울 정도로 접전이었습니다. 마치 헤어지는 두 사람이 기진맥진하여 서로 달라붙어 헤어질 자유를 잃고 말 듯이…… 잔인한 맥도널드도 — 인간의 온갖 악행을 모조리 한몸에 지닌 역적같으니 — 서쪽의 여러 섬에서 민병과 정규병들을 동원해서 쳐들어 왔습니다. 게다가 운명의 여신마저 그쪽 편인 듯 흉책에 미소를 던지며, 역적의 정부가 된 듯 싶었습니다. 그러나 어림없는 일, 용감한 맥베스 장군이 용맹에 어긋나지 않게 운명을 무시하고 검을 휘둘러 피연기를 뿜으면서, 무신의 총아답게 적병들을 물리치고 쳐들어가서, 마침내 적장과 맞섰습니다. 그리고는 작별의 악수도, 인사말도 할 여유조차 주지 않고, 배꼽에서 턱으로 적장을 한칼로 잘라 그 목을 성벽 위에다 걸어놓았답니다.

던 컨 아, 용감한 사촌이로다! 정말 훌륭한 인물이야!

부대장 그러나 마른 하늘에 벼락과 천둥이 치듯이, 기쁨이 솟을 것 같던 바로 그 샘에서 불행이 끓어 올랐습니다. 폐하! 다름이 아니라, 용기로 무장한 정의의 군대가 도망치는 적병들을 추격하고 있을 때, 호시탐탐 기회를 노리던 노르웨이 왕이 신예 무기와 새로운 병력을 투입하여 급습해 온 것입니다.

던 컨 그래서, 맥베스와 뱅쿠오 두 장군은 겁내지 않던가?

부대장 예, 독수리가 참새한테, 사자가 토끼한테 겁내는 격이었습죠. 사실인즉 두 분은, 이중으로 탄약을 잰 대포인 양 적에게 두 배의 공격을 가했습니다. 실로 상처에서 뿜어나온 피로 목욕을 할 생각이었는지, 제2의 '해골의 언덕'을 남길 생각이었는지 알 수 없을 정도였습니다. 아이구, 이젠 정신이 아찔해지고, 상처가 아파서 견딜 수가 없습니다.

던 컨 네 보고는 상처에 못지 않게 훌륭하고 장하다. (So well thy words become thee as thy wounds; They smack of honour both.) 어서 의사를 부르게. (시종이 부대장을 부축하여 퇴장)

로스와 앵거스 등장.

맬 컴 로스 영주입니다.

레녹스 당황한 저 기색! 무슨 심상치 않은 일을 아뢸 것만 같습니다.

로 스 국왕 만세!

던 컨 으음…… 로스 영주, 어디서 오는 길이오?

로 스 파이프에서 오는 길입니다, 폐하. 그곳은 노르웨이군의 깃발이 하늘을 뒤덮어, 백성들의 간담을 서늘하게 하고 있습니다. 노르웨이 왕은 저 대역적 코더 영주의 원조를 받아 직접 대군을 거느리고 공격해 왔습니다. 그러나 전쟁의 여신 벨로너의 남편이라 할 수 있는 맥베스 장군이 갑옷으로 무장하고 용감히 맞서 칼에는 칼로, 완력에는 완력으로 그의 오만불손을 봉쇄함으로써 마침내 아군이 승리할 수 있었습니다.

던 컨 참으로 다행이오.

로 스 지금 노르웨이 왕 스위노가 강화를 청하고 있는데, 아군은 성 콜름 섬에서 노르웨이 왕으로부터 만 달러의 배상금을 받기 전에는 전사자의 매장조차 허락하지 않겠다고 합니다.

던 컨 이제는 코더 영주가 짐을 더 이상 배신하지 못할 것이다. 지금 당장 그에게 가서 사형을 선고하시오. 그리고 그의 칭호를 가지고 맥베스를 환영해 주시오.

로 스 황공하옵니다.

던 컨 그놈이 잃은 것을 맥베스가 얻게 되었소. (모두 퇴장)

||||| 제3장 |||||

황폐한 광야

천둥, 마녀 셋 등장

마 녀1 애, 어딜 쏘다니다 왔니?

마 녀2 돼지 죽이러.

마 녀3 넌?

마 녀1 선원 마누라가 앞치마 자락에 밤톨을 싸가지고 아그작 아그작 먹고 있기에 "좀 다오." 했더니 "꺼져, 마녀야!" 하고 그 뚱뚱한 년이 야단치잖아. 남편은 엘레포에 가 있다는데, 타이거 호의 선장이래. 난 쳇바퀴를 타고 건너가서 꼬리 없는 쥐로 둔갑해가지고, 실컷 골려줄 테야.

마 녀2 내가 바람을 하나 줄게.

마 녀1 고마워.

마 녀3 나도 하나 줄게.

마 녀1 그 밖의 바람은 다 내 손 안에 있어. 내 바람들이 아는 뱃사람의 지도에 나와 있는 온갖 구석구석으로 내 마음대로 불어댈 수 있지. 그 남편놈을 건초같이 말려놓고 말 테야. 그 녀석 눈꺼풀 위에 밤이고 낮이고 잠이 들 수 없을 거야. 저주받은 사람처럼 일곱 밤낮의 팔십일 배나 허덕이다가 수척해져서, 시들게 만들어 놓고 말 테야. 배를 난파시킬 수는 없지

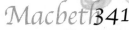

만, 폭풍에 시달리게 하고 말 테야. 이봐, 이것 좀 봐요.

마　녀2 어디, 어디 보라는 거야.

마　녀1 돌아오는 길에 파손을 당한 뱃길잡이의 엄지손가락이
야. (안에서 북소리)

마　녀3 북소리다, 북소리야. 맥베스다.

셋이 손을 맞잡고 춤을 추며 점점 빨리 맴돈다.

모　두 단숨에 해륙을 건너는 운명의 세 자매여, 손을 맞잡고 돌
자, 돌자, 빙빙. 너도 나도 세 번, 아홉 번 돌자. 쉿! 마술을 걸었
다. (모두 갑자기 춤을 멈추고 안개 속에 몸을 감춘다)

맥베스와 뱅쿠오 등장

맥베스 이처럼 나쁘고도 좋은 날은 처음 봤는 걸. (So foul and
fair a day I have not seen.)

뱅쿠오 포레스까지 얼마나 되오? (안개가 짙어진다) 아, 저건? 저
렇게들 말라빠지고 옷차림은 괴상한 것이 지상의 생물 같지
가 않은데, 그대로 저기 있잖은가? 그래, 너희들은 살아 있느
냐? 인간과 말을 나눌 수 있느냐? 내 말을 알아듣는지, 튼 손가
락을 다들 저마다 시들어빠진 입술에 갖다대는구나. 여자같
이 보이는데 수염이 나 있으니, 참 알 수가 없군.

맥베스 말을 해봐라, 대관절 너희들은 누구냐?

마　녀1 만세, 맥베스! 만세, 글래미스 영주!

342

마　녀 2 만세, 맥베스! 만세, 코더 영주!

마　녀 3 만세, 맥베스! 장차 왕이 되실 분.

밴쿠오 왜 놀라시오? 두려워하시는구려. 듣기에도 솔깃한 일을? 그런데 대체 너희들은 허깨비냐, 외형에 보이는 그대로냐? 나의 동료를 너희들은 현재의 칭호와 미래의 영광과 왕위의 예언으로 환영하니, 저분이 저렇게 어리둥절하고 있잖느냐. 그래 내게는 아무 말도 안 해줄 거냐? 너희들이 시간의 종자를 꿰뚫어보고, 자랄 종자를 예언할 수 있거들랑 말해 봐라. 너희들의 호의를 청하거나 증오를 두려워할 나는 아니다. (who neither beg nor fear Your favours nor your hate.)

마　녀 1 만세!

마　녀 2 만세!

마　녀 3 만세!

마　녀 1 맥베스만큼은 못해도, 더 위대하신 분.

마　녀 2 운은 그만은 못해도, 훨씬 더 행운이 있으신 분.

마　녀 3 왕이 되지는 못해도 자손 대대로 왕을 낳으실 분. 그러니 만세 맥베스와 밴쿠오!

마　녀 1 밴쿠오와 맥베스 만세! (안개가 더 짙어진다)

맥베스 게 멈추어라. 말이 애매모호하다. 똑똑히 말해 봐라. 선친 사이널의 사망으로 내가 글래미스 영주가 된 것은 알고 있다만, 코더 영주라니 무슨 말이냐? 코더 영주는 현재 당당히 생존해 있잖느냐. 게다가 왕이 되다니, 코더 영주가 된다는 말보다 더 믿지 못할 일. 대관절 어디서 그런 괴상한 소식을 얻어 왔느냐? 어째서 이 황야에서 길목을 가로막고 이상한 예언으

로써 인사를 하는 거냐. 어서, 말해 봐라. (마녀들 안개 속으로 사라진다)

밴쿠오 땅에도 물 위같이 거품이 다 있구려. 지금 그것들 말이오. 원 어디로 사라져버렸구먼.

맥베스 형체가 있는 듯 보이더니 그만 공중으로 입김처럼 바람 속으로 사라지고 말았소. 좀더 잡아두고 싶었는데!

밴쿠오 정말로 그것들이 눈앞에 나타났었소? 혹시 우리가 광란 초를 먹고 이성을 마비당한 것은 아니오?

맥베스 장군의 자손이 왕이 된다잖소.

밴쿠오 장군은 자신이 왕이 되신다잖소.

맥베스 그리고 코더 영주가 된다고, 안 그랬소?

밴쿠오 확실히 그렇게 말했소. 그런데 저게 누굴까?

로스와 앵거스 등장.

로 스 맥베스 장군, 국왕께서는 장군의 승전 소식을 듣고 기뻐하고 계시오. 더욱이 반란군과의 분투를 들으시고는 경탄과 찬양에 착잡한 심정이 되셔서, 어느 쪽으로 먼저 하실 것인지 분간하지도 못할 지경이었소. 그리고 다음 전황을 들으시고는 장군이 노르웨이군 진중에 쳐들어가 닥치는 대로 시체의 산을 쌓으면서도 조금도 두려워하는 기색이 없었다는 사실을 아셨소. 그리고 빗발같이 잇따라 들어오는 전령들은 누구나 장군을 호국의 영웅이라고 찬양하는 것이었소.

앵거스 우리 두 사람은 폐하의 치사를 전하고 장군을 어전으로 안내하러 온 것이오. 은상은 별도로 분부가 계실 것이오.

로　스 앞으로 더 큰 영예를 내리신다면서 우선 장군을 코더 영주라고 부르라고 명하였소. 축하드리오, 코더 영주님.

밴쿠오 아니, 마귀의 말이 맞다니?

맥베스 코더 영주는 생존해 있잖소. 왜 내게 남의 옷을 빌려 입히려 하시오?

앵거스 코더 영주였던 그분이 아직도 살아 있기는 하지만, 폐하의 엄벌로 생명을 잃게 되었소. 과연 노르웨이군과 결탁을 했는지, 또는 비밀 원조와 편의를 반군에 제공했는지, 아니면 두 가지 다하여 국가의 전복을 꾀하였는지 알 수 없으나, 아무튼 대역죄는 명백히 밝혀져 몰락당했소.

맥베스 (방백) 글래미스와 코더의 영주라, 이젠 제일 큰 것이 남아 있구나. (로스와 앵거스에게) 아, 수고들 하였소. (밴쿠오에게) 장군은 자손이 왕이 되기를 원하지 않소? 내게 코더 영주를 갖다준 그것들이 장군께도 그만한 약속을 했는데!

밴쿠오 그 말을 곧이 들으시면, 코더 영주에다 왕관까지 욕심이 나실 거요. 아무튼 이상한 일이오. 흔히 암흑의 일꾼들은 사람을 해치고자 하찮은 진실을 가지고 유혹하여, 진짜 중대한 결과에선 우리를 배반하니까 말이오. 두 분, 잠깐 이리 좀. (로스와 앵거스, 밴쿠오쪽으로 다가선다)

맥베스 (방백) 두 가지는 맞았다. 왕위가 주제인 웅장한 무대의 멋진 서막이랄까. (큰 소리로) 두 분 수고하셨소. (방백) 이 이상한 유혹은 흉조도 길조도 아니다. 만약 흉조라면 먼저 진실을 보여주면서 미래의 성공을 보증할 리가 없겠지? 실제로 나는

Macbeth 345

코더 영주가 되지 않았는가. 그러나 길조라면 왜 내가 그런 유혹에 빠져야 하는 거지? 그 무서운 환상에 머리칼은 곤두서고, 가슴이 쿵쾅거리고, 평소와 같은 마음이 아니잖는가. 마음속 공포에 비하면 눈앞의 불안쯤은 문제도 아니다. 아직은 공상에 불과하면서 살인이란 생각이 내 약한 인간성을 어찌나 뒤흔드는지, 심신의 기둥은 망상 때문에 마비되고 환상밖에는 아무것도 보이지 않는구나.

밴쿠오 (로스와 앵거스에게) 저것 좀 보시오, 내 동료가 망연자실하고 있구려.

맥베스 운으로 왕이 된다면, 가만 있어도 운이 내게 왕관을 갖다 씌워줄 것 아닌가.

밴쿠오 새 영예는 내렸으나, 처음 입은 옷처럼 몸에 잘 맞지 않는가 보군. 시간이 지나야 익숙해지지.

맥베스 (방백) 제기랄, 될 대로 되라지. 아무리 험한 날에도 시간은 지나간다. (Time and the hour runs through the roughest day.)

밴쿠오 맥베스 장군, 이젠 가보실까요?

맥베스 아, 용서하시오. 멍하니, 잊었던 일을 돌이켜 생각하고 있었소. 아, 두 분의 수고는 마음속에 명심해 두고 잊지 않겠소. 자, 국왕을 뵈러 갑시다. (밴쿠오에게)오늘 일은 잊지 마시오. 깊이 생각해 두었다가 나중에 서로 허심탄회하게 얘기해 봅시다. (let us speak Our free hearts each to other.)

밴쿠오 잘 알았소.

맥베스 오늘은 이만…… 자, 갑시다. (모두 퇴장)

346

||||| 제4장 |||||

포레스, 궁전의 방

나팔 소리, 던컨 왕, 맬컴, 도널베인, 레녹스, 시종들 등장.

던 컨 코더의 사형은 집행했는가? 집행리는 아직 돌아오지 않았는가?

맬 컴 예, 아직 돌아오지 않았습니다. 그러나 사형을 목격한 사람의 말에 의하면, 코더는 대역의 죄상을 솔직히 고백하고, 폐하의 용서를 애원하며 깊이 참회했다고 합니다. 더구나 그 마지막 모습은 전 생애를 통하여 가장 훌륭한 것이었다 합니다. 마치 죽는 방법을 연구라도 해둔 양 소중한 생명을 초개처럼 버리고, 태연히 세상을 하직했다고 합니다.

던 컨 얼굴로 사람의 마음속을 알아볼 길은 없구나.(There's no art To find the mind's construction in the face) 짐은 그자를 전적으로 신임하지 않았던가.

맥베스, 뱅쿠오, 로스, 앵거스 등장.

던 컨 오, 맥베스. 어서 오시오! 지금도 짐은 고민 중에 있었소. 장군이 워낙 앞서 가니, 아무리 훌륭한 상으로도 장군의 업적

을 따라갈 수가 없구려. 차라리 공적이 좀더 적었다면 짐으로
서는 충분한 감사와 보답을 할 수 있었을 것이오! 그런데 장군
의 공적이 너무나 커서 무엇을 가지고도 보답하기 어렵다고
할 수밖에는 없구려.

맥베스 소신이 충성을 다하는 것은 당연한 의무입니다. 폐하께
서는 신들의 의무를 다할 수 있게 한 것이 그저 기쁠 따름입니
다. 신들은 국왕의 신하, 국가의 충복, 오직 폐하의 은총과 명
예를 명심하여 마땅히 충성을 다할 따름입니다.

던 컨 아, 어찌 됐든 이렇게 무사히 돌아와서 기쁘오. 이번에 새
지위를 심어놓았으니 충분히 성장하도록 짐도 최선을 다하겠
소. (밴쿠오에게) 오, 밴쿠오. 그대의 공도 대단하오. 세상은 이
를 마땅히 인정해야 하오. 자, 이 가슴에 꼭 안게 해주오.

밴쿠오 폐하의 품 안에서 소신이 성장하면 수확은 폐하의 것입
니다.

던 컨 기쁨은 한없이 넘쳐흘러 도리어 슬픔의 눈물 속에 숨고
싶어하는구려. 왕자, 친척, 영주, 기타 고관 대작들은 들으시
오! 맏아들 맬컴을 황태자로 책봉하여 앞으로는 컴벌랜드 공
이라 부를 것을 선포하겠소. 물론 이 영광은 황태자 한 사람의
것이 아니라, 이 영광은 모든 공신들 위에 별처럼 빛을 내게
하리다…… (맥베스에게) 그럼, 이제부터 장군의 인버네스 성
으로 갑시다. 그곳에서 또 수고를 끼쳐야겠소.

맥베스 폐하를 위한 휴식이 아니면 휴식은 도리어 고통입니다.
소신은 선발자가 되어 폐하의 행차를 알려서 아내를 기쁘게
해주겠습니다. 그럼 이만 물러가겠습니다.

348

던 컨 훌륭하오, 코더 영주.

맥베스 (방백) 컴벌랜드 공이라! 장애물이 끼어들었어. 이 한 계단이 내가 헛디뎌서 주저앉느냐 뛰어넘느냐가 문제로다. 별들아, 빛을 감춰라! 빛은 지옥같이 시커먼 나의 야만을 보지 말고, 눈은 손이 하는 짓을 보지 마라. 에잇, 단행해야지. 결과를 눈이 보면 질겁할 일을. (퇴장)

던 컨 사실 그렇소, 뱅쿠오. 참 용감한 위인이오. 그 사람을 칭찬하는 소리를 들으면 짐은 향연이라도 받는 것같이 만족을 느끼오. 자, 뒤를 따릅시다. 저렇게 염려하여, 앞에 가서 환대할 준비를 하겠다는구려. 참으로 내 친척 중에 둘도 없이 훌륭한 사람이오. (나팔 소리, 모두 퇴장)

||||| 제5장 |||||
인버네스, 맥베스의 성 앞

맥베스의 부인, 편지를 들고 등장

맥베스 부인 (편지를 읽는다) '그것들을 만난 것은 개선하던 날이었소. 완전히 신뢰할 만한 정보에 의하여 나중에 알게 되었지

Macbeth 349

만, 그것들은 인간의 지식 이상의 불가사의를 지닌 자들이오. 좀더 자세히 묻고 싶은 마음이 불타올랐는데, 그것들은 갑자기 공중으로 사라져버렸소. 그래서 나는 놀라움에 잠겨 멍청히 서 있었소. 그때 마침 국왕의 사자가 와서, 나를 '코더 영주' 라 부르며 축하했소. 이미 운명의 마녀들이 이 칭호로 내게 인사를 하고, 미래에 관해서는 '만세, 머지않아 왕이 되실 분.' 하고 예언을 했던 것이오. 출세의 동반자이며 가장 친애하는 당신께 이 일을 알리는 것이 좋겠다고 생각한 것은, 미래에 약속된 영광을 당신이 전혀 모르고, 따라서 마땅히 누릴 기쁨을 잃어서는 안 된다고 생각했기 때문이오. 이 일을 잊지 말기 바라오. 이만 줄이겠소.'

당신은 글래미스 영주와 코더 영주가 되었습니다. 그러니 예언된 지위도 차지하게 될 것입니다. 하지만 당신의 성품이 염려가 돼요. 당신은 원래 인정이 많아서 지름길을 취하지 못하는 분이잖아요. 당신은 출세를 원하고, 야심이 없는 것도 아니지만, 출세에 꼭 필요한 잔인성이 없어요. 높은 지위는 탐이 나도 신성하게 얻고 싶고, 나쁜 짓은 하기 싫지만 어떻게 해서라도 이기고 싶어하는 사람이에요. 글래미스 영주님, 당신이 소원하는 것, 그것이 이렇게 외치고 있습니다. '원하면 행하라' ('Thus thou must do, if thou have it) 고. 그런데 당신은 행하고는 싶은데 두려운 거예요. 어서 돌아오세요. 저의 결심을 당신의 귀에 불어넣어드릴 테니까요. 그리고 이 혀의 힘으로 당신으로부터 황금의 관을 방해하는 모든 것들을 혼을 내주겠어요. 지금 운명과 마력이 협력하여 그 금관을 당신의 머리 위에 씌워줄 것 같지 않습니까?

하인 등장

맥베스 부인 무슨 소식이냐?

하　인 국왕께서 오늘밤 이곳으로 행차하십니다.

맥베스 부인 미친 소리! 영주님은 폐하와 동행이 아니시란 말이
냐? 동행이라면 준비를 하라고 미리 기별이라도 있었을 것 아
니냐.

하　인 죄송합니다만 사실입니다. 영주님께서도 지금 돌아오시
는 중이랍니다. 하인이 영주님을 앞질러 방금 도착했는데, 숨
을 몰아 쉬면서 간신히 말했습니다.

맥베스 부인 잘 간호해 주어라. 굉장한 소식을 전해왔구나. (하인
퇴장) 까마귀까지도 목쉰 소리로 울어대는구나, 던컨 왕이 죽
으러 이 성으로 들어온다고 말이다. 자, 악한 마음을 돕는 악
령들아, 나의 마음을 청산해다오. 그리고 이 머리 꼭대기에서
부터 발 끝까지 무서운 잔악으로 가득 채워다오! 온몸의 피를
혼탁하게 하여 후회하지 않게 하고, 연민의 정이 흉악한 계획
을 흔들리지 않게 해다오. 그리고 실행과 계획 사이에 타협이
오지 않게 해다오. 자, 살인의 악마들아, 이 품 안에 들어와서
나의 달콤한 젖을 쓰디쓴 담즙과 바꿔다오. 너희들은 도처에
서 보이지 않는 형체로 인간의 재앙을 돕지 않는가! 어두운 밤
아, 어서 와서 너 자신을 지옥의 시커먼 연기로 감싸다오. 너
의 예리한 칼이 낸 상처를 네 자신이 봐선 안 되니까. 그리고

*Macbeth*351

하늘이 암흑의 장막 사이를 들여다보면서 '안 돼, 안 돼!' 하고 소리치면 안 되니까.

맥베스 등장

맥베스 부인 글래미스 영주님! 코더 영주님! 앞으로 이보다 더 훌륭하게 되실 어른! 당신의 편지로 저는 이 미지의 현재를 뛰어넘어 몸과 마음이 황홀경에 들어간 미래를 느낍니다.

맥베스 여보, 던컨 왕이 오늘밤 이곳으로 행차할 거요.

맥베스 부인 그리고 언제 이곳을 떠나십니까?

맥베스 예정은 내일로 되어 있소.

맥베스 부인 오, 태양은 영원히 그 내일을 보지 못할 것입니다! 영주 나리, 당신의 얼굴은 마치 수상한 내용이 씌어진 한 권의 책 같아요. 세상을 속이려면 세상과 같은 얼굴을 하고, 눈과 손과 혀에 환영의 표정을 하세요. 겉으로는 무심한 꽃같이 보이되, 실제로는 그 밑에 숨은 독사가 되세요. 찾아오는 손님을 맞을 준비를 해야죠. 오늘밤 큰일은 제게 맡기세요. 성공하면 앞으로 평생 밤과 낮, 왕권과 지배력은 우리의 것입니다.

맥베스 이따가 더 의논합시다.

맥베스 부인 그저 명랑한 얼굴을 하세요. 수상한 표정은 무엇인가 두려워한다는 증거입니다. 모든 일은 제게 맡기세요.
(Leave all the rest to me.) (퇴장)

||||| 제6장 |||||
인버네스, 맥베스의 성 앞

오보에 소리와 함께 던컨 왕, 맬컴, 도널베인, 뱅쿠오, 레녹스, 맥더프, 로스, 앵거스, 시종 등장

던 컨 이 성은 좋은 곳에 자리잡고 있소. 공기는 맑고 상쾌하며 기분이 참 좋구려.

뱅쿠오 사원에다 집을 짓는 여름 손님인 제비가 저렇게 집을 지어 놓은 것을 보니, 이곳 하늘의 미풍이 향기로운 모양입니다. 추녀 끝, 서까래 옆, 벽 받침, 그 밖의 편리한 구석구석 어디에나 제비는 집을 지어 새끼를 치게 마련입니다. 저것들이 모여들어 새끼를 치는 곳치고 공기가 상쾌하지 않은 곳은 없습니다.

맥베스 부인 등장

던 컨 저, 저! 이댁 부인이구려. 호의도 지나치면 귀찮을 수도 있으나, 역시 호의니까 기쁘기 마련이오. (The love that follows us sometime is our trouble, Which still we thank as love.) 그러니 부인께 수고를 끼친 점을 위하여 신의 축복을 빌고, 귀찮게 한 짐에게 감사하시오.

Macbeth 353

셰익스피어 4대 비극

맥베스 부인 왕실에 대한 저희들의 봉사, 그 하나하나를 배로 하옵고 그것을 또 배로 하옵더라도, 폐하께서 저의 집에 내리신 넓고 깊은 영예에 비하면 오직 빈약하고 하찮을 뿐입니다. 종전의 작위에다 이번에 또 작위를 하사하셨으니, 저희는 이 은혜를 언제 갚게 될지 모르겠습니다.

던 컨 코더 영주는 어디 갔소? 즉시 뒤를 쫓아와 먼저 도착하여 그를 맞이할 생각이었으나, 워낙 승마에 능하고 충성심은 박차같이 날카로운지라, 결국 영주가 먼저 도착하고 말았구려. 아름답고 기품 있는 부인, 오늘밤은 댁의 손님이 되겠소.

맥베스 부인 폐하의 종복인 저희는 가신이며, 자신과 재산 모두 분부가 계시면 언제라도 청산하여 도로 바칠 생각입니다.

던 컨 자, 손을 이리 주시오. 주인께 과인을 안내하오. 짐은 그 사람을 지극히 사랑하오. 앞으로도 계속 호의를 보내겠소. 그럼 실례, 부인.

(왕은 맥베스 부인의 손을 잡고 성 안으로 들어간다)

354

노청, 안쪽 좌우에 입구, 왼편 입구는 성문으로 통하고, 오른편 입구는 성 안의 방으로 통한다. 이 좌우의 입구 사이와 사이, 정면 안쪽에는 커튼이 쳐진 제3의 입구가 있고, 반쯤 열린 커튼 사이로 이 방의 내부가 보이는데. 거기에는 2층으로 통하는 계단이 있으며 계단 전면 벽 앞에는 의자와 탁자가 놓여 있다. 오보에 소리와 횃불. 상노가 접시와 식기 등을 든 하인들을 지휘하여 무대를 가로질러간다. 이들이 오른편 입구를 출입할 때마다, 안에서 축하잔치 소리가 떠들썩하게 새어나온다. 이윽고 입구에서 맥베스가 등장한다.

맥베스 해치워 버릴 때 일이 끝날 수만 있다면 당장 해치우는 것이 좋지 않은가. (If it were done when 'tis done, then 'twere well It were done quickly.) 암살이 사후 사태를 일망타진하고, 왕의 절명으로 일이 결말난다면, 그리고 또 이 일격으로 모두 해결만 된다면 내세의 재앙쯤은 무시해 버릴 수 있잖겠는가. 그러나 이런 일은 반드시 현세에서 심판받게 마련이거든. 잔인한 짓을 본보여주면 그것을 배워가지고, 반대로 가르친 자에게 되갚아주거든, 저 공정한 정의의 손은 독배를 마련한 장본인의 입에 퍼부어 넣거든. 왕은 이곳을 이중으로 믿고 있지

않은가. 첫째, 나는 친척이요 신하니까 어느 모로 봐서도 암살은 안 될 말이야. 또 나는 주인으로서, 문을 닫고 암살자를 막아야 옳은데 나 자신이 칼을 들다니. 더구나 왕은 아주 온화하고 인자한 왕으로 전혀 오점이 없었으니, 지금 암살을 하면 평소의 덕망은 천사의 나팔처럼 대죄를 규탄할 것이고, 연민의 정은 온 백성들에게 눈물을 억수같이 쏟게 할 것이 아닌가. 어디 계획을 실행에 옮길 자극이 필요한데 있는 것이라곤 날뛰는 야심뿐이니, 도가 지나치면 나가떨어지고 말렷다.

맥베스 부인 등장

맥베스 부인 식사가 곧 끝납니다. 왜 자리를 뜨셨어요?

맥베스 왕이 나를 부르셨소?

맥베스 부인 부르셨어요, 모르세요?

맥베스 이 일은 더 이상 추진하지 맙시다. 이번에 왕은 내게 영예를 내렸소. 게다가 나는 모든 사람들로부터 황금의 인기를 얻었소. 새 광채가 날 때, 지금 몸에 지녀보고 싶구려. 일부러 팽개쳐버릴 필요는 없잖소?

맥베스 부인 그럼, 지금까지 지니고 있던 희망은 술에 취해 잠자고 있었나요? 당신은 마음속으로 원하고 있으면서도 용감하게 행동으로 나타내려니까 겁이 나시는 거죠? 인생의 꽃이라고 당신도 생각하는 것을 갖고 싶으면서도, 병신같이 생각되는 일생을 앞으로 살겠단 말인가요? 속담의 고양이처럼 '탐은 난다만' 그러나 '안 되지' 하고 말겠단 말이죠?

맥베스 여보, 좀 조용히 하시오. 인간다운 짓이라면 무엇이든 하
겠소. 그러나 그 이상의 짓을 하는 놈은 인간이 아니오. (I dare
do all that may become a man; Who dares do more is none.)

맥베스 부인 그렇다면 당신으로 하여금 이 계획을 제게 알리도
록 한 것은 어떤 짐승이었나요? 당신이 결의를 했을 때에는
훌륭한 대장부였어요. 그러니 그 이상의 존재가 되시면 더한
층 대장부답게 되십니다. 그때는 시간과 장소의 이득이 없었
는데도 당신은 무리한 일을 하려고 결심하셨어요. 이제는 두
가지 다 준비되고 기회가 찾아왔는데, 당신은 그만 풀이 죽어
버리시는군요. 저는 젖을 먹여보았기 때문에 자기 젖을 빠는
아기가 얼마나 귀여운지 알고 있습니다. 하지만 갓난아기가
엄마 얼굴을 보고 방글방글 웃고 있을지라도, 이가 없는 잇몸
에서 젖꼭지를 잡아 빼어 그 머리통을 박살낼 수 있어요. 당신
처럼 저도 그렇게 맹세만 했다면.

맥베스 섣불리 하다가 실패하면?

맥베스 부인 실패요? 용기를 내야 해요. 그러면 실패는 없을 테
니. (screw your courage to the sticking-place, And we'll not
fail.) 왕이 잠들면, 낮의 고된 여행 때문에 곤히 잠이 들 테니
까, 두 침실지기를 제가 포도주로 녹여놓겠어요. 이렇게 두 사
람이 죽은 것같이 취해 쓰러져서 돼지처럼 쓰러지면, 당신과
제가 무슨 짓인들 못하겠어요? 상대는 무방비 상태의 던컨 왕
혼자뿐인데? 그리고 역모죄는 만취한 그 두 사람에게 덮어씌
울 수 있잖아요.

맥베스 사내애만 낳으시오! 그 대담한 기질로는 사내애밖에 만

들지 못하겠구려. 그건 그렇고, 자고 있는 두 침실지기에게 피를 묻혀놓고 칼도 그들의 단도를 사용하면, 결국은 그 둘 소행으로 생각될 것 아니오?

맥베스 부인 저도 역시 그렇게 생각하고 있어요. 게다가 우리 부부는 왕의 죽음을 보고 대성통곡할 테니까요.

맥베스 이제 결심했소. 온몸에 힘을 불어넣어 이 무서운 일을 단행하겠소. 자, 들어가서 좋은 얼굴로 가장합시다. 마음속의 허위는 가면으로 숨길 수밖에. (축하연의 자리로 다시 들어간다)

||||| 제1장 |||||
맥베스 성의 안뜰

한두 시간 뒤, 정면 입구에서 뱅쿠오 등장. 그의 아들 플리언스는 횃불을 들고 부친을 안내한다. 두 사람은 입구를 닫지 않은 채, 무대 정면으로 나온다.

뱅쿠오 밤이 얼마나 깊었느냐?

플리언스 (하늘을 쳐다보며) 달은 졌는데, 시간을 알리는 종소리는 못들었습니다.

뱅쿠오 달은 자정에 진다.

플리언스 자정은 지났으리라고 생각됩니다.

뱅쿠오 애야, 이 대검을 잘 받아라…… 하늘은 참으로 인색하군. 별의 촛불을 죄다 꺼버리시다니. (단도 혁대를 풀어서 아들한테 준다) 이것도 좀. 졸음의 호출장이 무거운 납같이 엄습해오는구나. 그러나 자고 싶지는 않다. 인자한 천사들아, 부디 망상을 억제해다오. 잠이 들면 살그머니 찾아오는 망상들! (인기척에 깜짝 놀라며) 애, 칼을 이리 다오.

*Macbeth*359
셰익스피어 4대 비극

오른편 입구에서 맥베스와 횃불을 든 하인 등장

밴쿠오 게 누구냐?

맥베스 친구요.

밴쿠오 아니 아직 안 주무셨소? 폐하께서는 침실에 드셨습니다. 폐하는 자못 만족하시고, 댁의 하인들에게도 많은 선물을 하사하셨소. 그리고 이 다이아몬드는 극진히 환대해 준 댁의 부인께 내리신 선물이오. 아무튼 무한히 만족스런 하루를 보내신 것 같소.

맥베스 갑작스러운 일이라서, 만사가 여의치 않고 부족한 것뿐이오. 여유만 있었더라면 충분히 환대할 수 있었을 텐데.

밴쿠오 무슨 소리오, 모든 게 잘 되었소. 나는 간밤에 저 운명의 세 마녀를 꿈에 봤지요. 그것들이 한 말이 장군께는 일부 실현되었소.

맥베스 아, 나는 깜빡 잊고 있었구려. 하지만 한 시간쯤 여유가 생기면 그 일에 관하여 같이 좀 상의하고 싶은데 어떠시오?

밴쿠오 언제라도 좋습니다.

맥베스 시기가 왔을 때 나를 지지해 주시면, 당신께도 보답이 돌아가리다.

밴쿠오 섣불리 영예를 더하려다가 도리어 잃고 마는 것만 아니라면, 그리고 또 언제까지나 마음의 결백을 유지하며 충성에 결함만 생기지 않는다면 어느 때라도 상의에 응하리다.

맥베스 그럼 편히 쉬시오!

밴쿠오 아, 감사하오. 그럼 장군도 편히! (밴쿠오와 플리언스, 자기
네 방으로 퇴장)

맥베스 여봐라, 가서 마님께 여쭈어라, 잠술이 마련되거든 종을
치라고. 그리고 가서 자거라. (하인 퇴장. 맥베스, 탁자 옆에 앉
는다. 그러자 갑자기 단검의 환상이 보인다) 아, 칼자루를 내 손
쪽으로 향하고 이 눈앞에 나타난 저것은 단검이 아니냐? 어디,
잡아보자. 아, 잡히지 않는구나. 그래도 눈에는 보이는구나. 불
쌍한 환상 같으니. 이놈, 실체가 없느냐. 눈에는 보이면서 손에
는 잡히지 않아? 아니 마음의 단검, 공상의 산물이냐, 열에 들
뜬 머리에서 만들어낸? 지금도 눈에 보이네. 지금 이 손에 빼
든 실물의 단검처럼 똑똑히 보인다. 그래, 네가 길을 안내하겠
단 말이지. 나는 너 같은 연장을 쓸 작정이다! (일어선다) 한밤
중에 이 눈만 바라보란 말이냐, 아니면 눈만이 멀쩡한 거냐.
아직도 보이네. 이젠 날과 자루에 피가 묻어 있네. 아까는 안
그랬는데. 아, 사라졌다. 잔인한 짓을 계획하니까 그런 것이 눈
에 어른거리구나……. 지금 만물은 죽은 듯 고요하고, 장막이
내린 잠은 악몽에 시달리고 있다. 그리고 마녀들은 파리한 헤
커트 여신에게 제사를 드리는 중이고, 말라빠진 자객은 파수
역 늑대의 울부짖음에 잠이 깨어, 이렇게 살금살금 로마의 정
숙한 여자를 능욕하러 간 타이퀸의 걸음으로 목적을 향해간
다. 유령처럼 말이다. 요지 부동한 대지야, 이 발이 어디로 향
하든 행여 발소리는 듣지 말아다오. 돌들이 내가 있는 곳을 소
문내어, 지금의 이 안성맞춤의 처참한 정적을 파괴해서는 안
되니까. 이렇게 입으로 위협해 보았자 왕은 죽지 않는다. 말은

Macbeth 361

실행의 열의에다 차디찬 바람을 불어줄 뿐 아닌가. (Words to the heat of deeds too cold breath gives.)

(신호의 종소리) 자, 가야지. 가면 끝난다. 종이 부르지 않는가. 저 종소리를 듣지 마라, 던컨. 저건 조종이니까, 널 천국 아니면 지옥으로 들어가게 하는. (열려 있는 뒤쪽 입구로 발소리를 죽여 살금살금 들어가서 한 발 한 발 계단을 올라간다)

‖‖‖ 제2장 ‖‖‖
맥베스 성의 안뜰

맥베스 부인, 술잔을 들고 오른편 입구에서 등장.

맥베스 부인 두 침실지기를 취하게 한 이 술로 나는 대담해졌다. 술로 인해 그 자들은 불이 꺼지고 나는 불이 붙었다 (멈칫한다) 아, 쉿! 올빼미 우는 소리였구먼. 사형집행을 알리는 야경같이 처참하게 ‘안녕’을 고하는구나. 지금 단행하는 중이신가 보다. 문은 열려 있다. 만취한 종놈들은 직책도 잊은 채 코만 드르렁거리는군. 저녁술에 약을 탔더니 생사가 그놈들과 싸우고 있구나.

맥베스 (안에서) 게 누구냐?

맥베스 부인 아, 침실지기들이 잠을 깬 것은 아닐까, 아직 단행하
기도 전에. 하려다가 실패하면 우리는 파멸이다. 쉿! 단검은
두 자루 다 내놨으니, 설마 그이가 못 찾지는 않겠지. 자고 있
는 왕의 얼굴이 내 아버지와 닮지만 않았더라도 내가 해치웠
을 텐데.

부인이 계단으로 올라가려는 듯이 들어서자, 맥베스가 2층 입구에서 나타
난다. 그의 양팔은 피루성이가 되고 왼손에는 두 자루의 단검이 쥐어져 있
다. 그는 휘청거리며 내려온다.

맥베스 부인 여보!

맥베스 (중얼거리는 목소리로) 해버렸소. 무슨 소리 못 들었소?

맥베스 부인 올빼미 우는 소리가 들렸어요. 그리고 귀뚜라미 소
리도. 뭐라고 말 안 하셨수?

맥베스 언제?

맥베스 부인 지금 금방.

맥베스 계단을 내려올 때에?

맥베스 부인 예.

맥베스 쉿! (두 사람이 귀를 기울인다) 옆방에 자고 있는 사람은?

맥베스 부인 도널베인.

맥베스 이 무슨 비참한 꼴인가? (오른손을 펴보며)

맥베스 부인 비참한 꼴이라뇨? 어리석은 생각이에요.

맥베스 잠결에 한 놈은 웃고, 한 놈은 "살인이야!" 하면서 두 놈

Macbeth 363

이 다 잠을 깨었소. 나는 가만히 서서 엿듣고 있었지. 그러나 놈들은 기도를 중얼거리곤, 다시 잠이 들어버렸소.

맥베스 부인 두 사람이 같이 자고 있었어요?

맥베스 한 놈은 "하느님의 축복을!" 하고, 또 한 놈은 "아멘!" 했소. 사형집행인같이 피 묻은 손을 한 나를 보고나 있는 듯이 그것들이 공포 속에 "하느님의 축복을!" 하는 소리를 듣고도 나는 '아멘!' 소리조차 나오지 않았소.

맥베스 부인 너무 심각하게 생각하진 마세요. (Consider it not so deeply.)

맥베스 하지만 왜 '아멘!' 소리가 나오지 않았을까? 나야말로 축복이 가장 절실한 사람인데, '아멘!' 소리가 목에 걸려 나오질 않았어.

맥베스 부인 이런 일을 그렇게 생각하진 마세요. 그렇게 생각하시면 미쳐버리고 말아요.

맥베스 누가 이렇게 외치는 소리가 들리는 것 같구려. '이젠 잠을 못 잘 것이다! 맥베스는 잠을 죽였다'고. 아, 천진난만한 잠, 뒤엉킨 고민의 실타래를 풀어주는 잠, 매일매일 생명의 죽음인 잠, 피로를 씻어주는 잠, 상처난 마음에겐 향기로운 약을 발라주는 잠, 대자연의 제2의 요리인 잠, 생명의 향연의 제일의 영양분인 잠을 그 잠을 죽여버린 거요.

맥베스 부인 아니, 그게 어쨌단 말예요?

맥베스 온 집 안을 향하여 자꾸만 '영영 잠을 못 잔다!'고 외치는구려. '글래미스는 잠을 죽였다. 그러니까 코더는 영영 못 잔다. 맥베스는 영영 못 잔다!'고

맥베스 부인 외치다니, 대체 누가? 여보 영주 나리, 그렇게 미칠 듯이 생각하시면 대장부다운 기력이 풀려버리잖아요. 자, 어서 물을 떠다가 손을 씻어버리세요. 나 원, 그 단검은 왜 가져왔수? 거기 그냥 놔두지 않고. 어서 도로 가지고 가서 자고 있는 종놈들에게 피를 묻혀놓으세요.

맥베스 이젠 못 가겠소. 내가 한 일이 무서워졌어. 다시는 볼 수가 없어요.

맥베스 부인 쳇, 그렇게 대가 약하세요? 단검을 이리 줘요. 자는 사람이나 죽은 사람은 그림이랑 똑같아요. 아이들 눈이나 마귀 그림을 무서워하는 법이에요. 아직 피를 흘리고 있으면 종놈들 얼굴에다 발라줘야지. 죄를 뒤집어씌울 수 있게. (부인, 계단을 올라간다. 이때 노크하는 소리가 들린다.)

맥베스 저 노크 소리는 뭐지? 웬일일까, 소리만 조금 들려도 깜짝깜짝 놀라니. 이 피묻은 손을 보니 눈알이 튀어나올 지경이야! 넵튠 (로마 신화 중의 해신 - 역주)의 대양의 물을 다 가지고도 이 손의 피가 씻어질 수 있을까? 천만에, 오히려 이 손은 망망대해를 분홍으로 물들이고, 푸른 바다를 온통 핏빛으로 만들고 말거야.

맥베스 부인, 정문을 닫으면서 돌아온다.

맥베스 부인 제 손도 같은 빛이 됐어요. 하지만 당신같이 창백한 심장은 되지 않아요. (노크 소리) 노크 소리가 나잖아요, 남문 쪽이에요. 자, 침실로 물러갑시다. 물만 조금 있으면 죄다 말끔

히 씻어집니다. 문제없어요! 저 태연한 담력은 어디다 버리셨소? (노크 소리) 아, 또 노크 소리가. 잠옷으로 갈아입으세요. 만일 불려나갈 경우, 아직 안 자고 있다고 의심받으면 안 되니까. 그렇게 맥빠진 사람처럼 멍청히 서 계시지만 말고요.

맥베스 저지른 죄를 인식하기보다는 멍청히 자신을 잊고 있는 게 상책이지. (노크 소리) 그 노크로 던컨을 깨워라! 제발 깨워다오!

||||| 제3장 |||||
맥베스 성의 안뜰

노크 소리가 점점 높아진다. 술취한 문지기가 안뜰에 나타난다.

문지기 나 원, 무던히도 두드려대네! 이게 지옥의 문지기라면 열쇠깨나 돌려야겠구먼. (노크 소리) 쿵 쿵 쿵! 악마장을 대신하여 묻겠는데, 게 누구냐? 곡식을 잔뜩 사뒀다가 풍년이 들 것 같자 목매달아 죽은 농부인가 보다. 때마침 잘 왔다. 수건이나 잔뜩 준비하라구. 진땀깨나 뺄 테니. (노크 소리) 쿵쿵! 대관절 누구냐? 또 한 놈의 악마 이름으로 묻는다만, 옳지, 양쪽에 다

통하는 서약을 얼버무리는 사기꾼이 왔나 보다. 하느님 이름
으로 반역을 해먹는 사기꾼 같으니. 하지만 천국에선 그 사기
도 통하지 않으렷다. 자 들어오시지, 사기꾼 양반. (노크 소리)
쿵쿵쿵! 대체 누구냐? 음! 프랑스식 홀태바지에서조차 옷감을
잘라먹는 영국의 재단사가 왔나 보다. 들어오슈, 재단사 나리.
여기선 지옥의 불로 다리미질쯤 달굴 수도 있죠. (노크 소리)
쿵쿵쿵! 그칠 줄 모르느구먼! 대관절 누구냔 말이야? 그런데
여긴 지옥치고는 너무 춥구나. 지옥의 문지기 노릇은 그만 하
직해야겠어. 향락의 오솔길을 걸어 영겁의 불길로 향해가는
놈이면, 직업을 막론하고 몇 놈쯤은 통과시켜 주려고 했지만,
(노크 소리) 예, 예, 곧 갑니다! 제발 이 문지기를 잊지 말아 줍
쇼. (성문을 연다)

맥더프와 레녹스 등장.

맥더프 왜 이리 문을 늦게 여나? 간밤에 늦게 잠자리에 들었나,?

문지기 예, 두 번째 홰가 칠 때까지 마셨습죠. 그런데 나리, 술은
특별히 세 가지 큰 자극을 줍니다그려.

맥더프 술이 특별히 세 가지 자극을 주다니, 그게 뭔가?

문지기 예, 코가 빨개지고, 졸음이 오고, 그리고 오줌이 마렵지
요. 술에 성욕은 자극되었다가 팍 죽어버리지 뭡니까. 글쎄, 욕
정은 일어나지만 힘이 있어야죠. 그러니까 과음은 색에 대해
말하는 사기꾼이랄까요. 글쎄, 욕정을 주었다가는 죽여놓고,
자극시켰다가는 물러서게 하고, 용기를 주었다가는 실망케

하고, 벌떡 일어서게 했다간 쓰러뜨리고, 결국은 속임수로 꿈나라로 보내 사람을 떨어뜨립니다그려.

맥더프 간밤에 자넬 술에 넘어간 모양이군그래.

문지기 예, 바로 목구멍에 넘어갔습죠. 하지만 저도 넘어간 대신 보복은 해줬습죠. 힘은 제가 더 세니까, 결국 놈을 말끔히 토해서 넘어뜨려버렸습죠. 이따금 다리를 붙들어 넘어질 뻔했습니다만.

맥더프 주인 나리께선 일어나셨나?

이때 맥베스 잠옷을 입고 등장.

맥더프 노크 소리에 잠이 깨셨나 보군. 여기 나오시는구면.

레녹스 밤새 안녕하십니까?

맥더프 아, 안녕히 주무셨소, 두 분?

맥더프 폐하께서는 일어나셨습니까?

맥베스 아직.

맥더프 나더러 일찍 깨워달라고 분부하셨는데, 하마터면 늦을 뻔했소.

맥베스 자, 안내해 드리리다.

(두 사람 정면 입구를 향하여 걸어간다.)

맥더프 영주께서는 기꺼이 수고하시는 줄 압니다만, 그래도 수고임에는 틀림없습니다.

맥베스 즐겁게 하는 수고는 고통을 덜어줍니다. (The labour we delight in physics pain.) (계단으로 통하는 입구를 손가락으로 가리킨다) 여기가 침소로 들어가는 문입니다.

맥더프 무엄하지만 들어가 봐야겠소. 분부받은 직책이니까. (들
어간다)

레녹스 폐하께서는 오늘 출발하십니까?

맥베스 예, 그러신다고 하셨소.

레녹스 간만에 어수선한 밤이었소. 우리 숙소에는 굴뚝이 바람
에 쓰러졌지 뭡니까. 그리고 소문에 의하면, 곡성이 공중에서
들려오고, 이상한 죽음의 신음소리가 났다나요. 그리고 불행
하게도 세상에 가공할 혼란과 변고가 일어날 징조를 예언하
는 소리가 들렸다나요. 저 불길한 올빼미가 밤새도록 울었답
니다. 그리고 또 대지가 열병에 떠서 진동을 했다고도 합니다.

맥베스 험한 밤이었습니다그려.

레녹스 제 젊은 기억으로 처음 당하는 괴이한 밤이었습니다.

맥더프 다시 등장.

맥더프 아이구, 무서운, 무서운, 무서운, 일이! 입으로 표현도, 마
음으로 상상할 수도 없는 무서운 일이……

맥베스, 레녹스 대체 무슨 일이요?

맥더프 파괴의 손이 마침내 다시 없는 보물을! 극악무도한 역모
가 신의 전당을 두드려 부수고 거기서 생명을 훔쳐가버렸소.

맥베스 뭐, 생명?

레녹스 폐하의?

맥더프 침소에 가보시오, 새로 나타난 괴녀 고르곤에 눈이 멀어

버릴 테니. 나한테 묻지 마시오. 가서 보고 직접 말하시오. (맥
베스와 레녹스 계단을 올라간다) 일어나시오! 일어나시오! 어서
종을 울려라. 역모다! 밴쿠오! 도널베인! 맬컴! 일어나시오!
죽음의 가면인 포근한 잠을 떨쳐버리고, 죽음 그 자체를 보시
오! 일어나시오! 일어나서 최후의 심판의 현장을 보시오! 맬
컴! 밴쿠오! 무덤에서 일어난 유령처럼 걸어오시오! (비상 종
소리)

맥베스 부인, 잠옷 차림으로 등장.

맥베스 부인 무슨 일이에요? 그렇게 무섭게 경보를 울려 고이 잠
든 집안 사람들을 깨워 불러내시니? 말씀을 하세요, 말씀을!
맥더프 오! 부인, 부인께서 들으시면 안 됩니다. 내가 말을 할 수
있다 해도 부인들의 귀에 들려주면 즉시 살인을 하는 결과가
됩니다.

밴쿠오 실내복을 걸치고 허둥지둥 등장.

맥더프 오, 밴쿠오! 밴쿠오! 폐하께서 암살을 당하셨소.
맥베스 부인 뭐라구요, 큰일났네! 아니, 저희 집에서요?
밴쿠오 어디서고 간에 너무도 잔인한 일이오. 여보 맥더프, 제발
지금 하신 말을 취소하고, 아니라고 말씀해 주시오.

맥베스와 레녹스 다시 등장

370

맥베스　차라리 한 시간 전에만 내가 죽었던들, 행복한 일생이었을걸. 이제 인생에 있어 중요한 것이라곤 모두 사라져버렸구나. 온갖 것은 다 장난감. 명예와 자비도 죽어버렸다. 이 저장실에는 생명의 술은 다 쏟아지고, 자랑하려다가 만 술찌끼밖에 남아 있지 않구나.

두 왕자, 맬컴과 도널베인, 바른편 입구로 해서 허둥지둥 등장.

도널베인　무슨 일이오?

맥베스　아직 모르고 계시겠지만, 폐하의 신상에 큰일이 일어났습니다. 폐하의 피의 원천, 머리 샘이 막혀버렸습니다. 그 근원이 막혀버렸습니다.

맥더프　부왕께서 암살을 당하셨습니다.

맬　컴　아니, 누구한테?

레녹스　침소지기들의 소행 같습니다. 두 놈 다 손과 얼굴은 온통 피투성이고, 단검도 피가 묻은 채 베개 밑에 놓여 있더군요. 두 놈 다 눈은 멍하고 실성한 모양인데, 사람의 생명을 그런 자들에게 맡긴 것이 화근인 것 같습니다.

맥베스　아, 너무 분개한 나머지 그 두 놈을 죽여버린 것이 후회가 되오.

맥더프　아니, 왜 죽여버렸소?

맥베스　대체 누가 동시에 할 수 있겠소? 당황한 중에 지각 있게 행동하고, 분개하며 절도를 지키고, 충성하며 냉정하고, 이를 누가 할 수 있겠소? 불타는 충성의 조급한 행동이 그만 주저

Macbeth **371**

하는 이성을 앞질러버렸지요. 왕은 이쪽에 쓰러져서 은빛 피부에는 금빛 핏발의 무늬가 놓여지고, 입을 벌린 상처는 파괴의 무참한 입구, 몸의 갈라진 틈만 같았고, 한편 저쪽에는 하수인들이 암살의 증거로서 역력히 피에 잠겨 있고, 단검은 무엄하게도 칼집에서 나와 피가 묻은 채 곁에 굴러 있었소. 그런데 누가 참을 수 있겠소. 충성심이 있고 그것을 행동에 옮길 용기를 가진 사람이라면?

맥베스 부인 (기절한 체하며) 아, 저를 좀 저리로!

맥베스, 부인 곁으로 간다.

맥더프 아, 부인을 돌봐드리시오.

맬 컴 (도널베인에게 방백) 왜 우리는 입을 다물고 있을까, 우리가 제일 문제삼아야 할 일을?

도널베인 (맬컴에게 방백) 지금 무슨 말을 하겠소? 악운이 송곳 구멍에 숨어 있다가, 언제 튀어나와서 덤벼올지 모르는데. (e,where our fate, Hid in an auger-hole, may rush, and seize us?) 자, 피합시다. 눈물은 아직 간직해 둡시다.

맬 컴 (도널베인에게) 격렬한 비애도 아직 가슴에 눌러두고.

맥베스 부인의 시녀들 등장.

밴쿠오 (시녀들에게) 마님을 돌봐드리시오. (시녀들이 부인을 부축해 나간다) 그럼, 겉으로 드러난 이 반나체들이나 가린 다음,

곧 다시 집합하여 이 잔인무도한 사건의 진상을 규명합시다. 공포의 의혹에 몸이 덜덜 떨립니다. 나는 신의 손을 대신하여, 이 대역죄의 음모와 싸우겠소.

맥베스 나도 마찬가지오.

모 두 다들 그럽시다.

맥베스 속히 무장을 하고 회의실로 집합합시다.

모 두 그렇게 합시다. (맬컴과 도널베인만 남고 모두 퇴장)

맬 컴 어떻게 할 참인가? 저들과 같이 행동할 수는 없지. 마음에도 없이 애통해 하는 것은 부정한 인간들이 흔히 하는 짓이네, 난 잉글랜드로 가겠어.

도널베인 나는 아일랜드로 가겠소. 피차 헤어져 있는 것이 차라리 안전합니다. 이곳에는 미소에도 칼날이 숨어 있습니다. 핏줄이 가까운 놈일수록 더 잔인하거든.

맬 컴 살인의 화살은 아직 과녁에 꽂히지 않았어. 아무튼 가장 안전한 길은 과녁을 피하는 것뿐이야. 그러니 작별인사는 그만 두고 어서 말에 올라 피하자구. 인정의 여지가 없는 때에 살그머니 달아난다고 해서, 그 행위를 부끄러워할 필요는 없으니까. (두 사람 퇴장)

Macbeth 373

||||| 제4장 |||||
맥베스의 성 앞

이상하게 컴컴한 날씨. 로스와 노인 한 사람 등장.

노 인 칠십 평생을 잘 기억하고 있습니다만, 그 긴 세월 속에서
무수한 시간과 괴이한 일 등도 많이 봐왔습죠. 하지만 간밤의
처참함에 비하면 이전 일들은 문제도 안 됩니다.

로 스 (얼굴을 들며) 아 노인장, 인간의 소행에 마음이 괴로운지
하늘도 저렇게 이 잔인한 무대를 위협하고 있구려. 시계로는
대낮인데, 암흑의 밤이 태양의 목을 졸라매고 있구려. 밤이 패
권을 쥐고 있는지, 낮이 수줍어하는지, 원, 생생한 빛이 대지에
입맞춰야 할 시각에 암흑이 지면을 덮고 있다니?

노 인 간밤의 사건도 그렇습니다만, 자연의 이치에 어긋난 일
들뿐입니다. 지난 화요일에는 의기양양하게 하늘 높이 날아
오른 매가 쥐나 잡아먹는 올빼미한테 습격당하여 죽었답니
다.

로 스 그뿐만 아니라 왕의 말들이 갑자기 난폭해져서 마구간
을 부수고 뛰어나와 날뛰었답니다. 늠름한 준마들로 족보있
는 명마 출신들인데 마치 인류에 도전하려는 듯이 날뛰었지
뭡니까. 참으로 괴이한 일이지만 사실입니다.

노　　인 말들끼리 서로 물어뜯었다고도 하던데요.

로　　스 그랬답니다. 그걸 보고 내 눈도 놀랐지요.

(to the amazement of mine eyes That look'd upon't.)

(맥더프가 성에서 나온다) 아, 맥더프 나리, 도대체 지금 세상이 어떻게 돌아가고 있습니까?

맥더프 (하늘을 가리키며) 왜, 저렇잖소?

로　　스 그 잔인무도한 암살자는 판명됐습니까?

맥더프 맥베스가 죽여버린 그 두 놈이지요.

로　　스 원, 어쩌면! 대체 뭣 때문에 그런 짓을?

맥더프 매수당한 거죠. 맬컴과 도널베인, 두 왕자님은 몰래 도피해 버렸소.

로　　스 이 또한 자연에 역행하는 짓이오. 자기 생명의 근원을 탐식하려 들다니, 이 무슨 야욕인가요! 이젠 분명 왕위는 맥베스 장군께로 돌아가겠군요.

맥더프 벌써 추대되어 대관식을 올리러 스콘 사원으로 떠나셨소.

로　　스 던컨 왕의 유해는?

맥더프 콤길로 모셔졌소. 역대 조상의 선산이자, 유골을 안치하는 납골당 말이오.

로　　스 나리도 스콘으로 가시겠습니까?

맥더프 아니, 나는 나의 성이 있는 파이프로 갈 것이오.

로　　스 저는 스콘으로 갑니다.

맥더프 그럼, 거기서 모든 일이 잘되시길 바라오. (may you see things well done.) 안녕히 가시오! 낡은 옷이 새 옷보다 입기 편한 그런 사태는 벌어지지 말아야 할 텐데!

로 스 안녕히 가시오, 노인장.

노 인 당신에게 신의 축복이 내리기를! 그리고 또 악을 선으로,
원수를 친구로 만드는 분들에게도! (모두 퇴장)

몇 주일이 지나간다.

|||| 제1장 ||||
포레스 궁전의 알현실

밴쿠오 등장.

밴쿠오 드디어 되었구나, 너는. 왕도, 코더도, 글래미스도 모두 마녀들이 예언한 대로 되었어. 그런데 실로 더러운 수단으로 얻은 것은 아닌지 모르겠구나. 어찌 됐든 마녀들 말이 그것을 네 후손에 전하지 못하고, 대대 역왕의 근원과 조상이 될 사람은 나라고 했것다. 그 말이 진실이라면 —그 예언이 맥베스 너에겐 맞았는데—그 예언이 너에게 실현된 것으로 보아, 내게도 그 예언이 맞을 것이야. 그러니 희망을 걸어도 좋을 것 아닌가? 하지만, 쉿!

나팔 소리.
국왕이 된 맥베스, 왕비가 된 맥베스 부인, 레녹스와 로스, 귀족들, 시종들 등장.

맥베스 아, 주빈이 여기 있었군.

맥베스 부인 이분을 잊는다면 우리 축하연에 구멍이 뚫리는 것이니 그야말로 체면이 서지 않아요.

맥베스 오늘밤 연회가 있으니 부디 참석하시오.

밴쿠오 어명이시면 영원히 순종함이 신의 직책인 줄 아뢰오.

맥베스 오늘 오후에 말을 타고 어디 나가오?

밴쿠오 예. 폐하.

맥베스 나가지 않는다면 오늘 회의에서 장군의 의견을 들으려고 했는데, 장군의 고견은 항상 무게있고 유익했으니까. 그러나 내일로 미룹시다. 그래 멀리 나가오?

밴쿠오 예, 지금 떠나면 연회 시간에나 돌아오게 될 것 같습니다. 만일 말이 잘 달려주지 않으면 한두 시간 늦어 밤에 도착할 지도 모릅니다.

맥베스 축하연을 잊지 말아주시오.

밴쿠오 예, 꼭 참석하겠습니다.

맥베스 듣자하니 짐의 저 잔인한 친척인 두 왕자는 각각 잉글랜드와 아일랜드로 망명했다 하는데, 그 잔악한 부친 살해죄를 자백하기는커녕, 도리어 이상한 낭설을 유포하고 있다 하오. 이 일은 내일 상의해야 할 국사와 더불어 다시 의논합시다. 어서 말에게로 가보시오. 잘 가오. 돌아오면 밤에 만납시다. 플리언스도 같이 가오?

밴쿠오 예, 이젠 출발할 시각이 되었습니다.

맥베스 말이 빠르고 발이 튼튼한 놈이길 바라오. 그럼 말만 믿고 있겠소. 잘 가오. (밴쿠오 퇴장) 다들 밤 7시까지는 자유 시간을 갖도록 하라. 잔치를 즐겁게 하기 위하여 짐은 연회 시간까지 혼자 있겠소. 다들 물러가오. 그때 다시 봅시다! (맥베스와 시종 한 명만 남고 모두 퇴장) 여봐라, 이리 가까이 오너라. 그 사람은 대기하고 있느냐?

시 종 예, 궁전 문 밖에 대기하고 있습니다.

맥베스 불러들여라. (시종 퇴장) 이것으로는 안심할 수가 없어. 밴쿠오는 왕자다운 성격을 갖고 있어서 불안한 존재야. 그자는 매우 대담하고 게다가 지혜까지 갖고 있어. 그 지혜는 용기를 안전하게 행동으로 옮기거든. 그자 곁에서는 내 수호신이 맥을 못 쓰니 내가 두려워하는 놈은 그자뿐이야. 마커스 안토니우스의 수호신도 시저 곁에선 맥을 못 추었어. 운명의 신탁이 있던 그날 마녀들이 처음 나를 왕이라 불렀을 때, 그자는 그것을 나무라면서 자기에게도 말을 하라고 명령했겠다. 그러자 그것들은 예언자인 양 그자를 미래의 자손들의 조상으로 환영한다고 했었지. 나의 머리에는 열매 없는 왕관을 씌워주고, 손에는 불모의 홀(그 사람의 직책이나 관직을 표시해 주는 작은 판)을 쥐어주었으니, 이것을 결국 직계후손이 아닌 남의 자손에 빼앗기게 마련이거든. 그렇게 된다면 결국 나는 밴쿠오의 자손들을 위하여 인자한 던컨 왕을 암살한 셈이 아닌가! 그들은 밴쿠오의 씨로 왕을 삼기 위하여 불멸의 보배 영혼을 인류의 적인 악마의 손에 넘겨준 셈이 아닌가! 그리 될 바에야 차라리 승부를 걸자. 자, 운명아, 나와 결판을 내리자! 게 누구냐?

시종이 자객 두 명을 데리고 등장.

맥베스 너는 부를 때까지 문 밖에 나가서 대령하라. (시종 퇴장)
너희들과 같이 얘기한 것이 어제였지.

자 객1 예, 폐하.

맥베스 음, 그래. 짐의 얘기를 잘 생각해 보았느냐? 지금까지 너
희들을 불행하게 한 것은 사실 그놈이다. 너희들은 오해하고
있는 모양인데, 짐은 무관하느니라. 이는 어제 이야기로 충분
히 납득되었을 것이다. 즉 너희들이 어떻게 기만과 학대를 당
하고 있는지, 앞잡이는 누구고 누가 이를 조종하고 있는지, 그
런 모든 것을 설명해 주었으니까, 아무리 바보 미치광이라도
이 사태를 이해할 것이다. '이건 밴쿠오의 짓이다'라고.

자 객1 그건 잘 알아들었습니다.

맥베스 그건 그렇고, 좀더 할 얘기가 있는데, 그것이 오늘 다시
만난 목적이다. 너희들에게 묻겠는데, 대체 너희들은 그런 대
접을 감수할 만큼 인내심이 강한 것이냐? 또는 그 알뜰한 양
반과 그 자손들을 위해 기도드릴 만큼 신앙심이 깊은 것이냐?
그자 손에 압박받아 너희들은 무덤 속으로 쫓겨가고, 처자들
은 영영 거지 신세가 되었는데도?

자 객1 저희들도 사람입니다, 폐하.

맥베스 음, 이름은 사람 축에 들지. 사냥개, 그레이하운드, 잡종,
똥개, 삽살개, 물사냥개, 늑대 등등도 다 개로 불려지듯이 말이
다. 그러나 가치를 따져 보면 빠른 놈, 느린 놈, 영리한 놈, 집
개, 사냥개 등등 자연이 부여해 준 특징에 따라 일일이 등급이
나뉘어 특별한 명칭을 받고 있다. 즉, 똑같이 씌여져 있는 명
부와는 성질이 다르게 마련이다. 사람도 마찬가지다. 자, 너희

들도 떳떳하게 가치가 있고, 최하등 족속이 아니라고 말해 보
거라. 이제 짐이 너희들에게 은밀한 일을 부탁하겠는데, 이를
실행하면 원수가 없어질 뿐만 아니라, 너희들은 짐의 신임과
총애를 받게 될 것이다. 그자가 생존하는 한 짐은 절반은 환자
나 다름없고, 그자가 없어져야 짐의 건강은 완전할 것 같다.

자 객 2 예, 저는 세상의 지독한 구타와 학대에 분통이 터질 지
경이니까, 세상에 대한 분풀이라면 무슨 짓이든 하겠습니다.

자 객 1 예, 저도 어찌나 불행에 시달리고 악운을 당해왔던지,
이제는 생명을 걸고 운명을 시험해 볼 작정입니다.

맥베스 두 사람 다 이제는 알았을 거다, 뱅쿠오가 원수임을.

자객들 네, 알다뿐이겠습니까.

맥베스 그자는 짐의 원수이기도 하다. 사실 그자가 살아 숨쉬는
순간순간이 짐의 생명을 갉아먹고 있구나. 물론 짐은 왕권으
로 공공연히 눈앞에서 소탕해 버리고 짐의 의지를 정당화시
킬 수도 있는 일이지만, 이를 삼가해야 할 이유가 있다. 그자
에게도 친구이며 짐에게도 친구인 분들이 있는데, 짐으로서
는 그분들의 호의를 잃고 싶지 않기 때문이다. 그래서 그자를
이 손으로 쓰러뜨려놓고 오히려 애통해 하는 것처럼 보여야
하는 거다. 이렇듯 너희들의 도움을 구하는데 여러 가지 중대
한 사정이 있어서 그러니 세상 모르게 일을 실행해 줘야겠다.

자 객 2 저희들은 폐하의 지시대로 실행하겠습니다.

자 객 1 만일 저희들의 생명이……

맥베스 음, 너희들의 마음은 잘 알았다. 늦어도 한 시간 이내에
잠복할 장소를 알려주겠다. 오늘밤 안으로 궁성에서 좀 떨어

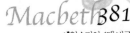

진 지점에서 단행되어야 할 테니까. 그리고 짐은 아무 상관이 없다는 것을 항상 명심해라. 그런데 그자와 더불어 ―이 일에 때나 흠이 남아서는 안 되니까 ― 동행한 아들놈 플리언스의 처치도 그 아비 못지 않게 짐에게는 중요한 일이다. 그러니 그 아들마저 컴컴한 운명을 알게 해다오. 그럼, 저리 가서 결심을 하거라. 그리고 곧 다시 만나자.

자객들 결심은 이미 되어 있습니다.

맥베스 알았다. 곧 갈 테니 안에서 기다려라. (두 자객 퇴장) 계획은 끝났다. 뱅쿠오야, 네 영혼이 천당으로 가기를 원한다면 오늘밤은 찾아가야 할 거야. (다른 쪽 입구로 퇴장)

||||| 제2장 |||||
포레스 궁전의 알현실

맥베스 부인, 시종 한 명을 거느리고 등장.

맥베스 부인 뱅쿠오는 궁전을 떠났느냐?

시 종 예, 밤에 다시 참례하신다고 하옵니다.

맥베스 부인 폐하께 가서 아뢰어라, 좀 드릴 말씀이 있으니 시간 있으시면 좀 뵙자 한다고.

시 종 예.

맥베스 부인 모두가 허무요 수포다. 욕망이 채워져도 만족이 없
는 한은. (Nought's had, all's spent, Where our desire is got
without content) 살인을 하고 이렇게 불안한 기쁨밖에 누리지
못할 바에야 차라리 살해당하는 신세가 더 편할 것이야.

맥베스, 생각에 잠겨 등장

맥베스 부인 아, 폐하! 왜 하찮은 공상을 벗삼아 고독하게 계십니
까? 생각하지 않으면 자연 소멸될 망상을 그대로…… 구제할
길이 없는 일은 무시해 버리는 수밖에 없습니다. 과거지사는
과거지사입니다. (what's done is done.)

맥베스 우리는 독사를 난도질했을 뿐 죽이지는 못했소. 머지 않
아 다시 소생할 것이니, 우리의 무력한 악의는 언제 이전 같은
독사에 물릴지 모르는 일이오. 하지만 불안 속에서 식사를 하
고 잠을 자며, 밤마다 저 악몽에 시달리며 고민할 바에야, 차
라리 모든 게 무너지고, 하늘과 땅 두 세계는 멸망해 버리라
지. 양심의 가책 아래 미칠 듯이 불안하게 사느니보단 차라리
우리 자신의 평화를 구하여, 평화의 나라로 보내버린 죽은 사
람과 같이 되는 편이 나을 것이오. 던컨은 지금 무덤 속에 있
소. 인생의 발작적인 열병을 다 치른 뒤 편히 자고 있소. 암살
은 그에게 마지막 최악을 행하였소. 이제는 칼날도, 독약도, 내
란도, 외환도, 그 무엇도 더 이상 그를 손대지는 못하오.

Macbeth **383**
셰익스피어 4대 비극

맥베스 부인 그만 하고, 갑시다. 폐하, 그렇게 침울한 얼굴을 펴시고, 명랑하고 즐거운 마음으로 오늘밤 손님들을 대하세요.

맥베스 아, 그렇게 하리다. 당신도 부디 그러길 바라오. 그리고 밴쿠오에게는 특별히 신경써서, 눈으로나 입으로나 주빈으로 우대하시오. 왕의 존엄성을 아첨의 개울 속에 담그고, 마음에다 가면을 씌워 본심을 은폐해야 하다니, 불안한 일이오.

맥베스 부인 그런 얘기는 이제 그만두세요.

맥베스 아, 내 마음속에는 독충들이 우글거리고 있소. 글쎄 밴쿠오와 아들놈 플리언스는 아직 살아 있지 않소.

맥베스 부인 하지만 그분들의 목숨이 영원한 것은 아니잖아요.

맥베스 그 말이 다소 위안이 되는구려. 언제라도 없애버릴 수 있으니까. 그러니 당신도 밝은 표정을 하오. 박쥐가 사원을 훨훨 날아다니고, 밤의 마녀 헤커트의 부름에 졸린 소리를 가진 날개 딱딱한 딱정벌레가 하품을 재촉하는 밤의 졸음을 울려댈 무렵, 가공할 일이 벌어지기로 되어 있으니까.

맥베스 부인 무슨 내용이죠?

맥베스 당신은 모르고 있다가 결과를 보고 칭찬이나 하구려. 자 오너라, 눈을 닫는 밤아, 인자한 얼굴의 보드라운 눈을 가리고, 안 보이는 네 잔인한 손으로 나를 두렵게 하고 있는 그자의 생명의 증서를 없애고 찢어다오! 빛은 어둠에 밀려가고, 까마귀는 숲속 까마귀골로 날아가고 있소. 낮의 착한 자들은 허탈하여 졸기 시작하고, 밤의 시커먼 신하들은 음식을 찾아서 일어나기 시작하오. 내 말이 수상하게 들리는 모양이구려. 그러나 꾹 참고 있으시오. 악으로 시작한 일은 악으로 튼튼하게 만들

수밖에. (Things bad begun make strong themselves by ill.) 자,
같이 가봅시다. (두 사람 퇴장)

‖‖‖ 제3장 ‖‖‖
궁전 바깥, 숲의 언덕길

두 자객이 또 한 명의 자객과 이야기하면서 언덕길을 올라온다.

자 객 1 대관절 당신은 누구의 명을 받고 이렇게 따라오는 거요?

자 객 3 맥베스 왕이오.

자 객 2 이분을 의심할 필요는 없는 것 같아. 우리의 직책과 할
일을 일일이 지시대로 얘기하는 걸 보니.

자 객 1 그럼 합세하시오. 서쪽 하늘엔 아직 석양빛이 가물거
리고 있고, 길손은 제시간에 여인숙에 찾아들고자 말을 재촉
할 시간이오. 우리가 기다리는 주인공도 이제 나타날 거요.

자 객 3 저기, 말발굽 소리가.

밴쿠오 (멀리서) 애야, 횃불을 이리 다오!

자 객 2 바로 그자다. 초대받은 다른 분들은 이미 다 궁전에 가
있소.

자 객1 말은 길을 돌아서 가는 모양이군.

자 객3 음, 1마일쯤 돌아서. 그런데 다른 분들도 그렇지만, 밴쿠오는 보통 여기서부터 궁전까지 걸어서 가거든.

밴쿠오와 플리언스가 언덕길을 올라온다.

자 객2 횃불, 횃불!

자 객3 놈이다.

자 객1 용감하게!

밴쿠오 오늘밤에는 비가 올 모양이지.

자 객1 오고 말고. (자객 한 사람이 횃불을 쳐서 꺼버리고, 다른 두 사람은 밴쿠오에게 덤벼든다)

밴쿠오 아, 암살이다! 달아나라, 플리언스. 달아나라, 달아나! 달아나라! 복수를 해다오. 윽, 망할 놈! (죽는다. 플리언스 도망친다)

자 객3 누가 횃불을 껐나?

자 객1 잘못했나?

자 객3 한 놈밖에 해치우지 못했어. 아들놈은 달아나버렸어.

자 객2 중요한 임무의 반은 놓쳐버렸구면.

자 객1 자, 그럼 가서 한 일만이라도 아룁시다.

||||| 제4장 |||||
궁전의 홀

안쪽에 단이 있고 그 뒤 좌우에 입구가 있다. 단 위에는 옥좌가 마련되어 있고, 앞에는 식탁이 있다. 이 식탁과 직각으로 긴 식탁이 무대 중앙에 놓여 있다. 연석이 마련되어 있다. 맥베스, 맥베스 부인, 로스, 레녹스, 귀족, 시종들 등장.

맥베스 각기 신분대로 앉으시오. 모두들 잘 오셨소. (자리에 앉는다)

귀족들 황공하옵니다.

맥베스는 부인을 옥좌로 안내한다. 귀족들은 각기 식탁 양쪽에 앉는다. 맥베스의 옥좌는 비어 있다.

맥베스 짐은 여러분과 함께 앉아서 겸손하게 주인 노릇을 하겠소. (맥베스 내려온다) 여주인은 정좌에 앉아 있지만, 곧 환영 인사를 하도록 하겠소.

맥베스 부인 폐하께서 저를 대신하여 여러분께 인사말을 전하세요. 저는 충심으로 여러분을 환영하고 있으니까요.

맥베스가 왼쪽 입구 앞에 지날 때 자객 1이 나타난다. 귀족 모두 일어서서
부인에게 절을 한다.

맥베스 자, 보시오. 모두들 진심으로 답례를 하는구려. 양쪽 좌석
이 다 인원수가 같구나. (빈 좌석을 손가락으로 가리키면서) 나
는 여기 앉겠소. 마음껏 즐기시오. 이제 곧 축배를 돌리겠소.
(입구의 자객에게) 네 얼굴에 피가?

여기서 맥베스와 자객, 서로 방백을 교환한다.

자 객 밴쿠오의 피입니다.

맥베스 그 피가 그자의 몸에 있지 않고 네 얼굴에 묻어 있어 다
행이다. 그래, 해치웠느냐?

자 객 예, 목을 잘랐습니다. 제가 했습죠.

맥베스 너는 목을 따는 명수구나! 그러나 플리언스를 처치한 자
도 훌륭하렷다. 그것도 네가 했다면 넌 천하의 명수지.

자 객 죄송합니다. 플리언스는 달아나버렸습니다.

맥베스 그럼 내 발작은 다시 생기고 말겠구나. 그놈마저 처치해
주었더라면 나는 안전할 텐데. 대리석같이 안전하고, 암석같
이 견고하고, 넓은 대지같이 자유롭고 활달할 텐데. 하지만 이
제 나는 좁은 방에 갇히어, 분하게도 의혹과 공포에게 결박을
당해 버렸구나. 그러나 밴쿠오만은 틀림없지?

자 객 예, 틀림없이 도랑 속에 뻗어 있습니다. 머리에 스무 군데
나 깊은 상처를 입은 채 말입니다. 그 가장 작은 상처만으로도

목숨이 무사하지 못합죠.

맥베스 아, 수고했다. 아비 뱀은 뻗었구나. 달아난 새끼 뱀은 이제 독을 지니게 되겠지만, 지금 당장은 이빨에 독이 없다. 그만 물러가라. 내일 다시 얘기하자. (자객 퇴장)

맥베스 부인 폐하, 환대가 부족합니다. 축하연은 식사 도중 자주 환대의 뜻을 표시하지 않으면 강매당하는 격이 됩니다. 그저 먹는 것은 자기 집이 제일이지요. 자기 집과 다른 양념은 환대가 아닙니까. 환대없는 연회는 무의미합니다.

밴쿠오의 유령이 나타나서 맥베스의 자리에 앉는다.

맥베스 참 그렇구려! 자, 다들 많이 드시고, 잘 소화시키고, 식욕과 소화가 다 왕성하시기를 바라오!

레녹스 폐하께서도 참석하시옵소서.

맥베스 이제 전국의 고관대작이 한자리에 모였구려. 저 훌륭한 밴쿠오 장군만 불참하고, 그러나 차라리 그분의 무성의를 책하게나 되었으면 좋겠소만, 혹시 무슨 재앙이라도 있었는지 염려가 되는구려.

로스 그분의 불참은 약속 위반입니다. 황공하오나 폐하께서는 같이 앉아 주시옵소서.

맥베스 좌석이 다 차 있는데.

로스 여기 마련되어 있습니다.

맥베스 어디?

레녹스 여기 있습니다. 아니, 폐하께서는 왜 그렇게 놀라십니까?

맥베스 누가 이런 장난을 해놓았어?

귀족들 뭐 말씀입니까?

맥베스 (유령에게) 나보고 했단 말인가? 그 피투성이 머리털을 이 쪽에 대고 흔들지 마. (맥베스 부인, 자리에서 일어선다)

로 스 여러분, 모두 일어납시다. 폐하께서는 편찮으십니다.

맥베스 부인 (걸어 내려오면서) 여러분, 앉으세요. 폐하께서는 이런 일이 가끔 계십니다. 어릴 적부터 있는 일입니다. 그냥 앉아 계세요. 이 병은 일시적입니다. 곧 나으십니다. 유심히 바라보고 있으면 도리어 심해져서 병이 오래 나타납니다. 어서 잡수세요. 염려 마시고. (맥베스에게) 당신은 대장부잖아요.

여기서 맥베스 부부는 한참 방백을 주고받는다.

맥베스 암, 대단한 사나이지, 악마가 질겁할 물건도 노려볼 수 있는.

맥베스 부인 어머, 정말 장하시네! 그건 마음의 불안에서 생긴 환상이에요. 공중에 떠서 왕의 침소로 안내했다는 저 환상의 단검 같은 거예요. 아, 그런 발작은 진짜 불안에 비하면 가짜라고 할까, 겨울날 난롯가에서 할머니의 보증 아래 아낙네가 지껄이는 얘기 같은 거예요. 원, 창피하게시리. 왜 그런 얼굴을! 두고 보세요, 결국 저것은 의자일 뿐이에요.

맥베스 여보, 저기 좀 봐! 저기! 저, 저것 좀 봐! 자 어떻소? 뭐가 무섭담? 머리를 끄덕일 수 있다면 어디 말을 해봐라. 원, 일단 매장된 놈을 납골당이나 무덤이 다시 토해놓고 만다면, 이젠 솔개

의 뱃속을 무덤삼아야 할 게 아니겠느냐? (유령이 사라진다)

맥베스 부인 원, 바보같이 환영을 보고 놀라시다니?

맥베스 분명히 이 눈으로 보았소.

맥베스 부인 쳇, 창피스럽게!

맥베스 (이리저리 걸어다니면서) 유혈의 참사는 태고적에도 있었지. 인도적인 법률이 사회를 정당화시키기 이전인 태고적에도 있었어. 아니 그 후에도 듣기에 가공할 사건은 있었지. 그러나 예전에는 골이 터져 나오면 죽고 끝장이 났는데, 지금은 머리에 치명상을 20군데나 입은 놈이 다시 살아나서 사람을 의자에서 밀어내는 판이니…… 이거 참, 예전 살인보다는 괴이하거든.

맥베스 부인 (맥베스의 팔을 잡으며) 자, 귀한 손님들이 기다리고 있습니다.

맥베스 아, 그만 잊고 있었구려. 나를 수상히 생각하지들 마시오, 여러분. 나는 이상한 고질병이 있는데, 아시는 분은 예사로운 일이라 생각할 것이오. 자, 여러분의 건강을 빌겠소. 그럼 나도 착석하겠소. 술을, 철철 넘치도록 따르거라.

맥베스가 잔을 들자 등 뒤 자리에서 유령이 다시 나타난다.

맥베스 모두의 건강을 위하여 축배를 들겠소. 그리고 불참한 친구 뱅쿠오를 위해서도. 그분의 불참은 정말 유감이오! 여러분과 그분을 위하여 축배를 들겠소. 자, 모두 축배를 듭시다.

귀족들 (잔을 들면서) 충성을 맹세하며 축배를 듭니다.

Macbeth **391**

맥베스 (의자를 돌아다보며) 꺼져, 이 눈 앞에서! 지하실로! (잔을 떨어뜨린다) 뼈에는 골수가 없고, 피는 차디찬 것이! 그렇게 노려봐도 시력은 없는 것이!

맥베스 부인 여러분, 이건 지병이랍니다. 정말이에요. 그만 흥이 깨져 미안합니다.

맥베스 인간이 하는 일이라면 나도 하겠다. 텁수룩한 러시아 곰이건, 뿔 돋친 물소건, 하케니아의 범이건, 어떤 모양을 하고라도 나와라. 지금의 그 모양만 아니면 나의 이 건강한 힘줄이 꼼짝할 줄 아느냐. 아니 다시 살아나와, 황야에서 칼을 들고 대결해 봐라. 그때 내가 겁낸다면 계집아이의 인형이라고 불러도 좋다. 꺼져, 징그러운 유령 같으니. 실체 없는 환상 같으니, 꺼져! (유령 사라진다) 이젠 사라졌구나. 사라지기만 하면 다시 대장부다워지거든. 아 여러분, 그냥 앉아 주시오.

맥베스 부인 그렇게 미친 행동 때문에 흥이 깨지고, 좋은 연회는 엉망이 되고 말았어요.

맥베스 그런 것이 여름날 구름처럼 몰려오는데 놀라지 않을 수 있겠소? 나는 내 본성이 의심스러워졌어. 그런 걸 보고도 다들 태연히 얼굴 빛을 잃지 않고 있는데, 내 얼굴만 공포에 질리다니.

로 스 그런 것이라니, 무엇 말씀이십니까?

맥베스 부인 제발 아무 얘기도 걸지 마세요, 또 악화되십니다. 얘기를 시키면 흥분하십니다. 그럼, 여러분 안녕히 돌아가십시오. 어서, 나가는 순서는 개의치 마시고 돌아들 가십시오. (귀족들 모두 일어선다) 레녹스, 안녕히 주무십시오. 폐하께서 속히 쾌유하시기를!

392

맥베스 부인 여러분, 안녕히! (귀족들 모두 퇴장)

맥베스 피를 보고야 말렸다. 피는 피를 부른다잖는가.(blood will have blood) 묘비가 움직이고, 수목이 말을 한 실례도 있었것다. 무시무시한 징조나 뜻있는 어떤 상태가, 까치나 까마귀들을 이용하여 비밀의 살인자를 알아낸 적도 있었다잖는가……밤은 얼마나 깊었소?

맥베스 부인 밤인지 새벽인지 분간하기 어려운 시간입니다.

맥베스 짐의 대명을 거역하고 참석하지 않은 맥더프를 어떻게 생각하오?

맥베스 부인 사람을 보내보셨습니까?

맥베스 우연히 들었소. 그러나 사람을 보내보겠소. 내가 매수한 하인이 한 놈이라도 없는 집은 하나도 없소. 내일 아침 일찍 저 마녀들을 찾아가 봐야겠소. 이렇게 된 바에야 최악의 수단을 써서라도 최악의 결과를 미리 알아야겠소. 내 이익을 위해서는 무슨 짓이고 할 테요. 어차피 핏속에 발을 들여놓고 보니 앞으로 나아갈 수도 뒤로 물러설 수도 없는 진퇴유곡이오. 이제는 앞으로 전진하는 길밖에 없소. 곧 실행에 옮겨야겠소. 음미할 여유는 없소.

맥베스 부인 생명의 강장제가 되는 잠이 부족하신 탓이에요.

맥베스 자, 가서 쉽시다. 이렇듯 허무맹랑하게 환영한테 속는 것은 초보자의 불안 탓이오. 더 수련을 쌓아야지. 이런 일엔 아직 미숙하거든. (두 사람 퇴장)

천둥. 마녀 셋 등장하여 헤커트와 만난다.

마　녀1 아니 웬일이슈, 헤커트님. 화가 나셨수?

헤커트 화가 안 나게 됐어? 건방지고 뻔뻔스러운 마녀들 같으니.
제멋대로 맥베스와 생사의 수수께끼를 놓고 거래를 하다니.
그리고 마술의 여주인공이요, 온갖 재앙의 비밀 고안자인 나
를 모셔다가 마술의 영광을 뽐내게 하지 않다니? 그뿐인가, 더
욱 괘씸하게도 너희들이 한 짓은 오직 저 심술궂고 성을 잘 내
는 고집쟁이놈을 위한 것이었을 뿐만 아니라, 그놈 역시 자기
일만 위하고 너희들은 위하지 않는다는 것이다. 자, 이젠 그
보상이다. 곧 출발하여 지옥의 아케론 강 동굴에서 새벽녘에
만나자꾸나. 그놈은 제 운명을 알기 위해 그곳으로 찾아올 테
니까. 도구와 마술을 준비하라. 주문과 그 밖의 모든 것도 같
이 준비하라. 나는 공중으로 날아가서 오늘밤에 가공할 잔인
한 일을 저질러야지. 큰일을 정오 안에 끝마쳐야지. 달님 한구
석에는 증기 같은 물방울 하나가 무겁게 매달려 있는데, 땅에
떨어지기 전에 받아서 마법으로 증류시키면 악마의 정령들이
나타나고, 그 환영의 힘에 끌려 그놈은 파멸되고 말 것이다.

운명을 차버리고, 죽음을 조롱하며, 야망을 끌어안고, 지혜와 미덕과 공로를 무시하게 마련이지. 하여튼 자만심은 무엇보다도 큰 적이거든. (정령들의 음악과 노래. 구름이 내리덮인다) 보아라, 나를 부르잖니. 저봐, 저 꼬마 정령이 안개 같은 구름 속에 앉아서 나를 기다리고 있구나. (구름을 타고 날아가버린다)

마 녀1 우리도 빨리 서두르자. 헤커트는 이내 돌아올 거야. (마녀 셋 사라진다)

||||| 제6장 |||||

스코틀랜드, 어느 성

레녹스와 귀족 한 사람 등장.

레녹스 내가 지금 한 얘기는 당신의 생각과 맞지만, 좀더 깊이 분석할 여지가 있소. 아무튼 사태는 참 기묘하게 됐구려. 인자하신 던컨 왕은 맥베스의 애도를 받았소. 하긴 이미 돌아가신 분이니까. 그리고 용맹한 밴쿠오는 밤길을 걸어오는 중이었는데…… 그분을 플리언스가 죽였다고 할 수도 있겠지요, 플리언스는 도망쳤으니까. 밤 늦게 다닐 것이 아니구려. 게다가

맬컴과 도널베인이 인자하신 자기 부친을 살해했다고 하니,
이상하게 생각하지 않을 사람이 어디 있겠소? 천벌을 받을 일
이지! 원, 맥베스가 얼마나 애통해 했겠소! 글쎄 분에 못 이겨
당장 그 두 역적을 베어버리지 않았겠어요, 술의 노예가 되고
잠의 종복이 되어 있는 현장에서 말이오. 훌륭한 처사였지요.
암, 현명한 처사였지. 그것들이 자기들 소행이 아니라고 변명
하는 것을 들으면, 분개하지 않을 사람은 없을 테니 말이오.
그러니 맥베스는 만사를 순조롭게 해결한 것이지요. (He has
borne all things well.) 그리고 생각하니 두 왕자가 체포되는
날엔, 설마 그렇게 되진 않겠지만, 부친 살해죄의 대가를 톡톡
히 맛볼 것이오. 플리언스 역시 그렇고. 하지만 가만 있자! 솔
직히 말을 하고, 폭군의 축하연에 불참한 탓으로 맥더프는 지
금 노여움을 샀다지 않소. 그런데 대체 그분은 어디에 은신중
인가요?

귀 쪽 저 폭군에게 생득권을 빼앗긴 황태자는 지금 잉글랜드
궁전에서 경건한 에드워드 왕께 후한 대접을 받아, 불운한 처
지에도 불구하고 존엄성엔 조금도 손상이 없다 합니다. 이미
맥더프도 그곳을 찾아 성왕께 호소하여 황태자를 위해 노섬
벌랜드 백작과 용맹한 시워드를 궐기시킬 계획인 모양이오.
다행히 하느님이 용납하신다면 그 원군으로 우리는 다시 성
스러운 만찬과 편안한 수면을 취하고, 축하연과 연석에서는
잔인한 비수를 제거하고, 충성을 다하고, 정당한 명예를 받게
될 것이오. 지금 우리는 이를 다 간절히 원하는 것입니다. 그
런데 이 소식에 맥베스 왕은 격분하여 전쟁 준비에 착수했소.

레녹스 맥더프에게 사자를 보냈나요?

귀 족 보냈답니다. 그러나 '돌아가지 않겠다' 는 단호한 거절에 불쾌해진 사자는 홱 돌아서면서, '그런 대답으로 이 사람을 곤경에 빠뜨리다니 머지않아 후회할 것이다.' 라면서 뭐라고 중얼거렸답니다.

레녹스 그렇다면 그건 그분께 경고를 준 셈이군요, 지혜를 다하여 멀리 피해 있도록. (that well might Advise him to a caution, to hold what distance His wisdom can provide.) 속히 어떤 천사가 맥더프보다 먼저 잉글랜드 궁전으로 날아가서 그 임무를 전달해 주었으면 좋겠소. 저주받은 손목 밑에서 신음하는 이 나라에 어서 속히 축복이 돌아오도록 말이오.

귀 족 나도 그 천사 편에 기도를 전하겠소. (퇴장)

*Macbeth*397

제4막

||||| 제1장 |||||
동굴

동굴 중앙에는 불길이 타오르는 구멍이 있고, 그 위에 끓는 가마솥이 걸려 있다. 천둥 소리와 더불어 불길 속에서 세 마녀가 차례로 나타난다.

마 녀 1 세 번 울었다, 얼룩 고양이가.

마 녀 2 세 번, 그리고 한 번 울었다, 고슴도치가.

마 녀 3 하프도 운다, '어서 어서' 하고.

마 녀 1 가마솥 주위를 빙빙 돌자. 독 있는 내장을 집어넣자. (모두 가마솥 주위를 왼쪽으로부터 돌기 시작한다) 차디찬 돌 밑에서 31일 밤낮을 자면서 독을 빚어내는 두꺼비, 이놈을 먼저 마법의 솥에다 끓여야지!

세 마녀 두 배나 고생하고, 두 배나 힘껏 타올라라, 불길이여. 끓어올라라, 가마솥이여. (솥 안을 휘젓는다)

마 녀 2 늪에서 잡은 뱀의 토막이여. 끓어라, 구워져라, 가마솥에서 도롱뇽의 눈알과 개구리 발가락, 박쥐 털과 개 혓바닥, 독사의 혀와 독충의 침, 도마뱀 다리와 올빼미 날개, 무서운

398

재앙의 부적이 되도록 지옥의 잡탕처럼 펄펄 끓어올라라.

세 마녀 두 배나 고생하고, 두 배나 힘껏 타올라라, 불길이여. 끓어올라라, 가마솥이여. (솥 안을 휘젓는다)

마 녀 3 용의 비늘, 늑대의 이빨, 마녀의 미라와 굶주린 상어의 위와 식도, 한밤에 캐낸 독 당근, 신을 모독하는 유태놈의 간, 염소 쓸개, 월식 때 꺾은 주목 가지, 터키인의 코, 타타르인의 입술, 창녀가 낳아서 목을 졸라 죽여 도랑에 버린 갓난아이 손가락, 모두 넣어서 진하게 잡탕을 만들자꾸나. 한 가지 더, 호랑이 내장까지 가마솥의 국 속에 넣자꾸나.

세 마녀 두 배나 괴로워하고, 두 배나 힘껏 타올라라, 불길이여. 끓어올라라, 가마솥아. (솥 안을 휘젓는다)

마 녀 2 자, 원숭이의 피로 식히면 이젠 마력의 효험이 이루어지도다.

헤커트, 다른 셋을 데리고 등장.

헤커트 아, 잘들 했다, 수고했다. 이익을 얻으면 고루 나누어주겠다. 자, 가마솥을 돌며 노래를 부르자. 꼬마 요정 큰 요정처럼 원을 만들고, 집어넣은 물건에다 마술을 걸어라.

음악과 노래, '금은 정령이……'로 시작된다. 헤커트 퇴장.

마 녀 2 이 엄지 손가락이 쑤시는 걸 보니, 어떤 악한 놈이 오나 보다. 노크한 자가 누구건 문을 열어라. 열려라 자물쇠야!

문이 열리고 맥베스가 서 있다.

맥베스 (안으로 들어오면서) 오 너희들, 밤중에 시커먼 비밀을 행
하는 마녀들! 대체 지금 뭣들을 하고 있는가?

세 마녀 말하지 못할 비밀을!

맥베스 어떻게 습득했는지 모르지만, 너희들이 비록 폭풍을 일
으켜 교회를 넘어뜨리든, 거품 이는 파도가 선박을 부숴 삼켜
버리든, 바람에 보리이삭이 쓰러지고 수목이 넘어지든, 성벽
이 파수병 머리 위로 무너져 내리든, 궁궐과 탑이 기울어져 지
상으로 넘어지든, 보배 같은 자연의 종자가 뒤범벅이 되어 파
괴가 식상을 하든 상관없으니 내 묻는 말에 대답해다오.

마 녀 1 말씀해 보세요.

마 녀 2 물어보세요.

마 녀 3 대답해 드릴게요.

마 녀 1 그래, 저희들 입으로 들으시겠어요, 아니면 저희들의
스승님에게 들으시겠어요?

맥베스 그 스승님을 불러다오, 만나고 싶구나!

마 녀 1 제 새끼 아홉이나 잡아 먹은 암퇘지의 피를 부어넣자.
살인자가 교수대에서 흘린 기름을 불 속에 던져넣자.

세 마녀 지옥에 있는 모든 마녀들아, 이리 나와 마술을 보여라.

천둥. 환영1, 맥베스와 같은 투구를 쓰고 가마솥 속에서 나타난다.

맥베스 네가 무슨 힘을 가졌는지 모르지만, 자.

마　녀1 저쪽에선 당신 마음을 알고 있어요. 듣기만 하세요.

환　영1 맥베스! 맥베스! 맥베스! 경계하라 맥더프를, 파이프의 영주를. 이만 실례. (솥 속으로 사라진다)

맥베스 네가 누구인지 모르지만 아무튼 그 충고는 고맙다. 너는 내 불안을 알아맞혔다. 하지만 한 가지 더…….

마　녀1 명령도 소용없어요. 다음은 첫 번보다 신통하니까.

천둥. 환영2, 피투성이가 된 아이의 모습을 하고 나타난다.

환　영2 맥베스! 맥베스! 맥베스!

맥베스 내 귀가 세 개라도, 그 세 개로 네 말을 듣고 싶구나.

환　영2 잔인하고, 대담하고, 단호하게 행하라. 인간의 힘일랑 신경쓸 것 없다. 여자 몸에서 태어난 자로 맥베스를 해칠 자는 없느니라. (가마솥 속으로 사라진다)

맥베스 그럼 맥더프여, 살아 있으라. 너 같은 걸 무서워할 필요가 없구나. 그러나 이중으로 확실성을 보증하기 위하여 운명한 테 증서를 한 장 받아둬야지. 맥더프, 역시 넌 살려둘 수 없어. 이제 나는 비겁한 공포심을 호통쳐서, 천둥이 으르렁거리는 속에서도 잠을 잘 수 있게 되어야겠다.

천둥. 왕관을 쓴 환영3, 손에 나뭇가지를 들고 등장.

맥베스 아, 이건, 왕손인 양 저 아기의 머리에 왕의 면류관을 쓰고 있구나?

세 마녀 듣기만 하세요, 말을 걸지도 마시고.

환 영3 누가 분개하건, 초조해 하건, 어디에 반역자가 나타나 건 개의치 마시오. 사자 같은 기개를 가지고 용감하시오. 버넘 의 대산림이 던시네인의 높은 언덕을 향하여 맥베스를 쳐들 어오기 전에는 맥베스는 영구불패이니라. (사라진다)

맥베스 그건 불가능한 일이다. 도대체 누가 숲을 징집할 수 있으 며, 대지에 뿌리박은 나무에서 뽑히라고 명령할 수 있겠는가. 멋진 예언이구나! 응, 반역자의 시체가 다시는 나타나지 못하 렷다. 버넘숲이 움직이기 전에는 말이다. 그렇다면 왕위에 앉 은 이 맥베스는 천수를 다한 끝에 기한이 되어서야 죽음에게 생명을 바치게 되겠구나. 그러나 한 가지 더 알고 싶어 가슴이 두근거리는구나. 너희들이 마술로 말할 수 있다면 어디 말해 봐라. 과연 밴쿠오의 자손이 이 나라에 군림하게 될 것인가?

세 마녀 이젠 더 묻지 마세요.

맥베스 기어이 알아야겠다. 만약 거절한다면 너희들에게 영겁의 저주가 내리리라…… 어서 말해 보아라…… (피리 소리와 더 불어 가마솥이 땅으로 가라앉는다) 저 솥은 왜 가라앉는가?

마 녀1 나타나라!

마 녀2 나타나라!

마 녀3 나타나라!

세 마녀 나타나서 눈에 보여드리고, 마음을 슬프게 해드려라. 그 림자같이 나타났다 사라져라.

여덟 명의 왕이 한 줄로 나타나서 동굴 안쪽을 가로질러간다.

402

이때 맥베스는 대사를 말한다. 마지막 왕은 손에 거울을 들고 있다. 뱅쿠오의 망령은 맨 끝에 따라간다.

맥베스 마치 뱅쿠오의 망령 같구나. 너는 꺼져! 네 왕관에 내 눈알이 타오르는구나. 그리고 다른 왕관을 쓴 놈. 네 머리칼 역시 처음 놈과 같구나. 셋째 놈도 먼저 놈과 같고. 더러운 마녀들 같으니! 왜 이런 것을 내게 보여주는가! 넷째 놈? 이 눈알아, 튀어나오라! 제기랄, 이 행렬은 최후의 심판날까지 계속될 참이냐? 또 한 놈! 일곱째? 이젠 보기 싫다. 또 여덟째가. 손에는 거울을 들고 있고, 아직 더 많이 비쳐내보이는구먼. 그중에 어떤 놈은 구슬 두 개와 홀 세 개를 들고 있지 않은가. 무서운 광경이다…… 이제 보니 사실이구나. 머리칼이 피에 엉긴 뱅쿠오가 날 보고 웃으면서, 저것들이 자기 자손이라고 가리키고 있지 않은가. 제기랄, 이게 사실이란 말이냐?

마 녀1 예, 예, 사실이에요. 하지만 맥베스님은 왜 그렇게 멍하니 서 계실까요? 애들아, 여흥을 보여드려 이분의 기분을 돋우어드리자. 나는 마술로 공중에서 음악이 나오게 할 테니, 너희들은 괴상한 두리 춤을 추어드려라. 그러면 대왕님은 우리 영접을 고맙다고 치사하실 것이 아니겠느냐.

음악. 마녀들 춤을 추며 사라진다.

맥베스 어디로 갔지? 사라져버렸나? 이 독이 넘치는 끔찍한 순간은 달력에서 영원히 저주받는 시간이 될 것이다. 들어오너라, 밖에 누구 있느냐?

레녹스 등장.

레녹스 부르셨습니까?

맥베스 마녀들을 보지 못했느냐?

레녹스 예, 보지 못했습니다.

맥베스 그대 옆을 지나가지 않더냐?

레녹스 예, 정말 지나가지 않았습니다.

맥베스 그것들이 타고 다니는 공기는 썩어버려라! 그것들의 말을 듣는 놈들은 지옥에나 떨어져라! 아까 말발굽 소리가 났는데, 온 사람이 누구냐?

레녹스 예, 두서너 명이 소식을 가지고 왔습니다. 맥더프가 잉글랜드로 도망갔다고 합니다.

맥베스 잉글랜드로 도망갔다고?

레녹스 예, 폐하.

맥베스 (방백) 시간아, 네가 선수를 쳤구나. 이제 가공할 일을 할 참이었는데. 실행하지 않는 계획은 어찌나 빠른지 따라갈 수가 없거든. (The flighty purpose never is o'ertook Unless the deed go with it) 이 순간부터 마음속에서 생각한 것은 곧 실천에 옮겨야겠다. 음, 지금부터라도 생각에다 행동의 관을 씌우기 위해 당장 계획하고 실천해야겠다. 맥더프의 성을 습격하여 파이프를 점령하고, 모조리 칼날의 맛을 보여줘야지. 그놈의 처자식이나 혈연관계가 있는 불행한 일당을 모조리 혼내

쥐야지. 바보 같은 호언장담은 아니다. 계획이 식기 전에 실행
에 옮겨야지. 이제 환영은 보기 싫다! (큰 소리로) 그 사람들은
어디 있느냐? 자, 그리로 가보자. (모두 퇴장)

||||| 제2장 |||||
파이프, 맥더프의 성

맥더프 부인, 그 아들과 로스 등장

맥더프 부인 고국을 떠나야 하다니? 주인이 대체 무슨 짓을 했어
요?

로 스 참으셔야 합니다. 부인!

맥더프 부인 그이야말로 참아야 했어요. 도망은 미친 짓이에요.
행동이 아니라도 공포심으로 인해 스스로 역적이 되게 마련
이에요.

로 스 그건 생각해서 그랬는지, 너무 놀라서 그랬는지 부인은
아직 모르십니다.

맥더프 부인 생각이라고? 처자식과 성과 영지를 버리고 혼자 도
망치는 것이 생각한 것입니까? 그인 처자식을 사랑하지 않습

니다. 인정이 없는 사람이에요. 새 중에 가장 작은 굴뚝새도 둥지 안의 제 새끼를 위해서는 올빼미와도 싸운답니다. 공포심뿐이고, 애정이라곤 전혀 없는 사람이에요. 또 분별은 무슨 분별입니까, 아무런 이유도 없이 도망칠 필요가 어디 있어요.

로 스 부인, 좀 진정하십시오. 주인어른은 고결하고 현명하고 분별력이 있으시며, 시국의 상황을 통찰하고 계시는 분입니다. 자세히 말씀드리진 못하겠습니다만, 하여튼 고약한 세상입니다. 지금 우리는 자신도 모르는 사이에 역적으로 몰리고, 무섭기 때문에 떠돌아다니는 소문을 믿고 있으나, 대관절 뭐가 무서운지 아무도 모르는 형편입니다. 거칠고 사나운 바다 위를 목적지도 없이 표류하고 있는 격입니다. 그럼 이만 실례하겠습니다. 머지않아 다시 찾아뵙겠습니다. 재앙도 고비에서 제일 심합니다. 그러니 고비만 넘기면 원래대로 복구될 것입니다. (Things at the worst will cease, or else climb upward To what they were before.) (사내아이에게) 귀여운 아가, 안녕.

맥더프 부인 멀쩡히 아비가 살아 있는데도 아비 없는 자식이 됐습니다.

로 스 저는 참 바보입니다. 더 이상 지체하고 있다가는 화를 당하고 부인까지 난처하게 만드는 결과가 됩니다. (허둥지둥 퇴장)

맥더프 부인 애야, 아버지는 돌아가셨어. 이제부터 어떻게 할 테냐? 어떻게 살아갈 테냐?

아 들 새같이 살지요, 어머니.

맥더프 부인 뭐, 벌레나 파리를 잡아먹고?

아   들 뭐든 잡히는 대로 먹고 사는 새처럼 말예요.

맥더프 부인 가엾어라! 그물이나 끈끈이나 함정도, 새 덫도 무섭
지 않나 보지?

아   들 무섭긴 뭐가 무서워요, 어머니. 불쌍한 새한테는 무서울
게 없어요. 그리고 어머니는 그렇게 말씀하셔도 아버진 돌아
가시지 않았어요.

맥더프 부인 아니다, 돌아가셨다. 아버지 없는 넌 어찌하면 좋을
까?

아   들 그럼 어머닌 남편 없이 어떡하실 거예요?

맥더프 부인 남편쯤은 시장에서 스무 명도 살 수 있다.

아   들 샀다 파시게요?

맥더프 부인 있는 지혜를 다 짜내는구나. 어쩌면 너 같은 애가 그
런 말을 다 하니.

아   들 어머니, 아버지가 역적인가요?

맥더프 부인 음, 그렇단다.

아   들 역적이라니, 그게 뭔가요?

맥더프 부인 맹세를 깨뜨리는 사람이다.

아   들 맹세를 깨뜨리면 다 역적인가요?

맥더프 부인 그렇게 하는 사람은 모두 다 역적이다. 목을 매달아
죽일 수밖에 없어.

아   들 그럼 맹세를 깨뜨린 사람은 다 목을 매달아 죽여야 해요?

맥더프 부인 그렇다.

아   들 누가 목을 매달아요?

맥더프 부인 그야 정직한 사람들이 매달지.

아 들 그럼 거짓말쟁이와 맹세꾼은 다 바보군요. 거짓말쟁이와 맹세꾼은 얼마든지 있으니까, 정직한 사람들을 때려눕혀서 오히려 목을 매달아 죽여버리면 되잖아요.

맥더프 부인 세상에. 가엾은 원숭이 같으니! 그나저나 아버지 없이 널 어찌하면 좋으냐?

아 들 아버지가 돌아가셨다면 어머니는 우실 거예요. 그런데 울지 않으시는 걸 보니 내게 곧 새 아버지가 생길 좋은 증거네요, 뭐.

맥더프 부인 아니, 못하는 말이 없구나!

사자 등장.

사 자 안녕하십니까, 마님! 처음 뵙지만 마님의 신분을 알고 있습니다. 마님 신변에 위험이 닥친 것 같습니다. 미천한 이 사람의 충고를 들어주신다면 어서 자제분들을 데리고 이곳을 피하십시오. 이렇게 놀라시게 해서 정말 죄송합니다만, 더 참혹한 일이 닥쳐오고 있습니다. 하느님의 가호가 있기를! 이젠 더 지체할 수 없습니다. (퇴장)

맥더프 부인 아무 잘못도 하지 않은 내가 어디로 피한담. 하지만 이제 돌이켜 생각하니, 여기는 현세로구나. 현세에선 악한 일이 흔히 칭찬받게 마련이고, 어쩌다 한 선한 일은 위험한 바보짓 취급을 당하거든. 이를 어쩐담? 잘못을 한 적이 없다고, 여자의 입으로 아무리 변명을 해보았자 아무 소용이 없을 거야.

자객들 등장

맥더프 부인 아, 이 사람들은?

자　　객 주인은 어디 있나?

맥더프 부인 네놈 같은 것들이 찾아낼 수 있는 더러운 곳에는 있
　　지 않을 거다.

자　　객 그자는 역적이다.

아　　들 거짓말쟁이, 털보, 악당 같으니!

자　　객 요 새끼 좀 봐라. (칼로 찌른다) 송사리 역적 같으니!

아　　들 으윽, 사람 죽이네, 어머니. 어머니는 어서 달아나세요.
　　(죽는다)

맥더프 부인은 '살인이다'라고 부르짖으며 달아난다. 자객들이 쫓아간다.

맬컴과 맥더프 등장

맬　컴 어디 쓸쓸한 그늘을 찾아가서, 슬픈 가슴이 시원해지도
록 실컷 울어나 봅시다.

맥더프 아니오. 그보다 용사답게 죽음의 칼을 들고 쓰러진 조국
을 구합시다. 새로운 아침마다 새로운 과부가 통곡하고, 새로
운 고아가 아우성치고, 새로운 비탄이 하늘에 울려퍼지고, 하
늘도 스코틀랜드에 동감하는지 똑같이 비통한 소리를 울려대
고 있습니다.

맬　컴 믿는 일이면 나는 슬퍼하겠소. 아는 일이면 믿겠소. 그리
고 구제할 수 있는 일 같으면, 좋은 시기를 만나면 구제하겠
소. (What I believe I'll wail, What know believe, and what I
can redress, As I shall find the time to friend, I will.) 당신 말씀
이 사실일지도 모르죠. 그 이름을 입에만 올려도 혀를 곪게 하
는 저 폭군도, 한때는 정직한 인간이라 생각됐던 사람이오. 당
신도 전에는 그자를 퍽 존경했고, 그자 역시 당신에게는 손을
대지 않고 있소. 나는 나이 어린 사람이오. 그러나 나를 이용

하면 그자의 환심을 살 수 있을 것입니다. 화난 신을 달래려면, 약하고 불쌍하고 죄없는 양을 제물로 바치는 것이 현명한 수단이거든요.

맥더프 나는 배신하지 않습니다.

맬 컴 하지만 맥베스는 배신했소. 선량하고 후덕한 성품도 제왕의 위세 앞에서는 무너지게 마련이오. 그러나 용서하시오. 당신의 인품이 내 생각에 따라 변할 리는 없습니다. 가장 빛나는 천사가 타락했을지라도 천사들은 여전히 빛이 납니다. 비록 온갖 추한 것이 덕의 가면을 쓸지라도, 덕은 여전히 덕으로 보일 수밖에 없습니다.

맥더프 나는 희망을 잃고 말았습니다.

맬 컴 그 점 또한 의심스럽습니다. 글쎄, 그런 위험 속에다 처자식과 저 소중한 인정의 뿌리와 단단한 애정의 매듭을 버리고 왔소, 작별의 인사도 없이 말이오. 내 의심을 모욕으로는 생각하지 마시오. 이건 나의 자기 방어일 뿐이니까요. 음, 내가 어떻게 생각하든 당신이 옳은 분이실지도 모르지오.

맥더프 불행한 조국아, 피를 흘려라, 피를! 폭군이여, 땅을 튼튼히 잡거라. 선도 이제는 너를 저지하지 못하니 멋대로 포악스럽게 굴어라. 이제 너의 권리는 확인되었도다. 이만 물러가겠습니다, 왕자님. 저는 왕자님이 의심하는 그런 악인이 되고 싶지는 않습니다. 저 폭군이 쥐고 있는 전 국토와 풍요한 동방을 덧붙여준다 해도 말입니다.

맬 컴 화내지 마시오. 당신을 의심해서 이런 말을 한 것은 아니외다. 나 역시 생각하고 있소. 조국이 압제 밑에 가라앉아 울

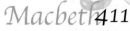

며 피를 흘리고, 이미 망신창이가 된 몸에다 매일같이 새로운 상처를 더해가고 있다오. 또 다른 생각도 하고 있소. 나를 위하여 궐기할 사람들도 있으리라고 믿고 있소. 사실 인자하신 잉글랜드 왕으로부터 수천 명의 정예군을 준다는 원조 제의도 있었소. 그러나 다행히 나가서 저 폭군의 머리를 짓밟거나 칼 끝으로 꿰뚫게 되더라도 역시 불행한 조국은 전보다 더한 죄악과 더한 고난을 겪게 될 것이오. 새 계승자로 말미암아 그리 될 것이오.

맥더프 새 계승자라뇨?

맬   컴 나 자신 말이요. 내가 알고 있지만, 이 몸에는 온갖 악덕이 접목되어 있어서, 그것들이 움트는 날이면 시커먼 맥베스조차 눈처럼 하얗게 보일 것이오. 그리고 불행한 국민들은 그놈을 양처럼 생각할 것이오. 한없는 나의 악덕과 비교해서 말이오.

맥더프 무서운 지옥의 악마 떼들 중에도, 악에 있어서만큼은 맥베스를 능가할 놈은 없습니다.

맬   컴 사실 그놈은 잔인, 호색, 탐욕, 허위, 사기, 성급, 악의 등등의 이름을 가진 온갖 죄악이란 죄악을 몽땅 지니고 있는 놈이오. 그러나 나의 음욕으로 말하면 밑바닥이 없소. 남의 아내, 딸, 유부녀, 처녀, 이것들을 가지고도 내 정욕의 물통을 채우지는 못하오. 나의 욕정은 만족을 방해하는 장애물을 모조리 넘치는 물로 떠내려 보내고 말 것이오. 이런 내가 통치하는 것보다는 그래도 맥베스가 낫소.

맥더프 한없는 방탕은 인성에 대한 일종의 포악입니다. 이 때문에 행복한 왕좌는 뜻밖에 비워지고 많은 국왕이 멸망했습니다. 그러나 당연한 권리를 행사하시는 데 염려하지 마십시오. 얼마든지 은밀히 쾌락을 만족시키면서, 시치미를 딱 떼고 세상을 속일 수도 있지 않습니까. 스스로 응해올 여자도 얼마든지 있습니다. 국왕의 의향을 눈치채면 스스로 몸을 바치는 여자는 부지기수입니다. 아무리 탐욕해도 도저히 다 상대할 수 없는 일이지요.

맬　컴　그뿐인가, 타고난 나쁜 근성 속에는 한없는 탐욕이 자라서, 내가 왕이 되는 날엔 귀족들의 목을 베어 영지를 몰수하고, 갑의 보석과 을의 저택을 탐내어 뺏을수록 탐욕은 점점 더 강해지고, 결국 재산을 노려 부당한 시비를 걸어서 충성스런 백성들을 멸망시키고 말 거요.

맥더프　그 탐욕은 여름철 같은 욕정보다 더 뿌리가 깊고, 더 독성이 강합니다. 사실 오늘날까지 숱한 국왕들이 탐욕이라는 칼에 쓰러지지 않았습니까. 하지만 염려 마십시오. 스코틀랜드에는 왕자님 자신의 영지만으로도 왕자님의 욕망을 채우고도 남으니까요. 그런 건 다른 미덕으로 보상만 되면 문제될 게 없습니다.

맬　컴　그러나 나에겐 왕자다운 미덕이 전혀 없소. 가령 공정, 진실, 절제, 지조, 관인, 불굴, 자비, 겸손, 경건, 인내, 용기, 강기 등등의 미덕은 전혀 없고, 사실 나는 권력을 잡으면 화목은 지옥에 던져버리고, 세계 평화를 교란하며 지상의 온갖 질서를 혼란시켜놓게 될 것이오.

맥더프　아, 스코틀랜드! 스코틀랜드!

Macbeth 413

맬　컴　그러한 인간도 통치할 자격이 있는지, 어디 말해 보시오. 이 사람이 바로 그런 위인이오.

맥더프　통치할 자격, 천만에! 생존할 자격조차 없소. 아, 가련한 백성들이여! 피묻은 홀을 쥔 찬탈자의 지배를 언제나 벗어나서 다시 편한 날을 볼 것인고? 왕실의 정통은 스스로 계승권을 저주하며, 자기의 혈통을 비방하고 있지 않은가. 부왕께서는 성자 같은 국왕이었소. 그리고 생모인 왕후께서는 서 있는 시간보다 더 많이 신 앞에 꿇어앉아 내세를 위한 고행의 생활을 하셨소. 그럼, 안녕히 계십시오! 왕자님이 친히 고백하신 그 악덕들 때문에, 저는 스코틀랜드로부터 영영 추방되고 말았습니다. 아, 이 가슴아, 이제는 희망도 끊어져 버렸구나!

맬　컴　맥더프님, 진실의 아기라고 할 그 고결한 비탄은 내 영혼에서 시커먼 의혹을 씻어주고, 내 마음은 당신의 성의와 명예를 믿게 되었소. 저 악마 같은 맥베스가 온갖 술책으로 나를 손아귀에 넣으려고 꾀해 왔소. 그래서 나도 경솔히 사람을 믿지 않고 경계해온 것이오. 그러나 하느님, 이젠 우리 두 사람의 증인이 되어 주시옵소서! 이제부터 나는 당신의 지도에 따르고, 방금 한 욕설은 모두 취소하겠소. 그리고 내가 나 자신에 가한 결점과 비난은, 나의 본성과는 전혀 무관함을 이 자리에서 맹세하겠소. 나는 아직 여자를 안아본 적 없는 동정이오. 위증은 해본 적이 없소. 내 물건조차 탐내보지 않았소. 신의를 깨본 적도 없소. 상대방이 악마라도 배신한 적이 없소. 진실을 생명처럼 사랑하는 사람이오. 거짓말은 아까 한 말이 생전 처음이오. 이 진실한 나를 이제 당신과 불행한 조국의 지시에 맡기겠소. 실은 당신이 이곳에 도착하기 전에 늙은 시워드가 장비를 갖춘 1만의 정예 부대를 거느리고 이미 출동했소. 자, 우리도 같이 떠납시다. 성공의 기회가 우리의 대의명분과 일치하기를 바라오! 왜 아무 말이 없소?

맥더프 희망과 절망이 이렇게 동시에 찾아왔으니, 어떻게 조화시켜야 좋을는지요? (Such welcome and unwelcome things at once 'Tis hard to reconcile.)

전의가 궁전에 나온다.

맬 컴 그럼, 후에 또, (전의에게) 국왕께서 행차하시오?

전 의 예, 한 무리의 불쌍한 사람들이 폐하의 치료를 기다리고 있답니다. 그들의 병은 고명한 의술로도 효험이 없는데, 폐하께서 만지시면 신의 영험을 받으신 손인지라 환자는 곧 낫게 된답니다.

맬 컴 고맙습니다, 전의 선생님. (전의 퇴장)

맥더프 무슨 병 말인가요?

맬 컴 소위 연주창 말이오. 그 선왕이 행하는 비상한 기적을 나도 잉글랜드에 온 후 여러 번 목격했소. 어떻게 하여 그런 영험을 얻으셨는지는 왕 자신만이 알고 계십니다. 하여튼 괴상한 병에 걸려 차마 볼 수 없을 정도로 부어서 곪고, 의사도 속수무책인 환자들을 국왕은 치료하십니다. 환자의 목에 금화한 개를 걸어주고, 성스러운 기도를 해준다고 합니다. 그리고 듣자하니 이 복된 요법은 대대로 국왕에게 물려진다 하오. 이

신기한 영험뿐아니라 하늘에서 주어진 예언력을 지니시고, 또 갖가지 축복이 옥좌를 둘러싸고 있는즉, 이는 국왕이 신의 축복을 받고 계신 증거입니다.

로스 등장.

맥더프 저기 누가 옵니다.

맬　컴 고국 사람이오. 하지만 누군지 모르겠소.

맥더프 아, 누구시라고. 잘 오셨소.

맬　컴 아, 이제 알았소. 하느님, 우리들 동포 사이를 멀어지게 원인을 속히 제거해 주소서!

로　스 아멘!

맥더프 스코틀랜드 역시 같은 형편이오?

로　스 아, 비참한 조국, 제 모습을 알리기조차 두려워하는! 모국이라기보다는 무덤입니다. 천지가 아니고는 누구 하나 웃는 얼굴을 보이는 사람이 없습니다. 하늘을 찢는 탄식과 신음과 규탄 등이 들려도, 아무도 관심을 갖지 않습니다. 격심한 비탄도 그저 그러려니 합니다. 죽음을 알리는 종소리가 울려도 누가 죽었는지 물어보는 사람조차 없습니다. 선량한 사람들의 목숨은 모자에 꽂은 꽃보다 쉽게 시들고, 병도 걸리지 않았는데 죽어갑니다.

맥더프 아, 너무도 상세한, 그러나 너무도 진실한 얘기구나!

맬　컴 최근의 참사는 어떻소?

로　스 한 시간 전의 참사를 얘기하는 사람은 조롱을 당합니다.

1분마다 새로운 참사가 일어나고 있습니다.

맥더프 내 아내는 어찌 지냅니까?

로 스 그저 무사하십니다.

맥더프 애들은?

로 스 역시.

맥더프 폭군도 내 처자식의 평화를 깨뜨리지는 않았군요.

로 스 예, 다 무사합니다. 나와 작별할 때까지는.

맥더프 왜 그렇게 말씀이 인색하오? 대체 무슨 일이 생긴 거요.

로 스 제가 슬픈 소식을 듣고 이곳에 올 때 들은 소문인데, 수
많은 정의의 기사들이 궐기했답니다. 현재 폭군의 병력이 출
동한 것을 보아도, 이 소문은 분명 사실일 것입니다. 마침내
도와야 할 시기는 왔습니다. 왕자님께서 나타나시기만 하면
병력은 모이고 여자들까지 싸울 것입니다. 비참한 고통을 제
거하기 위하여. (To doff their dire distresses.)

맬 컴 이제는 동포들이 안심해도 좋소. 이제 우리는 조국을 향
하여 출발할 참이오. 인자하신 잉글랜드 왕은 명장 시워드와
1만의 병력을 지원해 주었소. 그만한 노명장은 기독교 천지에
둘도 없는 분이오.

로 스 아아, 뜻밖의 기쁜 소식에, 같은 기쁜 보고를 할 수 있다
면 얼마나 좋겠습니까? 그러나 제 소식은 들을 사람도 없는
황야에서나 외쳐야 할 성질의 것입니다.

맥더프 대체 무슨 내용이오? 일반적인 것이오, 아니면 어떤 개인
에 관한 슬픔이오?

로 스 참된 사람이면 누구나 그 슬픔을 다소는 같이하지 않을

수 없을 것입니다. (No mind that's honest But in it shares some woe) 그러나 주로 당신에 관한 것입니다.

맥더프 나에 관한 것이라면 숨기지 말고 어서 말씀해 주시오.

로 스 당신의 귀가 저의 혀를 언제까지나 원망하지 마시기를! 생전 처음 들어보시는 슬픈 소식을 알려드리려 합니다.

맥더프 음, 짐작하겠소.

로 스 당신의 성은 습격을 당하고, 부인과 어린 자제들은 참살 당했습니다. 그 광경을 설명했다가는 저 참살당한 사람들의 시체 위에 당신의 시체까지 쌓는 격이 될 것입니다.

맬 컴 아이구, 하느님! 이것 보시오. 그렇게 모자로 얼굴을 가리지 말고, 슬픔을 토하시구려. 토할 길 없는 슬픔은 벅찬 가슴에 속삭이고, 마침내 가슴을 터지게 하고 마니까.

맥더프 어찌 어린 것들까지.

로 스 예. 부인, 어린애, 하인 등 눈에 띄는 대로 모조리.

맥더프 그런데 나는 그곳을 떠나 있어야 하다니! 아내도 참살당 했다고?

로 스 예, 그렇답니다.

맬 컴 진정하시오. 자, 대복수의 약을 조제해서 죽음 같은 이 비통을 치료합시다.

맥더프 음, 그자는 자식들이 없으니까. 귀여운 애들을 모조리라고 했지? 오, 지옥의 독수리 같으니! 모조리? 원, 귀여운 병아리와 어미 닭을 한꺼번에 모두 채가다니.

맬 컴 대장부답게 참으시오.

맥더프 참으리다. 하지만 대장부 역시 슬퍼할 수밖에 없군요. 돌

이켜 생각하지 않을 수 없구려. 내게는 보배 같은 가족들이었
소. 하늘은 묵묵히 방관만 하셨단 말인가? 죄 많은 이 맥더프
같으니. 나 때문에 모두들 참살당하지 않았는가! 나는 나쁜 놈
이로구나. 아무 죄도 없이 살육이 떨어지다니, 내 죄 때문에.
신이여, 그들의 영혼 위에 안식을 주소서!

맬 컴 이 일을 칼을 가는 숫돌로 삼고, 슬픔을 분노로 돌리시오.
마음이 무뎌지지 않도록 분발시키시오.

맥더프 아, 눈으로는 여자같이 울고, 혀로는 허풍쟁이같이 떠들
수만 있다면 얼마나 좋겠소! 하지만 하느님, 속히 저를 스코틀
랜드의 악마와 맞서게 하여, 그놈을 이 칼이 닿는 곳에 갖다
놓아주시옵소서. 만약 그 칼을 피한다면 그때는 그놈을 용서
해 주셔도 좋습니다.

맬 컴 참으로 대장부다운 말씀이오. 자, 어전으로 가봅시다. 군
대는 출동 대기중이오. 이제 작별 인사만 남았소. 맥베스는 다
익어 있으니 흔들면 떨어질 것이오. 하늘에서 내린 천사군은
우리를 격려하고 있소. 최대한 기운을 냅시다. 아무리 긴 날이
라도 밤은 지나갑니다. (The night is long that never finds the
day.) (퇴장)

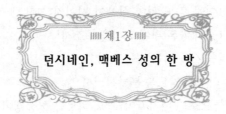

IIIII 제1장 IIIII

던시네인, 맥베스 성의 한 방

시의와 시녀 등장.

시 의 이틀 밤이나 같이 지켜보았으나 당신의 얘기 같은 사실
은 볼 수 없구려. 대체 언제부터 왕비께서 그렇게 걸어다닌단
말이오?

시 녀 폐하께서 출전하신 후부터 목격해 왔어요. 왕비님께서는
침상에서 일어나시어 잠옷을 걸치시고는 무엇을 써서 읽어보
신 다음에 봉해가지고 침상으로 돌아가십니다. 그런데 그 동
안 쭉 비몽사몽인 거예요.

시 의 심한 정신착란인가 보오. 수면의 은혜를 받는 동시에 생
시같이 행동을 하시다니! 그런데 몽유 상태로 걸어다니면서
여러 가지 일들을 하실 때에, 무슨 말씀을 하시는지 들은 적은
있소?

시 녀 예, 하지만 말씀드리기 거북한 내용이에요.

시 의 내게야 상관없지 않소. 얘기를 하시죠.

시　녀　안 돼요. 선생님께나 누구에게나 제 애기를 보증할 사람은 아무도 없는 걸요.

맥베스 부인, 촛불을 들고 등장.

시　녀　저것 보세요, 나타났습니다! 바로 저런 모양이에요. 정말이지 비몽사몽간이라니까요. 여기 숨어서 좀 보세요.

시　의　저 촛불은 어떻게 손에 들고 있지?

시　녀　머리맡에 있는 촛불이에요. 머리맡에 켜두라고 분부하셨거든요.

시　의　저것 봐요, 눈은 뜨고 있군?

시　녀　예, 하지만 의식은 닫혀 있어요.

시　의　저렇게 손을 문지르고 계시는데, 저건 도대체 무슨 뜻인가요?

시　녀　저렇게 늘 손을 씻는 시늉을 하세요. 저런 행동을 15분가량이나 계속하는 경우도 있어요.

맥베스 부인　아직도 여기에 흔적이 있소.

시　의　가만, 말을 하시는군! 기억을 충분히 뒷받침하기 위해서 하시는 말씀을 적어둬야겠어.

맥베스 부인　지워져라, 망할 흔적 같으니! 지워지라니까! 하나, 둘, 2시다. 이제 단행할 시간이다. 지옥은 캄캄하기도 하네! 아니 여보, 장군이 겁을 다 내시우? 누가 알까 봐 겁낼 건 없어요. 우리의 권력을 시비할 자는 없잖아요. 하지만 그 늙은이가 그렇게 피가 많을 줄이야 누가 생각인들 했겠어요?

흉한 소문이 퍼지고 있소. 순리를 어기면 부자연스런 혼란이 생기게 마련이오.
병든 마음은 귀 없는 베개에다 마음의 비밀을 누설하는 법이오.
왕비에게는 의사보다도 목사가 더 필요한 것 같소.

시　의 (시녀에게) 듣고 있소?

맥베스 부인 파이프 영주에게는 아내가 있었지. 그 부인은 지금 어디 있을까? 아, 이 손은 도저히 말끔히 씻어지지 않는단 말인가? 그만두세요, 이제 제발 그만두세요. 그렇게 겁을 내시면, 일을 다 망치고 만다니까요.

시　의 저런, 저런, 알아서는 안 될 일을 알고 말았군. (you have known what you should not.)

시　녀 해서는 안 될 말씀을 하시고 있어요. 그것은 아는 사람이나 알 내용입니다.

맥베스 부인 아직도 피비린내가 나는구면. 아라비아 천지의 온갖 향수를 가지고도 이 작은 손 하나 말끔히 씻어내지 못하겠구나. 아! 아! 아!

시　의 무슨 탄식이 저러실까! 마음이 무거우신 모양이군.

시　녀 온몸에 여왕의 권위를 가진다 해도, 가슴에 저런 마음을 갖는 건 싫어요. (I would not have such a heart in my bosom for the dignity of the whole body.)

시　의 옳지, 옳지, 옳지……

시　녀 부디 낫게 해드리세요, 선생님.

시　의 이 병은 내 힘으로는 고칠 도리가 없구려. 하긴 몽유병자 중에도 편안히 돌아가신 분들이 없지는 않습니다만.

맥베스 부인 손을 씻고 잠옷을 입으세요. 그렇게 질린 얼굴 하지 마시고. 밴쿠오는 이미 파묻힌 사람이라니까요. 무덤에서 살아나올 순 없잖아요.

시　의 오, 그렇게까지?

Macbeth 423

셰익스피어 4대 비극

맥베스 부인 자, 침실로 가세요. 누가 성문을 노크하고 있군요. 자, 자, 손을 이리. 저질러버린 일은 이제 어쩔 수 없잖아요. 자, 침실로 가서 쉽시다.

시　의 이젠 침실로 가시는가요?

시　녀 예, 곧장.

시　의 흉한 소문이 퍼지고 있소. 순리를 어기면 부자연스런 혼란이 생기게 마련이오. 병든 마음은 귀 없는 베개에다 마음의 비밀을 누설하는 법이오. 왕비에게는 의사보다도 목사가 더 필요한 것 같소. 하느님, 우리 가엾은 인간들을 용서하시옵소서! 잘 돌보아드리시오. 위험한 물건일랑은 곁에 두지 말고 항상 지켜보시오. 그럼, 안녕. 내 의식은 희미하고 눈은 혼란해졌어. 생각은 있어도 말할 수는 없구려. (I think, but dare not speak.)

시　녀 선생님, 안녕히. (퇴장)

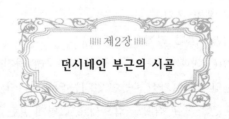

|||| 제2장 ||||
던시네인 부근의 시골

북과 군기를 든 병사들에 이어 멘티스, 케이드네스, 앵거스, 레녹스, 병사들 등장.

멘티스 잉글랜드군이 다가오고 있소. 맬컴과 그의 숙부 시워드, 그리고 용감한 맥더프의 지휘 아래 움직이고 있소. 그분들은 복수심에 불타고 있소. 사실 그분들의 절실한 원한을 안다면, 차디찬 시체라도 분기하여 처참한 공격에 참가할 거요.

앵거스 저 길로 진격해오는 걸 보니 아마 버넘숲 근처에서 우리와 만나게 될 것 같소.

케이드네스 도널베인 왕자가 그 형님과 같이 있는지, 누구 아는 사람 있소?

레녹스 분명히 같이 있지는 않소. 나는 명문 출신 전부의 명단을 가지고 있소. 그 중에는 시워드의 아들을 비롯하여 아직 수염도 나지 않은 수많은 젊은이들이 끼어 있소.

멘티스 폭군의 정세는 어떻소?

케이드네스 던시네인 성의 방비를 강화하고 있다고 하오. 미쳤다고 보는 사람도 있지만, 증오심이 덜한 사람들은 그것을 맹분이라고 하오. 그러나 아무튼 그 미친 마음을 자제심의 혁대 안에 죄어둘 수 없는 것만은 분명하오.

앵거스 이젠 그도 손에 달라붙은 비밀의 살육을 느낄 거요. 지금 시시각각 반란이 일어나 그의 반역을 책하고 있소. 그의 휘하는 할수없이 명령에 움직이고 있을 뿐, 결코 충성심에서 움직이는 것이 아니오. 지금은 그도 거인의 옷을 난쟁이가 훔쳐 입은 격으로 왕의 칭호도 몸에 헐렁헐렁함을 느끼고 있을 것이오.

멘티스 하긴 그자의 난심이 위축되고 질겁하는 것도 무리는 아니죠. 그자의 마음 자체가 자기 존재를 저주하는 판이니까.

*Macbet*425

케이드네스 자, 그럼 진군하여 정당한 분에게 충성을 바칩시다. 병든 이 나라를 치료할 명의를 어서 만나, 그분과 더불어 나라를 정화하기 위하여 최후의 한 방울까지 우리의 피를 바칩시다.

레녹스 예, 충분히 피를 바쳐 군주의 꽃을 이슬로 적시고, 잡초를 송두리째 없애버립시다. 자, 그럼 버넘으로 진군! (진군하며 퇴장)

▥▥▥ 제3장 ▥▥▥
던시네인 성의 안뜰

맥베스, 시의, 시종들 등장.

맥베스 보고는 그만 가져와. 달아날 놈은 모두 달아나라. 버넘숲이 던시네인으로 움직여오지 않는 한, 두려울 건 없다. 애송이 맬컴이 다 뭐냐? 그놈 역시 여자 몸에서 태어나지 않았는가! 인간의 운명을 다 알고 있는 정령들이 내게 확언한 바가 있다. '염려마라, 맥베스. 여자가 난 자로 그대한테 이길 자는 없으니'라고 말이다. 그러니 믿지 못할 영주들아, 멋대로 달아나서 잉글랜드의 놈팽이들과 한패가 되려무나. 내가 좌우하는 의지가, 내가 지닌 용기가, 의심이나 불안 따위에 꺾일 것 같으냐, 흔들릴 것 같으냐. (The mind I sway by and the heart I bear Shall never sag with doubt nor shake with fear.)

시종 등장.

맥베스 이봐, 악마한테 시커멓게 화장되지 못하고! 그 새파래진 낯짝이 뭐냐, 병신 같으니라구. 어디서 그런 거위 같은 쌍통을 주워왔어?

시 종 약 1만의······.

맥베스 거위가, 응?

시 종 적의 군사 말입니다.

맥베스 그 낯짝을 찔러서 얼굴에 피라도 통하게 하라. 겁쟁이놈 같으니. 무슨 군사 말이냐, 못난 놈아. 죽어버려! 그 낯짝은 겁이 났다는 증거가 아니냐. 무슨 군사 말이냐, 낯짝이 창백한 녀석아.

시 종 잉글랜드 군사 말입니다. 황송합니다.

맥베스 그 낯짝 보기 싫다. 썩 꺼지지 못해. (시종 퇴장) 여봐라. 시튼! (명상에 잠겨서) 속이 메스껍다니까, 그런 낯짝을 보면 — 여, 시튼, 거기 없느냐? — 이번 일전으로 나는 영원한 기쁨을 누리거나, 몰락을 당하거나 그 둘 중 하나다. 이제는 살 만큼 살았어. 내 생애도 황색 낙엽기다. 더구나 노년의 벗이라 할 명예, 애정, 복종, 교우 같은 것은 나와는 전혀 인연이 없다. 아

Macbet **427**

이제는 살 만큼 살았어. 내 생애도 황색 낙엽기다.
더구나 노년의 벗이라 할 명예, 애정, 복종, 교우 같은 것은
나와는 전혀 인연이 없다.

니 반대로 소리는 낮으나 뿌리 깊은 저주, 아첨, 빈말 따위가 달라붙는데, 물리치고 싶어도 마음이 약해서 어디 물리칠 수가 있어야지. 여, 시튼!

시튼 등장.

시 튼 부르셨습니까?

맥베스 그 뒤의 정세는 어찌 되어 가느냐?

시 튼 보고는 다 사실임이 판명되었습니다.

맥베스 음, 싸워야지, 이 뼈에서 살이 깎여질 때까지. 갑옷을 줘.

시 튼 아직 그렇게까지 하실 필요는 없습니다.

맥베스 아니다, 갑옷을 입을 테다. 기마대를 더 내서 전국을 순찰시켜라. 비겁한 놈들은 교수형에 처해 버려라, 당장 갑옷을 가져오라니까…… (시튼, 갑옷을 가지러 나간다) 시의, 환자의 동정은 어떠한가?

시 의 예, 병환이라기보다는 격심한 망상에 고민하고, 따라서 안식을 얻지 못하는 것 같습니다.

맥베스 그러기에 그걸 고쳐달라는 거요. 그래 마음의 병을 치료할 수는 없단 말이오? 뿌리 깊은 근심을 기억에서 뽑아내고, 뇌수에 찍혀진 고뇌를 지워줄 수는 없단 말이오? 상쾌하고 감미로운 망각의 잠자리에 누워서, 마음을 짓누르는 위험물을 답답한 가슴에서 없애줄 좋은 약은 없단 말이오?

시 의 그 점은 환자 자신이 치료해야 합니다.

시튼이 갑옷을 들고 병기 담당자와 함께 등장. 병기 담당자는 곧 맥베스에게 갑옷을 입히기 시작한다.

맥베스 의술 따위는 개에게나 던져줘라. 내게는 필요 없으니. 자, 갑옷을 입혀다오. 지휘봉을 이리 다오. 시튼, 군대를 파견해라. 시의, 영주들이 도주하고 있어. 자, 어서 입혀…… 시의, 당신의 힘으로 이 나라의 독을 완전히 씻어내고 다시 건강한 나라로 회복시킬 수 있다면 나는 당신을 찬양하겠소. 그 찬양의 소리가 메아리로 울리고, 그 메아리가 다시 이쪽으로 울려올 정도로 ― 그것은 벗기라니까 ― 대황이나 완화제, 또는 다른 어떤 설사약이라도 써서 잉글랜드놈들을 이곳에서 쓸어낼 수는 없을까? 그 놈들 소문을 들었소?

시 의 예, 들었습니다. 폐하의 전쟁 준비를 보고 저희들도 소문을 들었습니다.

맥베스 그 갑옷은 나중에 가져와. 이제는 죽음도 파멸도 무섭지 않아. (I will not be afraid of death and bane.) 버넘숲이 던시네인으로 옮겨오지 않는 한. (맥베스 퇴장, 시튼은 병기 담당자와 함께 뒤따라 퇴장)

시 의 어서 이 던시네인에서 탈출했으면 좋겠네. 아무리 좋은 수가 생긴다해도 누가 다시 돌아오겠는가. (퇴장)

430

Ⅲ 제4장 Ⅲ
버넘숲 부근의 시골

북과 군기, 맬컴, 시워드, 맥더프, 시워드의 아들, 멘티스, 케이드네스, 레녹스, 로스, 병사들 진군하며 등장.

맬 컴 여러분, 이젠 자기 집에서 편히 쉴 날도 머지않은 것 같소. (I hope the days are near at hand That chambers will be safe.)

시워드 저기 저 숲은?

멘티스 버넘 숲이오.

맬 컴 병사들에게 각자 나뭇가지를 하나씩 꺾어서 앞에 들게 합시다. 그렇게 하면 이쪽 병력은 숨겨지고, 적의 척후병은 잘못된 정보를 가져갈 것이오.

병 사 잘 알았습니다.

시워드 추측하건대 자신만만한 폭군은 던시네인에서 농성하여, 아군의 포위를 대기하고 있는 모양이오.

맬 컴 그것만이 그놈의 유일한 희망이거든요. 기회만 있으면 상하가 다 반란을 일으키니까. 이제는 어쩔 수 없이 붙어 있는 자들밖에 없는데. 그자들의 마음 역시 비어 있소.

맥더프 우리 쪽 판단의 정확 여부는 경과로써 판명될 것이오. 하

병사들에게 각자 나뭇가지를 하나씩 꺾어서 앞에 들게 합시다.
그렇게 하면 이쪽 병력은 숨겨지고,
적의 척후병은 잘못된 정보를 가져갈 것이오.

여튼 우리는 용사의 직분을 다합시다.

시워드 때는 다가오고 있소. 우리의 예상과 전과는 정확히 심판하여 알려줄 때가 되었소. 흔히 불확실하게 희망적인 관측을 하지만, 확실한 결과는 전투가 판정할 것이오. 자, 전투를 향해 진군합시다. (모두 진군하면서 퇴장)

||||| 제5장 |||||
던시네인 성 안의 안뜰

맥베스, 시튼, 북과 군기 등을 든 병사들 등장.

맥베스 군기를 바깥 성벽에 매달아라. '적이 온다!' 고 줄곧 외치는 저 함성. 이 성은 난공불락이다. 포위가 다 뭐냐. 기아와 질병한테 다 잡혀먹힐 때까지 내버려 두어라. 역도들만 놈들에게 가세하지 않았던들 이쪽에서 나가 수염을 맞대고 싸워, 놈들을 자기 나라로 쫓아버릴 수 있었을 것 아닌가. (안에서 여자들의 통곡 소리) 저 소리는 뭐냐?

시 튼 부인들의 울음 소립니다. (퇴장)

맥베스 이제는 공포의 맛도 거의 다 잊어 버렸어. 밤에 비명을 들으면 오감이 서늘해진 때도 있었고, 무서운 이야기를 들으면 머리칼이 살아 있는 양 곤두서서 움직이던 때도 있었다. 이미 공포는 실컷 맛보았도다. 이젠 살인의 기억도 보통일이 되고, 아무리 무서운 일에도 나는 끄떡하지 않는다.

시튼 다시 등장.

맥베스 뭣 때문에 우는 소리냐?

시 튼 왕비님께서 운명하셨습니다.

맥베스 지금이 아니어도 어차피 죽어야 할 사람. 한 번은 그런 소식을 들어야 할 것이 아닌가. 내일, 내일, 또 내일은 날마다 살금살금 인류 역사의 마지막까지 기어가고 있고, 어제라는 날들은 다 바보들에게 무덤으로 가는 길을 비춰왔도다. (all our yesterdays have lighted fools The way to dusty death.) 꺼져라 꺼져, 짧은 촛불아! 인생이란 한낱 걷고 있는 그림자, 가련한 배우에 불과하다. 제시간엔 무대 위에서 활개치고 안달하지만, 얼마 안 가서 영영 잊혀져버리지 않는가. 글쎄 천치가 떠드는 이야기 같다고나 할까, 고래고래 소리를 지를 뿐이네. 아무 의미도 없도다.

사자 등장.

맥베스 혓바닥을 놀리러 왔구나, 냉큼 말해 봐라.

사 자 폐하, 이 눈으로 분명히 본 일을 아뢰겠습니다. 그러나 어떻게 아뢰어야 좋을지…….

맥베스 음, 말해 봐라.

사 자 소인이 언덕 위에 서서 버넘 쪽을 바라보고 있는데, 느닷없이 숲이 움직인 듯싶었습니다.

맥베스 고얀 거짓말쟁이 같으니!

사 자 사실이 아니라면 어떠한 노여움이라도 감수하겠습니다. 3마일 이내의 지점에서 확실히 이쪽으로 오고 있습니다. 하여튼 숲이 움직이며 다가오고 있습니다.

맥베스 거짓말이면 근처 나무에다 너를 산 채로 매달아 굶어죽게 할 테다. 네 말이 사실이라면, 네가 나를 그렇게 해도 좋다. 내 결심이 흔들리는구나! 악마들이 그럴 듯하게 참말같이 꾸며대어 거짓말을 한 게 아닐까? '염려하지 말 것, 버넘숲이 던시네인에 오지 않는 한' 이라고. 그런데 지금 숲이 던시네인으로 온다지 않는가. 무기를, 무기를, 무기를 다오! 자, 출격하라! 저놈이 한 말이 사실이라면 이젠 피할 수도 지체할 수도 없도다. 이젠 태양도 보기 싫어졌어. 이 세상의 질서가 무너져버렸으면! 종을 울려라! 바람아, 불어라! 파멸이여, 어서 오라! 적어도 갑옷은 걸치고 죽자. (허둥지둥 퇴장)

Macbeth 435
셰익스피어 4대 비극

제6장

던시네인 성문 앞

북과 군기. 맬컴, 시워드, 맥더프, 휘하 군대, 나뭇가지를 앞에 들고 등장

맬 컴 자, 다 왔소. 이제는 나뭇가지의 위장물들을 다 내던지고
본모습을 나타내시오. 숙부님은 저의 사촌인 아드님과 더불
어 제1진을 지휘해 주십시오. 맥더프와 저는 나머지 전부를
맡겠습니다. 작전 계획대로 하십시오.

시워드 잘 가오. 오늘밤 폭군 군대를 만나면 최후까지 분전하리
라.

맥더프 나팔을 모두 불어라, 힘차게 불어라. 유혈과 살육을 요란
하게 전주하는 나팔을 불어라.

나팔을 불며 진군

맥베스, 성에서 나온다.

맥베스 나는 말뚝에 매어져 있는 격이다. 달아날래야 달아날 수
가 있어야지. (They have tied me to a stake; I cannot fly) 이젠
곰같이 발광을 해줄 수밖에. 대관절 어떤 놈이 여자 몸에서 태
어나지 않았단 말이냐? 그놈외엔 난 무서운 놈이 없다.

젊은 시워드 등장.

젊은 시워드 뭐냐, 네 이름은?

맥베스 들으면 넌 질겁할 거다.

젊은 시워드 천만에. 지옥의 악마보다 더 무서운 이름을 대도 무
서울 건 없다.

맥베스 내 이름은 맥베스다.

젊은 시워드 악마가 자기 이름을 대도 내 귀에 이보다 밉살스럽
게 들리지는 않을 거다.

맥베스 음, 그렇다. 과연 무서운 이름이다.

젊은 시워드 거짓말 마라, 흉악한 폭군아! 이 칼로 네 거짓말을

증명해 보이리라. (with my sword, I'll prove the lie thou speak'st.)

두 사람 맞서 싸운다. 젊은 시워드 살해당한다

맥베스 너도 여자한테서 난 놈인데, 놈이 휘두르는 칼이라면 모두 우습구나.

맥베스 퇴장, 안에서 싸우는 소리, 맥더프 등장.

맥더프 저쪽에서 소동이 벌어졌구나. 폭군아, 얼굴을 드러내라. 네가 죽더라도 내 칼에 죽지 않으면, 나는 처자식의 망령한테 영원히 괴로움을 받을 것 아니냐. 고용되어 창을 든 비참한 민병을 베어서 무엇하겠느냐. 맥베스, 네놈이 상대가 아니면 칼날이 명분을 잃고 칼집에 도로 들어갈 수밖에 없도다. 저기 있나 보군. 저 요란한 소리는 어떤 큰 놈이 있다는 증거다. 운명이여, 그놈을 만나게 해다오! 그 이상은 아무것도 바라지 않을 테다. (맥베스를 쫓아 퇴장. 종 소리)

맬컴과 늙은 시워드 등장.

시워드 이쪽이오. 성은 간단히 함락되었소. 폭군의 부하들은 두 파로 분열되어 맞서 싸우고, 영주들도 분전중이오. 오늘의 승리는 대부분이 왕자님의 것이오, 이젠 할 일도 거의 없는 것 같소.

438

맬 컴 적병들을 만났는데, 다들 마지못해 싸우는 형편이오.

시워드 자, 입성하시오. (모두 성 안으로 들어간다. 종 소리)

▌▌▌▌ 제8장 ▌▌▌▌
던시네인 성문 앞

맥베스 등장.

맥베스 왜 내가 로마의 못난이들처럼 자결을 해야 하지? 살아 있
는 동안이라도 눈에 띄는 대로 베버리는 것이 상책이 아닌가.

맥더프 뒤를 쫓아 등장.

맥더프 돌아서라. 지옥의 마귀 같으니, 돌아서라.

맥베스 적 중에서 너만은 피해오던 참이다. 도망치거라, 자. 내
영혼은 이미 네 일족의 피로 짐이 너무 무겁구나.

맥더프 말할 필요도 없다. 이 칼이 내 말을 대신하리라. 말로는
표현 못할 극악한 악당 같으니라구! (두 사람 맞서 싸운다. 종
소리)

대기에 칼자국을 낼 수 있는 예리한 칼로 벤다면 몰라도
이 몸은 칼이 통하지 않아, 그 칼로 칼날이 들어가는 머리나 베려무나.
내 생명에는 마력이 들어 있어서, 여자가 낳은 놈한테는 절대로 굴복하지 않는다.

맥베스 헛수고하지 마라. 대기에 칼자국을 낼 수 있는 예리한 칼로 벤다면 몰라도 이 몸은 칼이 통하지 않아. 그 칼로 칼날이 들어가는 머리나 베려무나. 내 생명에는 마력이 들어 있어서, 여자가 낳은 놈한테는 절대로 굴복하지 않는다.

맥더프 그까짓 마력은 단념해라. 네가 늘 믿어온 마녀한테 물어보면 알겠지만, 이 맥더프는 달이 차기 전에 어머니 배를 가르고 나온 사람이다.

맥베스 그따위 말을 하는 혓바닥은 저주나 받아라! 그 말 한 마디에 내 용기는 질리고 말았다. 요술쟁이 악마들 같으니, 이젠 더 내가 믿을 것 같으냐. 이중의 의미로 사람을 속여 약속을 지키는 척하다가 막판에 와서 깨뜨리다니. (That palter with us in a double sense; That keep the word of promise to our ear, And break it to our hope.) 맥더프, 너와는 싸우기 싫다.

맥더프 비겁한 자야, 살려줄 테니 어서 항복해라. 세상의 웃음거리나 되어라. 진기한 괴물인 양 네 화상을 막대기 끝에 걸어가지고, 그 아래에다 '폭군을 보라'고 써붙이겠다.

맥베스 누가 항복할 것 같으냐! 풋내기 맬컴의 발목 아래에서 땅을 핥고, 온갖 놈들의 저주에 욕을 보지는 않을 것이다. 설사 버넘숲이 던시네인으로 온다해도, 그리고 여자가 낳지 않았다는 네가 대적할지라도. 끝까지 마지막 힘을 다해볼 것이다. 네 앞에다 이렇게 방패를 내던지겠다. 자, 오라, 맥더프. 도중에서 먼저 '손들었어' 하고 우는 소릴 하면 넌 지옥행이다.

두 사람이 성벽 아래에서 결전, 결국 맥베스가 살해되고 만다.

전투 중지의 나팔 소리, 고수 및 기수, 맬컴, 시워드, 로스, 영주들, 병사들 등장.

맬 컴 지금 이 자리에 보이지 않는 전우들이 무사히 돌아와주었으면 좋겠는데.

시워드 약간의 희생은 부득이한 일이오.(Some must go off) 하지만 이만한 대승에 희생은 극히 적은 것 같습니다.

맬 컴 맥더프가 보이지 않는구려. 그리고 시워드님의 아드님도…….

로 스 아드님은 무인의 빚을 청산하셨답니다. 그분은 이제 갓 성인이 된 몸으로 한 걸음도 물러나지 않고 싸워, 무용으로 대장부임을 입증하자마자 용사답게 전사하셨습니다.

시워드 전사했다고?

로 스 예, 유해는 이미 옮겨놓았습니다. 전사의 슬픔을 아드님의 인격으로 재지 마십시오. 그렇게 하시면 슬픔은 한이 없습니다.

시워드 상처는 정면에 입었던가요?

로 스 예, 이마에 상처를 입었습니다.

시워드 아, 그렇다면 신의 용사는 되었도다! 머리카락 수만큼 자
식을 많이 가졌다 해도, 그보다 더 장한 죽음을 바라진 않겠
소. 이젠 그 애의 장례의 종이 울려진 셈이오.

맬 컴 더 애도의 뜻을 표해야 합니다. 내가 대신 애도의 뜻을
표하겠습니다.

시워드 이것으로 충분하오. 용감히 싸워 무인의 의무를 다했다
지 않소. 오직 신의 가호를 빌 뿐이오! 저기 새로운 기쁜 소식
이 오는구려.

맥더프, 맥베스의 머리를 장대에 꿰어들고 등장.

맥더프 국왕 만세! 이젠 국왕이십니다. 보십시오. 왕위 찬탈자의
가증스러운 머리입니다. 이제는 천하가 태평할 것입니다. 진
주 같은 이 나라의 신하들은 지금 폐하의 주위에 둘러서서, 저
와 같이 마음속으로 축하를 외치고 있습니다. 자 우리 모두 다
같이 소리 높여 외칩시다. 스코틀랜드 국왕 만세!

모 두 만세, 스코틀랜드 국왕! (우렁찬 나팔 소리)

맬 컴 많은 시일을 지체하지 않고 여러분의 충성을 각각 헤아
려서 응분의 보답을 할 작정이오. 나의 영주들과 가까운 친척
들, 지금 여러분을 백작으로 봉하노니, 이는 스코틀랜드가 처
음 수여하는 칭호가 되겠소. 이제 앞으로 시국에 맞추어 새로
확립시켜야 할 일인즉, 가령 경계가 엄한 폭군의 함정을 피하
여 해외로 망명한 친구들을 불러온다든가, 참수된 이 학살배
와 제 손으로 횡포하게 생명을 끊었다는 마귀 같은 왕비의 잔

학한 수하들을 잡아낸다든가, 그 밖에 모든 필요한 일들을 신의 가호 아래 수단과 시간과 장소를 가려 실행하겠소. 끝으로 여러분 모두에게, 그리고 한 분 한 분께 감사하오. 그럼 스콘에서 거행될 대관식에 참석해 주기 바라오.

(우렁찬 나팔 소리. 모두 행진하며 퇴장)

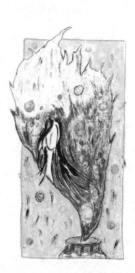

❖ 네 보고는 상처에 못지 않게 훌륭하고 장하다.
So well thy words become thee as thy wounds; They smack of honour both.

❖ 이처럼 나쁘고도 좋은 날은 처음 봤는 걸.
So foul and fair a day I have not seen.

❖ 너희들의 호의를 청하거나 증오를 두려워할 나는 아니다.
who neither beg nor fear Your favours nor your hate.

❖ 아무리 험한 날에도 시간은 지나간다.
Time and the hour runs through the roughest day.

❖ 서로 마음을 터놓고 얘기해 봅시다.
let us speak Our free hearts each to other.

❖ 얼굴로 사람의 마음속을 알아볼 길은 없구나.
There's no art To find the mind's construction in the face

❖ '원하면 행하라'
'Thus thou must do, if thou have it

❖ 모든 일은 제게 맡기세요.
Leave all the rest to me.

❖ 호의도 지나치면 귀찮을 수도 있으나, 역시 호의니까 기쁘기 마련
이오.
The love that follows us sometime is our trouble,
Which still we thank as love.

❖ 해치워 버릴 때 일이 끝날 수만 있다면 당장 해치우는 것이 좋을 것
아닌가.
If it were done when 'tis done, then 'twere well It
were done quickly.

❖ 인간다운 짓이라면 무엇이든 하겠소. 그러나 그 이상의 짓을 하는
놈은 인간이 아니오.
I dare do all that may become a man; Who dares do
more is none.

❖ 용기를 내야 해요. 그러면 실패는 없을 테니.
screw your courage to the sticking—place, And we'll
not fail.

❖ 말은 실행의 열의에다 차디찬 바람을 불어줄 뿐 아닌가.
Words to the heat of deeds too cold breath gives.

❖ 너무 심각하게 생각하진 마세요.
Consider it not so deeply.

❖ 즐겁게 하는 수고는 고통을 덜어줍니다.
The labour we delight in physics pain.

Macbeth

❖ 악운이 송곳 구멍에 숨어 있다가, 언제 튀어나와서 덤벼올지 모르는데.
e,where our fate, Hid in an auger-hole, may rush, and seize us?

❖ 그걸 보고 내 눈도 놀랐지요.
to the amazement of mine eyes That look'd upon't.

❖ 모든 일이 잘되시길 바라오.
may you see things well done.

❖ 모두가 허무요 수포다. 욕망이 채워져도 만족이 없는 한은.
Nought's had, all's spent, Where our desire is got without content

❖ 과거지사는 과거지사입니다.
what's done is done.

❖ 악으로 시작한 일은 악으로 튼튼하게 만들 수밖에.
Things bad begun make strong themselves by ill.

❖ 피는 피를 부른다지 않는가.
blood will have blood

❖ 만사를 순조롭게 해결한 것이지요.
He has borne all things well.

❖ 그건 그분께 경고를 준 셈이군요, 지혜를 다하여 멀리 피해 있도록.
that well might Advise him to a caution, to hold what distance His wisdom can provide.

❖ 실행 없는 계획은 어찌나 빠른지 따라갈 수가 없거든.

The flighty purpose never is o'ertook Unless the deed
go with it

❖ 재앙도 고비에서 제일 심합니다. 그러니 고비만 넘기면 원상으로 복
구될 것입니다.

Things at the worst will cease, or else climb upward
To what they were before.

❖ 믿는 일이면 나는 슬퍼하겠소. 아는 일이면 믿겠소. 그리고 구제할
수 있는 일 같으면, 좋은 시기를 만나면 구제하겠소.

What I believe I'll wail, What know believe, and what
I can redress, As I shall find the time to friend, I will.

❖ 희망과 절망이 이렇게 동시에 찾아왔으니, 어떻게 조화시켜야 좋을
는지요?

Such welcome and unwelcome things at once 'Tis
hard to reconcile.

❖ 비참한 고통을 제거하기 위하여.

To doff their dire distresses.

❖ 참된 사람이면 누구나 그 슬픔을 다소는 같이하지 않을 수 없을 것
입니다.

No mind that's honest But in it shares some woe

❖ 아무리 긴 날이라도 밤은 지나갑니다.

The night is long that never finds the day.

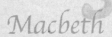

Macbeth

❖ 알아서는 안 될 일을 알고 말았군.

   you have known what you should not.

❖ 온몸에 여왕의 권위를 가진다 해도. 가슴에 저런 마음을 갖는 건 싫어요.

   I would not have such a heart in my bosom for the dignity of the whole body.

❖ 생각은 있어도 말할 수는 없구려.

   I think, but dare not speak.

❖ 내가 좌우하는 의지가, 내가 지닌 용기가, 의심이나 불안 따위에 꺾일 것 같으냐, 흔들릴 것 같으냐.

   The mind I sway by and the heart I bear Shall never sag with doubt nor shake with fear.

❖ 이제는 죽음도 파멸도 무섭지 않아.

   I will not be afraid of death and bane.

❖ 이젠 자기 집에서 편히 쉴 날도 머지않은 것 같소.

   I hope the days are near at hand That chambers will be safe.

❖ 어제라는 날들은 다 바보들에게 무덤으로 가는 길을 비춰왔거든.

   all our yesterdays have lighted fools The way to dusty death.

❖ 나는 말뚝에 매어져 있는 격이다. 달아날래야 달아날 수가 있어야지.

   They have tied me to a stake; I cannot fly

❖ 이 칼로 네 거짓말을 증명해 보이리라.
with my sword, I' ll prove the lie thou speak' st.

❖ 이중의 의미로 사람을 속여 약속을 지키는 척하다가 막판에 와서 깨
뜨리다니.
That palter with us in a double sense; That keep the
word of promise to our ear, And break it to our hope.

❖ 약간의 희생은 부득이한 일이오.
Some must go off

Macbeth

4

세 익 스 피 어 4 대 비 극

세 익 스 피 어 4 대 비 극

작품 속 주인공이 문학사에서 보기 드물게 하나의 신화적 존재가 되어버린 작품으로 이 작품은 셰익스
피어의 작품 세계 중에서 가장 독자들의 가슴을 파고 드는 작품으로 성공작이라 할 수 있다. 주인공
햄릿의 심리를 따라가다 보면 어느새 자기 자신도 비극의 세계로 빨려들어가는 이 작품은 500여 년의
시간이 지나난 지금 뿐만 아니라 앞으로 또 몇 백 년이 흐른다 해도 햄릿이 보여주는 복수심에 불타는
그 심리 상태는 독자들 가슴 깊숙이 뿌리 깊게 자리잡을 것이다. 죽은 아버지의 영혼을 만나 숙부이자
어머니의 새남편인 지금의 왕에 대한 복수심은 한 개인의 복수 차원을 넘어서 보편적인 드라마로 그
격을 상승시켰으며, 그 사이 사이에 맴도는 긴장감은 보는 사람이나 책을 읽는 독자들로 하여금 손에
땀이 나게 한다.

Hamlet

목차

H a m l e t

"사느냐, 죽느냐 그것이 문제로다."

"약한 자여, 그대 이름은 여자로다."

주인공 햄릿의 이 같은 독백으로 유명한 이 작품은 W. 셰익스피어의 5막 비극으로 『오셀로』, 『리어왕』, 『맥베스』와 함께 4대 비극의 하나다.

현대인들이 현재 접하고 있는 비극 작품 『햄릿』은 셰익스피어가 1601년 무렵 집필하여 그 이듬해 초연된 것으로 알려져 있다. 하지만 왕자 햄릿이야기는 본래 북유럽에서 전해내려오는 민화다. 또 이미 1580년대말 런던에서 연극으로 상연되었던 것으로 전해지며 셰익스피어는 이 작품을 배경으로 새롭게 희곡을 쓴 것으로 추측된다.

이 작품의 줄거리는 주인공인 덴마크 왕자 햄릿이 아버지의 죽음이 자기 어머니를 왕비로 삼고 현재 왕이 된 숙부에 의한 것이라는 것을 망부의 음성을 들으면서부터 극은 전개된다.

고민에 빠진 햄릿은 망부의 말이 사실인지 확인하기 위해 국왕이 독살당하는 내용의 연극을 왕에게 보여 그를 시험하고자 한다. 아니나다를까 이를 지켜보던 왕의 안색이 변하면서 자리를 차고 나가버리는 광경을 본 햄릿은 망부의 말이 사실임을 확신한다. 왕비가 햄릿을 꾸짖고자 자기 방으로 아들을 부르자 따라 들어간다. 아버지를 죽인 숙부와 남편의 동생과 부부가 된 어머니를 향한 분노에 찬 햄릿은 마침 옷걸이 뒤에서 인기척이 나자 그를 왕으로 착각하여 칼로 찌른다. 하지만 그는 재상 폴로니어스였다. 그의 딸 오필리아는 햄릿이 가장 사랑하는 연인이었으나 안타깝게도 이 사건으로 미쳐서 죽는다.

햄릿의 동태에 신변의 위태로움을 느낀 왕은 햄릿을 영국왕으로 하여금 죽이도록 명한 내용의 서신과 함께 배를 태워 영국에 보낸다. 그러나 햄릿은 배 위에서 서신을 훔쳐 읽고 자기의 수행원을 처형하도록 내용을 고친 뒤 해적선편으로 귀국한다.

이때 유학을 마치고 돌아온 죽은 폴로니어스의 아들 레어티스는 왕의 계략에 넘어가 햄릿을 죽이기 위해 왕과 왕비 앞에서 햄릿과 독을 바른 칼로 펜싱 시합을 벌인다. 그러나 왕의 계획이 잘못되어 왕비는 왕이 햄릿에게 먹이려던 독주를 마셔 죽고 레어티스와 햄릿도 독 묻은 칼에 찔려 죽게 되지만 왕 역시 햄릿의 칼에 죽어 결국 복수를 한다.

이 작품은 당시 유행한 복수 비극 형태로 부왕의 원수를 갚아 국가 질서 회복을 도모해야만 하였던 지식인 햄릿 왕자의 고민을 그린 비극으로 영국 문학은 물론 세계 문학 속에서 호평받는 작품으로 남아 있다.

등장 인물

클로디어스 : 덴마크의 왕으로, 햄릿의 숙부인데 형을 독살한 뒤 왕이 되고 형수를 자신의 왕비로 삼는다.

햄릿 : 선왕의 아들이자 현왕의 조카로, 아버지의 독살에 복수를 하던 중 레어티스와 펜싱 시합을 하다 죽는다.

거트루드 : 햄릿의 어머니로 자기 남편을 독살하고 왕이 된 클로디어스와 재혼한다.

폴로니어스 : 재상으로, 레어티스와 오필리아의 아버지인데, 햄릿에게 죽임을 당한다.

호레이쇼 : 햄릿의 친구

레어티스 : 폴로니어스의 아들

오필리아 : 폴로니어스의 딸로 햄릿을 사랑하지만 아버지의 죽음 소식을 듣고 미쳐서 죽는다.

레이날도 : 폴로니어스의 하인

마셀러스, 버나도, 프랜시스코 : 근위장교

포틴브라스 2세 : 노르웨이의 왕자

볼티먼드, 코닐리어스, 로즌크랜츠, 길든스턴, 오즈릭

두 광대(무덤 파는 일꾼), 부대장, 영국사신

기타. 귀족, 귀부인, 병사, 선원, 사령 등

망부 : 햄릿의 아버지로 동생의 손에 독살 당하고 부인까지 빼앗겨 유령으로 햄릿에게 나타나 복수하게 한다.

‖‖‖ 제1장 ‖‖‖
엘시노 성

성벽 좌우에는 탑으로 통하는 문이 있고 추위가 느껴지는 밤 하늘에는 별들이 반짝인다. 창을 든 프랜시스코가 보초를 서며 왔다갔다 하고 있다. 순간 밤 12시를 알리는 종이 울린다. 또 다른 보초 버나도가 임무 교대를 위해 무장을 하고 성에서 나온다. 깜깜한 어둠속 프랜시스코의 발소리에 그는 걸음을 멈춘다.

버나도 누구냐?

프랜시스코 너는 누구냐? 멈춰. 이름을 대라.

버나도 국왕 만세.

프랜시스코 버나도?

버나도 그렇다.

프랜시스코 제시간에 맞게 왔군.

버나도 지금 자정이 지났어. 들어가서 자게나.

프랜시스코 고마워. 심장이 얼어붙을 만큼 추운 밤이네. (' tis bitter cold, And I am sick at heart)

버나도 아무 이상 없는가?

프랜시스코 쥐새끼 한 마리도 얼씬거리지 않았다네.

버나도 그래. 호레이쇼와 마셀러스를 만나거든 빨리 나오라고 전해 주게. 그들이 같이 보초를 서기로 했거든.

프랜시스코 발소리가 들리는 것을 보니 지금 오나 보군. 거기 누구냐?

호레이쇼 이 나라의 백성.

마셀러스 국왕의 신하.

프랜시스코 수고들 하게, 난 이만 들어가겠네.

마셀러스 그래, 수고했네. 그런데 누구와 근무 교대를 했나?

프랜시스코 버나도와 했네. 그럼 수고하게. (프랜시스코 퇴장)

마셀러스 어이, 버나도!

호레이쇼 (버나도와 악수를 하며)이 손이 바로 그 손인가?

버나도 호레이쇼 잘 왔네. 마셀러스 자네도 잘 왔고.

호레이쇼 그래, 그것이 오늘도 나타나던가, 버나도?

버나도 아직은 나타나지 않았다네.

마셀러스 호레이쇼는 우리가 헛것을 봤다고 우기면서 도무지 믿어주질 않네. 두 번씩이나 우리 눈으로 똑똑히 본 광경인데 말이지. 그래서 오늘밤은 같이 근무를 하자고 한 걸세. 오늘밤도 그 유령이 나타나야 호레이쇼가 믿어줄 거 아니겠어? 그리고 유령한테 말을 걸어볼 수도 있을 테고.

호레이쇼 도대체 나오긴 뭐가 나온다는 거야.

버나도 어이 호레이쇼. 우린 이틀째 똑똑히 보았다네. 바로 어젯 밤에도 나타났었지. 북두칠성이 지금 저 별처럼 우리 머리 위를 환히 비출 때쯤이었지. 그때 마셀러스와 나는 한 시를 알리는 종이 울리는 것을 들었다네.

완전 무장을 한 유령이 손에 원수의 상징인 지팡이를 들고 나타난다.

마셀러스 쉿 조용히. 저길 보라고 또 나타났어!

버나도 승하하신 선왕의 모습과 똑같지 않은가?

마셀러스 학자님께 부탁하네, 호레이쇼. 말을 걸어보게.

호레이쇼 똑같구만. 무서워 오금이 저리네. 이게 대체 무슨 일이란 말이가?

버나도 우리와 대화를 하고 싶어하는 눈치야.

마셀러스 호레이쇼, 자네가 말을 걸어보게.

호레이쇼 대체 넌 무엇이길래, 무엄하게도 돌아가신 선왕께서 즐겨 입으시던 갑옷을 입고 이 야밤에 나타났느냐? 어서 정체를 밝혀라.

마셀러스 아무래도 화가 났나 봐.

버나도 그냥 가버리잖아.

호레이쇼 거기 섰거라. 명령이다. 어서 말을 해라.

유령이 사라진다

마셀러스 가버렸군. 말하기 싫었던 것일까?

버나도 아니, 호레이쇼. 자네 떨고 있군, 안색도 안 좋고. (you tremble and look pale) 과연 지금 우리가 헛것을 본 것이라 말할 수 있겠나?

호레이요 어찌 내 눈으로 똑똑히 보고 거짓이라 말할 수 있겠나.

마셀러스 분명 선왕의 모습 그대로지?

호레이요 어디 같다뿐인가. 선왕께서 음흉한 노르웨이 왕과 결투하실 때에도 저런 복장을 하고 계셨지. 또 협정이 깨져 썰매를 타고 달려드는 폴란드 놈들을 빙판에서 물리치실 때도 저런 모습이었지. 참 요상한 일이군.

마셀러스 이전에도 지금처럼 자정에 두 번씩이나 우리가 지키고 있는 이곳을 의젓하게 지나갔다네.

호레이요 도무지 종잡을 수가 없지만, 내 생각에는 나라에 무슨 변고가 일어날 징조가 아닐까?

마셀러스 자, 우리 앉아서 이야기해 보도록 하지. (Good now sit down, and tell me he that knows) 대체 무슨 일로 매일 밤 백성들을 괴롭히며 삼엄한 경비를 서야 하는 거지? 그리고 대포를 만든다, 외국에서 무기를 사들인다 하며 야단법석을 떨고 또 조선공들은 왜 그리 많이 징발해서 혹사시키느냔 말일세. 도대체 이 나라가 어떤 상황에 처해 있길래, 이렇게 밤낮을 가리지 않고 백성들을 괴롭히는 거지. 아는 사람 있으면 말해 보게.

호레이요 들리는 소문에 의하면 좀 전 우리 앞에 나타난 선왕이 도전을 받았다고 하네. 자네들도 알다시피 상대는 음흉한 야욕에 불타는 노르웨이 왕 포틴브라스일세. 그러자 용감하신 우리 햄릿 왕께서 적의 목을 베셨지. 그래서 그놈은 목숨과 함께 모든 영토를 몰수당했던 거야. 그건 기사도 법칙에 따라 맺은 약속이었어. 물론 우리 쪽에서도 상당한 땅을 걸었는데, 만약 포틴브라스가 이겼다면 그것은 적 수중에 들어갔겠지. 바로 그 약속대로 적의 영토는 우리쪽에 귀속되었던 것이지. 아, 그런데 포틴브라스의 그 철없는 아들놈이 젊은 혈기로 노르웨이 변방 이곳저곳에서 돈만 밝히는 무식한 놈들을 끌어 모아 위험한 모험을 시작한다고 하더군. 결국 아비가 잃은 영토를 되찾겠다는 거겠지. 지금 우리가 이렇게 보초를 서는 것도 다 애송이 그 녀석 덕분 아닌가.

버나도 그럴 듯한 이야기군. 지금 우리 앞에 나타난 불길한 징조는 예전이나 지금이나 다 전쟁 때문이군. 그나저나 별일없이 조용히 끝났으면 좋겠군.

호레이쇼 아주 작은 티끌이라도 눈에 들어가면 아픈 법일세. 그 옛날 번영을 자랑하던 로마제국도 영웅 시저가 쓰러지기 직전 무덤들이 텅 비고 수의를 몸에 두른 시체들이 해괴한 소리를 지르며 로마 시내를 돌아다녔다더군. 이렇듯 항상 운명에 앞서 흉조가 나타나 재앙의 시작을 알려주게 마련이지. (유령이 다시 나타난다) 쉿! 저길 봐, 또 나타났어! 급살을 맞아도 좋으니 우선 가로막아보자. (두 팔을 벌리고 가로막는다) 야, 거기서! 입이 있거든 말을 해봐. 너의 한을 풀어 줄 테니 아무 말이라도 어서 해보라고. 피할 수 있는 이 나라의 재앙을 이미 알고 있다면 말해 봐. 아니면 살아서 감춰둔 재물이 있거든, 그것에 대한 미련으로 아직 이승을 헤매고 다닌다면 어서 내게 말을 해. (닭이 운다) 도망가지 말고 말을 해봐. 이봐, 마셀러스. 못 가게 좀 막아 봐.

마셀러스 창으로 찔러볼까?

호레이요 그래. 안 서거든 그렇게 해.

버나도 이쪽이야!

호레이요 여기다!

마셀러스 사라져 버렸군. (유령 사라진다) 어찌 되었든 존엄한 혼령을 너무 난폭하게 대한 게 아닐까? 허공을 가르는 창과 칼처럼 소용없는 일인데 말이지.

버나도 닭, 그놈 때 한번 잘 맞추는군.

호레이요 닭이 울자 마치 호출당한 죄인처럼 깜짝 놀라더군. 역시 닭은 새벽의 나팔수, 드높은 목청으로 햇님을 깨우고, 그 울음 소리로 여기저기 떠다니던 유령들을 모두 제 처소로 도망가게 한다지 않는가. 이제 보니 그 말이 사실이었군.

마셀러스 닭이 울자 그만 사라져 버렸어, 호레이쇼. 들리는 소문에 의하면 성탄절을 축하하는 시기가 오면 새벽을 알리는 닭이 밤새도록 노래하고, 그 소리에 유령들은 밖으로 한 발자국도 못 나온다고 하더군. 밤은 안전하여 별도 그 힘을 잃고, 요정들에게 홀리지도 않고 마녀들도 맥을 못 춘다는 거야. 정말 맑고 조촐한 복된 기운이 넘칠 때라고 할까.

호레이요 나도 어디선가 그런 소릴 들었던 거 같군. 저길 보게, 붉은 망토를 걸친 햇님이 이슬을 밟으며 동녘 산마루로 솟아오르는군. 자, 이제 우리도 슬슬 내려가세. 그리고 내 생각에 오늘 일을 햄릿 왕자님께 아뢰는 것이 좋을 것 같네. 그 유령이 우리에게는 입을 열지 않았지만, 왕자님께는 무슨 말을 할지도 모를 일이니까. 자네들은 어떻게 생각하는가? 우리의 의

무로 보나 충성심으로 보나 왕자님께 말씀드리는 것이 당연한 일인 것 같은데.

마셀러스 그러는 것이 좋겠네. 마침 왕자님을 만나 뵐 수 있는 곳을 내가 알고 있네. (모두 퇴장)

||||| 제2장 |||||
성 안의 회의실

장엄한 나팔 소리, 덴마크의 왕 클로디어스, 왕비 거트루드, 중신들, 폴로니어스와 그의 아들 레어티스, 그리고 볼티먼트와 코닐리어스, 모두들 화려하게 차려입고 대관식에서 물러 나오는 중이다. 마지막으로 검은 상복을 입은 햄릿 왕자가 시선을 떨구고 등장. 왕과 왕비가 옥좌에 올라선다.

왕 친형인 햄릿 왕께서 승하하시던 기억이 아직도 생생하여 모든 백성이 수심에 빠져 다같이 애통해 함은 당연한 일이요. 하지만 돌아가신 선왕을 깊이 애도하면서도 정신을 차려 사사로운 감정을 극복하고, 국왕으로서의 체모를 잊지 않았소. 그리하여 짐은 지난날의 형수를 이 나라 주권을 함께하는 왕비로 맞아드린 것이오. 이는 일그러진 기쁨이라고 할까요. 다시 말해 한 눈으로는 울고 또 한 눈으로는 웃으며, 장례식은 기쁘게 결혼식은 슬프게, 희비를 공평하게 저울질하면서 왕비를 맞이한 것이오. 그리고 이 일에 짐은 여기 계신 경들의 현명한 소견들을 막지 않았으며 경들 또한 다들 짐의 뜻을 따라 주었소. 이 모든 것을 가상히 여기오. 또 다른 건은 경들도 다 알다시피 저 포틴브라스 2세에 관한 일이오. 그들이 우리의 실력을 과소평가했는지 또는 선왕의 승하로 인하여 국내 질서가 어지럽고 사기가 저하됐다고 생각하였는지, 헛된 기대를 품고 사신을 보내어 종용하기를, 제 아비가 약속한 대로 우리 선왕께 잃은 영토를 다시 돌려달라고 하고 있소. 물론 요점은 우리 쪽의 대비인데, 이러한 이유로 여러분들을 모이게 했소. 자보시오, 여기에 노르웨이 왕께서 보낸 칙서가 있소. 현재 왕은 포틴브라스의 숙부 되는 분으로 나이가 들어 계속 병석에 누워 있기 때문에 자신의 조카의 야망을 잘 모르는 모양이오. 그 애송이가 왕의 백성들을 모아 대군을 조직하는 등의 행동을 못하도록 견제를 해달라는 사연이오. 노르웨이 왕과 교섭할 개인적인 권한은 여기 조항에 명시되어 있으니 그 이상 입에 올리지 말아 주시오. 자, 어서.

코닐리어스, 볼티먼드 분부대로 실행하겠습니다.

왕 심장이 얼어붙을 만큼 추운 밤이네 (' tis bitter cold, And I am sick at heart) (두 사람 퇴장한다) 참 레어티스, 나에게 무슨 할 이야기가 있다고 했는가? 무슨 부탁이 있다고 들었는데. 사유만 정당하다면 이 덴마크 왕이 안 들어줄 리가 있겠느냐? 대체 나에게 할 청이란 무엇이냐? 굳이 짐에게 조르지 않아도 자진해서 들어주려 한다. 이 덴마크 왕실과 너의 집안 어른들과는 심장과 뇌수보다 더 관계가 깊은 사이이니 손이 입과 긴밀한 것이 이보다 더 하겠느냐? 내게 할 부탁이 무엇인지 어서 말하거라.

레어티스 황공하오나 소신을 프랑스로 돌려보내 주십시오. 전하의 대관식에 참여하기 위해 급히 귀국했으나, 그 직책도 다 끝나고 나니 제 마음은 벌써 프랑스에 가 있습니다. 부디 허락해 주십시오.

왕 부친의 허락은 받았느냐? 폴로니어스 경 어떻게 생각하시오?

폴로니어스 자식 놈이 어찌나 간청을 하던지 더 이상 버티지 못하고 승낙을 해주었습니다. 아비로서 왕께 부탁드리오니 부디 허락해 주십시오.

왕 그럼 가서 잘 지내도록 하여라, 레어티스. 시간은 너의 것이니 자유롭게, 또 유익하게 쓰도록 하여라. 그런데 내 조카, 내 아들 햄릿 순서인데.

햄 릿 (옆을 보며) 지금은 숙부와 조카 이상의 관계가 되고 말았지만, 그렇다고 부자 취급은 하지 말아 주십시오.

왕 어인 일로 네 얼굴엔 늘 먹구름이 드리워져 있느냐?

햄 릿 전혀 그렇지 않습니다. 태양이 주는 축복을 너무도 많이 받았습니다.

왕 햄릿, 이제 그 어두운 상복은 벗어 버리고, 덴마크 왕을 좀 더 따뜻하게 보려무나. 언제까지 늘 땅만 쳐다보고 그 안에 묻힌 부친만 찾을 것이냐. 너도 이제 알겠지만 살아 있는 자는 반드시 죽게 된다. (all that lives must die) 누구나 한 번은 이승의

일을 마치고 저승으로 가게 마련인 것이다.

햄 릿 예, 그렇겠지요.

왕 비 그렇다면 어째서 부친의 죽음이 네게만 특별하게 보이느냐.

햄 릿 특별하다니요? 아니 사실 그렇습니다. 그러나 그렇게 보이든 안 보이든 그건 제가 상관할 바가 아닙니다. 어머니, 단지 이 검은 외투나, 격식에 맞는 상복이나, 억지로 뱉아내는 한숨이나 강물처럼 흘러내리는 눈물, 실망한 얼굴빛이나 슬픔을 표시하는 온갖 방법 등 그런 것들은 제 속마음을 확실히 나타내진 못합니다. 그런 것들이야말로 그럴 듯하게 보이겠지만 그까짓 연극은 누구나 할 수 있을 겁니다. 그러나 제 가슴속에 있는 것들은 슬픔을 보이기 위한 옷가지와는 다릅니다.

왕 부친을 애도하는 너의 간절한 태도는 참 아름답고 가상하구나. 그러나 네가 알아두어야 할 것은 네 부친도 아버지를 여의셨고, 네 조부도 또한 아버지를 여의셨다. 그런 이유로 뒤에 남게 되는 자는 자식의 도리로서 일정 기간 복상을 하게 되는 것이다. 그러나 지나친 슬픔에 잠기는 것은 신을 모독하는 것이고, 대장부답지 못한 분별없는 행동이라 할 수 있다. 사람이 태어나서 다시 흙으로 돌아가는 것은 자연의 섭리이거늘 그것에 저항한다면 그건 하늘에 대한 배신이며 돌아가신 분에게도 옳지 못한 행동이다. 제발 아무 유익도 없는 슬픔은 이제 땅에 묻고 나를 친아버지처럼 여겨다오. 세상이 다 아는 일이지만 너는 앞으로 왕위를 계승할 자, 그래서 친아버지에 못지 않은 나의 사랑도 당연한 것이다. 비록 너는 비텐베르크 대학

468

으로 돌아가고자 하지만 나의 뜻은 다르다. 부디 이곳에 머물면서 나의 충신, 그리고 나의 조카요 아들로서 나에게 힘이 되어다오.

왕 비 햄릿, 이 어미의 간곡한 소원도 저버리지 말아주렴. 이렇게 부탁한다, 제발 우리와 함께 여기에 있어다오.

햄 릿 예, 그렇다면 어머니 말씀을 따르도록 하겠습니다.

왕 기특한 대답으로 나를 기쁘게 하는구나. 덴마크에서 나와 같이 지내도록 하라. 거트루드 왕비, 햄릿이 선선히 승낙하니 내 마음이 흡족하오. 이 일을 축하하는 뜻으로 짐이 축배를 올릴 테니, 한 잔 한 잔마다 축포를 터뜨려 온 세상이 알게 하라. 그래야 왕의 주연을 하늘도 축하하고 지상의 기쁨에 호응할 것이 아닌가. 다들 안으로 듭시다. (나팔 소리, 햄릿만 남고 모두 퇴장한다)

햄 릿 아, 이 더러운 육체, 모두 녹아 이슬이 되었으면! 신은 어찌하여 자살을 법으로 금하였는가! 아, 세상일이 모두 부질없도다. 이 더러운 세상! 잡초만 무성한 뜰, 그 주위는 온통 악취로 숨을 쉴 수가 없도다. 돌아가신 지 두 달이 채 되지도 않았건만. 훌륭하셨던 아버지, 지금의 왕과는 태양과 암흑으로 비교할 수 있지. 어머니가 찬 바람을 맞는 것조차 안타까워하시던 아버지, 어머니는 항상 아버지께 사랑을 갈구하셨지. 그런데 한달도 지나지 않아……. 아, 생각하기도 싫도다. 약한 자여, 그대의 이름은 여자로다! (frailty thy name is woman!) 니오베 여신처럼 슬픈 눈물에 젖어 아버지의 상여를 쫓아가던 그 신발이 채 닳기도 전에 숙부의 품에 안기시다니. 오 신이시

여! 이성 없는 짐승이라도 그보다 오래 애도했으련만. 아버지
와 닮은 곳이라곤 하나 없는 자와 가식적으로 흘린 눈물의 소
금기로 쓰린 눈동자의 핏발이 가시기도 전에 결혼을 하시다
니. 오, 어머니! 어찌하여 이리도 빨리 결정하셨나요? 그토록
재빠르게 불륜의 침상으로 달려들어야 할 이유라도 있으셨나
요? 하지만 제 가슴이 터지는 일이 있더라도 꼭 다문 입으로
바보처럼 살겠나이다.

호레이쇼, 마셀러스 그리고 버나도 등장한다.

호레이쇼 왕자님, 안녕하십니까?

햄 릿 호레이쇼, 자네도 잘 있었나?

호레이쇼 네. 바로 왕자님의 변함없는 충복 호레이쇼입니다.

햄 릿 이보게 친구. 우린 친구 사이가 아닌가. (호레이쇼와 악수
한다) 호레이쇼, 무슨 일로 비텐베르크에서 돌아왔나? 오, 마
셀러스. (손을 내밀어 악수한다)

마셀러스 안녕하십니까, 왕자님.

햄 릿 (버나도를 바라보며) 만나서 반갑네. 그런데 어인 일로 자
네들이 이곳에 왔는가?

호레이쇼 왕자님도 잘 아시지만 제가 원래 놀기를 좋아하지 않
습니까.

햄 릿 자네 원수가 그런 말을 한다고 해도 곧이 들을 내가 아니
지. 자넨 절대로 게으름뱅이가 아니야. 그래, 이곳 엘시노에 온
이유는 뭔가?

호레이쇼 사실은 부왕의 장례식에 참석하러 왔습니다.

햄 릿 제발 그런 농담은 그만하게. 어머니 결혼식을 보러 온 것
이겠지.

호레이쇼 하긴 연이어서 치러진 행사지요.

햄 릿 여보게, 그게 경제적이지 않겠는가? 장례 음식이 나온 후
식기도 전에 잔치상이 나오니 이 얼마나 경제적인가. 이런 날
을 당하느니 차라리 천당에서 원수를 만나는 것이 낫지. 호레
이쇼, 지금도 아버님 모습이 보이는 것 같다네.

호레이쇼 그런데 사실은 어젯밤에 그분을 뵌 것 같습니다.

햄 릿 뭐라고? 누구를? 선왕을 뵈었다고?

호레이쇼 잠시 진정하시고 제 말을 들어 주십시오. 그 해괴하고
요상한 일을 말씀드리겠습니다. 물론 이 두 사람이 제 말의 증
인입니다. (마셀러스와 버나도를 돌아본다)

햄 릿 어서 말해 보게나.

호레이쇼 사실은 마셀러스와 버나도가 이틀 동안 같이 보초를
서다가 캄캄한 한밤중에 당한 일입니다. 꼭 돌아가신 선왕의
모습을 한 형체가 머리 끝부터 발 끝까지 완전 무장을 하고 나
타나서 이 두 사람 앞을 천천히, 엄숙하고 당당하게 지나가는
데, 손에 잡은 단장이 약간의 공간을 두고 공포에 질린 두 사
람의 눈 앞을 세 번 지나갔답니다. 그 동안 두 사람은 무서움
에 떨며 멍하니 서서 그 형체에게 말도 걸어보지 못했답니다.
그러다가 이 이야기를 제게 은밀히 해주었고 그 말을 믿지 못
해 사흘째 되는 밤에 같이 보초를 서게 되었습니다. 그랬더니
시간하며 모양하며 두 사람이 한 이야기와 똑같이 그 유령이

나타났습니다. 제가 보기에 선왕 폐하셨습니다. 손도 어쩌면 그렇게 똑같은지.

햄 릿 그곳이 어딘가?

마셀러스 며칠 보초를 선 저 망대 위입니다.

햄 릿 그래, 말을 걸어보긴 했는가?

호레이쇼 말을 걸어보긴 했습니다만, 아무 대답도 않고 다만 얼굴을 들고 망설이며 뭔가 말하려는 듯했습니다. 그런데 바로 그때 새벽 첫 닭이 울어 그 소리에 그만 홀연히 사라졌습니다.

햄 릿 참 이상한 일이군.

호레이쇼 절대로 거짓말은 아닙니다. 그리고 이 일을 아뢰는 것이 저희들의 의무라 생각하여 왕자님께 말씀드리는 것입니다.

햄 릿 음, 내 마음이 무척 혼란스럽군. 오늘밤도 보초를 서나?

모 두 예, 섭니다.

햄 릿 갑옷을 입고 있었다고 했나?

모 두 예.

햄 릿 머리에서 발 끝까지라고?

모 두 예, 그렇습니다.

햄 릿 그럼 혹시 얼굴을 보았는가?

호레이쇼 예, 보았습니다. 투구의 앞덮개를 올리고 있어서 확실히 보았습니다.

햄 릿 어떠하던가, 혹시 성난 얼굴이던가?

호레이쇼 성난 얼굴이라기보다는 슬픈 표정이었습니다.

햄 릿 창백하던가 아니면 붉은가?

호레이쇼 아주 창백해 보였습니다.

472

햄 릿 자네들을 주시하던가?

호레이쇼 예, 계속 저희들을 보고 있었습니다.

햄 릿 나도 함께 있었으면 좋았을 것을. 오랫동안 머물러 있던 가?

호레이쇼 보통 100을 셀 정도의 시간이었습니다.

마셀러스, 버나도 아닙니다. 더 길었습니다. 훨씬.

호레이쇼 내가 보았을 땐 그 정도였는데.

햄 릿 수염이 희끗희끗하던가?

호레이쇼 예, 생전에 뵙던 선왕의 모습 그대로였습니다.

햄 릿 오늘 밤엔 나도 망을 봐야겠다. 혹시 다시 나타날지도 모르고.

호레이쇼 분명히 다시 나타날 겁니다.

햄 릿 진정 선친의 모습이라면 지옥이 입을 벌리고 내게 침묵을 강요한다고 해도 말을 걸어 보겠네. 그리고 모두들 이 일에 대해 그 누구에게도 말하지 말도록 하게. 내 언젠간 자네들의 호의에 감사를 표할 날이 올 것이야. 그럼 다들 오늘 밤 11시와 12시 사이 망대에서 만나지.

모 두 예, 왕자님을 위해 충성을 다하겠습니다.

햄 릿 내겐 충성이 아니고 우정일세. 그럼 조심해서 가게. (모두 인사를 하고 퇴장한다) 아버님의 혼령이 갑옷을 입고 나타나다니 예사로운 일이 아니군. 혹시 흉조가 아닐까? 밤을 기다려야겠군. 그때까진 참아야지. 악행은 숨길 수 있다 해도 결국 사람 눈에 드러나는 법이야. (퇴장한다)

Hamlet 473

폴로니어스의 저택의 어느 방.

레어티스와 그의 누이동생 오필리아 등장한다.

레어티스 이제 짐도 다 실어놨다. 그럼 잘 있도록 해. 그리고 배 편이 있거든 잠만 자지 말고 소식 전해 주고.

오필리아 걱정하지 마세요.

레어티스 햄릿 왕자님이 네게 호의를 보여 온 모양인데. 한때의 바람기라는 것을 잊지 마라. 이른 봄 피는 제비꽃이라고 할까. 일찍 피기에 빨리 지고, 향기롭지만 오래가지 못하는 법이야. 의미없는 순간적인 향기이고, 일시적인 위안, 그뿐인 거야.

오필리아 정말 그럴까요?

레어티스 그래, 사람이란 몸뿐만이 아니고 마음이나 정신도 함께 성장하게 되지. 분명 그분은 이중성격은 아니야. 하지만 그분이 지금 너를 사랑한다 하더라도 문제는 그분의 신분이 너무 높다는데 있어. 현재는 무엇이든 자기 생각대로 일을 처리할 수 없는 입장이라는 거야. 특히 나라의 안정과 번영이 그분의 선택에 따라 좌우되지. 그러니 자신의 배우자를 간택하는 일도 백성의 의사를 따라야 하는 것이고. 그분이 지금 너를 사랑한다고 말씀하시더라도 네가 현명하게 알아서 새겨들어야 해. 당연히 그분의 구애에 마음을 빼앗겨 너의 정조를 바치는 일이 없도록 하고, 들뜬 기분에 좌우되지 말고 마음 단속을 잘 해야 한다. 순결한 처녀는 달빛에 얼굴을 내비치는 것조차 부끄러워해야 한다는 말이 있듯이 아무리 정숙한 여인도 세상의 험담은 비껴가기 어려운 법이야. 봄에 움트는 새싹은 피기도 전에 벌레 먹기 쉽고 이슬 맺힌 청춘의 아침은 무서운 독기에 찔리기 쉬운 법이다. 그러니 주의하고 또 주의해야 하는 거야. 그러니 첫째도 조심, 둘째도 조심, 조심하는 게 가장 좋은 방법이야. 물론 젊을 땐 유혹의 손길이 닿지 않는다 해도 유혹에 자주 빠지게 마련이지만.

오필리아 오라버니의 충고 고이 간직할게요. 하지만 방탕한 사제들처럼 입으론 험한 고행길이 천국에 가는 길이라고 알려주지만, 정작 자신들은 환락의 꽃길을 거닐 듯하면 안 돼요.

레어티스 내 걱정은 하지 않아도 돼. 자, 내가 너무 지체했구나. (폴로니어스 등장한다) 아버님께서 오셨구나. 축복을 두 번 받으면 행복도 두 배이듯, (A double blessing is a bouble grace,) 작별 인사를 두 번이나 받는 행운을 얻게 되는구나.

폴로니어스 아직도 떠나지 않았구나. 서둘러 배를 타거라. 모두들 널 기다리고 있어. 자, 내 너를 축복하마. 그리고 몇 가지 당부를 할 테니 명심하도록 하여라. (아들 머리에 손을 얹는다) 함부로 말하지 말 것, 허망한 생각을 행동으로 옮기지 말 것, 경솔하고 어리석은 친구를 사귀지 말 것, 물론 사귐을 가진 친구들이 진실하다면 절대 놓치지 말 것, 싸움에 휘말리지 말

Hamlet 475

것, 하지만 싸움이 시작됐다면 철저히 응징하여 다시는 얕보지 않도록 할 것, 다른 사람의 말에 귀 기울이되 말할 때는 신중할 것, 어떠한 일이든 신중히 판단할 것, 옷매무새는 항상 단정히 하고 남에 눈에 띄는 사치스러운 옷은 삼가할 것, 돈은 빌리지도 꾸지도 말 것, 돈을 빌려주면 친구뿐만 아니라 돈도 잃게 된다는 것을 꼭 명심하도록 하여라. 게다가 돈을 빌리게 되면 절약하는 마음도 해이해진다는 것을 잊지 말고 네 자신에게 충실하도록 노력하여라. 그렇게 하면 밤이 지나 낮이 오듯 다른 사람에게도 충실해질 수 있을 것이다. 그럼 잘 가거라. 나의 이 당부가 네 마음속에서 성장하기를 기도하고 있으마.

레어티스 그럼 안녕히 계십시오, 아버지. 오필리아! 너도 잘 있고, 내가 한 말 절대로 잊어선 안 된다.

오필리아 알아요, 오라버니의 충고로 제 마음속은 단단히 채워졌어요. 마음을 채운 이 열쇠는 오라버니께서 가지고 가세요.

레어티스 아버님, 다녀오겠습니다. (레어티스 퇴장한다)

폴로니어스 그래, 레어티스가 네게 무슨 말을 했느냐?

오필리아 햄릿 왕자님에 관한 것이었어요.

폴로니어스 잘했구나. 소문에 의하면 요즘 너와 단둘이 지내는 시간이 많아졌다고 하던데 사실이냐? 만일 그렇다면 나도 몇 가지 당부를 해야겠구나. 넌 나의 딸로서 주위의 시선을 생각해야 할 텐데 아직 분별이 없어 걱정이구나. 그래, 왕자님과는 어떤 관계냐? 이 아비에게 사실대로 말해 보아라.

오필리아 저, 요즘 여러 번 왕자님께서 저에게 사랑을 고백하셨어요.

폴로니어스 사랑이라? 이런! 하긴 네가 세상의 험한 일을 당해
봤어야 알지. 그래 네가 보기엔 왕자님의 고백이 진실이라고
보이더냐?

오필리아 사실 어떻게 받아들여야 할지 무척 어리둥절하옵니다.

폴로니어스 그렇겠지. 음, 내가 네게 가르쳐주마. 부도수표와 같
은 그런 사랑을 현찰로 생각한다면 안 된단다. 너는 좀 비싸게
굴어야 해. 만일 그렇지 않으면 이 아비는 너로 인해 세상 사
람들에게 바보로 보여질 테니까. 어쩌면 그보다 내 숨이 끊어
질지도 모르지.

오필리아 하지만 그분은 진실한 태도로 제게 사랑을 애원하셨는
걸요.

폴로니어스 어허! 그건 네가 몰라서 하는 소리다.

오필리아 제게 신성한 맹세를 하시고, 거짓이 아님을 보증하셨
어요.

폴로니어스 그게 바로 덫이라는 것이다. 끓어오르는 피는 어떤
맹세도 하게 만들지. 아가야! 맹세란 활활 타오르는 불길 같다
가 금방 사그라지게 마련이란다. (Lends the tongue vows.) 그
불길을 진심으로 받아들인다면 너는 크나큰 상처를 입게 될
거야. 남자의 맹세란 겉과 속이 다른 법이지. 그러니 앞으로는
정숙한 처녀답게 그분과 만나는 일을 삼가고 왕자님의 맹
세를 믿어선 안 된다. 그런 맹세는 수치스런 욕망을 채우려고
말만 그럴싸하게 하지. 여인에게 불륜을 권하는 뚜쟁이 같다
고 할까, 그래서 더 잘 속게 되는 거란다. 결론적으로 말해서

Hamlet 477

이제부터는 햄릿 왕자님과 단 한순간이라도 허비하지 말거라. 알겠지? 자, 이제 들어가도록 하자.

오필리아 예, 아버님 말씀대로 하겠습니다. (두 사람 퇴장한다)

IIIII 제4장 IIIII

망대의 한 통로

망대 위.
햄릿, 호레이쇼, 마셀러스 한쪽 작은 탑에서 등장한다.

햄 릿 바람이 뼈를 파고드는 듯하구나. 지금 몇시지?

호레이쇼 아직 자정이 되지는 않은 것 같습니다.

마셀러스 아닙니다. 조금 전 자정을 알리는 종이 울렸습니다.

호레이쇼 그래? 왜 난 못들었지. 그렇다면 곧 유령이 나타날 시간이 됐군. (이때 궁에서 나팔 소리와 축포 소리가 들린다) 왕자님, 이게 무슨 소리입니까?

햄 릿 왕께서 아직도 주연을 베풀고 계신다네. 축배를 들고 신나게 춤을 추고 난장판을 만들고 있지. 왕의 포도주 잔이 비워질 때마다 북을 치고 나팔을 불어 왕의 무병장수를 백성들에게 알린다는 걸세.

호레이쇼 그렇게 하는 것이 관례인가요?

햄 릿 그래. 하지만 저런 풍습은 차라리 없애는 것이 좋겠어. 저렇게 술을 마셔대니까 외국인들이 우리를 보고 주정뱅이니 돼지니 하면서 욕을 하는 거라구. 정말 망신스러운 풍습이지. 아무리 우리가 자손대대로 기억할 만한 업적을 세운다고 해도 저래서야 명예의 진짜 속은 다 빼놓고 말게 되는 셈이지. 가령 개인으로 생각해 본다면 더 이해하기 쉬울 거야. 선천적으로 결함을 갖고 태어난 사람이 있는데 그 사람이 그 결함을 숨기지 않고 더 나타낸다면 아마 그 사람이 아무리 칭송할 만한 미덕을 가지고 있다고 한들 그 결함으로 더 많은 지탄을 받게 될 거야. 이처럼 먼지만한 결함도 그 사람의 평판에 치명적일 수 있는데 하물며 국가는 더 하지 않겠나. 백 번 잘 하다가도 한 번 잘못하면 그 동안 쌓아 올린 모든 것이 한꺼번에 무너진다는 그런 이야기가 있듯이 말이지.

유령 등장한다.

호레이쇼 왕자님, 드디어 저기 나타났습니다.

햄 릿 하느님, 우리를 보호해 주소서! 그대는 천사인가 아니면 악마인가? 그 모습으로 나타났으니 내게 대답을 해보라. 오! 이제부터 난 그대를 덴마크의 왕이라고 부르겠소. 자, 죽어서 땅 속에 묻힌 시체가 어찌 수의를 벗고 이곳에 나타났는지 말해 보시오. 어인 일로 갑옷을 입고 야심한 밤에 나타나 사람들을 떨게 만드는지, 또 인간의 머리로는 풀지 못할 문제를 던지는지 그 이유를 말해 보시오. (유령이 햄릿에게 손짓을 한다)

호레이쇼 왕자님께만 긴히 알려드릴 것이 있는 것 같습니다.

마셀러스 보십시오, 아주 정중한 태도로 손짓을 하는군요. 하지만 왕자님, 따라가지 마십시오.

호레이쇼 마셀러스의 말이 맞습니다. 절대로 따라가서는 안 됩니다.

햄 릿 내가 무엇이 두려워 이제 와서 못 가겠느냐? 지금 내 목숨은 바늘 하나보다 못하구나. 그리고 영혼이란 절대로 없어지지 않는 것이니 내 영혼에 무슨 피해가 있겠느냐?

호레이쇼 혹시 강이나 바다로 끌려가시면 어쩌시렵니까? 아니면 벼랑으로 끌고 간 뒤 왕자님의 혼백을 빼버리면 어떻게 합니까? 왕자님, 제발 이성을 찾고 침착하십시오. (Which might deprive your sovereignty of reason, And draw you into madness? think of it) 원래 인간이란 파도의 울부짖음에도 불안해지는 법입니다.

햄 릿 여전히 나를 부르고 있어. 난 따라 가봐야겠어.

마셀러스 왕자님, 제발 따라가지 마십시오.

호레이쇼 진정하십시오. 절대로 가시면 안 됩니다.

햄 릿 운명이 나를 부르고 있어. 내 몸 곳곳의 혈관들이 네메아 산중의 사자의 힘줄처럼 팽창하고 있는 걸. 더 이상 날 붙잡지 말게. 만일 계속 날 붙잡는다면 좋다, 다 죽여주마. 비켜라, 비켜! 난 저 유령을 따라갈 것이다. (유령과 햄릿 퇴장한다)

호레이쇼 망령에게 홀려 넋을 다 빼앗겼어. 앞으로 이 일을 어찌

480

해야 할꼬?

마셀러스 왕자님의 명령에 복종하고 있을 때가 아니네. 우리도 어서 따라가 보자고. (호레이쇼, 마셀러스 퇴장한다)

||||| 제5장 |||||
망대 아래의 빈 터

성벽 밑 빈 터

성문으로 유령 등장하고 햄릿 뒤따라서 등장한다. 햄릿은 칼을 빼들고 빈 칼자루를 겹쳐 십자가처럼 들고 걸어나온다.

햄 릿 대체 어디까지 가려고 하는가? 말을 하라. 나는 더 이상 가지 않겠다.

유 령 (뒤를 돌아 햄릿을 바라본다) 내 말을 잘 들어라.

햄 릿 음…….

유 령 지옥의 유황불에 몸을 맡겨야 할 시각이 얼마 남지 않았다.

햄 릿 불쌍하게 됐군.

유 령 나를 동정할 것 없다. 다만 내 애기를 잘 듣거라.

햄 릿 말하라, 어디 들어보자.

유 령 내 말을 들으면 원수를 꼭 갚아라.

햄 릿 뭐라고?

유 령 나는 네 아비의 혼령이다. 밤이면 이렇게 나다니지만 낮에는 지옥에 갇혀, 살아서 지은 악행을 불에 태워 다 씻을 때까지 참아내는 것이 내 운명이다. 저 세상의 비밀은 말할 수 없지만, 단 한 가지만 들어도 너의 영혼은 고통 받게 되고, 젊은 피는 얼어버리고, 두 눈은 유성처럼 튀어나오고, 너의 그 곱슬머리도 고슴도치의 침같이 곤두서게 될 것이다. 그러나 저승의 비밀을 인간인 너에게 전할 수는 없다. 잘 들어봐라, 네가 이 아비를 조금이라도 사랑했었다면 말이다.

햄 릿 오호, 신이시여.

유 령 그 무자비한 암살을 저지른 자에게 나를 위한 복수를 해다오.

햄 릿 암살이요?

유 령 암살은 아무리 정당화한다고 해도 비열하고 극악무도한 대죄악이다.

햄 릿 그렇다면 어서 암살의 내용을 말해 주십시오. 빨리 아버지의 원수를 갚으러 가겠습니다.

유 령 당연히 그래야지. 내 말을 듣고도 일어나지 않는다면 저승을 흐르는 망각의 강변을 따라 자라는 잡초보다 더 둔한 인간일 것이다. 들어봐라, 햄릿. 세상에는 내가 정원에서 잠을 자다가 독사에게 물려 죽었다고 알려지고, 백성들 모두 그 조작된 사인에 감쪽같이 속고 있다만 그러나 사실 네 아비를 죽인 그 독사는 지금 왕관을 쓰고 있는 자이니라.

햄 릿 아아! 숙부가 그런 짓을…… 어쩐지 그럴 거란 예감이
들더라니.

유 령 그렇다. 저 음흉한 불륜을 저지른 짐승보다 못한 놈. 마법
같은 지혜와 음흉한 재주로 부녀자들을 희롱하고 그렇게도
정숙하던 왕비의 마음을 꾀어 저 수치스런 음란의 자리로 끌
어들였다. 이 무슨 배신이란 말이냐. 백년가약의 맹세로 한결
같이 사랑한 남편을 배신하고 나와는 비교도 안 될 천한 성품
을 가진 비열한 위인과 배를 맞대다니. 순결은 육체의 욕망이
천사로 가장하고 나와 유혹을 해도 흔들리지 않지만, 음탕함
은 천사처럼 고귀한 남자와 배필이 되어 하늘의 잠자리에서
배불리 먹고도 썩은 고기에 욕심을 내게 마련이거늘. 오, 벌써
새벽이 오는구나. 내 간단히 이야기하마. 나의 오후는 늘 그렇
듯이 그날도 정원에서 낮잠을 즐기고 있었는데 네 숙부가 살
을 뭉그러뜨리는 그 흉악한 헤보나의 독약을 들고 몰래 다가
와 내 귓속에 부어버렸다. 그 독약은 사람의 피를 말리는 극약
이라, 수은처럼 순식간에 사람의 온 혈관 속을 돌아 우유 속에
떨어진 촛농처럼 갑자기 맑고 깨끗한 피를 응고시키고 말더
구나. 내 피도 그렇게 되고, 순식간에 온몸에 보기에도 징그러
운 부스럼이 돋아나게 되었다. 이러한 이유로 나는 낮잠을 자
다가, 내 아우의 손에 목숨과 왕관과 왕비를 모두 빼앗기고 말
았다. 내 죄악이 한창일 때 죽음을 당해 성찬식도 못하고, 모
든 죄악으로 몸과 마음이 더럽혀진 상태로 심판대에 끌려가
게 되고 말았다. 아, 무서운 일이로다. 효심이 있거든 그냥 참

고 있지 말라. 덴마크의 왕의 침상을 패륜과 음란의 자리로 만들지 마라. 그러나 일을 서둘지라도 네 어머니에 대해서는 비열한 마음을 먹거나 해칠 생각은 하지 말고 하느님께 맡겨 두거라. 그녀 스스로 마음속 양심에 찔리도록 놔 두어라. 그럼 잘 있거라, 아들아. 벌써 반딧불이 흐려지고 있는 걸 보니 날이 밝아오는구나. 부디 잘 있거라, 나의 아들아. 그리고 이 아비를 잊지 말아다오. (유령은 땅 속으로 사라지고, 햄릿은 미친 듯이 무릎을 꿇는다)

햄   릿   오, 하느님이시여, 땅이여! 또 뭐가 있는가? 유황불의 지옥이라도 불러내볼까? 허어, 정신을 차려야지. 나의 육체여, 한순간에 늙어버리지 말고 모든 힘을 다해 날 버티어다오. (천천히 일어선다) 잊지 말아달라고? 아, 가련한 유령, 이 미쳐버릴 것 같은 기억 속에서 내 기억력이 남아 있는 한 어찌 이 일을 잊는단 말이오. 잊지 말아달라고? 그래, 내 기억의 책에서 하찮은 기록들은 모조리 지워버리겠다. 책에서 얻은 교훈이며, 지식, 과거의 기억들을 지워버리고 오로지 당신이 지시하신 것만을 기억의 책 속에 남겨 두리라. 그건 그렇고, 참으로 독한 여자로다. 아니 그 악당, 태연하게 미소를 띤 얼굴을 한 악당도 악당은 악당이지 않는가. (무엇인가 적는다) 자, 숙부여. 내 이렇게 적어두겠소, '자, 그럼 아버지를 잊지 말아다오.' 이 말을 내 좌우명으로서 고이 간직하리다. (Now, to my Word, It is 'Adieu, adieu, remember me.' I have sworn't) (무릎을 꿇고 칼자루를 손에 얹으며 맹세한다) 자, 이제 맹세까지 했다. (기도를 올린다)

484

호레이쇼, 마셀러스 등장한다.

호레이쇼, 마셀러스 왕자님, 왕자님! 하느님, 왕자님을 보살펴 주소서.

햄 릿 어이 여길세, 여기라고.

마셀러스 왕자님 괜찮으십니까?

호레이쇼 대체 어떻게 된 일입니까, 왕자님. 저희에게 말씀해 주십시오.

햄 릿 말할 수 없다네. 이 말은 누설되어선 절대 안 될 일이네.

호레이쇼 제가요? 왕자님, 죽는 한이 있어도 입 밖에 내는 일이 없도록 하겠습니다.

마셀러스 저 또한 하늘에 대고 맹세하겠습니다.

햄 릿 그 누구도 상상할 수 없는 일이야. 그렇다면 꼭 비밀을 지켜야 하네.

호레이쇼, 마셀러스 왕자님, 하늘에 걸고 맹세하겠습니다.

햄 릿 덴마크의 악당치고 극악무도하지 않은 놈이 없단 말이야.

호레이쇼 유령 중에 그런 말을 하지 않는 유령이 또 어디 있겠습니까?

햄 릿 자네 말이 맞네. 더 이상 떠벌려 말할 필요 없이 여기서 헤어지는 게 좋겠네. 자네들도 해야 할 일들이 있지 않은가. 자, 이제부터 기도를 하러 가야겠네.

호레이쇼 왕자님, 저는 도저히 왕자님의 말씀을 못 알아듣겠습니다.

햄 릿 자네에겐 미안하네. 그래야만 하거든. 사실 좀 전 유령이

악한 귀신은 아니라는 것만은 말해 주지. 유령과 어떤 이야기를 주고 받았는지 알고 싶겠지만 그건 말할 수 없다네. 그나저나 나의 친구들이여. 학자로서, 군인으로서 내 부탁 하나만 들어주시게.

호레이쇼 왕자님, 말씀만 하십시오. 들어 드리겠습니다.

햄 릿 오늘 밤, 이 일은 절대로 입 밖에 내지 말아주게.

호레이쇼, 마셀러스 절대로 발설하지 않겠습니다.

햄 릿 (칼을 빼들며) 그럼 내 칼에 대고 맹세를 하게.

호레이쇼, 마셀러스 발설하지 않을 것을 맹세합니다.

햄 릿 '오늘 밤 우리가 본 것에 대해서도 절대로 발설하지 않겠다'고도 맹세하게.

유 령 (지하에서) 그의 칼에 대고 맹세하라.

햄 릿 유령이 말을 다 하네. 자 친구들, 유령의 말을 들었지?

호레이쇼 아, 정말 해괴한 일도 있군요.

햄 릿 이봐, 호레이쇼! 세상에는 학식으로 도저히 설명할 수 없는 일들이 많지. (Why right, you are in the right, And so without more circumstance at all) 그러니 아무것도 묻지 말게. 앞으로 내가 어떠한 해괴한 행동을 할지도 모르니 말일세. 그러나 자네들은 나의 이 비밀을 알고 있다는 듯 행동하지 말게. 만일 그렇게 된다면 자네들에게 찾아 올지 모르는 어려움에 신께서 반드시 은총을 내리실 거야. 자, 맹세하게.

유 령 (지하에서) 맹세하라 (호레이쇼, 마셀러스 칼에 대고 맹세를 한다)

햄 릿 그만 진정하시오, 유령 양반. 자네들, 그럼 잘 부탁하네.

486

물론 지금은 무능력한 몸이지만 언제가는 하느님의 은총으로 그대들의 우정에 보답할 날이 반드시 올 걸세. 자, 이제 들어가세. 다시 한 번 함구할 것을 부탁하네. 아, 정말 앞을 볼 수 없는 혼탁한 세상이야. 어찌하여 이 저주받은 운명을 타고 났는가. 세상을 바로 잡을 운명을 타고 나다니. (모두 퇴장한다)

제2막

‖‖‖‖ 제1장 ‖‖‖‖
폴로니어스의 저택

폴로니어스의 저택 어느 방
폴로니어스와 레이날도 등장한다.

폴로니어스 레어티스에게 이 편지와 돈을 전해 주어라, 레이날도.

레이날도 알겠습니다, 나으리.

폴로니어스 너라면 잘 처리하겠지만, 아들놈을 만나기 전에 어떻게 지내고 있는지 미리 조사해야 한다. 알겠지?

레이날도 마님, 분부대로 하겠습니다.

폴로니어스 먼저 파리에 도착하는 즉시 덴마크에서 온 사람들이 있는지 그것부터 조사하거라. 그리고 파리에서는 어떤 생활을 하고 있는지, 그리고 누구와 만나고 있는지, 또 돈은 얼마나 쓰고 다니는지 알아봐야 할 것이다. 상대방에게 간접적으로 물어 레어티스를 안다면 '레어티스와 조금 아는 사이입니다.' 라고 하면서 말을 붙여 보거라. 말하는 도중 약간의 험담은 괜찮지만 명예를 손상시키지는 말도록 해라. 물론 젊은이에게 있는 약간의 방탕이나 난잡한 행동 따위의 실수쯤은 괜찮지만 상당히 조심을 해야 할 것이야.

레이날도 도박 같은 것도 괜찮습니까?

폴로니어스 물론, 결투나 음주, 오입질, 욕설 정도는 괜찮을 거야.

레이날도 마님, 그런 것은 명예와 관계되는 일입니다.

폴로니어스 괜찮네. 자네가 말하기 나름일테지. 하지만 그 이상의 힘담을 해서 완전히 난봉꾼으로 만들지는 말게. 여하튼 힘담을 하되 좀 신경을 써야 해. 혈기 왕성한 젊은이에게 흔히 있을 수 있는 탈선 정도 해두는 것 말이야.

레이날도 하지만 저로서는…….

폴로니어스 대체 무슨 이유로 내가 이런 것을 부탁하는지 궁금하겠지?

레이날도 예, 마님. 그 까닭을 알고 싶습니다.

폴로니어스 음, 내 의도는 이러하네. 난 내 생각이 가장 좋은 방법이라고 믿고 있다네. (I believe it is a fetch of warrant,) 우선 자네가 힘담을 하면서 돌아다니면 아마 맞장구를 치는 사람도 있을 테고 아니면 반박을 하겠지. 물론 불미스러운 일이 있었다면 틀림없이 마구 힘담을 늘어놓을 거야. 거짓말을 미끼로 진짜 큰 놈을 얻는 거지. 원래 지혜롭고 영리한 사람들은 먼발치에서 뒤통수를 치는 간접적인 방법을 통해 진실을 알아내는 법이거든. 자, 이제 이 방법으로 레어티스의 행적을 파악해 주게. 무슨 뜻인지 알겠지?

레이날도 예, 소인 잘 알아들었습니다.

폴로니어스 좋아, 그럼 그 아이의 동정을 잘 살피고 돌아오게. 절

대로 그 애가 눈치를 채선 안 되네.

레이날도 잘 알겠습니다. 그럼 다녀오도록 하겠습니다.

폴로니어스 어떠한 일이 있어도 본인 스스로 실토하게 해야 하네.

레이날도 네, 명심하겠습니다. (레이날도 퇴장한다)

오필리아가 급히 달려 들어온다.

폴로니어스 무슨 일이냐? 오필리아.

오필리아 예, 아버지. 큰일났어요. 저는 정말 무서워 죽겠어요!

폴로니어스 대체 무슨 일이 일어났길래 이렇게 호들갑을 떠느냐?

오필리아 방에서 바느질을 하고 있는데, 웃옷을 풀어헤친 햄릿 왕자님께서 갑자기 나타나셨어요. 창백한 얼굴에 더러운 양말을 신고 방금 지옥에서 빠져나온 것처럼 비통한 표정을 지으며 말이에요.

폴로니어스 결국 상사병에 미치셨나보구나. 그래, 뭐라고 말씀하시던?

오필리아 갑자기 제 손목을 꼭 잡으시더니 초상화라도 그리려는 듯 멍하니 제 얼굴을 쳐다보셨어요. 한참을 그렇게 계시더니 그리곤 제 팔을 살짝 흔드시고 다시 고개를 세 번 흔들더니 깊은 한숨을 쉬셨어요. 한숨 소리가 어찌나 처량하던지 왕자님의 온 몸이 산산이 부서져 목숨까지 끊어지는 게 아닌가 했어요. 그리곤 다시 제 손목을 놓고 문 쪽으로 가서서 저에게서 눈을 떼지 않고 걸어 나가셨어요.

폴로니어스 어서 국왕 폐하께 이 사실을 알리러 함께 가자꾸나.

아마 왕자님께서 상사병에 단단히 걸리신 것 같구나. 사람이 사랑에 빠지면 모든 것을 잃게 된단다. (Leads the will to desperate undertakings) 인간의 마음을 사로잡는 격정이 한두 가지가 아니지만 사랑만큼 우리를 엉망으로 만드는 것도 없어. 너 요즘 왕자님께 냉담하게 대했느냐?

오필리아 아니요. 전 그저 아버지의 분부대로 모든 편지를 돌려보내고, 다시는 절 찾아오지 마시라고 거절의 뜻을 전했을 뿐입니다.

폴로니어스 그래서 정신을 놓으셨구나. 내가 좀더 주의를 했다면 이런 일이 생기지 않았을 것을……. 난 그분이 너를 희롱하려는 줄로만 여겼다. 이런, 무턱대고 의심한 것이 잘못이었군. 나이를 먹으면 괜히 걱정만 늘어난다니까. 물론 젊은이들은 너무 분별이 없어서 탈이지. 어서 국왕 폐하를 뵙고 말씀드려야겠다. 노여움이 두려워 숨기려 들다가 오히려 화근이 될지도 모르니 말이다.

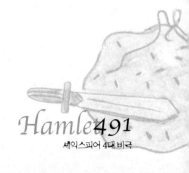

정면 입구 뒤쪽에는 복도가 있고, 입구 좌우에는 막이 내려져 있으며, 그 안쪽에는 문이 달려 있다. 나팔 소리 나고 왕과 왕비가 로즌크랜츠, 길든 스턴 신하들을 거느리고 등장한다.

왕 오, 로즌크랜츠와 길든스턴, 진작 보고 싶었다. 짐이 너희들을 보고자한 이유는 부탁할 일이 있어서다. 이미 얘기를 들어 알겠지만, 요즘 햄릿이 완전히 다른 사람으로 변해 겉모습이나 정신 모두 예전의 그가 아니다. 물론 선친을 잃은 이유도 있겠지만 그렇게까지 이상해진 것은 아무래도 무슨 특별한 이유가 있을 듯하여 어릴 적부터 함께 자라온 자네들을 부른 것이다. 잠시 왕궁에 머물며 왕자의 말벗도 하면서 그가 가지고 있는 고민의 실체를 알아 보도록 해라. 원인을 알면 치료 방법도 쉽게 알수 있는 법이니까.

왕 비 햄릿은 항상 그대들에 관한 이야기를 했었소. 또한 그대들처럼 간절히 보고파하는 친구가 없었다오. 그러니 이곳에 머물며 우리에게 힘이 되어 주시오. 물론 왕께서는 이 일에 따른 마땅한 보상을 내리실 것이오.

로즌크랜츠 국왕 폐하께서 저희들에게 명령하시는 것은 지당하온데, 이렇게 부탁하시니 황송하옵니다.

길든스턴 소신들은 몸과 마음을 바쳐 충성을 다 하겠습니다.

왕 로즌크랜츠, 길든스턴 고맙구나.

왕 비 고맙소, 부디 지체하지 말고 내 아들에게 가시오. 애들아, 이분들을 햄릿 왕자에게 모셔다 드리도록 해라. (로즌크랜츠, 길든스턴 시종들과 함께 퇴장한다)

폴로니어스 등장한다.

폴로니어스 폐하, 지금 노르웨이에 파견했던 사신 일행이 돌아왔다고 합니다.

왕 경은 내게 언제나 좋은 소식만을 가져다주는구려.

폴로니어스 폐하, 하느님과 왕실에 똑같은 은혜를 입었으니 그것이야 소신의 당연한 임무이지요. 폐하, 실은 새로 알아낸 사실이 있습니다. 다름 아니오라 햄릿 왕자님의 기이한 행동의 원인을 알아냈사옵니다.

왕 오, 그래? 어서 말해 보아라.

폴로니어스 폐하, 우선 사신들을 맞이하시는 편이 좋겠습니다. 소신의 이야기는 식사 뒤에 천천히 들으시고요.

왕 경이 사신들을 들여보내라. (폴로니어스 퇴장한다) 왕비, 햄릿의 기이한 행동의 원인을 알아냈다고 하는군요.

왕 비 그저 짐작을 했다는 것 아닐까요? 이유야 부왕의 죽음이라든지 성급한 우리의 결혼이 원인일 겁니다.

왕 하여튼 알아봅시다.

폴로니어스가 볼티먼드와 코닐리어스를 데리고 등장한다.

왕 귀국을 환영하오. 그래 볼티먼드, 친구의 나라 노르웨이 왕의 회답은 받아왔소?

볼티먼드 정중한 답신을 가지고 왔습니다. 노르웨이 왕께서 폐하의 친서를 보시고 바로 조카의 군사 모집을 중단시켰습니다. 노르웨이 왕께선 폴란드에 대한 원정군을 준비하는 것으로 아셨다고 하더군요. 이 일로 병석에 있는 노르웨이 왕이 매우 노하시어 포틴브라스 2세를 질책하셨습니다. 그리고 다시는 덴마크 왕국에 대한 무력행사는 시도하지 않겠다는 맹세까지 해주셨습니다. 이에 왕이 무척 만족하여 연금 6만 크라운을 그에게 하사하시고 모집된 병사들은 폴란드 원정에 써도 좋다고 하셨습니다. 자세한 내용은 여기에 적혀 있습니다. (노르웨이 왕의 친서를 왕께 바친다) 이 원정을 위해 폐하의 영토를 무사히 통과할 수 있도록 국왕폐하께 요청하셨습니다. 또한 영토를 통과할 때 우리쪽의 치안과 그쪽의 행동 규정에 관해서는 여기에 적어 놓았습니다.

왕 잘 되었소. 이 서한은 천천히 검토해 보겠소. 이제 경들은 물러가 쉬도록 하시오. 오늘 저녁에는 내 친히 주연을 베풀도록 하겠소. 경들의 귀국을 다시 한 번 환영하오. (볼티먼드와 코닐리어스 퇴장한다)

폴로니어스 국왕 폐하, 그리고 왕비 마마, 대체 왕권은 무엇이며 또 신하의 본분은 무엇인지, 낮과 밤은 왜 있으며 시간은 왜 정하는지 따지는 것은 괜한 시간 낭비일 뿐입니다. 그리고 간결한 것은 지혜의 중심이며 장황한 것은 포장일 뿐이므로 소신이 간략하게 말씀드리겠습니다. 지금 왕자님은 정신이상입니다. 제가 이렇게 말씀드리는 이유는 정신이상자를 규정하는 데는 적당한 또 다른 용어가 없기 때문입니다.

왕 비 말재주는 그만 하고 요점만 말하시오, 폴로니어스 경.

폴로니어스 왕비 마마, 제가 감히 뉘 앞이라고 말재주를 부리겠습니까? 지금 왕자님께서 정신이상인 것만은 사실입니다. 다만 그것이 사실이라는 것이 유감스러울 따름입니다. (But farewell it, for I will use not art) 다만 이와 같은 결함에는 어떤 원인이 있기에 어떻게 해결하는 것이 좋을까 생각하시는 것이 옳은 일로 사려되옵니다. 제가 아는 원인은 이것이옵니다. 소신에게는 딸아이가 하나 있습니다. 그 딸애는 지극한 효녀라 제게 이것을 건네주었습니다. 들어보시고 판단을 내려주소서.

(편지를 읽는다)

"천사와 같은 내 영혼의 우상, 가장 아름다운 오필리아에게. 그대 순결한 가슴속에 이 편지를, …… 밤하늘에 빛나는 별들을 의심할지라도, 저 하늘의 태양의 움직임을 의심할지라도, 설령 진실을 거짓이라 의심할지라도, 내 사랑만은 의심하지 마시오. 나의 사랑 오필리아! 시를 잘 쓰지 못하는 나는 이 뜨거운 사랑을 표현할 길이 없지만 그대를 어느 누구보다 사랑한다는 걸 믿어주시오. 이 생명이 다하는 날까지 목숨처럼 그대를 사랑하리다. 그대의 영원한 종 햄릿으로부터."

소신의 딸애는 이 편지뿐아니라 햄릿 왕자님께서 언제 어디서 어떻게 사랑을 고백했는지 모조리 제게 고백했습니다.

왕 그래, 경의 딸은 햄릿의 그 사랑을 어떻게 하였소?

폴로니어스 사실 딸애가 모든 걸 고백하기 전에 소신이 먼저 눈치채고 있었습니다. 만일 그 사랑을 제가 강 건너 불 보듯 수수방관했다면 폐하께서 절 어떻게 생각하셨겠습니까? 마치 서랍 속에 넣어둔 물건이 고이 잠자듯 두거나 장님이 된 것처럼 마음의 눈을 감아 버리는 행동 말입니다. 그런데 전 그렇게 하지 않았습니다. 그 즉시 딸을 불러 '너는 햄릿 왕자와 신분이 다르다.' 고 훈계하였습니다. 그리고 앞으로는 왕자님이 다니는 장소에는 가까이 가지 말고, 편지나 선물을 깨끗이 거절하라고 당부했습니다. 물론 소신의 딸아이는 제 당부대로 실행했고요. 그래서 햄릿 왕자님은 사랑의 아픔을 얻게 되신 겁니다. 그후 왕자님께선 슬픔에 빠져 먹는 것도 등한시하시고 잠도 주무시지 못하다가 그만 정신착란에 이르게 된 것입니다. 소신과 제 딸애는 폐하께 송구스러울 뿐입니다.

왕 왕비는 이 일을 어떻게 생각하오?

왕 비 계속 듣고 있으니 그럴 수도 있겠네요.

폴로니어스 소신이 말씀드린 것 중에 어긋난 일은 여태껏 단 한 번도 없었습니다. (자신의 머리와 어깨를 가리키며 말한다) 만일 추호도 어긋남이 있다면 저의 것을 떼어내십시오. 비록 세상 한가운데 숨겨져 있더라도 이 일에 진상은 제가 반드시 알아내고야 말겠습니다.

이때 햄릿이 정면 입구를 통해 복도로 들어온다. 낡은 옷차림으로 책을 읽으며 등장한다. 실내에서 들려오는 사람의 말소리를 듣고 잠깐 멈춰서서 커튼 뒤 그늘에 숨는다.

왕 대체 그걸 어떻게 알아낸단 말인가?

폴로니어스 폐하께서도 아시겠지만 왕자님께선 가끔 복도를 거닐 때가 있죠.

왕 비 맞아요, 그럴 때가 있지요.

폴로니어스 그때를 노려 왕자님 앞에 소신의 딸아이를 데려다 놓겠습니다. 그리고 폐하와 소신은 커튼 뒤에 숨어 둘이 만나는 것을 지켜보는 겁니다. 만일 왕자님께서 상사병에 의한 발짝이 아니라면 소신은 낙향하여 조용히 살겠습니다.

왕 그럼, 그렇게 해 봅시다.

햄릿, 책을 읽으며 걸어 나온다.

왕 비 오, 불쌍한 나의 아들 햄릿! 수심이 가득한 얼굴로 책을 읽으며 오네요.

폴로니어스 자, 저쪽으로 가주십시오. 제가 만나 보도록 하겠습니다. (왕과 왕비 그리고 시종들 퇴장한다) 왕자님, 요즘 기분은 어떠십니까?

햄 릿 경 덕택에 잘 있네.

폴로니어스 왕자님, 소신이 누구인지 아시겠습니까?

햄 릿 당연하지, 자넨 생선을 파는 사람 아닌가?

폴로니어스 원, 그런 서운한 말씀을……

햄 릿 나는 자네가 그만큼이라도 정직한 사람이 되기를 바라네.

폴로니어스 정직한 사람이라뇨?

햄 릿 물론 요즘 세상에 정직한 사람이 그리 흔하겠는가?

폴로니어스 옳으신 말씀이십니다.

햄 릿 개의 시체에 햇살이 비쳐 구더기가 생긴다면 햇살이 개의 썩은 살에 키스하는 게 아니고 뭐겠는가. 참 자네에게 딸이 있었던가?

폴로니어스 네, 제게 딸아이가 하나 있습니다.

햄 릿 햇볕 속을 거닐지 못하게 하게. 물론 지혜가 느는 것은 바람직한 일이나 혹시 배라도 불러오면 큰일이지 않는가, 조심하게.

폴로니어스 (혼잣말로) 여전히 내 딸 이야기를 하는군. 그나저나 나를 생선장사라고 여기는 것을 보니 완전히 맛이 갔군. 나도 젊었을 때 상사병으로 고생 좀 했지. 조금 더 떠봐야겠군. 왕자님, 지금 무엇을 읽고 계십니까?

햄 릿 말, 말들일세.

폴로니어스 왕자님, 어떤 문제에 관련된 말들입니까?

햄 릿 남을 헐뜯는 말이지. 늙은 사람은 주름투성이 얼굴에 누런 송진 같은 눈곱이 끼고 노망이 들어 정신이 오락가락하고 무릎을 떤다고 하지. 물론 나도 같은 생각을 하지만 이렇게까지 글로 옮길 필요는 없잖은가, 안 그래? 자네도 나 같은 시절이 있었을 테지. 물론 게처럼 옆으로 기어갈 수만 있다면 말이지. (다시 책을 읽기 시작한다)

498

폴로니어스 (방백) 돌긴 제대로 돌았는데, 말은 조리있게 하는군. (큰 소리로) 바깥 공기는 왕자님께 해롭습니다. 안으로 들어가시지요.

햄 릿 무덤 안으로 말이지.

폴로니어스 (방백) 참, 세상의 공기를 피하려면 그곳도 나쁘진 않지. 그런데 간혹 던지는 대답이 기막히게 의미심장하군. 가끔 미치광이도 정확하게 한 마디하지. 건전한 이성을 가지고도 어림없는 명구를 말이지. 그럼 여기까지 하고 이제부터 내 딸아이와 만나게 할 방법이나 생각해 봐야겠다. (큰 소리로) 왕자님, 소신 이만 물러가겠습니다.

햄 릿 어서 물러가시게. 내 자네에게 해줄 수 있는 허락은 그것밖에 없으니. 내 생명은 절대 허락할 수 없지, (Except my life, except my life, except my life) 그럼.

폴로니어스 그럼, 안녕히 계십시오. (왕자에게 절을 한다)

햄 릿 보기 싫은 멍청이 늙은 것들! (다시 책을 들여다본다)

로즌크랜츠와 길든스턴 등장한다.

폴로니어스 햄릿 왕자님을 찾아가는 길인가? 저기 계시다네.

로즌크랜츠 안녕히 가십시오, 나리! (폴로니어스 퇴장한다)

길든스턴 햄릿 왕자님, 문안드립니다.

로즌크랜츠 참 오래간만에 뵙습니다.

햄 릿 오, 어서들 오게나! 요즘 어떻게 지내는가, 길든스턴? (읽고 있던 책을 덮는다) 아, 로즌크랜츠도 잘 지내지? 그래, 요새 자네들 형편은 좀 어떤가?

로즌크랜츠 그럭저럭 잘 지내고 있습니다.

길든스턴 너무 복이 많은 것도 탈이지요. 그렇다고 행운의 여신
의 모자 장식을 잡은 것은 아닙니다.

햄 릿 그렇다고 여신의 발바닥에 있는 것도 아니지 않는가?

로즌크랜츠 왕자님, 그 어느 쪽도 아닙니다.

햄 릿 그럼 허리쯤 되는가? 여신의 가운데쯤에서 총애를 받고
있단 말이지?

길든스턴 아, 예 가장 은밀한 한가운데에서 받고 있습니다.

햄 릿 여신의 가장 은밀한 곳이란 말이지? 그렇겠지 행운의 여
신은 음부니까. 그런데 새로운 소식이라도 있는가?

로즌크랜츠 세상이 정직해졌다는 것밖에는 별 다른 소식은 없습
니다.

햄 릿 그렇다면 세상의 종말이 가까워진 게로군. 그러나 그런
소식은 도무지 믿을 수가 없단 말이야. 그런데 자네들은 행운
의 여신께 무슨 죄를 지었기에 이 감옥 같은 곳에서 옥살이를
하고 있나?

길든스턴 왕자님, 감옥이라뇨?

로즌크랜츠 감옥이라? 그렇다면 이 세상도 감옥이겠군요, 왕자님.

햄 릿 그렇지, 아주 훌륭한 감옥이야. 독방, 지하 감방도 있지만
그중에 제일 지독한 감옥은 덴마크가 아니겠나.

로즌크랜츠 설마 그럴 리가 있습니까? (We think not so.)

햄 릿 음, 그렇다면 문제될 것은 없지. 뭐, 자네들에겐 그렇지
않을 수도 있지만 나에게는 이 나라가 감옥일세.

로즌크랜츠 아마도 그건 왕자님께서 크나큰 욕망을 가지고 계시기 때문 아닐까요. 대망을 품으신 왕자님께는 이 덴마크가 무척 작을지도 모르지요.

햄 릿 그렇지 않다네. 나는 저 작은 호두껍데기 속에 갇혀 있다고 해도 나 자신을 무한한 이 우주의 왕이라고 자처할 수 있는 사람일세. 물론 나쁜 꿈만 꾸지 않는다면 말이지.

길든스턴 사실은 그 꿈이 왕자님의 큰 야망이란 겁니다. 대망의 실체는 꿈의 그림자에 지나지 않으니 말이죠.

햄 릿 그렇지 않아. 꿈 자체가 그림자에 지나지 않는 걸세.

로즌크랜츠 옳으신 말씀입니다. 사실 공기처럼 허무한 것이 대망이라 종말에는 그림자의 그림자에 지나지 않을 듯합니다.

햄 릿 그렇다면 거지야말로 실체이고 왕이나 거들먹거리는 영웅들은 거지의 그림자가 되는 셈이군. 이제 슬슬 어전에나 나가볼까? 이 문제는 사실 내 머리론 따질 수 없으니까.

로즌크랜츠, 길든스턴 저희들이 모시겠습니다.

햄 릿 원, 별말을 다. 내가 자네들을 하인 취급해서야 되겠는가? 실은 요즘 귀찮게 따라다니는 시종들 때문에 힘들어 못살겠어. 그런데 자네들이 무슨 일로 이 엘시노에 왔는가? 농담하지 말고 친구로서 이야기해 주게.

로즌크랜츠 단지 햄릿 왕자님을 뵙기 위해서 왔습니다. 다른 특별한 뜻은 없습니다.

햄 릿 지금 내가 거지꼴을 하고 있는 지라, 자네들을 대하는 것에도 궁색한 처지일세. 그러나 아무튼 이렇게 찾아와 주니 고맙네. 이거 너무 값비싼 치하가 되지 않았나. 그런데 자네들은

누가 불러서 온 것인가? 아님 스스로 온 것인가? 자, 사양하지
말고 바른대로 말해 보게.

길든스턴 글쎄, 뭐라고 말씀드려야 될지……

햄 릿 왜, 요점만 빼고 무엇이든 대답해 봐……. 내 이미 알고
있네. 자네들은 분명 누군가 불러서 온 것이야. 자네들 표정에
벌써 나타나 있어. 자네들은 거짓을 말할 만큼 비열하지 못하
니까 ─ 다 알고 있어, 왕과 왕비가 불렀나?

로즌크랜츠 누가 불러서 오다니요, 무슨 목적으로 저희를 불렀
단 말입니까?

햄 릿 그거야 자네들이 더 잘 알지 않는가. 그리고 나에게 대답
해 줘야 할 일이지. 친구 사이에 안 그런가. 같이 자라 영원한
우정을 맹세한 그런 사이 말일세. 물론 좀 더 말주변이 좋은 사
람이라면 뭐라고 표현 할 수 있으련만, 여하튼 이보단 좀더 신
성한 그 무언가를 봐서도, 내가 묻는 말에 거짓없이 대답해 주
게. 자네들은 분명 누군가 불러서 온 것이지? 그렇지 않은가?

로즌크랜츠 (길든스턴을 바라보며 방백) 어떻게 해야 할까?

햄 릿 (방백) 누가 너희들에게 속을 줄 알고! (큰 소리로) 우린 친
구 사이 아닌가, 그렇게 감추려 하지 말게나.

길든스턴 왕자님, 사실은 불러서 왔습니다.

햄 릿 그래, 그렇다면 그 이유는 내가 말하지. 내가 이렇게 먼저
말해두면, 자네들은 왕과 왕비에 대한 비밀을 누설했다는 오
명은 쓰지 않을 것 아닌가. 내 무슨 이유인지도 모르게 요즘
만사에 흥미를 잃어버리고, 평소 즐기던 운동경기도 다 포기
하게 됐지. 항상 마음이 우울해져 아름다운 자연풍경도 황무

지처럼 느끼고, 대기와 내 머리 위 찬란한 하늘도 내게는 무슨 독기라도 품은 듯한 밀실처럼 보이게 되었다네. 그리고 천지의 조화로 만들어진 인간, 숭고한 이성과 무한한 능력, 단정한 자태에 감탄을 금치 못하게 하는 운동, 천사 같은 이해력은 마치 신과 같고, 만물의 영장이요, 세상의 꽃인 인간. 이 모든 것이 내겐 먼지로밖에 보이지 않는단 말일세. (and yet to me, what is this quintessence of dust?) 그런 인간들이 이제는 꼴도 보기 싫어. 여자, 여자의 꼴도 보기 싫고, 내 말에 웃는 걸 보니 자네들은 그렇지 않은가 보군.

로즌크랜츠 전혀 그렇게 생각한 적 없습니다, 왕자님.

햄   릿 그럼 내가 인간의 꼴이 보기 싫다고 했을 때 왜 웃었던 거지?

로즌크랜츠 그런 뜻이 아니오라, 인간의 꼴이 보기 싫으시다면, 배우들이 얼마나 박대를 받을까 하는 생각을 하고 그랬던 것입니다. 사실 이곳으로 오는 도중 한 무리의 배우들을 만나 먼저 왔습니다만. 그들은 햄릿 왕자님 앞에서 연극을 보여드리기 위해 지금 이곳으로 오고 있는 중입니다.

햄   릿 그래, 그렇다면 내 친히 환영해 주어야겠군. 국왕 역에 대해서는 아주 특별한 찬사를 보내야 할 것이고, 애인 역의 탄식에 대해서는 상을 주어야겠네. 그리고 풍자도 끝까지 하도록 내버려두고, 어릿광대 역에게는 자유롭게 그 심중을 토로하도록 하겠네. 그렇지 않고서는 연극 대사가 술술 나오지 않을 테니까. 그런데 그들은 어떤 배우들인가?

로즌크랜츠 왕자님께서 평소에 즐기시던 바로 그 '수도 비극단'

입니다.

햄 릿 무슨 이유로 지방 순회를 다 하게 됐을까? 아무래도 수도
에 머무는 것이 명성이나 수입 등 여러 모로 더 나을 텐데.

로즌크랜츠 아마 최근 사건으로 수도에서 공연이 금지되었나 봅
니다.

햄 릿 예전처럼 수도에서의 평판은 여전하지? 그때 보니 사람
들이 줄을 서서 따라다니곤 하던데.

로즌크랜츠 그때만은 못합니다.

햄 릿 왜 그럴까? 벌써 시들해졌나?

로즌크랜츠 그건 아닙니다. 그들의 노력은 여전합니다만, 최근
애송이 배우들이 나타나서 시비조로 고함을 치고 열렬한 박
수를 받는답니다. 이런 것들이 유행을 타게 되고 전과 같은 연
극은 진부하다 하여 배척당하고 있습니다. 그래서 오랫동안
칼을 찬 양반들도 극작가의 붓대가 무서워서 극장에는 감히
출입도 못하고 있는 형편입니다.

햄 릿 뭐, 애송이 배우들이라고? 그래, 그 극단을 운영하는 자
가 누구인가? 또 보수는 얼마나 되고? 그렇다면 배우들은 변
성기가 되기 전까지만 배우 노릇을 할 수 있단 말인가? 그 애
들도 자라면 보통 배우가 될 텐데. 물론 다른 생계 수단이 마
련되면 별문제가 되지 않겠지만. 그러나 그렇지 못한 경우 결
국 자신의 미래를 저주하는 셈이 되겠지. 아마 그 후엔 극작가
들을 원망하게 되지나 않을는지.

로즌크랜츠 그래서 양쪽의 대립은 굉장했답니다. 거기에 사람들
이 그 싸움을 부추기고 있는 실정입니다. 그래서 한때는 극작

가와 배우들 사이에 다툼이 벌어지는 장면이 없는 대본은 팔리지도 않을 정도였다니까요.

햄 릿 정말 그게 사실인가?

길든스턴 사실입니다. 물론 굉장한 언쟁을 했답니다.

햄 릿 결국 그 애송이 배우들이 승리했는가?

로즌크랜츠 예, 모든 극장이 다 그 모양입니다.

햄 릿 하긴 뭐 이상할 일도 아니지. 지금 내 숙부는 덴마크 왕으로, 선왕께서 살아 있을 때 숙부를 멸시하던 많은 사람들도 지금은 왕의 초상화라 하여 작은 그림 한 장에도 20냥, 40냥, 50냥, 100냥의 돈을 내고 사는 세상이니 말이야. 이 부조리를 철학자라고 해도 설명을 할 수 있을까? (나팔 소리가 들려온다)

길든스턴 배우들이 도착한 것 같습니다.

햄 릿 어쨌든 자네들 이 엘시노에 잘 왔네. (머리를 숙여 이사를 한다) 뭐, 내 손을? 그래, 환영에는 예법이 따르기 마련이지. 그러니 악수를 하도록 하지. (두 사람과 악수를 한다) 내가 자네들보다 배우들을 더 극진히 환영한다는 오해를 받아선 안 되니까. 글쎄, 자네들에게 미리 말해두지만 어느 정도 환영을 표해야 하니까…… 정말 잘들 왔네. 하지만 내 숙부님 겸 아버님과 숙모님 겸 어머님은 속고 계시거든.

길든스턴 무엇에 속고 계시다는 말씀이신지?

햄 릿 그것이, 내 광증은 북북서풍일 때만 나타나지. 남풍일 때는 아무 일 없다네. 그리고 매와 왜가리쯤은 구별할 수 있다네.

폴로니어스 등장한다.

Hamle 505
셰익스피어 4대 비극

폴로니어스 아, 이거 두분께서!

햄　릿 (폴로니어스가 오는 것을 보고 두 사람에게) 헛, 길든스턴, 그리고 자네도 귀 좀 빌려주게. — 저기 덩치 큰 갓난아기가 아직도 기저귀를 차고 있는 것 좀 보게.

로즌크랜츠 그렇다면 아마 두 번째로 갓난아기가 되었나 보죠. 늙으면 다 어린애가 된다고 하던데.

햄　릿 지켜봐. 배우들이 왔다고 얘기할 테니. (큰 소리로) 자네 말이 맞았어. 월요일 아침이었지. 참 바로 그랬어.

폴로니어스 반가운 소식이 있습니다. 왕자님.

햄　릿 음, 그래 반가운 소식이 있겠지…… 옛날 로스키우스가 로마의 배우였을 때 —

폴로니어스 방금 배우들이 도착했습니다.

햄　릿 음~~.

폴로니어스 사실은 —

햄　릿 '그래, 그때 배우들이 각자 노새를 타고 왔도다.'

폴로니어스 세상의 명배우들입니다. 희극, 비극, 역사극, 전원극은 물론 전원 희극, 역사 전원극, 비극적 역사극은 물론 기타 고전극과 신작물까지 모두 다 능숙하다고 합니다. 세네카의 비극은 분장해서 너무 엄숙하지 않고, 폴라우투스의 희극이라도 경박하지 않으며, 극작의 법이 지켜진 각본에나 자유 활발한 즉흥극에도 모두 능란하다고 합니다.

햄　릿 오, 이스라엘의 뛰어난 재판관, 자신의 딸을 제물로 바친 예프타여, 그대는 얼마나 귀중한 보물을 가졌는가! (What a treasure hadst thou!)

폴로니어스 보물을 가졌다니요. 어떤 보물을 말씀하시는 것인
지……

햄   릿 아, 이런 노래 있잖은가.

'무남독녀 귀여운 딸.
아비 이를 애지중지하였도다.'

폴로니어스 (방백) 아직도 내 딸 이야기를 하고 있군.

햄   릿 나의 말이 틀렸는가, 늙은 예프타?

폴로니어스 저한테 예프타라고 하셨습니까? 예, 그렇다면 귀하
게 여기는 딸년이 하나 있긴 합니다.

햄   릿 아니, 노래 가사는 그렇게 되어 있지 않아.

폴로니어스 그렇다면 어떻게 되어 있습니까?

햄   릿 왜 모를까?

'하느님이 이어주신 천생연분으로' (As by lot, God wot.')

그 다음은 이렇게 되지 ―

'처녀들에게 일어날수 있는 일은 일어나고야 말았도다 ……'

이 성스러운 노래 1절에는 더 자세하게 알려준다네. 하지만
그건 그렇고, 자, 저기를 보게. 배우들이 오는군. (배우 네다섯
명 등장한다) 잘 왔습니다. 여러분. 다들 잘 왔소. 정말 반갑구

려. 나의 귀한 친구들, 환영하오. ─ 아, 자네도 왔군! 그런데
수염은 왜 길렀나? 예전에는 못 봤었는데! 그래, 그렇게 수염
을 길러 내 앞에서 어른 노릇을 하고 싶어 덴마크에 왔는가?
─ 아, 아가씨도 오셨군요. 아가씨는 전보다 더 천국에 가까워
지셨네요. 그대들의 목소리가 오래되어 못쓰는 금화처럼 깨
지지 않기를 바랍니다……. 여러분들 참 반갑소. 이 마을 사
람들은 배우를 보기만 해도 프랑스 매 사냥꾼처럼 서로 달려
들거든. 자, 그럼 몇 소절 들어봅시다. 어디 그대들의 실력을
보여주구려. 아주 비장한 놈으로.

배 우1 그러시다면 어떤 장면이 좋으시겠습니까?

햄 릿 왜 그전에 들려준 것 있잖소, 아마 한 번도 상연되지 않
았던 것 같은데. 아니 한 번쯤은 상연되었을까. 내 기억으론
그때의 연극이 대중들에게 인기가 없었지 아마. 내 생각엔 구
성도 훌륭하고 기교도 절제되어 쓸데없는 치장을 하지 않으
면서도 우아했던 아주 훌륭한 작품이었는데. 특히 그 작품 가
운데 한 구절을 좋아하지. 아에네아스가 디도와 이야기를 나
누는 장면 말일세. 그중에서도 트로이의 왕 프리아모스를 살
해하는 장면이 좋았지. 내 아직도 그 대목을 기억한다네. 그럼
여기부터 시작해 주게. "하르카니아의 호랑이처럼 영웅 피라
스……" 아니면 피라스부터 시작하던가. "영웅 피라스, 갑옷
을 입고 깜깜한 밤에 불길한 목마 속에 숨어 있도다. 이제 그
검고 무서운 모습은 머리 끝부터 발 끝까지 붉은 피로 물들어
보기에도 처참하도다. 지옥불이 살인마의 만행을 비추고 분
노로 치솟는 불길이 타오르고 살기가 가득찬 악마 같은 피라

스는 트로이의 늙은 왕 프리아모스를 찾아 나섰노라." 그럼 이 다음부터 해주게.

폴로니어스 왕자님, 참 잘하십니다. 훌륭한 발성과 탁월한 해석 력이십니다.

배 우 1 '이윽고 발견된 프리아모스, 그리스 군을 물리치고자 검을 휘둘렀으나 허공만 가를 뿐 곧 땅에 떨어뜨린다. 어찌 상 대가 되겠는가! 늙은 왕은 분노에 찬 피라스의 칼에 힘없이 쓰 러졌도다. 무심한 트로이 성이여, 타오르는 불길 속에 세상이 무너지듯 화염 속의 누각은 땅 위에 허물어져 피라스의 귀청 을 때리는구나. 보라! 폭풍 전 하늘과 대지의 고요함에 휩싸였 다가 갑자기 천둥이 내리치듯 잠시 망설이던 피라스, 사정없 이 프리아모스를 찌른다. 외눈박이 거인 키클로프스의 철퇴 가 이러했을까. 없어져라, 몸 파는 운명의 여신이여! 운명의 굴레를 산산이 부숴 지옥 밑바닥까지 떨어지도록 해다오.'

폴로니어스 이건 좀 길구만.

햄 릿 그럼 좀 잘라버리도록 하지. 그 수염과 같이. 어서 그 다 음을 계속 하시오. — 저 위인은 웃기거나 음란한 장면이 나 오지 않으면 졸고 만다니까. — 자, 어서 헤카베(프리아모스의 아내)의 대목을 해보시오.

배 우 1 '그러나 그때, 아! 그때 보자기를 몸에 두른 왕비 는……'

햄 릿 보자기를 몸에 두른 왕비라고?

폴로니어스 거 참 좋군 '보자기를 몸에 두른 왕비'라니 참 좋구만.

배 우 1 '허둥지둥 맨발로 뛰어나와, 쏟아지는 소나기처럼 눈

물을 뿌리고 머리엔 왕관 대신 헌 보자기 하나. 화려한 비단옷은 어디로 갔나, 평생 그 많은 자녀를 낳느라 뼈만 앙상한 허리는 혼이 빠지도록 겁을 먹은 와중에 걸친 요 한 장뿐—이러한 왕비의 모습을 본 사람이라면, 운명의 여신을 욕설로 저주하지 않을 수 없으렷다. 그것뿐이랴, 하늘의 신들이 이 광경을 봤다면 어찌 인간사에 무심하겠는가? 보라, 피루스의 커다란 검은 노왕의 팔과 다리를 잘라내고, 이 참혹한 광경에 늙은 왕비는 비명을 지르잖는가. 불타는 하늘의 성스런 신도 눈물을 흘리고, 하늘도 무심치 않으리라.

폴로니어스 안색이 변하고 눈에는 눈물이 글썽이는 것을 — 제발 이제 그만 해요.

햄 릿 이제 그만 하시오. 나머지는 후에 다시 듣도록 하고, 영감 배우들을 잘 좀 부탁하오. 부디 후하게 대해 주시오. 배우는 그 시대를 대변하는 척도이니. 죽은 후 좋지 못한 비문을 받기보단 살아 있을 때 저 사람들의 입에 오르내리지 않는 것이 낫지.

폴로니어스 신분에 맞게 대접하겠습니다.

햄 릿 더 잘 접대하시오. 신분에 맞게 대접한다면 이 세상에서 매를 피할 사람이 어디 있겠소? 그러니 영감의 명예와 체면에 맞게 그들을 대접하시오. 대접받을 만한 자격이 없는 자를 극진히 대접한다면 그 선심은 더욱 빛날 것이오. 어서 안으로 안내하시오.

폴로니어스 자, 다들 안으로 들어오시오. (문 쪽으로 간다)

햄 릿 자, 영감을 따라서 가보시오. 여러분의 연극은 내일 보기로 합시다. (배우1을 붙잡고서) 자네, <곤자고의 암살> 을 상연

할 수 있겠나?

배 우 1 예, 왕자님.

햄   릿 그럼 내일 밤 그걸 상연해 주오. 그런데 내가 열대여섯 줄쯤 대사를 넣으려고 하는데 외울 수 있겠나?

배 우 1 문제없습니다, 왕자님. (폴로니어스와 다른 배우들이 퇴장한다)

햄   릿 잘 됐군. 그럼 이제 저 영감을 따라가게. (배우1 퇴장한다. 로즌크랜츠와 길든스턴을 향하여) 이거 미안하군. 밤에 다시 만나도록 하세. 엘시노에 잘 돌아왔어.

로즌크랜츠 그럼, 안녕히 계십시오. (두 사람 퇴장한다)

햄   릿 그럼, 잘들 가게. 이제야 나 혼자 남았군. 난 어쩌면 이렇게 멍청하고 비열할까! 좀 전 배우를 보라, 놀랍지 않은가? 단지 시인의 허구와 정력에 취하여 상상은 영혼을 진동시키고 얼굴색은 창백해지고 눈에는 눈물을 쏟으며, 미칠 듯 고뇌하는 표정을 보이다니. 목은 메고 행동 하나하나 생각에 맞추어 모든 표정을 지어내지 않는가. 도대체 그 모든 것이 어디서 나오는 것일까. 오직 헤카베 때문일까? 그렇다면 헤카베는 무엇이며 또 그는 헤카베에게 무엇일까? 왜 한 여인 때문에 우는가? 만일 나만큼 그에게 고민이 있다면 그는 어찌할까? 아! 눈물로 무대를 적시고, 경악할 만한 대사로 청중의 귀를 찢고, 죄인들을 미치게 하고, 무고한 자들을 공포에 떨게 하고, 무지한 자를 현혹시켜놓고, 그리고 관중들의 눈과 귀를 혼란시켜 놓을 것이 아니겠는가. 그러나 나, 이 우둔하고 미련한 못난 놈은 아무 경륜도 없이 할 말도 못하고 멍하니 밥만 축내고 있

구나. 한 마디 말도 못하는 어리석은 이여. (Can say nothing) 음흉한 계략에 걸려들어 왕위와 존귀한 생명을 빼앗기고 마신 아버지신데, 정녕 나는 비열한 놈이란 말인가? 나를 악당이라 부를 자가 누구냐? 내 머리를 칠 자 누구이며, 내 수염을 뽑아 내 얼굴에 내던질 자 누구란 말이냐? 내 코를 비틀고 멀쩡한 날 거짓말쟁이라고 욕할 자 누구냐? ― 그렇게 무례한 자가 있다면, 허, 있다고 해도 할 수 없는 노릇이지만, 내 달게 감수할 것이다. 나의 이 좁은 배포, 굴욕에 대들 만한 자존심도 없는 놈. 그렇지 않다면 이미 그 악한의 시체, 그 썩은 고기로 하늘의 매 떼를 살찌게 했을 텐데. 잔인하고 비겁한 악당, 잔악무도하고도 호색한 악한 같으니! 아, 복수다. 이 못난 자식이 참 장하기도 하지. 나는 친아버지를 악한의 손에 돌아가시게 하고, 하늘과 지옥이 복수를 명하였지만 연약한 여인처럼 가슴에 맺힌 한을 말로만 내뱉고 입 속에서나 욕설을 중얼거리는 갈보 같은 자식! 남창 같은 자식의 꼴이라니. 아, 일어서라. 지혜를 써서, 그래 옳지. 죄진 놈들은 연극을 구경하다가 교묘한 장면에 감동하여 그 자리에서 자신의 죄를 고백했다고 하지 않는가. 살인죄는 입이 없어도 불가사의하게 스스로 실토한다지 않는가. 음, 아까 그 배우들을 시켜 숙부 앞에서 아버지 살해 장면과 비슷한 연극을 해야겠군. 그리고 그 안색을 살펴 급소를 찔러보겠다. 움찔하면 그땐 더 이상 주저하지 않으리……. 그러나 내가 대면한 유령이 악귀일지도 모를 일이지. 악귀는 어떤 형태로든 자유롭게 변할 수 있다하지 않는가. 어쩌면 몸이 허해지고 울화증이 생긴 틈을 타서, 물론 이

내가 대면한 유령이 악귀일지도 모를 일이지.
악귀는 어떤 형태로든 자유롭게 변할 수 있다하지 않는가.
어쩌면 몸이 허해지고 울화증이 생긴 틈을 타서,
물론 이런 경우 악귀의 특별한 힘을 발휘한다고 하지 않던가.
그 틈에 나를 파멸의 구렁으로 끌고 들어 갈 계획을 가지고 있는지도 모르지.

런 경우 악귀의 특별한 힘을 발휘한다고 하지 않던가. 그 틈에 나를 파멸의 구렁으로 끌고 들어 갈 계획을 가지고 있는지도 모르지. 그러니 좀더 확실한 증거가 필요한 거야. ─ 이제 됐다. 연극이 적절한 방법이다. 내 기어이 왕이 스스로 자신의 본심을 드러내놓게 만들고 말테다. (햄릿 퇴장한다)

하루가 지난다.

||||| 제1장 |||||

엘시노 성

알현실 밖의 복도, 벽에는 휘장이 드리워져 있고 가운데에는 탁자가 놓여 있다. 한쪽 구석에는 십자가 달린 기도용 책상이 놓여 있다. 왕과 왕비 등장하고 그 뒤를 이어 폴로니어스, 로즌크랜츠, 길든스턴 등장한다. 잠시 후 오필리아 등장한다.

왕 어떠한 방법을 써도 결국 알아낼 수 없다는 건가? 대체 햄릿이 어째서 그렇게 낙심하고 위험천만한 광기를 부리며 조용한 나날들을 소란하게 만드는지 모른단 말인가.

로즌크랜츠 스스로 이상이 있다는 것은 인정하고 계십니다. 그러나 무슨 이유 때문에 그렇게 되셨는지는 도무지 알려주려 하지 않습니다.

길든스턴 거기에 감시당하기 싫으신 모양인지, 진실을 고백하도록 유도해도 약간 미친 사람처럼 가장하고 교묘한 방법으로 피하십니다.

왕 비 그래도 반갑게 맞아주기는 하던가?

로즌크랜츠 아주 정중하게 대해 주셨습니다.

길든스턴 그러나 속은 그렇지 않아보였습니다.

로즌크랜츠 스스로는 별로 말씀을 안 하셨지만 저희가 묻는 말엔 선선히 대답해 주셨습니다.

왕 비 왕자에게 무슨 오락거리라도 권해 보셨소?

로즌크랜츠 예, 사실은 여기로 오는 도중에 배우들을 만났기에, 그 말씀을 드렸더니 왕자님께서 무척 반가워하셨습니다. 배우들은 지금 성 안에 와 있습니다. 아마 오늘밤 왕자님 앞에서 연극을 하게 될 모양입니다.

폴로니어스 그렇습니다. 그리고 전하와 왕비님께도 부디 관람하시도록 신에게 청하라는 말씀도 계셨습니다.

왕 물론 관람하고말고. 왕자의 마음이 그처럼 변해간다고 하니 반가운 일이다. 그럼 어서 가서 자주 권유하여 오락에 왕자의 마음이 끌리도록 노력하거라.

로즌크랜츠 예, 노력해 보겠습니다. (로즌크랜츠와 길든스턴 퇴장한다)

왕 거트루드 왕비, 이제 좀 들어가 쉬시오. 실은 내가 은밀히 햄릿을 이곳으로 불러놓았소. 여기서 우연히 만나는 것처럼 오필리아와 마주치게 하기 위한 것이오. 폴로니어스와 나는 당당하게 지켜볼 수 있는 입장이니 여기 숨어서 두 사람이 만나는 장면을 충분히 살펴보고, 왕자의 행동으로 미루어 병의 원인이 사랑에서 비롯된 것인지 판단해야겠소.

왕 비 분부대로 하지요 ─ 오필리아. 다행히 너의 아름다운 용모가 햄릿이 실성하게 된 원인이길 바란다. 이번에야말로 너

516

의 인격으로 햄릿을 다시 정상적인 사람으로 돌아오게 만들어 두 사람 모두 위신이 설 수 있도록 해주기를 부탁한다.

오필리아 저도 그렇게 되기를 바라옵니다. (왕비 퇴장한다)

폴로니어스 애야, 여기서 서성이고 있거라. 폐하, 황공하옵니다만 저와 함께 숨으시지요…… 아가야, 이 책을 읽고 있거라. (책을 기도용 책상에서 집어 오필리아에게 전해 준다) 책에 집중하고 있는 것처럼 위장하고 있으면 혼자 있어도 이상히 여기지는 않을 것이야. 뭐 이건 남을 속이는 일이긴 하나 제법 경건한 듯한 가면과 위장을 가지고 감언이설을 하는 행동이랄까? 죄스런 일이긴 하지만 세상에 이런 것은 흔한 일이니라.

왕 (방백) 과연 그렇군. 그 말이 내 양심을 아프게 찌르는구나. (How smart a lash that speech doth give my conscience.) 곱게 단장한 창녀의 볼이 볼연지에 비하면 추악하지만 그럴듯한 말 뒤에서 행동하는 내 행실에 비하면 그 이상 추악하지는 않을 것이니라. 아, 죄과의 짐이 참으로 무겁구나.

폴로니어스 발소리가 들립니다. 전하, 숨으시지요. (두 사람 휘장 뒤에 숨는다. 오필리아, 기도용 책상 앞에 무릎을 꿇고 앉는다)

침통한 표정을 한 햄릿 등장한다.

햄릿 죽느냐 사느냐 그것이 문제로다. (To be, or not to be, that is the question.) 이 가혹한 운명의 화살을 견디는 것이 과연 장한 일이냐, 아니면 밀려드는 환난의 조수를 이 몸으로 막아 근절시키는 것이 장한 일이냐? 죽는다, 잠든다 — 다만 그뿐이

다. 잠이 들면 모든 것은 그것으로 끝이다. 고뇌며 육체의 모든 고통까지. 그렇다면 죽음, 잠, 이것이야 우리가 그렇게 갈구하던 삶의 극치가 아니겠는가! 잠이 든다, 그럼 꿈도 찾아오겠지. 아, 이것이 문제다. 도대체 삶의 굴레에서 벗어나 영원한 안식으로 들어가면 무슨 꿈을 꾸게 될 것인가! 이를 알기에 망설여지는 것인가 — 그러나 이러한 망설임이 인생을 불행하게 하는 것이리라. 그렇지 않다면 이 세상의 모든 비난과 비웃음을 누가 참아낼 수 있겠는가. 폭군의 횡포와 귀족들의 모욕, 불확실한 사랑의 고뇌와 성의 없는 재판을, 권력자의 오만을, 덕망있는 자들에게 주어질 간신배의 불손을, 도대체 누가 참을 수 있단 말인가. 과연 그 누가 이 무거운 짐을 지고 지루한 생에 신음하겠는가. 가볍게 한 자루의 칼이면 깨끗이 해결될 일인데. 죽음 뒤에 오는 세상, 가면 다시는 올 수 없는 미지의 세계의 불안이 사나이의 결심을 막아섰구나. 제 목숨 아까워 지금의 수모와 환난을 참게 되겠지. 결국 이러한 분별력으로 모두 겁쟁이가 되고, 화사한 혈색엔 창백한 병색이 드리워지도다. 하늘보다 높던 큰 뜻도 마침내 발 아래로 떨어지고 — 가만, 아름다운 오필리아…… 오, 나의 여신이여, 기도 중이시오? 제발 나의 죄도 함께 고해 주시오.

오필리아 (자리에서 일어선다) 왕자님, 그동안 편안하셨는지요?

햄 릿 황송하게도 무사태평입니다.

오필리아 제게 주신 사랑의 선물들을 돌려보내려고 하면서도 아직까지 갖고 있습니다. 자, 이제는 받아주세요.

햄 릿 아니오, 나는 당신께 그 어떤 것도 선물한 적이 없소.

오필리아 어찌하여 그런 말씀을, 다 아시면서. 그때는 왕자님의 아름다운 말씀까지 있어 선물이 더 값지게 여겨졌으나, 이제는 그 향기조차 사라졌으니 도로 가져가십시오. 그 아무리 화려한 선물이라도 보내신 분의 정이 변하면 형편없어지기 마련입니다.(Rich gifts wax poor when givers prove unkind.) 순결한 마음씨를 가진 여자에게는 더욱더 그러하지요. 자 여기 있습니다. (가슴에서 보석을 꺼내어 햄릿 앞의 탁자 위에 내려놓는다)

햄   릿 (상대방의 음모를 돌이켜 생각하며) 하하, 당신은 정숙한 여자요?

오필리아 예?

햄   릿 얼굴은 아름답소?

오필리아 왕자님, 대체 무슨 말씀이신지?

햄   릿 음, 정숙하고 아름답다면 그 둘 사이가 너무 가까워지지 않도록 조심하시오.

오필리아 여자의 외모의 아름다움과 정절보다 더 잘 어울리는 사이가 어디 있겠습니까?

햄   릿 그렇지 않소. 미인이 정숙한 여자를 옳지 못한 일로 타락시키기는 쉬운 일이요. 그러나 미인을 정숙하게 변화시키기란 그리 쉬운 일이 아니지요. 예전 같으면 하나의 역설에 불과했을지 모르지만 지금은 이것이 진리임이 충분히 확인되었소. 나도 한때는 당신을 사랑했었소.

오필리아 저도 그때는 그렇게 믿었습니다.

햄   릿 그렇게 여기지 말았어야 했소. 낡은 옷감에 새 옷감을 붙

오필리아는 세상에서 가장 힘들고 불쌍한 처지의 여자가 되었구나.
달콤한 꿀맛 같던 그 분의 맹세로 살아가던 것이,
깨끗하고 아름답게 울리는 종소리같던 이성의 조화는 어디로 가고
광란의 소음뿐이라네. 꽃과도 비할 바 없던 아름다운 용모와 자태도,
광란의 독기를 맞고 한순간 시들어 버렸다네!

인다고 해서 원래의 낡음이 완전히 소멸될 수 있겠습니까? 그러니 사실은 나도 당신을 사랑하지 않았던 것입니다.

오필리아 그렇다면 더욱 더 속은 셈이 되는군요, 왕자님.

햄 릿 (기도용 책상을 손가락으로 지시하며) 수녀원으로 가시오. 무엇 때문에 죄인들을 더 낳으려 하는 것이요. 이렇게 보이지만 나 자신은 꽤 성실한 인간이오. 차라리 어머니께서 날 낳아주지 않았더라면 하고 바랄 정도로 나의 죄를 스스로 깨닫고 있소. 나는 복수심 강하고, 오만하며 야심으로 가득 차있고, 또 어떤 죄를 범할지 모르는 인간이오. 자기 자신도 분명히 인식하지 못하고, 상상 속에서도 뚜렷한 형태를 갖지 못한 죄. 아니, 기회만 주어지면 무조건적으로 범하려 하는 죄들, 많은 죄를 가지고 있는 인간이란 말이오. 나 같은 인간이 하늘과 땅 사이에 존재하는 이유가 대체 뭐란 말이오? (What should such fellows as I do crawling between earth and heaver?) 우리는 모두 도둑들입니다. 아무도 믿지 말고 수녀원으로 들어가시오. 가란 말이오. (갑자기) 아버지는 지금 어디 계시오?

오필리아 네, 지금 집에 계세요.

햄 릿 그럼, 밖으로 나오지 못하도록 문을 다 잠그시오. 밖에까지 나와서 어리석은 짓을 하지 못하도록 말이오. 그럼, 잘 있으시오. (햄릿 퇴장한다)

오필리아 (십자가 앞에 무릎을 꿇으며) 오, 천사들이여, 왕자님을 구원해 주소서!

햄 릿 (광기어린 표정으로 급히 등장한다) 만일 당신이 결혼을 한다면 내 선물로 이런 악담을 보내리다. 얼음처럼 깨끗하고 눈

처럼 순결한 당신이라고 해도, 세상의 소문은 피할 수 없는 법이요. 수녀원으로 가시오, 제발 수녀원으로……. 그러나 꼭 결혼을 해야 한다면 바보와 결혼하시오. 영악한 남자는 당신과 결혼하는 그 순간부터 괴물이 되고 만다는 것을 잘 알고 있으니 말이오. 그러니 수녀원으로 가시오. (급하게 뛰어나간다)

오필리아 그토록 고상하시던 기품이 저 모양이 되어버리다니. 왕자로서 용사다운 칼솜씨와 학자다운 눈빛, 교양을 가지신 분, 이 나라의 꽃, 국민들의 거울, 예의의 규범으로 온 국민이 우러러보던 왕자님이 이렇게 되시다니. 그리고 이 오필리아는 세상에서 가장 힘들고 불쌍한 처지의 여자가 되었구나. 달콤한 꿀맛 같던 그 분의 맹세로 살아가던 것이, 깨끗하고 아름답게 울리는 종소리같던 이성의 조화는 어디로 가고 광란의 소음뿐이라네. 꽃과도 비할 바 없던 아름다운 용모와 자태도, 광란의 독기를 맞고 한순간 시들어 버렸다네! 아아, 이렇게 괴로운 일이 어디 있을까! 이런 꼴을 내 눈으로 직접 보게 되다니! (다시 기도를 한다)

왕과 폴로니어스가 휘장 뒤에서 조용히 나타난다.

왕 사랑 때문은 아닌 듯하군, 폴로니어스. 다소 조리는 없으나 그 말이 미친 사람의 그것과는 다르군. 분명 무언가 생각하고 있는 듯한데. 그 생각에 사로잡혀 저리 우울한 거였어. 아무래도 폭발하면 위험할 듯하군. 그런 경우를 막기 위해선 어떤 대책이라도 세워야겠는걸. 음, 이렇게 하는 것이 좋겠군. 지금 당장 햄릿을 영국으로 파견하는 거야. 늦어지고 있는 조공을 독촉한다는 명목으로, 멀고 먼 길을 떠나 이국적인 풍물을 접하다보면, 마음속에 응어리져 있는 고민도 자연스럽게 없어질 것 아니겠나. 밤낮으로 골머리를 썩이고 있으니 실성하는 것도 당연한 것 아니겠나. 어떻게 생각하오. 내 생각이? (오필리아가 다가온다)

폴로니어스 좋은 생각이십니다, 전하. 하지만 역시 왕자님의 근심의 원인은 실연에 있다고 생각됩니다만…… 아니, 오필리아! 어쩐 일이냐? 햄릿 왕자님이 하신 말씀은 말하지 않아도 된다. 이미 다 들었느니라. 전하께서 처분하시는 것이 옳다고 사려됩니다. 연극이 끝난 후 왕비님께옵서 왕자님을 조용히 부르셔서, 근심의 원인을 모두 말하도록 간곡히 부탁하시면 어떻겠습니까? 그리고 괜찮으시다면 신이 어디엔가 숨어서 두 분의 이야기를 자세히 엿듣도록 하겠습니다. 그래도 원인을 알아낼 수 없다면, 그때 영국으로 파견하셔도 늦지 않으리라 생각되옵니다. 아니면 적당한 곳에 가두시던가, 전하의 뜻대로 하심이 좋을 듯합니다.

왕 그렇게 하지. 왕자의 광증을 그냥 내버려둘 수 없는 노릇 아닌가. (모두 퇴장한다)

Hamlet 523

성 안의 홀

양 옆으로 관람석이 마련되어 있고 무대 앞에 연단이 있다. 막 뒤에는 또 다른 무대가 있고 햄릿과 배우 세 사람 등장한다.

햄 릿 (배우1을 바라보면서) 대사는 내가 해보인 것처럼 자연스럽게 하면 되오. 만일 그렇지 않고 여느 배우처럼 신파조로 떠들어댄다면 차라리 거리의 떠돌이를 불러 시키겠소. 그리고 손도 나무처럼 이렇게 허공만 내리치지 말고, 부드럽게 하란 말이오. 감정이 격해지더라도 자제심을 잃지 말고 자연스런 연기를 부탁하오. 가발을 쓴 난폭한 배우가 자기 멋대로 목청이 찢어져라 외쳐 감동적인 부분을 망쳐놓는 꼴은 정말 화가 치밀어 오른다니까. 뭐 엉터리 무언극이나 신파극밖에는 이해하지 못하는 삼류 관객들이라면 또 모르지만. 내 그런 연기자는 매로 다스리겠소. 이건 난폭한 타마건트 신이나 폭군 헤롯 왕보다 더한 수작이거든. 제발 내 말을 명심하시오.

배 우 1 예. 절대로 그런 일은 없을 것입니다. (I warrant your honour.)

햄 릿 물론 활기가 없어서도 곤란하오. 이 말을 명심해 연기와 대사를 일치시켜 줘야 하오. 자연스럽게 진행하고, 무엇이든

지나치면 연극의 목적을 벗어나게 되니까요. 연극의 목적이란 그 시대를 반영하는 것이니…… 그래서 목적을 지나치게 드러내거나 부족하게 될 경우 어설픈 관객들을 즐겁게 할 수는 있으나 수준있는 관객은 비난을 할 것이오. 이런 관객들의 비난은 관객 모두의 칭찬보다 중요하오. 그렇지, 나도 봤지만 정말 엉망인 배우가 있었지. 다른 사람들이 모두 칭찬을 했지만 그의 대사는 내가 생각하기엔 너무 형편없었소. 특히 그의 행동들은 정말 말로 표현하기도 힘들 정도로 엉망이었다오. 그저 꺼떡거리기나 하고 어찌나 고함만 치던지. 이건 신의 부하들에게 명하여 급조한 것이라고 생각될 만큼, 그 배우의 연기는 정말 비인간적이었소.

배 우 1 저희 극단은 그런 점에서 많은 시정을 했습니다.

햄 릿 철저히 시정되어야 하오. 그리고 어릿광대 역도 대본 외에는 그 어떤 말도 하지 않도록 하시오. 간혹 좀 아둔한 관객까지 신경 써서 자기가 먼저 웃으며 꼭 필요한 핵심을 잊어버리면 곤란하니까 말이오. 어이없는 짓이지. 광대가 그따위 수작을 하지만, 그 속에 있는 치사한 야심이 빤히 들여다보이거든…… 자, 어서 준비들 하시오. (배우들 휘장 뒤로 들어간다. 곧 폴로니어스, 로즌크랜츠, 길든스턴 등장한다) 어이, 여보게! 전하께서 직접 관람을 하신다고?

폴로니어스 예, 왕자님! 왕비마마께서도 곧 나오실 겁니다.

햄 릿 그럼 가서 배우들에게 어서 서두르라고 전해주게. (폴로니어스 햄릿에게 인사하고 퇴장한다)

로즌크랜츠 예. (로즌크랜츠, 길든스턴 함께 퇴장한다)

햄 릿 호레이쇼!

호레이쇼 부르셨습니까, 왕자님?

햄 릿 그렇다네, 호레이쇼. 내 지금까지 많은 사람들과 사귀어 왔지만 자네만큼 원만한 사람은 없었어.

호레이쇼 별말씀을 다 하십니다, 왕자님.

햄 릿 아니, 아부가 아니네. 자네는 타고난 성품이 곧은 사람. 그러한 자네에게 내 무슨 득을 바라겠나? 가난한 사람에게 아부할 필요는 없지 않은가? 음 멍청한 세력가를 현혹하는 것은 달콤한 혓바닥을 가진 자에게 맡기고, 아부로 이득을 챙기는 자리에는 자유자재로 무릎을 굽히는 자에게 굽실거리라고 하지. 여보게, 호레이쇼. 나에겐 스스로 영혼의 분별력이 생겨 인간의 선과 악을 구분할 수 있게 된 때부터, 자네를 내 영혼의 벗으로 정해놓고 있었다네. 자네만은 온갖 고생에도 마음이 움직이지 않을뿐더러, 운명의 상벌을 한결같이 감사하는 마음으로 받아들이지 않던가. 자네는 이성과 감성이 잘 어우러져 운명에 좌지우지되지 않는 사람이지. 그런 자네는 정말 행복한 사람일세. 정열에 사로잡히지 않는 사람이 있다면 나는 영원히 내 마음속 깊은 곳에 언제라도 간직할 걸세. 나에게 자네는 바로 그런 사람이지. 말이 좀 길어진 것 같군. 그건 그렇고, 오늘 밤 연극 공연이 있는데, 그 중 한 장면은 선친의 최후에 대해 내가 자네에게 이야기한 그 장면과 비슷하네. 그 장면이 나오거든 온힘을 다해 내 숙부의 행동을 살펴주게. 만일 숨어있는 숙부의 죄가 그 대목에서 드러나지 않는다면 전에 만난 유령은 악령이 분명하고, 내 상상은 불의 신 불카누스의 대장간처럼 너절했던 것이 되네. 그러니 숙부의 표정을 꼼꼼히 살펴주게. 나 역시 눈을 떼지 않고 있을 테니. 나중에 의견을 모아, 왕의 행동에 대해 판단을 내리세.

호레이쇼 잘 알겠습니다, 왕자님. 만일 연극을 하는 중에 왕의 거동을 한순간이라도 놓치는 일이 생긴다면, 그땐 제가 형벌을 받겠습니다. (안에서 나팔 소리와 북 소리 들린다)

햄 릿 자, 이제 나오는가 보군. 나는 모른 척하고 있겠네. 자네도 자리에 앉게.

왕과 왕비 등장한다. 이윽고 폴로니어스, 오필리아, 로즌크랜츠, 길든스턴과 여러 명의 신하들 등장한다. 서로 각자의 자리에 앉는다. 왕과 왕비, 폴로니어스는 같은 곳에 자리를 잡고, 맞은편에 오필리아, 호레이쇼, 그 밖에 사람들 자리를 잡는다.

왕 요즘 어떠하냐, 햄릿?

햄 릿 공기만 먹고서도 아주 원기왕성합니다. 제 속에는 약속만이 가득 차 있을 뿐, 사실은 텅텅 비어 있거든요. 그래서야 닭도 살이 오르겠습니까?

왕 내 물음과는 전혀 상관없는 말들만 하는구나.

햄 릿 이제 그건 저의 것이 아닙니다. 입에서 떠난 말이니까요. (폴로니어스에게) 재상께선 대학시절 연극을 하셨다고 들었습니다.

폴로니어스 아, 예, 왕자님. 연기 솜씨가 괜찮다는 말을 많이 들었

습니다. (I was accounted a good actor)

햄 릿 무슨 역을 맡아 보았습니까?

폴로니어스 줄리어스 시저 역이었습니다. 신전에서 브루투스의
손에 암살을 당했죠.

햄 릿 그 브루투스란 녀석도 어지간히 잔혹한 인간입니다, 그
런 짐승같은 바보를 찔러 죽이다니⋯⋯ 배우들은 준비가 끝
났는가?

로즌크랜츠 예, 명만 기다리고 있습니다.

왕 비 햄릿, 이리 와서 내곁에 앉거라.

햄 릿 아닙니다, 어머니. 이쪽이 더 강하게 절 끌어당기고 있습
니다.

폴로니어스 (왕에게 이야기한다) 방금 저 말씀, 들으셨습니까? (왕
과 폴로니어스, 햄릿을 지켜보면서 속삭인다)

햄 릿 무릎 위에 좀 누워도 될까요, 아가씨?

오필리아 어찌 그런 말씀을 하십니까, 왕자님?

햄 릿 단지 머리만 무릎 위에 뉘이겠다는데 싫소?

오필리아 아니, 그건 괜찮아요. (햄릿, 오필리아의 발 밑에 앉는다)

햄 릿 내가 무슨 나쁜 짓이라도 할 줄 아셨던 겁니까?

오필리아 아니요, 전혀.

햄 릿 처녀의 다리 사이에 눕는다, 참 괜찮은 생각인데.

오필리아 무슨 말씀이세요?

햄 릿 아니, 뭐.

오필리아 오늘은 퍽 밝아보이시네요.

햄 릿 나 말이요?

오필리아 예.

햄 릿 그거야, 오늘 나는 희극 작가거든. 인간으로써 모름지기 밝게 살지 않고서 어찌 할 수 있겠소. 저기 좀 보시오. 어머니의 저 밝은 모습을. 아버지가 돌아가신 지 두 시간도 되지 않았는데. (왕비가 얼굴을 돌리고 왕과 폴로니어스에게 뭔가 속삭인다)

오필리아 아닙니다. 두 달에 곱이나 됩니다.

햄 릿 아니, 벌써 그렇게 됐단 말이오? 그렇다면 이 상복은 악귀에게나 주고 수달가죽 옷이라도 입어야겠군. 두 달 전에 죽었는데 아직 잊지 않고 있다니 참 놀라운 일 아니오. 이렇다면 위인의 이름은 충분히 죽은 후 반 년은 살아남겠구려. 참 그렇게 하려면 예배당이라도 지어야겠소. 그래야 금방 잊혀지지 않을테니 말이오. 놀이터에 있는 죽마처럼. 그래, 비석엔 뭐라고 적혔는지 아시오? '이랴! 이랴! 죽마는 잊혀졌네.'라고 적혀 있소.

나팔 소리 들리고 정면의 막이 좌우로 열린다. 속무대가 나타나면 무언극이 시작된다.

　〈무언극〉

왕과 왕비, 정겹게 등장하여 포옹한다. 왕비는 무릎을 꿇고 왕에게 사랑을 맹세한다. 왕은 왕비를 일으켜 안으며 머리를 왕비의 목에 기대어 꽃이 가득 피어 있는 둑에 눕는다. 왕비는 왕이 잠든 것을 보고 그 자리를 떠난다. 이윽고 한 사나이가 등장하여 왕의 머리에서 왕관을 벗기고, 그 왕관에 입맞춤을 하고 나서 잠이 든 왕의 귓속에 독약을 붓고 퇴장한다. 다시 왕비가 들어와 왕의 죽음을 알고 슬픔에 잠기는 듯 행동한다. 왕을 독살한 사나이는 서너 명의 부하를 대동하고 다시 무대에 등장하여 왕비를 위로하는 척한다. 왕의 시체를 들고 나가고 독살한 사나이는 예물을 왕비에게 내놓으며 사랑을 구한다. 처음에는 왕비가 싫어하는 척하다가 그의 사랑을 허락한다. 무언극이 진행되는 동안 햄릿은 초조한 듯, 간혹 왕과 왕비를 바라보고 있다. 왕과 왕비는 시종 폴로니어스와 무엇인가 속삭이고 있다.

오필리아 왕자님, 저건 무슨 뜻인가요?

햄 릿 아무것도 아니오, 오필리아. 그냥 음모라고 할까.

오필리아 아마 그것이 연극의 주된 내용인가보지요.

막 앞에 배우 한 사람이 등장하고 배우의 말을 듣는다.

햄 릿 지금 배우의 말을 들어보면 알게 될 거요. 배우들은 비밀을 숨겨두지 않고 모두 털어놓는다니까.

오필리아 그렇다면 좀 전 무언극의 내용도 설명해 줄까요?

햄 릿 (조금 격양된 목소리로) 그것뿐이겠소? 당신이 하는 건 뭐든 설명해 줄 것이오. 아무리 불경스러운 짓이라도 당신이 한다면 무엇이든 저자들이 망설이지 않고 설명해 줄 것이오.

오필리아 어머, 어찌 그런 망측한 말씀을 하세요. 전 연극이나 구경하도록 하겠어요.

이 연극은 빈에서 일어난 암살 사건을 재구성한 것입니다.
왕의 이름은 곤자고라고 하고 왕비는 뱁티스타라고 합니다.
두 분께서도 곧 아시게 되겠지만 대단히 흉악한 내용입니다.

배　우 저희 극단 일동을 대표하여 여러분께 감사를 드리며 지금부터 시작될 비극을 끝까지 그리고 조용히 보아주시기 바랍니다. (배우 퇴장한다)

햄　릿 이런, 이게 인사말인가, 반지의 명인가?

오필리아 너무 짧군요.

햄　릿 여자의 사랑과 같죠.

극중 왕과 왕비역의 두 배우가 등장한다.

극중 왕 왕비여, 우리의 사랑이 하나 되고 결혼을 주관하는 신께서 우리를 백년가약으로 이어주신 날부터 오랜 시간 함께할 수 있었소.

극중 왕비 기나긴 여행 길, 지금 이후도 오랜 기간 동안 우리의 사랑을 축복하여주옵소서. 요즘 전하께서 병환이 나시어 거동이 평소 같지 않으시고 기거가 예전 같지 않으시니 슬프고 매우 염려스럽습니다. 그러나 저의 염려를 얹짢게 생각하지 마십시오. 여자란 원래 사랑할수록 걱정이 많아지게 마련인지라, 사랑이 없으면 걱정도 없고 애정이 크면 걱정도 커집니다. 정이 깊으면 걱정이 공포로 변하고, 공포심이 커지면 정도 더 깊어지는 법입니다.

극중 왕 나의 사랑하는 왕비, 당신을 떠나야 할 나의 운명, 그 운명이 이제 멀지 않았소. (I must leave thee, love, and shortly too)이제는 나의 생명이 쇠약해져버렸구려. 당신은 이 아름다운 세상에서 백성들의 존경과 사랑을 받으며 남은 생을 즐겁게 사시오. 부디 나에 못지 않은 남편을 만나서…….

극중 왕비 그런 말씀은 그만하세요! 그런 사랑은 제 자신을 배반
하는 거랍니다. 재혼을 하느니 차라리 저주를 받겠어요. 남편
의 목숨을 스스로 거둔 여자가 아니고서야 어찌 재혼을 생각
하겠습니까.

햄 릿 (방백) 아, 쓰다 써.

극중 왕비 재혼을 하는 이유는 천한 물욕이지 애정은 아닙니다.
새 남편의 팔에 안겨 키스하는 것은, 먼저 가신 남편을 두 번
죽이는 일이 됩니다.

극중 왕 당신의 말을 진심이라고 내 믿으리다. 하지만 인간이란
결심을 스스로 깨뜨리는 동물이오. 지기(志氣)란 결국 기억의
노예에 불과한 것, 생겨날 때의 기세는 장하지만 지속력이 약
하거든. 사실 이건 덜 익은 과일 같다고나 할까, 가지에 있
다가도 익으면 스스로 떨어져버리거든. 자신의 빚 갚기를 잊어
버리는 것도 인간의 필연, 열정에 스스로 약속한 일도, 그 열
정이 식으면 그 결심도 잊어버리게 되지. 슬프던 기쁘던 일단
격정이 지나가면 행동은 사라지게 마련이오. 인생무상, 그러
니 우리의 사랑이 운명처럼 변한다고 하여도 그리 이상한 일
은 아니오. 사랑이 운명을 제압하느냐, 운명이 사랑을 제압하
느냐, 이것은 아직도 알 수 없는 인생의 문제요. (This World is
not for aye, nor ' tis not strange) 세도가가 몰락하면 수하들도
배반을 하고, 미천한 자가 큰 뜻을 이루면 어제의 원수도 친구
로 변한다오. 이는 사랑이 운명의 종이란 증거이며, 부유한 자
는 친구가 늘 주변에 모여들고 가난한 자는 자신의 친구를 떠

보다 친구를 적으로 만들지. 다시 처음으로 돌아가 결론을 말하자면 인간의 의사와 운명은 항상 맞서기 때문에 하고자 하는 일들은 모두 어긋나게 되는 것이오. 사실 뜻을 세우는 것은 자유이지만 결과는 뜻대로 되지 않는 법이란 거요. 그러니 지금은 재혼할 의사가 없다고 하더라도. 그러한 생각은 첫남편의 죽음과 더불어 사라지고 말 것이오.

극중 왕비 어찌 그런 말씀을…… 설령 땅은 음식을 주지 않고 하늘은 빛을 거두고, 낮의 유희와 밤의 휴식이 거부된다고 하다라도, 믿음과 소망이 절망으로 변하고, 옥중에 갇혀 평생 숨어 살지라도, 또한 기쁨을 빼앗고 온갖 재앙이 나의 몸을 감싸 내 소망을 망치고 영원한 고뇌가 지금뿐아니라 내세에도 이 몸을 쫓아온다고 하더라도, 한 번 남편을 잃고서야 어찌 다른 사람의 아내가 될 수 있겠어요!

햄 릿 설마 저 약속을 깨뜨리려고!

극중 왕 참으로 굳은 약속이오. 왕비, 잠시 나를 혼자 있게 해주시겠소. 정신이 혼미하여 좀 자고 나면 지루한 이날이 개운해질 것 같소. (잠이 든다)

극중 왕비 편히 잠드소서. 당신과 나 사이에 재앙이 내리지 않기를…… (왕비 퇴장한다)

햄 릿 어머니, 이 연극이 마음에 드시는지요?

왕 비 왕의 역이 좀 말이 많은 것 같구나.

햄 릿 예, 그러나 맹세를 실행할 것입니다.

왕 햄릿은 내용을 다 알고 있는가? 내용 중에 좀 해괴한 점이 없는가?

534

햄 릿 아닙니다, 그저 장난으로 왕을 독살하는 것뿐, 해괴한 내용은 없습니다.

왕 이 연극의 제목이 무엇인가?

햄 릿 〈덫〉이라고 합니다. 물론 비유입니다. 이 연극은 빈에서 일어난 암살 사건을 재구성한 것입니다. 왕의 이름은 곤자고라고 하고 왕비는 뱁티스타라고 합니다. 두 분께서도 곧 아시게 되겠지만 대단히 흉악한 내용입니다. 그러나 무슨 상관이 있겠습니까? 전하나 저희들처럼 양심이 밝은 사람들에게는 거리낌이 없는 것 아닙니까? 도둑이라면 모르지만요.

이때 루시어너스로 분장한 배우1 등장한다. 검은 옷차림을 하고 손에는 독약병을 들고 있다. 얼굴을 찌푸린 채 위협적으로 잠자는 왕 곁으로 천천히 다가선다.

햄 릿 이건 왕의 조카 루시어너스란 사람입니다.

오필리아 왕자님께선 변사처럼 설명을 잘하시네요.

햄 릿 인형극에 나오는 꼭두각시들이 희롱하는 수작만 봐도, 난 당신과 애인 사이의 관계를 설명할 수 있소.

오필리아 너무하세요, 왕자님.

햄 릿 아마 나의 해설을 막으려면 고생 좀 하셔야 할 거요.

오필리아 험담이 더 심해지시네요.

햄 릿 남편을 그런 식으로 맞으셔야…… *(무대를 쳐다보면서)* 이 살인자, 이제 시작하라구. 이런! 낮짝만 찌푸리고 있지 말고 어서 시작하라니까! 자 – '까마귀는 복수를 부르짖는다'

부터.

루시어너스 마음은 까맣고 손은 재빠르게, 약효는 강하고, 시기는 무르익고, 다행이 보는 사람이 아무도 없다. 한밤중에 약초를 캐어 세 번 마녀의 주문속에서 말리고, 세 번 독기를 쐬어 만든 독약. 너의 그 가공할 만한 약효로 저 건전한 생명을 당장 끊어버려라 (독약을 왕의 귓속에 붓는다)

햄 릿 왕의 자리를 빼앗기 위해 왕을 독살하는 장면이지요. 왕의 이름은 곤자고, 이야기는 지금까지 전해지는 실화이며 훌륭한 이태리어로 씌어 있습니다. 자, 이제 보십시오, 저 살인자는 곧 왕비를 농락할 것입니다.

오필리아 전하께서 지금 자리를 뜨시네요.

햄 릿 이런! 공포에 놀라시기라도 하신 걸까 (What, frighted with false fire!)

왕 비 전하, 왜 그러세요. 어디 몸이라도 불편하십니까?

폴로니어스 지금 당장 연극을 중지하라.

왕 등을 가져와라. 물러가야겠다. (홀 밖으로 휘청거리며 나간다)

폴로니어스 등불, 등불, 어서 등불을…… (햄릿과 호레이쇼만 남고 모두 퇴장한다)

햄 릿

'울어라 화살에 맞은 사슴은.

춤을 추어라 성한 암사슴은.

밤을 지새우는 놈, 잠을 자는 놈,

세상만사 그럭저럭.'

어때 이 정도면 나도 배우가 될 수 있겠지? 새의 깃털을 옷에 달고 신발 앞에 커다란 장미꽃 리본을 달고 나선다면 말이야.
후에 내 운명이 기구해진다고 가정하고 말일세.

호레이쇼 뭐, 반사람 몫은 하겠는데요.

햄 릿 아닐세, 한 사람 몫이지.

　알고 있잖느냐, 마귀여.

　쪼브 신은 쫓겨나고

　이 땅의 지배자는

　허 — 공작새끼.

호레이쇼 잘 맞지 않는군요, 운이.

햄 릿 호레이쇼, 그 유령의 말을 이제는 무엇을 주고라도 꼭 사
겠어. 자네도 봤겠지?

호레이쇼 예, 잘 봤습니다.

햄 릿 독살 장면도 똑똑히 보았겠지?

호레이쇼 예, 자세히 살폈습니다.

로즌크랜츠와 길든스턴 등장한다.

햄 릿 어이! (두 사람에게 등을 돌리며) 자, 음악이다! 내게 플룻
을! 아마 왕께서는 연극이 싫으셨나보군. 자, 음악을 연주하여
라.

길든스턴 황공하옵니다만 왕자님, 한 마디 말씀드리고자 합니다.

햄 릿 무슨 말이든 해보게.

길든스턴 사실은 전하께서?

햄 릿 전하께서?

길든스턴 거실로 들어가신 후로 언짢아하고 계십니다.

햄 릿 왜, 과음을 하셨나?

길든스턴 그게 아니옵고, 화가 나셨습니다.

햄 릿 그래, 그렇다면 전의에게 알리는 게 더 낫지 않을까? 내가 손을 대면 더 큰 화병이 나실 텐데.

길든스턴 황공하오나 조리있게 말씀해 주시지요. 자꾸 핵심을 피하지만 마시고.

햄 릿 경청하도록 하지. 어서 말해 보라.

길든스턴 사실은 왕비님께서 너무 염려하시어 저를 이렇게 보내셨습니다.

햄 릿 그래, 잘 오셨네.

길든스턴 왕자님, 그런 인사를 받고자 온 것이 아닙니다. 죄송하오나 이치에 맞는 대답을 해주시면 왕비님의 분부를 전해 드리겠습니다. 만일 그렇지 않으신다면 실례를 무릅쓰고 물러가겠습니다. (절을 하고 돌아선다)

햄 릿 그 무슨 안 될 말을……

길든스턴 예.

햄 릿 사리에 맞는 대답을 하라고 하지만 지금 난 머리가 돌아 있는 상태네. 그러나 할 수 있는 대답이라면 순순히 대답해 주겠네. 자네 원대로 그리고 어머니의 소원대로 말일세. 그러니 어서 용건을 말해 보게 ― 그래 대체 어머니께서 뭐라 하시던가?

로즌크랜츠 그럼, 말씀드리겠습니다. 오늘 왕자님의 행동이 너무 당돌하셔서서 매우 놀라셨다고 하십니다.

햄 릿 어머니를 놀라게 하다니 그거 참 기특한 자식이로군. 그리고 그 놀라움 뒤에는?

로즌크랜츠 주무시기 전에 침전에서 조용히 하실 말씀이 있으시다고 하십니다.

햄 릿 알았네. 그렇게 하도록 하지. 지금보다 훨씬 어머니다운 어머니라 여기고 복종하도록 하지. 나에게 용건이 더 남았는가?

로즌크랜츠 이전 왕자님께서는 저를 무척 사랑해 주셨습니다.

햄 릿 물론 그랬지. 그리고 지금도 사랑하고 있어.

로즌크랜츠 왕자님, 부탁입니다. 요즘 힘들어하시는 이유를 말씀해 주십시오.(What is your cause of distemper.) 불쾌한 마음을 친구에게 숨기는 것은 왕자님 스스로를 올가미에 가두시는 셈입니다.

햄 릿 사실은 청운의 뜻을 이루지 못해서라네.

로즌크랜츠 별말씀을…… 왕자님을 덴마크 왕의 후계자로 책봉하신다는 전하의 말씀이 계셨는데요.

햄 릿 그야 그렇지만, '풀이 자라기만을 기다리다간 망아지는 굶어 죽게 되고' — 이 말도 낡았군. (배우들 피리를 들고 등장한다) 피리가 나왔군. 그래 나에게도 하나 주게. (피리를 하나 받아 길든스턴을 한쪽 구석으로 데리고 간다) 저쪽으로 잠깐만. 그런데 왜 사람을 자꾸 궁지로 몰려고만 하는가! 날 올가미에 몰아 넣을 작정인가?

길든스턴 죄송합니다. 제 직책상 좀 지나친 일이 있더라고 왕자님에 대한 애정 때문에 범하는 무례라고 생각해 주십시오.

햄 릿 대체 무슨 소린지 통 알 수가 없는 걸 — 이 피리 좀 불어

볼 텐가?

길든스턴 죄송합니다만, 불 줄 모릅니다.

햄 릿 부탁하네, 제발 한 번만 불어보게.

길든스턴 정말 불 줄 모릅니다.

햄 릿 제발 이렇게 부탁함세.

길든스턴 전혀 불어본 적도 손을 대본 적도 없습니다.

햄 릿 이렇게 손가락으로 구멍들을 막고 입으로 바람만 넣으면 되는 거야. 물론 거짓말 하는 것보단 어렵지 않지. 놀라운 음이 나올 거야 — 잘 보라고, 이게 구멍들이니까.

길든스턴 하지만 좋은 소리를 낼 줄 모릅니다. 저에겐 이런 재주는 없습니다.

햄 릿 아무리 그렇다고 해도 대체 자넨 날 뭘로 보는 것인가? 나 같은 건 피리 다루듯 맘대로 할 수 있단 말이지. 구멍도 잘 알아서 내 마음속 비밀도 빼내고, 구슬픈 음으로 내 마음을 울려보기도 하고 — 이 작은 악기에선 오묘한 음악이 무궁무진하게 들어 있지. 그런데 이 피리를 다루지 못한다고? 제기랄, 그래 날 이 피리보다 다루기 쉬운 놈으로 알았는가? 나를 어떤 악기로 생각해도 상관없지만 날 화나게 할 순 있어도 소리를 내게 할 순 없을 걸세. (폴로니어스 등장한다) 어이 영감!

폴로니어스 왕자님, 왕비마마께서 하실 말씀이 있다고 하시며 바로 오시랍니다.

햄 릿 저기 저 약대처럼 생긴 구름이 보이시오?

폴로니어스 예, 정말 약대처럼 생겼군요.

햄 릿 아니, 족제비처럼 보이는군.

폴로니어스 그렇네요. 등쪽 모양이 족제비와 같군요.

햄   릿 아니군. 고래 같지 않소?

폴로니어스 예, 고래가 맞습니다.

햄   릿 그럼, 내 곧 가서 뵙겠다고 아뢰시오. (방백) 어찌 사람을 조롱해도 유분수지. ― (큰 소리로) 곧 가서 뵈리라.

폴로니어스 왕비마마께 그렇게 아뢰겠습니다. (폴로니어스, 로즌크랜츠, 길든스턴 함께 퇴장한다)

햄   릿 가볍는 것쯤이야 문제될 일이 아니지. 자, 다들 물러가시오. (햄릿만 남아 있고 모두 퇴장한다) 지금은 한밤중, 무덤은 입을 벌리고, 마녀들은 놀아나고, 지옥에서 올라오는 독기가 이 세상을 뒤덮고 있다. (Hell itself breathes out Contagion to this world) 지금이라면 나도 뜨거운 피를 마시고, 낮이 두려워하지 못하는 지독한 악행이라도 할 수 있을 것 같구나. 하지만 가만히, 우선 어머니를 뵈어야지. ― 아, 나의 마음아 하늘이 정해준 정을 잃지 마라. 폭군 네로와 같은 정신은 내 착실한 가슴에 들어오지 못하리라. 가혹하게 맞아주신다고 하여도 자식으로써 도리는 잊지 말자. 혀 끝은 칼이 되어 찌른다 하여도 칼은 버려두자. 이번 일에 대해서는 마음과 말이 서로 위선자가 되어, 아무리 험하고 거친 말로 책망을 하더라도 절대로 그 말을 행동에 옮겨서는 안 될 일이지. (퇴장한다)

기도용 책상이 놓여 있고 복도 바깥쪽은 알현실이다. 왕, 로즌크랜츠, 길든스턴 등장한다.

왕 내 더이상 그 꼴을 보기 싫다. 첫째 미치광이를 이렇게 풀어 놓아 둔다는 것은 너무 위험하다. 그래서 햄릿을 영국으로 파견하는 발령장을 수교할 테니 바로 같이 출발하도록 하라. 때때로 광증이 발생하는 위험을 옆에 두고 어찌 국정을 편안하게 볼 수 있겠는가.

길든스턴 곧 준비하도록 하겠습니다. 전하의 높으신 덕에 목매고 사는 온 백성들의 안전을 생각하시어 보호하고자함은 참으로 높고 황송하신 배려라고 생각되옵니다.

로즌크랜츠 개인의 사사로운 생명도 위험에서 피할 수 있도록 보호하거늘, 하물며 그 많은 생명이 그 안전에 달려 있는 옥체로서야 다시 말씀드릴 이유가 있겠습니까. 국왕의 불행은 그 변고가 옥체 한 몸에만 그치는 것이 아니라 주위의 모든 것들이 소용돌이에 빨려들듯 끌려 들어가고 맙니다. 다시 말해 거대한 수레바퀴 같다고나 할까, 큰 바퀴살에는 수천만 명의 작은 운명들이 달려 있습니다. 이것이 붕괴된다면 그 속에 함께 있는 부속품들 또한 부서지고 마는 것입니다. 자고로 왕의 탄식은 온백성의 신음소리라 하였습니다.

왕 어서 서둘러 준비해서 떠나도록 하라. 지금까지 너무 방관했던 것 같구나. (For we will fetters put about this fear) 다가오고 있는 이 위험에 족쇄를 채우리라.

로즌크랜츠 예, 서둘러 준비하도록 하겠습니다. (두 사람 퇴장한다)

폴로니어스 등장한다.

폴로니어스 왕자님께서 지금 왕비마마의 침소에 드셨습니다. 신은 휘장 뒤에 숨어 이야기를 엿듣도록 하겠습니다. 이 사실을 아신다면 왕비마마께서 대단히 역정을 내시겠지만 지당하신 전하의 말씀대로 왕비마마 이외의 다른 사람이 엿듣는 것이 좋을 것 같사옵니다. 아무래도 모자의 정이란 자연히 아드님에 대해 생각이 기울기 마련이니까요. 그럼 침소에 드시기 전에 배알하옵고 결과를 아뢰겠습니다.

왕 수고하시오 (폴로니어스 퇴장한다. 왕은 이리저리 걸어 다니며) 아, 이 죄악의 악취가 하늘을 찌르는구나. 태초에 첫 인류의 저주를 받을 것이다. 형을 죽인 죄로 — 기도를 드리고 싶은 심정은 가득한데 기도를 드릴 수가 없구나. 더욱 죄악에 압도당하고 양다리를 걸친 사람처럼 이러지도 저러지도 못해 결국 다 놓치고 마는구나. 혹시 이 저주받은 손목이 형의 피로 더러워졌다 하더라도, 하늘에는 이 손을 흰눈처럼 하얗게 씻어줄 단비가 있지 않을까? 죄를 씻기 위한 단비가 내리지 않는다면 어

잘 가라, 이것도 너의 운명이니라. 이젠 깨달았을 것이다.
아무데나 참견을 하면 위험하다는 것을.

떤 공덕으로 씻어야 할까? 죄악을 미리 막거나 한 번 죄를 지은 후에는 용서해 주는 이중의 공덕이 있기 때문에 사람들은 기도를 올리는 것이 아닌가? 그렇다면 희망의 눈을 들어 나도 저 하늘을 우러러 보겠다. 나의 죄악은 이미 지난 일, 하지만 어떤 기도로 나의 죄를 용서받을 수 있을까? 그냥 '이 비열한 살인죄를 용서해 주소서'라고 빌어볼까? 안 될 말이다. 거기에 난 아직도 살인죄로 얻은 많은 것들을 가지고 있지 않은가? 왕관과 욕망, 그리고 왕비까지. 이 세상의 끝에 흐르는 더러운 물 속에서 죄악으로 물든 손도 황금으로 입히면 정의를 밀어내고, 부정한 방법으로 얻은 바로 그 권력과 재산으로 국법을 내 편으로 만드는 것쯤은 우스운 일이지. 하지만 이것은 하늘에선 통하지 않는 법. 하느님 앞에선 그 어떤 것도 피할 수 없지. 죄상은 그 본 모습을 드러내고, 죄악에 대해 낱낱이 고백해야 할 수밖에 없게 되지. 이를 어쩌면 좋은가? 또 앞으로 어떻게 해야 할 것인가? 죄를 고백해 보자 — 회개로 안 될 일은 없지 않은가. 하지만 회개를 할 수 없는 경우엔 어떻게 해야 한단 말인가? 아, 이 괴로운 내 심정! 이 가슴이 까맣게 타는구나. 올가미에 걸린 새 같은 내 영혼. 몸부림치면 칠수록 더 죄어들어오는구나. 나를 도와주소서, 천사님! 그래 한 번 해보자. 나의 무릎아, 꿇어라. 이 완고한 나의 무릎, 자, 이젠 순해져 봐라. 강철같이 굳은 마음이야 어린아이의 마음처럼 순해지거라. 모든 일 다 잘 되게 보살피소서. (All may be well) (무릎을 꿇는다)

햄릿, 알현실로 해서 등장. 왕을 보자 멈춰선다.

햄 릿 (복도 입구로 다가서며) 마침 기도를 드리고 있군, 지금이
기회다. 해치워 버리자. (칼을 뺀다) 그러면 저자는 천국에 이
르고, 난 원수를 갚게 되겠지. 가만있자. 다시 생각해 보자. 내
아버지를 죽인 원수를 내가 천당으로 보낼 순 없지. 이건 진정
한 복수가 아니야. (Why, this is bait and salary, not revenge.)
내 아버지는 저자의 손에 걸려 현세의 모든 욕망을 지고 죄악
이 무성할 때 살해당하지 않았던가. 그러니 저승에서 어떤 심
판을 받으실지 하느님외에 누가 알겠는가? 그러나 아무리 다
시 생각해도 중벌을 면치는 못하리라. 그런데 이것이 과연 복
수라 말할 수 있는가. 저자가 자신의 영혼을 깨끗이 씻고 있는
이때 천당으로 떠나보내기 알맞은 이때 죽이는 것은 옳지 않
다. (뺐던 칼을 칼집에 다시 넣는다) 나의 칼아, 좀더 살기에 찬
기회를 위해 네 집으로 돌아가 기다리려므나. 쾌락을 탐하거
나 도박을 할 때, 만취하여 정신이 없을 때나 폭언을 할 때, 그
에게 전혀 구원의 여지가 없을 나쁜 짓에 빠져 있을 때, 그때
행동으로 옮기자꾸나. 그렇게 된다면 지옥으로 굴러 떨어질
것이 아니겠느냐, 처음부터 정해진 지옥처럼 깜깜한 꼴을 하
고서. 자, 어머니께서 나를 기다리고 계신다. 너, 지금 기도하
고 있지만 오히려 그것이 네 병고만 연장시킬 뿐이니라. (그곳
을 조용히 지나간다)

왕 (일어서면서) 내 말은 하늘로 전달되어 나의 마음은 지상에 남
아 있구나. 마음이 빠진 말이 어찌 천당에 갈 수 있겠는가?
(왕 퇴장한다)

왕비의 침실, 벽에는 휘장이 드리워져 있고, 다른 벽에는 선왕의 초상화와 현왕의 초상화가 함께 걸려 있다. 침대와 의자 몇 개가 놓여 있다. 왕비와 폴로니어스 등장한다.

폴로니어스 이제 곧 들어오실 겁니다. 단단히 이르십시오. 아무리 장난이라고 해도 구분해야 할 것이 있는 것이 아니겠습니까? 전하의 역정을 겨우 막아냈노라고 말씀하십시오. 이제 저는 여기에 숨어 있겠습니다. — 제발 이번엔 혼을 내주십시오.

햄 릿 (밖에서) 어머니, 어머니!

왕 비 너무 염려하지 마세요. 오는 소리가 들리니 내 걱정은 말고 어서 숨도록 하시오. (폴로니어스 휘장 뒤에 숨는다)

햄릿이 들어온다

햄 릿 어머니, 어인 일로 저를 부르셨습니까?

왕 비 햄릿, 아버님은 너 때문에 지금 무척 화가 나셨단다.

햄 릿 어머니 때문에 제 아버지도.

왕 비 애야, 지금 무슨 말을 하는 것이냐?

햄 릿 그런 말도 안 되는 반문이 어디 있습니까?

왕 비 도대체 그게 무슨 말이냐? (Why, how now?)

햄 릿 그게 무슨 말이라뇨?

왕 비 나를 잊었느냐?

햄 릿 천만에요. 어찌 잊겠습니까? 왕비시며 남편 동생의 아내이십니다. 그리고 저의 어머니이시죠. 물론 이 사실이 진실이 아니었으면 좋겠지만요.

왕 비 네가 정 그렇다면 누군가 널 꾸짖을 수 있는 사람을 불러와야겠구나. (왕비 퇴장하려 한다)

햄 릿 (퇴장하려는 왕비를 붙들고) 어머니, 고정하시고 앉으십시오. 움직이지 마시구요. 그러면 마음속에 있는 거울이 환히 비쳐 보이게 해드릴 수 있습니다. 그 전에는 털끝 하나 움직이지 못하십니다.

왕 비 지금 어쩌자는 것이냐? 날 죽이려고 하는 것이냐? 여봐라, 거기 아무도 없느냐?

폴로니어스 (휘장 뒤에서) 앗! 큰일 났군, 큰일 났어! 사람 살려, 사람!

햄 릿 (칼을 빼들고) 아니 이건 뭐냐! 죽어라! (휘장 속으로 칼을 찌른다)

폴로니어스 (칼을 맞고 쓰러지면서) 윽.

왕 비 대체 이게 무슨 짓이냐, 햄릿?

햄 릿 모릅니다. 제가 왕입니까? (휘장을 들어보니 폴로니어스가 죽어 있다)

왕 비 이 무슨 난폭하고 잔인한 짓이냐!

548

햄　릿　잔인한 짓이라구요, 어머니? 왕을 죽이고 그 동생과 결혼한 짓만큼이나 흉악한 일입니까?

왕　비　왕을 죽인 짓만큼……?

햄　릿　예, 그렇습니다. (폴로니어스의 시체를 가리키며) 이런, 바보 같으니, 경솔하고 참견하기 좋아하니 이런 꼴을 당하지! (Thou wretched, rash, intruding fool, farewell!) 나는 네 놈을 더 큰 상전인 줄 알았다. 잘 가라, 이것도 너의 운명이니라. 이젠 깨달았을 것이다. 아무데나 참견을 하면 위험하다는 것을. (휘장을 다시 내리고 왕비를 보면서) 너무 불안해 하지 마시고 앉아서 마음에 평정을 찾으십시오. 이제부터 제가 어머니의 가슴을 찢어드리겠습니다. 설마 사람의 도리가 통하지 않는 목석같이 단단한 가슴은 아니시겠죠. 그리고 마음에 주석 같은 때가 끼어 감성이 전혀 뚫고 들어갈 수 없을 만큼 무뎌진 가슴은 아니시겠죠.

왕　비　도대체 내가 너에게 무슨 행동을 했다고 함부로 모욕을 주는 것이냐? (What have I done, that thou dar' st wag thy tongue. In noise so rude against me?)

햄　릿　이제 말씀드리죠. 참 기막힌 행동을, 여자의 수줍음과 미덕을 짓밟고, 정숙한 여자에게 위선의 길을 순진한 사람의 아름다운 화관을 떼어내고 대신 창부의 도장을 찍어놓고, 신성한 결혼의 맹세를 거짓꾼들의 맹세로 만들어 놓으시지 않으셨습니까? 거기에 백년가약의 정신을 빼내어버리고, 신성한 예식을 천박한 광대극으로 전락시키지 않으셨습니까? 그런 행동엔 하늘도 분을 삵이지 못하여 붉어지고 반석과 같은 땅

*Hamle*549

도 하늘의 심판을 받는 것처럼 근심에 잠겨 있습니다.

왕 비 아니, 도대체 뭐가 잘못되었다고 이런 소란을 피우는 것이냐?

햄 릿 (벽에 걸린 두 개의 초상화 쪽으로 왕비를 모시고 가서) 자, 이 두 그림을 보십시오. 형제분의 초상화입니다. 헤페리온의 물결치는 머릿결, 조브신의 이마, 주위를 위압하는 군신 마르스의 눈, 높이 솟은 산꼭대기에 내려앉은 사신 머큐리의 자세, 이 모든 미덕을 지니신, 인간의 귀감이라고 모든 신들도 보증하는 당신의 전남편을 보시오. 그럼 이번에는 이쪽 그림을 보시지요. 당신의 현재의 남편. 당당하던 형을 병든 보리이삭처럼 말려 죽인 분이지요. 눈이 있으시다면 똑똑히 보십시오. 아름다운 초원을 버리고 잡초 무성한 황무지에서 안식을 찾으려 하시다니요? 과연 눈이 있으십니까? 사랑이라 부를 수도 없겠죠. 어머니의 나이라면 활활 타오르는 불길 같던 욕정도 숨이 죽어 온순해지고 이성에 복종하는 것 아닙니까? 그래도 이성이 있다면 어찌 가볍게 자리를 옮길 수 있으셨나요? 욕정이 아직 남아 있는 것으로 보아 분명 감성도 살아 있는 모양입니다만, 이젠 그 감각도 마비되셨나보군요. 광인도 당신과 같은 실수를 하진 않을 겁니다. 어느 정도 이성이 남아 있으실 텐데 어찌하여 이러한 선택을 하셨습니까? 귀신에 홀려 눈뜬 소경이라도 되신 겁니까? 시각과 촉각, 후각까지 그도 아니면 청각이라도 아주 작은 감각만 있다면 이렇듯 망령된 일을 하실 순 없는 겁니다. 아, 수치심. 너의 그 부끄러움은 어디로 갔느냐? 이 저주받을 욕정아. 네가 정숙한 부인 속에서 난을 일으키는 것을 보니 피 끓는 청춘이야 불 속에서 쉽게 녹아버리는 양초처럼 허물어지는 것쯤은 아무것도 아니겠구나. 치밀어오르는 욕정이야 수치심이란 없겠지. 얼음조차 태워버리고 이성이 음란함에 앞잡이 노릇을 하는 판이니.

왕 비 햄릿, 이제 그만 해둬라. 너의 말을 들으니 내 마음속이 자연히 들여다보이는구나. 마음속에 자리 잡고 있는 새까만 이 허물은 그 어떤 것으로도 씻을 수 없으니.

햄 릿 지워지더이다. 땀내 나고 기름기 질질 흘러내리는 이불 속 음탕함에 정신이 빠져 돼지들처럼 정담을 교환하는 것이 고작이겠지만.

왕 비 제발 그만 해라. 너의 말이 날카로운 칼이 되어 내 귀를 찢는구나. (These words like daggers enter in mine ears.) 이제 제발 그만 해다오.

햄 릿 악당, 살인자. 선왕에게 비할 바가 못 되는 놈. 광대들의 왕, 땅과 왕위를 빼앗아간 놈, 선왕의 왕관을 훔쳐 제 머리에 올려놓은 놈 같으니 ―

왕 비 제발 그만!

햄 릿 거지 같은 왕 ― (이때 유령이 잠옷을 입고 나타난다) 오, 나를 구원하소서. 나의 안위를 보호하소서. 수호신들이여 ― (망령에게 말한다) 이제 어떻게 하라는 것이요?

왕 비 아아, 미쳤구나.

햄 릿 저를 꾸짖으러 오셨나요? 이 불효막심한 자식은 기회를 놓치고 중대한 당신의 명령을 행동으로 옮기지 못한 이 어리석은 모습을? 아, 말씀하십시오.

유   령 꼭 기억하라! 내가 이렇게 널 찾아온 것은 너의 무디어진 결심을 다시 날카롭게 세우기 위함이다. 하지만 보아라. 네 어미의 저 공포에 가득 찬 모습을. 그녀의 번민을 도와드리도록 하여라. 마음이 약할수록 번민은 더 크게 작용하는 법이니라. 자, 네 어미에게 이제 말을 하여라.

햄   릿 자, 어떠십니까, 어머니?

왕   비 아, 허공을 쳐다보며 아무 것도 없는 공기와 이야기를 하다니 너야말로 어찌된 일이냐? 미친 듯이 두 눈을 번득이며, 놀라 잠에서 깨어난 병사처럼 단정한 머리카락을 곤두세우다니, 이 어찌 된 일이냐? 햄릿, 진정하라. 정신이 불길처럼 산만해진다 하여도 꾹 참아라. 대체 어디를 그렇게 노려본 것이냐?

햄   릿 어머니, 저기! 저기를 보십시오. 저런 창백한 얼굴로 이쪽을! 저 모습, 가슴에 사무친 원한, 그 이유를 듣는다면 목석도 감동을 받겠지. 제발 저를 그렇게 보지 마십시오. 그렇게 안쓰러운 표정으로 저를 보지 마십시오. 그 표정으로 저를 보시면 저의 굳은 맹세는 사라지고 맙니다. 그렇게 되면 눈앞에 둔 크나 큰 일을 하지 못하게 되고 피 대신 눈물을 흘리고 말 것입니다.

왕   비 대체 누구와 그런 대화를 하는 것이냐?

햄   릿 저기, 아무것도 안 보이십니까?

왕   비 전혀 보이지 않는구나. 대체 무엇이 있다는 거냐?

햄   릿 그럼, 아무 소리도 안 들리십니까?

왕   비 전혀, 우리 두 사람 말소리밖에는…….

햄   릿 아, 저기를 좀 보십시오. 지금 사라지고 있잖습니까! 아버님께서 살아계실 때와 똑같은 모습으로. 보십시오, 저쪽으로 가고 계십니다. 지금 막 문으로 나가시는군요. (유령이 사라진다)

왕 비 허망한 상상이지! 미치게 되면 종종 그런 환상을 보게 된다고 하더라.

햄 릿 미쳐요? 어머니 보십시오. 저의 맥박은 어머니와 다름없이 정상적으로 뛰고 있습니다. 제 말은 절대 미쳐서 나온 말이 아닙니다. 시험해 보십시오, 어느 한 구석 틀리지 않게 다시 옮겨 보여드릴테니. 만일 제가 미쳤다면 어느 한 부분 틀릴 것이 아니겠습니까? 그러니 제발 부탁드립니다. 그렇게 양심을 속여 자기의 죄를 잊고 아들을 미친 놈으로 몰아 사실을 왜곡하려 하지 마십시오. 차라리 하느님께 당신의 죄를 고백하십시오. 앞으로 당신의 죄악을 회개하시면서 근신하십시오. 그리고 잡초에 거름을 주는 그런 어리석은 일은 그만 하십시오. 용서하십시오, 이런 충고를 하기에는 요즘 세상이 너무 타락하였기 때문입니다. 또한 이로운 말을 하는데도 머리를 숙이고 비위를 맞춰야 하는 세상이니까요.

왕 비 햄릿, 너는 나의 마음을 돌로 짓이겨버렸구나.

햄 릿 오, 그렇다면 그 어리석은 쪽을 버리시고 좀더 바르고 깨끗하게 살아보십시오. 그럼, 안녕히 주무십시오. 그러나 숙부의 침상으로 가지는 마십시오. 정절이 없다면 있는 척이라도 하십시오. 습관은 악습을 집어삼키고 사람의 감각을 무디게 하는 반면 항상 좋은 행동을 하면 처음의 어색함은 사라지고 자신에게 꼭 맞는 옷처럼 되는 것입니다. 오늘밤 참으시면 내일 밤부터는 한결 참기가 쉬워질 것입니다. 습관이란 천성을 변화시킬 수 있기에, 악마도 물리쳐서 영원히 당신 곁에서 내쫓을 수 있는 대단한 힘을 가지고 있습니다. 그럼 다시 한 번, 편안히 주무십시오. 회개로 하느님의 용서를 구하실 때는 어머니를 위해 저도 같이 기도해 드리겠습니다. (폴로니어스를 쳐다보며) 이 영감만 불쌍하게 되었군요. 하지만 이것이 다 하늘의 뜻, 이것으로 신은 제게 벌을 주시고, 저를 도구로 삼아 이 영감을 처벌하신 겁니다. 신의 벌을 받고, 신의 심판을 대행하는 자, 그가 바로 저인 것입니다. 시체는 제가 처리하도록 하겠습니다. 물론 살인의 책임도 제가 지지요. 그럼 안녕히 주무십시오. 자식된 도리로 간언하자니 너무 가혹하게 될 수밖에는 없습니다. 이제 흉한 일의 서막, 이제 더 큰일이 남아 있습니다. (방을 나가려다가 다시 돌아와서) 한 마디만 더 하겠습니다, 어머니.

왕 비 그럼 나는 어떻게 해야 할까?

햄 릿 무슨 짓이든 하십시오. 지금 드린 말들은 모두 잊으시고 그 고깃덩이 같은 왕의 꼬임에 다시 그의 침실로 들어가십시오. 지저분한 입으로 입을 맞추고 뱀의 허물 같은 손으로 목덜미를 간질여주거든, 사실대로 다 고하십시오. 사실은 왕자가 미친 것이 아니라 미친 척 꾸민 것이었다고. 그렇게 사실대로 말씀하시는 것이 어머니에게 이로울 것입니다. 미와 덕과 현명함을 두루 갖춘 왕비께서 그런 중요한 일을 숨기고 계셔야 되겠습니까? 두꺼비 아범, 박쥐 서방, 수코양이 같은 놈한테…… 그건 어림없는 수작입니다. 지성도 비밀도 없을 테니까. 원숭이 이야기처럼 지붕에 새장을 들고 올라 새들을 다 날려 보내고 스스로 새장에 기어들어가 지붕 밑으로 뛰어 내려 낙상으로 목이나 부러지라고 하죠.

왕 비 염려하지 마라. 입김으로 된 사람의 말이라면 또한 입김이 사람의 목숨과 이어진 것이라면, 나는 네 말을 누구에게도 발설할 힘도 입김도 없으니 말이다.

햄 릿 저는 곧 영국으로 갈 것입니다. 아십니까?

왕 비 잠시 잊고 있었구나, 그렇게 하기로 결정이 났다더구나.

햄 릿 국가 문서는 이미 봉해지고, 독사보다 믿음직한 친구 두 놈은 이미 왕명을 받아 기다리고 있습니다. 이놈들이 길잡이가 되어 저를 함정에 몰아넣을 작정입니다만, 어디 한 번 해보라 하십시오. 제 손으로 묻어놓은 지뢰가 터져 황천으로 날아가는 모습을 지켜보는 것은 정말 재미있거든요. 반드시 그 놈들을 묻어 놓은 지뢰 밑으로 깊이 묻어 황천으로 바로 날아갈 수 있게 하겠습니다. 두고 보세요. 항상 원수는 외나무다리에서 만나지 않습니까? 이젠 저 친구들을 없애야겠군. 우선 시체를 옆방으로 옮겨야지. 어머니, 그럼 정말 안녕히 주무십시오. 이 영감은 이제 겨우 조용해지고, 비밀도 지킬 테고, 제법 엄숙한 분위기가 나는군요. 살아생전에 어리석은 수다쟁이였지만……(Who was in life a foolish parting knave) 그럼 끌고 가볼까, 얼른 일을 끝내야지. 편안히 주무십시오, 어머니. (시체를 끌고 퇴장한다. 혼자 남은 왕비는 침대에 엎드려 흐느껴 운다.)

Hamlet **555**

셰익스피어 4대 비극

‖‖‖ 제1장 ‖‖‖
왕비의 침실

잠시 후 왕이 로즌크랜츠와 길든스턴을 거느리고 등장한다.

왕 (왕비를 안아 일으키면서) 당신의 탄식과 한숨 소리를 들으니 무슨 일이 있었구려. 이유를 말해 보시오. 당연히 짐도 알아야 할 것 아니겠소. 그리고 햄릿은 지금 어디에 있소?

왕 비 (로즌크랜츠와 길든스턴을 보면서) 두 분은 잠시 물러나 계시오. (둘이 그 자리에서 물러난다) 오늘밤 참으로 끔찍한 일을 당하였습니다.

왕 도대체 무슨 일이기에 그러하오? 그리고 햄릿은 또 어떻게 된 것이오?

왕 비 햄릿이 완전히 미쳐서, 광풍이 이는 바다라고나 할까요 — 한동안 허공을 보면서 이야기하더니 휘장 뒤에서 인기척이 느껴지자, 칼을 빼들고 '쥐새끼다, 쥐새끼'라며 휘장 뒤에 숨어 있던 노인을 찔러 죽였습니다.

왕 저런! 그 자리에 있었다면 나도 큰일을 당할 뻔했구려. 이대

556

로 놓아두었다간 당신이나 나나, 그리고 모든 사람들이 큰 화를 당하겠소. 아, 이 참상에 대해서는 뭐라 또 변명해야 한단 말이오? 세상이 나를 질책할 것이 아니요. 그 젊은 광인을 사전에 경계하고 감금하여 외부와 접촉할 수 없도록 해 놨어야 했는데. 그러나 부모와 자식간의 정에 그만 최선의 방법을 고의로 회피하고 있었구려. 무슨 전염병처럼 풍문을 두려워하여 숨기려다 도리어 생명을 잃고만 격이 됐구려. 그런데 햄릿은 지금 어디로 갔소?

왕 비 자기 손으로 죽인 시체를 치우러 나갔습니다. 흙 속에 묻힌 순금처럼 미친 행동을 하다가도 맑은 정신이 남았는지, 회개의 눈물을 흘리더군요.

왕 자, 안으로 듭시다. 날이 밝는 대로 햄릿을 배로 떠나보내야겠소. 이번 불미스러운 일은 권력과 계략으로 적당히 넘겨야 할 것 같소. 여봐라, 길든스턴! (길든스턴과 로즌크랜츠 등장한다) 너희 두 사람은 가서 몇 사람을 더 청해 힘을 합쳐야겠다. 사실은 햄릿의 미친 짓에 그만 폴로니어스가 죽어 끌고 나간 모양이다. — 가서 찾아보도록 하라. 그리고 잘 말해서 그 시체를 예배당에 안치하도록 하라. 어서 서두르도록 하라. (두 사람 퇴장한다) 거트루드 왕비, 곧 능력있는 신하들을 소집하여 갑작스럽게 발생한 이 사건과 선후책을 알려야겠소. 세상의 풍문이란 지구 끝까지 그 독한 말을 전하게 마련이라오. (Whose whisper o' er the world' s diameter, As level as the cannon to his blank) 그러니 내 선수를 쳐서 내 명성이 다치지 않도록 해야겠소. 자, 이제 들어갑시다. 나는 어찌 해야 할지 불안하기만

하오. (두 사람 퇴장한다)

||||| 제2장 |||||
궁성 안의 다른 방

햄릿 등장한다.

햄 릿 이만하면 잘 처리가 됐겠지.

로즌크랜츠, 길든스턴 (안쪽에서) 왕자님! 햄릿 왕자님!

햄 릿 저 소리는? 가만있자, 누군가 나를 찾고 있구나. 저기 오
  는군.

로즌크랜츠와 길든스턴, 호위병들을 데리고 급하게 등장한다.

로즌크랜츠 왕자님, 시체는 어떻게 하셨습니까?

햄 릿 흙으로 돌려보냈네.

로즌크랜츠 어디에 묻으셨습니까? 저희들이 찾아 예배당에 안치
  하겠습니다.

햄 릿 믿지 말게.

로즌크랜츠 무슨 말씀이십니까?

햄   릿 내가 자네들의 비밀은 지켜주고 나의 비밀은 폭로하리란 걸 말일세. 뿐만 아니라 왕의 아들이 해면 같은 네 놈의 질문에 쉽게 대답할 줄 알았느냐?

로즌크랜츠 해면 같은 놈이라고 하셨습니까?

햄   릿 물론이지. 왕의 은총과 권세를 모두 빨아들이고 있으니 해면 같은 놈이지. 하긴 왕에게는 그런 놈들이 필요하긴 하지. 아마 왕은 그런 놈들을 사탕알처럼 입 속에 넣어두지. 물론 처음엔 입에 넣어 두었다가 나중에는 삼켜버리지만 말일세. 일단 자네들에게 빨게 두었다가 필요할 때는 꼭 짜기만 하면 되는 거지. 그러면 자네들은 다시 해면처럼 말라버리게 되고.

로즌크랜츠 무슨 말씀인지 통 알 수가 없습니다.

햄   릿 거 참 맘에 드는 소리군. 어떤 악한 말이건 소의 귀에는 그저 스쳐지나가는 바람이거든. (a knavish speech sleeps in a foolish ear.)

로즌크랜츠 왕자님, 시체를 두신 곳이 어디인지 말씀해 주십시오. 그리고 저희와 어전으로 함께 가시죠.

햄   릿 현왕과 같이 있지 않는 시체는 이미 선왕 어전에 가 있지. 국왕 같은 것은 —.

길든스턴 국왕 같은 것이라고요?

햄   릿 하찮은 것에 불과하단 말이야. 자, 어서 어전으로 안내해 다오. 꼭꼭 숨어 있어라. 내가 찾으러 간다. (햄릿 달려나간다. 모두 햄릿을 쫓아간다)

왕이 두세 명의 신하들과 상단의 탁자에 마주 앉아 있다.

왕 아무튼 지금 장본인을 붙들어 시체를 찾아오도록 조치를 취했소. 마음대로 돌아다니게 내버려두어선 위험하오. 그렇다고 엄벌에 처할 수도 없는 노릇이고, 그 아이는 경박한 백성들에게 인기가 있으니 말이오. 백성들이란 이성으로 판단하지 않고 보기에 좋은 것으로 가부를 결정하니 원……. 범죄 자체보다 범죄자가 받는 형벌만 문제시한단 말이지. 원만하게 일을 처리하기 위해서 많은 고민 끝에 내린 결정처럼 꾸며 왕자를 급히 영국으로 보내야겠소. 이상한 병은 이상한 처방으로 고쳐볼 수밖에 도리가 없으니. (로즌크랜츠와 길든스턴, 그리고 호위병들 등장한다) 어떻게 되었느냐?

로즌크랜츠 시체를 숨겨둔 곳은 도무지 말씀해 주지 않습니다.

왕 대체 햄릿은 어디에 있느냐?

로즌크랜츠 밖에 와 계십니다. 명이 계실 때까지 감시를 하도록 사람을 붙여두었습니다.

왕 불러들여라.

로즌크랜츠 여봐라! 햄릿 왕자님을 안으로 모셔라.

560

햄릿, 호위병들과 함께 등장한다.

왕 햄릿, 폴로니어스는 어디에 있느냐?

햄 릿 지금 식사중입니다.

왕 식사중? 어디서?

햄 릿 먹고 있는 중이 아니고 먹히고 있는 중입니다. — 지금 정치 구더기들이 모여 한참 먹고 있는 중입니다. 구더기란 식충이들의 왕입니다. 우리는 자신을 살찌우기 위해 다른 동물들을 살찌우고 우리가 살찌는 것은 구더기를 살찌게 하는 것이죠. 살찐 왕이나 마른 거지나, 맛은 다른지 몰라도 한 식탁에 오른 두 가지 요리에 불과하다고 할까요 — 결국은 마찬가지겠지만.

왕 이거 참!

햄 릿 왕의 살을 먹는 구더기를 미끼로 물고기를 낚고, 그 구더기를 먹고 살찐 물고기를 다시 사람이 먹습니다.

왕 대체 그건 무슨 소리냐?

햄 릿 단지 전하께서 거지의 뱃속에 들어갈 수 있다는 것을 말씀드리는 것뿐입니다.

왕 폴로니어스는 대체 어디에 있단 말이냐?

햄 릿 천당에 올라가 있습니다. — 전령을 보내어 알아보십시오. 만일 찾아오지 못하거든 전하께서 몸소 또 다른 지옥에 가 찾아보십시오. 그러나 이달 안으로 끝내 찾지 못하시거든, 복도로 통하는 계단을 수색해 보십시오. 거기서 냄새가 날테니까요.

왕 (시종들에게) 햄릿이 말한 곳을 찾아보도록 하여라.

햄　릿 천천히 가보라구, 절대로 도망치지는 않을 테니. (시종들 퇴장한다)

왕 햄릿, 이번 사건으로 짐이 많이 상심을 하였다. 다른 무엇보다도 너의 신변의 안전을 소중히 여기는 터라 말하지만 일이 이렇게 되었으니 급히 이곳을 떠나야겠다. 바로 준비를 해라. 배편은 이미 마련되어 있고 바람도 순풍이며, 부하들도 모든 준비를 마쳤느니라. 영국행 준비가 모두 갖춰져 있다.

햄　릿 영국으로 가란 말씀이십니까?

왕 그렇다.

햄　릿 좋습니다. 가지요.

왕 그래야지. 나의 본뜻을 알아주었으면 한다.

햄　릿 그 본뜻을 알고 있는 천사가 제 눈에 보입니다. 하지만 영국으로 가겠습니다. (절을 하며) 안녕히 계십시오, 어머니.

왕 햄릿, 나는 너를 사랑하는 아버지이다.

햄　릿 역시 어머님입니다. 아버지와 어머니는 남편과 아내, 즉 일심동체이시니 당연히 어머니입니다. (호위병들을 돌아보며) 자, 영국으로 가자. (호위를 받으며 퇴장한다)

왕 (로즌크랜츠, 길든스턴에게) 어서 뒤를 따라가서 지체하지 말고 배에 바로 태우도록 하라. 오늘밤 안으로 보내야겠다. 모든 절차는 준비되어 있다. (For every thing is sealed and done) 다시 한 번 신신당부한다. (왕만 남고 모두 퇴장한다) 그런데 영국 왕이여, 짐의 호의를 존중한다면, 그야 잘 알고 있겠지만 덴마크군의 휩쓸고 지나간 상처는 아직 생생하고, 또한 스스로 충성을 표시해 왔던 터이니, 설마 짐의 엄명을 가볍게 여기지는 않겠지. 내용은 국서에 명시되어 있지만, 즉시 햄릿을 사형에 처하도록 할 것. 이는 반드시 실행할 것. 영국의 왕이여! 무슨 전염병처럼 그자가 내 혈관 속에서 발악을 하는데, 당신이 나의 치료를 맡아주시오. 처치된 것을 알기 전에는 천운이 트인다 해도, 내 즐거운 날이 시작되지 않을 것이오. (퇴장한다)

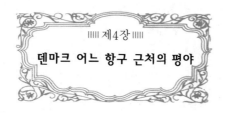

|||| 제4장 ||||
덴마크 어느 항구 근처의 평야

덴마크 어느 항구 근처에 있는 평야.
포틴브라스가 군대를 이끌고 진군해 온다.

포틴브라스 장군, 가서 덴마크 왕께 문안을 여쭈도록 하시오. 그리고 포틴브라스는 약속대로 지금 영토를 지나가겠으니 잘 부탁드린다고 전하시오. 다시 만날 지점은 알고 있겠지. 또한 원한다면 어전에 가서 경의를 표하겠다고 아뢰시오.

부대장 예, 명대로 하겠습니다. (부대장 일행은 작별인사를 하고 전진해 나아간다)

포틴브라스 (휘하 군대에게) 자, 진군, 천천히. (부대를 거느리고 퇴
　장한다)

부대장은 도중에 항구로 향하고 있는 햄릿, 로즌크랜츠, 길든스턴과 호위
병들을 만난다.

햄　릿 이 군대는 무엇인가?
부대장 노르웨이 군대입니다.
햄　릿 대체 출정한 이유는 무엇인가?
부대장 폴란드를 공략하기 위해섭니다.
햄　릿 지휘자는 누구인가?
부대장 노르웨이 노왕의 조카 포틴브라스입니다.
햄　릿 폴란드 본토로 쳐들어가는 것인가, 아니면 국경지대를
　치러 가는 것인가?
부대장 사실대로 말씀드리자면 그저 명목밖에 아무 소득도 없
　는 아주 작은 지역을 점령하러 가는 길입니다. 소작료로 5더
　카트만 내라고 해도, 단돈 5더카트 말입니다. 저 같으면 그런
　땅은 붙여먹지 않겠습니다만. 노르웨이 왕이든 폴란드 왕이
　든, 그걸 사유지로 팔아도 별로 돈이 안 되는 토지입니다.
햄　릿 그럼 폴란드인들은 그 보잘것없는 땅을 수비하지도 않
　겠군.
부대장 무슨 말씀을…… 이미 수비대가 배치되었다고 합니다.
햄　릿 2천 명의 생명과 2만 더카트의 비용으로도 이 하찮은 문
　제는 해결되지 않는단 말이지. 나라가 부해지고 안일한 상태

에 빠지면 이런 내종이 생기는 법이지. 내부에서 곪아터지면 외부에는 아무런 병증이 나타나지 않은 채 죽고 마는 법……
(That inwark breaks, and shows no cause without Why the man dies) 아, 고맙소.

부대장 그럼 이만 실례하겠습니다. (퇴장한다)

로즌크랜츠 그럼 이제 가보실까요, 왕자님?

햄 릿 내 곧 따라갈 것이니 먼저들 가게. (햄릿만 남고 모두 퇴장한다) 아, 눈에 보이는 것마다 나를 질책하고 무뎌지는 내 복수심에 채찍질을 하는구나. 대체 인간이란 무엇인가, 인간의 주된 행동과 평생의 영위가 단지 자고 먹는 것뿐이란 말인가? 그렇다면 금수와 다를 게 무엇이란 말인가? 신이 인간에게 무한한 판단력을 주고 전후를 살피도록 하심은 그 능력과 신과 동일한 이성을 쓰지 않고 썩히도록 하시려는 것은 분명 아니렷다. 과연 그렇다면 짐승처럼 잊기 쉬운 탓일까 아니면 결과를 너무 세심하게 걱정하는 소인배의 망설임 탓인가, 그것도 아니라면 사려의 4분의 1만이 지혜이고 나머지 3은 두려워하는 탓인지 — '이 일만은 꼭 해야겠다.' 고 말을 하면서 어찌 허송세월만 보내고 있느냐 말이다. 내 그 일을 실행할 만한 대의명분과 의지와 능력과 수단을 가지고 있지 아니한가…… 저 군대를 보라. 수많은 사람들과 막대한 비용, 그리고 그 인솔자는 가녀린 젊은 귀공자가 아닌가. 그러나 그 정신은 높은 공명심에 충만하여 알 수 없는 미래를 비웃고, 한번 죽으면 그만인 육체를 희생하여 운명과 죽음에 맞서 싸우는데, 그 목표가 무엇이냐 하면 그 작고 가치없는 조그마한 땅덩이 아닌가. 진정

위대한 행동에는 충분한 명분이 따라야겠지만, 남아의 체면과 연관될 때는 머리카락만한 문제를 가지고도 당당히 싸워야 할 것이 아닌가. 그런데 내 꼴은 왜 이런가? 아버지는 살해당하시고 어머니는 이미 더럽혀지고, 이 정도면 이성과 피가 끓을 만한데도 여전히 헛소리만 하고 있으니! 창피하지 않은가. 저기 2만의 병사들의 죽음이 가까이 있잖은가. 환상 같은 허망한 명예를 위해 무덤으로 직접 찾아가지 않는가. 대군이 싸울 수도 없는 조그만 땅, 전쟁으로 죽은 자들을 다 묻기에도 모자란 땅을 위해 싸우려 하지 않는가! 내 마음아, 이제부터 잔악해지고 그 외에는 아무것도 생각하지 마라! (퇴장한다)

몇 주일이 지난다.

||||| 제5장 |||||

엘시노 궁성

엘시노 궁성의 어느 방 안.
왕비와 시녀들, 호레이쇼 그리고 신사 한 명이 등장한다.

왕 비 그 애와 만나 이야기하고 싶지 않소.

신 사 그래도 뵙자고 졸라대고 있습니다. 뿐만 아니라 완전히 미쳐버려 차마 눈뜨고 볼 수 없을 정도입니다.

왕 비 어떻게 해달라는 겁니까?

신 사 자기의 아버지 말을 하고 있습니다. 세상에는 괴상한 일이 많다는 둥 하면서, 기침을 하고 제 가슴을 치는가하면 아주 사소한 일에도 화를 내고, 또 무슨 소린지 알아들을 수 없는 말을 혼자 중얼거리곤 합니다. 그래서 어찌나 불쌍하던지, 오히려 듣는 사람에게는 무슨 뜻이 있는 듯이 생각되는데 — 그들은 저마다 추측하여 해석을 합니다. 거기에 눈짓, 몸짓 등을 생각해 보니, 물론 확실치는 않습니다만 무슨 큰 불행이 있었다고 밖에는 생각할 수 없습니다.

호레이쇼 아무튼 한 번 만나보시는 것이 좋을 듯싶습니다. 저러다간 백성들에게 억측의 씨를 뿌리게 될지도 모릅니다.

왕 비 그럼, 불러들이시오. (신사 **퇴장**한다. 왕비 혼잣말로) 죄의 본성이 원래 그런 것이지만 병든 내 영혼에는 사소한 일 하나하나가 무슨 재앙의 서막같이 여겨지는군. 죄진 몸은 겁이 많아서 감추려고 애를 쓰면 쓸수록 더욱 드러나는 법이니.

시중드는 신하가 오필리아를 데리고 등장한다. 오필리아는 미쳐 있다. 머리는 풀어헤쳐 어깨까지 내려오고 손에는 류트를 들고 있다.

오필리아 아름다운 덴마크의 왕비님은 어디 계신가요?

왕 비 아, 오필리아. 대체 이게 어찌된 일이냐?

오필리아 (노래를 부른다)

　우리 님을 어떻게 알아낼꼬.

　남의 님과 구별하여?

　지팡이에 미투리라, 파립 쓴

　순례자가 우리 님.

왕　비 오필리아, 그 노래의 뜻은?

오필리아 뜻이요? 좀 더 들어보세요, 왕비님.

　님은 갔어요. 영원히

　영원히 갔어요.

　머리맡에 조록 잔디풀,

　발끝에는 주춧돌 하나.

왕　비 애, 오필리아 —

오필리아 제발 가만히 좀 들어보세요 (계속 노래한다)

　수의는 산꼭대기의 눈과 같이 희고 —

이때 왕이 들어온다.

왕　비 아, 저걸 좀 보세요.

오필리아 (노래한다)

　꽃 속에 묻혀 북망산 먼길 떠나네.

　사랑의 눈물은 비 내리듯 하고.

왕 오필리아, 그래 어쩐 일이냐?

오필리아 예, 고맙습니다! 다른 사람들이 그러는데 올빼미는 원
래 빵집 딸이었답니다. 우리들이 오늘은 이러고 있지만, 내일

은 어떻게 될지 그 누가 알겠습니까? (We know not what we may be……) 진지 많이 잡수세요, 네!

왕 죽은 제 아비 생각을 하고 있구나.

오필리아 제발 그 얘긴 하지 말아주세요, 네. 하지만 사람들이 이유를 묻거든 이렇게 답해 주세요, 네. (노래한다)

내일은 발렌타인 축제 일,

날이 밝는 이른 새벽

처녀는 창 밑에 가서

당신을 기다릴께요.

총각은 일어나 옷을 입고

방문을 열어주네.

처녀는 방 안으로 들어갔으나

나갈 때는 처녀가 아니라네.

왕 아이구, 오필리아!

오필리아 아 참, 쓸데없는 이야기 그만 하고 노래나 끝내야겠어요. (노래한다)

신의 이름에 두고

아이고 창피해라, 내 신세!

아무리 사내들의 습성이라도

그건 너무나 얄미운 심사.

자리에 쓰러뜨려 뉘일 때에는

백년해로를 약속하더니

이제 와선 핑계가

먼저 찾아오지 않았던들

*Hamle*569
셰익스피어 4대 비극

정말 부부가 될 생각이었다나.

왕 언제부터 저 모양이냐?

오필리아 모든 일이 잘 되겠죠. 매사를 참아야 합니다. 하지만 저
는 울지 않으려 해도 안 울 수가 있어야죠. 차디찬 땅 속에 묻
힌 그분을 생각하니, (I cannot choose but weep to think they
would lay him i' th' cold ground) 오라버니의 귀에도 그 말이
들어갈 테지. 충고 말씀은 감사합니다. 자, 마차야 가자! 편안
히 주무세요. 여러분 안녕히. 안녕히 (오필리아 퇴장한다)

왕 어서 뒤를 따라가 보라. 부디 철철한 감시를 해다오. (호레이
쇼와 신사, 오필리아를 따라서 퇴장한다) 이것은 실로 깊은 슬픔
이 만들어낸 병이로다. 그 슬픔의 원인은 아버지의 횡사에 있
소. 어찌 저런 꼴로 변하다니! 거트루드 왕비, 반드시 재앙은
겹쳐 온다고 하더니, 오필리아 먼저 오필리아의 부친이 살해
당하고, 그후 햄릿이 떠나고, 물론 그 불행의 시작이니 쫓겨난
것도 스스로 판 무덤이긴 하지만. 그러나 폴로니어스의 죽음
에 대해서 백성들의 억측이 난무하고 있는 모양인데 — 나도
지금 와 생각해 보니 무척 경솔했던 것 같소. 그의 시체를 조
용히 그것도 급히 매장해 버리다니 — 그리고 오필리아는 실
성하여 이성을 잃고 말았구려. 저런 모습의 사람이란 허울뿐
금수와 다를 것이 뭐가 있겠소. 마지막으로 일련의 사건 못지
않은 것은, 오필리아의 오빠 레어티스가 아무도 모르게 프랑
스에서 돌아왔는데, 의혹에 싸여서인지 도대체 모습을 보이
지 않는구려. 부친의 죽음에 대한 이상한 소문을 그에게 전하
는 이 어찌 없었겠소. 그렇게 되면 사건의 진상이 확실하지 않

은 대로 분명 나를 원망할 것이지 않겠소. 입에서 입으로 전해지는 대로. 아, 왕비, 이 비난이 거세게 이 몸에 쏟아져 나중에는 목숨까지도! (이 순간 밖에서 요란스런 소리가 들려온다)

왕 비 저 밖에 무슨 일이 있는 것이오?

왕 (큰소리로) 여봐라! (신하 한 명 등장한다) 근위대는 어디로 갔느냐? 어서 성문을 지키도록 하라. 도대체 밖에서는 무슨 일이 벌어진 것이냐?

신 하 전하, 어서 피하십시오. 해안을 집어 삼키는 바닷물의 기세 이상으로, 레어티스 청년이 폭도들을 거느리고 와서 경호대를 위협하고 있습니다. 폭도들은 그를 국왕이라 부르고 있습니다. 새로운 세계가 지금 시작이나 된 것처럼 모든 질서의 기준이며 기둥인 과거를 잊고 관습도 던져버리고 이구동성으로 '자, 우리의 레어티스를 왕으로 모시자!' 라고 고함을 지르며 성으로 들어오려 합니다. 모두 모자를 공중에 던지고 손뼉을 치며 '레어티스를 임금으로, 레어티스를 왕으로 모시자!' 라고 하늘이 떠나가도록 외치고 있습니다. (Caps, hands, and tongues aoolaud it to the clouds,) (함성이 더욱 더 높아진다)

왕 비 이런, 밖에서는 기세 높게 고함치고 있는 모양인데, 냄새를 잘못 맡아 길을 잘못 들었겠다. 이런 배은망덕한 무리, 덴마크의 개 같은 것들!

왕 문을 부수는구나.

레어티스, 무장을 하고 들어온다. 군중들이 그 뒤를 따라 들어온다.

레어티스 왕은? 모두들 밖에서 기다려다오.

군　중 아닙니다. 우리들도 함께 들어가겠습니다.

레어티스 부디, 이 일은 내가 맡겨다오.

군　중 그럼 그렇게 하십시오. (군중들 모두 문 밖으로 몰려 나간다)

레어티스 고맙다, 문을 잘 지켜다오. 이 흉악한 왕아, 내 아버지
　　를 내놔라.

왕　비 좀 진정하시오, 레어티스.

레어티스 내 몸 속에 있는 피가 진정할 수 있다면, 그건 내가 아
　　버지의 친아들이 아닌 증거일 것이오. 따라서 우리 아버지는
　　간사한 아내의 남편이 될 것이며, 진실로 순결무구한 어머니
　　의 이마에는 창녀의 낙인이 찍히게 될 것이오. (앞으로 나아온
　　다. 왕비가 그를 막아선다)

왕 레어티스, 대체 무엇 때문에 역모를 꾀하였느냐? 왕비, 그냥
　　두시오. 이 한 몸에 대해서는 걱정하지 마오. 왕의 일신에는
　　신의 보호가 있어, 설사 악귀가 불순한 생각으로 주위를 맴돈
　　다고 하여도 그 뜻을 이루지 못하는 법이오. 어디 말 좀 들어
　　보자. 대체 왜 그렇게 격분하고 있는 것이냐? ― 거트루드, 그
　　냥 두라니까 ― 자, 레어티스, 말 좀 해보아라.

레어티스 우리 아버지를 어떻게 한 것이오?

왕 돌아가셨다.

왕　비 하지만 전하께서 어떻게 하신 건 절대로 아니요.

왕 그래 네가 묻고자 하는 것을 모두 물어보아라.

레어티스 어떤 변고로 돌아가셨단 말이요? 날 속이려 해도 소용
　　없소. 복종 따위는 지옥으로 사라지라지. 군신의 맹세, 그 허울

좋은 말 따위 흉악한 악마가 물어가라고 하시오. 양심이나 믿음 따위 역시 지옥의 불구덩이 속에 처박아 놓자! (Conscience and grace to the profoundest pit!) 나는 지옥에 떨어져도 괜찮다. 다시 한 번 말해두지만, 현세나 내세가 다 뭐란 말이냐, 될 대로 돼라. 그렇지만 내 아버지의 원수만은 꼭 갚고 말테다.

왕 대체 누가 막는다고 했느냐?

레어티스 설령 천지가 일어나 날 막는다고 되겠느냐, 내가 납득하기 전에는 비록 내 능력이 비천하다고 하나, 모든 수단을 동원하여 기어이 이루어 내겠다.

왕 레어티스, 자네 아버님의 죽음에 대해서 확실한 상황을 알고 싶다면 그래서야 되겠나. 마치 정신을 놓아버려 친구와 원수도 구분 못하고 이긴 자와 진 자를 모두 내몰아서야, 어디 자네의 복수가 명분이 서겠냔 말일세.

레어티스 물론 원수만을 상대할 것이오.

왕 그래, 자네가 찾는 원수를 알고 싶겠지?

레어티스 친구라면 내 이 팔을 벌려 환영하겠소. 기어이 내 피로 환대하겠소.

왕 과연 옳은 말이로다. 참으로 기특하고 훌륭한 귀족답도다. 네 부친의 죽음에 대해 나는 어떠한 죄도 짓지 않았을 뿐아니라 그 누구보다도 비통해 하고 있는 자이다. 이는 명백한 사실임을 너도 곧 알게 되겠지.

군 중 (밖에서) 안으로 들여보내라, 들여보내.

레어티스 어! 저 소동은? (오필리아가 손에 꽃을 들고 다시 등장한다) 아, 이 가슴을 불태우는 불꽃이여, 나의 뇌수를 모두 말려

Hamlet **573**

주려무나! 나의 눈물아, 몇 곱으로 짜져서 나의 눈을 멀게 해 다오. 하느님께 맹세하지만 네 광증에 대한 원수는 기필코 갚 아주마. 5월의 장미꽃 같던 아름다운 처녀, 다정한 누이동생, 아름다운 오필리아! 하느님, 어찌 하여 젊은이의 분별력을 노 인의 목숨처럼 만들어 놓으셨습니까? 부모를 그리워하는 정 이란 기묘해서, 사모하는 마음이 과한 나머지 자신의 가장 소 중한 것을 버려 그 뒤를 쫓으려 하는구나.

오필리아 (노래한다)

맨머리에 관을 얹어 이고 갔지

헤이 난 나니, 나니, 헤이 나니

무덤에는 억수 같은 눈물이 —

안녕히, 귀하신 분!

레어티스 네가 바른 정신으로 복수를 애원한다 해도 이렇게까지 내 마음을 움직이지는 못하리라. (Hadst thou thy wits, and didst persuade revenge, It could not move thus.)

오필리아 <묘석은 젖고>를 노래하셔야 해요. 그분은 지금 지하 에 묻혀 있으니 말이죠. 참, 물레바퀴 장단에 잘도 맞는구나! 참 나쁜 청지기도 다 있죠. 주인집 딸을 몰래 도둑질하다니.

레어티스 저 의미 없는 말이 오히려 나에겐 더욱 뼈저린걸.

오필리아 (레어티스에게) 이 향기는 잊지 말라는 표시이고요. 부 디 잊지 마세요, 네 — 그리고 이 상사꽃은 생각해 달라는 꽃 이고요.

레어티스 미친 와중에도 훈계를 하는구나, 항상 생각하고 잊지 말라고.

오필리아 (왕에게) 이 회향꽃과 참매꽃은 전하께. 왕비님께는 지
난날을 뉘우치는 이 헨루다꽃을 저도 하나 갖겠어요. 이 꽃은
안식일의 꽃이라고도 해요 — 그러니까 왕비님이 이 꽃을 달
때와는 의미가 좀 달라지겠죠. 실국화도 있어요. 오랑캐꽃을
좀 드릴까요? 하지만 그 꽃은 모두 시들어버렸네요. 우리 아버
지 돌아가시던 날에 — 그런데 우리 아버진 천당에 가셨다나
요 — (또 다시 노래한다)

레어티스 비통과 번뇌는 물론 지옥의 가책까지를, 저 애는 곱고
아름다운 것으로 바꿔놓는구나.

오필리아 (노래한다)

다시 오지 않으련가?

다시 오지 않으련가?

영영 가셨으니, 다시 오진 않으시지.

끝날까지 기다린들

어찌 다시 오실거나.

수염은 흰눈 같고

머리는 삼같이 희었던 분,

이제는 영영 가시고

한탄한들 다시 오리.

명복이나 빌어볼까! —

그리고 여러분들의 영혼 위에 하느님의 축복이 가득하길 빕니다. 안녕

히. (오필리아 **퇴장한다**)

레어티스 제기랄, 저 꼴 봤죠?

왕 레어티스 너의 그 원통을 나도 나누어 갖도록 하마. 거절할

이유는 없겠지. 이제 잠시 물러가서 네 친구 중 누구라도 좋으니 가장 분별력이 있는 놈을 불러다가, 내 말과 네 말을 들어 시시비비를 가리도록 해보자꾸나. 만약 이 사건에 직접적으로든 간접적으로든 내게 혐의가 있다면, 이 왕국과 왕관, 내 소유의 모든 것을 그 보상으로 네게 주겠다. 그러나 만일 그렇지 않을 경우에는 진정하고 내 말을 듣도록 하라. 그러면 나는 너와 합심하여 네 원한을 풀 수 있도록 힘쓰겠다.

레어티즈 그럼 좋소, 그렇게 합시다. 아버님의 죽음, 은밀한 장례식, 거기에 유해를 장식할 위패와 검과 가문(家紋)을 무덤 위에 걸어놓지 않았을 뿐만 아니라, 장엄하고 격식에 맞는 예식도 없었다고 하니, 억울하게 죽은 혼령의 곡성이 천지에 울리는 듯합니다. 나는 기필코 진실을 규명해야만 하겠습니다.

왕 물론 그래야지. 그리고 죄 있는 곳에는 마땅히 그에 맞는 응징이 있어야 한다. 자, 같이 안으로 들어가자.

(두 사람 퇴장한다)

같은 장소, 호레이쇼와 신사, 그리고 시종 등장한다.

호레이쇼 어떤 분들이오, 나를 급히 만나고 싶다는 분들이?

신 사 선원들입니다. 편지를 갖고 왔다 합니다.

호레이쇼 들어오게 하시오. (시종 한 사람 퇴장, 혼잣말로) 편지를
보내 올 만한 곳이 없는데, 혹시 햄릿 왕자님께서?

시종이 선원 몇 명을 안내하여 들어온다.

선 원 1 안녕하십니까?

호레이쇼 오, 안녕하신가!

선 원 1 감사합니다. 여기 편지 한 장을 가지고 왔습니다. 영국
으로 향하고 있는 사절께서 보내온 편집니다. 댁이 바로 호레
이쇼 씨 맞습니까? 그렇게 알고 왔습니다만.

호레이쇼 (급히 편지를 받아 읽는다) '호레이쇼군, 이 편지를 받거
든 이 분들을 국왕과 만날 수 있도록 자리를 주선해 주게. 별
도로 왕께 보내는 서한도 가지고 가니…… 우리는 출항한 지
채 이틀이 되지 않아 완전무장한 해적단의 추격을 받았네. 그

러나 우리가 타고 있는 배의 느린 속력 때문에 따돌리기를 포
기하고 싸우기로 했고 그 난리 중에 난 적선으로 옮겨 타게 되
었다네. 그 순간 적선은 우리 배에서 물러나고 결국 나 혼자
포로가 되고 말았지. 그들은 의적답게 나를 대우해 주고 있다
네. 사실은 이것도 다 나를 이용해 덕을 보자는 속셈이겠지만.
따로 담은 편지는 꼭 국왕의 손에 들어가도록 해주게. 그후 지
체하지 말고 나에게로 달려오게. 자네에게 좀 할 말이 있는데,
만일 자네가 이 이야기를 듣는다면 놀라 아무 말도 못할 걸세.
(I have words to speak in thine ear will make thee dumb, yet
are they much too light for the bore of the matter.) 나 있는 곳
까지의 안내는 그분들이 해줄 걸세. 로즌크랜츠와 길든스턴
은 그냥 영국으로 가고 있을 것이네 — 이 두 사람에 대해 할
이야기가 많네. 친구 햄릿으로부터.' (선원들에게) 자, 따로 가
져온 편지를 국왕께 전하도록 주선해 드리겠으니 따라 오시
오. 되도록이면 빨리 전달하고 나서, 편지를 보내신 분께 나를
안내해 주시오. (모두 퇴장한다)

전과 같은 장소.

왕과 레어티스 다시 등장한다.

왕 이제는 나에게 죄가 없다는 것을 자네 양심으로 믿고, 나를
   자네의 둘도 없는 친구로 받아들여야 하네. 총명한 자네이기
   에 충분히 이해할 것이라 믿는데, 자네의 부친을 살해한 놈이
   실은 내 목숨까지 노리고 있다네.

레어티스 예, 그 일은 이제 이해할 수 있을 것 같습니다만, 그러
   나 어째서 바로 처벌을 내리지 않으셨다는 말입니까? 당연히
   처벌하셔야 할 크나 큰 대죄 아닙니까? 전하의 안전으로 보거
   나 권위상, 그 외에 어떤 점을 보더라도 엄중히 처벌하심이 마
   땅하지 않습니까?

왕 거기엔 특별한 두 가지 이유가 있지. 자네가 보기엔 사소할지
   모르나 내게는 아주 중대한 이유가 된단 말일세. 그의 생모인
   왕비는 그 녀석을 보지 않고는 하루도 견딜 수 없다네. 또 나
   는 이게 나의 장점인지 재앙의 불씨인지, 어떠하든 내 목숨과
   영혼이 왕비에게 푹 젖어 있는 상황이라, 별들이 자기 자리를
   떠나서 움직이지 못하듯 나도 왕비를 떠나서는 살 수가 없다

네. 내가 그를 공공연하게 처벌하지 못한 또 하나의 이유는, 일반 백성들이 그를 지극히 사랑하고 있기 때문이야. 마치 나무를 돌로 변하게 하는 화석천같이, 그놈에게 족쇄를 채워도 사람들은 오히려 몸치장을 한 것으로 보는 상황이다. 그러니 내가 쏜 화살이었다면 그 거센 바람에 본래 겨냥했던 곳은 고사하고 내게 다시 돌아오고 말았을 것이다.

레어티스 그래서 저는 훌륭하신 아버님을 여의고, 하나 있는 누이동생마저 절망의 구렁텅이에 빠지고 말았단 이야기시군요. 이제는 칭찬을 하여도 소용이 없지만, 제 누이동생의 인품이야말로 세상의 본보기로서, 언제, 어디에서나 자랑해도 될 만한 인덕의 소유자였습니다. 그런 누이동생을 위해서라도 내 기필코 원수를 갚고야 말겠습니다.

왕 그럼 이제 안심하고 잠을 편안히 자거라. 나도 어떤 위험한 녀석이 와서 내 수염을 잡아당기는데도 장난으로 여길 그런 둔한 놈은 아니니까. 이야기는 차차 자세히 하도록 하자. 나는 진실로 네 부친을 아꼈다. 물론 나 자신도 사랑하고 있고. 이 정도 말해두면 너도 짐작할 수 있을 테지만— (이때 사자가 두 통의 편지를 가지고 등장한다) 어쩐 일이냐, 이 늦은 시간에. 무슨 급한 소식이라도 있느냐?

사 자 예, 왕자님으로부터 편지가 왔습니다. 이것은 전하께 온 것이고, 이것은 왕비님께 온 것입니다.

왕 햄릿한테서! 가지고 온 사람은 누군가?

사 자 선원들이라고 하는데, 직접 만난 것은 아니라고 하옵고, 호레이쇼가 전해 왔습니다. 그분이 직접 받았다고 합니다.

왕 레어티스, 그럼 읽을 테니 들어보거라…… 너는 물러가라.

(사자 퇴장한다. 편지를 읽는다)

'지고 지대하신 성상께 아뢰옵니다. 저는 알몸으로 영토에 상륙했습니다. 내일 배알의 영광을 얻고자 원하오며, 만약 그때 허락해 주신다면 이렇게 갑자기 귀국하게 된 이유를 자세히 아뢸까 합니다. 햄릿 올림.' 대체 이 무슨 영문인지 알수가 없구나. 함께 떠난 다른 일행들도 다같이 돌아왔느냐? 만일 그렇지 않다면 무슨 협잡, 날조가 아니겠느냐?

레어티스 필적을 알아보시겠습니까?

왕 분명 햄릿의 필적이다…… '알몸으로'라 — 또 여기 추신에다 '단독 귀국'이라 썼구나. 무슨 영문인지 혹시 짐작 가는 것이 있느냐?

레어티스 저도 통 영문을 모르겠습니다. 그러나 어쨌든 오라죠. 도리어 이젠 신이 납니다. 내가 살아서 그 놈과 얼굴을 대면할 수 있다니.

왕 귀국이 기정사실이라면 — 과연 어떻게 귀국했을까? 설마 헛소문은 아니겠지?—(As how should it be so? how otherwise?) 나의 충고를 듣겠느냐, 레어티스?

레어티스 충고를 기꺼이 듣겠습니다. 조용히 해결하라는 얼토당토않은 말씀만 아니시라면.

왕 네 마음의 안식을 해결해 주자는 것이다. 만일 항해 중에 귀국하여 다시 출발할 생각이 없다면 내가 이미 짜놓은 계략이 있다. 그걸 그놈에게 권해 보지. 그 계략에 걸려들면 그놈은 쓰러질 수밖에 없을 거야. 이 계략으로 그놈이 죽음을 맞더라

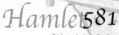

도 나를 비난하는 소리는 없을 것이며, 심지어 그의 생모까지
도 진실을 알지 못하고 그저 우연한 사고라고 말할 것이야.

레어티스 알겠습니다. 분부대로 하지요. 특별히 저를 그 계략의
수단으로 이용해 주신다면 더욱 기쁘겠습니다.

왕 모든 일이 맞아 떨어지는구나. 사실은 네가 프랑스에 간 후
너의 뛰어난 재주에 대해 칭찬이 대단했다. 물론 너에 대한 이
야기는 햄릿도 알고 있다. 그런데 햄릿이 너의 재주 중 한 가
지를 시기하는 모양이던데, 사실 그건 네 재주 중에서 제일 못
한 것이 아닐까?

레어티스 재주라뇨, 어떤 재주를 말씀하시는 겁니까?

왕 그것은 젊은이의 모자를 장식하는 리본에 불과하지만 없어
서는 안 될 물건이지. 다시 말해 청년들에게는 화려하고 멋진
옷이 어울리고, 나이 든 사람에게는 수달피 긴 옷이 역시 관록
이나 위풍에 어울리지 않느냔 말이다. 사실은 두 달 전 노르망
디에서 어떤 사람이 성을 찾아왔더구나. 내 과거에 프랑스인
들을 만나도 보고, 물론 그들과 싸워보기도 보았다만 정말 대
단한 것은 그들의 마상 기술이었다. 그러나 그 누구보다 이 신
사야말로 마술에는 귀신이더라. 몸이 안장에 붙어 있다고나
할까, 어찌나 신기하던지 말과 한 몸이 된 듯 보였다. 사람으
로선 상상할 수 없을 정도의 명수였다. 자네는 실제 두 눈으로
보기 전에는 믿지 못할 거야.

레어티스 지금 노르망디 사람이라고 하셨습니까?

왕 응, 노르망디 사람이라고 했다.

레어티스 정령 라몬드란 말입니까?

왕 바로 그렇다.

레어티스 저도 그 사람을 압니다. 정말 그 사람은 프랑스의 보배
입니다.

왕 그 사람도 네 솜씨를 솔직히 인정하고 칭찬을 아끼지 않더구
나. 검술에 있어, 특히 세검에 있어 달인이라 하면서, 너와 겨
룰 수 있는 상대가 있다면 정말 재미있는 시합이 될 것이라고
하더라. 그리고 프랑스 검객들도 너와 맞서는 것을 꺼려한다
고 말하더라. 이런 칭찬에 햄릿은 무척 샘이 났던지, 네가 귀
국하는 즉시 한 번 맞붙어보고 싶다고, 오직 그것이 소원이라
고 말했다. 그래서 —

레어티스 그래서 뭡니까?

왕 레어티스, 너는 선친을 정말로 소중히 여겼겠지? 아니면 애
통은 겉모습뿐, 속마음과 얼굴이 다르단 말인가?

레어티스 어찌하여 그런 말씀을?

왕 뭐, 네가 돌아가신 선친을 사랑하지 않았다는 게 아니라 사랑
엔 때가 있는 거고, 또 나의 경험으로 보아 애정의 불꽃도 때
에 영향을 받기 때문에 하는 말이다. 정열의 불 속에서는 일종
의 심지가 있어, 이것이 불길을 약하게 하는 법이다. 사실 세
상사란 한결같이 좋게만 지속되지 않으니. 좋은 일도 극에 달
하면, 오히려 과한 탓에 스스로 망하는 법이다. 그러니 우선
계획한 일은 당장 행동으로 옮겨야 한다. 곧 '이루겠다'는 마
음도 쉽게 변하게 마련이거든. 또한 세상 사람들 입과 손, 그
리고 방해 때문에 실천력이 약해지고 시간이 지체되지. 그렇
게 되면 '해야 한다'는 의지도 탄식처럼 일순간에 사라지게

되지. 그러나 단도직입적으로 문제의 핵심을 말하건데 — 햄
릿은 귀국한다. 그렇다면 너는 어떻게 할 작정이지? 자식된 도
리로 말만 앞세우지 말고 행동으로 보여줘야 할 것 아니냐?
(To show yourself your father's som in deed more than in
words?)

레어티스 지금 예배당 안에 있지만 그놈의 목을 베겠습니다.

왕 물론 예배당에 피한다 할지라도 그놈 같은 대죄인은 피할 도
리는 없지. 복수는 장소의 제안을 받지 않는다. 그러나 내 말
을 잘 듣게, 레어티스. 당분간은 방 안에 숨어 있으란 말이야.
햄릿이 돌아오면 너의 귀국을 알리고 네 재주를 그 프랑스인
이 한 칭찬보다 더욱더 칭찬할 것이다. 그후 내기를 걸어 시합
으로 녀석과 승부를 가리도록 하자. 그러면 조심성 없고 성격
이 관대한 그 녀석은 아마도 이것이 계략이란 생각을 절대 하
지 못할 것이야. 시험용 칼을 슬쩍 진검으로 바꿔 잡고 그녀석
의 심장을 푹 찔러서 선친의 원수를 갚도록 해라.

레어티스 꼭 그렇게 하겠습니다. 제가 칼 끝에 독약을 묻히겠습
니다. 사실은 돌팔이 의사에게 독약을 샀는데 효과가 어쩌나
좋은지, 그걸 조금이라도 바른 칼에 살짝 찔리기만 해도 그 어
떤 해독제도 쓸모없게 됩니다. 내 칼 끝에 그 독약을 묻혀 그놈
의 피부를 살짝만 스쳐도 그 녀석은 세상을 하직할 것입니다.

왕 그럼 언제 어떻게 하는 것이 우리 계획에 가장 잘 맞는지 심
사숙고해 보자꾸나. 만일 실패하여 비겁한 계획이 들통날 바
에야 처음부터 손을 대지 않는 것이 오히려 나을 것 아니냐.
그러니 이 일이 중도에 좌절되는 경우를 대비해 제2의 수단을

강구해놓아야 한다. 그래, 어떻게 하면 좋을까? 두 사람의 검
술에 대해서는 어디까지나 공정하게 내기를 하겠지만— 그
래! 서로 격렬하게 시합을 하게 되면 몸에 열이 나고 목이 마
를 것이야. 자네는 그 녀석이 그렇게 되도록 더욱 맹렬히 시합
을 해야 될 걸세. 그렇게 된다면 그놈은 물을 마시게 될 것이
고 미리 준비해 놓은 독을 넣은 물을 주면 되는 거야. 그 녀석
이 용케 자네의 칼을 피한다 하더라도 물 한 모금 마시는 날엔
우리의 목표는 달성되는 거다…… 그런데 거기 웬 소동이냐?

왕비가 슬피 울면서 들어온다.

왕 비 나쁜 일이 계속 꼬리를 물고 이어지는군요. 레어티스, 네
　동생이 물에 빠져 죽었다는구나.
레어티스 익사라니요, 어디서요?
왕 비 시냇가에 비스듬히 서 있는 버드나무가 있는데, 그 아이
　는 그 나뭇가지에 미나리아재비니, 실국화니, 자생난 등을 잘
　라서 이상한 화환을 만들지 않았겠니. 그 화환을 늘어진 버들
　가지에다 걸려고 올라가다 그만 나뭇가지가 부러져 화환과
　함께 물 속에 빠지고 말았지. 그러나 그 애는 인어처럼 물에
　한동안 떠서 옛 찬송가를 또박또박 부르며 자신의 위태로운
　상황은 신경도 쓰지 않았다. 그러다 결국엔 몸이 무거워져 물
　속으로 끌려들어갔단다.
레어티스 아, 그래서 익사를 하고 말았군요?
왕 비 그렇다네, 익사하고 말았지.

레어티스 아, 불쌍한 오필리아. 이제 물은 신물이 날 테니 눈물은 더 이상 흘리지 않겠구나. 하지만 이런 것도 인간의 사사로운 정, 감정을 막을 순 없지. 세상이 뭐라 한들 — 눈물을 흘릴 대로 흘리고 나면 여자와 같은 연약한 마음과는 이별이다. 전하, 전 이만 물러가겠습니다. 가슴속에 타오르는 불꽃 같은 생각도 이 눈물에 압도되어 지금은 아무 말도 할 수가 없습니다. (I have a speech o' fire that fain would blaze, But that this folly douts it.) (퇴장한다)

왕 자, 왕비. 뒤를 따라가 봅시다. 저 사람의 격한 마음을 진정시키느라고 내 얼마나 힘들었는지 아시오? 다시 또 시작될까 두렵구려. 자, 뒤를 쫓아가 봅시다. (두 사람 레어티스를 따라 퇴장한다)

제5막

||||| 제1장 |||||
묘지

묘지.

갓 파놓은 무덤 속, 나무가 몇 그루 서 있고 묘지 입구가 보인다. 두 명의 광대(무덤 파는 일꾼과 그의 보조)가 곡괭이와 삽을 들고 등장한다. 이윽고 땅을 파기 시작한다.

광 대 1 기독교식으로 정식 매장을 해도 되는 걸까, 스스로 죽음을 찾아간 여자인데?

광 대 2 된다고 하더군. 그러니 어서 파기나 하자고. 검시관이 주검을 살펴본 결과, 정식으로 매장해도 된다는 판결을 내렸다니까.

광 대 1 어떻게 그럴 수 있지? 정당방위 익사한 것이 아니잖는가?

광 대 2 하여튼 그렇게 판결이 났어.

광 대 1 그렇다면 사건은 '정당폭행'이겠구먼. 틀림없지. 요점은 이거야. 설사 내가 일부러 익사를 한다고 가정하더라도 법적으로 행위라는 것이 인정되거든. 그런데 행위라는 것엔 세 가지 순서가 있다고 하더군. 즉, 나타냄과 마련함, 그리고 행함이. 그리하여 이 여자는 고의로 익사한 것이 된다고.

광 대2 하지만 여보게.

광 대1 가만있자, 여보게. 여기 물이 있네. 그리고 여기 사람이 있네 — 알겠지. 그런데 만일 이 사람이 물가에 와 빠져 죽는다면 그건 의사와 상관없이 자발적으로 죽은 거야. 알겠지? 그러나 만일 물이 와서 그 사람을 빠뜨려 죽인 것이라면, 사람은 자발적으로 물에 빠져 죽은 것은 아니지. 때문에 자살죄를 범하지 않은 사람은 제 손으로 목숨을 끊은 것이 되지 않는단 말이 되네.

광 대2 원, 그것도 법률에 나와 있나?

광 대1 물론이지, 검사관의 검시법에 나와 있네.

광 대2 자네, 진실을 알고 싶은가? 만일 이것이 명문 귀족의 아가씨가 아니었다면 아마도 기독교식으로 매장하지는 못했을 걸세.

광 대1 허 제법인데, 그런 걸 다 알고. 사실 퍽 동정할 만한 일이지. 귀족들은 물에 빠져 죽거나 목을 매 죽기가 일반 백성들보다 손쉽게 되어 있으니까…… 자, 일하지. 그런데 말이야, 명문 귀족 집안 치고 그 조상이 원예사나 도랑치기, 무덤파기 같은 일을 안 해본 사람이 어디 있겠나 — 그들도 다 아담의 직업을 대대로 이어받았단 말이야. (파놓은 무덤 구멍에 들어가 본다)

광 대2 아담도 귀족이었나?

588

광 대 1 그래, 그분이야말로 세상에서 처음 도구를 가졌던 귀족이었지.

광 대 2 아니, 그렇지 않아.

광 대 1 이 사람, 그러고도 자네가 신자라고 할 수 있나? 혹시 성경을 거꾸로 읽는 거야? 성경말씀에 '아담, 땅을 파다.'라 하지 않았나. 도구 없이 어찌 땅을 파나? 하나 더 물어볼까, 바른 대답을 못하면 참회하게…….

광 대 2 재수 없는 소리 하지 말게.

광 대 1 석공이나 목수, 배짓는 사람보다 더 튼튼한 것을 만드는 직업이 뭔 줄 아나?

광 대 2 그거야, 교수대를 만드는 사람이 아닐까? 교수대는 천 명이 쓰더라도 문제 없지 않은가.

광 대 1 참 말 한 번 잘하는군. 교수대란 건 멋있지 ― 어떻게 멋있냐면 악당들을 깨끗하게 처리해 주기 때문이지. 그러나 교수대를 예배당보다 튼튼하다고 말하는 건 틀린 거야 ― 그러니까 교수대는 자네를 처치할 때나 쓰라고. 그럼 다시 잘 생각해 봐.

광 대 2 '석공이나 목수, 조선공보다 더 튼튼한 것을 만드는 직업'이라고 했지?

광 대 1 응, 그러니 다시 잘 생각해서 대답해 봐. 힘들게 짐을 계속 들고 있지 않으려거든 빨리 말해 봐.

광 대 2 저.

광 대 1 대답해.

광 대 2 제기랄, 아무리 생각해도 모르겠는걸.

광　대 1　그럼 그만 해. 너무 자학하지 말고. 게으른 말은 아무리 때린다고 해도 빨리 뛰지 않는 법이지. 다음에 만약 같은 질문을 누가 한다면 '무덤 파는 인부'라고 대답하게. 무덤 파는 인부의 손으로 된 집은 최후의 심판날까지 견딘다고 하니 말이야. 자, 그럼 저기 요한의 집에 가서 술이나 한 병 받아오게. (광대2 퇴장한다)

선원복을 입은 햄릿과 호레이쇼 등장한다.

광　대 1　(무덤을 파면서 노래를 한다)
　　사랑이니 연애니 젊은 시절은,
　　참 즐거운 시절이었지.
　　세월은 가고,
　　아, 헛되어라, 세상만사.

햄　릿　이 사람은 자기가 하고 있는 일에 대해 아무런 생각도 없나 보지. 무덤을 파면서 노래를 하는 걸 보니?

호레이쇼　일에 익숙해져서 그런 모양입니다.

햄　릿　뭐 하긴 그렇기도 하겠지. 쓰지 않는 손일수록 더 예민한 법이니. (the hand of little employment hath the daintier sense.)

광　대　(다시 노래한다)
　　늙은 영혼이 슬며시 찾아와
　　강하게 날 휘어잡아
　　땅속에다 내동댕이쳤으니
　　옛날은 꿈만 같구나. (해골 한 개를 던져낸다)

햄　릿　또 하나 나온다. 저건 변호사의 해골인지도 모를 일이지. 그렇다면 그 능숙한 궤변은 지금 어디에 있는가? 소송과 소유권은, 또 모략은 다 어디에 있는가? 어찌 지금 이 무식한 작자의 삽으로 머리를 얻어맞고도 가만 있단 말인가? 폭행죄로 고소하겠다고 대들지 않는단 말인가? (다른 해골을 가볍게 두드리며) 허! 이자는 생전에 토지를 몽땅 사들인 놈인지도 모르지, 담보증서, 차용증서, 소유권 변경절차 등 갖가지 방법을 동원해, 그런데 말야, 이자의 소유권 명의 변경 절차니, 토지양도 소송등 재판 판결은 어떤고 하니, 이 교활한 머리통 속에 근사하게 흙만 가득 차 있을 뿐 아니냔 말이야?

이제 와서 이자의 손에 들려온 것이라고는 결국 할부 계약서 한 통 뿐이라고밖에 증언하지 못한다는 말인가. 저 이중 증인들조차도 들어가지 못하지 않겠나. (해골을 가볍게 두드리며) 이제는 그 토지의 소유자 본인은 이 골통 하나밖에는 무엇 하나 가지지 못한단 말인가?

호레이쇼　정말 그렇습니다.

햄　릿　토지거래 문서는 양가죽으로 만들지?

호레이쇼　예, 송아지 가죽으로도 만듭니다.

햄　릿　그 따위 물건들을 믿는 놈들은 양이나 송아지만큼이나 미련할 거야. 그런데 말 좀 걸어볼까…… (앞으로 나서며) 이봐, 누구의 무덤이냐?

광　대 1　예, 제 것입니다. (노래한다)

아, 땅속에 구멍을 만들자.

손님 모시기엔 안성맞춤.

햄 릿 과연 네 것인가 보구나. 네 말은 거짓이라도 네가 그 안에 있는 걸 보니.

광 대1 댁은 밖에 계시니 댁의 것은 분명 아닙죠. 그런데 저는 거짓말을 하지 않습니다만, 역시 이건 제 것입니다.

햄 릿 그건 거짓말이다. 그 안에 서서 그걸 네 것이라니. 무덤이란 죽은 사람을 위한 것이지 산자가 들어가는 곳이 아니지 않느냐. 그러니 네 말은 거짓이란 말이다. (therefore thou liest)

광 대1 이런 것을 산 거짓말이라고 하나요. 이제 두고 보시면 알겠지만, 이제는 댁의 대답이 궁해질 차례입니다.

햄 릿 네가 파고 있는 무덤이 도대체 어떤 남자의 무덤이지?

광 대1 어떤 남자의 무덤이 아닙니다.

햄 릿 그럼 어떤 여자의 무덤이더냐?

광 대1 여자의 무덤도 아닙니다.

햄 릿 그럼 누굴 묻을 참이냐?

광 대1 전에는 여자였지만 지금은 그냥 주검일 뿐입니다.

햄 릿 이거, 보기보다 무척 까다로운 녀석이야. 함부로 말했다간 경치겠어 조심해야지. 호레이쇼. 정말 수년간 바라본 바, 어찌나 깐깐한 세상이 되어가는지 농사꾼의 발가락이 귀족의 발 뒤꿈치를 따라와서 튼 살을 벗겨놓는 상황이거든…… 그런데 넌 언제부터 무덤장이 짓을 했느냐?

광 대1 언제인지 곰곰이 생각해 보니 선대의 햄릿 왕께서 포틴브라스를 정복하시던 날부터입니다.

햄 릿 그게 몇 해 전 일이지?

광 대1 잘 모르십니까? 바보들도 다 아는 사실을. 그날이 햄릿 왕자의 탄생일 아닙니까. 지금은 미쳐서 영국으로 추방당한 햄릿 왕자 말입니다.

햄 릿 아 참, 왕자는 무슨 일로 영국으로 추방된 것이지?

광 대 1 왜라뇨? 그야 미쳐서 그런 것이지요. 거기라면 정신을 차리게 될 겁니다. 뭐 회복이 안 된다고 해도 거기선 상관없는 일이지만요.

햄 릿 어째서?

광 대 1 사람들 눈에 띄지 않을 테니까요. (' Twill not be seen in him there) 그곳 사람들은 다 왕자처럼 미쳐 있답디다.

햄 릿 왕자는 어떻게 하다 미치게 되었나?

광 대 1 그게 소문이 참 해괴합니다.

햄 릿 어떻게 해괴하다는 거지?

광 대 1 물론 정신을 잃었으니 해괴하다는 거죠.

햄 릿 그 원인이 어디서 일어났는지는 모르느냐?

광 대 1 어디긴요? 물론 덴마크에서죠. 전 어려서부터 30년간 이곳에서 무덤 파는 일을 해온 사람이라 잘 알고 있습죠.

햄 릿 시체는 무덤 속에서 얼마 후 썩게 되지?

광 대 1 그거야 죽기 전에 썩지만 않으면, 요새는 매독으로 죽는 놈들이 많아 이런 건 묻어줄 필요도 없지만 한 8년, 또는 7년쯤 걸리죠. 가죽을 만지는 피혁공은 9년이 걸린답니다.

햄 릿 왜 가죽 장사는 오래 걸리지?

광 대 1 장사 덕분에 살가죽이 반질반질해져 오랫동안 물을 튕겨 낼 수 있으니까요, 물이라는 게 시체를 썩게 하거든요. 이 해골 좀 보시오 이게 23년 동안이나 땅 속에 묻혀 있었어요.

햄 릿 누구건데?

광 대1 형편없이 미친 놈이죠, 누구 것 같소?

햄 릿 글쎄, 잘 모르겠는걸.

광 대1 빌어먹을 놈 잘 뒈졌지. 이놈이 내 머리에 포도주 한 병을 몽땅 부었었죠. 요 해골바가지는 요릭이라는 왕의 광대겁니다.

햄 릿 이것이?

광 대1 그렇다니까요.

햄 릿 어디 보자 (해골을 든다) 불쌍한 호레이쇼, 나도 이 사람을 알지. 기상천외의 기막힌 재담꾼으로 헤아릴 수 없이 많은 이야기로 나를 웃게 만들었는데 지금 생각하면 소름끼치네! 구역질나. 여기에 수없이 내가 키스한 입술이 매달려 있었겠지. 그 익살, 그 광대춤은 다 어디에 갔지? 늘 식탁을 떠들썩하던 선광 같은 재치, 이제 이빨을 들어내고 있는 네 모습을 비꼬아 보지, 그래 문자 그대로 턱이 떨어져 나갔나? '마님방에 가서 화장을 두껍게 해봤자 이 꼴이 됩니다' 라고 해서 웃겨 보지, 그래 호레이쇼, 하나 물어 볼 것이 있네.

호레이쇼 무슨 말씀인데요, 전하?

햄 릿 알렉산더대왕도 흙 속에서는 이런 꼴이 되었을까?

호레이쇼 물론이겠죠.

햄 릿 그리고 이런 썩은 냄새? 푸! (해골을 놓는다)

호레이쇼 그렇겠죠.

햄 릿 사람이 죽어 흙이 되면 무슨 천한 일에 사용될지 누가 알겠나. 알렉산더의 고상한 흙을 추적하면 결국 그 사람을 술통 마개가 된다는 상상도 할 수 있지 않을까?

호레이쇼 그건 좀 지나친 생각으로 느껴집니다

햄 릿 아니지, 지나친 게 아냐. 과장 없이 뒤를 밟아도 그렇게 되는 거야. 알렉산더가 죽는다. 알렉산더는 매장된다. 알렉산더는 흙으로 돌아간다, 흙은 진흙이야. 진흙을 반죽한다. 그러니 알렉산더는 반죽이 되어 맥주통 마개로 변한다고 생각할 수 있지 않은가? 황제 시저도 죽으면 진흙이 되어 바람을 막기 위해 구멍을 땜질하고. 아, 세상을 풍미하던 그 흙도 겨울철 바람막는 땜쟁이 끌. 가만. 조용히! 자리를 옮기자, 왕이 오는데, (장례식 행렬. 오필리아의 관을 따라 승려들, 레어티스, 왕, 왕비, 조객들 등장) 왕비도 귀족들도. 누구의 장례지? 이처럼 초라하게? 저 행렬의 시체는 절망한 나머지 스스로 목숨을 끊은 것 같아. 상당한 신분이었을 거야. 잠시 숨어서 살펴보세.

(호레이쇼와 함께 피한다)

레어티스 이외에 예식은 이것뿐이오?

햄 릿 레어티스야, 훌륭한 청년이지. 살펴보자.

레어티스 예식은 이것뿐이오?

승 려 1 이 예식은 교회의 규칙이 허용하는 한 최선을 다한 겁니다. 사인이 의심스러워 국왕의 명령으로 관례를 굽혔기에 망정이지 그게 아니였으면 시체는 부정한 땅에 묻혀 최후의 심판 나팔 소리가 날 때까지 그대로 방치되었을 겁니다. 자비로운 기도 대신에 사발 조각, 부싯돌 자갈이 시체에 던져질 운명이었소. 그렇지만 이번엔 특별히 처녀에 어울리는 화환을 바치고 꽃을 뿌려 조종까지 울려주는 배려가 주어진 거요.

레어티스 더 이상은 바랄 게 없다는 말인가? (Must there no more be done?)

승 려 1 없습니다, 조용히 이 세상을 떠난 사람들처럼 엄숙한 진혼가를 부른다면 오히려 이분의 장례식을 모독하는 겁니다.

레어티스 묻도록 하시오. 이 아름답고 청순한 육체에서 아마도 오랑캐꽃이 피어나겠지. 이 매정한 중놈아 네놈이 지옥에서 아우성칠 때 내 동생은 저 하늘의 천사가 될 거야.

햄 릿 아니, 아름다운 오필리아가.

왕 비 아름다운 사람에게 아름다운 꽃을…… 잘 가거라. (꽃을 뿌린다) 네가 햄릿의 신부가 되어주기를 원했는데, 너의 신방 이불을 장식하려던 꽃을 이제 무덤에 뿌리게 되었으니.

레어티스 아, 이 세 배의 고통이 열 배의 또 세 배가 되어 너의 비할 바 없는 이성을 흉악하게도 앗아간, 그 저주받을 놈의 머리에 떨어져라. 잠깐, 흙을 뿌리지 마라. 한 번만 더 이 팔 안에 안고 싶다. (무덤에 뛰어 내린다) 자, 흙을 덮어 산 사람 죽은 사람 다 묻어라. 평지가 산이 되도록 쌓아 올려 페리온산보다 더 높이 파랗게 하늘을 찌르는 올림프스 정상보다 더 높게 쌓아 올려라.

햄 릿 (앞으로 나서며) 그렇게 요란을 피우며 슬퍼하는 자는 누구냐? 그 비탄에 찬 아우성을 하늘을 방황하던 별들을 당황케 해 그 무서운 소리에 놀라 발걸음이 얼어붙을 지경이다. 자, 나는 덴마크의 왕자 햄릿이다. (무덤 안에 뛰어 내린다)

레어티스 이 지옥에 떨어질 놈아. (햄릿을 움켜쥔다)

햄 릿 그게 기도문이냐. 제발 이 목에서 손을 놔. 나는 화도 나지 않고 난폭하지도 않지만, 그러나 이 몸에는 위험한 그 무엇이 있어 건드리면 터진다. 손을 놓으라니까.

왕 두 사람을 떼어 놓아라.

왕 비 햄릿, 햄릿

일 동 자, 두 분 ─

호레이쇼 진정하십시오, 왕자님.

시종들이 두 사람을 떼어 놓는다. 두 사람 무덤에서 나온다.

햄 릿 이 일을 위해선 내 끝까지 싸우겠다, 내 눈이 영원히 감길 때까지.

왕 비 햄릿 대체 이 일이란 무엇이냐?

햄 릿 저는 오필리아를 사랑했습니다. 수 만 명의 오빠의 사랑을 다 합쳐도 저의 사랑을 따르지는 못할 겁니다. 너는 오필리아를 위해 무엇을 한다는 거야?

왕 왕자는 미쳤다, 레어티스.

왕 비 제발 참아다오

햄 릿 자, 무엇을 할지 보여라. 울테야? 싸울래? 단식을 해? 옷을 찢어? 식초를 마셔? 악어를 먹을래? 그런 건 나도 할 수 있다. 통곡을 하려고 여기에 왔나? 동생 무덤 속에 뛰어 들어 나를 골려주려고? 같이 생매장 당하겠다고? 나도 그런 건 할 수 있다. 네가 산이 어쩌고 저쩌고 허풍을 떨었지만 몇 백만 톤의 흙을 쌓아 올려 그 흙더미의 높이가 태양이 이글이글 타는 중천에 있다한들 오사의 높은 봉우리가 사마귀처럼 보일 뿐인

*Hamle*597

데 말이야. 왜 이래, 네가 입을 놀리면 나도 짖어대겠다.

왕 비 정말 실성을 했구나. 잠시 발작이 지속되다가 시간이 좀 지나면 암비둘기가 황금색 새끼를 깔 때처럼 고개를 숙여 조용해진다.

햄 릿 내 말 좀 듣게 나. 나를 이렇게 대하는 이유가 뭐냐? (What is the reason that you use me thus?) 나는 너를 사랑했다. 그러나 어쨌든 좋다. 허규리스가 제아무리 애를 써봤자 고양이는 야옹하고 울 것이요, 개는 자기 좋은 일이나 할 테니까. (햄릿 퇴장)

왕 (레어티스에게) 어젯밤 얘기했듯이 참아라, 당장 그 일을 밀고 나가야겠다. 거투르드, 당신 아들을 철저히 감시해야겠소. 이 무덤에는 영구히 남는 기념비를 세워주겠다. 평화스러운 때가 곧 찾아올 거야. 그때까지는 신중히 일을 진행해야 한다. (Till then, in patience our proceeding be.) (모두 퇴장)

앞에 옥좌가 마련되어 있고 좌우에 의자와 탁자 등이 놓여 있다. 햄릿과
호레이쇼 이야기 하면서 등장

햄 릿 이 일은 이걸로 끝내자. 또, 한 가지 일이 있네. 앞뒤 사정
은 다 기억하고 있겠지?

호레이쇼 기억하고 말고요? 전하.

햄 릿 내 마음속에는 일종의 전쟁이 일어나고 있어. 이게 나를
잠 재워주지 않는다네. 누워 있어도 반란을 일으키다 발목을
쇠사슬로 묶인 죄수 같은 초라한 생각뿐. 무모하게, 하기야 무
모한 것도 경우에 따라 칭찬할 만해. 가끔 무분별한 것이 오히
려 도움이 되고 심사숙고한 계획이 실패하는 수가 있으니까
이런 것을 본 우리들, 인간이 어떻게 깎아 놓건 마지막으로 물
건을 완성하는 건 신의 힘이라는 사실을 배우게 돼.

호레이쇼 분명 그렇습니다

햄 릿 선실에서 뛰어 나왔지. 선원옷을 대충 걸치고 어둠속을
더듬거리며 그걸 찾았네. 내 뜻이 이뤄져 그 꾸러미를 훔쳐서
다시 내 방으로 돌아와 대담하게 예의도 잊은 채 그 국서의 봉
을 뜯었어. 호레이쇼, 그 무서운 왕의 흉계 엄중한 지시더군.

이러저러한 변명을 잔뜩 늘어놓았는데 덴마크 왕과 영국 왕
의 안전을 위한다는 거야. 몹쓸 놈, 나를 살려두면 악마같이
나쁜 짓을 할 테니 편지를 보는 즉시 도끼날을 갈 사이도 주지
말고 내 목을 치라는 거야.

오레이요 그게 가능한 말입니까?

햄 릿 이렇게 악당들의 그물에 꼼짝없이 걸려들어 놈들에 대한
서곡을 끝내기도 전에 내 다리는 벌써 연기를 시작했어. 나는
앉아서 별도의 새 국서를 꾸며냈지. 글씨도 깨끗하게 한때는
나도 정치가들처럼 글씨 깨끗한 것이 저속하다고 생각해 이미
배운 것도 잊어 먹고서 애쓴 적이 있었다네. 그렇지만 이제는
이것이 굉장한 도움을 줬어. 내가 쓴 내용을 알고 싶겠지?

오레이요 물론입니다, 전하.

햄 릿 덴마크 왕으로부터의 간곡한 의뢰장이지. 영국은 충실한
속국이며 양국간의 우정은 종려나무가 번성하듯 두터워지고
평화의 여신은 항상 평화의 상징인 밀 이삭 화환을 쓰고 양국
을 맺어주는 역할을 한다는 등 이런 식의 격식에 찬 말을 늘어
놓고서는 이 글을 읽는 즉시 지체하지 말고 이 글의 지참자들
을 처형하라고, 죽기 전에 참회의 여유도 주지 말라고 했다네.

오레이요 국서의 봉인은 어떻게 하셨습니까?

햄 릿 여기서도 신의 배려가 있었다네, 아버님의 옥쇄를 주머
니 속에 갖고 있었거든. 현왕이 쓰는 도장의 원형이지. 편지를
먼저대로 놓았으니 어느 누구도 바꿔치기 한 것을 알 수가 없
었지. 그리고 다음 날은 해적들과의 싸움, 그 결과는 자네도
다 알고 있을테고.

오레이쇼 그러니 길든스턴과 로즌크랜츠는 끝장이었군요.

햄   릿 하기야 그 친구들은 이번 일을 기꺼이 맡았으니까 내 양심에 걸리는 일은 아니지만. 친구들의 파멸은 그들 자신이 초래한 결과니까. 하찮은 작자가 두 거물이 치고받는 칼싸움에 끼어든다는 건 위험한 일이야.

오레이쇼 대체 이런 왕이 어디 있을까요?

햄   릿 그러니 내가 결단을 내릴 수밖에 없지 않은가. 아버지인 선왕을 살해하고 어머니를 더럽힌 사내, 슬쩍 끼어들어 당연히 왕위에 오를 나의 희망을 방해하고 나의 생명마저 낚아 채려고 그것도 갖은 속임수를 써서. 이런 사내를 처리하는 것이 완전한 양심에 따른 행위가 아닐까? 우리 자연을 파먹는 이런 해충 따위를 그대로 내버려두어 몹쓸 짓을 계속하게 한다는 것이야 진정 저주 받을 일이 아닐까?

오레이쇼 그러나 곧 오겠지요, 영국왕으로부터 모든 전말이 올 것입니다.

햄   릿 곧 올 테지. 그러나 그 동안의 시간은 나의 것일세. 어차피 사람의 목숨이란 '하나' 할 시간도 없이 사라지게 마련이니……(A man's life's no more than to say 'One' ……) 참 안됐어, 호레이쇼. 레어티스에게는 참 미안하게 생각하네. 물론 레어티스의 심정도 알 수 있네. 사과하고 친구가 되어야겠어. 지나치게 애통해 하니까 내 감정도 격해진 것뿐이야.

오레이쇼 가만, 누가 오는 것 같은데요?

몸집이 작고 경솔해 보이는 멋쟁이 귀족 오즈릭 등장.

그는 어깨에 날개가 달린 옷을 입고 신식 모자를 쓰고 있다.

오즈릭 왕자님의 귀국을 진심으로 환영합니다.

햄 릿 고마운 말씀이오. (호레이쇼에게 방백) 이 똥파리를 아는가?

호레이쇼 모릅니다. 전하.

햄 릿 모른다니 다행이군, 알고 있다는 것 자체가 죄악이야. 이
친구는 땅이 많아 그것도 살찐 땅이지. 짐승 같은 놈도 가축만
많이 갖고 있으면 여물통을 궁중으로 끌고 와 왕하고 회식을
하려고 하거든. 재주란 수다뿐인데 땅은 넓게 잡아 놓았어.

오즈릭 전하, 시간 여유가 있으시면 폐하의 분부를 전해드릴까
해서.

햄 릿 어디 들어봅시다, 정신을 곤두세워 묻겠소. 그 모자는 본
래의 위치에 갖다 놓으시지 그건 머리에 쓰는 거니까.

오즈릭 황송합니다, 굉장히 더워서.

햄 릿 무슨 말씀을, 굉장히 추운 걸. 북풍이 불거든.

오즈릭 사실 상당히 추운 것 같습니다, 전하.

햄 릿 그렇지만 내 체질엔 굉장히 무덥고 뜨거운 걸.

오즈릭 네, 굉장히. 전하, 굉장히 무덥고—글쎄 뭐라 표현해야 할
지 모르겠습니다. 전하, 폐하께서는 전하에게 굉장한 내기를
거셨으니 이 사실을 전해 드리라는 분부였습니다. 그 내용인
즉……

햄 릿 제발 잊지 말게. (햄릿은 그에게 모자를 쓰도록 손짓을 한다)

오즈릭 아니요, 전하 실은 이것이 편합니다. 전하 최근에 레어티
스가 궁정으로 돌아왔는데, 참말이지 완전무결한 신사요 유

별난 장점이 가득하고 대인 관계도 부드럽고 위풍도 당당합니다. 그 사람이야말로 신사 중의 신사라고 할 수 있습죠. 신사로서의 소양을 한 몸에 전부 지니고 있는 셈이구요.

햄   릿 그렇게 명세서를 내놓으니 그 친구는 손해를 볼 것이 없지. 그러나 재고품을 정리하듯 그 장점을 낱낱이 세분하다간 기억력이 어지러워 계산이 힘들겠어. 거기다 그 사람은 돛단배처럼 빠른지라 어기적거리며 뒤를 따를 수밖에 없소. 그렇지만 사실대로 칭찬해 레어티스는 그릇이 큰 인물이며 본질적으로 소중하고 의기한 존재라 진실하게 표현하면 그 사람과 비슷한 인물은 다만 거울에서나 찾아 볼 수 있을 뿐, 그 자가 그 사람을 쫓을 수 있겠는가 그 사람 그림자 뿐일 거야.

오즈릭 추호도 빈틈이 없는 옳은 말씀입니다, (Your lordship speaks most infallibly of him.) 전하.

햄   릿 그 무슨 심사요? 그 신사를 무엇 때문에 그렇게 무례한 말로 추거 세우시는지요?

오즈릭 네?

호레이요 좀 더 알기 쉬운 말로 하면 못 알아 듣소? 사실 쉬운 말이 더 나을 텐데.

햄   릿 그 신사를 끄집어내는 저의가 대체 뭐요?

오즈릭 레어티스 말입니까?

호레이요 호주머니가 벌써 비었군. 황금 같은 말이 말라버린 모양입니다.

햄   릿 그 사람 말이요.

오즈릭 이 일을 모르실리 없다고 믿지만……

*Hamle*603

햄 릿 그렇게 생각해 주시오. 하기야 그렇게 생각해 준다고 해서 나에게 큰 칭찬은 못되겠지만. 그래서요?

오즈릭 레어티스가 얼마나 훌륭한지는 모르실리가 없겠지요.

햄 릿 그 사람을 어찌 감히 안다고 하겠소. 그 사람하고 우열을 가릴 생각은 없소이다. 내 자신도 모르는데 어찌 다른 사람을 알 수 있겠소.

오즈릭 신의 말씀은 전하, 그 사람의 검술 말입니다. 사람들 말로는 그 분야에 있어서는 그 명성이 대단해 비길 만한 사람이 없다고 합니다.

햄 릿 무슨 검술?

오즈릭 좁은 장검과 단검 말입니다.

햄 릿 무기는 두 개란 말이군, 그래서?

오즈릭 폐하께서는 바바리산 말 여섯 필을 거셨고 레어티스는 프랑스제의 세검과 단검 여섯 자루에다 대 갈고리 등 부속품 모두를 걸었습니다. 특히 검가는 보기에도 오묘해 칼자루와도 곧잘 조화가 되고 가장 우아하고 섬세하게 만든 걸작입니다. (most delicate carriages, and of very liberal conceit)

햄 릿 검가가 뭔데?

오레이쇼 주석이 붙지 않고선 이해를 할 수가 없을 겁니다.

오즈릭 검가란 갈고리 말씀입죠.

햄 릿 허리에 대포나 차고 다닐 때가 되면 몰라도 그 말 참 과하군. 그때까지는 갈고리로 족하오. 그렇지만 바바리산 말 여섯 필에 걸기를 프랑스제의 검 여섯 자루에다 그 부속품 중 가장 우아한 갈고리 셋이라…… 이건 프랑스 대 덴마크의 도박이군. 내기를 했다는 말은 왜 했지?

오즈릭 폐하께서 거셨는데 전하와 레어티스가 열두 번 승부를 하는 중, 레어티스는 세 번 이상은 더 이기지 못할 것이라는 말씀입니다. 그래서 레어티스는 9회 시합은 힘드니 12회로 하자고 했답니다. 그래서 전하에게 도전을 받아 주신다면 시합은 당장 시작할 수 있습니다.

햄   릿 만일 내가 싫다고 대답한다면?

오즈릭 신의 말씀은 시합의 상대를 해주십사 하는 거죠.

햄   릿 좋소. 그것이 폐하의 뜻이라면 내 이 거실을 걷고 있을 테니 처분대로 하시라지. 지금이 바로 나의 운동시간이요. 시합용 칼을 갖고 오시오. 상대방 신사가 원하고 폐하의 의향도 그렇다면 왕을 위해 될 수 있는 대로 이겨 주겠지만 이기지 못한다 해도 망신을 당하고 좀 얻어맞는 것뿐이니까.

오즈릭 그렇게 복명을 해도 괜찮겠습니까?

햄   릿 뜻만 통하면 되지, 표현은 당신 뜻대로 장식해도 좋소.
(To this effect, sir — after what flourish your nature will.)

오즈릭 앞으로 전하의 많은 도움을 기다리겠습니다.

햄   릿 오히려 이쪽에서 부탁하오. (오즈릭 퇴장) 자기가 자기를 칭찬할 친구야, 누구 하나 자기를 봐주지 않으니까.

호레이쇼 햇병아리 달걀 껍질을 머리에 뒤집어쓴 채 뛰어다닙니다.

햄   릿 저런 자는 어미 젖을 빨기 전에 젖무덤에 절을 하는 친구야. 저런 자 뿐만 아니라 비슷한 친구들이 많아, 경박한 세상에서 거드름을 피우는데 이런 친구들은 세풍에 장단 맞추어

*Hamle*605

겉치레뿐인 사교술이나 배우고 거품 같은 장광설로 경험과 교양이 있는 사람들 사이를 헤매고 있지만 저런 것들의 교양이란 혹 불면 거품처럼 날아 갈 거야. (신하 등장)

신　하　전하, 폐하께서 젊은 오즈릭 청년을 보내 전하의 의향을 여쭈어 본즉 이 거실에서 폐하를 기다리신다는 말씀이시라 폐하께서는 왕자님께서 레어티스를 상대하실 것인지 또는 잠시 연기를 하실 것인지 알아보라는 어명이십니다.

햄　릿　나의 생각에는 변함이 없소. 왕의 뜻대로 할 터이니, 왕께서 좋으시다면 나는 언제든지 준비가 되어 있소. 당장이라도 언제든지 이 몸이 지금처럼 탈만 없다면.

신　하　폐하와 왕비님 그 외 여러분이 이리로 오십니다.

햄　릿　좋을 때군.

신　하　왕비께서는 시합을 하기 전에 전하께서 레어티스에게 다정한 말씀을 하시라는 분부였습니다

햄　릿　옳은 말씀이군. (신하 퇴장)

호레이쇼　이번 내기에 지실 것 같습니다, 왕자님.

햄　릿　나는 그렇게 생각하지 않아. 레어티스가 프랑스에 간 뒤로 나는 꾸준히 연습을 했어. 채점 방법도 유리하고. 그러나 자네는 모르겠지만 기분은 썩 좋지 않군, 하지만 상관없어.

호레이쇼　안 됩니다, 왕자님.

햄　릿　바보 같은 생각일세. 이 정도의 불안에 흔들리면 안 되지.

호레이쇼　마음에 거리낌이 있으시면 그만 두셔야 합니다. 신이 가서 일행의 행차를 막고 왕자님의 기분이 좋지 않다고 말씀드리죠.

햄 릿 그럴 필요는 없네. 우리는 예감이라는 걸 믿지 않으니까. (We defy augury.) 참새 한 마리가 떨어지는 것도 신의 특별한 섭리이니까 지금 올 것은 나중에는 안 와. 뒤에 오지 않으면 지금 올 것이고 지금 안 와도 언젠가는 온다네. 각오만 하면 돼. 언제 죽어야 하는지 그것을 아는 사람은 이세상에 아무도 없다네. 될 대로 되는 거야.

왕, 햄릿, 레어티스, 귀족들, 오즈릭 그리고 시종들이 검을 갖고 등장.

왕 자, 햄릿. 와서 이 손을 잡아라. (레어티스의 손을 햄릿 손에 쥐어준다)

햄 릿 용서를 비네, 무례한 짓을 했는데 신사답게 용서해 주게. 여기 계시는 분들도 알고 자네도 들었을 거야. 내가 심한 정신 착란에 얼마나 고통을 받고 있는지 모른다네. 내가 한 짓이 자네의 효성, 명예, 그리고 감정을 몹시 상하게 했을 줄 알지만 그건 분명히 얘기하지만 내 정신 착란 탓이야. 햄릿이 레어티스에게 난폭한 짓을? 그건 절대 햄릿이 아니야. 햄릿이 햄릿으로부터 떨어져 나가 자기가 자기가 아닐 때 레어티스를 괴롭혔다면 그건 햄릿이 한 짓이 아니네. 햄릿이 스스로 부정을 하네, 그럼 누가 그 짓을? 그의 광기가 불쌍한 햄릿의 적이 되는 셈이네. 그러니 여러분이 계신 앞에서 고의적으로 해를 끼치려고 하지 않았다는 나의 설명을 자네의 관대한 마음으로 받아주게. 지붕 너머로 쏜 화살이 오히려 형제를 상하게 했다고 생각해 주게.

레어티스 육친의 정, 이것이 이번 경우엔 복수의 일념으로 신을 자극했지만 이제 납득이 갑니다. 그러나 신의 명예에 관한 한 양보는 할 수 없습니다. 화해도 할 수 없습니다. 예의를 아는 어른들께서 화해를 해도 신의 이름이 더럽혀지지 않는다는 의견이나 선례를 말씀해 주시기 전에는 말입니다. 그러니 그 때까지는 왕자님의 우정을 우정으로 받아들여 욕되게 하지는 않겠습니다.

햄 릿 그 말 기꺼이 받아들이겠네. 그럼 형제간의 시합처럼 깨 끗이 뛰어봄세. 검을 주시오, 자.

레어티스 자, 이쪽으로도 하나.

햄 릿 나는 자네의 칼을 더욱 빛내주는 역할이나 해주지, 레어 티스. 나의 솜씨는 미숙하지만 자네의 기량은 어두운 밤하늘 의 별처럼 광채가 나겠지. (In mine ignorance Your skill shall like a star i' th darkest night.)

레어티스 놀리지 마십시오.

햄 릿 아니, 진심이라네.

왕 오즈릭, 두 사람에게 검을 줘라. 햄릿, 이 시합은 내기란 걸 알 고 있겠지?

햄 릿 잘 알고 있습니다, 폐하. 약한 쪽에게 유리하도록 조치하 셨다구요.

왕 걱정을 하고 있는 것은 아니다. 내 익히 두 사람의 솜씨는 잘 알고 있다. 다만 레어티스 쪽이 더 낫다기에 조금 신경을 썼을 뿐이다.

레어티스 이 검은 좀 무거운데 다른 것을 봅시다.

햄   릿 이건 내게 딱 맞는군. 이 검은 길이가 다 같은 것인가? (두 사람은 시합 준비를 한다)

오즈릭 네, 전하.

왕 술잔을 저 탁자 위에 놓아라. 햄릿이 1회 또는 2회에서 득점을 하던가, 세 번째 판에서 비기면 모든 성채에서 축포를 터뜨리도록 하라. 국왕도 햄릿의 감투를 위해 축배를 들 것이요. 덴마크의 4대 왕이 계속 왕관에 달았던 것보다 더 귀중한 진주를 술잔에 넣겠다. 자, 술잔을 이리로. 그리고 북을 쳐서 나팔수에 알리고 나팔수는 성 밖의 도수에게, 대포는 하늘에, 하늘은 대지에 전해라. "이제 국왕은 햄릿을 위해 건배를 한다"고. 자, 시작해라. 너희들 심판관도 눈을 똑바로 뜨고.

햄   릿 자, 들어와.

레어티스 전하께서 먼저. (두 사람 시합을 시작한다)

햄   릿 한 대!

레어티스 아니요.

햄   릿 심판!

오즈릭 한판, 깨끗한 한판입니다. (A hit, a very palpable hit.)

레어티스 자, 다시.

왕 잠깐, 술을 다오. 햄릿, 이 진주는 이제 네 것이다. 너의 건강을 위해. (나팔 소리 밖에서 포성이 들린다) 햄릿에게 잔을 전해라.

햄   릿 이 한판으로 끝내겠습니다. 잔을 거기에 둬. 자, (다시 시합을 한다) 또 한 대 어떤가?

레어티스 스쳤습니다. 아주 약간 스쳤을 뿐입니다.

왕 햄릿이 이길 것 같군.

왕 비 땀을 흘리고 숨이 찬 모양이야. 자, 햄릿 이 수건으로 이
마를 닦아라. 네 행운을 위해 축배를 들겠다, 햄릿.

햄 릿 고맙습니다.

왕 거트루드 왕비 마시지 마시오.

왕 비 마시겠어요, 미안해요.

왕 (방백) 독이 든 잔인데 이미 늦었어.

햄 릿 아직 마시고 싶지 않아요. 조금 후에 마시겠습니다.

왕 비 이리 오렴, 얼굴을 닦아 줄 테니.

레어티스 폐하, 이번엔 제가 치겠습니다.

왕 그렇게 안 될 걸.

레어티스 (방백) 그렇지만 양심에 걸리는군.

햄 릿 자. 세 번째 판을 일부러 지연시키는 것 같아. 좀 맹렬히
공격해 봐, 레어티스. 나를 애송이 취급하지 말고.

레어티스 그렇게 생각하고 계신다면야, 자. (시합 계속 진행된다)

오즈릭 양쪽 동점.

레어티스 자, 간다. (레어티스 햄릿에게 상처를 낸다. 이어 혼전 끝
에 검을 바꾼다. 햄릿이 레어티스를 찌른다)

왕 어서 뜯어말려. 흥분하고 있어.

햄 릿 아닙니다. 다시 한 번. (시합을 지켜보던 왕비가 쓰러진다)

오즈릭 저런, 어서 왕비님을 좀.

호레이쇼 양쪽이 다 피를 흘리다니 어떻게 된 겁니까, 전하?

오즈릭 왜 그래, 레어티스?

레어티스 오즈릭, 도요새처럼 스스로의 덫에 걸리고 말았군. 죽
어도 마땅하지. 내 음모에 내가 걸리고 말다니. (I am justly

killed with mine own treachery.)

햄 릿 왕비께 무슨 일이 생긴겁니까?

왕 피를 보고 그만 실신했다.

왕 비 아니야, 아니야, 저 술, 저 술이. 오, 햄릿─ 술! 독살이야. (왕비 쓰러져 죽는다)

햄 릿 아, 음모다. 이것 봐, 문을 잠가라. 흉계다, 범인을 찾아라.

레어티스 범인은 여기 있소, 왕자님. 왕자님도 곧 목숨을 잃게 됩니다. 이 세상의 어떤 약도 효과가 없습니다. 전하의 생명도 반시간을 가지 못합니다. 반역의 도구는 전하의 손에 쥐여져 있습니다. 날카로운 칼 끝에는 독을 묻혔습니다. 이 흉계는 저에게 되돌아왔습니다. 보십시요, 신은 두 번 다시 일어날 수 없습니다. (Naver to rise again.) 왕비께서도 독살 당했고, 더 말할 수가. 이 모든 흉계의 장본인은 왕, 왕입니다.

햄 릿 칼 끝에도 독을, 그럼 독아 네 할 일을 다해라. (칼을 들어 왕을 찌른다)

일 동 반역이다, 반역.

왕 오, 너희들은 나를 지켜라. 나의 상처는 아직 미미하다.

햄 릿 자, 이 음탕하고 잔학하고 저주받을 덴마크의 왕아, 이 독약을 마셔 버려라. 이게 너의 진주냐? 내 어머니 뒤를 따라가라. (왕이 죽는다)

레어티스 당연한 천벌, 자기가 조제한 독약이요. 전하, 서로 용서합시다. 저의 죽음도 아버지의 죽음도 왕자님의 죄가 아니고 왕자님의 죽음도 저의 죄가 아니기를…… (죽는다)

햄 릿 하늘이 그대의 죄를 용서해 줄 것이요. 나도 자네를 곧

따를 거요. 호레이쇼, 나는 이제 틀렸어. 나의 불쌍한 어머니 안녕히 계십시오. 이 연극의 대사 없는 배우나 관객처럼 참변을 보고 창백해져 떨고 있는 여러분, 나에게 시간이 있다면 – 가혹한 죽음의 사신이 매정하게 나를 독촉하지만 않는다면 – 아, 들려줄 말도 많은데 – 그러나, 일은 될 대로 되는 법. 호레이쇼, 이제 나는 가네. 자네는 살아남아 이 사실을 모르는 사람들에게 나와 나의 사정을 올바르게 설명해 주오.

호레이쇼 그럴 수 없습니다. 덴마크인으로 살아남기보다는 옛로마인이 되겠습니다. 여기에 술이 아직 남아 있습니다.

햄   릿 그래도 사내란 말인가? 잔을 나에게 주게. 손에 든 잔을 이리 달리니까. 오, 호레이쇼, 이 일이 세상에 알려지지 않고 이대로 끝난다면 누명이 씻겨지지 않을거야. 자네가 진정으로 나를 위해 준다면 하늘의 축복을 잠시 멀리하고 이 삭막한 세상에 사는 고통을 참아가며 나에 대한 애기를 전해 주게. (밖에서 군대의 행진 소리. 이어 한 발의 포성이 들린다) 저 장엄한 소리는 뭔가?

오즈릭 노르웨이의 왕자 포틴브라스가 폴란드를 정복하고 돌아오는 길에 영국의 사신을 만나 쏘는 예포 소리입니다.

햄   릿 아, 나는 죽네. 호레이쇼. 무서운 독에 내 기력은 마비됐어. 영국에서 올 소식도 듣지 못하고 죽다니. 그러나 앞날을 위해 말한다만 다음 국왕으로 선출될 사람은 포틴브라스야. 이게 내 마지막 유언이네. 사태가 이렇게 된 자초지정을 그 사람에게 전해다오. 남은 건 정막뿐이야. (햄릿이 죽는다)

호레이쇼 이제 고상하신 목숨도 끊어졌다. 편안히 주무십시오.

어지신 왕자님, 모여드는 천사의 노래를 들으러 안식처로 가
시기를…… 왜 북소리가 가까워지지?

행군 소리와 함께 포틴브라스, 영국 사신들 그리고 그 외의 사람들 등장
한다

포틴브라스 그 일은 어디서 일어났소?

호레이요 뒤를 보고 싶다는 말씀이요? 애절하고 비참한 광경을
보려거든 다른 곳을 찾을 필요가 없습니다.

포틴브라스 살육장처럼 무참히 죽어간 시체더미가 절규를 하는
군. 거만한 주검의 신이여, 너의 죽음의 방에서 무슨 연회를
열기에 이처럼 많은 왕후, 귀족들이 일격에 살육되었는가?

사 신 1 처참한 이 광경, 영국으로부터의 보고는 너무 늦었소.
어명으로 로즌크랜츠와 길든스턴이 처형되었다는 보고를 들
어야 할 귀는 이제 없습니다. 고맙다는 치사를 어디서 들어야
할까요?

호레이요 그 말, 저 입으로부터는 이제 들을 수 없소. 국왕이 살
아 있다 해도 말이요. 국왕은 그들의 처형을 명령한 적이 없습
니다. 그러나 당신은 폴란드를 거쳐 지금 영국에서 여기 도착
한 이상, 이 시체들을 사람들이 잘 볼 수 있는 단상에 높이 모
시도록 명령을 내려 주시오. 그러면 제가 아무것도 모르는 세
상 사람들에게 어떻게 이런 일이 발생했는지 이야기하겠습니
다. 여러분은 불륜의 간음, 유혈, 부정한 행위, 우연한 판단, 우
발적인 살인, 교활하나 부득이한 살인 그리고 결과적으로 빚

나간 흉계가 음모자의 머리에 어떻게 떨어졌는가 하는 여러 사정을 남김없이 알 수 있을 것입니다.

포틴브라스 지금 당장 듣고 싶소. 중신들을 불러주시오. 나는 애통한 마음으로 나의 운명을 맞겠소. 나는 이 왕국의 왕위계승권을 잊지 않고 있소. 이 기회에 그 권리를 청할 생각입니다.

(I have some rights of memory in this kingdom, Which now to claim my vantage doth invite me.)

호레이쇼 그 일에 대해선 저도 말씀드릴 것이 있습니다. 그것도 여러 사람의 공감을 모아 왕자님께서 하신 말씀입니다. 그렇지만 방금 말씀드린 일부터 처리해야겠습니다. 인심이 흉흉하여 음모와 오해가 그 어떤 불상사를 몰고 올지 모르니까.

포틴브라스 부대장 네 명! 햄릿 왕자를 군인답게 예의를 갖추어 단상으로 모셔라. 왕 위에 오르셨다면 가장 군주다운 군주가 되셨을 분이다. 이 분의 서거를 애도하며 군악을 연주하고 조포를 쏘아 세상에 알려라. 시체들을 치워라. 이런 광경은 전쟁터에는 어울리지만 여기에는 맞지 않다. 가서 병사들에게 조포를 쏘라고 명령하라. (병사들 시체를 메고 나간다. 모두 퇴장 잠시 후, 조포가 울린다)

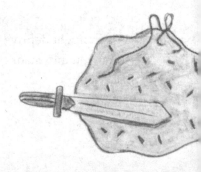

❖ 심장이 얼어붙을 만큼 추운 밤이네
  ' tis bitter cold, And I am sick at heart

❖ 자네 떨고 있군, 안색도 안 좋고.
  you tremble and look pale

❖ 자, 우리 앉아서 이야기해 보도록 하지.
  Good now sit down, and tell me he that knows

❖ 살아 있는 자는 반드시 죽게 된다.
  all that lives must die

❖ 약한 자여, 그대의 이름은 여자로다!
  frailty thy name is woman!

❖ 축복을 두 번 받으면 행복도 두 배이듯,
  A double blessing is a bouble grace,

❖ 맹세란 활활 타오르는 불길 같다가 금방 사그라지게 마련이다.
  Lends the tongue vows.

❖ 제발 이성을 찾고 침착하십시오.
  Which might deprive your sovereignty of reasom, And
  draw you into madness? think of it

❖ 이 말을 내 좌우명으로서 고이 간직하리다.
   Now, to my Word, It is 'Adieu, adieu, remember me.'
   I have sworn' t

❖ 세상에는 학식으로 도저히 설명할 수 없는 일들이 많지.
   Why right, you are in the right, And so without more
   circumstance at all

❖ 난 내 생각이 가장 좋은 방법이라고 믿고 있다네.
   I believe it is a fetch of warrant,

❖ 사람이 사랑에 빠지면 모든 것을 잃게 된단다.
   Leads the will to desperate undertakings

❖ 다만 그것이 사실이라는 것이 유감스러울 따름입니다.
   But farewell it, for I will use not art

❖ 내 생명은 절대 허락할 수 없지,
   Except my life, except my life, except my life

❖ 설마 그럴 리가 있습니까?
   We think not so.

❖ 이 모든 것이 내겐 먼지로밖에 보이지 않는단 말일세.
   and yet to me, what is this quintessence of dust?

❖ 그대는 얼마나 귀중한 보물을 가졌는가!
   What a treasure hadst thou!

❖ '하느님이 이어주신 천생연분으로'
   As by lot, God wot.'

Hamlet

❖ 한 마디 말도 못하는 어리석은 이여.
Can say nothing

❖ 그 말이 내 양심을 아프게 찌르는구나.
How smart a lash that speech doth give my
conscience.

❖ 죽느냐 사느냐 그것이 문제로다.
To be, or not to be, that is the question.

❖ 그 아무리 화려한 선물이라도 보내신 분의 정이 변하면 형편없어지
기 마련입니다.
Rich gifts wax poor when givers prove unkind.

❖ 나 같은 인간이 하늘과 땅 사이에 존재하는 이유가 대체 뭐란 말이
오?
What should such fellows as I do crawling between
earth and heaver?

❖ 절대로 그런 일은 없을 것입니다.
I warrant your honour.

❖ 연기 솜씨가 괜찮다는 말을 많이 들었습니다.
I was accounted a good actor

❖ 당신을 떠나야 할 나의 운명, 그 운명이 이제 멀지 않았소.
I must leave thee, love, and shortly too

❖ 이것은 아직도 알 수 없는 인생의 문제요.
This World is not for aye, nor ' tis not strange

❖ 이런! 공포에 놀라시기라도 하신 걸까
What, frighted with false fire!

❖ 요즘 힘들어하시는 이유를 말씀해 주십시오.
What is your cause of distemper.

❖ 지옥에서 올라오는 독기가 이 세상을 뒤덮고 있다.
Hell itself breathes out Contagion to this world

❖ 지금까지 너무 방관했던 것 같구나.
For we will fetters put about this fear

❖ 모든 일 다 잘 되게 보살피소서.
All may be well

❖ 이건 진정한 복수가 아니야.
Why, this is bait and salary, not revenge.

❖ 도대체 그게 무슨 말이냐?
Why, how now?

❖ 경솔하고 참견하기 좋아하니 이런 꼴을 당하지!
Thou wretched, rash, intruding fool, farewell!

❖ 내가 너에게 어떤 행동을 했다고 함부로 모욕을 주는 것이냐?
What have I done, that thou dar'st wag thy tongue. In noise so rude against me?

❖ 너의 말이 날카로운 칼이 되어 내 귀를 찢는구나.
These words like daggers enter in mine ears.

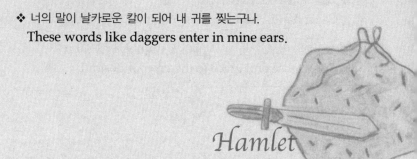

Hamlet

❖ 살아생전에 어리석은 수다쟁이였지만⋯⋯
Who was in life a foolish parting knave

❖ 세상의 풍문이란 지구 끝까지 그 독한 말을 전하게 마련.
Whose whisper o' er the world' s diameter, As level as the cannon to his blank

❖ 어떤 악한 말이건 소의 귀에는 그저 스쳐지나가는 바람이거든.
a knavish speech sleeps in a foolish ear.

❖ 모든 절차는 준비되어 있다.
For every thing is sealed and done

❖ 내부에서 곪아터지면 외부에는 아무런 병증이 나타나지 않은 채 죽고 마는 법⋯⋯
That inwark breaks, and shows no cause without Why the man dies

❖ 내일은 어떻게 될지 그 누가 알겠습니까?
We know not what we may be⋯⋯

❖ 저는 울지 않으려 해도 안 울 수가 있어야죠. 차디찬 땅 속에 묻힌 그분을 생각하니,
I cannot choose but weep to think they would lay him i' th' cold ground

❖ 하늘이 떠나가도록 외치고 있습니다.
Caps, hands, and tongues aoolaud it to the clouds,

❖ 양심이나 믿음 따위 역시 지옥의 불구덩이 속에 처박아 놓자!
Conscience and grace to the profoundest pit!

❖ 네가 바른 정신으로 복수를 애원한다 해도 이렇게까지 내 마음을 움
직이지는 못하리라.
Hadst thou thy wits, and didst persuade revenge, It
could not move thus.

❖ 만일 자네가 이 이야기를 듣는다면 놀라 아무 말도 못할 걸세.
I have words to speak in thine ear will make thee
dumb, yet are they much too light for the bore of the
matter.

❖ 과연 어떻게 귀국했을까? 설마 헛소문은 아니겠지?—
As how should it be so? how otherwise?

❖ 자식 된 도리로 말만 앞세우지 말고 행동으로 보여줘야 할 것 아니
냐?
To show yourself your father's som in deed more than
in words?

❖ 가슴속에 타오르는 불꽃 같은 생각도 이 눈물에 압도되어 지금은 아
무 말도 할 수가 없습니다.
I have a speech o' fire that fain would blaze, But that
this folly douts it.

❖ 쓰지 않는 손일수록 더 예민한 법이니.
the hand of little employment hath the daintier sense.

❖ 그러니 네 말은 거짓이란 말이다.
therefore thou liest

❖ 사람들 눈에 띄지 않을 테니까요.
'Twill not be seen in him there

Hamlet

❖ 더 이상은 바랄 게 없다는 말인가?
Must there no more be done?

❖ 나를 이렇게 대하는 이유가 뭐냐?
What is the reason that you use me thus?

❖ 그때까지는 신중히 일을 진행해야 한다.
Till then, in patience our proceeding be.

❖ 어차피 사람의 목숨이란 '하나' 할 시간도 없이 사라지게 마련이
니……
A man's life's no more than to say 'One' ……

❖ 추호도 빈틈이 없는 옳은 말씀입니다,
Your lordship speaks most infallibly of him.

❖ 가장 우아하고 섬세하게 만든 걸작입니다.
most delicate carriages, and of very liberal conceit

❖ 뜻만 통하면 되지, 표현은 당신 뜻대로 장식해도 좋소.
To this effect, sir — after what flourish your nature
will.

❖ 우리는 예감이라는 걸 믿지 않으니까.
We defy augury.

❖ 나의 솜씨는 미숙하지만 자네의 기량은 어두운 밤하늘의 별처럼 광채가 나겠지.
In mine ignorance Your skill shall like a star i' th darkest night.

❖ 한판, 깨끗한 한판입니다.
A hit, a very palpable hit.

❖ 내 음모에 내가 걸리고 말다니.
I am justly killed with mine own treachery.

❖ 신은 두 번 다시 일어날 수 없습니다.
Naver to rise again.

❖ 나는 이 왕국의 왕위 계승권을 잊지 않고 있소. 이 기회에 그 권리를 청할 생각입니다.
I have some rights of memory in this kingdom, Which now to claim my vantage doth invite me.

Hamlet

❧ 셰익스피어 연보 ❧

1564년	영국 중부의 스트래트퍼드 온에이번에서 출생하였다. 4월 26일에 세례를 받았다.
1568년	아버지가 스트래트퍼드의 읍장으로 선출되었다.
1577년	집안이 기울어져 학업을 중단했고 집안일을 도울 수밖에 없었다.
1577년	앤 해서웨이와 결혼하였다.
1580년대 후반	고향을 떠나 런던으로 나왔다.
1592년	셰익스피어가 R. 그린으로부터 공격을 받았다. 이것은 셰익스피어가 1580년대 후반 이후 행방을 알 수 없었는데, R. 그린의 글이 그에 대한 최초의 언급이었다.
1592 ~ 1594년	2년간에 걸친 페스트 창궐로 인하여 극장 등이 폐쇄되었고, 때를 같이하여 런던 극단도 전면적으로 개편되었다. 이때부터 신진극작가인 셰익스피어에게 본격적인 활동의 기회가 주어졌다.
1590 ~ 1613년	셰익스피어의 활동기로, 이 기간에 모두 37편의 작품을 발표하였다.
1593년	《비너스와 아도니스 Venus and Adonis》를 출판하고, 사우샘프턴 백작인 헨리 라이 오스슬리에게 헌정하였다. 두 편의 장시(長詩)를 발표 하였다.
1594년	극단 '체임벌린스 멘'의 주요 단원이 되었으며 은퇴할 때까지 계속되었다.
1599년	템스강 남쪽에 글로브극장(The Globe)을 신축하고 엘리자베스 1세 여왕의 뒤를 이은 제임스 1세의 허락을 받아 극단명을 '임금님 극단(King's Men)'이라 개칭하는 행운도 얻었다.
1603년	존슨의 Sejanus his Fall에서 비극배우로 공연하였다.
1613년	그의 마지막 작품인 《헨리 8세》를 상연하는 도중 글로브극장이 화재로 소실되었다.
1616년	4월 23일 52세의 나이로 고향에서 사망하였다.
1623년	셰익스피어의 아내 앤 해서웨이가 사망하였다. 그해 말에 셰익스피어의 최초의 극전집인 제1절판인 M. William Shakespears Comedies, History, & Tragedies가 헤밍과 콘델의 편집으로 출판되었다. 여기에는 36개의 극이 수록되어 있다.